# 大華

（三）

林熙主編

# 華

半月刊

第廿三期

·本期要目·

# 大華　第廿三期




大華半月刊　第廿三期

一九六七年二月十五日出版

（每月十五、三十日出版）

出版者：大華出版社

地址：香港銅鑼灣希雲街36號6樓

Ta Wah Press,
36, Haven St., 5th fl.
HONG KONG.

電話：七六三七八六轉

督印人：林翠寒

主編：林熙

印刷者：朗文印務公司

地址：香港北角渣華街一一〇號

電話：七〇七九二八

總代理：胡敏生記

地址：香港灣仔洋船街三十二號

電話：七二三四三七

# 鄧鏗被暗殺的內幕

蒙憓生

鄧鏗在廣州東站被行刺，是民國十一年（一九二二年）三月廿一日的事，由於當時事出意外，又因粵海政潮，起伏無常，至今雖然已歷四十多年，許多人對鄧的死因，還是不大清楚的。當時雖然社會上傳出種種消息，較普遍的是出於陳炯明的排除異己。因爲鄧素來傾向孫中山，而鄧死後幾個月，又發生了粵軍叛變，砲擊總統府的事件。其中眞相和經過，是值得揭露的。

粵軍從福建漳州回師，驅逐盤踞廣東多年的舊桂系以後，陳炯明曾以粵軍總司令，廣東省長的名義，發佈禁烟（鴉片）禁賭的通令，但是只做到政府從這方面不再徵收捐稅而已。而各地的土豪劣紳惡霸貪官污吏和某些駐防軍隊的不肖軍官，還是開設、包庇烟賭，甚至有些上級軍官，經常勾結奸商，販運烟土。陳炯明督師入桂期間，鄧鏗是以總部參謀長，第一師長的職位，留守廣州，實際上是代理陳的職權。鄧做事認眞，曾派專員到各屬督促禁賭；派兵到鶴山、新興、五華、揭陽等縣剷除烟苗，經常派憲兵在廣州和去三水、肇慶、都城等，查緝鴉片，破獲了不少。其中最大的一批，是民國十年五月，在廣州晏公街，緝獲烟土二百多担，盡數押赴郊外公開焚毁。這是在清代道光年間林則徐焚毁外商鴉片以後，令人稱快的事。據查這批烟土，是粵軍將領洪兆麟、楊坤如、陳炯光、陳覺民、陳小嶽們十多人的合資經營，總值數十萬元。他們因爲發財門路被打破，損失極大，自然對鄧鏗恨之入骨，常懷報復的了。

民國十年秋冬間，陳炯明與直系軍閥吳佩孚，湖南軍閥趙恒惕聯系，表面上是搞聯省自治，實際是反對孫中山的革命建國興師北伐的主張。一天中午，鄧到總司令部辦公，恰值陳炯明到餐廳午膳。辦公枱上留下一冊密電本和一份譯好八九成的電報。鄧順手取來一看，吃了一驚，原來是吳佩孚打給陳炯明的密電，內容是說搞聯省自治，互相携提合作到底。鄧看過之後，放回原處，退回自己的寫字枱坐位，處理公事。陳膳畢回來，發覺自己疏忽，沒有把電報、密碼藏好，感到異常不安。作賊心虛，自然不懷好意。

於此順便附帶一說的，陳炯明與吳佩孚、趙恒惕聯系，想自己獨霸兩廣，便派廣東省長公署諮議鄧伯偉到洛陽、長沙，秘密商談了幾次。等到後來陳叛孫後、陳因鄧伯偉奔走有功，派爲兩廣鹽運使潮橋運副的肥缺，給鄧撈回一把。蛛絲馬跡，很顯然的。

鄧鏗被刺，社會上便紛紛的傳說，粵軍羅獻祥部的營長陳少鵬，沒有什麽戰功，也不是擴編軍隊，而在鄧鏗死後十多天，突然升充等於團長職位的統領。又傳說粵軍總司令部偵緝處長黃福芝，平日橫行霸道，無惡不作，曾受鄧鏗的申斥，懷恨在心，時思報復，很可能是刺鄧的兇手。又有傳說廣東省議會秘書長陳覺民，曾任粵軍第七路司令，鄧鏗因陳不是軍人，該部是從桂軍的殘兵改編，質量差、風紀壞，軍械劣，便把它解散。後來陳覺民謀得兩廣鹽運使潮橋運副，也被鄧所阻而不能實現。肥肉抓到手不能到口，自然憤恨。凡此種種，都是對鄧案有極大嫌疑的。尤其是粵軍的老幹部，更加注意偵察，務要得個水落石出，爲鄧鏗報仇。

第二年的冬間，陳少鵬在陳炯明殘餘部隊盤踞惠潮梅等地，當了旅長。有一次，他在汕頭的酒樓吃花酒，飲醉了與嫖友因事發生衝突，陳少鵬拍着枱子對那個軍官大罵：「你是什麽東西，敢來和我比高低！鄧鏗我還一槍打過去，難道你不怕死嗎？」陳的不打自招的話，很快的流傳到廣州，大家認爲「酒醉講眞話」，是常有的事。鄧鏗之死，執行暗殺的兇手，至此有了跟踪追擊的線索，眞相易於大白的了。

究竟暗殺鄧鏗的主謀是什麽人呢？原來就是陳炯明的族人陳覺民。陳覺民曾在日本學過法科，粵軍駐在漳州時，幹過一些小差事。因爲善於吹拍，在粵軍回師時，當過第七路司令，駐在兩陽，兼任兩陽警備司令。以後幹過廣東省議會秘書長，陳席儒做陳炯明的廣東省長時，又當過省長公署的主任秘書。這位「才兼文武」的陳覺民，於民國十七年，由香港秘密到汕尾，煽動惠陽、海豐、陸豐等縣的地方團隊叛變，妄圖擾亂地方治安，而被駐軍拿獲，解到廣州審訊，經已直認他是行刺鄧鏗的主謀，直接唆使陳少鵬、黃福芝去行動的。

陳覺民的供詞說：鄧鏗是老孫（中山）的人，他們主張以廣東的財力物力支持北伐，用武力統一全國。而我們是主張聯省自治，用和平的方法，求得中國的統一。彼此政治見解不同，就成了敵人，敵我是不能并立共存的。假如老孫北伐成功，他們不會容許我們有立足的地方；反之，如果老孫失敗了，那些北伐大軍，全部退回粵境，那時主强客弱，我們也會被他們排擠出去的。而這一關鍵，全是在鄧鏗身上，所以我們要把他幹掉。我們和鄧本人沒有什麽私仇。他很正派，但不顧及同事的情面，曾經派兵緝獲我們從廣西販來的一批烟土，使我們損失了幾十萬元沒得「撈」，自然對他不滿的了。

陳覺民又供出由於上述的兩種利害關係，他本人就與幾個粵軍的將領密談，要把鄧打死來洩氣，他們都沒有不同的意見。後來和陳小嶽籌劃了半年，最後才找到陳少鵬、黃福芝願意執行工作，但又沒有機可乘。直到十一年三月中旬，打聽鄧將往香港，迎接一個人到廣州。（筆者按：此人是指曾任岑春煊幕僚，當過廣東將弁學堂監督諸暨人周善培，字孝懷，是著名出賣風雲雷雨的大政客，綽號周禿子。）三月廿一日上午，陳覺民在總部，打聽得鄧就在本日乘廣九路車回省，立即迅速地通知陳少鵬、黃福芝化裝准時先到車站行事。至於事前，陳也有過幾次向陳炯明說鄧仲元目無長官、同事，自以爲是，一意孤行，而同老孫聯成一氣，將來勢力大了，我們一定要受到他的荼毒，非先把他除掉不可。陳聽了，沒有作聲，既不說好，也不反對。陳覺民就認爲陳是默許，敢於大胆去幹。至於外間有人說這事是由陳炯明的主謀，不是事實。但陳對鄧存心戒懼，那是眞的。黃福芝、陳少鵬敢於行刺鄧鏗，也有他們的打算。黃福芝很怕鄧把他撤差，只求事成以後，仍然保全原有的偵緝處長，於願已足。陳少鵬則因我們曾許他事成後提升爲統領，他也樂於幹的。陳覺民又說，陳少鵬的升職，陳炯明所以批准的原因，是陳炯明見到此事已成事實，如不批准，恐怕陳少鵬投孫自首，那就牽連太大，攷慮輕重，便不得不答應了。審訊過幾天之後，即把陳覺民秘密監禁起來，報上沒有披露一點消息，以免洩漏出外，打草驚蛇，希望再把陳少鵬、黃福芝兩犯緝獲，方宣佈全案的經過。

以上陳覺民的供詞，是由主辦此案的鄧世增事後向知友透露的。鄧世增當年是李濟深的第八路軍參謀長兼廣州衛戍司令、廣州市公安局長，所談的自然是第一手材料，言而有徵的。從陳覺民的口供來看，鄧案非常淸楚，主謀行刺鄧鏗的是陳覺民，而發槍行兇的是陳少鵬、黃福芝，他們三人都是屬於陳炯明派系的人。至於陳覺民等的結果，不用說是許多人所想知道的。據有關的資料，陳覺民後來不知怎樣的逃脫出來，廣東淪陷後，當了漢奸。民國廿八年三月，出任日寇統治下的「廣東治安維持委員會委員」兼「民政處長」，最後結果，便無材料了。黃福芝也下落不明。陳少鵬後來改了名字，在湖北、貴州等省幹過彈藥庫的差事，十年前在興寧原籍被淸算了。

民國十八年秋間，筆者有一次和馬君武閒談，無意中談到鄧鏗的死與陳炯明有無關係。馬說，據他所知，行刺鄧仲元不是陳競存所主使的，但嚴格說來，競存事前必有所聞，這是沒有什麽問題的了。還有當年先生（指孫中山）得力的幹部如朱執信、鄧仲元、廖仲愷三人都能替先生負責，且極正派，大公無私的。而他們三人都死於非命，事後弄得不明不白，這不能不說是奇異了。這些話，也耐人尋味的，順爲記述。

鄧鏗，小名士元，字仲元，廣東惠陽人，畢業廣東將弁學堂。陸軍中將，死後，孫中山以大元帥名義追贈他爲上將。歷任廣東地方軍職。辛亥革命，廣州三月廿九之役，他雖然沒有參加實際行動，但黨人租屋設置機關，他是用家長所開的米店蓋章担保的。秋間，廣東反正，先後任都督府陸軍司長、參謀長、瓊崖鎮守使等。最後任粵軍總司令部參謀長、第一師師長。廣東第一師的幹部，不少是特出的人物如：鄧演達、葉挺、李濟深、陳銘樞、蔡廷鍇、蔣光鼐、李章達、張發奎、薛岳、陳濟棠、余漢謀等，都是第一師的軍官，雖然各人的政治路線各有不同，成就也相異，但後來各在軍界中担任過要職。鄧死時只有三十八歲，遺骸葬於廣州東郊黃花崗烈士墓旁，廣州東站前，建立銅像，又設立仲元中學，仲元圖書館等爲紀念。鄧夫人李順春，於一九五九年，死於香港九龍城寓所。

# 曾國藩評郭嵩燾

‧湘山‧

曾國藩的女兒，嫁得最好的還是第六女曾紀芬，她嫁湖南衡山人聶緝槼，後來官至浙江巡撫，而紀芬又享高壽，到一九四二年，年九十一歲才死去。國藩常自歎「坦運」不佳，因爲他生前所見的女壻似乎沒有一個認爲有大出息的（紀芬出嫁，已在國藩死後三年）。

他的第四女兒於同治五年十月嫁郭嵩燾之子郭依永，依永早死，年僅廿四。郭嵩燾的妾侍得寵，對這個守寡的曾氏媳婦很是虐待，三餐的膳食只是粗米和萊菔，丈夫在生之時，每月公家發給的一塊錢零用也被取消了。

趙烈文「能靜居日記」記曾國藩批評郭嵩燾云：

七月五日，午後，滌師來久譚，言芸仙在粵聲名之劣。……民間又有「人肉吃完，惟有虎豹犬羊之鄭，地皮刮盡，但餘澗溪沼沚之毛」（毛季雲也）之聯，何狼藉一至於此！師云：「其自取耳。勸捐助餉，原爲不得已之舉，原無可勒，其勒者，必其人爲富不仁，向有劣跡者。郭在粵東一概施之，往往詩書之家，横納詈網；而又自高位置，不近人情，所作所爲，無不任意。即其棄婦一事，婦始入門，其老妾命服相見，爲婦室下首而妾居上首，此豈知禮者所爲乎！比至粵官，與夫人、如夫人用綠轎三乘入署，第二日，夫人大歸，第三日即下勒捐之令。持躬如此，爲政如彼，民間安得不鼎沸！郭悍然不顧，方與同官齗齗爭細故，不圖其荒謬至此已極。」（按：國藩字滌生，故稱滌師。「鄭」當作鞹，隱射郭嵩燾，字芸仙，亦作筠仙，郭於同治二年授廣東巡撫，五年卸任，其時兩廣總督爲毛鴻賓，號季雲，亦作寄雲。）

趙烈文此段日記是同治六年所記，上一年，國藩的第二女出嫁郭氏，國藩對這個郭親家很是鄙視。

# 徐氏與東海名堂考

徐亮之遺著

甲辰冬，我出席第二屆亞洲作家會議於曼谷；適逢旅泰徐氏宗親總會會址落成，邀我作了一次介紹徐氏源流的講演。（講辭曾載十二月二十八日曼谷星泰晚報）回港後，又逢港方宗親新會所開幕，向我徵文。眞可謂「好事成雙」，喜氣重重。爰不自揣，再草此篇，用申賀悃，兼補前講所未及，並就敎於博雅君子。乙巳四月二十四日，亮之識。

徐氏乃四千二百年前虞夏之際一位偉大人物伯益的苗裔。伯益的事蹟，分見於尙書、孟子、竹書紀年、史記等。東漢曹大家註列女傳「陶子生五歲而佐禹」說：「陶子者，皐陶之子伯益也」（宋鄭樵通志、邵思姓解從之）。按皐陶偃姓，伯益嬴姓，均見世本；受姓不同，其非父子，實甚明顯。（金履祥仁山集有伯益辯亦明伯益非皐陶子。）但禹治洪水和後來受禪時，伯益都曾是重要的副手，則殊毫無疑問。尙書益稷篇載禹的話說：「曁益奏庶鮮食」。（注：「與益槎木獲鳥獸，民以進食」。）孟子也說（滕文公上）：

> 當堯之時，天下猶未平；洪水橫流，氾濫於天下。草木暢茂，禽獸繁殖；五穀不登，禽獸偪人；獸蹄鳥跡之道，交於中國。堯獨憂之，舉舜而敷治焉。舜使益掌火。益烈山澤而焚之，禽獸逃匿。

「烈山澤而焚之」，確是「奏庶鮮食」的好辦法；亦即伯益的確幫助禹的治水工作不少。

正因爲他對禹的治水工作有過這麼大的幫助，所以後來他便被公舉做了舜的虞官（掌山澤之官）了。尙書舜典曾記這事說：

> 帝曰：「疇若予上下草木鳥獸？」僉曰：「益哉。」帝曰：「俞！咨益！汝作朕虞。」益拜稽首，讓于朱虎、熊羆。帝曰：「俞！往哉！」

伯益在史記裏面，又叫大費或栢翳。史記秦本紀說：

> 秦之先，帝顓頊之苗裔，（史記此說，本之世本。吳韋昭注國語，唐司馬貞史記索隱却都定爲少昊；但少昊乃己姓之祖，明見世本。韋等說，非。）孫曰女脩。女脩織，玄鳥隕卵，女脩吞之，生子大業。（司馬貞索隱依上曹大家說認爲大業卽皐陶。）大業取少典之子曰女華。女華生大費，與禹平水土已成，帝錫玄圭；禹受曰：「非予能成，亦大費爲輔。」帝舜曰：「咨爾費！贊禹功。其賜爾皁游。爾後嗣將大出。」乃妻之姚姓之玉女。大費拜受。佐舜調馴鳥獸，鳥獸多馴服。是爲栢翳。舜賜姓嬴氏。（按史記陳杞世家分伯益與栢翳爲二，宋羅泌路史從之。唯韋昭國語鄭語注云：「伯翳、舜虞官伯益也」。司馬貞索隱亦云：「尋檢史記上下諸文，栢翳與伯益是一人不疑」。仁山集伯益辯則以爲秦聲以入爲去，故謂「益」爲「翳」。趙翼陔餘叢考亦主益翳一人。今從之。）大費生子二人，一曰大

廉，實鳥俗氏（按通典作「鳥浴氏」）；二曰若木，實費氏。其玄孫曰費昌；子孫或在中國，或在夷狄。費昌當夏桀之時，去夏歸商，爲湯御，以敗桀於鳴條。

伯益和禹，除了上述合作治水的關係以外，還有禹以他爲相和讓天下的一幕。孟子萬章上記這事說：

禹薦益於天。七年，禹崩。三年之喪畢，益避禹之子於箕山之陰。朝覲訟獄者，不之益而之啓，曰：「吾君之子也」。謳歌者，不謳歌益而謳歌啓，曰：「吾君之子也」。丹朱之不肖，舜之子亦不肖。舜之相堯，禹之相舜也，歷年多，施澤於民久。啓賢，能敬承繼禹之道。益之相禹也，歷年少，施澤於民未久。

史記夏本紀也記這事說：

帝禹立，而舉皐陶薦之，且授政焉。而皐陶卒。封皐陶之後於英六，或在許；而後舉益任之政。（按既已言「封皐陶之後」云云，則伯益非皐陶之子明甚。）十年，帝禹東巡狩，至于會稽而崩；以天下授益。三年之喪畢，益讓帝禹之子啓，而避居箕山之陽。禹子啓賢，天下屬意焉。及禹崩，雖授益，益之佐禹日淺，天下未洽；故諸侯皆去益而朝啓，曰：「吾君帝禹之子也」。於是啓遂卽天子之位，是爲夏后帝啓。

可是，關於這件事，竹書紀年却記爲「益干啓位，啓殺之」；和孟子、史記都不同。雖古史茫昧，究竟事實如何，殊難臆斷。但下列各點，我却認爲仍然可以肯定；卽：

一、他乃帝顓頊的苗裔。

二、他並非皐陶之子。

三、禹治洪水，他曾運用燒山政策，獵取逃匿的鳥獸，解決了當時廹切的民食問題。

四、他因深明草木鳥獸的性能，被推選爲帝舜的虞官；並被賜姓嬴。

五、禹受舜禪，曾以他爲相。

六、禹臨崩，曾把政權禪讓給他。

至關於他的晚年，我們根據各種跡象，却認爲與其相信竹書紀年，倒不如相信孟子、史記之爲愈。因爲夏后帝啓並非一個胸襟很開濶的人。例如：有扈不服，他尙不惜訢諸武力，誓告六事，必將之撲滅而後快；其事赫然見於尙書（甘誓）。何況伯益位高族大，過於有扈遠甚；衡情度勢，如果眞有竹書干位之事，何以尙書了無痕迹可尋？又何以其子孫轉得安然「或在中國，或在夷狄」自由自在發展，如秦本紀之所云云？如果這一推論，可以成立；則伯益實乃知幾其神，讓德可風，而富有近代民主精神的人物；他既知道了民心有所歸向，故人之子可託大事，一等故人「三年之喪畢」，便立卽逍遙物外，將天下交還故人之子，如說敝屣然。這樣的人物，才眞不愧孟子把他和伊尹周公相提並論；也才眞不愧做我們徐氏的祖先。

那末，伯益姓嬴；他兩個兒子，長子大廉是鳥俗氏（世本氏姓篇：「伯益仕堯，有善養鳥獸之功，爲鳥俗氏。」案此在通志氏族篇屬於「以技爲氏」例，如豢龍、干將之比）；次子若木爲費氏（世本氏姓篇：「大費生子，次子若木，實費氏。其玄孫曰費昌，蓋以王父字爲氏」。）；又和徐氏有什麽關係呢？這却要說到徐氏得氏和得國的來源了。原來徐乃以國爲氏，乃嬴姓十四氏之一；卽史記秦本紀太史公所謂：「秦之先，爲嬴姓；其後分封，以國爲姓：有徐氏、郯氏、莒氏、終黎氏（世本作鍾離）、運奄氏、菟裘氏、將梁氏、黃氏、江氏、修魚氏、白冥氏、蜚廉氏、秦氏。然秦以其先造父封趙城，爲趙氏」；是。但如承認徐氏「以國爲氏」之說，却又不得不先解決左列兩個問題：

一、詩大雅常武：「率彼淮浦，省此徐土。」春秋僖公三年：「徐人取舒」；杜注：「徐國在下邳僮縣東南」。（據淸一統志，僮縣故城在安徽泗縣治東北。）通典州郡十：「泗州、古徐國。春秋爲魯國之地。戰國魯、宋、楚三國之境。」又：「徐城、古徐子國。漢以爲縣。有徐君墓季札挂劍處。」括地象：「今徐城鎭在泗之臨淮鎭北三十（里），有故徐城，號大徐城。周十一里，中有偃王廟。徐君墓去徐州僅五百（里），郡國志曰薄薄城」。後漢書東夷傳：「偃王仁而無權，不忍鬥其人，乃北走彭城武原縣東山下，百姓隨之者以萬數，因名其山為徐山」。路史後記卷七註：「（徐偃王子）宗北走彭城武原山，萬衆從之；因曰徐山」。

二、國語鄭語史伯曰：「北有衞、燕、狄、鮮虞、潞洛、泉、徐、蒲」，韋昭註：「潞洛、泉、徐、蒲，皆赤狄隗姓也。」（通志氏族四、以「潞洛」乃「鳥洛」之誤。按此特就音近形近立說，無別證，殊難確信。）

依右引詩常武等之說，徐氏初封，其國實只不過今安徽泗縣附近；不應山西東南（即今長治北黎城西）赤狄之地，復有以徐為氏之族。依韋昭之說，赤狄既係隗姓，族系已自不同，亦斷無隗姓甘冒嬴姓東國之名，以氏其子族之理。亦即易言之：如謂徐氏有二，事實窒礙難通。那末，這問題究竟如何解決呢？我認為：世本氏姓篇本有西戎由余之子以國為氏的余氏；「余」、「徐」古音同而字形近，本易訛誤；國語寫官訛誤於前，韋氏不察，踵謬後；因而致此紛紜；絕對不是赤狄之地，眞有另一徐氏；徐氏之族，別有赤狄血統；如韋氏之所云云。而通志定「余氏隗姓」（氏族四），正可為韋註以「余」誤「徐」之證。

徐國之地望與徐氏之族系既明，則請進而一論其受國之時代，與受氏之人物。而關於此事，凡有如左諸說：

一、姓解：「東海徐氏，顓頊之後。伯益佐禹有功，封於徐。」

二、世本：「徐氏、顓頊之後，伯益之子受封於徐」。

三、通志：「伯益佐禹有功，封其子若木於徐，在今徐城縣北三十里。徐城并入臨淮，今泗州臨淮有徐城。自若木至偃王三十二世，為周所滅。復封其子宗為徐子。宗十一世孫章羽（按「羽」左傳作「禹」），昭三十年為吳所滅。」（氏族二。按辭海同此說而引作路史。）

四、路史：「若木為夏，襲翳之封。後有費昌，為湯御右；費仲事紂。其立於淮者為嬴氏。夏世有調，（按漢書地理志臨淮郡徐縣師古注：「莽曰徐調」。乃王莽改徐縣為徐調，非夏有所謂名調者也。）王命以徐伯主淮夷。三十二世君偃，一假仁義而賓國三十六。周王剡之，而錄其子宗。十一世為吳所滅。」（後記卷七）

右引四說，都認封徐在夏代，是其同。受封者、或主伯益，或主益子若木，或主調，則是其異。唯路史既襲史記陳杞世家之誤，分伯益伯翳為二，故秦本紀言「若木為大費即伯益之子，路史後紀則言「若木為夏，襲翳之封」，而含混其辭，指受徐封的為「其立於淮者」的嬴氏；亦即暗示若木氏費不氏徐。殊不知秦本紀所說的「若木實費氏」，乃指若木的子孫有以王父大費之字為氏之族，並非即指若木本人為費氏。猶之上句「大廉實鳥俗氏」，乃指大廉的玄孫孟戲、中衍「鳥身人言」而「以技為氏」；並非即指大廉本人為鳥俗氏；正復事同一律。由此可見，若木在受徐封以前，實從父益為嬴氏；而路史所謂「立於淮」的嬴氏，實即若木。又徐偃王去若木三十二世；去路史所謂調亦三十二世；則調亦實即若木。若木受封於徐，為徐氏之大祖；徐氏於有夏初葉（帝啓即位於公元前二一九七年，因高伯益讓國歸隱之義，封若木必於是年。）亦即距今四千年前，即挺出於歷史之舞台，灼然無疑。

（待續）

# 錢玄同不通

錢玄同為林景伊所作「中國聲韻學通論序」，末署：「中華民國廿有六年為公元一千九百卅有七年，歲在丁丑，春，一月八日，吳興錢玄同、餅齋氏序於北平孔德學校，時年五十有一。」這樣的寫法，直是不倫不類，架牀叠屋，猶餘事也。（一九三七年的一月八日，乃陰歷丙子年十一月廿六日，太歲尚未入丁丑也。）玄同以提倡新文字、新文學享盛名，不意晚年乃開倒車至此！至於「餅齋氏」，尤其不通。餅齋或其別號，別號之下，不應連用一個「氏」字。因為「姓氏」，就是現代人所稱的「姓名籍貫」。古人姓以紀族，氏以著地，後人多以氏為姓。不通的人自稱某某氏，猶可說也，玄同通人，而不深考，可笑孰甚。

・**張猛龍**・

亮之逝世四個月了，到今天我的腦海中還時時浮出這位詩人的影子。我們訂交十七年，在最初那七年中，往還較密，尤其是亮之辦一個小型報的時候，我們幾乎天天見面，其後十年，平均也不過每年見一次而已。雖然蹤跡甚疏，而友情不減，甚稱得古人所說「淡如水」之義。我想，就是亮之死後四年，十年，我也不會忘記他的。

# 我和徐亮之

◁林　熙▷

本期的「大華」發表亮之先生這篇遺作，我得在此畧說幾句。一九六六年以前三年我記得沒有和亮之見面，我忙於賣文，他忙於教書，一個在九龍一個在香港，如果要相見，非特別約好時間不可。一九六五年秋間，亮之回國求醫，我只從報紙上知道他患的是什麽病，到他回來後，我也只打了一個電話給他的太太，問候他的病而已。一九六六年四月，亮之在九龍法國醫院治病，有一天，我特地去看他，他很高興，劈頭一句話就是：「大華辦得很好！」接着就說：「這正是我們理想的刊物！可惜我現在還未能執筆，要不然，我一定支持。但我有一篇舊稿，待回家後整理一下才可以給你。」所謂舊稿，就是登在「大華」的這一篇。我對他說：「好極了。不過你養病要緊，等你精神好的時候再動筆吧。」

我們有三四年沒見面，談的話當然很多，也談得很起勁。他談到在北京獄中見到廿年不見的獨子（因反革命受刑），聲淚俱下，我也爲之愴然，安慰他一番之後，我們就握別了。

自此之後，我和亮之只通過一次電話，雖訂有再晤之約，但我因爲工作忙，輕易不能抽出一點兒空，所以沒有再往九龍看他，只把他寄來的一首七言古體詩「病榴行」登在「大華」第十三期，排印後先寄一份淸樣給他，九月十一日，這一期出版，我還在百忙中趕着寄一本給他先睹爲快，怎知九月十二日午間十二時他謝世了，恐怕第十三期遞到他家中時，他正在醫院彌留呢。

亮之逝世後廿餘日，我往見他的太太趙湘琴女士，提到亮之答應給我發表的那篇遺文，她檢出來交給我，到現在才登載在「大華」。

亮之名梗生，江西進賢縣人，精研歷史，於詩古文詞都有很深湛的造詣，性鯁直，疾惡如仇，但對他所愛的朋友則極熱心。他是很愛國、愛自由的，曾對我說：「我逃來香港時，身邊只有一兩黃金，不屑求美國人，也不屑求台灣，求他們，不會有自由的。」那末，他拿着一兩黃金吃得多久呢？他不得不賣文了。

一九五〇年夏間，我在某晚報的副刊見有署名亮士寫的文言隨筆，每一段三五百字，文筆很好，但有時涉及近代史實或淸末民初掌故，就常有張冠李戴的事情。我當時經常爲某日報寫短文，一時興到，便提出質疑，希望亮士先生指教。不久後，亮士有信託某報轉給我，並附通信地址，我即寫信約他在我家中相見。這樣我們就成爲朋友了。

# 亮齋遺詩

·徐亮之·

## 頤和園

銅駝幾度臥荆榛，又見煌煌藻繪新。
禁苑風光留病客，西山爽氣潤湖濱。
當年勝跡皆陳跡，今日遊人即主人。
故國天時眞厚我，高秋九月暖如春。

## 由居庸關登八達嶺

八達連滄海，雄關照眼明。
山深天地逼，勢重鳥猿驚。
磅礴吞窮北，嵯峨翼上京。
登臨扶病日，不盡古今情。

# 在北方的廣東人

·京華客·

在清朝道光以前，廣東人到北京，多數是因爲入京考試，舉人入京是要去會試，如果中了貢士，就要應殿試了。有些人在廣東攷中優、拔貢，就到北京朝攷，可以得到一官半職，這樣就有不少人留在北京做官，或派往各省去候補。那時海運未通，由廣東到北京必須起旱，是由廣州到韶關，入湖南境到衡陽，可以坐船到湖北漢口，再由漢口起旱，經河南入直隸境，而到北京，由動身之日算起，大約須要兩個多月，才能到目的地。

道光朝以前，在北京的廣東人，多數是科第中人，因爲每三年攷試一次，廣東讀書的人多，也產生了不少優秀之士，這班優秀之士，可能全部到北京，所以他們不僅在本省有文名，而在北京也很出名了。

一八四二年（道光廿二年）鴉片戰爭，結果我國被廹開上海，廣州，福州，寧波，厦門五處爲通商口岸，廣州本有英國商人與廣東人交易，收買中國土產，運往英國，而進口貨，絕大部份是從印度運來的鴉片烟土。第二個商埠，就是開闢的上海。上海是離揚子江入海處不遠，後來成爲遠東最大的口岸，英國商人大量湧來，爲首的是太古洋行，怡和洋行，都是由印度分來的，它們有船務部，進口部，出口部，還有其他洋行，輪船是由香港開到上海，船上高級的職員都是英國人，至於舵手、水手、火夫，旅客部的買辦、茶房等，都是中國人，而且多數是我們廣東人，因爲他們有的能說極簡單的英國話。各洋行在上海都有很大的寫字間，高級的如大班（即總經理），二班，三班，及各部份首領，當然都是英國人，大寫以下的僱員，又都是中國人，初到上海，上海人還沒有學英文，所以這班大寫同僱員，多是從廣州請來的廣東人。這些洋行，都是買辦制度，而買辦大多數是我們廣東人。

一八五八年（清咸豐八年），英法聯軍攻入北京，在天津議和，開放天津沿海沿江等七個口岸爲商埠，天津既闢爲通商口岸，靠近北京，英國商人對於這七個口岸，當然先到天津，在上海的洋行，紛紛到天津設分行，太古、怡和洋行輪船，也開到天津紫竹林，而船上舵手、水手、火夫，以及旅客部的買辦及茶房，又都是我們廣東人，這些洋行買辦及一些雇員又當然是廣東人。天津梁家、蔡家，到現在爲止，可稱廣東買辦世家。上海，天津在洋行做事的廣東人，除買辦因生意關係對外有交際，其餘對外很少聯絡，所以洋行建築若干房屋，爲中外職員宿舍，吃的完全廣東式的飯，上海只在虹口有幾家小飯館，專供給船上的廣東人，船泊岸後，可以上岸小吃，還有洋行裏的廣東職員，晚間出來消夜，那個時候廣東式茶樓，恐怕只有一兩家在虹口，天津在法租界海大道，有好幾家廣東式小館子，門口貼的紅紅綠綠菜名和價目的條子，主顧也同上海情形差不多。

英國人在唐山附近經營開平煤礦，同時又由天津築一鐵路，經過唐山到榆關（即山海關），叫津榆鐵路，煤礦方面，總經理，總工程師，經理，副理，工程師，副工程師等，當然全部英國人，中下級的職員，幾乎全部都是廣東人，只有挖煤的工人是唐山本地人。鐵路方面，高級職員全是英國人，中下級職員，百分之八九十是廣東人。津榆鐵路，又從榆關築了一條支路到秦皇島，秦皇島是一個不凍港，開平在這裏建築碼頭、煤倉，有好幾條運煤輪船，將煤運往上海，香港。島上除高級職員是英國人，工人是本地人外，中級職員又都是廣東人。所以島上廣東鋪子就有好幾家，一年到頭，吃的用的，全是由廣東來的，如同在廣東一樣，本地人很多學講廣東話，而我們廣東人則極少學本地話，有些人學，但講的不大好。

曾國藩、李鴻章先後派了三批幼童留學美國，他們回國後，有些在總理各國事務衙門（外務部前身）和各省總督衙門，辦理洋務，其中傑出人材，如梁敦彥、梁如浩、唐紹儀、詹天佑、周長齡（即周壽臣，前數年在香港逝世，年九十餘）等。那個時候中國沒有幾條鐵路，設鐵路總局，隸屬郵傳部，主管局務的叫提調，這位提調就是我們廣東人，大名鼎鼎，人稱財神梁士詒，他的助手葉恭綽，也是我們廣東人，因此這幾條鐵路的職員，廣東人特別多。

幼童留學美國，回國後，不少在外交方面做事。其中有兩人是外省籍而生長在廣州的，一個是周自齊，原籍山東，生於廣東，回國後即在外務部辦事，美國退還庚子賠欵，創辦清華學堂，周就是第一任監督，拿美國賠欵，做學堂基金，歸他管理，到了民國，做過山東都督，後來做過好幾個部的總長。還有一位是詹天佑，原籍是安徽，生於廣東。他在美國學土木工程，而有極大成就，成為世界鐵路工程的名人，據說，他回國在京奉鐵路做副工程師，總工程師、工程師，都是洋人，傳說他曾經發明兩節車兩連的掛鈎，鐵路方面英文名字，就叫「詹天佑」，這種東西，好像四個指頭併起來，而向手心彎曲，彎曲部份，是活動的，兩節車一撞，鈎連起來，就不會鬆開，為安全起見，加上一個插針，這比從前老式的掛鈎，要省事得多，現在世界各國鐵路，皆採用此法，他有此發明，在鐵路方面，仍不能與洋人受同等的待遇。

光緒末年，淸廷忽然想築一條京張鐵路，由北京到張家口，令鐵路局提調梁士詒計劃一切，梁就請郵傳部派關冕鈞（廣西人，梁的兒女親家）為京張鐵路工程局局長，詹天佑為京張鐵路工程局副局長兼總工程師，實際上，關是一個舊官僚，不會做事，因為親家關係，所以梁保荐他，詹是有實學的，有經驗的，且曾經測量過這條鐵路，詹雖是副局長兼總工程師，無形中成了這件事的主體，詹首先提出意見，第一、這條鐵路要完全由中國人自己建築，第二不借外債，如無法籌欵，非借外債不可，借欵人不能干涉我們的用途，借欵人不得推荐工程方面人員，無論是中國人或外國人。梁將詹的條陳，稟報郵傳部尚書（尚書或係陳璧），尚書懷疑詹能否辦得了，當然相信外國工程師，梁轉問詹，尚書懷疑，是否辦得了，詹即將上次測量時，並沿途查勘一切情形，對梁用廣東話說明，梁認詹為同鄉，即答應向尚書方面保荐，同時又說，擬保關冕鈞為工程局（鐵路未築成時，稱工程局）局長，詹為副局長兼總工程師，關負局內行政責任，你負工程責任，即在西城羊肉胡同租了一所房子，為工程局辦事處。詹對工程第一步，即是測量，有了精細測量圖，依圖施工，較易辦理，據說，由北京到張家口，沿途皆山，所幸山不十分高，沿途經過山洞甚多，張家口高過北京，由北京到張家口，每一英里高一英尺，全程二百零一公里，即是張家口高過北京二百〇一公尺，有時要用兩個火車頭一前一後，向張家口開，後面車頭，是助推進，開回北京，後面車頭，可拉住使車免太快滑行，往張家口開要比開回慢兩小時。經營兩年多，全路完成通車，通車時，各國鐵路專家，及國內各鐵路中外工程師，都來參觀，一致稱讚詹天佑技術高超，勝過歐美專家，尤其對於若干山洞，兩面對打洞，絲毫不差，那時尚無航空測量，而能如此準確，其地面測量精密及技術，其高度是可欽佩的。

郵傳部將上海南洋公學收為部辦，設

土木工程，機械工程兩科，另在唐山設路礦專門學校，又北京設交通傳習所，電信及鐵路管理兩科，唐山學校及交通傳習所學生，以廣東人爲最多，大部份是京奉，京張，京漢，津浦等路員工子弟，也有不少從廣東來的，至於上海南洋公學，廣東人也有，但不如那兩校多，到了民國，郵傳部改稱交通部，三校合併爲交通大學，葉恭綽從郵傳部起卽掌握鐵路行政權，後來做交通總長，時間頗長，所以廣東人仍佔很大勢力，梁士詒雖不是直接掌握交通部行政，但他是老交通系首領。

在清朝末年，外交部兩位尚書梁敦彥，梁如浩都是廣東人，下面部員，及駐各國欽差（卽公使），和使館隨員，如參贊，主事，領事等，廣東人也很多，交通部管轄各鐵路，從局長到職工，開灤煤礦，廣東人佔大部份。光緒卅年（一九〇四年），清朝廢止科舉，各省設立學堂，優秀的學生經考試後，仍獎給翰林、進士、舉人、秀才等名目。

現在畧談一下在北京的廣東名人吧。

一八九八年（光緒廿四年），戊戌政變，西太后囚禁光緒，殺六君子，政變首領康有爲，就是廣東南海人，他的弟弟康廣仁是被殺六君子之一。

一九〇九年（宣統元年），汪兆銘在後門什剎海附近，埋炸彈，要炸死攝政王，沒有成功，就被巡警發覺，後來汪被捕，判無期徒刑。汪是廣東番禺人。

張蔭桓是南海佛山鎮人，雖非科甲出身，中文根柢很好，英文也懂得一些，曾任駐美公使，庚子年因康案而被充軍新疆，後又在新疆被判死刑。

屈永秋是番禺人，最早學西醫的一個，一直在北洋做事，做過袁世凱西醫顧問，天津北洋醫院（在法租界海大道）院長，還捐了一個候補道，由袁世凱保荐到北京看過光緒皇帝的病，一九三四年，筆者在香港曾到九龍他的家拜會過，談得很久。他很幽默，說的是北京話，微帶一點廣東音，他說廣東話很奇怪，文的非常之文，粗的却非常之粗，至於他何時由北方回到香港，可惜筆者未問他，何時逝世亦不詳。（編者按：屈永秋字桂庭，翁山後人，一九五四年死於北京，年九十三。）

民國以後，廣東人到北京讀書的很多，筆者卽其中之一，進的是北京法政專門學堂，可是做買賣的，開店的很少，只有聯福寶洋廣雜貨，騾馬市的佛照樓同筆者開的敦儉堂，我的店在前門外王廣福斜街，專賣廣東土產，生意非常之好，梁士詒的六奶八奶是最大的主顧，每次都是坐了汽車來，不要店裏伙計送去，有時買現成的貨，有時定貨，現貨卽時付錢，定貨也是先付錢，眞是體諒小生意人。北伐後，遷都南京，筆者卽將店關閉，南下到香港謀生了。

還有一位在北京做官的譚瑑青，懂烹調，自己能動手做菜，訓練幾個幫手，常常有朋友借他家請客，久之與譚不相識者，就託與譚相識的人介紹，所以很忙，必先預定，因之稱爲譚家菜。譚也是廣東人。

早期北京的牙醫，如徐景文牙醫等，都是廣東人，開照相館的，如廊房頭條，中央公園內同生照相館等的主人也是廣東人。

早期上海只有洋行買辦，及大寫，中級職員是廣東人，自從民國初年，先施公司在上海開設百貨公司，自建六層樓房，占地頗廣，地點在南京路，爲最繁盛之區，地價也最貴，樓下三層爲百貨商店，四五六層爲東亞旅館，職員全部廣東人及上海出生的廣東人，售貨員也多廣東人及上海出生的廣東人，當時生意非常之好，就是不買東西，也去逛逛，所以就稱爲逛公司。

繼起者是永安公司，占地更廣，規模更大，就在先施斜對面，永安公司的大股東是郭氏三兄弟。

新新公司規模也不小，但不如前兩間，公司在先施西隔鄰。

最後一間廣東人開的百貨公司，是大新公司，主持人是蔡昌，地址在南京路西頭，泥城橋口，正正方方，一塊地皮，據說當時地價是四百萬元。

總之上海自從四大百貨公司相繼設立後，上海洋貨業，百貨業，幾全爲廣東人操縱，而推銷洋貨之力，無如廣東人，日本人曾笑之。現在四大公司沒有一件洋貨了。

# 鄧鏗懲辦猪仔頭

·呂文鳳·

民國二年六月，瓊崖鎮守使鄧鏗接到市民舉報，有「猪仔」五百多名，從高、雷、欽、廉各屬，被人拐騙，集中在海口的幾家旅館，候船出洋。他們入了旅館，即被禁閉，隔絕與外間往來等語。鄧據報爲了愼重處理起見，特先派員分往現場偵查。得悉這些旅館的帳房，貼有「××洋行代理處」紅條，無疑的企圖借洋商名義，幹那不法勾當。特派兵按址前往，把猪仔頭四名逮捕，連同全部「猪仔」一併帶解到署。其中雜有青年婦女和兒童數十人，顯然不是單純的招募華工。鄧跟着召集署中高級幹部，商議處理辦法與對付外籍領事等問題。並分派職員錄取全部口供，彙交內務科、軍法科，分別簽擬辦法，呈由鎮守使核辦。果然，不到多時，即有駐海口的德、法領事，聯袂前來求見。鄧照原定計劃，派由職員代見。並說，鎮守使因公出外，改日定期接見。

根據各「猪仔」所供，他們是高雷欽廉一帶的農民漁民，聽說有招人出洋做工，每月工資五六十元，三年五載，積存多少，即可回家，可以過好日子，往來盤費，由招工的担任，由此應招了。辦事人即把猪仔頭花招揭穿，先說明猪仔頭的陰謀，是販賣人口，番人對「猪仔」的悽慘待遇，並指出你們現在旅館，已失却自由，不准行動，到了外國，更是苦不堪言，說話不通，生活絕無保障，重洋遠隔，永無回國和家人團聚的機會。「猪仔」們聽了，又訴說猪仔頭怎樣用甜言蜜語的誘騙經過，同時要求替他們除害，處以極刑，並懇求遣送回鄉團聚。

猪仔頭呢，初時還是强橫，有恃無恐，强辯代領事館招募華工，是正當的事，而且各華工已領有幾元安家費，簽字打指模爲憑。他們情願出洋做工，絕無犯法行爲，有什麽事都由領事館出頭辦交涉。要求移送領事館處理，不承認拐賣人口。

同時鎮守使署經派人向各方探聽，掌握實情，知道每一名華工出洋，公司出費二十五元給那猪仔頭，除了幾元安家費、幾天臨時膳食費之外，領事館的買辦得洋一元，師爺五角，其他贜下的錢，盡歸猪仔頭所得的了。

經過審訊了解和各方調查之後，事情的眞相大白了。鄧鏗以案屬拐賣人口，且數量極大，決用緊急處置辦法，以免多生枝節，而儆將來。第二天凌晨，即把猪仔頭四名槍決。繼即把五百多名被騙的農民，發交瓊山縣署，分別遣送回鄉。過了兩天，這兩個領事，再度求見，大肆咆哮，說海口市幾家旅館，是我們洋行的代理，前天未經照會領事館，無故被軍隊包圍，捉去全部旅客，這對我國商人的業務，不特沒有依法保障，反而遭受鉅大的損失，應由鎮守使署負責賠償。鄧嚴詞駁斥，海口是中國領土，旅館是華人經營，如何處理，是屬本國的事，與領事館毫無關係。況且所謂洋行在旅館貼有招牌，事前並未有向當地主管機關備案，沒有公文書可查。所槍斃犯人四名，是屬地方積匪，有證人口供可憑。我國處理之事，與你們無涉。兩個洋人聽了，理屈詞窮，悻悻而去。從此幾年間，海口市不復再有販賣人口出洋之事發生了。

# 梅蘭芳的戲劇生活

△周志輔▽

## （二）梅雨田

梅雨田名啓勳，小名大鎖，生於同治八年（公元一八六九年），自幼即習文場，從其姨表兄賈祥瑞學吹笛。光緒八九年之際，隨賈在四喜獻技，名見該班底冊。祥瑞死，又拜李春泉爲師，改習胡琴。光緒十八年，又改搭三慶，譚鑫培初本用孫光通爲隨手，後來與孫分離了，改由雨田接充。譚承繼了余三勝程長庚的藝術精華，他的唱腔，推陳出新，變化莫測，雨田爲司弦，應付裕如，抑揚合拍。時司鼓的名叫李五，他倆對譚好比左右手，缺一不可，一時稱爲雙絕。光緒三十二年（公元一九〇六年）十月十二日，被挑選進了昇平署，當差數年。民國以後，仍跟着譚氏搭班，所收弟子甚多，梅蘭芳所用的琴師茹萊卿，也是他的高足。卒於民國三年（公元一九一四年），娶妻胡氏，爲名青衣胡喜祿的女兒，沒有兒子，生女三人，嫁給朱小芬，王蕙芳與徐碧雲。

雨田的名字，祇見於光緒末年所刻「新鞠臺集秀錄」中，當時其弟梅竹芬已死，所記雨田僅寥寥數語：

梅大鎖，李鐵拐斜街，善胡琴，係巧玲之子。

後輩陳彥衡也精於胡琴，他對於梅雨田的技藝，極爲欽佩。他所著「舊劇叢談」中講到梅雨田的地方很多，節錄於次：

雨田胡琴，剛健而未嘗失之粗豪，綿密而不流於纖巧，音節諧適，格局謹嚴。有時偶用花點，不必矜奇立異，自然大雅不羣。其隨腔墊字，與唱者嗓音氣口，鍼芥相投，妙在遊行自如，渾合一氣，如天孫雲錦，無迹可尋，洵可稱胡琴聖手。

梅雨田能吹崑曲，不下三百齣，鎖吶曲牌，無不能之。即胡琴之指法章法，與曲牌之源流，派別之同異，莫不分門別類，考據精詳，非僅以一二過門花點，博得彩聲，便爲名手也。

他的書中，又有記事數則如下：

李義節青衣皆唱西皮倒板下高臺，唱西皮慢板扯門下，惟陳德霖唱六句慢板二簧，至第五句過門中下高臺，與他人迥異。二十年前在北京湖廣會館堂會，見德霖演此劇，最爲整齊，時謝寶雲配老旦，李五打鼓，梅雨田操琴，二人皆隨鑫培來者，有人特煩爲陳幫場，遂大爲生色。李五於下高台過門中，用堂鼓肖風水聲，冷然動所，雨田胡琴隨腔處如水銀瀉地，無孔不入，雖專門爲陳操弦者，無此吻合，可知名手無所不能也。

凡唱碰碑第一段慢三眼，往往失之散漫，至大郎兒急轉直下，又不能停留，致前後尺寸懸殊。譚氏此段起句即凝練合度，以下句句精密，寬而不散，緊而不促，至大郎兒一氣呵成，恰合快三眼尺寸。梅雨田胡琴，快三眼純用雙弓串合於細針密縷之中，遊刃有餘。而打鼓李五又能提綱絜領，相輔而行，其餘疾徐頓挫，三人若合符節，洵稱絕技。譚氏嘗言，自失梅李，唱此劇時，每覺費力，然則場面之與唱者，其關係豈淺鮮哉。

罵曹一劇，重在擊鼓，名角擅長者，桂芬而外，譚氏最精，擂鼓三通，錯綜變化，五花八門，迥異尋常蹊徑。夜深沉一段，格律謹嚴，韻味淵雅，佐以雨田胡琴，音節鏗鏘，如出金石，可謂神品。惟二人合奏，每至尾聲，雨田胡琴，緊與鼓連，而鑫培鼓點，起於板後，微有參差，頗懷疑問。後詢鑫培，據云雨田於收束處，尚缺一句，故不能合拍，並將此句告余，余嘗舉以語人，皆以爲獨得之祕，今日已成濫觴矣。然鑫培不告雨田，雨田亦不問鑫培，蓋鑫培名重藝高，頗自矜貴，雖雨田爲之操琴，非低首請教，不肯輕易語之。而雨田自負聰明，以為聲入心通，可不學而能，亦不肯自貶聲價，降心相從，其負氣好勝，固自高人一等。余曾以鑫培之語告雨田，雨田以為老譚杜撰，此句絕無，然舊註節節高後，實有一句收束，後接尾聲，工尺雖異，老譚所云，未始無據也。又夜深沉中段長擂，舊分三段，鑫培則一氣貫注，不分段落，由來已久，一日忽再接再厲，出人意表，若非雨田應付便捷，幾致無從措手，老譚之故作狡滑，往往類此。梨園內行，雖同力合作，每自負才藝，各不相下，爾詐我虞，積習如此，賢者不免，因誌罵曹擊鼓，連類及之，亦譚梅二人之趣史也。

梅雨田的技藝，如此精博，能使陳彥衡佩服到五體投地，這不是偶然的。當年老譚在百代公司灌音，收有寶石針唱片，其中有一張灌的是寶馬與洪羊洞，就是由梅雨田操琴。

## （三） 梅竹芬

梅蘭芳的生父梅竹芬，是梅巧玲的次子，生於同治十一年（公元一八七二年），名叫啓瑞，小名二鎖，習亂彈青衣，兼崑旦，曾一度改小生。最初加入四喜班，在梅蘭芳的「舞台生活四十年」裏，由梅蘭芳的祖母對他說過：

你父親是一個苦幹苦學的忠厚老實人。他先學老生又改小生，最後唱青衣花旦。是你祖父的戲他都會唱。一般老聽衆們看不到你祖父的戲，看到他出台，就認為你祖父的一個影子，所以他每貼你祖父唱的「德政坊」「雁門關」「富貴全」……這些戲，都很能叫座。他搭的是遲家的福壽班。咱們跟遲家是親戚，他的性情溫和，班裏祇要有人鬧脾氣，告假不唱，總是請他代唱。咱們家光景不好，唱一次外串的堂會是一兩銀子，館子裏排你祖父唱的本戲，又都是很累的活。他這樣苦幹下去，日子一長，身體就吃了虧啦。他得的是大頭瘟，這種病要過人的，非常可怕，吃下藥去一點都不見效，不到幾天的工夫他就完啦。遲家聽說他死了，趕了來跺着腳的哭他。我心裏想他就是在你們班裏給累壞的，現在他是死了，你們恐怕不容易再找到這麼一位好說話的角兒了。

梅竹芬的名字，最初見於光緒十二年刻的「鞠台集秀錄」上面寫着：

梅二鎖字竹芬，蘇州人，隸四喜部，唱崑生。藏舟（劉蒜）琵琶行（白居易）住李鐵拐斜街。

在光緒十二年（公元一八八六年），他是十五歲，當時唱小生。後來「瑤台小錄」中，也有關於他的記載如下：

梅凌雲字肖芬，字二瑣，廣陵人，名優梅慧仙巧玲之子，明慧白晳，工寫蘭，有板橋道人風致，言詞溫婉，雅度恂恂，使人見之，當亦歎支公之神駿矣。肖芬在歌場中為小生，喜崑曲，近歲崑山曲子，幾如廣陵散，不能無望於肖芬也。

這部「瑤台小錄」是光緒十六年刻的，那時竹芬還是唱小生。至於他何時改唱旦角，今已無從詳考。他是光緒二十三年（公元一八九七年）去世，年僅二十六歲。

梅竹芬娶了名武生楊隆壽的女兒，生子一人，就是梅蘭芳，現在將梅氏三代的世系，列表於下：

- 梅鴻浩
  - 梅巧玲　妻楊氏
    - 子雨田　妻胡氏
      - 女嫁朱小芬
      - 女嫁王蕙芳
      - 女嫁徐碧雲
    - 子竹芬　妻楊氏
      - 子蘭芳　妻王氏
        - 子葆玖
        - 女葆玥
    - 女嫁王槐卿（王蕙芳之父）
    - 女嫁秦稚芬

# 為「詞林輯畧」再補闕並正誤

荷齋

朱汝珍的「詞林輯畧」一書，筆者尚未之見，不知其原文若何？惟據本刊第十八期「上海三先生軼事」文中，於秦錫圭三字後有「原註：秦字介侯，光緒中葉與其兄錫田鄉試，兄弟同榜後，會試、殿試又聯捷，散館後分發山西省知壽陽縣事。編者案：朱汝珍「詞林輯畧」載：秦字鎮國，號硯畦，光緒廿一年乙未庶吉士，但沒有說他散館授壽陽縣，今可補其闕。」其實，該「輯畧」尚有闕文，應再補敍如后：

當秦授壽陽縣之第三年，山西亦發生義和團運動，捕得西籍教士數名，送縣署請秦知縣誅戮，秦以誅教士關係重大；如不允，則必將禍及已身。乃告團民曰「茲事體大，本縣無權奉行，當解省請撫憲發落」。不料押解抵省，晉撫毓賢，竟將數名西教士，一併殺死。迨八國聯軍陷京津，清廷求和後，聯軍追究山西殺教士的官吏，清廷不得已，除誅毓賢外，並譴戍秦於甘肅。秦在甘肅，得昔日受知師葉昌熾的照顧，委以官錢局職務，洎返故里，於民初曾一度任國會議員，被迫選舉不應被選舉的人為大總統，懊悵之餘，在本鄉隱居數年以終。

補闕既竟，當糾正其錯誤。所謂：「秦字鎮國，號硯畦。」不知鎮國係何人之字；而硯畦名錫田，是太史公錫圭的胞兄，僅登賢書，未入詞館，其號何得濫廁「詞林輯畧」中！我知硯老（滬人普徧對他底稱呼）會試落選後，在鄂省候補同知，曾一度任鄂省鄉闈的房官。因宦情淡薄，不久便回籍辦理地方事務。除任省縣議員及浦東中學校長外；更久任三林中小學校董事會主席，上海慈善團總董，上海公欵公產處主任，約二三十年，為人勤懇熱情、文字方面，有人倩其捉刀，往往有求必應，其稿積成「享帚錄」正續兩編，付印贈人。因之，社會上只知秦硯畦，而不知曾入詞林的秦介侯。朱汝珍以耳為目，致「弟冠兄戴」。

筆者與秦氏有通家之誼，深悉秦氏之情況，凡所敘述，都為鐵一般的事實，倘閱者懷疑筆者信口雌黃，不能深信，則有物証，人証在，不嫌辭費，可得而申述之也。

一九四一年春，硯老以八十高齡，於滬城也是園（欵產處的辦事所）內撒手塵寰。開弔日，輓聯滿目，茲擇尤錄兩聯及其跋語，以資佐證。

（一）顧次英的輓聯及跋語

踵裴松之注典午一朝史事，補志補表，喬梓分功，記當初比擬大蘇，直包括氣節文章，上符賢哲；承温毅公為春申兩代耆儒，治事治經，後先媲美，痛此日驟凛魯殿，未親覩陸讐水慄，還我河山。

先生係温毅長子，温毅父子仿裴注

三國志例，發憤編注晉書，補志由温毅自任，補表則由先生與介弟介侯分任之，長沙王益吾師比之三蘇。時次英方治許鄭之學，與先生兄弟同館召樓奚氏，風雨雞鳴，過從殆無虛日，忽忽四十餘年，大局若此，而先生兄弟，均歸道山，回憶前塵，爲之憮然！次英跋。

（二）黃申錫的輓聯及跋語

蘇省政綱，淞江水利，溯幾番驥附，常接光塵，洎前週香案序班，潤墨潤珠，猶親見丹心一點；

芹芬兩擷，花燭重輝，縱再賦鹿鳴，尚稽時日，倘奕世鄉賢列傳，立言立德，定無慚青史千秋。

余自卅年來，自縣議會，縣參事會，省議會，以及地方公益，無役不隨丈後，而於爭濬吳淞江事，得丈指導尤多。七日前高氏題主，余在襄題之列，不圖此役即爲最後之追隨也。傷哉！申錫跋。

上錄第一聯的跋語中「先生與介弟介侯」七字，第二聯中「縱鹿鳴再賦尚稽時日」九字，可爲我言的物證。第一聯作者次英，字冰畦，上海鄰縣南匯人，曾登鄉闈副榜，於清末民初在東北某省作幕，其年齡與硯老相若，恐亦不在人間了。第二聯作者申錫，字譜蘅，今正在港，寓居吳叔同（香港中華書局負責人）家，足作我言的人證。閱者於此，所有疑團，或可渙然冰釋吧。

# 清宮的佛爺與「試婚格格」

李　寧

自從溥儀被逐出故宮後，故宮博物院跟着成立，舊時「大內」的一部分宮殿，逐漸開放，給游人參觀，但有些地方却沒有對外開放，例如雨花閣這一處，就是其中之一。

雨花閣在西六宮的西邊，屋頂作亭子式，金瓦，屋裏有樓，樓上供養大大小小的木製歡喜佛，有些的木座上還刻着製造的年代，我曾見過「故宮周刊」所載的一個歡喜佛，木座上層刻着「大清乾隆年敬造」，下層刻「持兵器喜金剛佛」等字樣。據說這些「佛公佛母」，還有些大小如人體一樣，機關開動時，四肢五官皆會活動，好像眞人一般。但這種大的佛爺，早已被人拆毀，不復存在了。

據熟悉清宮故事的老輩說，清帝在大婚前，要「試婚」一下，試婚的對象就是挑個宮女來充任。正宮是未來皇后的住所，不能讓皇帝借作「試婚」的洞房，只好假雨花閣舉行，大概雨花閣中有許多栩栩如生的佛祖，從它們的肢體活動可得示範，也未可知。（清帝大婚，以坤寧宮的東暖閣爲洞房。）

本來「食色性也」，別的人結婚不必「試婚」一下，難道做皇帝的人是白癡不懂人道的麽，爲什麽要「試婚」呢？據說「試婚」後這個宮女就永遠不能和皇帝見面，從此也失蹤了。不能和皇帝見面的原因，是恐怕皇帝對她發生感情，而她只不過是一個「試用品」，實驗之後就立即拋棄，不能將她收爲妃嬪的。這種不拿人當人的主意，不知是哪一個皇帝想出來的。

舊日的旗人一聽到選秀女，無不惶惶終日，如果他們的女兒入選爲秀女，眞是一則以喜，一則以懼。喜的是碰到運氣，她的女兒將來會有指婚皇子或皇帝納爲妃嬪的希望，就光耀門楣；懼的是不幸而被選爲「試婚」的「試用品」（宮中稱爲「試婚格格」，格格者，小姐也），那就永遠無相見之日了。

老一輩的人又說，皇帝大婚那一晚，照例有一個年紀大的婦女，躲在「龍床」後，暗中照顧，恐怕皇帝、皇后都是稚子，偶一不慎會發生意外云。此說恐怕不盡可信，既有「試婚」一着，又有「佛爺」示範，已經驗豐富，似乎不必要有人照顧了。

# 「成都魯迅」

·車輻·

成都賣報的「報販子」，有所謂「四大金剛」，「四大金剛」的第一名是程明儒，此人面貌身材很像魯迅先生，故有「成都魯迅」之稱。

說到他賣報的技術，那就太精到了。成都一般的報販子，每天至多一人只能賣到五六十份報，四大金剛的二三四名，一天也不過賣一百份到一百五六十份，而程明儒一天的最高紀錄曾經達到四百份，平常一天也得二百多份。

為甚麽他一個人獨有那樣大的本領呢？據他說：「這完全是吃煙的關係，煙癮叫我不得不一天賣上二百份，才脫得倒手。」為了他吃煙，幾度被捕，最後一次被關在成都南門外武侯祠遙遙相對的張翼德衣冠廟內，可是他在衆煙犯破門而逃之時，一溜煙夥同逃跑了。當時守衛者開槍，打死了一名煙犯，他過後看到吃煙太危險，便由一位愛聽他喊報的顧主（是一位醫生）替他把十多年的陳年老癮戒掉了。

煙戒掉後，他開始喝酒，一天吃三四次，但是精神沒有從前好了。他從戒煙那天起，賣報的數字低落，低落到一百六七十份，但對他四大金剛第一名的地位，並無絲毫影響。他常說：「七十二行，行行出狀元，膏藥是一張，看你各人的熬鍊。」

在未介紹他賣報的技術之先，對於他的出身，却有弄清楚的必要。他是緜陽人，家裏開綢緞舖，兩個哥哥賭大錢，押紅寶，把一份家務蕩光了。他的學業在緜陽中學第三學期上便中輟，民國七年含着辛酸的眼淚，從學校大門走出來，生活無着，便入當時川軍第三師當一名小兵，一穿上二尺五的軍服，隊伍便開到陝西去，不久他回川來，跳到第七師補一名軍士，旋即退伍。

次年，入第三軍作司務長，副官等職。隨後川黔邊防軍（呂超任軍長）遠到貴州去。隊伍改編，他首被編遣，領了少許路費回四川。回到家鄉，在地方團防上又混了幾年，就在這個時候，他把鴉片吃上了，一直到三十四年冬才戒掉。

民國二十四年（一九三五年）他來到成都賣報，一賣十一年，歷史從他的口裏滑過去了，由內戰到團結，抗戰，再到今天不安定的局勢。他在酒館裏喝醉時，自言自語的說：「不經我嘴裏喊過的，算不了世界大事，敢說，在成都不經我喊他不得出名。再有名的經我一喊，他也要背時，汪精衛由我一喊，喊得他老哥魂歸西天去了。」

他喊報的花頭眞是變化多端，奇妙莫測，而且他還用地方術語之熟練，達到爐火純青的地步。當盟軍在諾曼第半島登陸，他在街上大叫：

「看看看，這下子對了，這下子要喊希特勒打寒食擺子，他哥子這一下喊脫不到右手了。」

意大義無條件投降時他是這樣喊的：

「嘿，萬不想墨索里尼就這個樣子開了小差，躲得過初一，躲不過十五。」他用手向空中一抓，用力的喊道：「墨索里尼，你往——那裏逃？」

如果茶館裏坐的一羣知識份子，這幾位知識份子又不買他的報時，他便站近桌子去喊：

「認得字的先生，你今天不看報，對於你是一樁天大的損失，失悔的時候，你不要怪我吶！」

他被成都市人公認為「四大金剛」的第一名，主要的是他喊報時聲音的清脆，明朗，吐字極清白，抓得着中心。就是成都新聞界裏的人也說：「如果他來當編輯，拿頭條是很有把握的，報上沒有重要消息時，他也會去旁敲側擊，推敲出一些怪裏怪趣的消息來喊。有一次一喊就喊出一條轟動成都的消息：

「看白楊昨天晚上生了娃娃，生得好痛呀！」

那時中華劇藝社在成都上演巴金作曹禺改編的「家」，內中有白楊生孩子的一段，可是那是在「家」裏頭演劇的事，報上只登着「家」的廣告。他看了「家」後就這樣脫口而出，有人拿着報問他：

「那裏有白楊產子的消息？」

「你去看話劇內「家」就一目了然吶。」

經他這一喊，「家」的生意份外的好，作「家」宣傳的人，還大大地請他吃一台酒。

有一天，報上載着高等法院院長蘇兆祥從公館出來，一婦人拉着他的包車喊寃。這本是一條極平常的消息，可是到他口裏，卻不同凡響了：

「看吶，今天上午高等法院的蘇院長脫不倒手。」

大家都爭着買這一份報，他後來向人說：「我那個樣子一喊，不但連蘇院長的錢要賣到手，就是他的親親戚戚與乎高地兩院人的錢，都到手了，那天晚上單是那條消息我喊出去一百五十幾份。」

三十二三年，寇機濫炸後方，我機因數質不佳，未能抵抗，突然有一天他在街頭大叫：

「看，這下給我們出了一口大氣，我空軍擊落了日本飛機一千多架，大快人心的消息，不能不看。」

待到人們看了後，才知道是「七七」抗戰第幾個週年上，何應欽總結幾年來擊落敵機數字的總報告。

過去他也賣過新華日報，也遇見過禁止他賣報的人，但他都應付自如的說過去了。成都所賣的報販都挨過打，獨於他是例外。桃色新聞他很難得喊，他說：「現在不行了，看報人的知識水準提高了。」

他還有一特長，專賣過時的陳報，陳報的本錢低，賣時照定價，二十元批發的，可以賣一百二，只消他大聲一呼，一家茶鋪賣上七八張是容易的事。他從不在街頭叫賣，專門跑茶館（「四大金剛」之二的袁海廷老槍，專門喊街頭不進茶館，兩位「金剛」背道而馳。）他的意思是：街上養精蓄銳，邊走邊思，一進茶館，鼓足全力，開腔轟堂，無不穩拿法幣。

今年他四十六歲，他希望再賣十年報紙，如再不能有好的辦法，決定改行。有人問他：你很像魯迅，你知道魯迅是那個？」他答覆：「魯迅是中國第一文豪，浙江紹興人，應當說他像我，不應當說我很像他，對不對？」

最近成都出了很多小報，都接頭送他幾十份報賣，分文不取，原因正如他自己所說的：「敢說，在成都不經我喊他不得出名。」的確他已成了報販的權威，在這九里三分的芙蓉城中，他的地位，難於動搖了。十幾年來他遇過四次以上的勁敵，結果還是他以壓倒一切優勢取得了最後勝利。（轉載一九四七年「人物」什志）

# 馬叙倫舊硯

詩人黃晦聞（節）死於一九三五年，死後不久，他的如夫人就急急將他的遺物賣盡去改嫁了。遺物中有大小端硯廿六方，她送到馬叙倫先生家中，請代覓買主。馬先生就轉送往陳伏廬處，由伏廬老人叫琉璃廠骨董商人估價。（伏廬名漢第，叔通之兄，久客北京，藏書畫骨董頗富。）

馬叙倫先生「石屋餘瀋」有「黃晦聞遺硯」一則云：

（晦聞遺硯）其中半月形一硯，本係余家舊物，乃晦聞鄉賢明代李雲谷所遺，有雲谷之師陳白沙隸書銘詞，屈翁山跋之。余昔爲跋而乞陳弢庵、朱彊村、馬通伯、章太炎、楊昀谷、吳絅齋、諸貞長、馬一浮及晦聞題之。晦聞卒之前歲，乞於余，余舉以贈。不意晦聞遽下世，而此硯又流落人間。然余以避嫌，不敢取也。伏丈乃爲復從肆賈購之。賈見其殘，亦喜即有受者，遂不僞價而復歸於余。蓋硯本規形，殘及半矣。

徐仲可有祭天神一詞題此硯云：

倚小樓江上聽疏雨，幾摩挲，片石韓陵差可語。淵襟自接嶠南，莫道儒冠誤。問而今剩水殘山誰是主。且缺守，文章府。

試回首斜日湖濱路，人間世，桑海淚，鴝眼無今古。更何堪關河搖落，丘壑因循，老我天涯，硯北悲秋苦。

·温大雅·

# 廣州商團扣械案的眞相

直言

比勘以上兩文，可知第二次罷市之癥結，在還械之全部或一部。在商團以爲發還一部，斷無再復苛求之理。在商業聯合會則以爲必須完全發還，否則堅持罷市到底。是以十月十一日，李福林雖親到商團公所，召集各分團長，勸以開市。而商團以有商業聯合會通函堅持在先，雖答允李福林於前，仍無法轉圜，終於繼續罷市。於是十月十四日，省長胡漢民有解散廣州市商團之布告，十月十六日，粵省商團公所有誓與偕亡之通告。軍團交戰，釀成廣州市焚掠慘劇，至可痛悼。其後兩方各有文告，但在感情刺激之下，均不無過火之語。港澳各報，甚者有鋤除商團，爲共產之先聲之語。竊謂爲研究歷史，宜有公平之觀察。筆者於廖胡之任省長，均任省署機要秘書，私人對商團向表同情，故遇有進言之機，輒思有所貢獻，廖答渠對商團，亦同一愛護。當其決定申明繳價發械布告之前，親聞其所以決定之故，廖言，向洋行訂約購械爲團長之事，時日式樣，惟團長獨知，現因時日式樣不符而沒收，則團員繳過槍價，勢必落空，不免損失。故決定凡在商團公所繳欵領收據者，均予承認，即已繳百元者，准予補繳六十元，立即發槍。可見其特予體恤，尚非虛語，歷次布告，多有對於商團愛護至深之言，人多以爲套語，實則確出至誠也。胡漢民對於發還一部份團械之時，又謂新定辦法，對商團比廖時更有利。蓋廖定辦法，團員補繳六十元，方可領槍，此時則先予給發並不收價也。廖胡之言似頗有理，且有事實爲証。至團械何以發還一部，而不全部發還，筆者於當時有暇，曾以問胡，冀於商團有助。胡謂「先生（胡對孫大元帥之稱）別具苦心，日後自可明白。」其後粵局大定，胡謂先生於江防會議，楊、劉拘留魏邦平，勒迫魏軍全部繳械之後，認爲楊、劉實軍閥之最毒辣者，粵爲革命策源地，非先除楊、劉，無以救國。故在黃埔舉辦軍官學校，以期養成幹部，藉練勁旅。但華會議決，禁運軍械入華。民十三冬季，養成軍事人才不少。但有人無槍，正所謂萬事俱備，只欠東風，蓋指槍與彈也，故統籌全局，只以沒收私運軍械之一部，給發商團，而留大部爲裝備黨軍之用，子彈則更留大多數。蓋商團得械，只能自衛，尅制外江壯士在廣州擅掠之行爲，與大局無關。而時間延長，楊、劉坐大，終爲黨國大患。何若裝備黨軍，立足裁制軍閥，完成救國救民大業。故權衡輕重，不能不平均分配以免輕本重末。其時華會尚禁械運華，此爲黨軍獲械之惟一機會，更不容輕輕放過也。中山先生苦心，余始明白，且於兩方之堅持不讓，更有所感。程子論仁與公，以爲必須物我兼照。中山先生處置此事，雖以裝備黨軍爲重，仍以半數給發商團，已盡物我兼照之公。惜乎商團只知有我，而不知有比我更重者，固執全部發還，已不免一誤。違背李福林，李頌韶調停雙方之諾言，盲從商會聯合會繼續堅持之決議，則再陷於背信食言，終於不惜一再罷市，搖動後方，則三誤於不辨輕重，而不免於孤注一擲矣。多年捍衛市民之商團，不免於覆滅，無怪當時市民以及旅外僑商無不同聲一哭。余亦爲愛護商團之一分子，但研究歷史，豈能偏於感情，則此三大誤亦不能不認爲致敗之由也。至戰亂中焚掠擄勒之實，亦有足供談助者，當縷述之。

## 軍團互戰後焚掠擄勒之調查與全案結果

軍團互戰後，西關烽火四起，軍隊報告，有謂商團敗退，放火圖遁者，余頗以為疑，後忽接電話，則會友牙科醫生梁君，居於大新街附近者也，渠謂：「有人於門前鐵閘外，堆積柴炭，以放火脅迫開閘，如開，必遭擄掠，不開闔家難免焚殺，請予救援。」余首問：「是否商團所為？」渠答：「商團安得有此？」繼問：「是否軍隊？」渠答？「人非軍服，且無長槍，不知為何人，但危急萬分，請速來救。」電機猶聞啜泣之聲，不禁惻然。余立以告胡，並謂市區既有焚掠，必須防阻，方免蔓延，究出何人，尤非調查明白，不能對症發藥，自願任實地調查之責。省署向有三角形小旗，中蓋印信，為通行戒嚴區域，傳遞緊急命令之用，小旗插於汽車前，則更通行無阻，旗向由余保管，請發一旗，俾得長行，一面查明沿路情形歸報，一面順救梁君出險。胡立允許，並謂宜乘汽車，且特派衛士一人持械為衛。余乃乘汽車馳赴梁居，途經皆大馬路，則已路無行人，間見軍士扼衝要路口，尚未發見其他異狀。及至梁居，則見有地痞三人，其一手持小刀四望，驟見衛士持械下車，立即飛遁。衛士初欲追捕，余以此時應以調查報告，歸定補救辦法為急，追捕地痞，即令就逮，而必須交警訊辦，不免阻時，故予制止。梁君聞汽車喇號，亦即啟閘挈家屬二人同出。謂近鄰尚有劉牙醫，請並予援救出險，余當樂允。劉亦偕家屬二人出，同乘汽車赴沙面轉輪往香港。梁於途中告余，謂附近聞有軍隊持械大呼搜屋，入即大肆劫掠者。軍紀之壞，真堪太息。梁劉入沙面後，余即繞道過普濟橋等處，竚望內街，無不有商團軍帽軍服，棄置路旁，可見互戰之後，團軍皆以逃生為急，豈復有暇行劫，自屬不肖軍人卸責之辭。乃歸省署，以所見所聞，一一報告。胡乃親電大本營遣派軍官學校學生，又電粵軍總司令許崇智遣派憲兵，分道巡查，如有劫掠者，立即就地槍決，復再親電各軍司令，嚴飭出發各隊長官，約束所部，有犯必懲。又命余電致公安局分飭各警區分局組織巡查隊，分巡小街各負所轄區域治安之責。同時發出下列布告。

現據報告，西關烽火四起，歹人四出劫掠，殃及無辜，聞之惻然。當經電令公安局，迅派消防隊分投撲滅。一面通告楊總司令，分飭各軍，如遇消防隊經過，立予放行，不得阻止，並商由大本營遣派軍官學校學生分道巡查，如有劫掠者，立即就地槍決各在案。現據消防隊報告，西關火警，旋撲旋起，顯係歹人放火，圖亂治安，亟應懸賞緝拿。除通令各軍，查拿放火匪徒，立即就地槍決。並再令公安局嚴飭消防隊救火會趕速營救外，合行布告商民人等知照，如見有放火匪徒，准予扭送軍警究辦，訊實每名給賞五百元。各宜遵照，毋違，切布！廣東省長胡漢民。

余目覩胡手持電話筒，分電各處，舌敝唇焦，無片刻之暇，猶自恨遣派軍官校學生巡查之太遲，頓足不已，甚佩其愛民切負責勇之不可及。乃事後滬港各報，多有詬其縱兵焚掠者，真可謂求全之毀矣。擾攘兩日餘，廣州始告安定。不法士兵之槍斃，國民黨中央執行委員會有詳晰之通告。不法軍隊之解散，有湘軍總司令譚延闓之布告，均屬可供參考之重要史料。

### 中國國民黨中央執行委員會敬告

廣州市民：

連日廣州市民，真是受驚不少。兩個月來，我們和各界用盡心力，要想廣州免卻這一場驚恐，誰知枉費唇舌奔走之勞，終於免不了這一場，真是十分抱歉的事。（中略）至於我們軍隊，竟有乘機搶掠者，這真是我們所不敢自恕的。只是當日軍事長官已執行軍法，粵軍槍斃三十餘人，滇軍二十餘人，其餘各軍數十人，犯法槍斃者之數，較陣亡者為多。加以黃埔軍官學生滇軍幹部學生，奉命巡查，晝夜不息，秩序得以迅速恢復。用兵之目的，沒有因這些罪惡而至於隱蔽，這是要求市民諸君之諒解的。（下略）中華民國十三年十月十八日。中國國民黨中央執行委員會。

### 譚延闓解散擄掠部兵之布告

據湘軍警衛司令岳森呈稱：此次在省湘軍，奉令協同友軍解決商團之亂，職部游擊司令易功策，竟有在桂香街縱兵擄掠情事。經職查明，當將該司令先行撤差拿辦。並將該部於本日拂曉一律勒令繳械解散等情。查易功策事前業已逃匿，除通報各友軍協緝究辦外，應請鈞座明令通緝，以肅軍紀，據稱現已在逃，除分咨行各軍嚴緝究辦外，合行佈告，俾衆週知，切切此布！中華民國十三年十月十七日。譚延闓。

以上為軍隊迭犯擄掠之明証。至於放火焚刧，大都出於地痞。蓋軍士持槍搜查，人民無可抵抗，即可大施擄掠，不必放火。其必須藉放火圖刧者，只持刀棍之地痞而已。梁、劉之被脅迫，固予之所目擊也。此役為廣州空前之大禍，犯法槍斃之軍人，且在百人以上，則人民之受禍者，豈可勝數，能無慨歎。但綜核始末，余覺江防會議與商團之興滅，國民黨之成敗，均有脉絡相連之關係。蓋因江防會議，而國民黨之主力魏邦平部隊，慘被全軍繳械。廣東全省頓陷楊劉魔爪之下，為全省軍事政治最黑暗時期。商民飽受蹂躪，因自衛之故商團隨而孕育成長，中山先生與廖胡依違其間，委曲求全，黃埔軍官學校幹部亦同時孕育成長。及扣械案發生，一萬桿利器，三百萬顆子彈，足供黨軍裝備，故民十三十月十八扣械案方告終，而民十四春夏間，楊、劉立告剪除。雖紀律完美之商團，不幸覆滅，中山先生亦賫恨去世，不克目覩其成。但胡漢民以代帥不及半載，完成剪除楊劉壯舉，廣東由黑暗復露曙光，國民黨終能勦滅東江南路叛軍，完成北伐大業，團械實為重要關鍵，此又談歷史者所宜注意，於軍各無一不犯擄刧罪惡，卒賴黃埔軍官學生之巡查，始告安定，則中山先生當日之平均分配，使黨軍得獲裝備，不以全部發給商團，誠非得已也。以上為余之淺見，但余為國民黨員，當時廖、胡任省長，又充機要秘書，雖力求避免偏見，仍有帶着色眼鏡之嫌，故期期不敢以淺見為是。但兩方辯爭資料具在，讀者如以超然之眼光，詳晰比勘，當必有特別之發見，遠超淺見，是則拋磚引玉之微意也。（續完）

# 「晶報」幽默孫中山

·兆 洛·

在一九二七年國民黨勢力未到達江南之前，上海的小報，對孫中山先生十分「大不敬」，時時在報上罵他。（其實北京的蔡元培、胡適等對中山先生也很不客氣的，一九三〇年後，胡適才大轉變，從此高官跟着來了）偶憶三日刊「晶報」，於民國十年秋間登載一首七律，題目「賀孫中山折桂詩」，作者署名丹翁（即張丹斧），以寫幽默詩見長，此詩挖苦得很有趣，亦頗有歷史性，在四十年後的今天，不妨一談。

民國十年（一九二一年）中山先生討伐桂系軍閥陸榮廷，將廣西收在勢力範圍之內。廣西稱桂省，折桂之意謂攻取廣西也。時在秋天，舊日讀書人考得舉人，亦稱折桂，語言雙關。張丹翁詩云：

且把醫生當秀才，居然折得桂枝來。
楚傖月下親持斧，力子霜中替搗槌。
雙料法螺廣寒響，一池鴨水木樨開。
令郎取得「科」名好，代代相承作總裁。

第一二句，謂孫中山係醫生出身，今姑且把他作秀才看待，因而得「蟾宮折桂」。其時，國民黨在上海所辦的「民國日報」，葉楚傖、邵力子二人為哼哈兩大將。三四兩句，指此二人出力宣傳，五六句謂其宣傳三民主義及中山先生之「大炮」不可嚮邇也。第七句謂孫科，第八句謂孫科在廣州曾做某總裁，以後或傳子傳孫也。

此詩如在一九二八年以後出現，則丹斧與「晶報」都大有不便，因為國民政府和歐美開明國家的政府不同，不許平民作幽默譏諷元首的，當時上海的報人，曾私下裏說：「還是北京政府時代的言論自由得多，北京政府勢力不到上海租界也。」

# 釧影樓回憶錄

天笑

我被他說得眼淚也要掛下來了，我說：「姑丈的話，是藥石之言，我今後當加倍用功。現在請姑丈出兩個題目，我去做來，兩三天交卷，請姑丈批閱。」他想了一想，說道：「這樣吧！你後天上午到我這裏來，在這裏吃飯，吃飯以後，我出一個題目，你就在這裏做，我看看你的程度究竟如何。」

我想：他是要面試我了。出了題目拿同去做，還可以挨延時刻，翻閱書本，到他這裏來做，眞是使我「白戰不許持寸鐵」了。沒有法子。到了後天，只得去了。吃過飯後，他出了一個題目，教我去做，他說：不必全篇，只做一個起講。題目本不難，但我在此一暴十寒之後，思想遲滯，又在他監視之下，頗爲枯窘。不得已，寫好一個起講，送給姑丈去看。他看了以後，便不客氣的指出：這個地方不對，那個地方不對。他却不動筆給我改正，要我把他所說不對的地方，自己去改正。

他說：「你以後每五天來一次，也像今天一樣，在我這裏吃飯，飯後，我出題給你做，不必要全篇，半篇也可，一個起講也可。」臨走時，他又給了我幾本明朝文的制藝，和清初文的制藝，教我去揣摩細讀，我覺得這種文章，都是清淡無味，如何算得名文。原來當時的制藝八股文，也分兩派，一派是做清文章的，一派是做濃文章的，做得好，清的濃的都好。譬如名廚做菜，做得好，清湯也好，紅燒也好，巽甫姑丈是做清文章的，尤其是小題文（題目一句、兩句），人稱名手，不過大題文（題目一章、兩章），便不是他的拿手了。我在他那裏作文數次，出了一個題目，先把題目的正文，以及上下文講解一次，然後讓我去下筆。他說：「先要明白題旨，然後方能理路清楚，理路清楚以後，文機自然來了。」

那時考試的制藝，流行一種惡習，往往出了那種「搭題」。」所謂「搭題」者，把四書上的上面半句，搭到了下面半句，或是上節的末一句，搭到了下節的首一句。有絕不相關者，名之曰「無情搭」。相傳俞曲園（樾）放學政時，曾出過這類題目，如「王速出令，反，」與「君夫人、陽貨欲」等等怪題目，以此壞了官。又有某主試曾出一搭題爲「以杖叩其脛，闕黨童子。」那個考試的童生寫道：「一叩而原壤驚矣，再叩而原壤昏矣，三叩而原壤死矣，三魂渺渺，六魄悠悠，一陣淸風，化而爲闕黨童子矣。」四五百年來，此種關於以八股取士的笑話極多，現在此制既廢，不必爲死人算命，徒多詞費了。

可是巽甫姑丈所出的題目，却不曾出過搭題，這是我所高興的，但也有我所厭煩的，就是做的不對，要我重做。我對於重做怕極了，我情願另出一題目，別做一篇，而不願以原題目重做，但他却要逼我非重做不可，寧可少做一點也好。這三個月以來，我的確有些進境，一題在手，不像以前的枯窘了。從前因爲想不出如何做法，所以也頗怕作文，現在也不大怕，就要想出一個題旨來了。姑丈又嫌我做得慢，要練習得加快一點，不要過於矜持，想到便信筆直書，但寫出以後，又必須自行檢點一過，有不對的地方，必須改過。但三個月以後，姑丈的舊病又發，我的面試，也因此中止。

## 父親逝世之年

十七歲，是我慘痛的歷史，乃是我父親逝世之年了。

我父親平日身體也還好，不過精神是不大舒適，憂傷壓廹着他過日子。自從在湖北應城縣回來後，並無固定的職業，即使有所貿易，亦往往失利。更不肯仰面求人，也曾有人舉薦他到某一商業機構中去服務，但他又不肯小就。人越窮，志氣越傲，而且又好評論人，指摘人，在這樣一種腐惡的社會上，他是失敗了。

我們是一點產業也沒有的，說一句現在的流行話，眞可以稱之爲「無產階級」。雖然在我們曾祖時代，經營米業，亦爲鉅商，但經過太平天國之戰，已經掃蕩得精光大吉了，我父即使在有餘資的時候，也不相信置產。即居屋而言，在當時蘇州買屋極廉宜，建屋亦不貴，但他寧可租屋居住，而不願自置產業。他以爲自置一屋，是固定的，反不如租屋居住，是流動性的，如果嫌此屋不好，立刻可以遷居。並且他既不事生產，而又不善居積，在從前讀書人中，往往稱之爲名士派，而他是商業中人，也似沾染了名士派的習氣，便這樣的窮下來了。

那時候，蘇州也有一種投機事業，什麽投機事業呢？原來那時銀行制度還沒有流行到中國來，所有金融事業，都握在錢家大錢莊手裏，這時幣制有三種，一曰制錢，二曰銀兩，三曰洋圓。制錢即銅錢，外圓內方，古人稱之爲孔方兄，現已不經見了。銀兩即當時所行用生銀制度，以兩爲單位，亦有鑄成爲元寶者。洋圓（圓每寫作元）便是已盛行於中國東南各省的墨西哥銀圓。

但此三種幣值的比例，時生差異。譬如當時每一洋錢，兌換制錢一千文，而有時爲九百八十文，亦有時爲一千〇二十文，甚至有時長至一千一百文。銀兩與洋錢有比率，制錢與銀兩亦有比率，此中升降，商人即因之做交易。於是出錢入洋，出洋入銀，而以之投機生利，但憑口頭一語，不必有實物者，謂之「買空賣空。」當時買空賣空，頗爲盛行，顯然是公開的，其實則近於賭博，蘇滬一帶，名之爲「做露水」。

做露水的地方，蘇州則在閶門內東中市的錢業公所。我曾隨父親往觀，上下午兩市，其熱鬧不亞於上海後來之交易所。父親向他們說：「買進洋錢三千元」，但憑一句話，並無片紙隻字作爲憑證。我當時不解，父親何以有力買進洋錢三千元呢？何以一句話就可以算數呢？不到半個鐘頭，父親對我說：「已賺錢了。」我的兒童心理，覺得這樣賺錢眞太容易，又覺得但憑一句話，父親的信用未免太好了。當然父親是錢業出身，是個內行，他有遠識，對此可以稱爲「億則屢中」。然而這到底近於賭博，有許多朋友做露水，弄到跌倒爬弗起，甚而至於亡家破產者，比比皆是。所以祖母知道了禁止他，母親也勸阻他，但父親也不過小試其技，不敢作此投機呢。

又有一次，舅祖淸卿公，以父親無固定職業，邀他到他的家中，佐理他們的田業事務。此種田業事務，是管理收租、催租、一切也很爲紛繁的。那時蘇州紳富人家，家家都有田地，以爲這是保産最好方法，不勞而穫，家中設立賬房，開倉收租，經營其事者，名曰「吃知數飯。」但父親沒有耐心於此業，而又是外行，意欲不往，然廹於甥舅之誼，重以祖母之命，又不得不往。可是未及三閱月即歸，託言有病，謂其既富且吝，壓廹農民。且常欲以其理論，教訓我父，父親實不能忍受也。

父親的憂傷憔悴，固然是他早死的原因，而在他病後的醫藥雜投，當有絕大關係。他害的是一種痢疾，時間是在初秋，在現代說來，痢疾並非不治之症，只要醫治得法，立可痊愈。何況現在中外醫藥界，有種種的新發明，痢疾且也有專治的藥品，但那時却談不到此。起初父親不要請醫生診視，自然也爲了省錢，且以爲不久就可以痊愈的。及至後來病勢厲害，大家都發急了，家中人又都沒有醫學常識的，「病急亂投醫」，請了這個醫生，未能見效，又請另一個醫生，這與病人是太不相宜了。

雖然蘇州那時已有了外國教會所辦的醫院，用西法治病，但大家都不相信它。害了病，還是要中國醫生診視，而我所最恨者，要是換了一個醫生，必定把前一個醫生所開的藥方推翻，只有他所開的方子是對的，別人所開的方子都是不對的，再換一個醫生，也是如此，醫生越換越多，各人的見解，越是不同，弄的病家無所適從，到底聽了那個醫生對呢？而一個病人睡在牀上，做了他們互相爭競的目的物了。

當時我父親病了十餘天，身體已虛弱不堪了。一個醫生道：「不能再打下他的食滯了，須要用補藥，補他的虧損了。」另一個醫生道：我父親的病體，是虛不受補，現在吃的補藥，把病邪補住了，須將所吃的補藥剝去，再行施治。試想：這樣不是教病人太苦了嗎？但我父親已自知不起，堅不肯吃藥，母親苦勸不聽。及至祖母臨牀，他回念自己是一個遺腹子，幸賴寡母撫育長大，未曾有所報答，不禁淚涔涔下，祖母要他吃藥，他就吃了。

上半年，姊姊出嫁，父親以爲向平之願，了去一半，姊丈許嘉淦，（號杏生），也是一位讀書人（父親不相信商業中人），頗爲溫文爾雅，比我長兩歲，筆下比我好。雖然我們家道很拮据，勉強湊付，也得一副不太簡陋的奩具。姊丈早孤，有兩兄，不事生產，所以常來我家，和我討論文字，吾父顧而樂之，以爲郎舅至戚，在文字相切磋，不是更爲相得嗎？

不想下半年父親就病了，病而至不起，寧非意外的慘傷，那種悲痛的事，到現在已近六十年了，想起來，眞是非常摧心。我當時還有一種感想；祖父在三十多歲已故世了，父親在四十多歲亦故世了（故世時四十五歲，我今日寫此稿時，正是一百歲），遺傳下來，我的壽命，也不會長吧。但我今日忽忽年華，已是七十四歲了，人家還恭維我得天獨厚，老而彌健，但我了無建樹，只是虛度一生而已。

寫到此，想起一件事，在我四十多歲時，在上海有一位老友管君，招攬我人壽保險，找那時筆耕所入，每歲收穫，尚有餘資，而子女衆多，念此亦等於儲蓄之一途，乃欣然應命，擬以五千元投保二十年。這是上海一家著名之英國保險公司。保壽險先得要檢驗身體，這是我所知道的，於是由管君陪同我到該公司所指定的外國醫生處檢驗。這個外國醫生，我也不知道是英國人，美國人，聽心臟，驗小便，又用小榔頭，敲我膝蓋，令其反應，問我：「曾患過性病否？」對他說：「沒有。」鬧了一陣子，管君說：「三四天後，保證書就可出來了。」乃遲至兩星期，未有回音，我以電話問管君，管君支吾其詞，我情知不妙。管君說：即來訪我。我說：「生死有命，孔子所云，大概我是不及格了，兄亦無須諱言。」管君說：「不！我知道該公司檢驗身體者，不止一醫生。我現已知道有另一醫生，我們明日再往檢驗可也。」我此時甚爲心灰，由管君強而後可，則此一醫生，年齡已老，白髯垂胸，云是法國人，檢驗也未如前醫生之苛細。驗後，管君私問之，醫言：「大致可及格」果然，三日以後，保證書即得到了。這保險到了我六十六歲滿期，連息得七千餘元，足爲長兒留學德國之需，亦云幸矣。

父親逝世之日，尤其使我痛心的，他要我讀書，至少也得青一衿。假使父親今秋不死，本年我可以徼倖進學，也未可知。因爲巽甫姑丈曾說以常理而論，可以獲售，但要視看文章的人目光如何。因爲考場中看文章，有如走馬看花，而這一叢花，不是特別惹人注目的花，也許是欣賞了，也許是錯過了，這要看你運氣如何了。因爲照文字而言，也在可中式與不可中式之間呀。如果父親遲一年故世，而我於今年進學，不是稍慰了他在天之靈嗎？

## 父親逝世之後

家中本已困窘，在父親病中，母親所有剩餘的一點衣飾，也典質淨盡了。父親身後的料理，亦極爲簡約，但我們還是一個中等人家，而且都是高貴的親戚，那些普通的場面，還是要的。必須開一個弔，出一個殯，從前沒有什麽殯儀館，停柩在家三十五天，這些封建時代的排場，必須應有盡有。「禮記」上說：「喪禮，稱家之有無」，但我們受孔子戒的人，都服膺於「愼終追遠，民德歸厚。」我想父親最後一件事了，也未可過於落薄。

# 張謇日記鈔（廿一）

張謇遺著

## 九月

一日。爲孫氏定延高仿青爲塾師。

三日。錄前作「書陳節婦殉夫事」：「英君控八表，貴能得死士，士苟爲人用，其賢能義死。況於匹耦間，結裲具終始。天故不必仁，冰霜概蘭芷。一言旣心許，丹青踐名理。古人豈不然，弱息事愈美。鼎鼎百年節，忘身識艮止，浩然同穴人，偉哉陳仲子！」電詢南昌瞿蕚馨叔兄旋未。

六日。得叔兄回省之電，卽與訊。

十日。作江生祖母壽序。

十一日。復徐分司、沈同年訊，辭海州書院。

十二日。與仿靑詣湖南人周礬問卜，云姪婦孕男也，能讀書。與敬夫訊。

十三日。作沙年丈壽序。江生來訊。

十四日。與健庵訊。

十五日。寫江壽序。

十六日。與江生訊，論學須從日用積漸起。

十七日。與敬夫、書箴、一山訊，穰卿、伯斧訊。

十八日。作東台瞿先生墓志銘。擬試立明算小學堂事。

十九日。題吳淑娟女士風月雨雪蘭長卷，女士唐鯤華太守之妻，吳承勛之女。有云：「仲姬作書，得松雪之筆法；于冰善畫，衍甌香之家傳」。

二十日。寫敬夫、書箴、少巖、一山訊。得叔兄訊。

二十一日。放榜至半夜後，內供給無消息，知江生等之報罷矣。自維往事，爲之慨然。

二十二日。寅起，送曼容、道情至石城橋，附海船而歸，立卿亦行。課院生。

二十三日。與彥升訊，說學堂事。王生汝琳來，知仁兒已歸。江生往崇明。

二十四日。與曼君子驎之（小字買奴）及伯斧訊。寫瞿志。有雜憶詩，有「寄內子並示諸姬十首」。

四月江頭雨，黃昏送別歸，相憐分寂寞，中夜一燈輝。

側荔幾傳訊，連聞唱惱公（陳姬半産），商量歸慰汝，不惜太匆匆。

張角衰門甚，旋拋已壯丁（從子亮祖殤），還勞張筋力，禮佛乞寧馨。

心囑能承月，分光共不疑，宵來聽經說，歡喜詠螽斯。

曼容亦有言，天解從人願，最憐道情癡，疑信女君獻。

亦念離家久，秋餘接夏前，無多行篋物，來往著輕棉。

江潮自有期，江船在來處，吾自送將歸，若歸有儔侶。

向曉出重闉，旋輿已過辰，院花猶媚主，梁燕況辭人。

棄地無殘線，臨窻有淨燈，空閨時獨檢，解事汝曹能。明晦占風雨，波濤念起居，到家應早晚，直待到家書。

二十五日。題陳駿公（適吉）太守「峯泖官隱圖」：「偪仄難容隱，誰何尙愛官。止當人ㄖ力；差覺世猶寬。太守年時政；〔僑古處看。釣鰲如斬竹，唳鶴更尋灘。」

三十日。叔兄自江西來，深夜同寢而談，兄弟十餘年無此敘矣。有詩。

## 十月

一日。為人寫壽屏。

二日。叔兄先歸。有「題徐積餘太守定林訪碑圖十二均」（丙申七月，積餘與梁節厂鼎芬、鄭太夷孝胥、劉聚卿世珩、況葵生周儀同游鍾山，得陸放翁題名。）：「南宋憑江險，鍾山署近邊。寇氛時可及，過客每潛焉。為問開禧代，誰如務觀年，滬梁老覊旅，河洛槩腥膻。白髮來游偶，蒼崖姓氏堅、夷吾今亦絕（陸詩：「不望夷吾出江左，新亭對泣更無人」），謝客故多賢。七序悲梁竦，三長愛鄭虔，徐劉才譽並，支許勝情聯。石墨猶堪壽，文章各自憐。追陪吾闕憾，圖畫世流傳，林壑看成史，江河莫問天，祇應開北戶，終日對雲烟。」有「贈陳諒三明府謨」：「侯官制府桐城守，吏事推君必絕倫。藻鑑風流今已寂，高塗捷騁豈無人。一笑九徵未失賢明度；便願為農相看淡蕩身。便願為農棲海上，好官誰復使君眞。」

三日。為石公題梅花研銘：「常常純純，胎琦孕眞，有太古春，以伴飲酒著書空山之人。」

四日。啓行赴　舟中遇惲禹九。

五日。至滬，寓陳少巖處。

六日。晤杏孫太常。

八日。中夜霍亂吐瀉。

九日。委頓竟日。

十一日。漸能飲食。

十四日。旅費不足，賣字。

十七日。威靖兵輪第一次機器運行。

十九日。課題：「斯二者天也」（意有所指），「盤古生日賦」，「可憐冬景似春華」試帖。

二十日。書箴北旋。

二十日。復小病。

二十七日。題任朱胡合作棉花菊花老少年詩：「遭時草亦榮花色，隱曜花宜溷草叢。不及終身棲隴畝，自將心力煖田翁。」

二十八日。題「雪中送炭圖」：「山陰任叟自作畫，鄞縣楊翁強置題。冷煖自家不能顧，徒爾胸中留町畦。」

二十九日。作長樂鎮廟各聯。廟循中憲府君遺命而修也。戲台柱聯：「鐘鼓之聲，管籥之音，不若與衆；來日大難，今日相樂，皆當喜歡。」（按：眉書云：「上聯改用趙策云：「前事不忘，後事之師，臣觀往古」。）屏聯：「祠祀社稷叢臘奉；鐘磬韶簫鼙鼓鳴。」（前聯集孟子漢善哉行，後聯集急就篇。）關帝殿：「本朝尊如聖人，廟食何論吳地盡；此里故沿長樂，鐘聲猶似漢家無。」（額「優入聖域」。）遺愛祠：「一夫可欺，千夫不可欺，召父杜母，斯殆近矣；才吏難得，賢吏更難得，僑終遷謝，誰其嗣之。」（上句用漢書，下句用齊昭王碑及左傳，）城隍行祠：「何妨最小而神，驅鬼福人，不羨閻羅韓柱國；果使有禱輒應，刋碑紀事，誰承筆法李陽冰。」

# 洪憲紀事詩本事簿注

劉成禺遺著

民國四年十一月十日，上海日本領事館本日舉行日皇大正加冕禮，上海鎮守使鄭汝成前往道賀，祥夫等偵之。汝成汽車路出白渡橋，祥夫指揮多人，以十八輛兜擊橋上，汝成中彈死之，吉林人王曉峯等被擒。電報達北京，世凱大爲傷感，輟食終日，次日，奉大總統申令，追封汝成爲一等彰威侯，加優郘世襲罔替，並錫小站練兵營田百頃給其家屬。以大總統令封侯，爲世界創舉，其盛怒可想見。同月十六日，政事堂交令曰：「已故上海鎮守使鄭汝成，於十一月十日奉大總統策令，追封爲一等彰威侯。」銓叙局以封爵條例未經頒布，無所遵循。應否飭法制局迅速編訂此項封爵條例公布施行，抑或比照前清各項世爵辦理。詳由國務卿轉呈，奉批令應暫比照前清各項世爵辦理。十八日令裁撤上海松江鎮守使兩員缺，改任命楊善德爲松滬護軍使。蓋項城痛汝成死事最慘，永不再設原官，昭示朝廷篤念重臣之意。楊度挽汝成，有「出師未捷身先死；聖主開基第一功」之語。項城親書挽聯云：「出師竟喪岑彭，唧悲千古；願天再生吉甫，佐治四方。」有陸哀者，在天津「益世報」登載反項城挽聯云：「時無光武，安有岑彭，其曹孟德之典韋乎？刺客亦英雄，捨命前來盜雙戟；君非周宣，何生吉甫？直趙匡胤之鄭恩耳！孤王休痛哭，殺身寧異斬黃袍。」洪憲諸臣閱之，皆爲唏噓。刺殺汝成案，只當場捕獲王曉峯一人執行鎗斃。始末詳祥夫自述（後孫公園雜錄）

## 昌邑孫祥夫自述擊鄭汝成情形始末

中華革命黨滬幹部陳其美、楊虎、孫祥夫等會議，謂不去鄭汝成滬事無望。探知十一月十日日皇加冕，汝成必往日領署致賀。陳楊孫三人同月九日會議於法租界薩坡賽路十四號陳英士家。狙擊方署：一，擇地點分五卡，皆汝成必經之路。十六舖爲第一卡，吳忠信領安徽同志當之；跑馬廳爲第二卡，江浙同志當之；黃浦灘爲第三卡，謝寶軒等當之；海軍碼頭爲第四卡，廣東同志馬伯麟、徐立福當之，防其乘小兵輪抵日領署前登陸也。而白渡橋近日署最要，各車須轉彎慢行，孫祥夫自當之，領吉林人王曉峯，山東人王銘三，奉天人尹神武等，並指揮海軍碼頭，每人授炸彈一，撥殼鎗一，彈百五十粒，十日晨十一時半出發，得報汝成需一時達日署也。二，驗正身，屆時望汝成車來。車身全黑，雙頭高馬，着最高級大禮服，相貌與汝成無異，護衞皆鎮守使官弁。黨人嚴陣以待。予（祥夫）覺情形可疑，汝成爲海軍大將，陸軍中將，當日皇加冕慶賀大典，汝成又爲地方軍政長官，決着軍禮服，佩勳章，萬無服文官大禮燕尾服之理，下令阻部下執行，汝成副車既過，遲二十分鐘，遠見大汽車來勢甚猛，車前坐鑣衛三人，鄭右坐，左坐總務處長舒錦繡，白羽金帽，章綬輝煌，兩鬚下垂，確系正身，汽車緩轉，將上橋背，急發暗令執行。王曉峯首擲炸彈，用力過猛，彈落車後，毀其後輪。王銘三對放自來德，汝成自開右車門逃，王曉峯掣其衣肘，近身連擊九鎗，心臟俱落，死之。汝成衛士開鎗還擊，均爲銘三擊走，銘三以一足蹲車沿，向車內橫擊，舒錦繡亦斃，當時白渡橋有電車南來，車停阻進，車中躍下西探二人執鐵棍來，二王以鎗向之，西探走後，王等裝第二次彈盒，西探潛出王後，鐵棍擊其背，鎗落被擒，尹神武則逃回寶康里機關部，王曉峯擊斃鄭後，本可逃避，乃立橋頭演說一分鐘，可謂從容就義者矣。予往英士家報告成功，抵門，日人山田純次郎與英士各執酒一杯鵠立門外，飲予而後入，急設法遷移總機關部，予返寶康里，遙見大隊中西探目鐐械王曉峯蠭擁而來，予即由後門走避，後延法國律師羅尼辦理此案。一年後，因予十五萬元賞格未註銷，捕房誤執尹神武，硬目爲予。神武代予死之，至今予對死友尙無表彰，自愧何以爲人。民國二十五年四月三十日，昌邑孫祥夫自述於首都安樂酒店。（成禺潤辭）

光緒中葉，順德李文誠公文田以禮部右侍郎提督順天學政，靜海鄭子靜汝成方應童生試。李固善相術，奇其貌，謂此人後來必以功名顯，惟不得令終。爲青其衿。項城練兵小站，鄭與馮國璋同以秀才受知，馮輓鄭聯，有「南來成不世勛名，溯推轂殷勤，一痛伯仁由我死」語，可知鄭持節鎮滬，馮與有推轂之力，不盡出項城特簡也。（長沙王祖袏補注）

當關油壁掩羅裙，女俠誰知小鳳雲。緹騎九門搜索遍，美人挾走蔡將軍。

蔡鍔由滇入京，授以將軍府威字將軍各職，從陳宧策也。鍔統兵反淸，爲滇都督，勢必讓權滇人。宧知之，府派鄂人中將范熙績往說迎之，世凱將收爲己用，梁任公實主張之。鍔任公及門弟子，鍔來則進步派勢力益固。蔡鍔沉毅堅定，見大有爲，籌安議起，滇息日非，項城疑之，鍔住演樂胡同，與皇四子岳家天津壚商徐姓爲比鄰。軍政執法處假搜查徐家某事爲由，誤入鍔家，翻尋無遺，一無所獲。陸建章親往謝罪，謂實係門牌之誤，鍔愈恭順。世凱授以將軍府贊成名單，御賜朱箋將署各項，窺其意向，鍔佯受之，然偵察者仍無一日疏也。鍔與小鳳仙佳話及出走眞相，見各記載。世凱死，黎元洪任總統，欲以鍔爲內閣總理，曾派湘人袁華選往徵意旨，握權者不讓。故鍔以恢復民國首功出川，循江赴日養痾，不便來京，病死海外。中央公園開黃（興）蔡（鍔）追悼會，小鳳仙伏靈前痛哭，親掛一聯云：「不幸周郎竟短命；早知李靖是英雄。」當時皆傳爲某髯手筆。（後孫公園雜錄）

四年十一月十日，爲予祖母八十壽辰，宴客北京錢糧胡同聚壽堂。譚鑫培以同鄉交誼，串名角奏劇。蔡松坡同學往還素密，是日早至，謂予曰：「今日大雪，可在此打長夜之牌。」予知松坡有用意，即托劉禺生代爲召集。松坡前執劉手曰：「我與你同案三年，今日要暢聚一夜，你要愼奪選手。」劉曰：「張紹曾顧，丁槐筆，二人如何？」松坡曰：「可。」宜到隔壁雲裳家中。稍遲重要人物來，捧小叫天者必多，聽戲開席皆不必來請。」予應之。明知袁之偵探亦將隨往也。蔡、劉、張、丁，聚博終夜。天未明，松坡躊躇曰：「請主人來，我要走。」紹曾曰：「再打四圈，上總統府不遲。」松坡曰：「可」。七時，松坡由予宅馬號側門出，直入新華門。門衛異之，意以爲受極峯所傳。偵探抵府門，亦即星散，未甚置意。松坡抵總統府辦事處，侍者曰：「將軍今日來此過早。」松坡曰：「我錶快兩小時矣。」

# 英使謁見乾隆記實

馬戛爾尼 原著
秦仲龢 譯寫

這種奇特的腫瘤症似乎沒有復發症候，也不影响身體的健康。但患者的精神理智大見衰退。有些患者竟變爲白癡。初看到這種現象的人無不認爲是一個嚴重問題，感到非常憂鬱，但當地居民對之幷不介意。患者雖然過着一種沒有思想反應的接近動物的生活，但看上去却顯得相當愉快。這種人沒有理智，只憑直覺的衝動辦事，偶然冒犯了他人，人家也會加以原諒。他們在家中被人好好照顧，一般認爲是不許冒犯的。

這種病症在歐洲和亞洲都認爲是由於過多食用雪水而起的。不管什麼原因引起的腫脹，但其他動物並不受影响。溶化的雪水比雨水包含有較多的石灰質，並包括少量的硝酸和海鹽。有些多雪的平原地帶的居民雖然也常飲用雪水，却並不發生這種病症。此地多山，可能山區氣候對於這種病也起一定的作用。這部分韃靼區有許多阿爾卑斯山的特徵，景色很似瑞士的和薩窩那。（原文爲 Savoy——原譯者注。）

這天晚上，我們的繙譯員講述天津公報（原文作 Tientsin Gazettes，恐係在天津出版的官廳的邸報之類，此種報紙，只刊載有關官廳的消息，尤注重於官員之升降等事項，一般老百姓多數不看的。這時候，中國還未有報紙，姑譯作天津公報。——譯注。）所載的一件趣事。據說，英國特使從英國帶來的禮物，都是奇奇怪怪的東西，其中有：幾個侏儒，長不十二英寸，但他們的智慧與勇氣，却和格連那地亞差不多。（按：格連那地亞是英文 Grenadier，是英國身軀特別高大的步兵，往往選爲近衞軍。——譯注）；有一頭象，大小如貓，有一匹馬，大小如鼠；有一隻唱歌的鳥，其大如雞，以木炭爲食料，每日食五十磅之巨；此外尙有一個游仙枕，誰枕着它就立刻入睡，得奇夢，他想夢游何處，皆可如願，遠至廣東、福摩薩（原文作Formosa 卽臺灣也。——譯注。）或歐洲，瞬息千里，並無跋涉之苦。這件事雖屬荒誕無稽，但我却認爲如果不記在這裏就太過可惜了。

九月七日，星期六　從清章營站（原文作 Wan-ha-you。北京至熱河有王家營站，由王家營站三十里至喀拉河屯站，四十里至熱河。見宣統三年「大淸搢紳全書」所載的驛站路程。喀拉河屯站，馬戛爾尼原書寫作Co-la-cho-you，音亦相似。——譯注）至王家營站的路程是十一英里，我們卽在王家營站進早餐。又從王家營站起行，約七英里就到達喀拉河屯站；我們就在這裏進晚膳，住宿一宵。今日所行的路很崎嶇，並且多石塊，但風景却極好。

九月八日，星期日　今晨從喀拉河屯站出發，離熱河十二英里。我們到了寬伍侖（原文是 Kuang-wu-lan 不知是什麼地方，只得音譯。——譯者），此地距熱河只二英里，我們在此度宿，準備更換禮服，安排儀仗隊，列隊入城。儀仗隊的次序如左：

華官一百名，騎馬前導。
陸軍中校賓遜。
特拉貢四名。（按：特拉貢係英國步騎兩用的輕兵）
特拉貢四名。
特拉貢四名。
陸軍中尉巴瑞施。
軍鼓。　軍笛。

炮手四人。
炮兵大尉一員。
陸軍中尉克里維。
步兵四人。
步兵四人。
步兵四人。
步兵軍曹一員。
僕役二人。
僕役二人。
僕役二人。（僕役皆穿綠色金邊的衣服）
急使二人。（所穿如僕役）
樂師二名。
樂師二名。（他們所穿的皆如僕役）
隨員二名。
隨員二名。
隨員二名。（均穿大紅繡金制服）
馬戛爾尼勳爵。
斯當東爵士及其子小斯當東。（我們三人，同坐一四輪馬車。）
車後有僕役一人，亦穿綠色金邊衣服。

從寬伍倫到熱河差不多走了兩小時，到了館舍之後，發見禮物及行李都先到了，原來搬運行李的工人並沒有休息，所以早我們一小時到達。館舍地方甚大，交通亦便。

到了目的地之後，我們的旅程告一段落，我想趁這個時候略記途沿所聞所見，然後再記在熱河的事情。

從北京往熱河的全部路程，只不過一百二十多英里，但分作七日而行，所以在大熱天中還不覺得怎樣困苦。我們每日住宿的地方，都在行宮裏面的屋宇。皇帝每年例往熱河避暑，行宮之築，就是為皇帝駐蹕之用。沿途所經，每相隔若干短距離，即有行宮一所。各行宮建造的式樣及建築作風，大致相同，正門必定向南，繞以圍牆，牆內有花園，佈置雅潔，園外又一定是一片大草原，增加風景之美。

北京熱河之間的公路，很是平坦，尤其是最後兩天所行的路，更為完整可喜，但這條公路並不是御道，御道是和公路平行的，平時嚴禁人行，只在皇帝出巡之時，御道上才盛陳鹵簿。此等帝皇之尊嚴，世界上恐怕只中國有之。乾隆皇帝將於本月下旬自熱河回京，因此御道已開始修理，加敷黃土，黃土是御道的標識，使人一望便知。從熱河到北京的御道，共長一百三十六英里，所用修路的兵丁有二萬三千人之多，每相隔十碼遠近，就有十人一隊在工作。故此御道附近，逐段都有營幕，每一營幕駐兵的人數，由六名至十五名不等。他們雖在勞碌工作，但很有禮貌，見我們經過，立即在帳頂升起一面小黃旗，鳴鑼放砲三响為禮。

據說，皇帝駐蹕熱河之時，用作護衛的軍士，多至十萬名以上。

九月八日，星期日在熱河。　（續前）到熱河館舍後，行裝甫卸，欽差徵大人就來相見，並將我在北京所開的那份覲見禮節備忘錄交還給我，並說，如果我將這備忘錄親自交給和中堂，一定會得到適當的答覆。不久後，我們的繙譯員來說，剛纔見王、喬兩大人，他們說，乾隆皇帝在避暑山莊內一個高臺上，看見貴國特使的儀仗隊列隊進入熱河，甚為喜悅，因此立命一位首相和另一位軍機大臣立即親到特使行館請安。剛說完後，王、喬兩大人親自到了，他說相國本欲親來請安，但因這裏的地方太過狹小，而相國的屬員和侍從衆多，恐怕容納不下，而且相國的腿又受了創傷，行動不便，不能親自來這裏拜候，所以派我們來道歉，如果我能屈駕到他處一談，就再好沒有了，他們可以伴我同去。

# 花隨人聖盦摭憶 補篇

黃秋岳遺著

過承麾下另箋之示，惟有心感心愧，勉冀無負朂誨而已。江南之事，毫無端倪，和帥方以領餉不足劾糧臺，而糧臺大員（恐方伯持之過嚴，有殺身之禍也，奇哉）遂有內召之旨，此等驕兵，可與成事哉？當日周文忠、向忠武，皆好用潮勇，此即潮勇之餘毒，其忽賊忽兵，更無足怪矣。手此草復，拉雜不文，尚祈原鑒，即請勛安不一，弟名心叩，二月十二日泐於劍影雙虹室。來示有勞光泰之語，豈其人竟在粵帥幕中乎？能詳細示知否，又拜。」案此書當是咸豐八年戊午春間所作，以葉名琛革職一事，在七年十二月也，書中首云，所陳舉劾各章，一一皆得俞旨，則此人地位，至少必是軍機大臣。論漕事，謂持前此丹筆示之，亦必不至有異議，丹筆者，皇上之硃諭，或硃批也，司此者非軍機而何？克帥者，勝保，鶴人者，李孟羣，商賢者，周祖培，時周方為戶部尚書，故與之談餉事也。英帥未詳，以下文和春例之，或是英翰。篇帥篇翁，皆駱秉章。江南水部者，何桂清。閩省琅琊者，王懿德。淝帥，當是翁同書。香帥，則英桂字香巖也。壽帥，黃宗漢，字壽臣，諸梁，指葉名琛，沈諸梁為葉公也。大樹、中峯疑指馮桂芬，和帥自指和春，其中鬼字，為洋鬼子之省詞，故鵝鬼，當指俄人。統觀全書，頗有指揮若定之概。其論勝保虛憍，駱文忠虛心實力，何桂清、王懿德有氣無性，以及翁英黃葉之批評，皆極中窾要。籌畫兵畧，亦有見地。正是當時中朝為曾胡奧援之一大人物，而從函中賜覽二字測之，必非肅順，而必為肅順幕中之主謀者。考肅黨著名者，無過穆蔭、匡源、杜翰、焦祐瀛數人，中尤以杜翰最有才，此書必出其手。翰字繼園，文正公受田次子，咸豐初以工部侍郎，在軍機大臣上行走，史稱其勇於任事，甚被倚任，胡文忠出其兄翻門下，至相得，故與翰結納，而翰以尊兄稱之。讀此可知咸同中用楚賢之線索，又可見爾時運籌者，別有人在，文宗色荒，肅順粗才，不足語乎細針密縷之補苴也。向例軍機大臣與人書，皆用齋名，劍影雙虹，度是杜齋所牓。杜以咸豐三年入軍機，八年九月以降服憂罷直，此書二月所發，則猶在樞垣。杜旋於翌年再入直，綜其前後在軍機近十年，後坐肅黨，部議革職，戍新疆，然終免戍，褫官而已，此並可見其才畧，非常人所及。

舊稱天下未亂蜀先亂，天下已治蜀後治，此祇史家比較有得之言。其實陝與川，皆為易亂後治之區，予頗疑秦中遠受五胡之亂，近蒙回紇之侵，故其文化富庶，皆未易與江表同量齊觀。讀姜西溟南齊旌表華孝子小像詩序：謂劉裕以義熙十三年秋八月至潼關，命王鎮惡大破姚丕軍，遂入長安，其年十二月，裕將東還，三秦父老留之不得，以弱子義眞都督雍涼秦州軍事，留鎮之。孝子父豪，戍長安，當以此時。時孝子年八歲，臨別謂曰，須我還，當為汝上頭，既長安陷，孝子七十不婚冠，有問者，輒號痛彌日，自古篡竊，若王莽懿操父子，俱未嘗親弒其故主也，至零陵賊殺，自後禪受之際，習以爲常，裕之子孫，亦嘗身罹其毒，而君臣之道苦矣，獨孝子終身思父不婚冠，此其所關於人倫甚大。南齊時同郡有薛天生、劉懷胤兄弟，皆以孝行旌，然予獨以孝子之所遇，有足感者，故疏其事於像左，且繫之以詩。楊聖遺考云：義熙十四年，沈田子以擅殺王鎮惡伏誅，長史王修被讒死，羣情解體，夏王勃勃遂進據咸陽，走義眞，積人頭爲京觀，號髑髏臺。謂從此中原分裂，生靈塗炭於戰爭，又百餘年，然後合而爲一，蓋忠孝失而人類幾乎滅矣，此西溟之所以致慨云云，說頗中肯。案西溟詠史小樂府云：「曹爲舜禹，禪晉天下，天之報曹，假手於馬，操分五部，晉爲禍招，天之報晉，假手於曹，百年禍機伏於始，嗚乎晉魏已如此。」此自爲昔日封建相屠之看法，然晉魏六朝間最亂，川陜間最受荼毒，亦是一事實。又凡値人類天性將泯殘忍日臻時，必有大戰踵之，此理殆亦不爽也。

前錄印昆兩石船詩注，謂淸睿親王山莊後湖，及頤和園均有石船，爲王妃及孝欽后游地，妃本太宗后，后本文宗妃云云。印昆此注，未卽言太后下嫁事，直以太后下嫁睿王後，遂爲王妃，同居邸中，同游石船，未免近於齊東之野語。太后下嫁之有無，另是一案，卽使有之，當爲孝莊后事，而事實上乃多爾袞由皇叔父晉而爲皇父，姘合必於宮闈，以叔蒸嫂，俗謂之姘，而必不肯降后爲妃，別居於外邸也。印昆此注，雖是涉趣，要爲呆詮。至太后下嫁一案，近人聚訟紛紜，孟蒓孫考以爲無，而吳靄林、陳仲騫疑以爲有。三君皆吾友也。蒓孫久不相見，今年登古稀。聞曾來秣陵，信宿卽行，觀其考證戴東原盜書一案，老學彌勤，自可歎佩，其辯證太后下嫁，亦極有條理，吳陳兩君所考，雖有異同，亦未嘗不折服其求證之周密。今試錄蒓孫原著，而以靄林案語附之，以供學人之硏討。蒓孫「太后下嫁考實」原文云：「淸世雖不敢言朝廷所諱言之事，然謂淸世祖之太后下嫁攝政王，則無南北，無老幼，無男婦，凡愛述故老傳說者，無不能言之。求其明文則無有也。淸末禁書漸流行，有張煌言蒼水詩集出版中有句云：「春官昨進新儀注，大禮恭逢太后婚」，此則言之鑿鑿矣。然遠道之傳聞，鄰敵之口語，未敢據此孤證爲論定也。改革以後，教育部首先發舊禮部所積歷科殿試策，於擡寫皇上處，加擡寫攝政王，而攝政王之上，或冠以「皇叔父」字，或冠以「皇父」字，亦不一律，一時轟然，以爲「皇父」之稱，必是妻世祖之母，而後尊之爲父也。然當時既不一律稱皇父，則視之與皇叔父等。初入關，攝政王祇稱「叔父攝政王」。後以趙開心言，叔父乃家屬所稱，若臣民共稱，當作「皇叔父」，詔從之。嗣稱「皇父」，先發見者爲殿試策。後大庫紅本皆出人間，順治四年以後，內外奏疏，中亦多稱「皇父」。父之爲稱，古有「尚父」「仲父」，皆君之所以尊臣，仍不能指爲太后下嫁之確據。（慈按，尚父仲父之稱，與皇父意義絕對不同，此說牽强。）若以「皇父」之稱爲下嫁之一證，則既令天下易尊稱，必非有所顧忌不欲人知之事。誠應如蒼水詩，春官進大禮儀注，甚且有覃恩肆赦，以志慶幸。使皇帝由無父而有父，豈不更較大婚及誕生皇子等慶典爲鄭重乎？故必覓得當時公平之紀載，不參謗毀之成見者，乃可爲據。蒼水自必有成見；且詩之爲物，尤可以興到揮灑，不負傳信之責，與吾輩今日之考訂淸史不同。今日若不得確據，雖別有私家記述，言與蒼水合，猶當辨其有無誇書性質，而後定其去取。况並無一字可據，僅憑口耳相傳，直至改革以後，隨排滿之思潮以俱出者，豈可闌入補史之文耶？（慈按：實錄且有數次之改撰，然則當時任何紀載，必受直接間接之消燬，孰得留存貽不測之禍，故欲覓公平紀載，在今日數百年後，實不易得也。）蔣氏東華錄所據之舊實錄，所載攝政王事實，爲王錄所無者極多，「皇父」之來歷，蔣錄有之。淸主中原，用郊祀大禮，以效漢法，乃始於順治五年。此兩實錄所同也。是年冬至郊天，奉太祖配，追崇四廟加尊號，覃恩大赦，即加「皇叔父攝政王」爲「皇父攝政王」。凡進呈本章旨意，俱書「皇父攝政王」，蓋爲覃恩事項之首，由報功而來，非由瀆倫而來，實符古人尙父仲父之意。（慈按：報功之典，而謂他人父，似不能自圓其說。）張蒼水身在敵國，想因此傳聞，兼挾讎意，乃作太后大婚之詩。所起人疑者，尤在淸世屢改實錄。王氏東華錄於順治五年冬至郊天恩詔，則云：叔父攝政王治安天下，有大勳勞，宜增加殊禮，以崇功德。及妃世子應得封號，部院諸大臣集議具奏。以下不載議奏結果，蓋王錄詳其改稱之前，蔣錄但舉其改稱之事，其實一事，而王錄則諱言「皇父」屬實，想係後改實錄如此。王錄所諱，不但「皇父」之稱，凡攝政王所享隆禮，皆爲所削，如初薨之日，尊爲「懋德修道廣業定功安民立政誠敬義皇帝」，廟號「成宗」；八年正月，以追尊攝政睿親王爲成宗義皇帝妃爲義皇后，祔太廟，禮成，覃恩赦天下幷載詔文。凡此皆爲王錄所無。則知後改實錄，乃本其追奪以後之所存者存之，亦非專爲皇父字而諱也。又蔣錄於議攝政王罪狀之文，有王錄所無之語云：自稱「皇父攝政王」（慈按：據自稱皇父攝政王之紀載，然則報功之說，全無根據矣。）又親到皇宮內院。又云：凡批票本章概用「皇父攝政王」之旨，不用皇上之旨；又悖理入生母於太廟。其末又云：罷追封，撤廟享，停其恩赦。此爲後實錄削除隆禮不見字樣之一貫方法。但「親到皇宮內院」一句最可疑。然雖可疑，祇可疑其曾瀆亂宮廷，決非如世傳之太后大婚，且有大婚典禮之文布告天下等說也。夫瀆亂之事，何必即爲太后事？雖有可疑，亦未便泰甚其惡。（慈按：瀆亂之事，誠然不必即爲太后事，然又何法證明必不爲太后事耶？）全國口傳，惟曰太后下嫁，而文人學士則又多所牽涉，謂太后大婚典禮，當時由禮部撰定，禮部尙書爲錢謙益，上表頌銜，故高宗見而恨之，深斥謙益。至沈德潛選謙益詩冠別裁集之首，亦遭毀禁，而德潛以此得罪於身後。此說也，仍由蒼水詩中春官進儀注而來，聯想至錢謙益以實之。今考錢謙益之爲禮部尙書，乃明弘光朝事，淸初部院長官不用漢人，至順治五年七月，乃設部院長官漢缺，其領銜尙不得由漢尙書。世祖紀，五年秋七月丁丑，初設六部漢尙書、都察院左都御史，以陳名夏、謝啓光、李若琳、劉餘祐、党崇雅、金之俊爲六部尙書，徐起元爲左都御史。而謙益之入淸受官，據貳臣傳，順治二年五月，豫親王多鐸定江南，謙益迎降，尋至京候用；三年正月，命以禮部侍郎管秘書院事，充修明史副總裁；六月，以疾乞假，得旨，馳驛回籍，令巡撫按視其疾痊具奏。

# 編·輯·間·話

△鄧鏗是孫中山先生的得力助手，一九二二年被暗殺，一般人都懷疑主兇是陳炯明。蒙穗生先生這篇「鄧鏗被暗殺的內幕」，則明顯地指出主兇是陳覺民。他所根據的是可靠的資料，可供參考。

△已故徐亮之先生，早年從政，在廣西追隨李、白多年，參與機要，一九四九年後，隱居香港，以賣文為活，徐先生精于史事，這篇「徐得氏與東海名堂考」雖然是為徐氏宗親會而作，但考證精詳，對于中國古代氏族的研究提供了很大的貢獻。中國人的每一個姓，都有其長遠的歷史，中國文化一日不滅，則中國人的姓永遠存在，「疑古玄同」之廢姓，只是錢玄同個人的玩意，沒有人肯跟着他亂走的。他見走不通，後來也不彈此調，反而大書姓、氏、名、號，胡亂來一通了。今日自稱最前進的人物如某某諸公，皆未見其廢姓，如謂考姓氏的來源，就是「封建」，此人必患神經病無疑！

△京華客是一位廣東老輩的筆名，他以廣東人久居北方，熟于北方人物掌故。這篇「廣東人在北方」羅列廣東名輩，如數家珍，雖有滄海遺珠之嫌，但重要的幾個人，已盡入網羅了。

△這一期出版之日，已是丁未年的人日，先向讀者作者恭賀「快樂誕辰」，然後報告一下本刊一些將要登載的文章。近日我們收到不少佳文，將陸續發表。首先介紹的是一位七十八歲老先生的文章。這位先生精於醫學，早歲在北京辦美術學校，又與魯迅同在教育部為僉事，他現在用「宗范」的筆名，寫了很多「診餘隨筆」，談中國醫藥及歷史文物掌故甚詳。宗范先生年事已高，不能多寫，每篇只六七百字左右，但已經使我們眼福不淺了。

△陳思先生寄來「盧世侯——欣廬畫怪」一文，記香港一位傑出畫家的生平，向晚先生「博多灣畔」，寫他在日本留學期間一些有趣的故事。這兩位先生都是香港文壇上久享聲譽的老輩，惠然賜稿，使編者非常高興，不日即可刊出。

△上一丁未年是光緒三十三年一九〇七年，生于丁未年的人，今年一歲，上一丁人則六十歲。本刊為了點綴一下丁請溫大雅先生寫了一篇「楊翠喜與參案」，又一篇與政潮有關的那個子，農工商部尚書載振的故事。

△此外還有許多好文章，又有些比較長文章（如「世載堂雜憶續編」、「子樓隨筆」等）因篇幅有限，還未有機會和讀者見面，只得稍待一下。本刊就快出滿一年了，也許有人要問：廿五期起，有什麼計劃沒有？我可以不假思索地答以：如舊。只求有好文章充實內容，夸夸其談的什麼革新，改良，暫且不敢。

## 稿約

本刊的宗旨，是向讀者提供高尚有趣味的益智文章，並希望貢獻一些翔實可靠的資料，給研究歷史

文章：（

描寫及

中國及

幕。

自、

來稿務請用稿紙書寫，如屬有史料性的文章，字體更要寫得清楚，一來使編輯人易於看懂，二來，排字工人也不致排錯。

不合用的稿，不管附有郵票與否，在收到後十日內寄還作者；如不寄還，就是要採用，但何時刊登，未能立即告知，請來信詢問。刊登的稿，在出版前二日即將稿費寄上。

國文教學
國文學習
參考用書

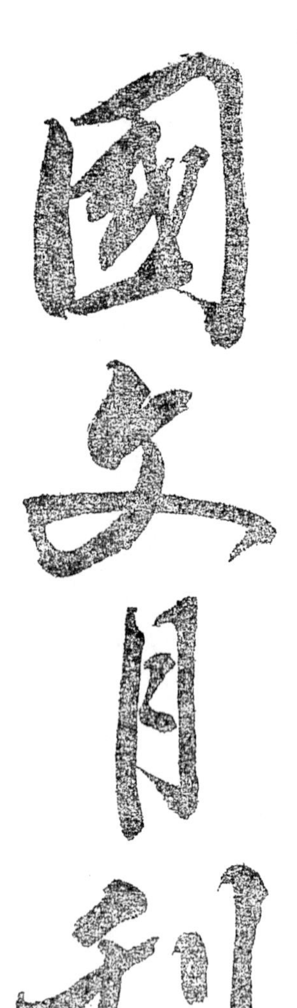


國文月刊係抗戰期間西南聯合大學師範學院國文系主編，爲討論國文教學與培養國文閱讀及寫作能力權威刊物。先後由朱自清、郭紹虞、呂叔湘、周予同、黎錦熙、夏丏尊、葉聖陶等專家編纂。內容包括十類：（一）文字、聲韻及訓詁學；（二）文法學；（三）修辭學；（四）經學及文學史；（五）文學批評；（六）國文教學；（七）文辭疏解；（八）新書評介；（九）紀念逝世之國文教授；（十）當代文選評。撰稿者皆爲一時碩彥。凡所討論，俱屬切要問題。同時關於大專方面之國文教學，亦有專題研究。茲爲適應當前國文學習與教學之須要，先將抗戰復員後出版之國文月刊，由四十一期至八十二期，全部影印流通，分期零售；另合訂成册，利便庋藏。又編有總目分類索引，以便檢索。至於抗戰期間所編之國文月刊，由第一至第四十期，係用土紙印成，不便影印，刻在整理排印中，以饜海內外讀者雅望。

茲爲便利讀者採用起見，特輯有「國文月刊總目分類索引」單行本。售價港幣叁角；港九區郵票採購，付郵票肆角，寄英皇道一六三號二樓龍門書店，當即寄奉。

龍門書店謹啓

林熙主編

# 大華

半月刊

第廿四期

·本期要目·

# 大華 第廿四期




大華半月刊 第廿四期

一九六七年二月廿八日出版

（每月十五、三十日出版）

出版者：大華出版社

地址：香港銅鑼灣希雲街36號6樓

Ta Wah Press, 36, Haven St., 5th fl., HONG KONG.

電話：七六三七八六轉

督印人：林翠寒

主編：林熙

印刷者：朗文印務公司

地址：香港北角渣華街一一〇號

電話：七〇七九二八

總代理：胡敏生記

地址：香港灣仔洋船街三十二號

電話：七二三四三七

# 楊翠喜與丁未大參案

溫大雅

今年陰曆太歲在丁未，六十年前一丁未，是光緒三十三年（一九〇七年），這一年最引人注意的一件大事，無如慶親王的長子載振因納賄及娶女伶楊翠喜了。光緒末年，有兩個女人的名字列入彈章，上達「天聽」者，一爲謝珊珊，一爲楊翠喜，西太后派大員查辦，可見其事之大。楊翠喜與東三省改官制及瞿鴻禨、岑春煊開缺皆有關係，人稱此案爲丁未政潮，而引起此政潮的楊翠喜，傳說於一九六四年病死香港（但未有確證），因此在六十年後的一個丁未，談談這個故事，也頗有趣。

楊翠喜是什麽人呢？據蔣瑞藻「小說考證續編」卷四，「白楊花」一則，引「菊影錄」云：

以一女優而於一代興亡史上，居然占有位置，而牽動一時之政局者，當數楊翠喜矣。楊翠喜者，直隸通州人，幼以貧窶，鬻於陳姓，展轉之津門，遂墮樂籍。其假母曰楊李氏。翠喜善淫靡哀艷之曲，出其技在侯家後協盛茶園演劇，嘗一至哈爾濱，俄軍官某梳櫳之，時翠喜年十六矣。繼返津，構香巢於河北，受大觀園、天仙園之聘，聲價重一時，爲富商王益孫、道員段芝貴所賞。會貝子載振奉節東省歸，道出津沽，置酒高會，一見翠喜，傾倒不置，段方有求於貝子，乃託王益孫名，以萬金購翠喜爲使女，郎車送之京，進之貝子，翠喜則年十九矣。無何，段芝貴以道員授黑龍江巡撫，御史趙啓霖獨揭而劾之，段遂奪職。貝子懼，遣歸翠喜。上乃派醇親王載灃、大學士孫家鼐查辦，覆無實證，趙啓霖亦褫職也。此清光緒丁未年事。夫以翠喜一身，時而臺榭，時而官府，時而姬，時而伶，時而妾，時而婢，極卻曲迷離之況，山陽曹麟角之「楊花詩」，亡友鄒亞雲之「楊白華傳奇」，均爲翠喜作也，謂非宦海之佚聞，故京之艷史歟？

「小說考證」所說的大致無誤。段芝貴本是直隸候補道，充北洋陸軍統制，因爲東三省就要改設督撫制，段芝貴意欲謀爲巡撫，但他的官只是一個四品的候補道（並非實缺的道台），以一個非實缺官員欲一躍而爲二品的巡撫，很不容易，於是只好走偏門，以一萬二千元購楊翠喜以爲進身之階。光緒三十三年春初，載振之父慶親王奕劻在北京做壽，廣收賄賂，段芝貴立即携楊翠喜進京，送給載振，另以十萬元獻奕劻爲壽禮。慶親王是個昏庸而又貪鄙的人，見了這十萬元，那有不眉開眼笑之理，何況這個段芝貴又是袁世凱的親信，彼此皆自己人也。是年三月八日，黑龍江設省，即發表段芝貴以道員賞布政使銜（布政使從二品）署理黑龍江巡撫。這是女人與金錢之力。

三月廿四日，御史趙啓霖疏劾段芝貴，連帶攻擊慶王父子，「光緒朝東華錄」所載趙疏云：

……臣聞段芝貴人本猥賤，初在李經方處供使令之役，繼在袁世凱署中聽差。旋入武備學堂，爲時未久，百計夤緣，不數年間，由佐雜至道員，其人其才，本不爲袁世凱所重。徒以善於迎合，無微不至，雖袁世凱亦不能不爲所蒙。上年貝子載振往東三省，道過天津，段芝貴復夤緣充當隨員，所以逢迎載振者更無微不至，以一萬二千金於天津大觀園戲館買歌妓楊翠喜，獻之載振，其事爲路人所知。復從天津商會王竹林措十萬金，以爲慶親王奕劻壽禮。……

廿五日上諭：「御史趙啓霖……一摺，據稱段芝貴夤緣迎合……等語，著派醇親王載灃、大學士孫家鼐確切查明，務期水落石出，據實覆奏。」同日又下令段芝貴毋庸署理黑龍江巡撫，改命程德全署理。

趙啓霖上疏彈劾，載振方面已事先有所聞，立即通知段芝貴設法彌縫，務求未派人查辦之前佈置妥當。段芝貴將載振送回來的楊翠喜叫王錫鍈承認買爲婢女，名叫翠喜。孫家鼐等並不親往天津，只派恩志、潤昌兩個官員往天津調查。官場這種調查最兒戲不過，恩志等當然依照人家安排好了的證據回京覆命，說翠喜是王家的婢女，王竹林沒有借十萬元給段芝貴事。載灃本人原是慶王一黨，當然替他們洗得一乾二淨。慈禧太后一向寵信慶王父子，這一次竟然不顧清議，將趙啓霖革職，以寓懲一儆百之意。所下的上諭，將趙大罵一頓：說他誣衊親貴重臣名節。

趙被革職，朝野譁然，這件事任何人都知道是載振的胡鬧，趙所參句句是實，而清廷反將趙革職，因此一班諫官接二連三紛紛上書爲趙鳴寃，但清廷一概置之不理。

楊翠喜自入慶王府之後，載振的太太當然不容有這樣的「狐狸精」在王府作怪，於是王府中鬧到日夕不安。後來聽到趙啓霖上疏奏劾，載振即日將楊翠喜送回天津，安置她在王錫鍈（即益孫）家中，但王的老母認爲「此禍水也」，不許她進門。翠喜無處棲身，當夜只得暫時寄宿天仙園戲館，等到第二天王益孫才在租界裏租下一所房子，將她安頓下來。

趙啓霖字芷孫，湖南湘潭人，光緒十八年壬辰進士，散館授編修，以翰林官御史。他被革職後即回故鄉（但後來又起復，派他做四川提學使），他的同鄉陳毅（字詒重，湘鄉人，丁巳復辟時，一任「郵傳部副大臣」，爲復辟黨中堅分子）在北京郵傳部任職，他找到楊翠喜小影一張，寄給趙芷孫，在相片後題字云：「公不可不識此人！」並題七絕六首，今錄於左：

啁啾翠羽戲朝暉，天上珠巢護碧衣。
怪怯昨宵春夢惡，蒼鷹側翅擊空飛。
將軍巧計奪勛封，松壽雙名強唉儂。
作出花叢香未散，裙邊袖底幾游蜂。

# 袁世凱拉攏梁啓超

辛亥革命後，民國成立，梁啓超在外流亡了十五年，始於民國元年壬子（一九一二年）十月從日本歸國，船抵天津，住了一個短期才入京。袁世凱聽說梁啓超將到，便想利用他，對他極力攏絡，派人通知他，每月送他三千元爲生活費，在北京爲他安排好了住宿的地方，就是從前招待黃興的那座房子。梁啓超偶然對人說，從前曾國藩、李鴻章入京，是住在賢良寺的（按：李鴻章辛丑議和時，即居賢良寺，後來也死在賢良寺。寺在東城冰渣胡同）。這人聽到了，爲了討好袁世凱，對老袁說了，老袁掀髯微笑曰：「原來任公有做曾李之志，可敬可敬！」立刻派人打掃賢良寺。

至於那每月三千，梁啓超初時還決定不下是否接受，但結果還是「笑納」了，理由是，不收，恐爲老袁所疑，疑其有反側之心，另外一個理由則是費用浩繁，有人送三千不收，難道反而個個月向人借三千來開銷嗎？

老袁對梁極盡拉攏的能事，梁是沒眼光的書生，大贊袁公好人，過了半年，梁纔大驚，這時候才看淸老袁的眞面目，但已被人「強姦」了。·洛　生·

翠鳳聲清引洞簫，深深金屋更藏嬌。
周郎重感孫郎貴，爭羨江東大小喬。

學梳宮髻試妝樓，仙樂仍誇鞠部頭。
忽憶匈奴山色好，胭脂紅障玉顏羞。

春盡湘南一片帆，東風不解語呢喃。
只憐別院梨花雨，濕透珍珠窄袖衫。

宮袍掩面淚痕潛，愧對何郎傅粉顏。
日暮餘園歌舞地，可堪重問謝珊珊！

這六首詩寫得頗好（陳毅是光緒廿九年進士，頗能詩，著有「東陵道紀事詩」，記一九二八年孫殿英盜陵後，溥儀派他往辦理善後事，亦可爲小朝廷的詩史也），第一首指趙劲載振事。第二首的「松壽」云云，用典頗趣，而亦甚切合。此典較僻，應爲詳注。這個松壽姓程，宋朝人。當時的宰相韓侂胄有個心愛的侍妾，偶以小過觸韓之怒，把她趕出相府。錢唐令程松壽立即叫媒婆以八百千文買了這個女子，養在家中，好酒好肉欵待她，松壽夫婦待她好像貴賓一樣。過了幾天，韓丞相怒氣已解，又想起這個愛妾，立刻召見，知道已爲程松壽所買，氣不可抑，松壽連忙將她送回，並對韓說，那一天有個官人來京師見皇帝，將往外地上任，他有意要買，小官知道了，恐怕一經買去，便帶到外縣，當然不大好看，所以小官斗胆搶先一步將她買下，好好的奉養在家，待相公怒氣平息後再送入府裏。韓聞言還不十分舒服，等到他的寵姬入門相見，說起松壽夫婦謹待之禮，韓丞相才回嗔作喜，便一連把松壽升官，一跳跳了幾級，升到右諫議大夫，松壽仍以爲升得不快，心中不無快快。於是百般物色，買到一個美女，取名松壽，獻給韓丞相，韓問道：「爲什麽她和大夫同名？」答道：「小官想賤名常達鈞聽罷了。」韓大喜，又再把他升了幾級。段芝貴獻美女求官，正與松壽同，故用典用得頗有趣。

第四首寫楊翠喜在哈爾濱賣笑的舊事。第五首寫她被遣回天津並點破了段芝貴以珍珠衫獻慶王事。第六首更由楊翠喜事追溯到謝珊珊。

第三首有「翠鳳」字樣，原作者自注云：「北洋大臣直隸總督袁世凱有妾曰翠鳳，爲翠喜姊妹行，亦芝貴所獻。」這一小注極有趣。翠喜一事，鬧到滿城風雨，見之彈章，而獻翠鳳却逃過了清議的指責，亦爲後人所罕知也。惟世凱有妾名翠鳳，確否尚未可定。

段芝貴諂事世凱，有「乾殿下」之稱，劉成禺「世載堂雜憶」云：芝貴「因楊翠喜案，喧騰人口，奉天巡撫一職，卒以罷黜……洪憲帝制，芝貴異想天開，思借帝制權力，一洗在前淸時奉天巡撫被革職之恥，世凱特任之爲陸軍上將、鎭安將軍、督理奉天軍務、節制吉林黑龍江軍務，一等公爵。芝貴大得意，以爲宿恨可報，急赴奉天。其時洪憲局勢已趨末路。張作霖、馮麟閣等聯合逐之。」所記甚可參考，不過誤黑龍江巡撫爲奉天巡撫罷了。（楊翠喜後來在天津另婚別人，傳說十餘年前到了香港。）

**************************

# 弘一與楊翠喜

·薩　緣·

弘一法師李叔同，爲一代高僧，但他未出家前却是個風流種子。光緒三十一年（一九〇五年）他年方二十六歲，住居上海，憶念故鄉天津一個歌伶楊翠喜，作菩薩蠻二闋云：

燕支山上花如雪，燕支山下人如月。
額髮翠雲鋪，眉彎淡欲無。
夕陽微雨後，葉底秋痕瘦。生小怕言愁。言愁不耐羞。

曉風無力垂楊嬾，情長忘卻游絲短。
酒醒月痕低，江南杜宇啼。
癡魂銷一捻，願化穿花蝶。簾外隔花陰，朝朝香夢沈。

**************************

民國時代的「慶親王」

# 載振的私生活

湘山

清朝末年，親貴中以慶親王奕劻最是臭名揚溢，他爲人昏庸，又極貪鄙，自光緒廿四年以後，漸握大權，賣官鬻爵，盡力搜刮，到清亡之後，他避居天津租界，擁資千萬，對於小朝廷內那個「宣統皇帝」不瞅不睬了（甚至隆裕后謝世，他也不奔喪）。奕劻是民國六年丁巳（一九一七年）正月死的，宣統元年，隆裕太后賜他親王世襲罔替，於是他的長子載振就承襲「慶親王」之爵，沐猴而冠，盡量享用老子遺下的大批家產。

沃丘仲子的「當代名人小傳」，有「載振、載搏」兄弟合傳云：

振、搏皆美風儀，有璧人之目，亦倜宕自喜，歌館倡寮，恒有其蹤蹟焉。振初封鎮國將軍，使英唁賀，加貝子銜。兄事袁世凱，賴其薦，得掌商部，蓋創置也。其左右侍郎、丞、參，皆世凱所薦，司官則考試各部曹郎充補之。有主事龔心銘者，餽千金乞選，振立劾之，拉后稱其忠藎，然賂至萬金以上者，殊不見却。清代近支王公，罕綰部務，振以弱冠，竟兼正卿，衆知其有寵拉后；朝官爭趨其門，不肖者且導之爲狹邪游，排日治公竟，則微服乘小車出游兩城，徵歌賭酒，往往達旦。御史張元奇具疏彈之，中有「振膺命之日，遍召南班妓女謝珊珊等侑酒，故寮寀無不知有振大爺者」。雖未處分，而舉朝皆知其爲事實。商部所頒條例，疆吏亦不盡奉行，更無從取羨餘。奕劻詰之曰：「自汝膺官，莫名一錢，第日取邸中金供酬酢，可謂窮尚書矣，有何興趣！」振無以對，乃疏乞退，拉后亦少聞其狎游狀，竟報可。自是所領皆例差，益無聊，第日出獵艷。後偕徐世昌赴奉天察辦事件，歸過津，世凱設劇召飲，女優楊翠喜登場，姿首非佳，而頗含蕩意，振一見神奪，語言顛倒。道員段芝貴陪飲睹狀，越日爲翠喜脫籍，進之，賸以銀十萬。振愧無以酬德，芝貴謂倉卒不及備妝，此戔戔者，不値貝子一笑，敢望賚酬耶？振曰：吾有以報子。未幾，改訂東省官制，命下，芝貴果以候補道員賞布政使銜，超署黑龍江巡撫，朝廷譁然，台諫趙啓霖疏揭之……自是振望益劣，報章小說，頻載其醜行。後復充致賀專使于英，乘海圻兵船往，外人夙聞其名，見之多竊笑者，其列坐次敘，竟居歐美諸三等國之後。宣統間，親貴爭權，振獨不與，雖授內大臣，而視澤、洵等有冷暖之別矣。（按：澤、洵指載澤、載洵也。——引注）入民國，奕劻屢謀於世凱，欲令振入政界，世凱漫應之。以其父爲袁所師事，北洋官僚，恒來往其家。父死襲爵。所取爲恩壽女。搏貌娟秀若好女子，學於貴胄學堂。庚戌以載濤援，副掌禁衛軍，治游飲博，一視其兄。眷南妓蘇媛媛，以二萬金爲脫籍。嘗兄弟聯騎出飲於倡寮，一日，在座有銀行買辦某甲，酒後語偶相左，振兄弟共起辱之。甲告御史蔣式惺，揭劻存欵六十萬，雖察覆無實，而欵竟爲甲、蔣朋分。劻怒極，竟禁搏不得私出入，賴其外舅孫寶琦解說始已。國變後，益放蕩，揮霍三倍其兄，窘則揭債以濟之，或謂其貲已瀕罄。振、搏並聰頴，文學則以振爲優。

所記雖畧有未諦，但大體上尚無誤（只是載搏寫作搏，亟應改正）。載振承襲「王爵」之後，就在北京的慶親王府裏過着豪侈的生活，其荒淫奢汰，可從其衣、食、住、行方面見之。

衣：慶親王府自光緒二十年後，庫房裏就裝滿了各種名貴的綾羅綢緞，其中有不少是西太后，光緒帝的賞品，但載振一家人都嫌這些東西不好，不合時了，從不取用，要造衣服就叫人打電話給廊房頭條的瑞蚨祥、謙祥益等大綢緞莊，要夥計送來最新最時髦的綢緞，以便選擇。府裏頭設有成衣處，養着十多個裁縫製作。如果遇到什麼喜慶大日子，還要開夜班，或臨時找人來幫忙。皮庫裏的男女皮毛衣服，少說也有一二千領，載振一家人，到了冬天，就天天穿不同色樣，皮毛的衣服，單是管理皮衣的人就有七八個。

食：「慶親王」吃飯也有王府的派頭的。他和得寵的侍妾同一桌。他的母親，妹妹和孫輩一桌；兒子、兒媳一桌。每一桌的菜色是十樣到十二樣，所用的廚師十五人，六名是高手的，另九名是副手。每日消耗的雞鴨魚肉約六十斤。如遇宴會，則不止此數。載振全家的人，計：他的生母一人，庶母二人，異母妹二人，侍妾三人，子二人，子媳二人，孫一人，孫女一人，不過十五人而已，但伺候這班「主子」的「下人」，就有七八十人。奕劻住天津時，他的孫兒上學，每一人皆派二女僕隨侍在側，他的親家孫寶琦也學上了這種派頭。

宴會所用的酒，不是王府酒庫存貯多年的陳紹，就是家製的香白酒。炮製法如下：每年秋季時開始，用一隻紹興酒大罎子，將五十斤頂上白乾酒放進去，外加香櫞五斤，佛手、木瓜、廣柑各一斤，茵陳一斤，綠豆五斤，冰糖六斤。密封後，注明年月日入庫。每年照樣炮製五十罎，按貯存先後，依次取用，周而復始。酒庫中也有不少洋酒，但用途較少，可見他們雖然奢侈，但尚能「愛用國貨」。

「慶親王」載振

住：慶親王府在北京西城定府大街西口。奕劻的祖宗是乾隆帝第十七子永璘，封慶親王，奕劻本封貝勒，後晉封郡王、親王。此府原日是道光朝大學士琦善故宅。琦善擅割香港與英人者也。慶王府占地半里方圓。府第分五個院落，大小房屋近一千間，主房有九處，高大如宮殿，只是屋頂不用琉璃瓦而已。

大書房陳列全部「欽定大清會典」，中間設有一座硬木雕花螺甸寶座，據說清代某一個皇帝曾來此坐過，因此平常總是蓋着黃布罩。東書房是一座三合式帶游廊的大瓦房，屋內陳設古董和經史百家，各家詩文集等等。西書房有名無實，只是用來招待來賓的客廳。

住房精致高大，均有扁額，如：宜春堂、愛日堂、靜觀堂、契蘭齋、得趣軒等，不一而足。羣房有庫房、花房、茶房、厨房、奴僕住房、回事處（即傳達室）等。另有別墅兩處，載振帶着心愛的侍妾住在別墅的時間爲多。

行：載振平時深居簡出，除了與各王公通慶弔，和到府中向母親請安外，很少出外。即使如此，在北京剛有汽車的時候，他家已有美國道奇牌一輛了，後來更擴充到三輛，而溥心畬的恭王府一輛都沒有，溥心畬一直到一九三四年，才花了幾百塊錢買了一輛舊到不堪再舊的老爺車，坐着往藝術專科學校教書。

慶王府的主人們，衣食住行大抵是這樣的。

載振常住的別墅叫怡園，在北京後海南岸李廣橋，每隔三天，必到府裏來問安一次。他的兒子兒媳的住房，和他母親僅隔一個院落，但他們彼此見面，都有一定的時間。兒子和兒媳每天早晨十時起床，梳洗兩小時，然後盛裝到他母親處請安，下午也請安一次，均叩頭。這樣一天的禮節就算完成了。

民國九年（一九二〇年），載振已是四十多歲，挨近五十了，可是他的侍妾都在三十歲以內，但他仍不滿足，身旁還有八個侍婢供他蹂躪。

王府的後花園有一座戲樓，地方頗大，建築宏麗，規模並不下於北京市上的戲院，二層樓，池座可容觀衆三百多人，樓座可容一百人。載振的兩個兒子溥鍾和溥銳，都是京戲迷，再加上其他有同好的王公子弟，便組成了一個不定期的自我表演，自我欣賞的京戲小集團。當時有人美其名曰「貴胄班」。溥銳能唱「豔陽樓」、「八大錘」等花臉戲。載振五十壽辰，「貴胄班」也演戲賀生日，這班公子哥兒足足唱了一天半夜的戲，一點都不覺得疲倦。事後，溥銳在一張京戲照片上，題了這樣的句子：「是真是幻？非幻非眞！劇中人即我，我亦劇中人。」

民國十二年（一九二三年）後，北京政局不穩，載振移居天津的租界，託庇於洋人，他拿出父親歷年所刮的民膏民脂，在英租界買下一所頗大的樓房，代價十六萬，這所房子本是隆裕后的得寵太監小德張的產業。定府大街二號的慶王府，賣給段祺瑞執政時代的航空司令部，代價一百多萬（據說經手人中飽了三十萬）。這個振大爺在租界做寓公後，獨資經營一間紙烟洋酒商店，又和勸業場大股東高星橋等合資開設渤海大飯店，同時又經常做金融、股票的投機買賣，但輸的居多，產業也耗去不少。現在他的子孫窮無立錐了。淸朝的世襲親王，其後人沒有一個是名人，只有恭親王奕訢的孫子溥心畬最出色。載振的子孫更爲不振。至於以畫名的溥雪齋，以曲名的溥西園，雖也有名，但他們的父、祖非世襲罔替的親王也。

## 題壁詩

載振兄弟，一個私娶女伶楊翠喜，一個戀天津妓女謝珊珊，皆曾爲御史彈劾，那個慈禧老太婆眼中見過這兩個「賤婦」的名字了。當日北京廣和居飯莊，有題壁詩四絕，詠這兩個兄弟的趣事，傳誦人口，今錄左：

翠鈿寶鏡訂三生，貝闕珠宮大有情。色不誤人人自誤，眞成難弟與難兄！

竹林淸韻久沈寥，又過衡門賦廣騷。轉綠回黃成底事，誤人畢竟是錢刀。（原注：吳音不辨王、黃。王竹林係天津巨商，黃係軍裝買辦。）

紅巾舊事說洪楊，慘中原亦可傷。一樣誤人家國事，血腥新化口脂香。

嬌癡兒女豪華客，佳話千秋大可傳。吹縐一池春水綠，誤人多少好因緣。

又廣和居無名氏題壁七律二首，詠江春霖劾奕劻父子，亦關傳都門。此詩聞係出冒鶴亭手。今錄左：

# 談王芸芳

·士方·

民國初年，山東有個易俗社，是取移風易俗之意的新式京戲科班。一時出了幾個人材，武生有馬潤生，長靠短打，無一不佳。惡虎村，落馬湖，挑華車，長板坡都好。老生有婁亞儒與張裕太，婁以連營寨，洪羊洞，汾河灣最佳，唯作派稍遜是其缺點，在青島中山路之華樂出演，老生韓子峯，桂雅卿，武生秦月樓，花臉楊壽山，朱殿卿，均居其下。到濟南，與孟麗君，孟麗帑合作頗久。張裕太在魯東周村，張店一帶最有名，外號叫小破鞋，擅長掃邊老生，即所謂「外」；青風亭，九更天最拿手，潑辣火熱，台上賣力，故甚受歡迎。但該社人材中，名聞南北，最值得一述的，則是王芸芳。

王芸芳，爲濟南人，本名丘步武，在濟南桿石橋外濟南中學讀書，高中畢業後，即入易俗社。出科後，北上京津，終日埋頭觀摩，大有進益，遂拜名票吉侃如爲師。到了上海，蘇少卿見他篤誠，乃悉心教導，於是上海聶府堂會，王芸芳亦有份參加，這一炮才出了名。民國十三年（一九二四年）共舞台請了去，一個月包銀已是一千五百大元，在當時可謂夠紅的了。

王芸芳，身材頎長，扮相秀麗，眼睛乍看似有少少斜視，但不礙其美；嗓音更不用說，天賦佳嗓，一生下來，就是個唱旦的材料，孫佐臣就曾爲他操琴，說過他好。貴妃醉酒，捧打薄情郎，遊龍戲鳳，玉堂春，蓮香，四郎探母都好；經他改編的龍鳳帕，華麗緣，與周信芳，琴雪芳，高百歲，劉漢臣演來，尤精彩。筆者曾見過他的御碑亭，飾孟月華遇雨的幾步跑，「一見休書刀如絞」的一段散板，便很見功夫。後之劉小衡，都說跑圓場好，但比之王芸芳可差了。同時，王芸芳還有齣上海時興的新劇失足恨，做女學生裝，更轟動一時，呂月樵的女兒呂美玉，亦貼失足恨，當了看家戲，便是偷他的。

民國十五年（一九二六年），通天教主王瑤卿南下，王芸芳始經上海聞人周梓章介紹投入王門，王收徒弟向來隨便，王芸芳却是虛心求教而來，故王對他的身段唱腔，多所改正，已有迥異曩昔之概。

後來他曾隨麒麟童到過北京，又去過大連，自挑大樑時，老生不是趙鵬聲，便是小麒麟童，因久跑碼頭，故鴉片烟亦比以前癮大，同時，嗓子亦差了。一直到大陸易手，仍是困居大連，迨共產黨命其戒烟，這才戒不掉，把命給戒掉。聽說有個徒弟叫李翰秋，藝亦不弱；兒子唱老生，王芸芳死後，亦登台吃上戲飯了。

# 廣和居

·大年·

公然滿漢一家人，乾女乾爺色色新。也當朱陳通嫁娶；本來雲貴是鄉親。鶯聲嚦嚦呼爺日；豚子依依念母辰。一種風情誰解得．問君何苦問前因。

一堂兩世作乾爺，喜氣重重出一家。照例自然稱格格；請安應不喚爸爸（原注：滇俗）。岐王宅裏開新樣；江令歸來有舊衙。兒自弄璋爺弄瓦，寄生草對寄生花。

這兩首詩刺慶王父子，連帶湖廣總督陳夔龍及吉林巡撫朱家寶（陳爲貴州貴陽人、朱爲雲南寧州人），「朱陳」雲貴也。陳夔龍繼妻許氏拜奕劻爲義父，朱家寶的兒子朱綸拜載振爲義父，故有「一堂兩世作乾爺」之句。「江令」指江春霖奉旨申飭，着回原衙門行走。（所謂「回原衙門行走」，例如江是由翰林院編修升御史的，不稱職，令其回到舊日服務的翰林院行走。）「兒自弄璋爺弄瓦」、指奕劻有契女、載振有契仔也。此句幽默得很。當時有人對：「兄曾偎翠弟偎紅」，指載振兄弟，振娶楊翠喜，其弟除眷謝珊珊外，又曾納名妓洪寶寶也。

# 盧世侯——欣廬畫怪

陳思

夜讀弘一大師年譜，一九三三年（癸酉，民國二十二年）大師爲盧世侯所繪地藏菩薩九華垂迹圖題讚附記云：「壬申仲冬，余來禾島，始識世侯居士。時方集錄地藏菩薩聖德大觀，居士割指瀝血，爲繪聖像，捧持入山。余感其誠曰：請續畫九華垂迹。爾後世侯往靑陽覲禮聖迹，復遊錢塘富春，逮於四月，藻繪已訖，余爲忭喜，畧綴贊詞，併輯一帙，冀以光顯往迹，或酬聖德焉耳。歲次癸酉閏五月。」盧兄因爲我也是弘一弟子，曾經和我詳談這件事，我因爲和佛法很隔膜，當時唯唯諾諾，不甚加意，讀了大師的後記，盧兄乃是刺血作書，在他一生，的確是件大事。如今，盧兄逝世已將十年，墓草已宿，言念昔遊，不禁愴然。

盧兄世侯，南京人氏，却生長在江西南昌，我和他相識於贛南，那是太平洋戰爭發生後一年春天的事。那時，很少往來，他的身世，我也不很了然，只知道他是有名的畫家。一九五〇年，我南來香港，住在九龍尖沙嘴諾士佛台的欣廬，一天，在一位電影界朋友家中相遇。他也看中了欣廬，搬來同住，往來很密切。是不是好朋友呢？難說得很，有時親密得如膠如漆，眞是交情之濃濃得化不開，有時又冷若冰霜，漠然如路人。他和程靖宇（今聖嘆）兄，恰好是一對。欣廬朋友，目之爲怪人。

我們口頭總說是欣廬八怪？究竟欣廬有幾怪，我也弄不淸楚，可能在八個以上，可能不到八位，若要把我湊上了一脚，也無不可，欣廬朋友看我是生活最正常的人，所以不算在內，也無不可。欣廬乃是港九未流行公寓招待所以前，僅有的八家公寓之一，有如男女青年會宿舍。因爲是板房，照例不許住小孩，住客多是單身漢。單身女，多少有點不便，住了些日子也就搬開了。而且，物以類聚，大多是所謂「上海人」，廣東人，除了房東就住不下去。欣廬三世，他們自己都住在那兒，那就不十分太平了。（房東的二女，實在太漂亮，太賢惠了，單身漢心頭說是痲痲癢癢地，就鬧了好幾場桃色風波，連我都夾扁了頭。）到如今，欣廬已成爲歷史上的名詞了，舊廬拆建，新舍已經造成快十年了。

盧兄搬來欣廬，由我介紹，和我的一位朋友同住一房，在欣廬，這是極普通的事。他的行李一攤開，棉被是黑色的，被單是黑色的，枕套是黑色的，再看他的打扮，襯衫內褲是黑色的，襪子鞋子是黑色的，長衫、大衣也都是黑色的，除了花白頭髮，臉皮、牙齒也是準黑色的，我們就叫他黑寡婦，也有叫他黑玫瑰，有人說他是鴉片鬼，不錯，他是鴉片鬼。他的烟癮很重，他的黑飯消費，可能比白飯貴幾十倍。他的主要工作，就是替電影公司繪佈景計劃服裝，時常晚上工作，黎明才回公寓。要不是邊走邊喊「要死，要死」，就是來那麼一段「蘇三起解」，他用小嗓子唱蘇三，要不看見他那一撮小鬍子，總以爲唱的是十七八小姑娘呢！

他的收入，可眞不少；日本一家影片公司請他設計白蛇傳的佈景服裝，片酬港幣三萬元，其他，長城，邵氏．國際都得請教他，三五千港幣一月，那是常例。他化錢的本領，可眞大：不把錢化光，他就不動手去工作。那八家公司摸透了他的脾氣，就卡緊了錢包，他不交件，就不付錢。他可眞懶得可以，能拖一天是一天。有一回，約定下月一日非交件不可，上月三十日，一早就起來工作，到了下午，才知道這是大月，還有三十一日一天可換，他就擱下工作不做了。

他時常不名一錢，連巴士錢都付不出；他頂愛吃，九龍有一家川揚館子，他吃了掛賬，月底一結，那一月，居然吃了一千八百元，和他的黑飯錢不相上下。可是，他在欣廬，和今聖嘆合夥叫的那十八元一月的午飯錢，他就付不出。爲此，他和今聖嘆就鬧了別扭，說老程不夠朋友。一個單身漢，不嫖不賭，一個月居然能化掉上萬銀紙，眞有點使人不敢相信。有一時期，他居然和田怪如膠如漆，眞使我刮目相看，田怪者，我曾用他的素材，寫過「春江花月夜」的傳奇。）畢竟兇終隙末，依舊成爲路人。

盧兄也是不輕易推許人的，所謂「不事王侯，高尙其志」是也。在影片公司，那些大牌明星，尤其是所謂影后影帝，都是目中無人。世侯就是不賣那些影后的賬，呼來喝去，要她們聽他的話。有一回，他穿了一套黑綢唐裝衫褲到「高羅司打」九樓去替某影后配鞋子，電梯司機因爲他衣冠不整，不許上樓。他就要那影后上上下下穿了鞋子試給他看，影后並無怨言。那八位影片公司大老板對別的工作人員，指揮如意；獨有世侯目中無老板，非老板還就他不可。老板們也知道海外畫家談古裝佈景，盧兄自是第一把手，非禮賢下士不可的。

世侯和我，或許可以說是相處得最久的，也有過無所不談的日子。我問他：「爲什麼不把那份黑飯省掉它？」他張大了眼對我說：「你倒說得這麼輕鬆，這是要人命的事，你知道，所有戒烟的丸藥都是騙人的，換湯不換藥，內面都是嗎啡！」我想，他這份黑飯錢積起來的話，該是一個小富翁了，他似乎沒有妻子，在香港十多年，也沒和女人同住，在南京或許有他的妻子，談到這方面，他就含糊其辭了。

他的畫品，如何評定？我這個門外漢，當然無從說起。不過弘一大師看得起的畫家，一定了不起的。本來，張大千先生在海外負盛名，世侯對大千，並不欲居於弟子之列，和其他男女畫家以到門牆爲榮的絕不相同。盧兄的工筆畫，是否在謝稚柳、齊白石之上，我也不敢妄加甲乙。看看他替各影片公司所作的佈景服飾，頗得古意；世侯逝世，餘者不足觀矣，有一回我在北京和夏公談及盧兄，他也有此語。我最愛他所畫的「杜甫江南遇李龜年圖」（曾刊某畫報。）此圖原來是準備繪了送給G公的，因爲他有黑飯之需，不能北行，才轉送給影片公司某老板，那老板送了他港幣萬元，他還戀戀不捨呢，有一回，盧兄說是要送一幅畫給我，我說，我這個窮書生，要找出一百元都不可能呢？結果，他也並未動筆過。

## 劉三與其夫人

「魯迅日記」記柳亞子在上海功德林請吃晚飯，同座的朋友是沈尹默、李小峯、劉三及其夫人。（見一九二八年八月十九日的日記。）

劉三名季平，上海人，行三，所以自稱江南劉三。劉三工詩，又寫得一手好字，少年時代就參加革命作反淸運動。蘇曼殊和他很有交情，蘇詩裏有很多處提及他。烈士鄒容在上海租界西牢關死了，沒有人敢收葬，劉三即在他的故鄉華涇鎮撥出荒地營葬，當時的墓碑由蔡元培書寫，鄒字改爲周，免使淸政府的鷹犬尋事。辛亥後才在墓前立「烈士鄒容之墓」的石碑。這次是劉三寫的。

魯迅的日記提到劉三的夫人，夫人姓陸，名靈素，字繁霜，青浦人，能詩詞，有才女之目，劉三在上海城東女學敎國文，陸靈素就是他的學生，劉三的髮妻陳氏（龍華大族陳蘋洲之妹）死後，他們才結合。劉三在一九二八年和魯迅同桌時，那時候他正在南京做監察委員。劉三結婚很久，沒有兒子，陸夫人很着急，廹着他納妾，後來物色一小家碧玉，送給劉三做姨太太，三人同居，相敬如賓。抗日戰爭期間，這個姨太太養下一女兒，因在國難期間所生，小字阿難，不久，這個姨太太不告而去。劉三死於一九三八年，不過六十二歲。

·西　鳳·

# 事報業的摯友

·李孤帆·

## 一、俞頌華

我認識俞頌華先先是由郭虞裳先生的介紹，民國八年春假後到了上海，因爲孫粹存先生的介紹，就去找郭君，郭君留我在他所辦的南洋商業專門學校當教員兼助理校務，從那時起我就與先生有了交往。後來因俞君而認識他的老兄俞鳳賓醫師和他的妹妹俞慶棠女士，俞君初留日本，在第一次大戰後又去了德國，他回來後就在「時事新報」當記者，在新文化運動時，研究系於蘇聯問題頗感興趣，北京「晨報」派瞿秋白先生到蘇聯去，上海「時事新報」亦派俞往蘇聯，從事於調查報導，俞先生從蘇聯回來後，就在東方雜誌社任編輯了。

一二八滬戰時，我們在上海威海衛路的靜安別墅辦了一個中社俱樂部。這個俱樂部很特別，既沒有賭博，也不能叫條子，設備很完善，有體育室、彈子房、遊藝室、食堂、宿舍、理髮室，合作商店等。而且辦了一份「新社會」半月刊，足以改良社會作爲我們的宗旨的。我和郭俞二君早有三餘俱樂部和聚餐會的組織，自中社成立後，就將聚餐會固定於每星期日在中社食堂舉行了。那時因俞先生在寶山路東方雜誌社相近的地方，戰事暴發後，就被劃入戰區，俞先生和他的夫人與子女匆匆逃出，未携一物，身邊的銀包又被扒手扒去了，他到中社來看我，我就給他全家安置在宿舍，並預支「新社會」的稿費，維持他們的生活。「東方雜誌」暫行停辦，我就請他担任「新社會」的編輯，一直到戰時終了，他加入申報館創辦「申報月刊」時，他才脫離「新社會」半月刊，他全家也開始搬出中社宿舍。當他入「申報」時，正是史量才一意革新的當兒，他又獲派赴紅軍二萬五千里長征的終點延安去觀光。

我在抗日戰事暴發以前，到南洋游歷，八一三後回到香港，就住下來了。某年他携夫人子女到香港，我招待他們遊覽港九，別後他就應重慶中央政治學校之聘，到那邊去當新聞系主任，等我到重慶時，他們已在温泉卜居，他們招待我遊南温泉，暢叙契闊。不料後來國民黨要求在國民政府下工作的公教人員一律加入國民黨，他和他的妹妹應棠堅決不入黨，他們就準備離開重慶，恰巧有星加坡的「星洲日報」聘他去當主筆，不久他又携眷同往星加坡了。這時候，國民黨搞僑務的人，又和陳嘉庚鬧翻，就改爲與胡某聯系，一次把胡請到重慶，趁此機會提出交換條件，要把星洲某報的主筆改聘潘公弼君，俞君於交卸後，隻身回到香港，和梁漱溟等創刊了「大光報」。太平洋事變後，俞夫人携公子經印度、仰光回到重慶。他自己在香港淪陷後跋涉千里，到了桂林，接辦「廣西日報」，想再回重慶，但身體已不支了。

俞夫人到重慶後就來看我，我給她介紹在同鄉謝衡牕家中作家庭教師，後來又介紹她在老同事戴立庵家中兼課。他們的女公子正在西北，回來時因找到了我，而知她的母親和弟弟已在重慶。最後俞君力疾到了重慶，由黃炎培先生給他住在張家花園中華職業教育社中，並請他編輯一份職教社的周報。他常和我通信，所以早就知道他的夫人子女，都由我招呼已在重慶立足了。但是他的病已深，等到勝利返滬時，又不能不抱病去担任蘇州江蘇教育學院的新聞系主任，終於在職病逝，那時已離國民黨垮台不遠了。可惜他死時正在慘勝之後，情況比抗戰時還不如。他一貧如洗，當了最不吃香的公教人員，貧病交加，終於一瞑不視，對他所希望的「解放與改造」（是他曾編過的雜誌名）竟未能及身看到，實在是抱憾的。

## 二、潘公弼

我和潘公弼先生相識，是在民國十年，那時我脫離上海證券物品交易所，創辦中國商業信託公司，由信託公司投資香港華商交易所，我邀了潘君和他的內兄臧謌廬和郁緻祥、陸友白等同到香港，由他們分任總務（潘）秘書（臧）稽核（郁）和文書（陸）等職務。那時香港人口僅數十萬人，商業均為轉口貿易，英國人在港已設有一家會員組織的証券交易所，物品期貨買賣都由南北行經手，並無設置股份公司組織交易所的條件，加以次年上海信交風潮的影响，香港交易所就無疾而終了。潘君和我在港交結束之後，仍有交往，他本來在北京助邵飄萍辦「京報」的，邵被張作霖殺害後，方行南下。在香港交易所結束後，他就加入上海「時事新報」，仍過他的記者生活。

# 記兩位終身從

民國十六年（一九二七年）北伐軍克復了上海，我奉命清查招商局和籌備中央銀行時，請潘君担任過中央銀行的事務科長。到了蔣介石下野後，我和籌備主任周佩箴同時辭職，後任王文伯要留潘君代我當總務部長，他毅然加以拒絕，表示和我同進退的决心，後來他要我向招商局的郭外峯專員推薦，沒有成功，抗日戰爭暴發後，我先到香港，潘君已受廣東省政府主席吳鐵城的委任，當了省政府參議，他因夫人子女即將來港，託我找一所暫住的房屋，我轉懇香港交易所老同事聞申嶽代辦，居然得到一所過得去的房子。後來他的夫人因病返滬，潘君在廣東陷敵後即去重慶，以致一家人在離亂中分散了。

抗戰以後，我一直住在香港，廿七年起常因公往來港渝，到了太平洋事變後，我就在渝久居了。但在此以前，因為收兌金銀，推銷儲劵、勸募公債等事，經常往來港滬。正當潘夫人臥病在滬時，潘君託我代訪其夫人，並給她經濟上的支持。那時雖然他的內兄臧謌廬在滬已落水，做了偽華興銀行副理，但他們已沒有交往了。

潘君自吳鐵城丟了廣東省主席後，重理故業，做起國民黨報紙的編輯，在國民黨要他入黨時，不但加入了黨，且獲選為中央候補委員，這一點是與我們老朋友愈頌華君大不相同的，並在國民黨排斥南洋僑領陳嘉庚，改捧胡某以後，當了星洲某報的主筆。我是雙方的摯友，但對此事認為潘君能適應環境，與國民黨合拍，愈君砥砥自守，始終不願入黨，實為二人最大的區別，但此事雙方均受國民黨當權派的播弄，而致好友成為敵人，且雙方都以記者為終身職業，殊無爭奪飯碗之必要。潘君在勝利後來香港仍辦黨報，不久就到台灣，十年前已在台中作古了。我對兩位終身從事報業的摯友的辭世，實不勝其悲戚之感。

診餘隨筆

# 中醫古籍散佚和脫簡的幾件事

△宗 范▽

遵義黎庶昌於淸光緒間兩使日本，影印唐宋舊書籍，成古逸叢書。內有日本現在書目抄本，載醫方家千三百九卷，大半非吾人所得見之書。蓋日人喜蒐中土古書，尤重醫籍，宋槧貴至千金，插架等於古玩，由是讀書之人日少，鬻書之人日多，有人謂縹緗之厄，幾等秦灰，誠有慨乎其言之也。

內經素問及九卷，爲周季醫家所集，名曰黃帝以神其術，明堂亦稱黃帝所授，皇甫謐作甲乙經，謂之黃帝三部。王冰注素問，不注九卷，不信明堂。隋楊上善有黃帝內經明堂注，與太素並行，明堂先亡，太素直合素問九卷爲一書，宋嘉祐中，林億等有校本，其書盛行，元明寖廢，至淸不可得見矣。近代皆以王冰注素問合史崧所傳之靈樞爲內經，然靈樞雖爲漢魏舊物，而歧誤錯出，素問雖有功於經，而穿鑿亦多。惟太素改編經文，各歸其類，取法於甲乙經，而無破碎大義之失，其體例之善，有非今之內經可及者。黎氏古逸叢書叙目後，有附注云：「日本所存中土逸書古本，如楊上善黃帝內經太素注，原書三十卷，今存二十一卷，余獲有傳抄本，以卷帙繁重，未能謀刋，姑附記於此，以餉好事君子。」吾觀黎氏所印逸書，非皆善本，其中如太平寰宇記補闕六卷，尙有人指爲從輿地紀勝及他類書抄撮而成。不知何以捨此醫林古笈，而反採印他種僞書，此雖黎氏一時之疏忽，今則已成爲醫界不可挽救之損失矣。

素問王注，出唐天寶時，雖有沿誤，林億等新校本，已據全元起楊上善諸註正之，今宋本及明覆宋本尙多，應無脫簡。然余觀宋本史載之方跋後附記云：朱師古得異疾不能食，聞葷腥氣輒吐，乃謁史。史曰：「俗醫不讀醫經，而妄欲療人。君之疾在素問中，其名曰食掛。凡人肺六葉，舒張如蓋覆於脾，則子母氣和，飲食甘美，一或有戾，則肺不能舒，脾爲之蔽，故不嗜食。素問曰：肺葉焦熱，名曰食掛。蓋食不下脾，瘀而成疾耳。遂製食服之，三日覺肉香，啖之無所苦，自此嗜食，宿恙頓除。」但今觀素問，無此二語，足見古本，亦有闕文。若非史氏之言，孰知醫經有此妙法哉！

漢張仲景爲中醫最有權威之方劑學家，所傳醫方，後世奉爲圭臬，皇甫謐謂仲景垂妙於定方，誠千古至論也，然觀外台秘要諸論傷寒各家，引華陀語與仲景及千金方同者，明定汗吐下三法次第，各繫以宜用之方，而今本傷寒論不以三法爲綱，其摩膏解肌散藜蘆丸神丹丸等方，皆未載，其他遺漏之方，不見於外台千金方者，自亦不少。千金方謂江南諸師秘仲景要方不傳，然則今本傷寒論失載之方，必多仲景要方可知矣。夫醫爲仁術，學本公器，前人秘仲景要方不傳，誠屬利己損人之舉。今世醫家，提倡公開，倘能摭拾當年失載之方，以補今本傷寒論之闕漏，豈非醫林莫大之盛事耶？吾願與當代好學深思之士共勉之。

明孝宗曾敕命太醫院院判劉文泰等撰輯本草品彙精要四十二卷，附有彩色圖畫，稿存內府，未經付印。淸聖祖復命太醫院吏目王道純，醫士汪兆元重行繪錄，並成續集十卷。武進陶湘嘗獲此編圖畫殘本多卷，隔其圖繪精妙，彩色穠鮮，涇派朱絲，與大典本相埒，頗議流布，忽忽未果。其後北京圖書館收藏此書，僅有殘存淸重抄本。商務印書館根據散失淸重抄晒藍底本：於一九三七年、一九五五年先後出版二次，均未附有圖畫。其時距此書寫成之日，已閱四百二三十年。全部圖畫，已無可考。余在港識一返自羅馬之某君，藏有此書圖畫影片數紙。據云：明寫繪本，久流海外。乃一羅馬敎主 Bihop I. De Bai 於一八七七年前，在華所得。現由羅馬國立圖書館庋存，封面尙蓋有主敎圓形圖記。余聞此言，眞不能不慨歎當年守藏諸人之失職矣。

# 徐得氏與東海名堂考

徐亮之遺著

徐氏大祖和受封的時代既明；那末，依上文所說：徐氏的初國，既只不過是現在的安徽泗縣附近；實距東海甚遠；而徐氏後人却以「東海」名堂，理由又復安在？曰：這事情却和徐偃王有不可分離的關係。不過，提起徐偃王，問題却又來了。因爲關於徐偃王的時代，前人曾有左列截然不同的三種說法：

（一）說他活動的時代是公元前七世紀初葉的：

「韓非子」五蠹篇：「徐偃王處漢東，地方五百里，行仁義。割地而朝者三十有六國。（按「淮南子」人間訓及「論衡」非韓篇均作三十二國。」荊文王（前六八九－－六七五）恐其害已也，舉兵伐徐，遂滅之。故文王行仁義而王天下，偃王行仁義而喪其國；仁義用於古而不用於今也。」（譙周「古史考」從此說。）

（二）說他的活動時代是公元前七世紀末葉的：

「淮南子」人間訓：「昔徐偃王好行仁義，陸地之朝者三十二國。王孫厲謂楚莊王（前六一三－－五九一）曰：『王不伐徐，必反朝徐。』王曰：『偃王有道之君也，好行仁義，不可伐。』王孫厲曰：『臣聞之，大之與小，强之與弱也，猶石之投卵，虎之啗豚，又何疑焉？且夫爲文而不達其德，爲武而不能任其力，亂莫大焉。』楚王曰：『善。』乃舉兵而伐徐，遂滅之。」

（三）說他活動的時代是公元前十世紀末葉的：

「史記」秦本紀：「造父以善御幸於周繆（穆）王（前一〇〇一－－九五一），得驥溫驪、驊騮、騄耳之駟，西巡狩，樂而忘歸。徐偃王作亂，造父爲繆王御，長驅歸周，一日千里以救亂。」又趙世家：「繆王使造父御，西巡狩，見西王母，樂之忘歸；而徐偃王反。繆王日馳千里馬，攻徐偃王，大破之。」

上引三說，因爲史記成書比較「韓子」「淮南」爲晚，反把偃王活動的時代說得比他們早上兩三百年，便不免引起學術界的紛紛議論：而其議論又可分爲如左四說：

（一）尊韓說： 譙周「古史考」：「徐偃王與楚文王同時，去周穆王遠矣（按年表穆王元年去楚文王元年三一八年）。且王者行有周衛，豈得救亂而獨長驅，日行千里乎？此事非實。」此明言韓非說是，而史記所載非實。

（二）調和說： 范曄「後漢書」東夷傳：「穆王後得驥騄之乘，乃使造父御以告楚，令伐徐，一日而至。於是楚文王大舉兵而滅之。」此明係調和韓非與史記之說一爐而冶之。

（三）折衷說： 近人徐旭生著「中國古史的傳說時代」，認爲偃王「大約同楚成、穆、莊三王同時。他所服的三十六或三十二國，大約不出於羣舒、江、黃英、六、蓼、宗、鍾離（在今鳳陽縣境內）諸國。」因而主張：「淮南子書的著作，雖較韓非子晚近百年，它所主張徐偃王與楚莊王同時，實較近於事實。」（P一八六——一八七）按楚文王元年（前六八九）到楚莊王元年（前六一三）．相隔是七十六年；而到楚成王元年（前六七一），則相隔僅十八年。此爲折衷韓非淮南之說，使時代更相接近；其不信「史記」與譙周同。

（四）否定說：　近人錢穆著「先秦諸子繫年」，認爲徐偃王實卽戰國時的宋王偃（前三二九——二八六）。理由是：（1）「考之春秋傳及楚世家均無徐偃王事。（2）「彭城、晉立徐州。」「戰國時宋都蓋遷彭城。」「故宋亦稱徐，如韓稱鄭，魏稱梁，是也。」「淮夷徐戎、素屬商，故商宋亦得徐稱也。」（3）王偃得稱偃王，乃「野人小民」「倒王之名以爲稱」。「莊子列禦寇：『曹商爲宋王使秦』；釋文：『司馬云：偃王也。』」則王偃後固亦稱偃王矣。」（4）楚有兩莊王戰國時的楚頃襄王亦謚莊王；「六國表，宋滅當楚頃襄十三年，故淮南以爲莊王也。」——此則明否定韓子史記；雖表面尊重淮南，事實上亦等於否定之。

以上四說，觀點雖各不同，其不信「史記」則一；其認爲史記成書晚於韓子淮南，不該把徐偃王活動的時代提得更早於韓子淮南則一。其實，這類觀點，只消稍一深思，便不難立刻發現：他們全是只顧刻意求工，而實不能自圓其說。第一，他們全忽視了就史言史，史記的價值，實遠過於韓子和淮南。韓子乃一家之言；淮南乃賓客各就所聞，編輯成書。其援引史實，原皆旨在撮述大要以証實其哲理；事諧理順，便已足夠。考訂史實年代，本不必如史家的嚴格；更不可能如史家擁有足資考訂的許多材料。史記則不然；史記乃司馬遷身爲太史令，根據「石室金匱之書」（見史記太史公自序。索隱：「案石室金匱，皆國家書藏之處。」）所纂述者；無論著作本身，子史已自殊科；卽言參考材料，又豈韓非及淮南賓客所能夢見？夫考史全然不信史記，而轉信韓非淮南本非專門歷史之書，寧非咄咄怪事？第二、他們全忽視了韓非淮南二人史記均有列傳；韓非淮南之書，史遷早經讀過；（韓非列傳：「申子韓子皆著書傳于後世，學者多有。」淮南王安列傳雖未言安著書事，「漢書」固已詳言；自不能謂史遷未讀過淮南之書。）如果關於徐偃王的時代，韓或淮南之書並無錯誤，他何必改弦更張？反之，他之所以必加改弦更張，則必因他所根據的「石室金匱」材料，較之韓非淮南之書，遙爲切合歷史的眞實，夫復何疑？明乎此，則知史遷列偃王爲周穆王時人，必有確切根據，並非徒逞異聞，實可斷言。亦唯偃王乃周穆王時人，因而我們立可發現上引否定說的難於自圓其說。因爲偃王根本就是春秋以前的人．不見於春秋傳，並不稀奇。戰國時代的楚根本滅不到他，不見於楚世家，也不稀奇。復因爲史法畧此詳彼．事所恒見；偃王事蹟，既一再見於秦本紀趙世家，不見於楚世家更不稀奇；正大可不必拖出戰國的宋王偃，來冒名頂替，並把這筆糊塗帳．寫在「野人小民」的名下也！再就宋王偃的作風與事蹟看，也和徐偃王迥乎不侔。偃王行仁義．而王偃諸侯皆曰桀宋（史記宋微子世家）；偃王滅於周穆，而王偃滅於魏齊（同上）；偃王走死甬東，而王偃奔魏死於溫（通鑑卷四）。係這樣作風與事蹟截然不同的人，試問如何頂替得下來？其次，尊韓說和折衷說，也不能自圓其說；因爲偃王既根本活動在春秋以前，名字復不見於春秋傳，則無論尊韓也好，折衷也好，一味只在春秋傳裏面打滾，到底滾不出什麽道理來。至於調和說，既根本不知道周穆王和楚文王相隔了三百多年，則所調和出來的，只不過是强作解人，鬧大笑話而已。其爲毫無價值，更不待論。

那末，偃王活動的時代既明，進一步，便可以討論他和東海的關係了。而要討論他和東海的關係，又不能不先談一談他和周穆王的關係。原來徐氏初封，國土只不過是現在安徽泗縣附近一塊小地盤。其後所以領土擴大，實由對周穆王採取革命行動的結果（史記名之曰「反」）。因爲周穆王那時，修刑（「尚書」呂刑卽穆王時的産物）、黷武（拒祭公謀父諫伐犬戎）、漫遊無度，已經弄得荒服不至，諸侯離心（「史記」周本紀），海宇騷然。徐氏之在周初，本以亡殷遺族，撥充魯國附庸（左定四年傳），對周本無好感。周穆自己既政治上弄得一團糟，這在偃王看來，自是擴張國力，打擊對方千載一時的好機會。於是一反其道：「行仁義」，結衆心，果然風行草偃，「割地而朝者三十二國」之多。大概北到今日的魯南蘇北，南到今日的皖中浙東，全都成了他的勢力範圍。而魯南蘇北，本漢東海郡地；本和徐國接壤：（徐之初封，屬漢臨淮郡。）國力伸張，勢所必取。彭城（今蘇北銅山縣）武原東山，並因偃王（一說其子宗）曾至其地：「因名其山爲徐山。」其向北伸張的情致，概可想見。而會稽翁州復有偃王城（「史記」秦本記正義引夏侯志說），屬今浙東定海縣（即「元和志」所謂春秋甬東之地），則其南向伸張，且直入東海水域之內的了。（「括地志」：「徐城在越州鄮縣東入海二百里」。按此所謂「徐城」，即「偃王城」。）要之，徐氏立國，自夏歷殷以至周季春秋之末，傳世凡四十三代；（若木受封至偃王，三十二世。偃王子宗至徐子章禹，十一世。）歷時凡一千六百八十五年；（夏啓元年公元前二一九七至周敬王八年公元前五一二）其間實以偃王之世爲最大。偃王以前，西周之初，徐氏曾以殷民六族之一，劃爲魯公伯禽之封（左定四年傳）。偃王以後，春秋之末，國既降而爲子（「通志」氏族二）中原盟會，儕伍莒邾；雖復自王國內，（金文「徐」作「郐」，傳世徐器六，三稱「郐王」，一稱「王孫」。）而實見迫齊楚；（「左傳」昭公六、十二、十六、十九諸年傳。）終且徐子章禹，見執句吳，國以滅亡（「左傳」昭公三十年傳）。偃王則不然。他雖興勃敗忽；究竟功德在人。他全盛時，躬行仁義；陸上東海（漢郡），爲其北鄙，臨淮（漢郡）爲其根本。他失敗時，乘桴高蹈；水上東海，爲其長城，翁州爲其菟裘。一興一敗，都以東海爲界碑；則徐氏「東海」名堂，誰曰不宜？

乙巳四月三十日脫稿于亮齋

# 丙子新正詩

·未央·

三十年前的丙子年，是一九三六年，俞平伯教授寫有「丙子元旦」詩兩首，皆記北京風俗，近年已無此矣，錄此如讀「東京夢華錄」也。詩云：

一年之計在於冬，未到新正便不同。豆粥分甘眉睫潤，糖瓜祭竈齒牙封（黄赤豆如糜，和以糯米，蘸糖食之，云令人不紅眼，此殆宋人口數粥之遺製，見范石湖詩。與糖瓜皆十二月二十三送竈日用）。深更各飫酬神胙（於歲終祀百神即古腊祭之意，午夜散福飲酒，家人會食雞豚甚飽），隔歲咸留大吉紅（用紅紙書「元旦舉筆，「百事大吉」八字，亦吾家舊俗，兒時見曾祖亦書之，去年各人所書今尚有）。守燭光陰仍冉冉，過年滋味再忽忽。休爭兒女樗蒲彩，且鬧閨房針線工（破五以前不弄針黹）。僻巷時騰花炮火，晴街好趁紙鳶風。西山雪霽沉沉睡（昔人云冬山如睡），北海冰嬉漸漸融。五夜裝龍迎麥瑞（小麥龍燈），千門駐馬認萍踪。幾多勝賞流塵裏，可有零蕊即目中。遠與秋紅迷寫望）去歲秋遲，霜林多美），近將春絲上簾櫳。已聞杏蘂連枝折，又見桃夭結子濃，令節無緣今異昔，撐腰糕吃把書攻。（諺曰：二月二，撐腰糕，三月三，眼亮糕。詩言欲收於心之難耳。）

寒氣遲伊絲蔦嬌，丁香庭外久含苞（此花隔年結蘂）。未交春雪猶爲瑞（除夕及新正五日，各見微雪。今年上燈節始立春，則猶爲臘雪也），已覺新年事必遙。閨女要花兒要砲，上燈圓子落燈糕（皆俗諺）。從頭選勝於今又，取次飛緜到柳條。

# 戲劇生活

◁周志輔▷

## 二　姻婭

### （一）陳金爵

陳金爵是梅巧玲的岳丈，當然與梅家的淵源最早。而陳金爵在咸、同間享盛名，子孫很多，梨園中稱做「大家」。金爵本姓姚，原籍是鎮江東鄉姚家橋；先世有一名振揚的，於順治戊子，遷居金匱縣延祥鄉甘露鎮。六傳至長興，娶了陳姓的女，生二子，名叫大榮與芳榮。大榮號稱煦堂，由蘇來京，始改姓母姓。進入內府拜孫茂林門下，習小生，首次演出「喬醋」，爲嘉帝所賞識，賜名金雀，曾侍從去熱河。有三個兒子，長壽山，次壽彭，三壽峯，都娶姓繆的女兒。又有女兒三人，長女嫁賈棣香，次女嫁梅巧玲，三女嫁錢玉壽。金爵死於光緒三年（公元一八七七年），年七十八歲。

金爵的長子名叫壽山，生於道光八年（公元一八二八年）也習小生，同治間曾搭三慶四喜等班，年四十五就死了。有子一，藝名嘯雲，是梅巧玲的弟子，又有女一，嫁姜雙喜，就是姜妙香的父親。

金爵的次子名壽彭，小名連兒，生於道光十二年（公元一八三二年）幼年跟父親習藝。咸豐十年（公元一八六〇年），由內務府挑選，跟他的父親入昇平署當差。光緒三年（公元一八七七年）病死，年僅四十六歲。

金爵的三子名叫壽峯，生於道光二十二年（公元一八四二年）幼年跟父親習崑腔老生。恭親王曾出資創辦全福戲班，聘壽峯爲教習。該班爲當時北方唯一的崑曲科班，造就的人材很多。至今談到崑腔科班，沒有人不知道全福科班的。壽峯死於光緒二十九年，時年六十二歲。

壽峯長子嘉樑，生於同治十三年（公元一八七四年）。初習小生，後以嗓敗，改習場面，以唱笛著名。民國以來，跟梅蘭芳出演最多。民國八年（公元一九一九年）夏，又跟梅蘭芳去日本。死於民國十四年（公元一九二五年），時年五十二歲。

按嘉樑兄弟四人，與梅雨田昆仲，是表兄弟，也就是梅蘭芳的表叔。梅蘭芳的「舞台生活四十年」第二集中，曾提及陳嘉樑昆仲與他的關係，節錄如下：

我在上海唱鬧學，是陳嘉祥（嘉樑的第四個兄弟）扮的陳最良，在杭州唱是陳嘉璘（嘉樑的第三個兄弟）扮的。陳氏昆仲從他們的祖父陳金爵起，傳統的都會唱崑曲，可算是近百年來的崑曲世家。他們都是我祖母的弟弟陳壽峯的兒子。陳壽峯專唱崑曲的文武老生，他跟譚老板，大李五，都是師兄弟。他辦過崑曲科班名叫「小學堂」。他有四個兒子，嘉樑、嘉瑞、嘉璘、嘉祥。他們的乳名是虎、熊、

- 長子壽山
  - 子嘯雲
    - 子秀華
    - 女嫁唐彩芝
  - 女嫁姜雙喜
    - 子妙香
    - 女嫁楊小朶
- 次子壽彭
  - 長子桂亭
    - 女嫁賈洪林
  - 次子桂璋
  - 三子桂泉
  - 四子桂嵐
  - 五子桂馨
  - 女嫁賈紫林
    - 長子大元
    - 次子盛吉
    - 三子盛習

# 梅蘭芳的

豹、象，嘉樑是老大，我們叫他虎大叔，早年是唱武生的，後改塲面，能拉能吹。我早期崑曲是他吹的，現在替我吹笛的馬寶明，就是他的學生，先幫着呼笙，大叔死後，才由馬寶明接他的活。嘉瑞也是唱武生的，人都管他叫熊二爺，死得很早。嘉璘是豹三爺，久在江南搭班，唱裏子老生。嘉祥是象四爺，他唱小生，也是久居上海碼頭。我每到上海演唱，除了死去的熊二爺以外，其餘三位常常跟我一起合作。

金爵長女嫁給賈棣香，生三子，長子叫祥麟，即老生賈洪林的父親。次子叫祥鳳，習老生。三子叫祥瑞，以胡琴著名。祥瑞曾教梅雨田習藝，在梅蘭芳的「舞台生活四十年」裏，記他的祖母曾對他說過下面的一段話：

你祖父（即梅巧玲）受了塲面的氣，回來就對我發牢騷說：「我一定要讓咱們的兒子學塲面。」事情也算湊巧，你伯父（即梅雨田）從小就喜歡音樂，到了八歲，你祖父問他愛學那一門？他說：「我愛學塲面」。你祖父聽了這話，正合他的心願，高興極了，就把北京城塲面好手，都請來教你伯父。我的姨姪賈祥瑞正在四喜班做活，胡琴笛子樣樣精通，又是很近的親戚，第一個就是請他來教，所以你伯父請教過的人雖然那麽多，要算賈三是他開蒙的老師。

金爵次女就嫁給梅巧玲，其三女嫁給錢玉壽，唱崑旦，錢玉壽的孫女嫁給王鳳卿，姪女嫁給宋小元，就是小生朱素雲的父親。

現在把陳梅兩家的親戚關係，列表如下：

陳金爵
- 三子壽峯
  - 長子嘉樑
    - 長子富壽
    - 次子富瑞
    - 三子盛泰
  - 次子嘉瑞
  - 三子嘉璘
  - 四子嘉祥
- 長女嫁賈棣秀
  - 長子祥麟—子洪林
  - 次子祥鳳
  - 三子祥瑞
- 次女嫁梅巧玲
  - 長子雨田
    - 女嫁朱小芬
    - 女嫁王蕙芳
    - 女嫁徐碧雲
  - 次子竹芬—子蘭芳
    - 子葆玖
    - 女葆玥
  - 長女嫁王槐卿—子蕙芳
  - 次女嫁秦稚芬
- 三女嫁錢玉壽
  - 子寶蓮—女嫁王鳳卿
  - 姪女朱小元—子素雲

# 東亞第一畫家李鐵夫

木龍·霞奇

## 一

「東亞第一畫家，我——李鐵夫！」這是他的自我介紹。說這話時，高高的翹着大姆指，那神情很使人好笑——且慢，他這句話並沒有吹牛成份，換了別人，會更神氣的說：「老夫今年八十四歲了！早年從事革命，學畫之初，民國還沒有影子咧！」但，李鐵夫絕不以老自豪，他以畫自豪，別的都可以讓步，談到畫，他不甘示弱的。

誰又曉得有個李鐵夫呢？即連當代許多藝術大家也很少知道他，更少有人見到他的畫了。此翁埋頭繪畫六十年，作品在中國堪稱第一流，可惜他不愛開展覽會，不愛在報紙上招搖，更壞的是不肯同官塲或大師們打交道。因此，不能馳名於當代，不能見知於時賢，不能列入藝術大師的行列！可是，說句笑話，當代的許多時賢大師們還在襁褓中咿呀時，李鐵夫已在英美藝壇上赫赫有名，被譽為「東亞畫家第一人」了，風頭之健，迄今還無人能與之擬比。此老雖非「國寶」，亦夠得上算「近代古董」了！當他高興的時候，談敍往事，劈頭就是：「遠在六十年前……在英國，參加繪畫賽考，獲得冠軍，担任了大學生領袖及副教授！二十六年後，在美國紐約美術大學，跟畫王沙金蒂，及車時遊歷十九年，賽考得肖像畫冠軍，獲獎金四百美元，被舉為教授兼學生領袖達九年。第二年大賽考，得銅像式雕刻冠軍，孫中山先生題贈：「為東亞畫境之巨擘」，黃克强先生題贈「横掃亞洲」，一九一六年，加入了全世界最高畫理學府，十年之間，當選的畫大大小小有二十一幅：冠軍！也是東亞加入這學府的第一人！……」除了這麽多第一外，他還是中國留學中第一個學畫的前輩，而且也是革命的先驅，其中任何一個榮譽也足以令人自豪的了。

年青時代的李鐵夫，認定美術是革命運動的武器，革命是美術的推進機，一九〇七年參與了興中會的籌劃工作。一九〇九年担任紐約同盟會常務書記，他的熱情與堅定是少見的，把革命的種子在美洲華僑中播散，同孫中山先生四方奔走，六年之間，建立了十九個同盟會的分會。革命失敗，處境窘困時，他曾經賣了二百餘幅心愛的油畫，充做活動經費，為革命工作，從沒有支取一文薪水，有一次，他竟然同鄧公彥趙公璧，把清廷派往紐約去駕海圻兵艦的海軍司令程光璧說服了，使全艦的士兵，加入了會盟。是的，他的熱情使人感動。武昌起義革命完成，他把勝利的果實讓給別人，不求一官半職，又悄悄回到藝術崗位，去畫他的畫了，他會告訴你：「當一切什麽大官，不及繪畫好，繪畫是頂有福」！

## 二

李鐵夫，現在已經頭髮斑白，面孔佈滿了縐紋，他並不以為自己老了，相反的仍然是年青，熱情，每天除了作畫外，就愛到廣東小茶樓去品茗。夏天，他穿一件褐黃色紡綢小褂，頸子上插一柄大芭蕉扇，常常在耳朵上夾着一段吸完的烟屁股，這樣子怪有趣的。

他愛同年青人做朋友，你同他談家常瑣事，他一點也沒有興趣，總是緘默；但，一談到畫，精神就來了，他那廣東人特有的深陷眼睛立刻放出光彩，豎起一個拳頭，反覆的說：「溫〇e吐Two，涕Three！這是表現立體的三個面，再看，一！二！三！是吧？……」惟恐你不懂，講得唇上那撮花白鬍子一跳一跳的，務使你明白了才休息。在他看來，繪畫重要的手法在表現立體感，而今天中國許多畫家只能做到「吐」的階段，那第三面就差勁了，他有時會摸摸你的骨頭像江湖麻衣相士那樣，聚精會神的注視你的姿勢，語言，動作，直攝你的靈魂深處。他常常把自己沉在繪畫的欣賞與創作之中，而忘了身外之物，也許是他高蹈的原因吧！他作畫，似乎只是爲了滿足他的藝術慾，畫了就算了，作品經常是收藏起來，不大願意給人看。當他僑居在香港澳門十幾年中，起初很少人注意到這位大畫師，後來有些外人常來求他作肖像，驚異他的技巧，哄傳出去，接着來許多慕名前來拜訪的人，但到他住處，四壁空空，一張畫也沒有掛在外面的，頗爲失望。假如他認爲你有藝術的天才，允許你去看他的畫，但必須誠心的等他佈置。他跑到畫室裏去，半天揀出幾幅畫，裝在精美的鏡框裏，配好了光線與位置，這才像變魔術一樣的說：「好，看吧！」是的，你這才看到是李鐵夫的畫，他那種緊張，熱情的忙碌，無論你喜愛他的畫與否，都會被他的眞誠所感動，於是他同你站在一起，靜靜的，都成爲欣賞者。然後，他會告訴你創作的態度與方法，總是鼓勵你：「作畫要大胆，要有力，豪放，才能使你的天才流露！」一邊用手模擬着說：「囉！囉！畫筆要這樣的一橫掃，再順勢這麽一片塗過去，對了，就這樣！」他會直率的說：「現代沒有人能畫過我，我是東亞第一畫家！」你聽了他這樣的說法，不但不會感到他矜恃，而且覺得他眞率一點，沒有大師們那種陰陽怪氣的謙虛而實驕的醜態，同時，他也决不妒視後進，願意同年青人競賽。

## 三

在別人看來，李鐵夫有許多怪癖，他白天走路，總是慢慢的，像一個沉思的哲學家在散步；而晚上走路，即矯健如飛。他有他的道理：「白天人太多，走快了，不是碰壞人，便是被人碰壞了！」是的，當別人橫行時，他避讓，你們不走的路，他來走。他從來不坐車子，即連登峨嵋青城山時，都不乘滑桿。生活也非常簡單，只有那兩套衣服，可是繪畫的用具却非常精美。他似乎入了畫迷，把結婚的事都忘掉了，可是他又不是獨身論者，他說：「作畫的時間都嫌不夠，結婚，有了家庭太麻煩了！除非家庭制度起了大革命，大家同住在一起，各人有各人的工作，不受拘束，不受負担所苦，那末，我可以結婚！」這制度在東方還沒有產生，他只有獨身了。

抗戰勝利，他思想畧改變了些，應李任潮將軍之邀，挾了一大捆油畫水彩畫，到重慶想作一次公開展覽，以供藝術界人士的公開品鑑。住在李公館，備受推崇，任潮將軍尊他爲「李老師」，但李鐵夫老調不變，在那大捆包裹油畫的麻布袋上貼了紙條子：「李鐵夫畫，任何人不許亂動」！李將軍夫人幾次都笑着說：「麻布太破爛了，可以換塊新油布包吧。」可是李鐵夫只哼一哼就了事。直到去年（按：一九四七年。——編者）九月十日，在南京舉行第一次公開展覽時，那紙條還保存着。這次展覽破例沒有用着精美的畫框，其中有在美國入選的三十一幅巨畫之部，那種十九世紀的人物，笨重裝束和布面上的裂痕，正象徵着他的「古老」歷史和卓越的成就，有一張驚心動魄的「二次革命失敗蔡烈士鋭廷就義時寫實」畫着一位先賢倒臥在血泊中，臘黃的臉上流着鮮紅的殷血，一頂禮帽被抛在一尺遠的前側，雙眼睜開，兩手緊握着拳，手項上還緊扣着一副洋銬，這是一張畫，也是一個史實！更是許許多多爭自由民主戰士們的典範！上面標價是一萬萬元，誰出這樣代價來買一幅惡腥的死屍像呢？人們要的是美人，花卉蟲魚！然而也沒有一個革命者的血是能用錢來估價的！

李鐵夫回到祖國來，已經是老人了，他想到年靑時代一般革命戰友，多半英靈長眠，無限感慨：在他眼前浮起了當年許多共甘苦，同生死的同志們熟悉的面貌，他要舞動蒼健的畫筆爲黃花崗之役七十二位殉難者造像，使他們復活，使那些慷慨就義的先驅者永生在人心裏，爲坐享革命成果的人戒！使後來者警惕。

## 四

去年齊白石老翁、在上海開了一次展覽，歡迎會上他被冗長的演說薰得昏昏入睡，比起在南京開畫展的李鐵夫，還要來一番自我介紹，自不可同日而語。我們姑妄稱這兩位老翁爲：「北齊南李」吧，但是，也許李鐵夫會說：「東亞第一畫家，李鐵夫！」（編者按：李鐵夫是一九五二年六月在廣州逝世的年僅八十。此文是轉載一九四八年上海出版的「人物雜誌」。）

# 洪憲紀事詩本事簿注

劉成禺遺著

隨以電話告小鳳仙（滬妓鳳雲，在京張幟易名小鳳仙，名噪甚，松坡暱之），午後十二點半到某處同吃飯，故示閑暇，徜徉辦事處中，若無事者，人亦不察，乃密由政事堂出西苑門，乘三等車赴津，繞道日本返滇。義旗一舉，洪憲乃覆，松坡之沉着機警，於此可見，松坡走後，予受嫌疑最重，從此宅門以外，邏者不絕，劉成禺、張紹曾次之，丁槐則佯無所謂。小鳳仙因有邀飯之舉，偵探盤詰終日，不得要領，乃以小鳳仙坐騾車赴豐台，車內掩藏松坡上聞。予等亦宣揚小鳳仙之俠義，掩人耳目，明日，小鳳仙挾走蔡將軍之美談，傳播全城矣。〔漢陽哈漢章春耦筆錄〕

草詔罷除方孝孺，傳經移讓鄭康成。清明一片龍泉水，皂帽青袍發古情。

## 章太炎先生在莒錄

南豐吳宗慈
武昌劉成禺同著錄

丙辰六月，洪憲敗亡，元洪繼任。太炎先生出厄回滬，予送之車站曰：「願先生勿亡在莒」。先生曰：「盍綜兩年來情形，纂『在莒錄』，備不忘乎。」天喪斯文，學統廢墜，制言諸友，移書白下，謂將刊大號，為先生年譜長篇之備錄。予與吳君宗慈，自癸丑至丙辰，追隨先生，始終其事。各舉所見所聞所傳聞者，抉擇記事，匯鈔成篇，曰「在莒錄」，記先生語也。丙子六月劉成禺記。

### 癸丙之間太炎言行軼錄

吳宗慈手記

（一）民三入京寓共和黨之原因

共和黨者，武漢革命團體民社中人。民二時，反對三黨合併之進步黨，宣告獨立，推黎元洪為理事長，太炎先生副之。癸丑後，袁令逮捕國民黨籍議員，藉口憲法問題，民國三年春，令國會停職。元洪入京，居瀛台，共和黨亦被監視。太炎先生居滬，常發表反袁文字，報章轟載。袁恨而畏之。鄂人陳某獻策，謂彼有法致太炎於北京，袁頷之。陳商之共和黨鄭某、胡某於黨中集會，謂黨勢孤危，不如請太炎先生來京，主持黨事，黨議韙之。未一月，先生來京，寓化石橋共和黨本部。抵京後，一往晤元洪。袁遣人招之往見，弗應也。未幾共和黨發現鄭、胡二人，以太炎先生為餌，得袁鉅款。開大會登報，除鄭、胡二人黨籍，絕陳往來。初先生晤黎公謂陳某心險叵，將來誤民國必此人，黎不信。挾黎入京，陳實主謀者，其言遂驗。太炎先生既居於共和黨，袁命陸軍執法處長陸建章派憲兵四名駐黨監視。名為保護，意在禁其出京，並監察其言論。凡共和黨來往函件，均須檢驗。行動言論通信自由之權，均被剝奪。先生寓共和黨時，言行事實，暗由日記錄出。

（二）居共和黨起居言行實錄

某日應黎莖甫（宗嶽）君晚讌，乘馬車（時北京汽車極少）出門，憲兵躍登車前後夾衛之。初未注意。讌畢回寓，挾衛如故。先生疑，詢慈及張亞農，未便實告。次日再詢鄂人胡培德。胡笑曰：「此爲袁世凱派來保護者。」先生乃大怒，操杖逐之。憲兵逃。先生謂慈曰：「袁狗被吾逐去矣」。慈應曰諾。憲兵既被逐，易便服來，與宗慈亞農談判（慈與亞農任黨幹事）謂奉上命來，保護章先生，雖觸怒，不敢怠，請易便服，居司閽室中，不能拒，但不令先生知耳。先生居黨部右院斗室中，朋輩過從極少，日與談話者爲宗慈與亞農、張亶吾三數人耳。上天下地，無所不談，談話既窮，繼以狂飲，醉則怒罵，甚或於窗壁遍書袁賊字以洩憤。或掘樹書袁賊，埋而焚之，大呼：「袁賊燒死矣。」罵倦則作書自遣，大篆小楷行草，堆置案頭，日若干紙。黨中儕輩欲得其書者，則令購宣紙易之。派小奚一人主其事。某日，陸建章派秘書長秦某（前清翰林）來晤宗慈，謂奉敝總長命（建章部下均稱陸爲總長）欲謁先生，請先容。詢何事，則曰敝總長奉大總統命，謂章先生居此，慮諸君供億有乏，將有所贈。慈入告先生，導與相見。秦入，致詞畢，探懷出鈔票五百元置書案。先生初默無一語，至此遽起立持幣擲秦面，張目叱曰：「袁奴速去」！秦乃狼狽而遁。黎公念先生抑鬱，召慈等至瀛臺，商所以安慰之策。囑詢先生在京願爲何事，經費可負責，並言袁對之尚具善意，但不欲其出京，及發表任何文字耳。慈等歸商先生，先生表示願組考文苑事，復黎公命。黎往商袁，年撥經費十五萬元。先生開列預算，堅持非七十五萬元不可。袁允經費可酌增，但不必如預算所列，設機關辦事。約言之，即予以一種名義及金錢，示羈縻而已。先生最終表示，經費可畧減，但必須設機關辦實事。先生且調慈等曰：「爾輩窮鬼，得此既足資黨費，又可以集同志，寧不佳耶！」雙方談判，終告決裂，黎公徒爲扼腕，余等亦終爲窮鬼，至今思之，殊堪失笑。當時預算中，所擬辦事人才，其高足弟子黃季剛，赫然首選焉。

（三）在北京講學情形

窮愁抑鬱既以傷生，縱酒謾罵尤非長局。黨中同人，商允先生講學，國學講習所遂剋期成立。講室設於黨部會議廳之大樓，報名者沓至。袁氏私人，受命來監察者，亦厠講筵。講授科目爲經學、史學、玄學、子學，每科編講義。黨中此類書籍無多，先生也不令向外購借。便便腹笥，取之有餘。講授時源源本本，如數家珍，貫串經史，融和新舊，闡明義理，剖晰精要，多獨到創見之處。講學時絕無政治上感情，不惟專誠學子，聽之忘倦，即袁氏之私人，無不心服，忘其來意矣。講學不及三月，聽者得意，而先生倦矣。一日召慈等數人，商出京歸滬事。時偵騎四佈，安能獨行，設詞阻之。先生怒曰：「吾知君等窮措大，慮無行資，吾早有所備。只需一人，送吾至天津，登日本輪可也。」因詢先生，所備行資幾何。先生啓衣篋，出束紙，則現幣八十元，慈等語塞。於是出京之議決。先先親擬電稿，致夫人湯國黎女士。初先生到京被監視，夫人來函，閱竟投火爐中，不作覆，漸並不閱。於是夫人書外封致共和黨總務部，另有內封，不緘。函到，慈即持奉先生面拆，先生命代閱要事以告，否則不願聞。某次，夫人函述黎公有函致袁命囑其來京。夫人謂此以君爲餌，吾決不來。望君堅其志節，無以家室爲念。語懇要，先生默然久之，然終不作覆。至是始親筆擬電稿致夫人。

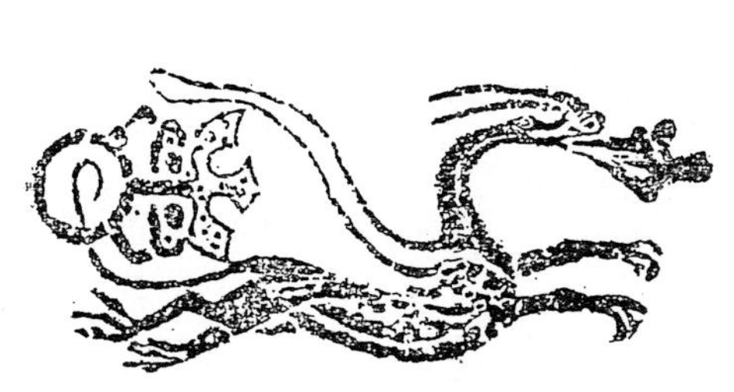

# 張謇日記鈔（廿二）

張謇遺著

劉猛將軍祠（與火星、東嶽同屋）：「祀幷神祇，而古者以人事爲先，八蜡猶徵祈報禮；史軼忠義，而後世賴將軍之烈，百虫應著顯靈碑。」（按：此聯改作：「侯國有方，八蜡猶徵祈報禮；將軍不死，百虫猶（按：「應」字的筆誤）著顯靈碑」。書於眉頁上。）佛殿：「興廢何常，距前修儵六十春秋，問庭樹蔚蓼，閱幾回陵陸塵揚，蓬萊水淺；風煙正擾，願我佛將大千世界，作陶輪擲棄，俾衆生了無知覺，不相往來。」

## 十一月

二日。定廠價九萬，卽夕上船。

三日。由蘆涇港至唐家閘。

四日。書箴到廠。午後到城，卽夜旋。

五日。巳刻到二甲，未刻到家。

九日。寫峴帥訊，劉太守訊，金生、王生、殷秋浦訊，說兩小學堂。

十一日。寄課題。

十二日。遣仁祖與表姪金永安往湖北武昌方言學堂。與叔兄、彥升、念敂訊。

十五日。寫沙氏壽屏。得叔兄京山縣唐心口工次訊。

二十六日。課卷來，乃小山代擬，「天之方蹶」三句，「田子泰入徐無山躬耕賦」，「愁破方知酒有權」試帖。

二十七日。金太恭人生日，家廟行禮。

二十八日。定廠約。

三十日。與商務局志訊，汪知州訊。廠聯：「秋豪太山，因所大而大；樂工興事，厚其生曰生。」「大利不言；生財有道。」「恤緯憂周室；忘機愧漢陰。」「通商惠工，江海之大；長財飭力，土地所生。」

## 十二月

一日。閱課卷。

三日。往唐閘。

六日。返。

七日。到家。

十二日。課卷閱竟，交單生邦傑寄。

十三日。寄叔兄訊。

十四日。作鎮廟觀瀾堂聯：「歛爾息物古之經，父老其休，觴豆來談由里事；降亂薦饑今有備，井閭相係，艱難永奉聖明朝。」

十五日。核計歲需，少二千番（典息在內），眞非了局，定家約。

二十五日。作文昌閣聯：「福澤文章云有命；危時將相要生才，（取材天官書，不參別說。）

二十八日。小除，寫叔兄訊。

二十九日。除夕祭廟，叔兄、仁兒皆不在家，爲之感慨不已。易亮兒遺腹子名延武。亮告文：「叔告從子亮祖，方汝病危，汝婦有姙，爲命遺武之名，以待所生之子。彼時痛汝，不暇詳思，今按大伯四子曰翼，訛稱爲怡，叔行卷所刻之子，先名曰怡，又汝獎職之名爲儀，若汝子名遺，于汝則犯嫌名，于汝從弟則皆音混，準之于義，有所不安；呼之于家，亦覺不便，更爲易名延武，告汝知之，汝其佑祖！」

錄徐元尹文昌閣聯：「魁天下士，爲閭里榮，木有本兮水有源，比于前修，遺紹應新偃王廟；援北斗杓，挹東海漿，社祭土而稷祭穀，錫之秩祜，人文合盛鄭公鄉。」（上以饗瓶議修廟，切文昌神張姓，下切海門。）又：「瞻天帝上儀，冕旒具有文明氣；演漢臣逸說，俎豆平分壯繆香。」（在關廟之東南，以神爲張良，道家說也。）殊工切。丁儀不嫌兩目盲，元尹何妨稍有遺議也。

江藩司例：草灘繳價，每畝二錢五分二厘。白塗灘每畝一錢二分六厘。升科照正銀，因地酌繳。漕斛麥一石，工部營造尺高一尺，方一尺五寸五分。長樂鎮斛一石，營造尺高一尺四寸八分，方同。

光緒二十四年（公元一八九八年）歲在戊戌，年四十六，正月甲寅（丁酉大寒後二日）

一日乙酉。日食。

二日。定社倉基曬場。

三日。擬社會章程三十條。

六日。與叔兄訊，心丈訊。

七日。高立卿來。

八日。見「申報」開特科之詔。榮中堂、嚴編修（修）、高侍御（立會）請也。

十一日。與秦丈往姜灶港，赴敬夫之約。

十四日。歸。

十八日。酉時怡兒生，吳姬所出。按子平：戊戌，甲寅，壬寅，己酉，春水雖洩氣，然不得爲衰，又有酉金，辛金生之，當作身王論，戊巳並透，甲與乙合，當作去官留殺論。（是日若壬寅時生，則六壬趨艮，若辛亥則殺印相生，日祿歸時，巳酉生乃又次之格。）然婚娶以來二十五年，先府君、恭人望孫至切，遲之又久，今乃得之，而我父母不及見矣！

十九日。生子告廟。

二十一日。編次支譜。

二十二日。與叔兄訊，心丈訊。

二十三日。遲日作書，備宋師出殯之用。

二十五日。作內子施廟鼎欵志。

二十六日。作舉辦社倉公稟。

二十七日。知新寧督部已用所擬墾蕩事入奏。

三十日。編次支譜成目，六世系生卒墓兆、廟祀、志傳，述遺。世系自本身以上五世起，五世以上不能詳也，生卒可賅於志，特譜之者，爲有無志者也。志傳可系於墓，顧志可系，傳不可系也。墓兆云者，重墓，亦重近墓，而備祭之田不可不專也。自先大父後，家蓋屢蹶而屢興，而先府君先恭人行事貞艱，實非尋常可及，志傳不能盡，故以述遺終之，欲子孫知其詳也。

雍正元年上諭：向來開墾之弊，自州縣以至督撫，俱索陋規，往往膏腴廢棄，嗣後聽民自墾自報，官吏不得需索阻撓，水田以六年起科，旱田以十年起科，著爲定例，其府州縣勸諭開墾者，准令議敘。

# 釧影樓回憶錄

天笑

父親喪事，正可以算的羅雀掘鼠，我也不忍言了。本來還就讀於朱先生處，到此便踏出學堂門，不再是一個學生了。如果我在十三、四歲時，學了生意，到了這時，三年滿師，也可以當小夥計，每月掙到一兩塊錢，但我讀了死書，一無所獲，眞是「百無一用是書生，」以後將如何度日呢？父親在世之日，雖然也是日處窮鄉，却是父親挑了這家庭的擔子去，現在這副擔子，是落在我肩頭上了。

蘇州有很多慈善濟貧事業，有所謂「儒寡會」者，一個窮讀書人故世了，無以爲生，他的孤寡可的領一筆邮金。各業中也都有救濟會，以錢業中爲最優。親戚中頗有爲我們籌劃領取此種邮金者，我抵死拒絕。父親是個商人，不能冒充讀書人，入什麼「儒寡會。」至於錢業中的邮金，父親在世，深恨錢業，況且脫離已久，假如我們要用錢業中一個小錢，使我父親死不瞑目，我實在是個不孝罪孽之子了。

舅祖淸卿公，他當時是號稱蘇州首富的，他答應每月資助我們數元，我也婉謝了。我說：「你與我的祖母爲同胞姊弟關係，每月送祖母幾塊錢，我們不能拒絕，祖母實在太苦了，此外我們將自行設法。」雖然說是自行設法，但我一個十七歲讀死書的人，將怎樣的自行設法呢？後來淸卿公每月送祖母兩元，在他也算厚惠了。

於是我在家開門授徒，做起教師先生來了，一個十七歲的小先生，有誰來請教呢？第一節，收到了一個學生，那個學生，却是一位女學生。原來住在我們一宅的，裏面一家姓潘的，也是書香人家。這位潘先生，有位女公子，今年九歲了，父母鍾愛，想要她讀一點書，而又不願送她到宅子外面的私塾裏去。本來想明年請一位先生，所以一說就成功，而我就做了牡丹亭裏的陳最良了。

寫到這裏，我有一個插話了，我自從教過這位潘小姐後，一直沒有教過女學生。却自從山東青州府（今益都縣）辦了學校回到上海以後，却在各女學校裏教書，女學生不計其數，現在所記得的，如黃任之夫人、楊千里夫人、顧樹森夫人，宋春舫夫人等等，都是我的女學生。那末最先的這位潘小姐，比例這些武俠小說所說的，當是我的「開山門」女弟子吧？

其時潘小姐的束脩，是每月一元，而時候，地方上周邮寒士者，還有一種書院膏火，蘇州有三個書院，其它兩個，童生不能考，只有一個平江書院，專爲童生所考，考一超等，得銀七錢，（約合制錢一千文）特等減半。但也不大容易考取，有已進學的高材生，也冒充童生來考取呀。

後來我認得一個舊同學，他是糧道衙門一書吏之子，他們有一種糧冊，要發給人鈔寫。字不必寫得工整，但是要寫楷書，大約是三分錢一千字，我若認眞寫，自早至晚，每天可以寫五千字，不是每天有一角五分的進欵嗎？這比考平江書院的卷子還可算得多了。可惜那不是常有的，雖然每千字僅有三分，還是搶寫者紛紛，因爲紙是他們發來的，只費點筆墨而已。

其實，自從父親故世以後，不是我挑了一副家庭生活担子，而是母親挑了一副家庭生活担子。她在親戚中，一向有針神之譽，她的女紅，是精細而優美的，就在父親沒有故世之前，我們在窮鄉中，她就把她的女紅所得，取出來儘量補助家用，父親故世後，幾乎全靠她的女紅收入了。

蘇州的繡品是出名的，有些顧繡莊，放出來給人家去刺繡，但工資却微薄。繡一雙衣袖（都是行銷到內地各省、各區，為婦女官服披風上用的）不過制錢二百八十文，而工夫非三天不可。但母親則日以繼夜，只兩天就完工了。蘇州人家，嫁女必備繡品，尤以新牀上的裝飾為多。如在牀的中間，掛有「發祿袋」（其典未考），兩傍則有如意、花籃、揷瓶等等，都是繡品，都須描龍繡鳳，極為花團錦簇。或誇示新嫁娘的針線精妙，其實都是牀頭捉刀人所為。親戚家知我母親擅於製此，轉輾相託，如此忙了一個多月，也可以獲得十餘元。我正讀唐詩，讀到了「苦恨年年壓針線，為他人作嫁衣裳」之句，因想這正為吾母詠的了。

不過這都是臨時性質的，不能固定有那種收入，但我母親的女紅是不斷的。我們的同居，不是有一家紗緞莊嗎？這紗緞莊常把所練成的「紗經」或，緞經」放出去，給女工們絡在軸轤上，厥名謂之「調經，」一束經，謂之一和（這是織絲品家的術語），調經紗經一和，可得五文，緞經一和，可得十文，不過此種工作，限時限刻，今日取了，明日必須交去，有時須整夜工作。（凡絲織物直線為經、橫線為緯，這裏所謂經，即是直線）。

祖母年已六十餘了，她也要工作，她也要調經，勸之不聽。於是母親取得淺色的經，如雪白、湖色，蜜黃的經，都與祖母？深色的經，如黑色、墨綠、深藍的經，都歸自己，因祖母年老，目力不濟呀。又母親和我商定，即清卿公每月給與祖母的二元，歸祖母零用，我們家用中，不能再用它。但此兩元中，仍有大一半，祖母供給我用，如吃點心呢，買糕餅呢，添小菜呢，都是為了她們所鍾愛的這個孫兒而花費的。

這幾年來，我們總算得是茹苦含辛了，但我並不算苦，苦的只是母親。她一天到晚，不過睡四五個鐘頭，其他時間，都是工作。可是生活倒也安定，那時生活程度，已比我六七歲的時候，高得多了。我們一家，每月五六塊錢的開支，再也不能少了，房租近兩元，飯菜約三元（這是祖母、母親和我三人的食用，其它還有雜用，我們在衣、食、住、行四者之中，只有食與住兩個字，衣服不能添做，走路只靠兩脚了。

我家有一個規範，無論如何貧窮，不得借債。所以父親在日，雖常處窮鄉，也不肯向人告貸，我也遵守父訓，一生從未舉債。實在到不得已時，甚而幾及斷炊，則惟有典質度日。因此那些高牆頭，石庫門的當舖，我常常光顧呢。我們這時已家無女傭，祖母和母親都是纏過脚的，不能上街，「舉鼎觀畫」（此本為戲劇名，時人喻之為上當舖），我常演此劇，凡衣袖中可藏之小品（如首飾等），則可坦然直入，但衣服之類（父親衣服極多，皮衣服大毛，小毛俱全），則挾一大包袱，如遇熟人頗露窘態。既而思之，「我還搭少爺架子嗎？」便也夷然自若了。

那時的家庭生計，起初很覺得困難，後來有一個安排，倒也不覺得什麼了。有時每一個月中，反而有盈餘，於是把典質去的衣物，贖些出來。「贖當頭」是最高興的事，從前有個寒士，改了古人詩句道：「萬事不如錢在手，一年幾見贖當頭」，可發一噱。不過在這家庭預算，也常常有突出來的事，譬如送禮，蘇州人家是講究交際的，所謂「禮尚往來。」父親開弔時，收了人家的禮，現住人家有喜慶喪葬的事，我們可以不送禮嗎？普通也得二百八十文送一張禮票。我家現在雖處困境，還是要面子，不願在這個封建社會上被扔下來。

這個家庭的擔負，大概我担任了十分之三，母親担任了十分之七，第二節，我又收了兩個學生，連潘小姐共有每月兩元的收入，考書院，鈔寫糧冊，那是例外的。我覺得母親這樣的勞苦，心中實在不忍，然而又無可如何。可是有一個奇蹟，母親是有肺病的，在我年幼時，肺病常發，並且咯血，可是現在如此勞苦，身體反而堅强，其實即有小病，她也忍耐過去了。我們親戚中，沒有一個不稱讚母親賢德的，他們說：我母親的不病，眞是天佑善人。」

# 適館授餐

我十八歲的春天，便到人家去當西席老夫子了。這個館地，是吳偉成表叔所介紹的（偉成叔是上海現在名西醫吳旭丹的父親）。祖母的母家，不僅是桃花塢吳宅一家，還有史家巷吳宅一家，他們都是所謂縉紳門第，貴族家庭，我記得那時張仲仁先生（一麐）尚館在他家。其實，我們在桃花塢與史家巷親戚關係是一樣的，不過其間畧有親疏之分罷了。

在新年裏，偉成叔來向我祖母拜年，便提起了這事，是他的一位老朋友張檢香，他家裏要請一位教讀先生，曾經請他物色。他們有三個男孩子，大的不到十歲，小的只有五六歲，剛纔上學。他想介紹這個館地給我。雖然他們束脩出得少，但他們是個縉紳人家，一切供應，都是很優待的。祖母聽了很願意，不過說：「他年紀輕，交新年不過十八歲，要是他父親不故世，自己還在學堂裏呢」。偉成叔說：「不妨事！表姪年紀雖輕，我覺得他很老成持重，況且那邊的學生，年紀都小，正在開蒙時候呀」。謝謝偉成叔的兩面說合，我這個館地便成功了。談定每年束脩二十四元，三節加節敬，每節二元。

如果我在家裏開門授徒，所入可不止此數，因爲已有幾個學生，在去年說定，要來就學，至少每月也有三四元。但是祖母和母親的意思，寧可讓我到外面去處館，第一是爲了吃的問題，因爲到人家去處館，就吃了別人家的了，所謂適館授餐，蘇州人家請先生，對於先生的膳食，特別優待，以示崇敬，正合乎論語上所說：「有酒食，先生饌」了。我家也請過先生，知道這個規矩的。

我的館主人張檢香，他們住居於因果巷（蘇州人念爲鸚哥巷），在城的中心點。這個宅子很大，而他的父親也是兩榜，做過京官的，現在已經故世了，而只生下檢香一子。檢香也是讀書人，也曾進過學，所謂書香門第。但他現在不求上進，做一個保產之子，人極規矩，一點嗜好也沒有。蘇州的有產階級中，像他這樣的人很多。這種人，大家說他眞能享福的。

選定了正月二十日爲開學日期，屆時他們用轎子來接，舉行拜師之禮，儀式頗爲隆重。還端正了一席菜，請了幾位陪客，偉成表叔當然列席，而先生則坐了首席（蘇俗敬師，家有宴會，老師總是坐首席的）。那個書房，也很寬敞，是一個三開間的廳堂，用書畫窻隔開了一間，作爲先生的臥房，其餘兩間，都是書房，倒也窻明几淨。臥房預備先生住宿，臥具非常精潔，那可以住宿在館裏，不必天天回去了。

膳食的確是很好，每天三葷一素，飯是開到書房裏來，我一人獨食，學生們都裏面去吃，不陪伴先生。最初幾天，在吃夜飯以後，他們的廚子，到書房裏來問道：「師爺明天想吃些什麼菜呀？」這可使我窘極了，我在家裏，從來不會點菜，給我吃什麼，我就吃什麼。那時母親知道我的口味，向來不問我的，我只得說道：「隨便：我什麼都吃」。那個廚子還不肯走，報出許多名目來，說道：「炒腰蝦好嗎？鴨雜湯好嗎？韮芽炒肉絲好嗎？」我說：「好！好！隨便！隨便！」那個廚子走出書房門，還開了我的玩笑道：「師爺說隨便，是個隨便，教我到那裏去買呀？」這是他們講給偉成叔聽聽，偉成叔告訴我的。

後來又常常來問：吃什麼菜？我只得向年長的一位學生說：「我想不出吃什麼菜，但是什麼菜都吃，請不必來問了。」他進去向他的母親說了，以後廚子也不再來請點菜了。我想：他們三葷一素，即使有一樣我不吃的，也有其餘我吃的呀。有一次，他們燒了一樣鱔糊，我當時還不吃鱔，沒有下箸，他們知道我不吃鱔，以後就不進此品了。

住在館裏的時候，除了午飯，夜飯兩餐之外，還有兩頓點心，即是早點晚點。有時也來問吃什麼點心，但我知道他們早上也是吃粥的（蘇州人家早上總是吃粥的，一粥二飯，稱爲三餐）便對他們說：「我在家裏，早晨是吃粥的」。以後他們便送粥進來了，常有很好的粥菜，如火腿、燻魚、醬鴨、糟鷄之類。晚點不能吃粥，那就無非饅頭糕餅等等，不再問我，隨便打發了。

# 英使謁見乾隆記實

馬戛爾尼 原著
秦仲龢 譯寫

我說我很願意去拜候相國，不過我去時又要排列儀仗隊，天氣又那麼酷熱，我的衛隊、僕役、樂師等人都疲累不堪，而且行李又未打開，各物未備，似乎不能分身。假使相國有什麼要事同我商量，我可以派副使斯當東爵士代表本人，今晚前往候教。

王、喬兩位大人又對我說，欽差徵大人因辦理使節團事宜未能悉稱皇帝之意，已奉旨嚴加申飭，並降三級以示罰。（原注：乾隆帝聽說「獅子」號懸有他的御容，就吩咐徵大人上船看看他的御容繪得怎樣，像不像他。但徵大人生平最怕海水，不敢登船，不僅御容未見，甚至「獅子」號也未嘗寓目。他簡直忘記了皇帝叫他做的任務。怎知皇帝的記性極强，他到熱河復命時，皇帝問他會見到御容否，徵大人倉皇無以對，皇帝勃然震怒，立即降旨申飭。）

兩位大人去後，便有幾個高級官員來使節團拜會，其中有幾個還穿着黃馬褂的，據說，黃馬褂是中國官場最貴重的服色，非有戰功及特殊勳勞的人，皇帝是不予賞賜的。

下午，相國又派人來通知，急欲與斯當東爵士相晤，於是斯當東立刻和他的兒子小斯當東並一繙譯員同往相國的行臺。行臺與使節團館舍，相隔約一英里許，他們行經熱河城中許多街道，才到達目的地。行臺門前，欽差徵大人已在相候，就引導斯當東一行入內，到了一個大廳，相國坐在當中，旁有四位相國侍立，四人都是紅頂子的，其中有二人還穿着黃馬褂。斯當東爵士回來後，我問他相國急於要見他是因爲什麼事情，他說，相國想看看英王致送乾隆皇帝的書信說的是什麼（已答應立即命人錄一副本送去）。斯當東爵士又說，上次因覲見的禮節問題，我經已將其說帖，交給徵大人，現在徵大人雖已將說帖交還，但相國已經看過一遍了，他之所急欲一看英王的書信，無非是鑑於兩國的禮節既有不同之處，恐怕書信裏問候乾隆皇帝的辭句中也有不適合的地方，爲愼重起見，得先斟酌一下。我說，既然如此，徵大人交回的說帖，請你現在就正式遞給相國吧。

斯當東「出使中國記」：特使及隨員、警衛、樂隊等排列整齊進入熱河。御花園的高處，可以望到公路上。後來聽說，當時皇帝陛下在行宮內一個高台上望見使節團進入時的儀仗隊伍。中國軍隊列隊前來歡迎，無數羣衆夾道參觀。羣衆當中，有的騎馬，有的步行，有些人身穿黃色長袍，頭戴黃色圓帽，有些小孩也同樣裝束。此種裝束的人是此地喇嘛內的比較低級的僧侶。皇帝信仰的喇嘛教是佛教的一個宗派。這些人穿着尊貴的黃色服裝，屬於神聖的宗教團體，但附近羣衆却似乎對他們不表示任何尊重，而他們自己的舉止也體現不出中國有身份的人表現的那種尊嚴感覺。

使節團的館舍在熱河鎮的南頂端，位于行宮和熱河鎮之間。館舍在一個山坡上，共有幾進院子，一進比一進高，由花崗石台階上下。整個館舍非常寬大方便，從這裏可以俯視全鎮，和一部分御花園。整個熱河除了官員們的公館而外，普通老百姓住在極端低劣的草舍，裏面擠滿了人。街道彎曲不平，塵埃滿地。緊在旁邊的御花園、行宮和廟宇則十分偉大壯麗。富貴和貧窮上下懸殊簡直無可比擬。

韃靼區房屋建設構造和室內家具的簡單同內地相差無幾。大門之內通到一間堂房，堂房兩邊是兩個小套間，每間有一個炕，上面鋪着厚布墊子，白天坐人，晚間在上面睡覺。在堂房裏擺着招待客人坐的油漆桌和幾張椅子。

特使到達館舍不久，兩位中國官員來傳達皇帝陛下的問候，另一位官員代表閣老和中堂向特使致意。「閣老」二字，相當于首相。當天那位欽差也來到館舍，把特使在北京托他轉遞給和中堂的關於謁見禮節問題的說帖退還特使。在北京的時候曾把說帖內容告訴了他，他表示可以轉給和中堂。但他竟把該件一直扣留在他手裏。現在既不說明理由又不表示道歉，突然將原件退回。這個非常的舉動實在令人難解。高傲自大之風又抬起頭來，據說是最近到熱河的兩廣總督促使的。他就是率領大軍進攻尼泊爾的那位中國將軍（指福康安。——譯者）。他一向被公認為英國的敵人，把英國人視為一個侵略成性的民族，不能給以任何鼓勵辭色。為了證明他的論點，他居然把上章曾經提到的那個受處分的前任粵海關監督從監牢中調到熱河來作見證。自不待言，這個罪犯對於總督的論點會供給有利的證明。和中堂似被他們說服，不能考慮英國的獨立身份，特使謁見皇帝必須行屬國使臣禮節。因此，他們還覺得還是不接受特使的說帖，免得回答這個理難拒絕的條件，特使必須無條件地向皇帝行叩頭禮。

在這種情形下，特使急於在謁見前必須把問題解說清楚。和中堂也急於接見特使，了解英王陛下寫給中國皇帝信件的內容。但特使長途跋涉疲勞不堪，只得改派使節團秘書携帶英王陛下信件及欽差退還特使的關於謁見禮節的說帖，代表特使前往謁見。特使的中國朋友們生怕自己被懷疑到是說帖的執筆人，他們請求特使叫抄寫這個說帖的見習童子在說帖上簽了一個名字，表示是他寫的。秘書臨行的時候，特使特別囑咐在謁見和中堂的時候務必把說帖內容易引起誤會的地方委婉說明必要理由。按照中國的規矩，一個秘書職位的人沒有資格同中堂直接交談，在中堂面前甚至連個座位都沒有。好在英王陛下事前已經授給使節團秘書兼任全權公使，可以在特使因事或因病不能執行職務時代替特使。他就以全權公使的身份代表特使前往謁見和中堂。在皇宮裏面，和中堂只占據一個很小的屋子。無論多麼掌權的大臣，他在唯我獨尊的皇帝面前，就變成一個渺不足道的小人物了。在這樣廣濶壯麗的行宮裏面，他只占據着一間小屋子。和中堂是一位韃靼人，據說出身低微，二十年前只是皇帝的侍衛之一。皇帝見他像貌不凡，後來又試出他才具過人，於是不次提拔擢至首相。他是皇帝唯一寵信的人，掌握着統治全國的實權。

出身如此低微，而很快擢升到這樣高位，這在等級分明講究班次國家看來是一件不可理解的事。這只有在以下兩種情況下才辦得到：一是君主可以任意升降百官，不受任何限制；一是在動亂時代，出色的人可以脫穎而出。在第一種情形下，過去的歷史經常出現皇帝把大權委給一個寵信大臣，自己一心貪圖安逸享樂。但中國現在的皇帝却不是如此。一切國家大事都在他掌握之中，他只是分權給大臣，而不是把國家大權整個委託給大臣。他絕不盲信大臣，據說他有一次發覺和中堂有欺君的嫌疑，立刻把和中堂現在的高位降至做原來的侍衛職務，兩個星期後發現事出誤會，馬上又使其重任首相。他可以馬上使人貴，也可以同樣使人賤。

和中堂接見公使的時候坐在正中一個鋪着綢的高椅上，兩旁有四位大臣，兩位韃靼人兩位漢人，陪同接見。公使也有一個座位。那位欽差和其他幾個官員連同繙譯自始至終在一旁站着。和中堂首先照例詢問使節團訪華的意圖，公使即把英王陛下致中國皇帝信件的譯件交他過目。他看過之後似乎相當滿意。隨後，公使又把特使寫給他的關於覲見禮節的說帖交出，和中堂做出毫不知情的樣子。在說帖裏面，特使把理由說得非常清楚簡單，但看樣子和中堂還要提出反對，最後他說容他考慮之後回答特使，於是討論就結束。

在會見的時候，室外擠滿了人，似乎同外國人辦交涉沒有什麽秘密可言，任何中國人都可以隨意聽。由於旁聽的人這樣多，中堂大人自不得不在他們面前維持他應有的尊嚴。他在談話和態度中極力表示出，他對英國公使的任何禮貌都出自他的恩賜優待，爲了表示國家的尊嚴，他們似乎决心避免以平等的精神回答特使的敬意。

九月九日，星期一。　今晨欽差徵大人同王、喬兩大人同來館舍，勸我勉强依照中國禮節，不必固執前議。我對他們說，我是西方一個獨立國家國王所派的欽差，和中國的附屬國家所派遣的貢使完全不同。如果中國一定要我行中國禮節，我是不敢奉命的。他們走後，某一個中國官員私下對我說，此種禮節爭執，乾隆皇帝一點都不知道，如果他知道，一定會照我所提出的事項辦理的。（按：巴勞的「中國旅行記」說：特使今天和欽差大人爭論覲見的禮節時，中國官員忽然命將供給使節團的食品減少，各飯桌所擺設的盛饌，一概改爲粗糙的食物，其意是欲以飢餓爲威脅，使特使不得不允其所請。後來見這樣的舉動毫無效果，於是改變方法，用和平柔軟手段欲加籠絡，立卽將各種精美豐盛的肴饌送來了。這眞是一件可笑的事！——譯注）

九月十日，星期二。　今天早晨，欽差徵大人和王、喬兩大人聯袂而來，重提昨日所議禮節之事。我說，這件事無謂多談了，以情理來說，如果要勉强一個獨立自主的國家派出的使節，對別一個國家皇帝所行的禮，重於對於本國君主所行之禮，無論何人都是不肯這樣做的，除非貴國也派一位和我的職位相同的大臣，向我國國王、王后陛下的御像行三跪九叩禮，那麽，我就很樂意照辦了。他們聽後就說：「貴使如果不肯行中國的禮節，就行你們貴國的禮節亦可，但不知英國臣民行英主所行的禮是什麽樣式的，請見告。」我說：「英國廷臣見君主之禮，係一足跪地，一手輕輕握着國王的手而以嘴吻之。」他們大爲驚異，說道：「難道你也可以在我們皇上的面前這樣做嗎？」我說：「爲什麽不可以，我正要這樣做呢。我以覲見本國國王之禮來見貴國大皇帝，已是萬二分恭敬，怎說不可以呢？」說後我屈一膝作見禮之狀，給他們看看。三位大人似乎很滿意，告辭去了。

下午，喬大人又來相見，他說，他已將今早所談的事回復了和中堂，他們討論此事很久，相國說，由特使逕行英國禮節或先派大臣向英王、王后御像行中國禮，尚未商議妥當。我聽了沒有說什麽。

不久後，欽差徵大人又來了，他說，他們最後作出决定，覲見時，我可以行英國之禮，但照中國風俗來說，拉着皇帝陛下的手來親個嘴，總不是個道理，請我免去此禮，不如改爲雙足跪下。我說，我老早就說過不用中國禮的了，如果又雙足同跪，還不是行中國禮麽？這種中國禮，諸公可以行得，但我是不能行得的。他們說，好吧，雙足單足下跪，且不去管它，只是拉手親嘴的舉動，免去才是。我答道，悉隨尊便，不過我要請諸公記住，這是諸君的意見，並非我的意見，我本要向貴國皇帝陛下行個全禮，現在屈從諸公之意，改行個半禮了。至此，這個奇異有趣的辯論告終，而中國朝廷的狀況和中國官吏之寶貴重視其本國的禮節可見一斑了。

「出使中國記」記云：次日，欽差携兩個官員來訪特使，勸特使放棄關於謁見禮節的成見。他們自行矛盾地認爲，外國使臣謁見中國皇帝行叩頭禮只是一種表面的不發生任何意義的禮節，但假如要求中國官員在英王御像前行同樣的禮則是一件了不起的大事。他們甚至作出假如再要拒絕，可能有所不便的威脅。這對特使來說，是否能不顧一切危險而不辱及英王陛下，確是一個嚴重的考驗。特使在欽差的威脅之下，仍然堅持或者雙方行對等禮，或者必須使獨立國使節和屬國代表的謁見禮節有所區別。特使還說，過去中國把英王禮品寫成「貢品」字樣，已經發生混淆了。中國官員聽到特使說到這點，他們被迫承認說帖內容正當的理由，他們問特使在不損害身份，有別於屬國的條件下，他除了叩頭而外，準備以什麽禮節謁見。

# 花隨人聖盦摭憶　補篇

黄秋岳遺著

謙益之入朝僅此。（慈按，此種考據，乃爲確實史料，錢謙益上表領銜，自爲譽說）東華錄，順治三年正月甲戌，以故明禮部尙書錢謙益仍以原官管秘書院學士事；禮部尙書王鐸仍以原官管宏文院學士事。此文與貳臣傳不合。今北京大學有世祖實錄底本，則曰順治三年二月初五日壬午，禮部尙書王鐸，禮部右侍郎錢謙益，隨豫王赴京，除授今職，各上表謝恩，則又與貳臣傳合。不知東華錄所據之實錄本何以兩歧。然卽使東華錄爲可信，其以某官管某職，原無此官而但有其職，榮以虛銜而已。在三年固未有漢禮部尙書，至五年有是官時，謙益去國久矣。因東華錄與舊實錄及貳臣傳，載錢謙益入淸之官不符，再考之貳臣王鐸傳：明崇禎十七年三月，擢禮部尙書。未赴，流賊李自成陷京師，明福王朱由崧立於江寧，鐸與詹事姜曰廣並授東閣大學士，道遠未至，大學士馬士英入輔政，出史可法督師揚州，嫉其黨朱統鑽劾曰廣去之。鐸至，遂爲次輔。……本朝順治二年五月，豫親王多鐸克揚州，將渡江，明福王走蕪湖，留鐸守江寧，同禮部尙書錢謙益等文武百員出城迎豫親王，奉表降，尋至京候用。三年正月，命以禮部尙書管宏文院學士，充明史副總裁。六月，賜朝服，四年，充殿試讀卷官。六年正月，授禮部左侍郎，充太宗文皇帝實錄副總裁。十月，遇恩詔，加太子太保。八年，晉少保。……九年三月，授鐸禮部尙書，而鐸先以二月問祭告西嶽江瀆事竣，乞假歸里，卒於家。事聞，贈太保，賜祭葬如例，謚「文安」。夫鐸之入淸，其原官爲東閣大學士，非禮部尙書矣。如曰原官與謙益同爲禮部尙書，此與事實不合。鐸以次輔入淸，而用禮部尙書管學士，已降其官，謙益以禮部尙書入淸，自應亦降一官而得侍郎爲銜名。此可證東華錄之未合者也。謙益未久留而去，後無歷官可驗；鐸則名爲禮部尙書，閱三年乃實授侍郎；再閱三年餘，共歷六年餘，而始眞授禮部尙書。則初到時之受官，可見絕非實官。況尙書漢缺未設，謙益能以禮部領銜奏事，其爲虛設，不待辨矣。謙益詩文多觸忌諱，乾隆時方大興文字之獄，禁毀何足爲怪？順治初年之禮部尙書爲郎球，太宗時謂之禮部承政，入關後改名，由元年直任至十年五月乃免，具在部院大臣年表，與謙益無涉。世祖時之尊爲皇太后者有二后：太宗元后孝端，太宗莊妃以生世祖而尊爲后曰孝莊。孝端崩於順治六年，年五十一，攝政王薨於順治七年，年三十九。孝莊后崩於康熙二十六年，年七十五。計其年，孝端長於攝政王十三歲。順治五年間，攝政王偁「皇父」時孝端已五十歲矣。孝莊則少於攝政王者兩歲。以可以下嫁論，當屬孝莊。孝莊崩後，不合葬昭陵，別營陵於關內，不得葬奉天，是爲昭西陵。世以此指爲因下嫁之故，不自安於太宗陵地，乃別葬也。孝莊后傳：后自於大漸之日，命聖祖以太宗奉安久，不可爲我輕動。況心戀汝父子，當於孝陵近地安厝。此說姑作爲官文書藻飾之辭，不足恃以折服橫議。但太宗昭陵，已有孝端合葬；第二后之不合葬者，累代有之，世祖元后廢，不必言；繼后亦不合葬；先合葬者乃董鄂氏端敬后，後合葬者乃聖祖生母由妃尊爲后之孝康后。繼后孝惠后別葬，謂之孝東陵。世宗亦惟一后合葬。高宗生母尊爲孝聖后者，崩於乾隆四十二年，高宗亦不爲合葬，別起泰東陵。仁宗第二后孝和后，又別起昌西陵，不合葬。宣宗則第四后孝靜后，別起慕東陵，文宗則第一后未即位以前崩之孝德后合葬。第二后孝貞后，即同治初垂簾之慈安太后，則別起定東陵；穆宗生母由貴妃尊爲后之孝欽后，又幷葬定東陵，皆不合葬。凡此皆以意擇定，何獨强孝莊不能以遺言自指葬所？此昭西陵雖淸代無他例可援，亦不能定爲下嫁之證。况列帝之后皆有此例乎？（慈按，不合葬之辨甚有理由，但梓宮停宮中時日之短促，尊諡迄康熙之世而不用，停宮暫安奉殿三十八年之久，陵工不逾一年即成，種種草率抹煞之情形，其中斷非無故。）由是則太后下嫁之證無有。而舊時所以附會其下嫁者，皆可得其不實之反證。以此欲作一考以辨其訛，然卒未有不下嫁之堅證。遲之又久，乃始得讀朝鮮李朝實錄。私念淸初果以太后下嫁之故，尊攝政王爲「皇父」，必有頒詔告諭之文；在國內或爲後世列帝所隱滅；朝鮮乃屬國，朝貢慶賀之使，歲必數來，頒詔之使中朝並無一次不與國內降勅時同遣。不得於中國官書者，必得於彼之實錄中。著意繙檢，設使無此詔，當可信爲無此事。既徧檢順治初年李朝實錄，固無淸太后下嫁之詔，而更有確證其無此事者，急錄之以爲定斷，世間浮言可息矣。（慈按，以朝鮮實錄無大婚之詔，證明確無下嫁之事，甚有價值，但仍不能無疑問耳。）朝鮮仁祖李倧實錄：二十七年己丑，即淸世祖順治六年，二月壬寅，上曰：「淸國咨文中，有『皇父』攝政王之語，此何擧措？」金自點曰：「臣問於來使，則答曰：今則去叔字，朝賀之事，與皇帝一體云。」鄭太和曰：「勅中雖無此語，似是已爲太上矣。」上曰：「然則二帝矣。」以此知朝鮮並無太后下嫁之說。使臣向朝鮮說明「皇父」字義，亦無太后下嫁之言。是當時無是事也。當時無之而二百數十年尙傳其說，此有數故。淸初人民皆不豎夷族入主，先有視爲無禮教之成見。會攝政王逼肅親王豪格死於獄而取其福晉。此爲當時議攝政王罪狀，所明載奏疏及諭旨者，自是事實。肅王爲太宗長子，世祖親兄，此而可以無禮，則去無禮於太后者幾希。天下譁傳，明遺老由此而入詩，國人轉輾而據以騰謗。後人好奇，平正之論或久而不談，新奇神秘不敢公然稱道者，反傳述之不已，無從辨正。有加辨者，並以爲媚茲一人，不足息好奇之念，今以異代訂定史事虛實，則不能不有考實之文耳。」蒓孫文止於此，靄林於文後跋云：「余之主張，太后明文下嫁攝政王，無其事也。從其故俗，與攝政王同居共處，乃必有之事。北方民族，如匈奴鮮卑東胡，在歷史上，關於父死妻其庶母，兄死則妻其嫂，記載甚多，習俗相傳，並不爲異。在素重婚姻禮法者視之，乃大驚以爲怪事耳，此一說也。再以建州女眞家法論，淸景祖覺昌安因聯絡王杲（右衞）既以第四子塔克世娶王杲之女，又以長子禮敦之女妻王杲子阿古，又太祖奴兒哈赤之於烏喇布占泰，既命弟舒爾哈齊娶布占泰之女弟，又以舒爾哈齊之女妻布占泰，其後布占泰又以其兄滿泰之女歸太祖，婚姻之事，全不可以漢族禮法相纒，此又一說也。世祖既入主中原，浸染漢族禮教，深以此等故俗爲恥，自屬意中之事。逮康熙雍正兩朝，漢化愈深，愈覺其事之可恥，故於孝莊飾終之典禮，在在寄其憤恨之情，不然，東華錄載，聖祖因於太皇太后深致其孝敬者，何以於生前致其孝敬，乃於死後不能盡禮，蓋生前爲家人親屬之愛，不能有所恝，至死後則羞恥之念蘊蓄既深，然仍不能有所發洩，故不願備飾終之禮，任其停厝殯宮，至三十餘年之久，至世宗乃以草率完成其事耳。」以上爲鶴林之言，亦甚合理。而仲甯所考證者如下。其一云：「據清通考卷一四八王禮考，孝莊之崩，爲康熙二十六年十二月己巳，而次年元旦爲乙亥，則己巳當爲二十五日，乃欽天監初擇發引日期爲二十九，僅停喪五日，卽復改期正月十一乙酉，亦僅十七日，可想見當時匆遽簡畧情形。」其二云：「又按孝端崩於順治六年四月，越十月，至七年二月尊謚孝端文皇后，次日奉移昭陵。慈和皇太后崩於康熙二年二月，同年五月尊謚孝康章皇后，次日奉移孝陵。仁憲皇太后崩於康熙五十六年十二月丙戌，越三十六日，至次年正月辛酉，尊謚孝惠章皇后，越十二日壬申奉移山陵。凡順治康熙兩朝，太后崩謚奉移，相距最多者十一月，最少者月餘。惟孝莊崩於康熙二十六年十二月，至次年十月，據卷一零八雖有尊謚孝莊仁宣誠憲恭懿翊天啓聖文皇后恭獻冊寶之諭，同時又有太皇太后升遐未久遽改尊謚深爲不忍，應俟梓宮奉安昌瑞山陵，始稱尊謚一諭，終康熙之世，迄未奉安，則謚號同於未用可知。」其三云：「又按一四八王禮考，孝莊初崩，梓宮停於宮中十六日，二十七年正月乙酉，卽移朝陽門外殯宮，八十五日。據東華錄四月七日奉移昌瑞山暫安奉殿，凡三十八年。據一五零王禮考，直至世宗雍正三年二月，始就暫安奉殿興工，定名昭西陵，陵工不逾一年，卽於同年十二月奉安地宮，世宗亦未親臨送葬。」其四云：「又考順治六年殿試策，稱皇父攝政王，是科一甲第一名爲劉子壯，是年東華錄四月甲辰賜劉子壯等三百九十五人進士及第出身，而孝端之崩，卽在於次日乙巳，亦頗資考證。」以上爲仲甯所辯證，第四節之意，若謂多爾袞甫稱皇父，而孝端卽以次日殂，致疑於孝莊或睿王之不樂使孝端見大婚者，此則疑案之中，又生疑案矣。予案三君之說，雖有短長，而太后下嫁，如蒼水所詠者，則必無明文，比日見「復興月刊」近人筆記，揭清太后下嫁恩詔一通，細翫其語氣詞藻，知亦出好事僞託，又傳此恩詔已清出，方陳列於歷史博物館，予以詢於裘籽原，則知絕無此物，惟曾清出順治八年二月二十二日追論攝政王罪狀詔中，有叔王背誓自稱爲皇父攝政王，及又親到皇宮內院云云，此卽蔣錄所本，孟文所援者也。此點予頗疑以爲多爾袞與孝莊曖昧之一證。蓋卽如追論罪狀詔所云皇父攝政王，爲多爾袞所自稱，而尊號渙汗，何所不可加，而居爲人父不疑。世祖明明有父，而盈廷翕然又覩皇父之稱，亦不之疑，宮中亦不聞異說，此中必有爲父之實，而後名歸之，純孫尚父、仲父之說，不足以文飾之也。「親到皇宮內院」六字，是何罪名，此亦是欲蓋彌彰，昔人震於君臣之義，以爲君者，必皆聖神文武，抑豈知宮闈瀆亂，正有逾於淸門庶姓之所恆聞者，兄終弟及之事，何所據而必以爲不可能乎？

# 大　華　1966年合訂本　1——20期

1967年四月出版

本刊於1966年3月15日創刊，至十二月，共出二十期。今合訂爲一册，以便讀者收藏。此二十册中，共收文章三百餘篇，合訂本附有題目分類索引，最便檢查。茲將各期要目列下：

1　袁克文的洹上私乘。
2　徐志摩夫婦與小報打官司。
3　大同共和國王劉大同。
4　胎死腹中的香港市政府。
5　申報與洪憲紀元。
6　李準輸誠革命軍內幕。
7　西北軍奮鬥史。
8　清朝的內務府。
9　王孫畫家。
10　日本空軍謀炸南京偽組織秘記。
11　丙午談往。
12　談犀雲台。
13　銀行外史。
14　皇二子袁克文。
15　跛脚主席張靜
16　南北兩張園。
17　上海的超社逸社。
18　當代藝壇三畫人。
19　胡漢民被囚始末。
20　我所見的張永福。
21　溥心畬的騎馬像。
22　史量才與陳景韓。
23　清宮的秀女和宮女。
24　洪憲太子袁克定。
25　釧影樓回憶錄。
26　張謇日記。
27　洪憲記事詩本事簿注。
28　英使謁見乾隆記實。
29　花隨人聖盦摭憶補篇。
30　穿黃褂的英國將軍戈登。
31　梁啓超萬生園雅集圖。
32　日治時代的上海三老。

半月刊

第廿五期

林熙主編

·本期要目·

# 大華 第廿五期



原書原樣


大華半月刊 第廿五期

一九六七年三月十五日出版

（每月十五、三十日出版）

出版者：大華出版社

地址：香港銅鑼灣希雲街36號6樓

Ta Wah Press,
36, Haven St., 5th fl.
HONG KONG.

電話：七六三七八六轉

督印人：林翠寒

主編：林熙

印刷者：朗文印務公司

地址：香港北角渣華街一一〇號

電話：七〇七九一八

總代理：胡敏生記

地址：香港灣仔洋船街三十二號

電話：七二三四三七

# 汪精衛的退婚與結婚

蒙穗生

「大華」第二期，聞載之「汪憬吾筆下的汪精衛」文中所述憬吾「微尚老人自訂年譜」有云：「（光緒）三十二年丙午，四十六歲，報載精衛起意革命之舉，來函自絕於家庭，並與已聘劉氏退婚。」

因此一段記載，使我聯想到有幾件事可以補充談談的。

汪精衛，原名兆銘，字季新。精衛的別字，是一九〇五年（光緒三十一年乙巳），在日本參加了中國同盟會後所用的別號。憬吾年譜所說，光緒三十二年，報載精衛起意革命之舉，當時已在同盟會的機關刊物「民報」發表論文，影響很大的了。至于「與已聘劉氏退婚」一事，事情是這樣的：

精衛的父親汪琡，原配浙江人盧氏，生了憬吾（兆鏞）和三個女兒。精衛是庶出，母親廣東人吳氏，生了三子三女。精衛在家庭中的男孩，排行第四，故字季新（按伯仲叔季的序排列）。他十三歲喪本生母，十四歲喪父。在封建社會的舊家庭中，一般說來，妾侍仔（庶出）多是給大婆仔（嫡子）歧視。況且生身父母不在，在大家庭中，更難得有溫暖情誼。精衛青年時期，留學東洋，走入革命隊伍，這是一個伏因。精衛在十八九歲時，兩個同母生的哥哥，相繼去世。兩個寡嫂，一個姪子，都要靠他當家庭教師的束脩和書院應課的膏火費來作家中幾口的生活資料，家境情況可以推想。

精衛二十歲，在廣州考得留學日本法政速成科的官費生，東渡入校讀書。二十二歲，加入中國同盟會，被推爲評議部的評議長，並担任「民報」撰述，從事推翻清廷的活動。尤其在「民報」發表的政論，給予敵黨君憲派的「新民叢報」有力的打擊，澄清了社會上對于革命、保皇的混亂的政治思想。後來他感到革命工作，除了運用文字作武器之外，更應該去幹實際的行動。于是沒有通過同盟會本部的批准，秘密地約集了幾個同志，組織暗殺團，在清末宣統元年（一九〇九年）秋冬間，到北京去，進行謀殺清室親貴政要。參加的有黃樹中（後來改名復生）、羅世偉等。因爲埋置重型炸彈，謀炸宣統帝溥儀的父親監國攝政王載灃，事洩被捕，這是宣統二年三月初七日的事。

現在談談精衛和家庭斷絕關係並與聘妻劉氏退婚的經過。據說精衛的大哥汪憬吾，在兩廣總督岑春煊處當幕友時（俗叫紹興師爺），與同事劉子蕃，異常相好。憬吾以大哥的身份代精衛與劉子蕃的妹劉文貞，訂了婚約。這因爲精衛的父母已死，憬吾站在大哥的地位，弟弟經已成人，如果還不替弟弟定親，既不能盡了自己的責任，也會惹起親友的評論的。後來精衛參加革命，寫作的反淸文字，傳播海內外，憬吾爲着家庭關係，和政治路線的不同，自然感到很彷徨焦灼。當時並傳有岑春煊有一次與憬吾談話，也提到汪精衛的做了革命黨的事，更加使到憬吾感到難以處理。精衛在日本得到消息，寫了一封家書。署名「家庭之罪人」，寄給大哥憬吾，表示個人的態度，原信有兩段文字是這樣說的：（標點爲筆者所加的）

「事已發覺，謹自絕於家庭，以免相累。家中子女多矣，何靳此一人！望縱之，俾爲國流血，以竟其志，死且不朽。惟寡嫂孤侄，望善撫之；死不瞑目。抑此非罪人之所宜言也。與劉氏女曾有婚約，但罪人既與家庭斷絕關係，亦當隨以斷絕。請自今日始，解除婚約。」

憬吾接到精衛的信以後，立卽採取緊急處置，一面驅逐逆弟，永離家門，具禀番禺衙門存案。一面與親家劉子蕃商妥，兩家把聘書互相退還，焚毀庚帖，作爲了事。而劉文貞呢，當時却反對家長此種做法，仍然希望有朝一日能和汪氏子結婚的。辛亥年秋，武漢革命黨人起義，各省紛紛響應。兩廣總督張鳴岐在人民壓力之下，電請淸廷把汪精衛釋放，發往廣東效力。因之汪恢復自由。民國成立，汪精衛已與陳璧君結婚，劉文貞知道婚事沒有方法挽囘，爲了生活獨立計，學習醫科，好爲社會服務。過了一個時期，才和一位姓陳的結婚，這是後事了。至于四五十年來，社會上有些不明眞相的人，喧傳劉文貞因爲與汪的婚事不遂，失意地遁入空門做尼姑，也有人傳她在香港入了天主教，做修道女，均屬猜三度四的無稽之談。（編者按：據故友劉筱雲說，劉文貞曾在西貢懸壺。劉君於四十年前久客西貢也。）

劉文貞有兩個親屬以前住在香港，社會上多知道他們的名字的，在香港華民政務司做文職公務員多年的劉子平，是她的哥哥，同時她又是已故詞人劉伯端的姑姑。

汪精衛因爲參加革命，不想連累家長，而和家長代定的未婚妻解除婚約，已如上述，抗戰期間，筆者旅居重慶，有一次在劉成禺家中，幾個朋友「擺龍門陣」（川諺，卽粵語的傾偈）無意中談到汪精衛和陳璧君的結合。劉麻哥打開了話盒子，口沫四射的說來娓娓動聽。雖然事隔二十多年，至今囘憶，也可追述槪況，寫錄于下：

淸末，光緖卅四年（一九〇八年）冬間，孫中山由河內到星架坡。先到星洲的胡漢民、胡毅生、汪精衛、黎仲實等，住在張永福的晚晴園，策劃革命。當時有庇能僑商陳姓之女陳璧君與其生母寄居星洲，有一天，參加了中山的公開演講會。在會場中，得見汪精衛是個「翩翩美少年」，言語舉止，也很文雅。又探聽得汪是科舉的秀才第一名（案首），又是東洋留學生，革命志士，同時又是革命黨魁所親信的左右手。自然一見傾心，認爲最理想的如意郎君的對象了。第二天。陳璧君母女，把握時機，到晚晴園晋謁孫中山，表示加入同盟會，爲革命工作效勞。同時要求孫中山轉商園主准許她們母女遷入園裏暫住，得以經常親炙，受敎革命偉論，孫中山因爲同盟會成立以後，女同志參加的寥寥無幾，今她母女志願加入革命工作，當卽表示歡迎，允她的所求。怎知陳璧君別有存心，移居晚晴園後，便常常借託機緣和汪精衛接近，搔首弄姿，花言巧語的表達情意。當時汪追隨孫中山專心致志革命活動，對于男女私情，不大介懷。等于諺語所謂落花有意，流水無情的一樣。無奈陳璧君志在必得，另想辦法，由她的母親出面，一同懇請孫中山代做媒人，企圖事之有成。陳璧君如此做法，可說是大胆作風求愛的青年女子。

原來陳璧君，早已由父母之命，許配了星洲僑商之子梁雨郊。梁在星架坡七洲洋皇家學堂讀書，是個成績優異的高材生，畢業後，由公家保送英國牛津大學研究國際法律。這個梁雨郊，是事實上的陳璧君未婚夫（筆者按：梁雨郊後來學業完成，得了博士學位，曾參加中越劃界事宜，並在雲南辦理中英外交），這是孫中山所了解的。因此，當璧君母親向孫請求與汪聯婚時，孫卽指出汪陳兩人，各已訂婚，現在何必多生枝節，而導致將來雙方發生法律上的糾紛，于人于己，都有不利，這是應該毅然決然消除此種想念的。璧君聽了，嗒然若喪。當時胡毅生也在座，親自聽到的事。

當璧君母女將要遷出晚晴園時，恰値孫中山委派黎仲實（也是一個年靑美男子）到東京公幹。精衛因璧君常來糾纏，便乘機勸璧君與仲實一同東渡，在日本讀書，充實點知識，將來好爲國家效力。胡漢民對于此事，便譏笑的說：「精衛可說是自掘牆脚，試問一對青年男女，長途陪行，那能不發生其他事故！」璧君在日本，求學了一個時期，同時也在黨部做了一些工作。

不久，汪精衛再到日本，璧君又向汪獻殷勤。汪與同志組織暗殺團，璧君乘機對汪說，此次歸國活動，如有女眷同行，可以掩護，逃避清吏奸細的注意。因之汪陳同往北京。當埋設炸彈的前夕，璧君與汪說：事之成功與否，現在難以估計。成功呢，將來銅像巍峨，萬人瞻仰，否則是要流血成仁的了，我們兩人，夫婦名義，婚締今日，再會來生，不要辜負時機啊。她借用慷慨纏綿的話，來打動汪的心弦。汪爲所惑，同意陳說。事發之後，汪與黃樹中被捕，璧君逃脫，在外四處奔走，企圖設法營救，汪的金縷詞序言，也有敍述他們的當時情況，如云：

余居北京獄中，嚴冬風雪，夜未成寐。忽獄卒推余，示以片紙，摺皺不辨行墨，就燈審視，赫然冰如（筆者按：冰如係璧君的字）手書也。獄卒附耳告余，此紙乃傳遞展轉而來，促作報章。余欲作書，懼洩漏，倉猝未知所可。……乃匆匆塗改，以成此詞，以冰如書中有忍死須臾云云。慮其留京賈禍，故詞中促其離去。冰如手書，留之不可，棄之不忍，乃咽而下之。冰如出京後，以此詞示同志，遂漸有傳寫者……

南京臨時政府成立之前，精衛釋放，往來北京、天津、南京、上海等地，與璧君相偕。不久，才在上海舉行婚禮。

劉文貞雖然未能與汪結婚，後來行醫爲社會服務，在她本人來說，算是幸福的。否則汪的後來投靠日寇，就要做了漢奸夫人，千秋萬世，萬人唾罵，那眞是不值得的事了。

於此，順便一談汪陳的一段瑣事。他們有一個養女（丫頭）陳順貞，有點小聰明，璧君很愛她，視同姊妹。汪家請有家庭教師，課讀兒女的中英文，順貞常在旁聽，心領神會，成績比汪的兒女更好。汪陳常把奇書秘圖，藏在枕下，安放都有暗號。順貞從不檢閱，更爲汪陳所信任。「兎陰博士」褚民誼，從法國學成回華，四十多歲，還是光棒一條。但他素來捧汪，因此得與陳順貞結婚，在外宣稱，是汪的連襟，知到內幕的都叫褚爲「丫姑爺」。褚得「兎陰博士」的由來，是因褚在醫校畢業論文，是談兎的經期週還性，而得博士學位，人們便叫他爲「兎陰博士」了。有一年，南京舉行全國運動會，「美人魚」參加游泳，得了冠軍。褚民誼親自執鞭駕馬車去接送，招搖過市，人們又叫他做「馬車夫」。他經常愛戴覆船帽，穿長統皮靴，手拿馬鞭，一舉一動，活像馬戲班的小丑。褚因爲當過汪僞組織的外交部長，駐日本大使，廣東省長等僞職。抗戰勝利後，捕獲審訊，判處死刑，于一九四六年八月二十三日在蘇州執行。

# 灣畔

晚·

雖說是生活在島國，但住在市區的人，却常年不見海，不見樹，一出門便要等高架電車，搶巴士，時間一久，自然不免感覺厭煩，因此想換換環境。

那是一個清朗的初春。一天清晨，我喚了一輛的士，逕趨東京驛。到了月台，見到爲我送行的陳則道、李祖蔭兩友，已先我而至。經我介紹後，陳李二人只是互相畧一點頭，誰也不肯先開口講話。由東京到下關，這是國際列車、設備講究，速度亦高，但到下關渡海，再從門司登車後，情況便大大不同了，車厢既狹，設備又簡陋，不禁憶起過去常乘的平綏車來，有入塞外之感。

數小時後，我從福岡市箱崎下車，友人翟士煊穿着一套褐色的帝大學生裝，已在車站迎候。到了他家，先以牛奶拌草楊梅招待我，然後他陪我去找住屋。他眞了解我的心理，一找便找到面臨博多灣的一個貸間，這是一幢兩層木樓，我租的貸間在樓上，頗覺滿意，只是壁上懸了一幅明治天皇的立身像，使我不舒服。剛才過下關時（過去稱馬關）心頭本已勾起一段舊情，現在又看到這幅像，所以更加重我精神上的壓廹。因此，當下便對女房東說，如你肯把這幅像收起，我便租下。她爲了租金，果然乖乖地馬上便把天皇的像捲起了。

一般說來，東京日人對待華人總比不上鄉下人，若干年前，年老一輩的鄉下人，仍有把華人當做「上國人」看待的，我的東京女房東對住在她家的中國學生雖然待以上賓之禮，但有一次却問我：「支那人是否用馬糞當燃料？」一位交往很密的日本同學松本，隨便言談中也問過我：「貴國的山是否有富士山那麼高？」從他們的說話口氣、態度看，雖無一點惡意，但從這些問話中，也可知東京是怎樣地藐視中國了。

我租得這個貸間，自以爲很得意，因爲從此可以朝夕看到海了。殊不料，到了清晨四時左右睡意正濃時，有一種巨大聲响，若山崩地陷，忽然木樓隨着搖動起來，格格作響，以爲這裏也鬧大地震呢，及兩眼一睜開，轉瞬之間，忽又歸於平靜。這是怎麽一囘事呢？原來是由門司到長崎的火車經過之故，初未注意，現在才發覺，鐵道距我窻前只不過數步。按日本木樓好像一個樹櫃，下面有腿是可以移動的，不僅與美國不同，與香港亦兩樣。若是有心臟病的人，住在這裏，包管早死。我雖健康，但亦弄得神經不安，本想遷移，爲怕痲煩，久則安之。不僅如是，愈久反而而對它發生興趣。冬季不冷，夏日還是避暑勝地，隔壁一個貸間，平時總是空閒着的，但一到暑天，便有遠來的人爭相租賃。有一個暑假，我就在這幢樓的貸間，把五來欣造的「政治哲學」譯出，原作者還給我一封信，客氣的嘉獎一番。

這是一個漁村，附近居民都是以打漁爲生。每到夜晚漁民們都結隊乘船出海，每艘船都燃着幾盞燈，遠望活像海上鬼火一般，到了次晨大家分配魚穫和收拾漁具。我的房東原亦漁民，因年老不再出海了。所以這一區域叫網屋町。

每日傍晚，吃過飯後，我總喜歡到海濱散步，揀石子，把書桌變成小石山。原來這個灣畔，就是七百多年前的古戰場。一二七四年春天元軍一萬五千，朝鮮軍八千第一次征日，元軍經畧使忻都率軍從朝鮮馬山出發，經壹岐入九州平戶島，而入博多灣，日史稱「文永之役」。元軍登陸後，日軍退守太宰府，適於此時，颱風忽起，把元朝戰艦吹毁，元軍只擄掠一些物

# 博多

•向

資便撤退。

一二八一年元軍又第二次征日，日史稱「弘安之役」。忽必烈可汗第一次征日的原因，是由日本不肯向他朝貢，這次是由於是年二月日本殺害了元朝使臣杜世忠。因此，忽必烈就命范文虎率軍十一萬再征日，朝鮮亦派軍一萬參加。范的一支兵乘三千艦，從浙江定海啓碇，朝鮮一支兵乘九百艘從金州的合浦啓碇。兩軍於陰歷七月先後到達九州平戶島。朝鮮軍先到，與日軍交戰，先吃了一個小敗仗，但當元軍到後却把北九州佔領了。七月三十日，不料半夜忽然起了一股颱風，把元、朝兩軍的戰艦吹到一塌糊塗，散的散，破的破，海漫漫，風浩浩，蒙古旗，望杳杳。幸好多數兵士都已登岸，紮在五龍山。

元軍征日兩次，都由於起了兩股颱風，日本三島幸免元軍滅亡。因此，這股颱風，日人就把它當做神風。在日本野史上說，正當元軍登陸後，日蓮僧人便端坐澄心，合十誦「法華經」，祈禱佛法保佑日本。這兩股颱風就是佛法的「神風」。所以至今福岡市仍矗立着一座約兩丈高的日蓮僧人銅鑄立像，日本人每經過像前都會自願地向它施敬禮，有的還燒香。所謂「神風」固然是神話，然由此可以領悟：凡是要想教人民崇拜、信仰，必先具有崇拜、信仰之道，決不是可以用權力强廹的，縱然强廹一時，但決不會長久。

博多灣的東北端，是西公園。這個公園，一部分在臨海的高岡上，有櫻花樹和松樹很多，一部在平地，中間是電車道。高岡上一部份，是我常遊之地，從高岡向海望去，可以看到許多孤立在海中的美麗小島，我發現高岡下還樹立着許多刻有「元寇防壘」的長條石柱呢。不必說，這裏亦是元軍登陸的地方。樹林很可愛，有一次櫻花節，我同友人張覺人夫婦曾到林下草坡上飲「朝日」啤酒，看到不少的日本人在林下，男女雜坐，木履交錯，飲酒作樂。有的男子已醉眠，女人在旁打扇；有的男子已醉，大哭大叫，緊緊摟住女人不放，醜態畢露，眞是一言難盡。張夫人究竟帶着中國血統，看不順眼，口裏一面罵着「無恥」，一面促我們趕快躲開。

不久，網屋町又來一位霍淑英，她是湖北棗陽人，奈良女高師畢業，亦是到九大研究深造的，成了我的芳鄰。她戴着眼鏡，經常穿一襲黑色裙子，温和典雅，眞像一位女教師，一日忽於路途邂逅，並未經任何人介紹，雙方都不期而然地像老友一樣，交談起來，從此成爲良友。每日上學，她經過我門口，總呼我同行，下課後回貸間亦然，路途行二十多分鐘，話還談不完，還得到她房間再聊天，五分鐘五分鐘的留我不放。有時她亦到我房間聊天，日本人談話習慣都是很小聲的，她在日本七八年當然懂得這點，但她在我房間，或她房間，却故意提高嗓子，大聲的講，橫豎日本人聽不懂。我告她：「小聲點。」她說：「大聲點好，免去他們懷疑我們。」她雖受新式教育，却仍是「名教中人」。她說：她的表兄馬伯援，東京中華基督教青年會總幹事，把她帶到日本時，每次經介紹與日本人會晤，她怎亦不肯和日本人把手，很使她表兄難堪。她仍堅持「男女授受不親」的古禮。所以，我倆雖常同行上學，同行出遊，却連手亦未曾碰過。一次出遊，兩人手指無意中偶然碰了一下，她馬上用日語道歉：「失禮。」她就是這樣一個人。

那時的留日學生不僅窮，亦是社會風氣，從來不知什麼叫做派對、看電影、聽音樂、吃館子。假期休息只懂得旅行，就算是最大享受了。但旅行也要花車費、麵包、水果錢，所以再退一步，只有在市內到處蹓躂。一般人常蹓躂的地方，只知往吉神社、筥崎宮、日蓮僧銅像，但我倆却於無意中，有一個新發現：掛着一塊「元寇史館」招牌的大屋。我是嗜好古蹟的。（我會把家鄉金雞口挖出的一座明代銅銃，送給故宮博物院。當時院長爲梁啓超先生。他曾親筆寫信約我到淸華，他的字寫的是張黑女，但當我携銅銃到淸華看他時，殊不料他已入協和醫院了。平生最喜讀他的文章，但有機會竟未見過他，惜哉！）當然不肯放過。入門不必買門票，進去一看，原來是一幅長達數十丈的一段一段的蒙古征日（宣傳反華）畫史。最初一幅，是馬哥孛羅向忽必烈建議征日，其次是各種經過，特別着重描繪元軍如何殘殺日本婦孺，尤其孕婦的悲慘恐怖景象。最後一幅是由於日蓮僧的「法力」，致引起一陣「神風」，把蒙古戰艦和所有的元軍一古腦兒吹落博多灣的海裏去見龍王爲止。我倆正在注意看時，一個日本婦人領一小孩子進來距離不遠的地方亦在看。只聽她在教導小孩子說：「你看，支那人有多麽殘酷！他們侵畧我國，連孕婦小孩子亦要殺！」不知她是衝口而出，抑或讓我倆聽。當時代表中國的是宋，並非元。宋亦被元所滅，日本人把這段歷史研究的很淸楚，然何以七百年後竟把這段仇恨寫在中國人帳上？要想世界和平，第一應消除仇恨心理。抗戰時期，我曾寫了很多的仇日文章和小冊子，目的在宣傳抗日，這本來是絕對的正確的：但八年前在美國當我再遇到日本人時，我仍然對他們公開表示歉意。爲什麽？無非爲將來中日兩國人民着想，勿蹈德法世仇覆轍。消除仇恨，應先從自己作起，其意在此。

自明神宗中日朝鮮之役起，數百年來，日本一直在侵畧中國，殘殺中國人。然當二次大戰，日本無條件投降後，中國反寬大爲懷，不究既往，不僅不思報復，連賠欵亦不提，故希望今後日本勿再以怨報德，才是兩國幸福。

我倆乘興而進，却敗興而出，原來日本人還在這樣仇恨中國人。過了一個多月，忽然起了一陣颱風，正好把「元寇史館」吹毁，眞是正中下懷，滿以爲此仇恨種子象徵可以不再見了，那知道過不多久，日本人又把它重建起來。

時間過得很快，不久暑假到了，中國同學紛紛回國。崔様（様讀桑，類如中文的君，男女通用）原無回國

# 隨筆

（案：利卽痢，差卽瘥。）

× × ×

## 白騾肝治愈嚴重之疾

呂氏春秋愛士篇云：趙簡子有兩白騾而甚愛之，陽城胥渠處廣門之官，夜欵門而謁曰：主君之臣胥渠有疾，醫敎之曰：得白騾之肝，病則止，不得則死。謁者入通，簡子曰：夫殺人以活畜，不亦不仁乎，殺畜以活人，不亦仁乎。於是召庖人殺白騾，取肝以與陽城胥渠。處無幾何，趙興兵攻翟，廣門之官左七百人，右七百人，皆先登而獲甲首。

案此文前後兩處字，兩家注各異詞，若皆易以居字，則前後文意均順。至胥渠所患何疾，未有明文。但方書稱馬肝頭毒，白馬尤甚，騾爲驢與馬交所生，毒必更烈。素問藏器法時論云，毒藥攻邪。異法方宜論云，病生於內，其治宜毒藥。依中醫以毒攻毒之原則，可知大毒症，必須大毒之藥治之。胥渠既得大毒之白騾肝而治愈，則所患必爲嚴重之大毒症無疑。今世大聚大積之毒症，苦無良藥可醫者多矣，天地生物無窮，可用藥材何限，倘有人焉，能將白騾肝化驗研究，分析其所含成分，更予實驗證明，以供醫家試用。將來推行日久，用途日廣，活人亦必日多，其功豈在陶宏景、陳藏器、李時珍諸賢之下哉。 •宗 范•

意，無奈禁不住她的同鄉孫樣游說，故臨行匆匆忙忙，什麽都未收拾。她已登了車，但仍在猶豫，兩眼盯着我問：「李樣！你說，我該不該回去？」我無法回答，只一微笑答之。後來，她來信，託我把她的行李運回國內，並贈我一雙筷子。至今回想起來，正如李義山詩所云：「錦瑟無端五十絃，一絃一柱思華年，……此情可待成追憶，只是當時已惘然。」因為她未再返九大，至今三十餘年亦未再會過面。

一個人無論在什麽地方生活，不能沒有可以談話的朋友。自霍樣走後，最接近的朋友，便只剩T樣和K樣了。T樣是研究經濟的，方面大耳，山東大漢人，將來志願成為一個銀行家。K樣聰明伶俐，性好活動。他不僅與福岡縣知事交上朋友，而且常去東京，而且與什麽大臣打上交道。九大同學們對他背後常不免蜚短流長。他知道後，對我解釋：「我們到外國求學，不能專讀死書便算了事，對這一國的國情、人物，尤不能不認識。如說交往日本人便是漢奸，那麽，中國只好和日本絕交了」。他的志願是做大官，因為做官才夠威風。有志者事竟成，他倆人都算有出息的。果然回國後不多幾年，T樣雖未成銀行家，却在上海、重慶開辦銀行，做起總經理來。K樣雖未做大官，却出過大風頭，國際知名，什麽院長，部長都未看在他眼裏。有一個時期，他的名字都是刊載頭條標題新聞上，亦算夠威風了。只有我最無用，一再流亡，大半生度的是貧困生活，雖然好日子亦有過，但都因時局關係，不能久長，經常靠一點版稅作生活補助，然自滄桑後，忽接某大書館通知，謂拙著已禁止發行。我本不信命運，但出生時代和性格確是可以左右命運的。從小即好讀五柳先生傳，而且向往其為人；試想這樣的人怎能不與貧困結緣呢。

東大是在市內，其建築和氣氛活像一座廟堂，九大在市外，其建築和氣氛，却活像一個公園，或博物院，比南開大學還浪漫，因為它，不僅緊臨海灣，而且，最末端，還是一個松樹林呢，這是南大所沒有的。在九大我最難忘的老師，是我的指導教授今中次麿先生，他是一個瘦高個子，本來就和一般日本人不同，他篤信天主教，德國留學，而反對日本軍閥侵畧中國。在抗戰期間，曾有兩位帝大教授因反對侵華被免職的，在東大為××××（名國際法學家，今其名已記不起）另一就是今中先生了，現任佐賀大學校長。

## 診餘

### 敦煌寫本文中之藥方

甘肅敦煌縣有鳴沙山，其麓有三界寺，寺旁石室千餘，俗名千佛洞。清光緒末年，有道士掃除積沙，於複壁破處見一室，內藏書甚富，發之，皆唐及五代人所手寫，並有雕本，蓋西夏兵革時保存於此也。英人斯坦因，法人伯希和，先後至其地，擇完好者偷往歐洲，所遺在我國，則僅佛經抄本而已。民初有劉君半農赴法，從巴黎圖書館敦煌寫本中抄出一部，皆關係當年社會狀況者，余見其中有民間單方數則，特為摘錄如下：一、人面黑幹，與杏子人鷄子，日合和之，封上一宿，即一差利。二、小兒夜驚，取牛口味著母乳頭與飲食，良利。三、治小兒夜啼，取井中草著母背上，即止啼。四、小兒鷄驚，取鷄貢血，臨着口中，即吉利。五、小兒頭上瘡，燒牛角骨灰初腊脂□之，差利。案方書稱骨為幹，面黑幹，蓋指面骨發現黑色。杏子人即杏仁，舊籍多稱杏子人。牛口味，蓋指牛口流沫。鷄驚，蓋指鷄癇，發時面青唇青，兩眼上竄，手足攣掣，聲如鷄啼。貢血蓋指割鷄湧出鮮血。臨着口中，蓋謂灌入口中。醫家外用薄貼，恒用黃蠟香油調藥，初腊脂□之，蓋謂用新鮮蠟和油調藥貼之。諸方各有精意，雖未一一實驗，然嘗鼎一臠，亦可知鑊之味矣。

# 名人與名妓

花之寺

名人與名妓相接納，自古有之，我不談韓世忠之與梁紅玉，錢牧齋之與柳如是，侯方域之與李香君等等，在近代人中，就所記憶，畧述數事：

當清末民初的時候，北京的八大胡同繁華稱盛，其時有名妓小阿鳳者，色藝冠一時。財政總長王克敏與之相暱，後即納以為妾。小阿鳳為湖北黃陂人，當時有「黃陂三傑」之稱，一為黎元洪，二為譚鑫培，三為小阿鳳，後知譚非黃陂人，遂改為「湖北三傑。」有某君寫「何處春深好「數十首，有一首云：「何處春深好，春深買辦家。盤龍三隻手，阿鳳一枝花」，即指克敏，第三句指其賭癖也。

小阿鳳的姊，名花遠春，楊晳子暱之，將花遠春的妝閣據為己有，聞所謂「籌安會宣言」、「君憲救國論」都在這個溫柔鄉中產生。

小阿鳳的假母，即聚福清吟小班的掌班（俗稱鴇兒），姓徐，自稱蘇州崑山人，年亦不過三十餘，王揖唐暱之，後竟納之，視同正室。徐氏自言為崑山徐學乾的後裔，今子孫式微，宅第荒圮，但地址的產權猶在，有當時名滿天下，藏書頗富的傳是樓，王揖唐欲誇耀這位徐娘的門第，以高價購得傳是樓遺址，自稱為「今傳是樓主人」還寫了一部「今傳是樓詩話」，眞有些恬不知恥。

中國宋朝有三蘇，即蘇洵及其二子蘇軾，蘇轍，文名震於一代。不想北京的八大胡同裏，也有三蘇，所謂三蘇者，乃蘇映雪，蘇台春，蘇佩秋也。民國初年，北京正是人文薈萃之區，南邊的老爺們，在京做官的更多了。上海堂子裏的「主政」（按：主政這個名詞，上海小報題的）說道：「開銀行的有分行，開公司的有分公司，我們不能株守在一處，應當到北京去發展發展」。於是南方姑娘聯翩而來，時人謂之「南花北植」三蘇也者，也就是南花北植之一叢。

先說蘇映雪，蘇映雪是和花元春一同從上海到北京的，徐樹錚對於她一見傾心。在清末的當兒，國家整理陸軍，北京就有一個軍諮府。做總裁的就是那班乳臭未乾的親貴，面貌既極優秀，衣服也很漂亮，銀錢且肯揮霍，舉動也甚豪爽。這班陸軍中青年人物，置諸戰場却不足，移諸情場却有餘，連八埠中的姑娘們，也生出了不少尚武精神。又愛他們穿了那種新式的軍服，更顯出英雄氣概，武俠精神。

那時的徐樹錚，正在南苑的講武堂有一個職務，他還是天天要下操場的。可是一下了課，便一輛脚踏車，直奔八埠的韓家潭來。每天如此，沒有一天是間斷的。那時北里風氣，對於年輕的客人，或是素所愛慕的人物，就在他的姓氏上加上一「小」字，姓張的是小張，姓李的是小李，所以她們對於徐樹錚當面雖喚他為徐大爺，但背後蘇映雪，常呼他為小徐。小徐兩字，後來由花界而入於政界了。

其次說及蘇台春，當時也頗有盛名的，不知嫁了何人，待考。

蘇佩秋這個人，在北京最為活躍，是三蘇中的傑出者，亦可謂閱人多矣。我起初知其與楊琪山（洪憲駙馬，袁寒雲的妹丈）等有染，後見曹汝霖的回憶錄，知其曾嫁曹復出。而奇妙的傳奇故事，莫如洪述祖裸體相臥而不犯一事。據云：洪述祖學佛，欲堅持色戒，曾與同眠，她本是無可無不可者，第一夜，未盡去衣，洪意猶未足，第二夜，兩人盡去衣，且相偎抱，不及亂。此爲蘇佩秋自己告人者。

數年前，鄭躅於香港市區的一老者，上海名律師秦聯奎也。秦當青年在北京讀書時，即與蘇佩秋暱，時蘇艷幟未張。及後七八年，秦君重到北京，在筵席上遇見佩秋，時佩秋已走紅，所交者皆名公鉅卿。乃約秦至其妝閣，舊歡重拾，滅燭留髡。秦南歸時贈以四百元。佩秋嗔曰：「此何爲者？」立呼房侍曰：「謝謝秦七爺，此七爺賞你們的，可持去。」

蔡松坡的與小鳳仙，爲了洪憲帝制事，而牽涉到她，到後來排成戲劇，攝成電影，松坡逝世後，更有人爲之撰成輓聯，英雄美人，好像是一個了不得的人物。實在她是曾孟樸家一婢女耳，小鳳仙亦常熟人，其母爲曾家女傭，她亦常隨母至曾家。後經其親戚某房老，携至京師，爲張艷幟。一日，孟樸携友數人過其家，小鳳仙呼孟樸爲老爺，友人疑之，因北里向例，呼客必冠以姓，今禿頭呼老爺，必有特殊關係，孟樸乃吐實也。蔡松坡以醇酒婦人愚袁氏，得以逃出樊籠，而小鳳仙乃傳爲歷史人物。實亦庸脂俗粉而已。

上海有一妹，曰袁淡然，與我爲鄰居，年十四五，在里弄間，和鄰兒跳繩踢球爲游戲。年十七八，貌頗嬌好，乃成爲交際花，人呼之爲SS，因當時別有一人，則曰FF也。後乃落籍至北京，成爲八大胡同人物，初，她欲用SS爲名，主政者不允，謂從來未有以外國字張幟，於是易以中國字曰「愛絲」。官僚而兼名士的顏韵伯（名世淸，跛一足，北人呼之曰顏瘸子）頗賞識之。

其時我住東方飯店，S也住東方飯店，我房有浴室，而她房無之。時來我房借浴，我以彼本爲海上芳鄰，亦即許之。但S爾時已有烟霞癖，某夜，竟欲携烟具移置我榻，作吞雲吐霧之舉，則我期期以爲不可，時北京亦號稱禁烟，巡緝各旅館，但夜間過十二點鐘，即不來查。我問其何以移此，則云：「恐顏瘸子突然來也。」我愈不能允，我知顏瘸子甚妒，前數日，袁寒雲在小鶯鶯處宴客，顏叫S條子，遲遲未至，乃當場大發脾氣。未幾，S即嫁與顏韵伯，而烟癖未除。越一月，我見其房侍，云：「伺顏出門，在牀底下抽烟，苦矣。」後來我匆匆出京，不知如何也。

在民國八九年間，拖了一條小辮子的辜鴻銘老先生，也到北京來了。一班老朋友邀逛胡同，他也很能隨波逐流，不似在張南皮幕府裏那樣的介然了。有一位上海來的姑娘，名字喚做笑痕，他很爲傾倒。一天，笑痕問他道：「聽說辜老爺喜歡小脚的，我們都是大脚板，您不喜歡嗎？」辜道？「不！像你的脚，不大不小，那才正好，你肯跟我老頭子嗎」？笑痕拈着他這條小辮子道：「我討厭這條辮子，你剪了辮子，我跟你去。」辜道：「你跟我去，我就剪辮子。」實則兩人均爲戲謔之詞耳。

楊雲史自稱江東才子，他與陳美美的一段癡戀，曾有許多記載，那是在漢口的事，不是在北京了，實在那輩有些文才的人，每喜自作多情，他是詩人，爲了陳美美作了不少詩，又畫了四幅梅花，又題了詩，我見了一首道：「春來心事惜芳菲，花滿江城酒滿衣。一自新詩傳衆口，家家紅粉說楊圻。」（楊圻是他的姓名）有人說：讀了這首詩，正合一句俗語，叫做「肉麻當有趣。」後來陳美美嫁了吳子深畫家，他取出雲史所畫梅花，大家批評不像梅花，却像桃花。陳美美年亦六十多矣。今息影於香港。

關於上海的名人與名妓，我首先欲談的是陳英士（其美）與樂琴是也。在辛亥革命的前夜，上海的所謂志士者，無日不花天酒地，也無庸諱言，有時商量軍國大計，也在妓院中進行。上海堂子裏有一個不成文法，在房門口的帘子一下，有如鐵幕，無論何人，不能擅入，倘有莽漢撞入者，名之「闖房間」，例所禁止。那時的革命家各有所好，陳英士常與南潯張氏兄弟（靜江等）同游，與樂琴發生關係（此亦上海妓院術語），遂乃置之金屋，且生有一子也。厥後，不知如何脫離關係，大約在陳英士既爲上海都督以後，買珠還櫝，留其子而驅其母，亦爲人生一慘事。

樂琴既下堂，仍張艷幟於滬市之會樂里，生涯大好。以其人既靚麗，而又復有「都督夫人」的崇號，並且好事者，更欲探求陳氏的身世狀況，但樂琴則作息嫣之不言。說者謂陳氏雖對之甚酷，而樂琴乃不忘情於彼。及陳英士被刺死，樂琴出而佐觴，為之穿素服，以白絲線紮其辮髮，北里中稱之為「有良心姑娘。」畢倚虹在「小時報」有句云：「縞袂青裙人第一，紅顏終不負將軍」，蓋紀實也。

越一年，樂琴乃嫁於盛老五（盛宣懷之子），離去上海，住居大連，又生了一女，其與陳英士所生之子，名佚夫，與盛老五（號泮臣）所生之女，名鳴玉。佚夫後在杭州習駕駛飛機跌死，鳴玉甚嬌寵，上海一條弄堂的地產房屋，為盛老五所有，擬與其女，故名鳴玉坊，但鳴玉亦早殤。旋盛老五另戀一女，死於香港，樂琴遂孑然一身，今年七十餘矣，「歷盡滄桑一美人」，現住居上海，常與盛七小姐（盛宣懷之女，與樂琴姑嫂關係），老明星宣景琳（與樂琴親姊妹關係，她們都姓田）共話天寶故事而已。倘以樂琴為主幹寫小說，比賽金花複雜得多了。

我因陳英士而再談及張靜江吧，張以南潯（屬浙江湖州之一鎮）富翁而為革命家，在民國初年，亦常涉足花叢，但足疾已覺不良於行，故吃花酒有張氏在座者，必擇樓下房間，以彼不能作王粲登樓也。時靜江已喪偶，且無子，亦不納妾，故知彼之入花叢，並非為選色，只為應酬諸革命志士耳。

其時有惜春老四者，素有豔譽，今已退為房老，蓄二雛，張靜江有時宴客，亦在其家，惜春的二雛中，有一雛，貌雖中姿，而頗為溫婉，當時某一班新聞記者，亦在惜春家宴客，某君言：「此雛貌似俞鳳賓。」俞鳳賓者，當時上海一時下醫生也（男性），衆皆知之，後來竟稱其為俞鳳賓而忘其真名。一日，張靜江對於革命事業的前途有些灰心，歎曰：「我老矣，身體又不健全，我無後，頗欲得一子。」友輩均說俞鳳賓有宜男之相，俞鳳賓歸張氏後乃得二子。後又以俞鳳賓之為媒，而以其姊妹嫁草山老人也。

復次，再說有數位名下文人與名妓有淵源者，我先說鄭蘇堪之與金月梅，金月梅本是一女伶，但從前伶與伎是成為兩棲的，金月梅的談鋒甚健，詞令更妙，她說：「我們出來賣藝，與你們老爺們出來做官是一樣的，講了許多比喻的話。這位太夷先生，以為她是很開通的人物，不知她是一個闖蕩江湖，到處獻藝的女子，後來兩人便同居了。但未到一年，即行分袂，蘇堪向人言：「此種女人，宛如一翠鳥，不能養在籠中。處置之法，不是把它關死在籠中，便是開籠放它出去，任它飛翔」。其語甚達，然而又不免自作多情，寫了一篇「函髻記」，情致綢綿的頗似唐人小說，還印了單張，送給友朋。我於狄平子處得一紙，惜已失去。後來金月梅携其女金少梅再到上海，居然設宴招待記者，頗對這位鄭老爺，加以誹語，說他：「非常虛偽，還搭什麼臭架子。」

李木齋（盛鐸）盛年時，曾到上海，悅一某名妓，（此人我已忘其名）求其嫁己為姬妾。妓初不允，但以其為名官而又名士，且量珠之聘又甚重，强而後可。其時，他住居北方，似為天津，携之北歸，即行進宅，李本巨室，木齋之父，亦大官也。其母夫人治家有法，甚嚴厲。當入宅叩見太夫人時，諭之曰：「既來吾家，必守吾家法。上海那種奇形怪狀的服妝，我不耐看，青年女子，當遵從我家服飾。」乃取出紅的棉襖，綠的棉褲，且一例要紮脚管。且云：「凡為姬妾者，開飯時必與婢女同來侍候，他日生子後，方可升級。」試思上海一位紅姑娘，在服妝上是鬥奇爭豔，在起居上是縱欲恃嬌，能忍受此嗎？於是哭哭啼啼，求死覓活，木齋不能木然無動，只好如鄭蘇堪說的開籠放鳥去也。

曾重伯是曾國藩之孫，也是清季的一位太史公。他在上海時，也賞識了一位名校書，做了許多許多詩，都是讚美她的，在筵席間朗誦給她聽，不但朗誦，而且將書中的意思講給她聽，但這位校書，固一字不識也，起初也唯唯否否，後來他絮絮不已。她便嬌嗔道：「噯喲！我不要聽，臭饞唾噴了我一面。」客皆大笑。某一日。我到上海北火車站，遇狄平子，詢之，云曾重伯自南京來，我來接他。未幾，見重伯携一粲者，同下車廂，手提一紙包，紙包在車站的鐵欄一撞，紙碎而有無數的小脚繡鞋落地，淺碧深紅，嬌黃澹白，眞令人目迷五色。原來那位是重伯的姨太太，那時姨太太吃吃笑不已，而曾、狄兩君，頗爲尷尬。後來我問平子，是不是嫌臭饞唾噴面之人？平子曰：「否！此湘水麗人，上海都是大脚婆，安有是者？」

湯蟄仙（壽潛）爲浙江省最有人望的人，當江浙兩省籌辦滬杭甬鐵路時，與江蘇之張四先生（謇）並駕齊驅。光復以後，又做了浙江都督。旋經退職，英雄垂暮，且住溫柔，常蟄居於九花娘的香巢。九花娘者，在杭州娼門中，執有牛耳，而在上海亦有她的別館。湯蟄老無論在杭、在滬，都潛居於九娘家。杭州作神女生涯的人（杭人稱爲土娼），僞爲「條二碼子」（杭人稱警察的別名）所執，向九花娘處，求得「湯壽潛」一張名片，立刻可以釋放，比周媽之於王湘綺，更爲靈驗。或云：湯蟄老與九花娘，並無情好關係，當浙省軍閥紛爭之際，借此爲韜晦計耳。

我再記在上海作冶游的兩個軍閥，一爲可笑，一實可悲也。

四川將軍王陵基，初到上海時，悅三馬路書寓一名洛妃者，在軍閥時代，以將軍之聲威，留髡侍寢，固無不可也。上海之老於花叢者，每欲宿娼，則開一大旅館，令之應召而往。且上海租界章程，號稱書寓的長三堂子，不許留宿，但亦具文而已。那位王將軍却不知如何，不欲住旅館，則亦聽之，即在其家，度一夕之歡。時方冬令，王將軍御貂裘，狐皮大氅，及至晨起，均失所在。則因洛妃家乃樓下房間，人多嘈雜，已爲妙手空空兒，席捲而去矣，一時花界以爲笑談。

一爲畢庶澄將軍，此人屬於奉派，其時奉軍勢力，達於南方。畢庶澄大有以儒將風流自任，到上海來，大宴新聞記者，飛牋召妓。會有一富春樓老六者，自蘇台移幟春申，頗有艷譽，畢將軍暱之，亦得爲長夜之歡。此君屬於張宗昌部下，乃歡洽未已，而軍書疾至，即令離滬。臨別時，畢簽一支票與富春樓老六，大約爲千金之數，正符「春宵一刻值千金」之句也。急向銀行支取，銀行不付，謂確有存欵，但未填月日，請向出票人塡明。正猶豫間，乃報紙登載，畢庶澄已被張宗昌槍斃了。其槍斃之故，云畢向奉方倒戈，潛通南方所致。

# 軍閥的笑話

民國十二三年之間，有個湖南大軍閥往北京開會，會畢，經上海趁長江輪返長沙。這個軍閥久慕上海租界那種燈紅酒綠的靡爛生活，打算在上海逛它一頭半個月，淞滬護軍使何豐林盡地主之誼，竭力招待。

這個湖南軍閥住在南京路永安公司附設的大東酒店，排日逛馬路，吃花酒。一日，他忽然分付他的副官，通知何豐林，立即抓蘇廣成這個人來槍斃。副官奉命不敢怠慢，連忙告知何豐林。何豐林覺得奇怪，蘇廣成不知犯了何罪，竟攖這個軍閥之怒，於是驅車往大東拜訪，告以不知蘇廣成住址，無從照辦，請將蘇廣成罪狀及住處告知，方能辦理。軍閥扳起面孔說，每一條馬路起馬都有十家八家蘇廣成的鋪子，你派人去抓便抓到了。何豐林聽後仍然丈八和尚，軍閥道：「蘇廣成這個人，上海所開的衣店都是他的，這樣的一個大資本家，欺壓貧民，還不早早拿去槍斃爲民除害嗎？」何豐林聽後，心中好笑，但不便當面說破，給他一點面子，原來軍閥誤「蘇廣成衣店」的裁縫鋪爲蘇廣成所開的衣服店。

民國廿三年（一九三四年）五月，蔣介石在南昌搞「新生活運動」，有個軍閥在長沙也奉命响應，並且登台演說，向軍政人員講這一運動的好處。他說：「我很贊成蔣委員長提倡上午（尚武）精神！因爲上午空氣好。不過諸位下午也該精神些，不可再打瞌睡，有負委員長栽培！」

·大年·

# 趙叔雍筆下的「梅巧玲」

竹坡

一九四二年，徐一士先生寫了一篇「談梅巧玲」登在「古今」半月刊（一九四二年十二月一日出版的第十三期），談梅蘭芳的祖父巧玲事甚詳備。徐先生後來的將此文收入他的「一士譚薈」一書（一九四五年六月，上海太平書局出版），在文末兼錄趙叔雍所作的「『談梅巧玲』補遺」數語。今將趙叔雍全文錄左，以爲讀「梅蘭芳戲劇生活」者參考。（趙文刊於「古今」第十四期，一九四三年一月一日出版。）

頃讀徐一士先生「壬午閒綴」談梅巧玲事，勝朝遺跡，爲之神往。余生也晚，僅與文孫往還，初未嘗能涉開天之盛況，但幼侍庭闈，所習聞於先公之掌故至夥，茲撮其足以補本文之遺佚一二則，以爲「古今」補白，兼就正于一士先生。

梅巧玲義舉，初非一事，先公官粵東時，輒與同官往返互述淸苦。有銓粵之散館翰林李君，每告先公曰：食貧自守，固屬廉隅，此行並資斧亦付闕如，友生籌措，殊不足敷。不得已以告之梅巧玲。巧玲假吾三百金，始治行裝。今來此半載，尚未及還，彌爲悵歉，此後誠不知如何得了也。因此知巧玲豪俠，對於京朝士夫，每多佽助，各家傳說不一，實緣事而異，並非小節之不同也。

梅氏之死，與桑春榮前後無幾日，都人士爲撰挽聯曰：「庾嶺一枝先折；成都八百同凋」。所以扣梅桑二字，不過工巧而已。先公述此聯時，並述別一聯：「趕三已死無京丑；李二先生是漢奸」。蓋趕三爲北京名丑，與羅百歲齊名，其死時與李合肥同時。李以辛丑之役，憂勤致疾，卒於賢良祠，其所以保全國家於一髮千鈞之際者甚大，而都人士不爲曲諒，輒致浮謗，號曰「漢奸」，因撰斯聯以辱之；實則庚子之變，若不得李之忍辱負重，則瓜分廹於眉睫，宗社早付丘墟矣。虛憍之氣，爲國家之累者，匪伊朝夕，附記及此，又不禁慄慄以懼矣。

巧玲體肥碩，技則至精，所演盤絲洞作半袒妝，尤爲都人士所劇賞，蓋宜於環肥之劇也。先公謂光緒五年在京，屢觀其盤絲洞、探親相罵（與趕三配，趕三騎眞驢上台），及五彩輿諸名劇，轟動九城。其時宮中時時傳差演劇，慈禧太后及光緒均加殊賞。都人士以梅體碩，因稱之「胖巧玲」。宮中演劇時，帝后談及其名，亦以胖巧玲呼之。易實甫「梅郎曲」中涉巧玲事，有：「市人皆稱梅老板，天子親呼胖巧齡」。蓋記實也。

先公於光緒十四年再赴京師，其時梅年事已長，但掌戲班，夙已輟演，亦不應招赴讌會，惟吾鄉盛昱人（盛宣懷之父）與之至好，一日約先公杯酌，並邀巧玲至，且鄭重語先公曰：「梅老板久不外出應酬，特約來，俾一祖見。」其時京朝風氣：伶工弟子多出預文酒之會；是日來者十餘人，均其後輩。迨巧玲至，諸子弟爲之肅然與行請安禮。巧玲一一撫循，且問其師父近狀何如？班中營業何如？親切有味，子弟見其藹然之狀，又如對嚴親慈師。言次盛謂梅老板善八分書，何不乞其揮藻楹帖。先公因以屬之，旬日後即送一聯來，上欵題某某先生，下欵「梅芳」二字，饒有漢隸意味，惟甚拘謹耳。其日衣藍衫黑快靴，出言溫恭得體，舉止落落大方。盛極繩其掌班時厚遇同班及散財義舉，則唯唯不敢當。蓋其時風尙，伶官多好與名士達人往還，挾以增重，並不措意於饋遺，即欲覓資斧，亦輒取之於親貴達官，決不謀之於寒士。方其來往時，厮養均稱梅老板而不名，此易五詩之本事也。

畹華既以劇藝名世，方其南來謁先公時，因爲述同光間事，畹華敬受而聆之。及其行也，先公命於舊篋中檢覓楹帖，越三日而不可得，蓋南船北馬，不知遺落何所，以稟先公，彌爲扼腕，曰：「倘能得之，應屬畹華加一小跋，以誌三世論交之盛事也。」忽忽述此，蓋又幾二十餘年，先公謝賓客者亦已五載，日月居諸，滄桑變迭，秉筆雜記，誠不勝其「往來成古今」之感矣！

趙叔雍述他的老子所講梅巧玲事，頗有趣。但我懷疑他的父親趙鳳昌是否眞的和梅巧玲相識，並請巧玲寫對聯之事。巧玲死於光緒八年壬午（一八八二），叔雍說他的父親于光緒十四年「再赴京師」，盛昜人請他吃酒云云，如非謊言，即是白日見鬼！巧玲之死，李慈銘「越縵堂日記」記之極詳，徐一士先生文中明明有：「梅氏卒於光緒壬午十月十七日」一語，而趙叔雍做「宣傳部長」做到失魂落魄，替已死的老子「宣傳」竟出了漏洞，至爲可笑！也許有人會說，所謂「光緒十四年」是筆誤，多一「十」字吧。但趙鳳昌在光緒八年以前簡直未到過北京。根據劉垣的「張謇傳記」九十三頁說：

> 趙鳳昌這個人很是奇怪，他是我武進縣親同鄉，與我是世交。他幼年失學，在某錢莊做學徒，常常到一個姓朱的家裏送銀錢。那時他年紀不到二十歲，人極機警，因爲家貧之故，私自挪用了錢莊之欵，被經理停職。他就向那姓朱的訴苦。姓朱的很有錢，就向他說：「看你人很聰明，你最好是讀書，可望上進。」鳳昌說：「我讀不起書了，還是請你薦一件事情吧！你家店鋪很多，我只想你薦我到鋪子裏當一個小伙計。」姓朱的說：「你不是當伙計的人，你既不願讀書，我索性多送你幾個錢，你去捐一個小官，到省候補，一定可以出頭。」於是這姓朱的不由分說，替他捐一個縣丞，並送了他旅費，分發到廣州。混了幾年，後來張之洞做兩廣總督，就很賞識他，讓他做總督衙門文案。……
>
> （「張謇傳記」作者劉垣，字厚生，已於一九六五年四月廿九日逝世。）

趙鳳昌出身貧苦家庭，既非讀書人，當然不會有入京求功名的事。張之洞於光緒十年升粵督，趙既爲張賞識，則於光緒十至十四年之間，曾先後派他入京公幹是大有可能的。從這些材料來看，趙鳳昌似乎不會和梅巧玲相識，因爲梅死之時，趙也許正在廣州。趙在光緒十年以前，也從未到過北京，則以其家境貧寒，無觀光京師之必要也。趙叔雍爲了增加其與梅蘭芳的交情、關係起見，車大砲一輪來騙梅蘭芳！叔雍文中「帝后談及其名，亦以胖巧玲呼之」，及「其時宮中時時傳差演劇，慈禧太后及光緒均加殊賞」云云。按：巧玲死時，光緒帝年方十二歲，十二歲的小童，我們不能說不會欣賞戲劇，無奈光緒帝在二十歲以前深惡戲劇，宮中有戲，他只去應一應景就走開，對師傅翁同龢說：「我不喜歡戲劇！」（翁氏日記中屢記之，可供參考）又，所述「趕三已死無京丑，李二先生是漢奸」一聯，上聯與我所知者微有不同，係「楊三已死無蘇丑。」是楊三而非趕三。楊三名明玉，行三，爲崑曲著名丑角，生於嘉慶二十年（一八一五年）。至於劉趕三則死於光緒二十年（一八九四年）七月初十日，李鴻章死於光緒廿七年九月，相差七年，安能謂與李同時死也？

# 梅蘭芳的戲劇生活

周志輔

## （二）胡喜祿

胡喜祿為梅雨田的岳丈，籍貫也是揚州，自稱蘇州，在「懷芳記」中，記述他「工於黃調，且能為西音，扮血手印，觀者如堵，但疑其不類吳產耳」。

同治三年本「都門紀畧」，也載有喜祿的名字，搭春台班，與老生周春奎和武生俞菊生同時，他所演的戲名及所扮的角色，玉玲瓏的梁紅玉，三堂會審的玉堂春，四郎探母的公主與血手印的殷小姐。至光緒二年（公元一八七六年）本「都門紀畧」中，仍照舊這樣記載。可見他演血手印，是最拿手的戲。

胡喜祿生於道光七年（公元一八二七年），比較羅巧福與梅巧玲畧早些。他的老師是董秀蓉，曾掌管三慶部。他的兒子叫俊亭，習丑行，是羅百歲的徒弟，他的孫艷芝是從孫怡雲習青衣，與尚小雲為師兄弟。

茲將梅胡兩家戚誼關係，列表如下：

胡喜祿
- 子俊亭 — 子艷芝
- 女嫁梅雨田

## （三）楊隆壽

楊隆壽為梅竹芬的岳丈，安徽安慶人。他的父親名福元，少年喪父，依母避荒年來北京，由同鄉介紹習藝，為崑腔小生，原唱旦角，在道光年間，很有聲譽。他生了兩個兒子，長即隆壽，生於道光二十四年（一八四四年），隆壽幼年坐科雙奎，藝名叫雙全。次子叫雙貴，與兄同科，習小花臉，後來一直留在上海。

隆壽於十三四歲時，即喪失了父親，努力習藝，很有成就。同治二年（一八六三年），年十九歲，坐科已滿，始搭入阜成班出演。他以演猴戲為當時所推重，故有楊猴子之稱號，少年即享盛名。

光緒八年（一八八二年），聯合了姚增祿、范福泰、沈易成、唐玉喜等，在自己李鐵拐斜街住宅內，創辦小榮椿科班，當時學生衆多，人物極盛。學生中後來享盛名的有楊小樓，程繼先、唐春明、葉春喜、郭春山、譚春仲、蔡榮貴等。

光緒十九年（一八九三年），又成立小天仙科班，班址仍在原處，所收學生，如譚小培，張增明、遲月亭，九陣風等。

他死於光緒二十六年（一九〇〇年）年五十七歲。他有兩個兒子，叫長林與長喜。長林習武生，惜早年死了。長喜幼年也坐科小天仙，習武生，兼小生。宣統三年（一九一一年）入宮當差，改名長福。民國八年（一九一九年）以後，即未出台演戲。他的兒子叫盛春，入富連成科班，也習武生。

茲將梅楊兩家戚誼關係，列表如下：

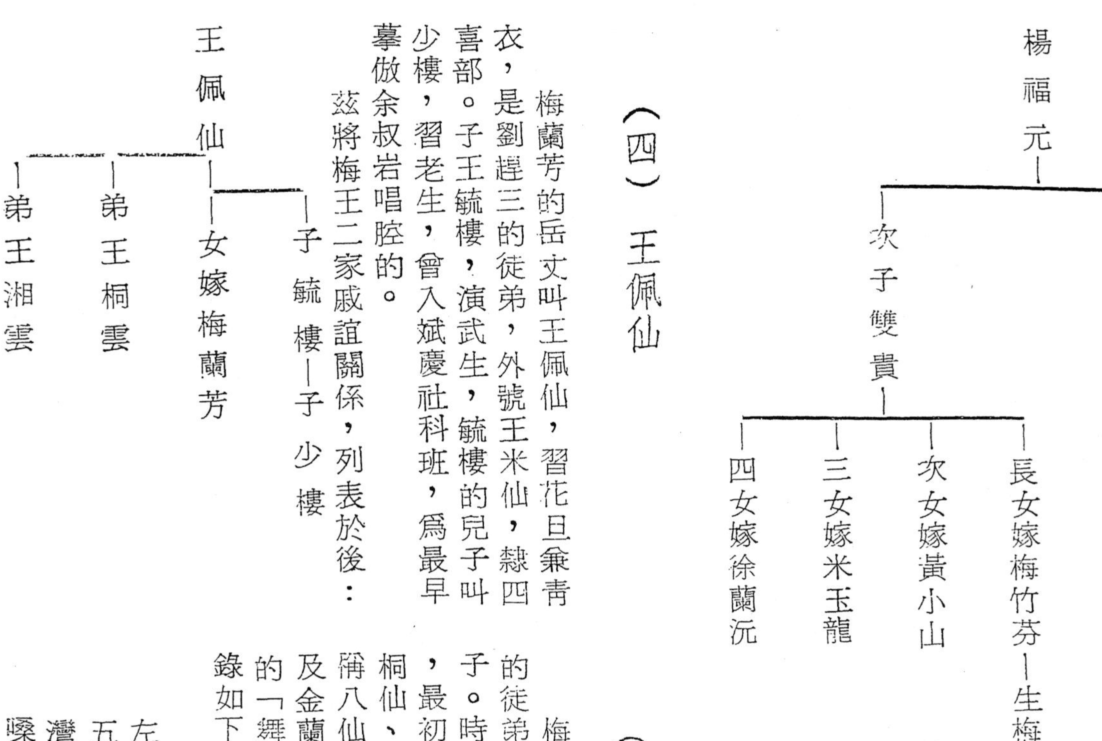


## (四) 王佩仙

梅蘭芳的岳丈叫王佩仙，習花旦兼青衣，是劉趕三的徒弟，外號王米仙，隸四喜部。子王毓樓，演武生，毓樓的兒子叫少樓，習老生，曾入斌慶社科班，爲最早摹倣余叔岩唱腔的。

茲將梅王二家戚誼關係，列表於後：

佩仙胞弟桐雲、湘雲，都是梅巧玲的徒弟，對蘭芳長一輩，故佩仙得以女嫁給蘭芳。可是雨田的女嫁給徐碧雲，而徐蘭沅與梅竹芬又是連襟，爲蘭芳的姨夫。徐碧雲爲蘭沅的幼弟，他們的父親是小生徐寶方。雨田的女，論輩分應低於碧雲，今竟稱蘭沅爲夫兄。

# 三　師承

## (一)唱工與做工

梅蘭芳的教師是吳菱仙，他是時小福的徒弟，所以梅蘭芳可算是時小福再傳弟子。時小福的學生，全是以仙字排行起名，最初的有張雲仙、秦燕仙、吳菱仙、陳桐仙、吳藹仙、王儀仙、翟箇仙八人，時稱八仙；後來，又收有顧玉仙、江順仙、及金蘭仙等。吳菱仙教戲的情形，梅蘭芳的「舞台生活四十年」中，叔述甚詳，抄錄如下：

吳先生教我的時候，已經在五十歲左右，我那時住在朱家。一早起來，五點鐘就帶我到城根空曠的地方，溜彎喊嗓。吃過午飯，另外請的一位吊嗓子的先生來了，吊完嗓子，再練身段，學唱腔，晚上唸本子。一整天，除了吃飯睡覺以外，都有工作。

吳先生教唱的步驟，是先教唱詞，詞兒背熟，再教唱腔。他坐在椅子上，我站在桌子旁邊。他手裏拿着一塊長形的木質「戒方」，這是預備拍板用的，也是拿來打學生的，但是他並沒有打過我。他的教授法是這樣的：桌上擺着一檯有「康熙通寶」四個字的白銅大制錢。譬如今天學「三娘教子」裏「王春娥坐草堂自思自嘆」一段，規定學二十或三十遍，唱一遍，拿一個制錢放到一隻漆盤內。到了十遍，再把錢送回原處，再翻頭。有時候，我學到六七遍，實際上已經會了，他還是往下教。有時候我倦了，嘴裏哼着，眼睛却不聽指揮，慢慢閉攏來，想要打盹。他是輕輕推我一下，我立刻如夢方醒，掙扎精神，繼續學習。他這樣對待學生，在當時可算是開通之極。要是換了別位教師，戒方可能就落在我的頭上了。

吳先生認爲每一段唱，必須練到幾十遍，才有堅固的基礎。如果學得不地道，浮雲掠影，似是而非，日子一長，不但會走樣，並且也容易遺忘。

關於青衣的初步基本動作，如走脚步，開門，關門，手式，指法，抖袖，整鬢，提鞋，叫頭，哭頭，跑圓場，氣椅這些身段，必須經過長時期的練習，才能準確。

# 世載堂雜憶續篇

劉禺生 遺著

雋 君 注釋

## 前言

劉禺生（成禺）所著「世載堂雜憶」，屬於近代史料掌故叢刊一類的圖書，一九六〇年，北京中華書局把它整理出版。作者是中國同盟會會員，曾參加辛亥革命和對北洋軍閥的政治鬥爭。抗戰前後，也當過高級的公務員（監察委員、監察使），本書是他晚年的回憶雜記，絕大部分是親身經歷和見聞。這些材料，頗多珍聞秘事。但是該書印行的，只有十分之八的材料，還有部分文稿，沒有編入。我手邊藏存他的餘稿，今特整理抄錄，並畧爲注明。目的是供讀者們得窺全豹，也可以使作者當年的寫作，不致四分五裂而有遺珠之憾。

在此順便說明幾句，劉禺生是個博聞强記，極有風趣的人物，他寫作此書，有的是在抗戰以前和抗戰期間，有的是在日寇投降以後續寫的。無可諱言，有的史事，缺之參攷資料，有的苦憶追述，也不免「想當然」的順筆一揮，因之「小疵」是很自然的了。原書的錯誤之點，順便指出幾處，代爲更正，意圖是使史料較爲符合事實而已。

「和珅當國時之戇翰林」條，說孫淵如（星衍）是傳臚，是錯誤的，孫是乾隆五十二年丁未科榜眼，該科傳臚實爲朱理。阮元是乾隆五十四年己酉科翰林，誤爲狀元，該科狀元應爲胡長齡。「太平天國佚史」條，把基督教誤爲天主教。「張之洞遺事」條、范鳴璚誤爲鳴瓊，「咸豐日」咸豐誤道光。「武昌假光緒案」條，說「假光緒乃旗籍伶人，名崇福」，根據張之洞奏稿應爲楊國麟，不是崇福。「東奥山莊」條，張謇挽徐樹錚聯，是懸在西山村廬牆壁，不是東奥山莊。「蔡乃煌佳句邀特賞」條，說蔡乃煌於民國五年死於海珠善後會議之役，事實上，蔡是在龍濟光被廣東人民壓力之下而遭槍决，與海珠會議無涉。「紀伍老博士」條，說陳少白與孫中山同業醫科，實際陳只習醫一年便退學，並無畢業。「劉坤一洩不第之恨」、「馬眉叔與招商局」、「側面看袁世凱」等條，均鈔襲王伯恭「蜷廬隨筆」，「嶺南學派述畧」，抄自「廣東文物」孫完璞的「粵風」，都沒有注明。其他如「蘇曼殊之哀史」，多屬失實。也有誤漏的字，如周季貺誤張季既，搢紳錄漏去錄字等，均是筆誤或校對疏忽而造成。章士釗「疏『黃帝魂』」文中，也談到劉禺生寫作「世載堂雜憶」，以小說家姿態，描寫先烈成書，次第隨意出入。並指明鄒容「臟腸下酒著新書」一篇，說蔡鍔參加其事，並題革命軍稿爲臟腸書，以時以地，是絕無其事者。至於書中夾雜些封建的、迷信的、放誕的成分。這些，都說明了劉禺生的寫作，有時不夠嚴肅。因此，我們閱讀史料掌故時，要有辨別是非的能力，絕不能夠囫圇吞棗般全盤接受，而認爲絕對無訛的史實的。

一九六六年九月，雋君記於香江寓樓

## 王壬秋的三女

湘友與王壬秋有姻故者，述其三女所遇。長女學最邃，幼許字新化鄧彌之長子。王鄧學相重，又相得，均湘中老名輩，兩家聯婚，當無遺恨。誰知鄧子童騃，不知學，且不能為文識字。王長女甚奴視之，遣其執役，「天壤王郎」之念，橫亘胸中。一日書函一端，令送呈王老。鄧子拆封視之，不識一字，盡篆書也。奇之，竟以書呈其父彌之，問書中何語？函末有「眞蒲留仙所謂『有壻如此不如為娼』」一語。彌之閱之大怒曰：謂吾子蠢如豬鹿可耳，不如為娼，王鄧兩家名家，而有娼女娼婦乎？告王翁，責其未免出語太流蕩。如是兩家男女，日形齟齬，王女亦不能安居夫家，無形大歸，王鄧姻家遂斷。

次女詞章甚優，嫁某氏，定情之夕，女問夫曰：汝熟精文選否？其夫，粗悍俗士也，答曰：我不知文選，只識武選，他日汝以文選來，我以武選報之。此後王女有所不洽，其夫必揮拳用武曰：此武選也，汝之文選何在？王女不堪暴戾，歸訴王翁。王翁盛怒，大興問罪之師曰：吾女在夫家，無失德，安能日日揮以老拳？其夫曰：爾無證據，安能為此。王家益怒，於是各集長親，開堂說禮。王翁曰：汝有證據，快快當場交出奸夫。其夫指王翁曰：奸夫即汝王翁也。古語云，女子無才便是德，汝女當破瓜之年，即携之登山臨水，動其懷春之念；又教以靡靡之詞。只知有才，不知婦德。雖能背誦文選，有何用處？不如武選，可以放淫辭，息邪說也。王翁無法對付，只歎遇人不淑而已。又大歸王家。

其三女遺聞，有足稱者。龍陽易順鼎實甫，湘綺樓說詩所稱龍陽仙童者，少時旅居王翁家。樓上則小姐居之。一日深夜，仙童軟步登樓，入三小姐房，長跪小姐床前不動，亦不言。三女起而明燈，坐椅上，捻紙枚吸水烟，將盡，以枚火炙仙童髮額。仙童不動。二紙枚盡，再捻三紙枚，焚及半，乃起而叱仙童曰，速下樓去，否則高呼有賊，所以保存汝面目聲名也。仙童知不可為，鼠竄而去。翌日，束裝離王家。蓋三小姐當一紙捻盡，尚在天人交戰之時，三紙捻及半，乃下決心矣。

雋君注：王壬秋即王闓運，湖南湘潭人。生時，其父適作夢，有人在其門上寫「天開文運」，初以開運為名，後改闓運。工詩文，著有「湘軍志」。入民國，曾任袁世凱政府國史館館長，參政院參政，是放蕩不羈玩世不恭老頭兒。鄧彌之，名輔綸，湖南新化人，與王闓運、鄧繹等，組織蘭陵詞社，號湘中五子。易順鼎，字仲碩，一字實父，晚號哭庵，湖南漢壽人。幼即奇慧，與曾廣鈞並稱「兩仙童」。袁世凱政府代理印鑄局局長。平日好作艷麗詩詞，捧女伶，飲食徵逐為生活。

## 可憐秋水詞

隨園女弟子，以常州張槃珠為最有名，其秋水詞，今尚膾炙人口。嫁同邑某生，習括帖人也。槃珠一日寫函一通，中有引漢書語。其夫不解，斥槃珠杜撰，又執函問其父。父掌其頰曰：此漢書常用語，汝尚以爾婦為杜撰耶？宜命汝婦教爾。其夫屈於父命，終有怨於槃珠。一日，問槃珠何苦作詞？答曰：必傳之作也，非汝所知。及槃珠死，靈前燒紙，其夫挾秋水詞全稿出，每拉下一頁燒之，祝曰：「你去傳」，數百頁焚盡，呼「你去傳」者亦數百次。

## 梁啓超兩女友

清光緒己丑恩科，廣東鄉試，李苾園端棻、王可莊仁堪，為正副主考。試題為「子所雅言，詩書執禮，皆雅言也。子不語，怪力亂神。」次題「來百工則財用足」。三題「離婁之明，公孫子之巧」，詩題「荔實周天兩歲星，得星字」。梁啓超中前十名。李苾園初以梁為老宿儒，見之，翩翩弱冠少年也。問其家世，尚未訂婚。私謂王可莊曰：吾叔父見背北京，遺女孤，囑予擇配。今見梁生，年相若，煩為作合，亦可慰叔父於地下。姻事成，納禽，就婚於北京，所謂梁卓如之李夫人也。夫人貌不甚麗，長大兇悍，高卓如數寸。卓如憚之。居橫濱，詬誶之聲，常達里巷。

庚子年來，滬上女學勃興，薛氏幼女以叔父精西文之故，為朋輩所推許，擅時名焉。携往日本留學，卓如見之，刻意稱賞，歎爲中國第一女子，清議報等，分載其人其文，且詠詩以美之。李夫人則怒形於色，尙未作河東吼也。梁家眷屬，居山下町保皇會樓上，對門則革命黨外圍之中和堂。一日深夜，卓如回家叩門，樓上李夫人出面臨軒言曰：「你回來幹嗎？去尋薛妹妹可也。」卓如下氣求開門，樓上詬駡聲愈厲。中和堂人開窻，羣鼓其掌。卓如悄然逸去，當晚遂未歸家。翌晨，薛妹妹之笑話，傳播橫濱華僑中矣。

卓如得孫中山介紹書，往美洲籌欵，抵檀香山。有何氏女者，英文最佳，能漢文漢語，卓如赴西人宴會演說，何氏女爲通譯，流利警衆，全達原意，態度瀟洒，作西女裝束，更落落大方。卓如逢人，贊不絕口。女願嫁卓如東歸，梁厄於李夫人之悍，不敢承受，心中常戚戚也。卓如歸日，作紀事詩十二章，登諸報章。其一曰：「人天去住兩無期，啼鴂年芳每自疑；多少壯懷殊未了，又添遺恨到蛾眉。」李夫人見詩，大怒曰：前有薛妹妹，今又有何妹妹矣。卓如無以自解。有人謔語李夫人曰：古云佳人難再得，今幸再得，佳甚。李夫人聞言，益怒不可遏。卓如謝罪，自述弄筆荒唐。李夫人終未能釋然。

雋君注：李端棻，字信臣，號苾園，貴州貴筑人。同治二年癸亥科進士，散館授編修，官至禮部尚書。王仁堪，字可莊，福建閩縣人，光緖丁丑科狀元，官至蘇州知府。梁啓超妻貌醜而好吃檳榔，夫婦嗜好不同，時相詬誶。何氏女，名蕙珍，廣東新安（寶安）人，檀香山華僑小學敎員。另據其他資料，是啓超向其求愛，何女則知使君有婦，遂以文明國律不許重婚而拒絕之。梁作詩「一夫一妻世界會，我與瀏陽（指譚嗣同）實創之；尊重公權割私愛，先將身作死人師」來解嘲。因之另一詩則說：「含情慷慨別嬋娟，江上芙蓉各自憐；別有法門彌缺憾，杜陵兄妹亦因緣」來聊以自慰而已。

# 編輯後記

△「大華」出版已是一周年了，在過去一年中，編者日夕從公，不敢偸一些兒嬾，甚至忙起來的時候，一家大小，全都出動，很像「家庭式工廠」趕着生産一般。這一點，請讀者恕我荒謬，先行自贊一下。雖然編者是努力了，但「大華」之能夠活到周歲，還是靠讀者、作者的支持和一班朋友的大力幫忙。讀者的支持，就是他們來信鼓勵和提意見；作者的支持是不斷寄下好文章，有些還不願取稿費。於是這個脆弱的「嬰孩」便得到豐富的營養，日漸壯茁，不怕一切疾病的侵襲了。更難得的是有一位對文化很熱心的朋友，對「大華」盡了精神物質上的支持，自動要爲「大華」介紹五百個定戶，使「大華」的讀者增加，以便漸漸打開一條銷路。這樣，「大華」就可以逐漸減少賠累，希望能達到收支相抵，這種好意，不僅編者感奮，就是愛護「大華」的作者，讀者都爲之慶幸的。

△「大華」是一個私人辦的刊物，資本短少，初辦時，以賠本八千元到一萬元爲度，過此數則不能支持，馬上關門大吉，以免累己累人。但出版到第十期，現金已賠了八千多（編者是靠賣稿爲生的，爲了「大華」，已將三分二的時間放在「大華」身上，寫稿大受影响，因而收入減少，而「大華」既沒有薪水給我，甚至也不支稿費，如果將編者的薪水，稿費計算，則所虧蝕的已在一萬二千元左右了），如果就此停刊，心有不甘，幸虧有一位老友很熱心的要拉一個他所熟悉的朋友某君來和編者合作，可惜後來沒有成爲事實，但我的老友却幫忙了編者，所以「大華」才能繼續出版，如果沒有他大力幫忙，編者獨力難支，「大華」能否出版到廿四期，就很難說了。「大華「既是私人的刊物，不論什麽事都可以對人說，將來賠錢或賺錢，也不「諱莫如深」的。

# 張謇的書法

△胡讖曾▽

季直師書，或以館閣體少之，不知其早歲之作，已自入古人之室。大魁時年已四十二；徐君宇春（名溥亦南通人）云，此老年過四十，猶能寫大卷，所以其生平醉心於科第。此言雖若有所譏，要可見其功力之深。闞均笙先生云（均笙先生亦甲午科進士），當時翰苑名流，無不推服其書法；琉璃廠各書肆，皆競刻其試卷，以爲矜式。蓋館閣體向爲書家所輕視，以其圓黑整齊，但取悅於一時閱卷者之目，無意境風神韻度可言，且僅限於小眞書。若季直師則自十餘歲時，即以書名。及二十歲後從張濂亭遊，聞見愈博而書愈進。觀其日記，臨水登山，船唇馬背，莫不沉思冥悟，雖家書簿記，亦以功課視之（曾文正亦以家書作功課）。専精如此，其試卷自非恆流所能攀躋。

翁文恭光緒二十四年四月二十二日日記云，「寅正三刻入殿，監試收掌皆在，諸公亦集。分卷陸續送來，每人三十九本，首次二公則四十本，共三百十四本。自卯抵酉始散。閱本分卷畢，又轉四桌，力不支矣。得一卷，文氣甚老，字亦雅，非常手也。」即指師卷。又二十五年二月記云。「初九日巳初，季直來，同出北門，至興福飯。季直論書語甚多，謂陶心耘用捲筆非法，極服膺緩叟，直起直落，不平不能拙，不拙不能澀。石庵折筆在字內。緩叟折筆在字外。」觀文恭所記，亦可略見其祈鄉。然其教人，則令從黃山谷入，謂可使盡筆勢（按馮鈍吟亦主此說）。余在南通時，師已不甚留心翰墨，然每見尚多所論說，謂學山谷當先觀其謹嚴處，尤須注意其順逆起落，然後用重筆正鋒直入。又謂山谷善用俯控之筆，其法得自褚河南，觀河南永徽聖教序可見。余曾問石庵書喜用重筆，當時有濃墨宰相之稱（按當時又稱王夢樓爲淡墨探花），然其書絕不從顏柳入，何也？師謂石庵實從華亭以溯吳興而法山陰，其所作小眞書，儘有如天仙化人足不履地者。若清愛堂所刻前後赤壁賦，與會稽王牋、頭陀寺碑文，皆可證。石庵中年曾一度學眉山，故喜用濃墨，其所成就非眉山可及。七十以後，沉潛北碑，遂臻化境，卓爲有清一代之冠。但僞作多，其侍姬學其書竟有優孟之似，往往代作以應求者；而石庵爲之題署，雖識者亦自難辨。要之，石庵書於古拙典重之中，自饒俊逸秀傑之氣，其肥鈍不靈不免墨豬之誚者，皆僞作也。學者不可不知。

公子孝若初學書，師亦以涪翁法授之。且告之曰，近人學黃，陳弢庵謹嚴，而失之拘，遂少生氣。鄭太夷飛動，而失之放，遂多客氣。斟酌於二者之間，乃爲善學者。官農商總長時，孝若寄呈所臨摹者，師題詩奬之云：「父學書時年十三，寶錢買吃擔頭柑。兒今書解摹山谷，父已官慵似劍南。」

師生平薄王夢樓書，謂如駒王之無骨，尤惡李梅庵、曾農髯晚年海上鬻書所作，謂其做字，非寫字；觀之令人情懷爲惡，迷惘後生不淺。

師晚歲書如沈壽靈表諸作，精意已無，格骨僅在。余丙寅春，起居師於濠陽小築，曾告語云：「爾來作字殊苦手戰，用電氣治之，亦不甚效。又作大字，久立，尤苦腰痛。」余退而語人，尚以爲衰年應有之徵，不意是年夏遂謝賓客矣。

陳保之君云（君丹徒人，在師左右甚久，極蒙契重，即師自訂年譜中所謂陳生邦懷者也），師小行書最爲精絕，似又過於石庵緩叟，爲彼改函稿件極多，極不易得。彼又得師所作小篆隸多幅。篆於洪（亮吉）孫（星衍）爲近，隸則寫張遷、曹全，然生平不常作也。余所得簡札，曾以六通贈梁寒操先生，而系以一絕云：「感恩知己兩兼之，愴絕遺牋觸手時！溝壑未塡身未老，不將文字報公知。」蓋師常勗余不可爲世俗所謂名士徒作文字，須求經濟之學。追惟風義奬掖之勤，爾切木壞山頹之痛。（此文刊一九三六年三月廿日出版的「逸經」第二期，係「現代書家親炙記」的第一篇，子目爲「張季直師」，今改作「張謇的書法」。——編者。）

# 柳西草堂日記（廿三）

張謇遺著

二年諭：四民以士爲首，農次之，其令有司擇老農勤樸無過者，歲舉一人，給八品頂戴。又戶部議覆，大學士朱軾奏云：一、自營己田者，照田畝多寡給與九品以上，五品以下頂戴，以示優旌。方一里爲田三頃七十畝，方百里三萬七千畝，勸之則畝益三升，否則損三升，益之率爲粟二百二十三萬斛，每畝約得六十斛有奇。（魏書高允傳）

## 二月

一日。錢道台來訊，屬緩至省。與訊聚卿，約初七八日會於唐家閘。

六日。踐聚卿之約，由家啓行，二甲壩成。

十日。知延武以七日生。聚卿到廠。

十一日。知姪婦生女子。姪婦先有生女不欲生之說，內子與三嫂慮之，至是謀諱女，而螟蛉一男子易之，姪婦乳男，別以乳母乳女。此男子生正月十七日，其命造與女子止異一字，一若有前定者，顧行運順逆不同，男不若女，固知不可強也。（男：戊戌，甲寅，辛丑，甲午。女：戊戌，甲寅，辛酉，甲午。）

十二日。與聚卿同至州城。

十四日。約潘保之訪論蕩事。

十六日。知錢琴齋阻雪下關，不能便來，戌刻返。

十七日。至家。

十八日。怡兒彌月，廟祭。

十九日。置酒，延王、戴、陳、沈諸君。

二十一日。以西亭宋先生入祠開弔，啓行。

二十二日。巳刻至西亭，知錢琴齋至通，與掘港葉王談。

二十三日。公祭宋師畢，往通，舟中續擬丈墾蕩地章程，至州城晤琴齋示之。

二十四日。與錢汪二公論蕩。

二十六日。琴齋去石港，午後亦至蘆涇港，晤高知事崧。

二十七日。附瑞和上水，巳初登舟。

二十八日。丑初至下關，到院已巳正矣。是日開課。晤小山，見叔兄。

二十九日。與新寧訊，論通蕩，海灘、紗廠。復張伯紀惠貂馬褂訊，與倫叔訊。

## 三月

二日。晤新寧，暢談各事。師丹老而健忘矣。

七日。啓行，附益利船。

八日。丑刻至通，巳刻至唐家閘，廠工大牆已成十之七。

九日。至州城，雨。

十日。與方叟往狼山觀音巖進香，軍山觀桐子。

十一日。至先府君、恭人墓修樹。

十二日。叔兄來祭墓。

十三日。近。夜宿二甲。

十四日。至家。

十五日。祭外家吳氏墓。

十六日。叔兄往江西，是夕宿川港。

二十一日。至海門，詣王、戴

二十三日。返。
二十六日。與新寧訊催股，與錢道台訊說蕩事，與理卿訊。
二十八日。再與新寧訊，寄變通開墾海門荒灘奏署。

怡兒生志喜

生平萬事居人後，開歲初春舉一雄。大父命名行卷上（已卯刻優貢行卷時，先中憲府君命此名已二十年）；家人趁喜踏歌中（正月十八日）。亦求有福堪經亂；不定能奇望作公。及汝成丁我周甲，摩挲雙鬢照青銅。

**日記第十八冊**

光緒二十四年歲次戊戌閏三月始日記

閏三月

一日。怡兒泄愈，乳食如常。
四日。啓行，宿青龍港。
五日。寅初開船，午初抵滬。
七日。道希、眉孫、太夷約同會小田七萬歲之助於鄭陶齋寓。日人以甲午之役有豪毛之利，啓脣齒之寒，悔而圖救，亟連中英，又以爲政府不足鞭策，爲聯絡中國士大夫振興亞洲協會之舉，蓋徹土未雨之思，同舟遇風之懼也。獨中朝大官昏昏然徒事媕婀耳。預會者凡二十人，日人言則甘矣，須觀其後。
八日。與新寧訊。
九日。聞長樂鎮鄉民因社倉滋事，毀許聘三之家。
十日。道希復置酒。聞日廷又遣其大臣來滬，圖興協會。
十一日。申刻登招商輪船，遣孔馴回通。大風，泊浦東董家渡。
十二日。巳初開行，出查山，稍有風浪。
十三日。風平。
十四日。風平。
十五日。寅初抵大沽口，潮已退盡，船閣沙背，遙望防營尚三十里。與張小漁（鶴齡）同易小舟，辰初赴塘沽，時已巳正二刻，火車已行，寓佛照樓客舍。
十六。巳初三刻十分開車，申正二刻五分抵馬家鋪易車，由南西門至會館，晤越縵，磐碩，范仲林中一百六十六名貢士。
十七日。晤子封、健庵、星樓、君謀、聘耆、未杭、孟樸、聚卿。
十八日。託李菊農前輩銷假。晤仲弢、叔頌、木齋、壽平、雨辰。（眉書云：二十三年三月十四日，由吏部起復咨翰林院。）
二十三日。聞皖藩于蔭霖彈李、翁、張，舉徐、張、李等五人，而皖災不報也。
二十五日。與汪直制訊，請緩辦間架稅。
二十六日。與虞山師箋，言間架稅甚于昭信票之弊。
二十八日。見申戒昭信票之諭旨。
二十九日。紀通九場丈墾，海門小陰沙灘地署。昭信票黃中允思永奏，間架稅景副都統祺奏。

四月

一日。見虞山師，知戶部亦因言官糾劾，請停間架稅，因請電傳各督撫，緩則民間必有受州縣書差之害者。師立時命輿至戶部曰，改過不悋，我不以需賊事也。
二日。目光爲窻所偪，時赤時眵，磐碩勸用花鏡，屢試不合。
三日。上虞山標本急策，曰商工農。
八日。用雨辰老平鏡。稍合。
九日。聞王御史鵬運劾張蔭桓，語侵虞山甚。
十日。紀通海蠶桑興沮署，鎮江小輪興沮署。
十一日。恭邸薨，朝局殆將變動。
十二日。克之回南，寄家訊。得叔兄訊。
十三日。作留昭信票款於各省辦農工商務奏，並請免寧屬米釐捐。
十四日。作農會議海門社倉滋事署。得家訊。

# 洪憲紀事詩本事簿注

劉成禺遺著

(四)大鬧總統府實記

決議出京之翌日，黨部同人，設筵爲餞。逆知出京必被阻，約縱酒狂歡以誤車表。尹碩權(昌衡)豪於飲，倡議以罵袁爲酒令，一人罵則衆人飲，不罵者罰，先生大樂。轟飲至下午五時，先生矍然起曰：「時晏矣！」遂匆促赴車站。車站寂無人，京奉車早開矣。先生命移行篋六國飯店，由哈達門登車良便。慈等不可，謂價昂，旅資將不敷，不如仍回黨部。先生不可，曰：「無形監獄不再入，盍移扶桑館。」(東單牌樓之日本旅舍)從之。派庶務員同往照料。翌晨七時許，庶務員電話告慈，謂太炎先生一人赴總統府矣。即約亞農往扶桑館，詢究竟(因送先生赴津者爲吾二人也)。悉先生一人，服藍布長衫，手羽扇，懸勳位章，雇街車前往。因追踪至者先入新華門外之招待室，招待員電話請示於秘書處然後候袁傳見)。頃之，梁士詒來招待，方致詞。先生曰：「吾見袁世凱，寧汝耶？」梁默然去。旋又一秘書來，謂總統適事冗，請稍待。久之無耗。先生怒，擊毀招待室器物殆盡。至下午五時許，陸建章昂然入，鞠躬向先生曰：「總統有要公，勞久候，殊歉。今遣某迎先生入見。」先生熟視有頃，隨陸出，登馬車。車出東轅門。先生喈曰：「見總統胡不入新華門？」陸笑對曰：「總統憩居仁堂。出東轅門，經後門，進福澤門，車可直達，免步行耳。」先生頷之。噫，先生受欺矣！蓋陸已奉袁命，幽先生於龍泉寺。

(五)安置龍泉寺始末

龍泉寺偏院，屋五間，整而麗。袁諭建章，特殊優待，不得非禮，但不許越雷池一步。建章奉命維謹。慈等偶候起居，但得建章許可證則直入無阻。先生焦怒異常，以杖掃擊器物，並欲焚其屋。建章飭監守者愼防而已。先生無奈，宣言絕食。絕食既數日，袁詢左右，孰能勸進食者。王揖唐曰：「能。」揖唐本先生門下士，在滬同辦統一黨。趨龍泉寺，先生命進見，見即斥之曰：「汝來爲袁世凱作說客耶？」揖唐曰：「是何敢。」與道家常及他瑣事甚久，先生色少霽。揖唐漫然曰：「聞先生將絕食死，有諸？」曰：「然」。曰：「其義何取？」曰：「吾不待袁賊來殺，寧自餓死耳。」曰：「先生如此，袁世凱喜而不寐矣。」曰：「何故？」曰：「先生試思之，袁世凱果殺先生，易耳。今若此，可知其非不欲殺，乃不敢殺也。袁氏之奸，等於阿瞞。先生之名，過於正平。所以不敢者，不願千秋萬世後蒙殺士之名。先生自願餓死，袁既無殺士之名，又除腹心之患。先生爲袁謀甚善，其自謀何疏？」先生矍然起曰：「然耶？」趣以食進。

（六）移寓徐醫生家狀況（此條徐彬彬先生來函補誤，函失，待補錄）

徐醫生寓錢糧胡同，偶爲先生診疾。因互論中國舊醫學甚洽。先生雖不能懸壺爲良醫，然醫理通博，如黃帝內經、修園、靈胎諸書能述其精要，記憶之强，徐極佩服。先生亦贊徐能明醫理，故相得益彰。徐居近龍泉寺，每先生怒不可遏，監守者輒急請徐至，片言商兌，意氣胥平。居數日，建章苦之，說袁將寬其禁，時元洪亦屬爲調解，乃得由龍泉寺移住徐宅。先生長女嫁龔未生者，因家庭瑣事口角，赴徐宅，訴於先生。先生曰：「胡不死！」女果自經。先生大慟。或謂先生，君女之死，乃遵父命。既命之矣，何慟之深？先生嗚咽曰：「詎料其眞死耶！」先生性簡，於一切事物，獨往獨來，無適無莫，論之曰瘋，殆由於此。雖然先生終爲千古樸學大師，而不爲民國之政治家，亦由此耳。此民三在北京時代言行之軼錄也。

## 癸丙之間太炎先生記事

劉成禺手記

癸丑冬，太炎先生有入京主持共和黨之議，予諷先生於滬廬，力阻其行，謂黨員志趣複雜，保無有以先生爲餌者。先生雖篤信鄂人，鄂人亦未盡可信。先生曰：「不入虎穴，焉得虎子。」徒亂人意，行計決矣」。甲寅春入京。先生困坐化石橋共和黨，見予曰：「你湖北人設計賣我！」予曰在滬曾勸先生，謂鄂人未可盡信。先生持竿大拍曰：「你不賣我。」予返滬，赴先生滬廬，謁湯夫人，報告先生起居，湯夫人曰：「祈轉語太炎先生，勿以室家爲念。予居此奉母甚佳。入京，轉累先生。」先生移居龍泉寺之翌日，袁抱存親送錦緞被褥，未面先生。先生覺窗隙有人窺探，牽帷視之，抱存也。入室燃香烟，盡洞其被褥遙擲戶外，曰「將去。」一日赴軍政執法處，取許可証，往謁先生。遇陸朗齋曰：「聞執事遇太炎先生，甚表敬意，護衛極周。都人皆云，先生乘車入龍泉寺，執事騎馬前行，確乎？」朗齋曰：「太炎先生，不可得罪，用處甚大。他日太炎一篇文章，可少用數師兵馬也。」朗齋又曰，項城曾手示本人八條保護太炎先生：（一）飮食起居用欵多少不計。（二）說經講學文字，不禁傳鈔。關於時局文字，不得外傳，設法消毀。（三）毀物罵人，聽其自便，毀後再購。（四）出入人等嚴禁挑撥之徒。（五）何人與彼最善，而不防碍政府者，任其來往。（六）早晚必派人巡視，恐出意外。（七）求見者必持許可証。（八）保護全權完全交汝。云云。洪憲元旦草詔，有人謂非太炎先生莫屬者。項城曰：「何必苦人所難，是速其死也。我不願太炎爲彌衡，我豈可爲變相之黃祖乎？若此則太炎必爲方孝孺矣。他日帝國勃興，必有以處置太炎者，今非其時。」洪憲時，先生傳經三大弟子皆在北京，曰黃侃、曰錢玄同、曰康寶忠。先生居龍泉寺及徐醫生家，寶忠亦屢視起居。一日語寶忠曰：「近聞汝頗與人家做皇帝事，有諸？」寶忠曰：「余惟視先生如皇帝也。素王改制，加乎王心。先生執春秋之筆，行天子之事，項城不過僭周室天子位，以洪憲元年，爲元年春王周正月耳。興周故宋，黜周王魯，筆削之權，仍在先生。」先生曰：「周家天子姓姬，袁家天子姓袁，汝何不稱之曰袁術？我已爲彼貯蜜十斛，恐江亭呼喚時，聲力俱竭，一滴不能入口耳，尙欲聞蜜脾香乎？汝尙未忘師訓。」丙辰元日，黎元洪派瞿瀛謁見先生，代表賀年。先生問瞿曰：「汝來奉王命乎？」瞿曰：奉副總統命也。」先生曰：「汝歸語副總統，不久即繼任扶正，決非長此位備儲貳者，饒宓僧又可出作民政長矣。」（按民二元洪被選副總統答袁賀電有云：「元洪位備儲貳」，饒漢祥手筆也。時漢祥爲鄂民政長，出示必自稱「漢祥法人也」，鄂人爲聯語云：「副總統篡克定位；民政長是巴黎人」。故先生用此語誚之。

# 英使謁見乾隆記實

馬戞爾尼　原著
秦仲龢　譯寫

特使回答，他對英王陛下的關係是無限忠誠和無限服從的，他謁見英王陛下是行單腿下跪的禮節，他也準備以同樣禮節見中國皇帝。中國官員聽到之後似乎表示非常高興。他們說馬上回去以後，很快可以帶回中國朝廷的決定，或者雙方對等的行叩頭禮，或者即採納英國禮節。

特使同中堂關於禮節交涉的消息迅速在熱河傳開。有些人看到使節團這樣少數外國人處在中國掌握之中，居然敢提出自己的條件，不遵守中國的意願，覺得非常驚異。有些人推測使節團將得不到謁見機會而被驅逐出境。始終對使節團忠心的這位繙譯現在對使節團人員的安全感到憂慮，怕做招待工作的中國人對英國人搞些不規則的行動，因為這個時候英國人對他們提出任何抱怨，都不會得到上級官員的理會的。有一個顯明的例證，中國上級官方對使節團的物資供應雖比以前有增無減，而承辦事務的下級官員倒突然把使節團的伙食標準大大降低。

關於謁見禮節正在往返磋商的當中，幾位使節團員到熱河郊外作了一個短途游覽旅行。招待的中國官員最初不贊成這個舉動，他們一向總是怕外國人有什麼不慎重的舉動，或者中國下等人民對外國人有一些侮辱行為，後者在其他各國也都是常見的事。中國政府的嚴格制度規定官員要對他沒有盡到阻止責任而引起的不幸事故担負責任。為了預防發生事故，他們曾禁止中國行人走至使節團館舍附近，並禁中國僕人廝役等無故不得出入館舍大門。中國人，尤其是官員人等，不理解純粹為了活動身體，或者觀覽風景而到郊外散步的習慣，他們總認為這是為了軍事和可疑的舉動。但他們既然奉命做招待工作，他們雖然心裏不願意，而最後還是供應了馬匹和嚮導引導客人們郊游。

一行人等上到郊外高地，俯視羣山環抱中的熱河全鎮。在返回鎮內的路途上，一行人等又經過一塊垂直的顛倒棱錐形粘土或岩石的一個山頂，形狀同使節團在到達熱河的前一天路途上所看到的那一塊相同。我們當中有幾個人想上去看看，但被陪同前來的中國官員嚴厲阻止，因為該處甚高，站在上面可以俯視到行宮內女眷住地，這將認為是大不敬的事，雖然這裏遠在行宮三四哩地之外。

正在全體使節團關心如何覲見的時候，中國方面最後通知特使說，皇帝陛下已經允許特使可以覲見英王陛下同樣的禮節來覲見中國皇帝，特使得到這個通知之後，心中如釋重負。又要完成任務，又要不失國體，這個矛盾圓滿地解決了。據人們竊竊私語，皇帝陛下飽享人間尊崇禮拜，是他的，而不是他的大臣們的，雅量恕免了特使的叩頭禮節。

特使了解到，在禮節問題上他雖然得到勝利，但他將因此而更遭受那些仇視英國的中國和韃靼官員們的忌妒。但無論如何，皇帝所給與的這個例外的恩惠將對英國人在中國人心目中的信譽有不可估計的幫助，而這對於今後開展兩國之間的商務和外交關係將起很大推進作用。免除英國使節行例行的禮節，這件事引起只看到往例的人們的很大的驚異或者還有不平之鳴，但許多老資格的傳教士都並不感到意外。他們說，中國人雖墨守成規，但絕不感情用事，因此只要耐心合理地同他們交涉總可以解決問題。

皇帝誕辰在九月十七日，許多外國使節和屬國君主都雲集熱河準備祝壽。皇帝陛下指定九月十四日接見英國使節。

特使携帶至熱河的部分禮品已送至行宮。中國方面給特使送來一封很客氣的信，說皇帝陛下對禮品非常賞識。

九月十一日，星期三。　上午九時三十分，欽差徵大人和王、喬兩大人同到館舍，陪同我往謁首相和中堂，中堂的邸第頗大，內有院子數個，我們經過了幾個院子之後才到達他的客室，室不大，陳設也不很華麗，家具也很平常。和中堂的顏色藹然可親。誠如斯當東勳爵後來和我說和中堂的臉色和數日前幾如判若兩人。我實不知何以前後若此也。他的年事約在四十至四十五歲之間，容貌端重，長於言語，談吐雋快純熟。坐在他右邊的人是福長安，年約三十，相貌也很端重。右邊坐的是兩位年紀已老的大學士，一位是禮部尚書，一位是戶部尚書，又一人坐於末席，雖穿黃馬褂，但就其外貌看來，他的職位似乎不能和這幾位相國相比的。（按：馬戛爾尼原文說，他往和珅的Place相見，並沒有明確說這是他的私邸抑係辦公的衙門，姑假為邸第。和珅在熱河的私宅，於嘉慶四年與福長安的同時沒收入官。和珅的屋子頗大，原係他的兒子豐紳殷德（乾隆十公主的駙馬，亦即嘉慶皇帝的「妹夫」也）居住的西所，仍賞還居住，其東所則賞給成親王。福長安的寓所房屋，其街南一所賞給慶郡王永璘，街北一所賞給貝勒綿懿。英國特使所見的和珅、福長安在熱河的私邸蓋如此收場也。——譯注。）

我和相國和珅見面時，首先向他道歉因為長途跋涉，身體勞頓，所以沒有立刻趨候，現在身體經已復原，特地前來向他請安，並希望早日覲見皇帝，以便將我英國國王的親筆函件恭呈御覽。接着我又說，我到中國之後，聽說乾隆皇帝年逾八旬，但精神矍鑠，遠勝少年人，我聆聽之下，非常欣悅，就是西方第一雄主的英國國王聽到了東方第一雄主有此鴻福，也為之欣忭不已。

和中堂也客氣一番，畧致問候之語。接着就說，我從一個很遠的地方來到中國，而所送的禮物又是珍品，如果中國的風俗習慣，我認不適合的，自不能相強，將來覲見皇帝時，可以用英國的禮節，不必一定要用中國之禮，英國國王的信札，也可以由我親手呈獻皇帝。到此時，關於禮節的爭執，已告結束，於是講好了本星期六日是我覲見皇帝之期。

正經事談過之後，和中堂又和我閒談甚久。首先他問我東來時沿途所經過的地方，曾在什麼地方停泊過，停泊是為了什麼緣故。我一一對他說了。提到在交趾支那的土倫灣取食水時，和中堂說，那個國家是中國的藩屬。他又問我俄羅斯與英吉利兩國的距離有多遠，目今兩國的邦交如何，意大利與葡萄牙兩國和英國相近嗎，它們是否臣服於英吉利。於是我用中國里數說明英俄兩國相距的遠近，又說目前英國和世界各國相處得很好，與俄羅斯女王也很和睦，不過以前英俄之間曾畧有芥蒂，就是因為有一次俄國女王要出兵攻打土耳其，英國國王出面干涉，使她的野心不能在東方實現，以致兩國之間稍有違言，但不久也就消滅了。英國國王熱愛和平，宅心仁正，以濟弱扶傾為己任，所以和各國皆有好感。至於意大利與葡萄牙，和英國相距頗遠，它們是獨立國，並不屬於英國，但它們處在歐洲，和英國也很有關係，所以英國對它們也以正義保護之。

我起身告辭，相國拉着我的手說，他很高興和我相識，現在因為皇帝萬壽之期已近，他的時間大部分花在籌備慶典上，所以不能和我暢談，將來回到北京，請我常到圓明園會晤。

下午，我們的好朋友王、喬兩大人來訪，首先他們代達和中堂致候之語，言詞備極恭敬，他說和中堂已將使節團到熱河後的一切情形，向皇帝奏知了，現在皇帝急欲和我相見，頗不耐煩等候到星期六了。

不久後，那位韃靼欽差徵大人也來了，他也是來傳述和中堂問候之意，詞意和剛才王、喬兩大人所說的大致相同，他又帶來蜜餞水果等物，說是和相國所贈的。客去後，我終日整理帶來的禮品。

斯當東「出使中國記」記云：特使去拜訪了和中堂。現在禮節爭端既已圓滿解決，中堂接見特使的時候，雖保持了他的尊嚴身份，但態度十分坦白和藹。（待續）

# 釧影樓回憶錄

天笑

最初住在館中，白天教書，夜來便覺寂寞了，因爲學生不讀夜書，吃過夜飯後，只有在油燈之下（當時蘇州既沒有電燈，而有些人家，爲了防火燭，也不點油燈）看看書而已。因此我也規定，住在館中兩天，便回家中住一天，沒有特別事故，我是概不放假的。因爲館址在因果巷，離館前街很近，放夜學時候早，偶然也到觀前街散步（蘇人稱爲「蕩觀前」），或到護龍街舊書店巡禮一回，不過要早些回來吃夜飯，不教人家等候。

蘇州人的吃茶風氣，頗爲別處的人所詬病，有吃早茶的，有吃晚茶的，因此城廂內外，茶館林立。但當時的茶館，是一種自然的趨勢，約朋友往往在茶館中，談交易也往往在茶館中，談判曲直亦在茶館中，名之曰：「吃講茶」。假使去看朋友，約他出去吃一碗茶，那末談心的地方，就在茶館裏。好在那地方點心也有，零食也有，說高興了以後，便從茶館而移轉到酒館到老義和喝三杯去。

飲茶喝酒，一個人就乏趣了，一定要有兩三朋友，我那時朋友很少，除非從前在朱靜瀾師處時有幾位同窗，否則便到我的姊丈許杏生處，他們住在史家巷西口，和因果巷很近。一同到觀前街吃茶，有許多人是他的朋友，而我也漸漸地熟識了。記得有一位顧子虬君，是他的朋友，我也與之相熟，後來知道他就是顧頡剛的父親，那個時候，蘇州學校風氣未開，顧君也在家裏開門授徒，教幾個學生呢。

夜飯以後，我的館東張檢香，偶然也到書房中來談談。那位張先生，眞是保家之子，爲人端謹，他的年齡，差不多比我長一倍，而與偉成叔是好朋友，我所以呼之爲叔，而他則恭敬地仍呼我爲先生。他非常節儉，常穿布衣，一無嗜好，連水烟也不吸（其時中國香烟尙未流行）。他見我也穿布衣，不吸水烟，似引爲同志。實則我常穿布衣，是爲在孝服中，不吸水烟是年輕，亦不喜此。這位張先生得青一衿，即在家納福，人頗羨之。

實在我這位女居停張太太，操持家政，極爲能幹。張先生娶於永昌鎭的徐家，永昌徐氏是蘇州著名的一家「鄉下大人家」，擁有田產甚多，在近代說來是個大地主。張太太上無翁姑，持家井井有條，待人接物，處理得宜，兒童輩畏母而不畏父，婢僕輩亦都請命於夫人。偉成叔私語我道：「不要笑他！張檢香是陳季常一流人也。」我笑道：「我叔曾做過蘇學士嗎？」

我在張家處館有兩年，但我覺得我的性情，實不宜於教書。我和朱先生犯了一個毛病，我對於學生太寬縱，不能繩之以嚴格，學生見我如此，也就疏懶起來了。張家的三個孩子，其中間一個，資質較鈍，也有些頑劣，他的母親很不喜歡他。那天，送進一塊戒尺來，要教我施以夏楚，但我覺得責打學生這件事，我有些弄不來。因爲我自從上學以來，一直到出學堂門，從來未被先生打過一下手心，便是祖母、父親、母親，也從未打過我，我不相信打了人，就會使這個人變好。所以他們雖送進了戒尺，我也不肯使用，他們實在頑劣，我只有用「關夜學」的一法，別人放學，他不放學，至多我犧牲自己，也不出去，陪他坐在書房裏罷了。

我在張家兩年，賓主也還相得，然而我總覺得這種教書生涯，好像當了一個保母。學生在書房外面闖了禍，也要抱怨先生；偶然遲到早退，更要責備先生，我覺得担這種責任，很是沒趣。而他們也有些嫌我對於學生太寬容，先生脚頭散，他們對人總說：「我們這位先生，到底年紀太輕了。」因此我覺得第三年不能蟬聯下去了。我只得託偉成叔轉達，只說：「學生們年歲漸大了，我的學力，不夠教他們了。」

## 訂婚

我的訂婚的年齡，也是在十八歲。在那個時代，婚姻制度是牢不可破的「父母之命，媒妁之言」的結合呀。我雖然已經讀過了不少描寫婚姻不自由的著作與小說，覺得婚姻是要自由的，但我對於戀愛，一無對象。在親戚中，我幼年時期的表姊妹極多，可是到現在，有出嫁的，有遠離的，已都星散了，並且那時的男女之防極嚴，那所謂有禮教的家庭，一到了十七八歲，青年男女，然不大能見面了。

我自從在七八歲時，在外祖母家，他們以我與表妹兩小無猜，給我開了玩笑以後直到如今，就沒有正式提過訂婚的事。從前中國民俗，訂婚都是極早的，尤其是江南各處富庶之鄉，兒女們在五六歲時已訂婚。甚而至於父母說得投機，指腹為婚的，鬧出了種種傳奇故事。我祖母及母親，都不贊成早日訂婚，因為無論男女，小時節都看不出什麽來，及至長大了，有了缺點，也因為已經訂定了，不能解除，不是便成了一個人的終身憾事嗎？

當我十三四歲時，在朱先生處讀書，盛家濱一帶，古木參天，沿着一條河濱，所有人家，門前都有一條板橋，以通出入，最好是在夏天，晚風微拂，大家都移了椅子，在板橋上納涼。東鄰西舍，喚姊呼姨，夕陽影裏，笑語喧譁。其時貼鄰沈家，有一位女娃，小名好小姐，年亦與我相若，殊為婉妙。常常從她們的板橋，到我們的板橋來，我也到她們的板橋去，共相游玩。顧氏表姊（亦即我之師母），見我們兩人，似相親暱，戲謂將與我兩人作媒。問我：「好不好？」我羞不能答，然心竊好之。於是顧氏表姊就和她的母親說了，因為我們是朝夕相見的，她母親頗有允意。顧氏表姊又和祖母說了，祖母却不大以為然。那沈家是藩台房庫書吏，家裏很有錢，我們貧士家風，恐仰攀不上。但自從有了說媒一件事後，好小姐便不到我們板橋上來，我也不再到她們板橋去了。十年以後，重經盛家濱，曾口占一絕，上二句已忘却，下二句云：「童心猶憶韶華好，流水斜陽舊板橋。」不免自作多情，而好小姐已「綠葉成陰子滿枝」矣。

又有一次，大約十五六歲吧，舅祖淸卿公說起，要將俔農叔的一位小姨九小姐（她們姓郁，前為富族，今已凌夷），許配與我。祖母亦不願意，因為一則輩份不同，以親戚論，九小姐要比我長一輩，雖則年紀僅比我長兩歲。二則身弱多病，是林黛玉式的（後來果然未到三十歲即故世了）。我父在世時，曾經說過：「最好是要讀書人家的女兒，其丈人峯也是一個宿儒之類，必於學問請教上，有點益處。」

這一次，又是朱靜瀾先生做媒，我的婦翁陳挹之先生，原籍是江蘇溧陽人，而遷居於蘇州的洞庭東山。他們的先世是武職，而他倒是一位生員，不過捐了一個什麽官銜，已棄了舉子業了。他有兩個女兒，一個兒子，兒子却還年小，朱先生說媒的是他的大女兒，這回是他直接和吾祖母及母親說了。

然而我當時實在不注意於自己的婚姻問題。第一、我家裏現在太窮了，一家三口，祖母、母親和我，靠了母親和我兩人的收入，僅足以勉强餬口，而我且就食於人，怎能再添一口呢？况且一個年靑婦女，到底也要添些服飾之類，我又如何吃得消呢？第二、我也有一點自私的心，我被那種不自由的婚姻所刺激，耳聞目見，以及刊物上的故事，新聞所紀載，加以警惕，我希望我年紀大一點，可以自由擇配呀！

但是母親却極力勸我，她說：「祖母你自父親故世以後，心中鬱鬱不樂，身體更加不好了。她總希望你成一個家，得見孫婦一面。她昨天說：『即使不見孫婦一面，定了親以後，也可以稍為安心了。』」

又據朱先生說：那位陳小姐非常之好，在家裏粗細工作，都非她不可的，且也讀過幾年書，而且身體非常健全。我是帶病延年的人了，她來了，是我一個好幫手。況且現在即使下了定，也不能就結婚，也須你進了一個學，得到一個好點的職業，方可以預備結婚呀。」

母親的話，眞是仁至義盡，祖母自父親故世以後，傷逝嗟貧，漸漸的步履維艱，形成半身不遂之病。舉動需人扶掖，有一次，半夜起來解手，跌在牀側。從此以後，母親便即睡在祖母房裏了，只要聽到牀上轉側的聲音，便起來扶持她。在冬天，連自己睡眠時衣服也不敢脫，眞是「衣不解帶。」老年人的心情，見孫子漸漸大了，也希望有個孫子媳婦在眼前，這也是人情之常。

況且這不過是訂婚，並非結婚，訂婚以後，也足以使老人安心。陳小姐是書香人家的女兒，我婦翁也是一個讀書人，這與我逝世的父親所祈望的條件相合。不過我的意思，要懇求朱先生說明，我們是窮人家，在我家裏做媳婦是吃苦的，現在是窮，將來也未必是富，這話須要聲明在先，非請朱先生傳話不可。朱先生說：「他都明白，陳挹翁不是嫁女要選擇財富人家的，他是個明理的長者，並且他自己境況，也是寒素的。」

陳挹翁相壻倒也精嚴，先要與我見面，作一次談話；又要把我所作的文字（從前稱之為窗稿），送他去觀看。我奉了母親之命，一一如他們所願。我初見他時，好像是在一個慈善會裏，由朱先生作介紹，他那時已留了鬍子了，我覺得他有點道貌岸然，實在是一個和藹可親的人。文字是朱先生取了給他去看的，自然選了幾篇比較看得過的文字。這兩件事，他都覺得滿意了，這一件婚事，總算可以訂定了，但訂婚的儀式，要在明年我滿了孝服以後，方才舉行。

從前中國的婚禮中，照例是要個媒人，我的訂婚中，一位當然是朱靜瀾先生，另有一位是江凌九先生，那是女家提出來的，他是我婦翁陳挹翁的妹壻，在我將來要呼之為內姑丈的。他是吾鄉江建霞（標）先生的族弟，此刻建霞正放了湖南學政，他跟了建霞到湖南省代他看文章去了。這個媒人的名字，是暫時虛懸的，好在到了我們結婚時，他又要回來了。（江凌九丈，自建霞湖南學政卸任後，又隨着吳蔚若（郁生）放學差，看卷子，回京後，遇到義和團，幸免於難，此是後話。）

我自十八歲訂婚至廿五歲，方始結婚，中間相隔七年之久，在這個時間中，所遇見的女性不少，然而我的心中，好像我的身體已經屬於人家了。雖然我與我的未婚妻，未曾見過一面，未曾通過一信（在舊式婚姻是不許的），但是我常常深自警惕，已有配偶，勿作妄想。因為在這七年中，我曾單獨到過上海好多次，也曾思追求過女性，也曾被女性所眷戀，幾乎使我不能解脫。然而我終懸崖勒馬，至結婚還能守身如玉者，我的情慾，終為理性所遏制了。

## 進學

十九歲那一年，在父親的喪服滿後，我便一戰而捷的進了學了。從前對於父母是三年之喪，實在只有兩年零三個月，就算是滿服了。在臨考試前，巽甫姑丈又招我去面試了一下，他說：「大概是可以了。」說了「大概」二字，言外之意，也有所不能決定，這就覺得那幾年功夫，不曾有十分進步。但要取一名秀才，或者可以得到。

他也原諒我，因為我自己在教書，不能埋頭用功，不比我子青表哥，他幾年功夫，大有進境，考紫陽書院卷子，總在前三名，與張一麐、章鈺等互相角逐。上次鄉試得「薦卷」而未中式，氣得飯也不吃，我笑他功名心太重了。巽甫姑丈又企望我，他說：「這回無論進學不進學，我介紹你一位老師，你還得好好用功。不要進了一個學，就荒廢了。」巽甫姑丈本來自己可以教導我，無奈長年在疾病中，過他的吞雲吐霧生涯呀。

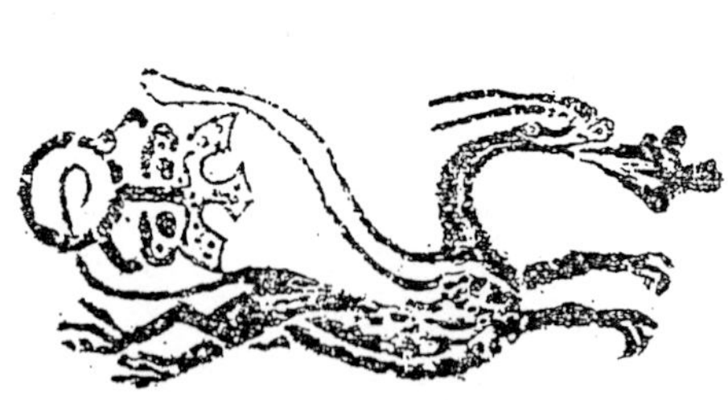

# 花隨人聖盦摭憶 補篇

黃秋岳遺著

中冓之醜，本不易傳，宮壼深秘，有流言而無確證者多矣，蒼水以同時人述同時事，儀注云云，縱是推測，而所聞或有甚於詩者，亦意中事耳。故予終以霧林之跋，爲近理也。

予性嗜魚，前二年春盡日賦浣溪沙，有云：「鰣羹京口阻南烹」，言鮮鰣夏初焦山有之，而不得嘗也。今年與前溪飲于焦山華嚴閣，得嘗新鰣，果絕腴，而迄不能成詩。因憶舊傳乾隆間，邵闇谷之夫人善烹鱘鰉魚頭，張商言與趙雲松半夜買魚排闥叫噪，闇谷夫婦已寢，夫人不得已起治庖，魚熟命酒，東方已明。又法梧門病中雜憶云：「吳肺（穀人善製猪肺）趙魚（味辛善製黃魚）吏汪鴨（杏江善製冬鴨），一冬排日設賓筵。丹徒翅子論山法（鮑雅堂製魚翅法最精），膾與詩龕糝玉延（雅堂言京城白菜和玉延切碎雜魚翅羹之美不可言）。」「莫氏搥鴨比燕窩（青友），松花團子擅誰何（秦小峴何綏齋家皆擅此），元杯宋碗周秦鼎，蔬筍香中古趣多（綏齋器具多古製，且無重複）」。此皆可見承平燕衎之樂。穀人猪肺，未知如何？三十年來，治猪肺以弢庵先生庖爲最，用水細滌極白，謂爲銀肺，及自來水管出，而此製頓成平常矣。何綏齋以周秦鼎彝供菜，此恐爲器皿仿古式，古銅器綠鏽斑然，何能著油湯邪。

國人論事，往往先入以論人之成見，所謂忠奸賢佞之主觀既定，於是一切是非曲直，皆不必問，端肅輔政無虧，以爭垂簾被誅，死本非罪，徒以那拉氏柄國四十餘年，世論遂積非成是，目爲叛逆，不但爭垂簾一案也。肅雨亭掌戶部時，嚴辦寶鈔處司員吏胥，備得其舞弊狀，次第嚴懲，不能不謂爲情眞罪當，即諛附西后之淸史稿，亦言肅究得朦混狀，乃以窮治過甚，於是淸流反目爲興詔獄，相率舍本案不問，專攻肅之跋扈，法意既渝，淸議顚倒，數十年不以爲非，馴使妖后肆貪於上，蠹胥舞文於下，卒斬其國祀，追案史迹，不得謂非異聞也。淸時六部久爲書辦窟穴，上下其手，肅順以咸豐九年爲戶部尙書，察寶鈔處所列宇字五號欠款，與官錢總局存檔不符，奏請究治，獄久未具，連繫者衆，於是書辦大恐，乃放火滅迹，十一月廿九日冬至，戶部災，自午至亥始熄。火發於堂後之稿庫，延燒大堂、二堂、二門、八旗俸餉處、南北檔房、司務廳、秋審處、官票所、陝西、湖廣、浙江、山東四司，凡三百餘楹，案檔悉燬，於此可見爾時胥吏之骫法恣睢，與畏罪之毒手。事後，羣胥播言，謂爲天災，山陽丁頤伯有紀災詩，又有跋扈將軍行云：「水衡操權利，年來困軍儲。金錢日不足，鈔幣供急需。小吏恣乾沒，守藏多染汚。句稽亦有法，淸濁終不渝。云何興詔獄，玉石同焚如。緹騎四方出，逮繫相連株。嚴鈔類瓜蔓，密網張秋荼。生者塡狴犴，死者嗟無辜。怨聲感蒼穹，白精光徂。上帝命祝融，掃蕩無孑餘。煌煌大農署，勑建亦有初。巋然數百載，一炬成空虛。將軍不悔禍，叱咤風雲俱。羅織及輿臺，沈命兼吏胥。執拘盡付獄，掠治無完膚。先皇好仁慈，命且緩須臾，宰執免對簿，圜澤咸沾濡。古人造請室，刑不上大夫。前年陷宰輔，對簿同囚奴。相距未三載，好還理不誣。地下若相逢，故鬼應揶揄。」此詩可為一時議論之代表，既云小吏恣乾沒，守藏多染污，而又不贊成興獄。以戶部大火，謂為怨聲自感蒼穹，上帝命祝融為之掃蕩，又不以火後窮治縱火胥役為然，此眞迂謬腐敗之成見，以情亂法，以姑息養癰，以迷信飾嫉妬，國人論事習氣，於此畢呈。此案後以肅順被殺，僅以商人馬錫祿抵罪，餘人悉釋，蓋西后有意一反肅之所為，不復根論案情矣。

詩中所言刑不上大夫，此自是古意，未可厚非，蓋所以養廉恥，存政體，古時法律誠亦尊嚴，所請王子犯法，庶民同罪者，指其犯法而言，若但涉嫌疑，則自當別論，尤不能以政治上之是非恩怨，借對簿以凌辱之。寶鈔處一案，肅順欲使翁文端心存褫職歸案，此中則挾有夙嫌，故為外間不滿，若純以執法言，原亦非意外侜張也。楊子琴雪橋詩話云：「初肅順創議開煙禁收稅，翁文端以大學士管理戶部爭之力，積與之忤，戶部設官錢發行鈔票，積久生弊，文端擇司員司之，肅順藉除奸商，遂興大獄，文宗命怡親王載垣治其事，逮司員下獄，欲坐以贓，而窮治無所得，時文端已予告，肅順奏請命詣刑部，時大學士柏俊東市之事未久，人皆為之危，文端夷然曰，是欲我為蕭望之耶？文宗眷文端深，不之罪，惟交部議處而已。」此所紀肅翁嫌隙之由，在於收煙稅，頗可注意，今案翁文恭日記中，關於此案者若干節，如下：「咸豐十年庚申三月朔，戶部官票所官吏舞弊，經手大臣審實，有旨詰問該司員，以短號整鈔換長號零鈔曾否回堂，着七八兩年歷任戶部各堂官，明白回奏。初二日，大人具回奏摺，五兄下園遞摺。初三日，午刻，五兄歸，知回奏摺留中。十一日，未初，見再行回奏之諭。十二日，繕回奏摺，五兄下園遞摺。十六日，連日訛言紛起，有謂奏入上震怒，硃批喪心病狂等語，將有不測，大人曰，吾之忠悃，天實鑒之，汝等無為流言所惑。十九日，夜，辛伯來，以摺底見示，內有翁某等回奏，與司員等所供不符，請將翁某杜某均摘去頂戴，歸案質訊。二十日午刻，黃壽臣來云，聞諸許師，今日硃批如該王大臣等所請矣。大人衣冠出見客，從容坐語，有頃，見上諭，翁某等，於司員兌換鈔票毫無覺察，交部先行議處，無庸再行回奏，亦無庸傳訊，等因，欽此。始知前此傳者之妄也，跪讀再三，感深出涕。閏三月十一日，失察兌換鈔票一案，吏部議以降五級留任。硃筆，候補官革職留任，仍俟定案時，再議失察處分。五月廿五日，以宇商濫支經費，怡王等覆訊，請飭戶部各堂官明白回奏。廿七日，寅正下園，謁沈朗亭師，師云，回奏摺內詳述商人月費不得不加之故，緣先後銀價物價迥殊，與大人摺大畧相同。廿八日，寅初三刻，始遞摺，辰正三刻，接事摺留中，寶基兩侍郎回奏係連名四六文，有同堂同過云云。廿九日，上諭，翁某、沈兆霖、寶鋆、基溥分別交吏部、都察院嚴議。六月十四日，吏部議失察濫支經費處分，均革職留任，奉旨依議。」以上所記，可見崖略。予又考淸史稿，則知翁與肅以主張不同，齟齬已久。

林熙主編

# 大華

半月刊

第廿六期

·本期要目·

# 大華

## 第廿六期




大華 半月刊 第廿六期
一九六七年三月三十日出版
（每月十五 三十日出版）

出版者：大華出版社
地址：香港銅鑼灣 希雲街36號6樓
Ta Wah Press,
36, Haven St., 5th fl.
HONG KONG.
電話：七六三七八六轉

督印人：林翠寒
主編：林熙
印刷者：朗文印務公司
地址：香港北角 渣華街一一〇號
電話：七〇七九二八

總代理：胡敏生記
地址：香港灣仔 洋船街三十二號
電話：七二三四三七

# 記黃溯初先生

向晚

在東京讀書時，便常聽溫州的同學講他們家鄉的「大人物」。後來在南京住在樂清友人家中，一天忽然友人們緊張起來，說是「黃溯初來了」。又說已被同鄉某些人把他包圍起來，不讓別人接近，便逕赴湯山了。

當時祇知黃溯初是一位富翁，富翁並沒什麼了不起，不免責怪溫州人太小家子氣。一次偶讀梁啓超的「歐遊心影錄」，在一頁中竟三見黃溯初的大名，一則說：「是晚我們和張東蓀黃溯初談了一個通宵，着實將從前迷夢的政治活動懺悔一番。」再則說：「當洪憲僭帝時，我在上海，跟着各位同志密謀匡復。……黃溯初送上船來。」三則說：「那時有四位和我同行，一位是……一位便是溯初」。至此，我才恍然大悟，黃溯初不僅是一位富翁，還是一位革命家呢。梁說同行的四位，後來竟有兩位死於洪憲之難。

民國二十八年冬，我寓香港青年會。一天一個神秘的青年來看我，他未說什麼話，便把一個小紙條遞給我。紙條上用鉛筆祇寫着極簡單的幾個字說：「弟回來了，得閑請到九龍塘根德道八號一晤，找李先生便可。」我心裏明白，這位冒稱姓李的朋友總算悔悟過來了。

次日上午我照字條的地址，找到「李先生」。「李先生」非他，就是高宗武。他拉我到他的臥房密談後說：「黃溯初也來了。我給你們介紹。」在東京就聽說的溫州大人物，想像中必已是七八十歲的老人，留着鬍鬚，高不可攀的樣子。但見面後才知我的想像完全錯了。當時的黃溯初看來祇有五十多歲，光頭面圓無鬚，態度溫和謙遜，倒很像一尊彌勒佛。他是宗武的父執，宗武稱他爲「老伯」，所以我也跟着稱「老伯」。好像他早已很知道我似的，所以雖然初次會面，並不須一般客套，呼着我的字「馨畹」，像老友一樣那麼自然。

過了幾天，我再到根德道。宗武對我說：「黃先生要到重慶，想邀你同去。」我問：「你怎樣回答？」宗武說：「我說恐怕馨畹沒有意思罷。」我當下駁道：「不應那麼說，假使有必要的話，我是願意去的。」

民國元年南京舉行國民代表大會，選舉孫文爲中華民國大總統，黃溯初即浙江代表之一（黃溯初原名黃羣）。後來他在上海創辦通易信託公司（實際是經營銀行的業務），自任董事長兼總經理。「通易」雖說是私人機構，但中國銀行總裁張嘉璈是黃溯初的莫逆朋友。滙豐銀行英人某又是張的熟人，因此「通易」在上海金融界仍居很重要的地位，凡不能與「中國」滙豐」打通者，遂羣趨「通易」了。故黃溯初又是銀行家。抗戰不僅單靠軍事，政治、外交也同樣重要；故拆散汪偽組織，破壞日汪勾結，遂成爲刻不容緩之事。結果達成這一任務的，並非什麼「統」，而實是在野的黃溯初。但黃向不願出頭露面，故其間由滬到港、渝間往返奔走接洽責任，便全落在杜月笙身上。當時身任海外部長而又長川駐在香港的吳鐵城竟然一點消息也不知道，難怪當「日汪密約」發表後，吳找到杜說：「你怎麼不告我一聲？」杜說：「你眞不知道麼？」吳氣極，衝口而出：「那個忘八蛋才知道哩。」

這件事先是由黃策劃，繼由高同汪借閱研究，最後由沈維泰（高的妻兄）連夜攝影三人的傑作。與陶希聖原無關係。故當時發表時，內中人有的主張祇用高一個人名義，但黃堅持應當把陶也加進去。密約之外，另有一信，卒接受黃的意見，由高陶二人具名。這封信還是由陳布雷所擬的。此事雖小，但也可看出黃溯初的爲人和氣度了。

在漢口時，認識了張孤山先生，我來香港才知他也在香港，初在星島撰稿，因爲他是胡文虎的同鄉，後來也辦了一份「民鋒」半月刊，我和曾聖提同幫他撰稿，作反日宣傳工作。「密約」本來決定由大公報一家發表的，我知道後，無意中透露給張孤山。張不僅是民彝社長，而還兼任南洋各大報社的通訊。故當他聽到後，馬上高興得跳起來，連喊：「眞是好消息！」我告他：「明日下午我便把『密約』送給大公報，後日就可發表出來了。」他說：「今晚我就打電報給南洋各報，要搶這個先。」我說：「你打罷」。他說：「明日大公報若是不發表，那就糟透了。」所以這條新聞南洋還要比大公報早出一天。次日下午我懷着「密約」到大公報訪我的朋友許君遠。他接到「密約」後的喜悅並不在張孤山下。那時一夥朋友都很年輕，精神飽滿，對於抗戰都抱着信心，相信前途一定是光明的。最後勝利是勝利了，但祇是得個「慘勝」。說到私人方面，張、曾、許及我四人，現在祇有我一人在港，張在台灣久不通訊，情形不甚淸楚，曾在大陸生活怎樣大家都明白，至於許君遠在上海更悲慘了，不僅不再在大公報，且早已離開人間了。寫至此不禁吟起杜甫的名句：「少壯能幾時，鬢髮各已蒼；訪舊半爲鬼，驚呼熱中腸。」

黃溯初當時受重慶最高當局的邀請，據我所知共去過兩次，以後就長居九龍塘，直至香港淪陷後。所以他邀我同到渝工作一事，便再無下文。後來傳出消息，陳布雷批評他「昂首天外」云云。他聽到後，當然不愉快，在他的詩集裏，對陳不免幽他一默。

黃溯初雖與梁啓超爲好友，但兩人的性格和趣味卻逈然不同。段祺瑞組閣，梁任財政總長，但對財政卻是外行，原想拉黃帮忙，屈就次長；但黃怎也不肯，祇允幕後協助。第一次大戰，國會和內閣多數人都反對參戰，但後來卒參戰了。歷史上祇知這是段祺瑞的明智，頂多知道是梁啓超的建議，那知這實是黃溯初的深謀遠慮。以故日本人稱他爲「幕後政治家」。這是楊雲竹代理駐日大使時從「朝日新聞」報載得知告訴我的。黃是蔣的前輩，蔣也以前輩之禮待之，何況他的性格如此，怎肯和陳布雷同列，做一名幕僚呢？

黃溯初經營「通易」發了大財後，曾辦了不少有益社會國家大事，他在溫州創辦醫院，設立學校，在上海又接辦過「時事新報」。在他接辦「時事新報」時，即聘陳布雷做主筆，如此說來，陳還是黃的伙計呢，陳今日批評黃「昂首天外」，宜其要讓黃齒冷了。再說，黃的一生根本就未向任何權威低過頭。不僅如上所述，他辦了許多社會事業，在北洋政府時代，他是國會議員，還栽培了不少的人才呢，如送瞿秋白留俄，送陳博生留日等等，後來成名的已有五六人，其未成名的更不可勝數。可惜他自己無子，過繼其侄達權爲子，即前文所說的那位神秘靑年。

他這個人頗具吸引力，且極富人情味。他原與侄子達權住在一起，後來徐寄廎由上海來港也就住在他的寓所。高不久赴美國，常去訪他的朋友，除我外，尚有劉放園（道鏗）、賈士毅（果伯）、胡敘五、陶希聖等，因此他的寓所變成一個中心，而黃當然就是這一小撮流亡客的領袖。大家輪流請客，每於酒酣飯飽後，共談國際大勢，抗日前途。劉、黃、胡都是詩人，他們更不時互相各示己作，句酌韻斟。我們不僅在家飲宴，黃的雅興很濃，還不時邀大家到處出遊呢，近如淺水灣，遠至大埔墟。記得那是最有興味一次，但也是最後一次，在跑馬地山村道劉放園家中吃罷了晚餐，大衆心血來潮，一齊到利舞台看差利·卓別靈的「大獨裁者」電影；至今猶記憶電影上的希特勒、墨索里尼，當時是如何的威風，「固一世之雄也，而今安在哉！」

一次徐寄廎請客，他是浙江興業銀行的常務董事，比較上一小撮流亡客中他算最富有，所以在中秋節日特請到淺水灣麗都樓上飲宴。宴罷，大家到海濱賞月，討論當前局勢。最後，得到一個共同概念，即：如日軍南進，香港便不保，個人的安全也隨之發生問題，但我們國家却可得救了。犧牲小我，成全大我，所以還是樂觀的。不數月日軍果然打香港了，可謂幸而言中。

經過十八天的炮火，香港淪陷，由米字旗換上紅狗皮膏藥旗，我下樓到街上看看，恰巧碰到劉放園，因爲我住在他的附近。他看了我，笑了一笑，並非眞笑，而是「啼笑皆非」的笑，把右手向禿頭項上一摸，喚了我一聲「××」後問道：「你家沒事罷？」我答：「沒事。」他說：「這怎麼辦呢？家裏一點米都未儲存。」我說：「家家不都是一樣嗎。可喜的是從此國家可得救了。」

我們都惦念黃溯初，我先和他電話聯絡，後來鼓起勇氣單獨到九龍塘看他，入九龍塘經過許多關口，並且還要洗手消毒。見了他後，他還平安，祇是有驚險一幕，可把陶希聖嚇壞了。後來我讀陶希聖的自傳，載於台北出版的「傳記文學」，對於這點，却隻字未提。那是一天早晨，黃、陶、徐、達權正在用早餐時，一隊日本憲兵突然闖進黃的寓所，有兩個像領隊的人，竟排闥直趨飯廳，陶的面色登時刷白。黃說：「沒關係，不要動，我照樣用我的餐。」日本憲兵周圍看了一下，說道：「不對，沒有哇！」黃是懂日語的。由於黃的鎮靜，陶始恢復正常。俟日本憲兵走後，陶趕快躲到附近一家車房的屋頂，躲了三天仍覺不安全，乃裝扮成一個乞丐，塗汚了面，瑟縮於街頭。事後猜想，日本憲兵大概是要捉拿高宗武的，殊不知高早已於一年前到華盛頓了。

約一個月後，徐寄廎搭日輪回上海，徐臨行前，黃曾與徐約定，到上海後找蔣伯誠（東南各省地工領導人），接洽介紹我去幫助他，這是事前徵求我同意的。過去我曾服務於教育界、政界、銀行界、新聞界，祇是尚未做過特務。抗日是每個國民都有的責任，何況未必死，死也值得。那知我正準備盡忠報國，徐有一秘函從日本飛機遞到廣州，由廣州轉來香港，秘函告：蔣伯誠已被捕，所談作罷。事實上，這類事並非初次。遠在一年前，張孤山（陳誠私人派駐香港代表）便已介紹過我到天津帮助鹿鍾麟地下工作，也因正要動身，而鹿的地下機關被日方破獲。當時年輕，祇憑一股子愛國熱誠不怕死精神，隨便答應下來。後來一想，像我這樣拙笨的呆子，怎能應付那種工作呢？如果成事實，恐怕不僅不能有助於蔣鹿，恐怕還要誤事罷。

香港淪陷三個月後，黃與達權先逃抵桂林住下，當我逃入柳州時，有戴笠、杜月笙雙方面部屬來找我，說：「黃溯老有電報，原囑你留在廣州灣繼續『國際通訊』工作。然今已到此，到桂林再講罷。」我到桂林見到黃溯初，自然他很高興，知我也脫離虎口。但他心中却念念不忘對敵宣傳工作。為了我的工作，他曾搭飛機又到重慶一次，陳布雷、陶希聖主張我回重慶，到中宣部工作，因為陶兼任中宣部對敵宣傳委員會主任，需要有人帮他，而黃溯初、杜月笙則認為搜集敵情要緊，主張應派我到梧州照常料理「國際通訊」。結果黃杜扭不過當權派，祇好讓我回重慶了。在桂林一段生活，當然不可與在港同日而語。在香港，黃溯初能邀我享受名貴的大閘蟹；那時大閘蟹的獲得，決不比今日那樣容易。但在桂林祇能以黃花生佐三花酒了。記得有一次他請我喝咖啡，那是一個夜晚，我和他們伯姪行在崎嶇的石子路上，東倒西斜，繞了好幾個彎子，才摸到一個蓬門。滿以為可以聞香味了，那知叫開柴扉以後，女主人說：「咖啡已經賣光了。」乘興而去，祇好敗興而返。

到重慶後，我把中宣部的聘函退回，當然更無意再入外交部。退回聘函一事，我知很使陶先生為難，至今引以為憾！當時重慶一般公務員都窮得要命，生活要緊，所以我就担任了兩家銀行的高職，但我不懂謀利，所以還是照樣貧困。我把香港帶去的泳褲，賣給我手下的練習生，為了給我的嬰兒買牛奶，賣了戒指及所有能賣的東西仍不夠，還得勞我三哥從昆明匯錢接濟。因此不得已，夜間祇得再到滬江、東吳、之江聯合大學法商學院教書，好在銀行工作清閑，祇是簽名或蓋章而已，所以能夠吃得消。我的生活，一直等到被遴選為國民參政員後才算安定下來。

不久，日軍攻佔桂林，黃溯初倉皇也逃入重慶。我到中國通商銀行看過他一次，簡直認不得了。他本有肝病，加之路途勞頓，既黑且瘦，從此再未見到他，不數月他病逝於重慶鄉下，死時不過六十多歲。慘勝後，他的靈柩由渝運回上海，安葬於靜安寺公墓。

綜黃溯初先生的一生，既是銀行家、又是政治家、謀略家、革命家、報界先進、愛國者、詩人，誠不愧中國近代的「大人物」。他從不願露名，故外省人知之者甚少。以上拉拉雜雜所述的故事，也非出自他己口，而是日久天長，我從達權口中積累記下來的。

政客跳梁趣史

# 西山會議派的反蔣與投蔣

何秋濤

西山會議派，是一個極右派的集團，起源于民國十四年（一九二五）林森等在北京召集的中央委員會而來。而事實上，孫文主義學會，是它的前奏。西山會議派的主腦人如：鄒魯、謝持、鄧澤如、伍朝樞等，在民國十三年國民黨改組時，對于孫中山的新定三大政策，都有直接間接的反對，爭辯不休。六月間，監委鄧澤如、張繼、謝持三人提出反對共產黨案。可見孫中山在世時，鄧等已經公然漠視黨紀的了。民十四，孫中山逝世不久，廖仲愷在廣州被暗殺，國民黨內部發生了變化，最顯著的是孫科出錢組織秘密團體的國民委員會，同時北京、上海、南京公開組織孫文主義學會。國民委員會北京的主幹是傅汝霖、姜紹謨、王崑崙、陳兆彬等負責，上海由黃季陸等負責，這些組織是在西山會議之前，因此孫科可說是西山會議的播種人。鄒魯在國外向華僑募得一些錢，準備做反共會議之用。

民十四的十一月，他們醞釀成熟，一屆中委鄒魯、謝持、林森、張繼、居正、覃振、戴季陶、葉楚傖、邵元冲、茅祖權、石瑛、傅汝霖、沈定一、張人傑、石青陽等到了北京，在西山碧雲寺，召開會議，開除黨內的共產黨籍中委，指摘蘇聯顧問鮑羅廷專權。于是西山會議一詞從此傳播，成為中國民主革命逆流之一，那時各地的孫文主義學會，出刊物，發傳單，替西山會議呼應。西山派的辦公處在北京南花園一號，與廣州設在翠花胡同八號的黨部，互為對峙。廣州方面却指斥西山會議派是違反黨紀，不在黨中央所在地廣州開會，完全是非法，而把這一撮西山會議派分子，有的開除，有的書面警告，這是黨內兩派鬥爭的開始。西山會議派所有對內對外的一切文件，絕大多數的是由沈定一執筆，即使別人所撰擬的，也要經過他審核。

當時段祺瑞還想利用國民黨員楊庶堪出面拉攏西山會議派，可是鄒魯等一心想着攫取廣東地盤，無意與皖系頭子臨時執政段祺瑞合流。

民國十五年一月，西山會議派，攫得了上海法租界環龍路（今名南昌路）四十四號的黨部總紐樞，操縱一切，發號施令，儼然「黨中央」的姿態。三月十二日，廣州發生了中山艦事件，跟着汪精衛離開廣州，蔣介石把張靜江抬上了中政會主席，同時又通過限制共產黨活動案。西山會議派的人，看到廣州的動向，不禁有「吾道不孤」之感。

蔣介石指使戴季陶胡謅了什麽「孫文主義哲學基礎」，「國民革命與中國革命黨」，做煽動、麻醉羣衆的宣傳品，蔣知道孫科是西山會議派的幕後中人，乃派吳鐵城到上海拉孫科返粵，當建設廳長、交通部長。又派人去拉張繼，拉葉楚傖、邵元冲到黃埔軍校任教育工作。這樣一來，蔣用錢用職位來拉西山派的人，就把西山派成了四分五裂。民國十六年四月十六日，蔣介石主持「清黨」，各省市黨部的清黨委員，多由孫文主義學會分子担任。寧漢合流，蔣介石下野，李宗仁、白崇禧等，在龍潭打敗了孫傳芳，而黨務却落在西山派的手裏，在南京成立了特別委員會，是武漢、南京、上海三方面黨委的組合，西山派利用時機把持一切，如鄒魯是宣傳委員會的主委，謝持是組織委員會主委，王昆崙是組織會主任秘書，覃振，傅汝霖等在黨務方面，也佔有相當地位，與新桂系拉緊，西山派張知本當了新桂系統治下的湖北省政府主席。

西山派在南京得勢了一個短時期，蔣介石指使谷正綱等攪了十一月廿二日的南京慘案，即乘機回京復職，于是鄒魯、謝持逃到上海，汪蔣合作已成，胡漢民、孫科、伍朝樞等到歐洲去看西洋景了。

西山派等到民國十九年，和閻錫山、馮玉祥、汪精衛等攪在一起的北平擴大會議時，再露頭角。這時黨務方面，取分贓辦法，改組、西山兩派平分春色，如中央組織委員會兩個秘書，四個科長，改組、西山各佔一半，各省市也是如此。閻馮方面沒有適當的黨官可以派出，只好做別人的組織物了。

汪精衛、陳公博與謝持、鄒魯、覃振等，本來一左一右，至此也合流了。後來蔣扣留胡漢民于南京湯山，廣州攪了一個政府，與南京對抗，西山派也參加了。不久，寧粵合作，汪精衛當了行政院長，西山派居正當了司法院副院長，恰值院長伍朝樞病死香港，由居正升任院長。CC系出來拉攏鄒魯，叫鄒為元老，鄒的態度軟下來，依附蔣介石，當了中央常委兼中山大學校長，覃振呢，在擴大會議時當了閻錫山的代表，奔走各地。後來思想轉變，担任了中蘇文化協會長沙分會長，贊成中共的主義和政策，抗日勝利的第三年，病死于上海。有人把蔣介石比擬俄國的沙皇；戴季陶是妖僧拉斯蒲丁，於民國卅八年春，在廣州自殺，謝持在寧粵合作不久，即死在上海，林森當了十二年傀儡式的國府主席。民國卅二年在重慶郊外被卡車撞傷。不治身死。張繼于抗日勝利後，當了國史館長，因吃傷受寒而逝世。沈定一于民國十七年，被陳某派人暗殺而死。邵元冲當過杭州市長，立法院副院長。廿五年冬，西安事變時，住在招待所，槍聲發作，倉皇跳窗逃出，被士兵開槍打死。這些都是西山派分子的下場。順為一提。

# 曹汝霖的「佳話」

·陶　公·

五四運動時代被罵為賣國賊的曹汝霖，已于一九六六年八月四日，客死美國，享年九十二歲，比秦檜老數十年，亦佳話也！曹死前數月，他的自傳「一生的回憶」在香港出版。此書價值極低，因為他不敢說實話。凡是自傳，如有掩飾，蓄意為自己洗滌者，皆不足觀！

讀「大華」廿五期「名人與名妓」，謂北京名妓蘇佩秋嫁曹汝霖後，又下堂而去，曹在其回憶錄中亦提及云云。按：「五四」一書（一九一九年七月，蔡曉舟，楊景工合編）記學生打曹汝霖，章宗祥事，有云：「曹章二氏當正午十二時本應徐東海之招在府宴會，旋聞學生游街示威，並聲稱懲戒賣國賊云云，擬即歸省視。：：三時頃，偕章宗祥歸趙家樓私宅，並囑吳炳湘派警察二百名至其家保護。……及四時半頃，忽聞呼聲震天，自遠而近，曹始恐慌……俄而擁入其家，於是曹汝霖急匿入其婦人房中。……北京益世報載曹氏與其妾蘇佩秋覆于澡盆內，未知確否，果爾亦佳話也。」蘇佩秋下堂求去，事在一九二二年夏間，距一九一九年「澡盆佳話」不過三年，如果早幾年離開了「秦檜」，豈非甚佳！

清光緒丁未政潮之重要史料

# 袁世凱致端方之親筆秘札

徐一士

光緒三十三年丁未（一九〇七）政潮，亦清季一大事也。慶親王奕劻自繼榮祿而為軍機領袖，直隸總督袁世凱深與結納，為其謀主，於是北洋遙制朝政，其權力之偉，更遠過於李鴻章時。瞿鴻禨以才敏受知，且有清望，簾眷亦隆，與奕劻同直樞垣，遇事每有爭持，對北洋則時主裁抑，由是奕劻與之積不相能，世凱尤憾之，而清議以奕劻貪庸，世凱跋扈，多右鴻禨。此為丁未政潮之張本。

三十二年丙午，議改官制，世凱奉命參與，欲乘機行責任內閣制，俾奕劻以總理大臣握行政全權。鴻禨知其意，隱阻之，言路亦陳其不便，孝欽采鴻禨之議，仍用軍機制，惟令軍機大臣不兼部務，吏部尚書鹿傳霖，學部尚書榮慶，陸部尚書鐵良，民政部尚書徐世昌，均奉旨專管部務罷直，而命世續（大學士）林紹年（開缺廣西巡撫，候補侍郎）入軍機，舊樞臣留者，惟奕劻鴻禨二人，鴻禨時官外務部尚書（協揆），以對外關係，得仍以部臣兼樞臣。世凱大失望，益銜鴻禨。

翌年丁未三月，東三省設督撫，以徐世昌為東三省總督，並授為欽差大臣，兼管三省將軍事務，班居各督之首，奉吉黑三巡撫，則唐紹儀，朱家寶，段芝貴也。四人之膺簡，慶袁之力，北洋勢力，愈伸張，而芝貴以直隸候補道，驟署黑龍江巡撫，速化尤可驚，輿論為之大譁。初，奕劻子貝子銜鎮國將軍載振，以按事東三省過天津，芝貴購歌妓楊翠喜以獻，至是其事閧傳焉。新授四川總督岑春煊入覲，道出漢口，突於是時入覲，孝欽念西行護駕之功，溫慰備至，留京補郵傳部尚書，未到任即面參郵傳部左侍郎朱寶奎革職，黨於慶袁者也，並屢為孝欽痛言奕劻貪黷誤國，請予罷黜。慶袁已大振；而御史趙啓霖復抗章嚴劾段芝貴獻妓載振，並十萬金賄奕劻諸狀。命罷芝貴署撫，派醇親王載灃、大學士孫家鼐按其事。以世凱等巧為彌縫，載灃等亦懼開罪奕劻等，未肯深究，四月以所參不實入告，奉諭革啓霖職（當尚未覆奏，御史江春霖亦上章論列，案結後，又劾王大臣查案疑竇頗多。都御史趙炳麟均論救啓霖）。載振不自安，乞罷，遂准其開去御前大臣、領侍衛內大臣、農工商部尚書等缺及一切差使，孝欽蓋亦不能無疑於奕劻父子也。

丁未政潮被犧牲的瞿鴻禨

慶袁以瞿岑相合，林紹年助之，均為清議所歸，非去之不能自全，力謀排去之道，乃由奕劻以獨對施其技。是月春煊首外簡兩廣總督（廣西人例不補授兩廣總督，春煊前會署理，今乃補授此缺，非故事也）擠出國門，紹年繼奉補授度支部右侍郎之命，俾罷樞直（紹年會署郵傳部尚書，係臨時性質，此次補授度支侍郎，當解機務，故即奏請開去軍機要差）。鴻禨於孝欽前力請留紹年於軍機，以資贊襄，孝欽可之，降諭無庸到度支部任，仍直樞垣，而春煊以粵督之簡，大出意外，引疾懇辭，奉諭：「岑春煊病尚未痊，朝廷亦甚廑念，惟廣東地方緊要，……非得威望素著情形熟悉之人不足以資鎮懾。該督向來辦事認眞，不辭勞怨，前在該省籌防一切，深合機宜，是以特加簡畀，務當迅速赴任，通籌布置，安良除暴，清患未萌。該督世受國恩，當茲時事艱難，自應力圖報稱，勉副朝廷惓懷南服綏靖巖疆之意，毋得再行固辭」云云，始怏怏出京，陛辭時猶以朝政爲言，孝欽意亦尚惓惓云。

五月，鴻禨突以翰林院侍讀學士惲毓鼎奏劾罷斥，上諭云：「惲毓鼎奏參瞿鴻禨暗通報館，授意言官各節，著交孫家鼐鐵良秉公查明，據覆奏。欽此。」同日硃諭云：「惲毓鼎奏參樞臣懷私挾詐，請予罷免一摺，據稱，協辦大學士外務部尚書軍機大臣瞿鴻禨，暗通報館，授意言官，陰結外援，分布黨羽，余肇康於刑律素未嫺習，因案降調未久，與該大臣兒女親家，托法部保授丞參等語，瞿鴻禨久任樞垣，應如何竭忠報稱，頻年屢被參劾，朝廷曲予寬容，猶復不知戒慎。所稱竊權結黨，保守祿位各節，姑免深究。余肇康前在江西按察使任內因案獲咎，爲時未久，雖經法部補授丞參，該大臣身任樞臣，並未據實奏陳，顯係有心迴護，實屬徇私溺職，法部左參議余肇康著即革職；瞿鴻禨著開缺回籍，以示薄懲欽此。」語意殊牽强支離，蓋不過藉毓鼎一參而行其處分耳（孫家鼐等旋奏遵查各節，請毋庸置議，報聞）。奕劻之所以施其媒孽者據聞乃以戊戌舊案動孝欽也。至七月罷春煊兩廣總督，同日出紹年爲河南巡撫，政潮乃告一結束矣。樞垣人物，則鹿傳霖（解部務）載灃於五月，張之洞（大學士）袁世凱（外務部尚書）於七月奉命入直。（八月之洞兼管學部事務，蓋管部又與尚侍待遇不同也。）

丁未政潮之經過，大致如上述，近發見世凱是年四月致兩江總督端方親筆秘札一通，爲關於此次政潮極可珍之史料。其文云：

午橋四弟大人閣下：上中兩旬間，奉讀三月二十五日、四月初八日（並抄件）兩次
惠函，拜聆種切。大謀此來，有某樞暗許引進，預爲布置台諫。大謀發端，羣伏響應，大老被困，情形甚險，幸大老平時厚道，頗得多助，得出此內外夾攻之厄，伯軒菊人甚出力，
上怒乃解，而聯合防堵，果泉亦有力焉。十六日大老獨對，始定議遣出。
上先擬遣，次日即發表。
公舉蘇龕本意，大老亦在
上前說明，頗以爲然，但大謀既去，位置蘇公，必將又鬆一步，爲蘇計，大可趁此北來，在部浮沈數月，明此心迹，爲將來大用地步。大謀不肯去，十六日亦曾議及，當有對待之術。總之，伊眷已輕，勢大衰，無能爲矣，不如不來爲愈也。舉武進鄭張，
上均不以爲然，人得藉口謂其推翻大老，排斥北洋爲歸政計，因而大中傷

## 香港國民日報

一九三九年，高宗武和陶希聖脫離汪僞組織，帶着汪日的「密約」到香港。「密約」的全文先交香港大公報獨家發表，國民黨辦的「國民日報」沒有份兒。社長陶百川很不高興，曾對一班同事發牢騷。據聞當發表時，香港特務負責人曾請示重慶，「密約」應交那一家報紙發表。蔣介石批交「大公報」。于是「大公報」就首先發表了。蔣介石此舉。可謂明智。「國民日報」雖係黨辦，但比不上當年「大公報」之重要也。

國民日報創刊于一九三九年，副刊叫新壘，第一任主編郭蘭馨（杜月笙門徒）只三日，因傷足請假，暫由陳福愉代。數月後，由杜衡主編，杜衡辭職時，推薦他的朋友路易士（人稱「臭襪子詩人」）。路易士編了幾個月，由胡春冰續任。日寇攻陷香港，該報停刊。郭、路今在台灣，杜亦死于台灣，胡死于香港。　・劉郎・

，武進供給，亦有人言及，恐從此黃鶴一去矣。兄久有去志，甚願大謀或武進來代，但大局攸關，受國厚恩，何敢任其敗壞也？育公始頗受疑，此次開差缺，由於某樞變弄，現已釋然。默揣情形，大老決不能動，同班中或不甚穩耳。人心太險，眞可怕也。大老心地厚道，事理明白，閱歷深久，聲望遠著，如推翻之，何人替代，當今實無第二，兩宮聖明，必可鑒及，若輩何不自量耶？匆匆此復，敬請台安。祈卽付丙　如小兄名心頓首。四月十九日。

孫道建林已晤談，極幹練，甚佩甚佩，

此札由端方家流出，現藏章行嚴君（士釗）所。觀此，奕劻以危詞聳聽，卽謂瞿岑輩謀重翻戊戌舊案，請太后歸政，頗顯然矣。「人得藉口」云云，蓋不啻自道耳。此最爲孝欽所驚心動魄者。瞿岑眷隆，動搖匪易，以歸政爲說，實排擠之妙訣也。瞿岑戊戌前皆嘗與康有爲梁啓超欵曲，鴻禨於辛丑間猶力舉康梁，並請解黨禁，孝欽雖不懌而未有疑，不知罪也。及是，京滬及海外報紙斥奕劻者，與言官所論若出一口，奕劻輩遂持以聳動孝欽，大抵以瞿岑外結黨人報館主謀，在歸政爲詞，浸潤既行，乃借題以發之矣。（康有爲庚申民國九年「敬題瞿文愼公像」詩有云：「十年黃閣事艱關，去佞之難過拔山。若使劾袁功得就，豈看龍劫血斑斑？三犯龍鱗敢舉仇，愛才愛國有深憂。頻陪綠野鬚眉古，遺像淸高憾未酬。」自跋「西狩間公三舉鄙人，后怒舉其仇，幾不測，愧無以報，題像潸然」云云。當政潮後，曾廣鈞有「遊仙詩」四首，初託名王闓運，後乃入集。第一首隱指鴻禨，其詞云：「楚國佳人號絳綃，芙蓉新殿鬬纖腰，不敎茅許同仙籍，偏有裴樊渡石橋，芝館烏龍擎繡榻，桃源仙犬吠雲翹。青童作夜朝阿母，一夕微霜蕙葉凋。」）札中所云某樞指鴻禨，大謀謂春煊，大老謂奕劻則隱語也。伯軒爲世續，菊人爲徐世昌，果泉爲誠勳，蘇盦爲鄭孝胥，張，蓋張謇，育公謂載振（字育周），武進謂盛宣懷。

春煊四月十七日授兩廣總督，與札中所叙十六日奕劻獨對事，正相吻合（紹年十八日授度支部右侍郎，十九日命毋庸到任，仍直樞垣）。至云「同班中或不甚穩」蓋微示鴻禨將去矣（世傳孝欽曾於鴻禨獨對時甚露不滿奕劻之意，鴻禨因請解其機務，俾保晚年，孝欽頷之。鴻禨門人汪康年聞其事，旋外報載奕劻卽將罷直消息，孝欽怒鴻禨洩漏，奕劻詗知，於是鴻禨被參罷斥矣，此說頗盛傳也，奕劻於鴻禨罷後，卽自請罷直，蓋試探之意，雖懿旨慰留，而命載灃入軍機，以分其勢。載灃分較親，惟庸慵不與抗衡耳。）（未完）

（以上原文載民二十六年一月廿五日國聞週報第十四卷第五期）

## 題袁世凱與端方密札

葉恭綽

數紙遺書類口供，休從亂世論英雄。較量徐（勛）狄（仁傑）誰優劣，都在金輪掌握中。（袁瞿鈎心鬥角，徒爲西太后所操縱。）

功狗由來亦苦辛，雌黃噲等漫斤斤。伊周事業終難就，平勃原非社稷臣。

相厄由來媿兩賢，從來枚卜釋兵權。秦城王氣時騰謗，一德何曾竟格天。（西太后對袁始終陽尊禮而陰已防之，其召袁與張之洞同入軍機，意在置之肘腋，使其日相齟齬，且同時釋其兵權。）

哲婦傾城恨有餘，詎堪家國任逋誅。彌縫補袞成何事，執簡終嫌史筆疏。（淸史稿對西太后少責辭，如信史何？）

林瞿猶是一家言，傀月機謀且莫論。若說乾坤資砥柱，誰淸東海正昆侖。（有林季武、瞿兌之兩跋。林爲瞿子玖僚壻，兌之乃子玖子也。）

識時俊傑談何易，治世能臣語可疑。若與湘淮人物較，僅隨左李不相師。

編者附記：林季武，名步隨，號寄塢，林則徐的曾孫，光緒廿九年癸卯進士，選庶吉士，散館授檢討。

# 洋人「驚服」西太后

△夢　湘▽

瞿鴻禨手寫詩稿，有一首云：

王會冠裳饗燕開，珠宮奎藻下蓬萊。
外臣鵠立驚殊遇，親見槐眉灑翰來。

這首詩的題目很長，今盡錄此：「各國使臣覲見，奉詔游宴，咸與觀慈禧太后親書長壽字，字大踰丈，立御案前，揮翰自如，諸使臣莫不驚服，均被賜一幅歸」。共四十七字。那是說西太后召各國公使入宮賜宴，並准他們親眼見她寫大字，字大一丈以上。寫時態度從容，並沒有一些兒慌張。洋人見之，莫不驚服，驚服之餘，慈禧各賜一幅御書給他們「壓驚」云云。甚有趣。

七十歲的老太婆能對客揮毫，且作一丈多的大字，確實難能可貴，有些書畫家患怯場病，不能即席揮毫的，但西太后能之，難道她眞的在書畫上有功夫嗎？其實不是，內裏有秘密的。

清朝皇帝愛舞文弄墨，往往親筆御書賜給大臣，更隆重的還要叫被賜的人親見他揮宸翰，以顯寵眷，並示威風。事前，先由南書房的翰林在蠟箋上用粉打好格子，翰林公然後用粉代皇帝先寫上「福」「壽」等大字。待到皇帝親自寫時，依照粉字描上去，「指揮若定」，絕不怯場，也絕不慌張了。被賜御書的大臣，怎敢抬頭看皇帝寫字，只有跪着等候。（一說，皇帝寫一筆，大臣就叩一個頭，苦矣）明知是有人代筆的，也不敢說破。洋人不知其中秘密，故「驚服」也。

各國使臣覲見奉
詔游宴咸與觀
慈禧太后親書長壽字、大踰丈
立御案前揮翰自如諸使臣莫不驚服
均被
賜一幅歸
王會冠裳饗燕開
珠宮奎藻下蓬萊外臣鵠立驚殊遇親
見槐眉
灑翰來

瞿氏手寫詩

# 梁啓超罵老師

梁啓超本是萬木草堂的大弟子，康有爲的愛徒，但自辛亥改革後，康有爲變爲復辟派人物，和梁啓超分道揚鑣了。他們在辛亥以前，是著名的保皇黨，自民國六年丁巳（一九一七年）康有爲參加張勳的復辟，梁啓超立卽爲段祺瑞草通電聲討，電文中有：「此次首造逆謀之人，非貪黷無厭之武夫，卽大言不慚之書生，于政局甘苦，毫無所知」等語。「武夫」是指張勳，「大言不慚之書生」則指康有爲及萬繩栻、劉廷琛等人。但「大言不慚」則以梁的老師康有爲占的成分爲最多。自民國成立後，康有爲那種大言不慚的傻氣越來越厲害。當戊戌變法失敗後，康梁同亡命海外，兩人的議論及主張已漸漸不能一致，辛亥後，梁啓超曾出任司法總長，兩人的意見更形參差，不過師生之誼尚在，未至決裂，到丁巳復辟之役，梁卽破口大罵了。

復辟失敗，康有爲卽被世人罵爲頭腦頑固，新學家更把他罵到一文不值，但他在六十年前確是個先知先覺之士，晚年議論怪誕，殆卽梁啓超所謂「大言不慚」者也。

到民國十一二年（一九二二－二三年）間，梁啓超又被新學家罵爲落伍腐化，曾幾何時，罵老師者人亦罵之了。於是梁啓超與乃師有同感，環境迫他與師修好。民國十六年康有爲死於青島，梁輓以聯云：「祝宗祈死，老眼久枯，翻幸生也有涯，免卒睹全國陸沉之慘；西狩獲麟、微言遽絕，天之將喪，不僅動吾黨山頹木壞之悲。」

·洛　生·

# 瞿子玖軼事

瞿鴻禨字子玖，號止盦，是湖南善化縣人，很年輕就中進士，入翰林，光緒元年大考翰林，詹事，子玖以翰林院編修考列第二名，超擢侍讀學士，充日講起居注官。光緒廿六年，西太后逃亡到西安，當時子玖以禮部侍郎在江蘇做學政（包天笑先生中秀才，就是他取的），連忙走往西安，向政府條奏救時之策，廿七年四月，西太后派他做軍機大臣，外務部成立，又派他爲外務部尚書。中國以前的外交機關叫總理各國事務衙門，辛丑和約成立，洋人認爲這個名堂太不客氣，應改稱外務部，並列六部之首。中國的第一個外交部長，可說是瞿子玖了。

清亡後，子玖從故鄉移居上海租界做遺老，以詩酒自娛。袁世凱聘他做參政，他置之不理。（據黃遠生北京通信所載，老袁對人說：「你們以爲子玖不會來嗎？他還託人向我要這個參政的呢。」又民國三年，陳叔通致梁啓超函云：「昨接季常緘，亦以先生出處爲念。敬、始終勸辭參政者，尚不在將來之奇劇難於同演，卽目前之憲法起草，倘竟舉先生爲委員長，將何以處之？名士如王壬秋，達官如瞿子玖，本不識羞恥二字，先生亦豈能委蛇其間？……」叔通爲此言，也是讀黃遠生的通信而捕風捉影一番的，其實並沒此事。叔通名敬第，後以字行，一九六六年二月死於北京，年九十。）

子玖死於戊午年（一九一八）三月十五日，享年六十九，葬杭州。上海有個遺老馮煦挽以聯云：「寢疾念周京，逸社詩成，每集逋臣賦鵑血；晉容疑穀廟，舊朝夢斷，應追先帝挽龍髯。」據傳子玖貌似同治帝，西太后每見他，就想起她所養的短命皇帝仔，嘗對瞿說：「余見卿如見帝，令余悲不自禁。」故下聯首句有「晉容疑穀廟」也。子玖死後，溥儀的小朝廷謚之爲「文愼」。（編者按：關於逸社，請參閱本刊第十一期拙作「上海的超社逸社」。）

·玉　林·

# 七十年來之香港報業

麥思源

## 一、發端

吾國之有日報，以香港爲最先，而日報之留存，以華字報爲最久，此攷報業史者所同認也。茲篇所述，注重於七十年來之日報，則非此者宜可缺焉。第歷史遞嬗，然追溯過去，無以比較現在，然灼知現在，更無以推測將來，故於七十年前報業，時亦畧及，覽斯文者，或不以駢指誚乎？

## 二、報業之椎輪

香港改隸後之十一年（淸咸豐三年，公元一八五三年），有英華書院中人，發行一種華英文合璧之月報，名曰遐邇貫珍（CHINESE SERIAL，篇幅約十餘頁，報價港錢十五文，此爲華文報之雛形。遐邇貫珍者，殆繼天下新聞 UNIVERSAL GAZETTE察世俗每月統記傳CHINESE MONTHLY MAGAZINE而作者也。先是，英華書院刱辦於馬六甲，在道光八年，曾發行天下新聞，在嘉慶二十二年，曾發行察世俗每月統記傳。蓋當時敎士來華，多賴刋物，以爲傳敎利器，故其刋物，宣揚宗敎爲主，兼錄時事，不過旁義而已。迨英華書院由馬六甲遷港，即本其天下新聞，察世俗每月統記傳之辦法，以施行於此間，計遐邇貫珍刋行僅三年，而主編者數易。初年，麥都思Water Henry Medaurst主之，次年，奚禮爾 C. B, Hiller 主之，三年，理雅角 Jame Legge 主之。理雅角通華文，譯有尙書及四子書行世，每於遐邇貫珍中，論及經學，孔鄭程朱之說，粗有徵引，以西方學者而能解此，亦可謂不妄自菲薄者矣。遐邇貫珍雖較澳門之依溼雜說爲晩出（彜情篇錄云，依溼雜說，道光七年葡萄牙人士羅所著，由英吉利字譯出中國字，以中國木板會合英吉利活字版，同印在一篇。此書初出時，人爭購之，因其中多有揭載官府陋規，旋爲官府所禁。），而其持論雅有斷制，不以放言高論爲能事，則又過之也。

## 三、日報之創始

遐邇貫珍爲月報，而非日報，爲宣傳宗敎之報，而非紀錄時事之報，刋行僅三年，以咸豐六年而輟。迨咸豐八年，始有中外新報出，中外新報者，其體裁與今時之日報同，我國伍廷芳博士所刱辦也（伍博士時爲香港孖剌西報Hong Kong Daily Press 譯員，適倫敦傳道會牧師英人羅傳列者，以著漢英字典一書，交孖剌西報排印，所有漢文字顆，經一度用後即什襲而藏，伍博士遂向該報訂借，月納印費，而成立中外新報）。初辦時，篇幅頗狹，每日出紙一小張，約容四號字一萬五千字，除廣告外，新聞僅佔面積三分之一，不過五千餘字，另以土紙印載貨價船期一頁，名曰行情紙，隨報派送，年收報費三元，其時商僑甚鮮讀報，大抵多訂閱行情紙，主報事者乃收半價，以便閱者焉。至光緒中，始擴充篇幅爲兩張，分類紀事，有曰京報全錄，則淸廷諭旨，暨各省奏章屬之；有曰羊城新聞，則督撫轅門抄，暨各衙署批示屬之，間附以民間瑣事；有曰中外新聞，則事之不能列入京報與羊城新聞者屬之，各類新聞之標題甚簡畧，大都如火警，盜竊、物妖、詼諧等。主筆政者，每有論著，不直指時事，一託以寓言，勸懲之旨，往往而見，斯匪獨中外新報爲然，維時華字及循環兩報，亦大畧相似，孰知夫昔日主文譎諫之作，移諸今日，又成爲極時髦之幽默派者耶？光緒晚年，篇幅益增，迨入民國，數易其主，宗旨亦隨所主而易。卒於民國七年停辦，惜哉！今環顧海內外日報，其能歷有七十餘年之久者惟華字報巋然猶存矣。

## 四、各日報之派別

華字報刱於同治三年，其歷史詳見本刊「本報刱造以來」篇中，玆不復贅，至各日報之繼華字報而起者，各有派別，分述於后：

一、循環報　同治十年，英華書院停辦，由校長歐德理牧師鬻其校內印務部所有於崑山王韜（王韜字紫詮，曾仕太平天國，國亡後，遯隱香港），王韜時旅港，爲教會迻譯經籍，與其友黃平甫集資購得之。先設中華印務局，以營印刷業，嗣於同治十二年，乃設循環報，計其出世，後于華字報者九年。當時主筆政，王韜而外，有洪幹甫，及王韜之壻錢昕伯，隨後昕伯適滬，與美國人美查士F. Majex合辦日報，即今之申報是也。

二、中國報　光緒間，有興中會者，以排滿興漢爲職志，光緒二十五年，圖發難於廣州，孫中山主之，事洩失敗，乃走日本，命陳少白、王質甫等駐香港，籌設宣傳機關。光緒二十六年，賃士丹利街二十七號，刱立中國報，陳任總編輯，輔以楊少歐、陳春生、鄭貫公。繼而附刊中國旬報，除彙錄近事外，並著爲誹文，歌謠，以寓諷刺，顏曰鼓吹錄，所著多出鄭貫公手筆。旋而旬報輟刊，此類小品文字，移而實於日報篇末。歷主筆政，有黃世仲、馮自由、盧信公、廖平子、謝英伯、謝心準、鄧少呂等。當光緒之季，海內文人，主立憲者多，主革命議者少，惟正因其少，精神反易於團結。其時引中國報爲同調者，競相投稿，不待懸酬金以招之，故報材之富，有足觀焉。民國初元，中國報遷於廣州，盧信公主其事，二年秋，龍濟光入粵，凡國民黨系統下之報，悉被封禁，中國報首在封禁之列，於是十餘年提倡革命之報，及此而終矣。

三、世界公益報　創辦於光緒二十九年，鄭貫公任總編輯，黃魯逸佐之，其宗旨與中國報同，每日出紙兩大張，約可容四號字四萬八千字，撰述分莊諧二部，間附以圖畫。繼鄭任編輯者，爲李大醒、黃世仲、黃耀公等，黃世仲任最久，閱者習誦其文，漸成爲偏嗜，世仲歿後，行銷頓不如前。迨民國六年，因營業折閱停辦，有購其印刷機具者，節取公益二字，以命報名，出世不逾年，亦告歇業。

四、實報　與世界公益報同年出版，潘蜚聲任編輯，論列時事，多出以婉約之詞，不流於偏激。潘雅好爲近體詩，風花月露之作，往往充牣副刊，譽之者，謂其提倡風雅，毀之者，謂其無關美刺。報業不振，旋而易主，改爲眞報，持論轉趨偏激，與潘殊矣，卒於民四時停辦。

五、商報　康有爲自戊戌政變後，盛唱君主立憲之說於海外，以香港爲南方重要口岸，不可無宣傳機關，光緒三十年，乃在港創設商報，主筆政者有徐君勉、伍憲子、伍機公等。民國後，易名共和報，伍機公任編輯，伍爲簡竹居弟子，著燈窗瑣記，登於副刊，每論修身處世之道，時有精要語。民十，易主，未幾輟刊。

六、廣東報　出版於光緒甲辰年春季，初任編輯者鄭貫公，李大醒，勞緯孟繼之。宗旨與中國報大致相同，謂民主政體，足以振朝氣而挽積弱，故力駁君憲之說。後因收回粵漢鐵路風潮，該報最以直言著，爲粵吏所忌，而股東多數爲內地縉紳，懼以此賈禍，至光緒丙辰年三月輟版。（林熙按：光緒無丙辰，或丙午年之誤，丙午乃一九〇六年）。

七、有所謂報　報之篇幅頗小，既名曰有所謂，復顏以「唯一趣報」四字，鄭貫公任編輯，持論激烈，內載諧文歌曲，幾占全版五分之一。此類小品文字，如胡子駿、陳樹人、盧偉臣等，皆工爲之，當時一紙風行，爲省港各報之冠。貫公既歿，易名爲東方報，胡子駿、易次乾、謝英伯、劉思復、駱漢存、先後主之，省吏惡該報屢揭其過也，因禁之行銷內地，行銷之途既隘，遂不得不停辦。

八、新漢報　出版於宣統三年九月，主筆政者盧博郎，李孟哲。是年三月廿九後，淸吏藉口維持地方治安，每以甘言餂廣州記者，使之頌功德而塗民耳目，記者多未之許也，而素唱民族主義之記者，知省吏之詐而蒽，因持民族說益力，遂有天民報之獄。盧李爲天民報同人，避地至港，組織新漢報，出版時，距武漢首義，不過旬日耳。報之資本，悉當時同志佽助，逮夫南北統一告成，斯報亦從而結束。

九、大光報　基督教會中人所辦，民國二年出版。先是，光緒十六年，基督教徒曾創設郇報，日出紙一張，行之月餘即停刊。迨光緒三十二年，德國禮賢會葉牧師，創德華朔望報，歷三年而輟。是年，在港基督教徒以港地人口日繁，宜有宗教報以傳播其道，冀邀人之信仰，遂由尹文楷醫生等，集資創設斯報，後雖易主事者，惟報至今尚存。

十、華商總會報　旅港華商總會同人所辦，創設於民國八年，其宗旨在傳遞商務消息。發行數年，因事中輟，不復賡續，至今年四月，另辦一月報，斯則屬雜誌性質矣。

十一、新聞報　民九而後，陳烱明力主聯省自治之說，遂與國民黨政見不合。十三年，在港創辦此報，命陳秋霖主持之。是年七月十九日，秋霖突於報內登「致陳競存先生書」及同主筆政之黃古等，亦發出「我們宣言」，聲明脫離陳黨關係，轉爲國民黨之擁護者。宣言全文，列舉改變宗旨之理由六點，並自承「不惜以今日之我，與昔日之我作戰」。自此項宣言發表後，廣州國民黨顯者，對秋霖等奬飾有加？而秋霖等發表宣言日，在報端特印紅字，易報名爲中國新聞報，閱者皆咤之，稱曰報變，秋霖旋在廣州遇狙擊而斃，斯報命運，亦隨之俱盡。

十二、工商報　民國十四年，廣州有六二三之變，省港交通，因此斷絕，港商苦之，乃集資創設工商報，藉以表示僑民意見，潘惠儔任編輯兼撰社論，詳言省吏容共之非，閱者喜焉。潘歿後數年，報乃易主，賡辦至今。

十三、香港時報　民國十八年出版，闡揚國家社會主義，對於地方政秕，指斥尤力，輟刊於去年。

十四、香港小日報　出版與時報同年，對於馬克斯經濟學說，每有所闡述，復詳載蘇俄現行制度，惟行銷不廣，數月而廢。（上篇）

# 蔡乃煌絕命詩

蔡乃煌字伯浩，廣東番禺人，有才學，但無行。他是光緒十七年辛卯（一八九一年）順天鄉試舉人，平生善作詩鐘、謎語。袁世凱僞帝，命其回粵主持鴉片專賣事宜，籌鉅欵以應帝制經費。

岑春煊在光緒末年吃過蔡乃煌大虧，民國五年丙辰（一九一六），西南起義軍討袁，岑春煊在廣東勢甚盛，廣東都督龍濟光已受袁封爲親王，見袁勢衰，欲投降義軍，岑春煊許之，但有一條件，必殺蔡乃可。龍亦欲堅義軍之信，遂於陰曆三月廿二日將蔡槍斃。廣東人傳蔡被殺時，作絕命詩云：

一杯鴆飲故人情，鋒歛三辰失百靈。今世留皮同豹死；忍思奮翼作鴻冥。弟兄漂泊風前雨；朋侶蕭疏曙後星。獨有我兒犀匿頂，天涯祇獨歎飄零。

詩不佳。乃煌曾任上海道台，美缺也。淸末因案革職，但已腰纏十萬矣。他在天津閒居，嘗斥貲五千元買趙子固落水蘭亭，一時傳爲豪舉。蔡死後，其後人請陳三立爲撰墓誌銘，三立索潤筆五千元，其子許之，故行文爲之洗滌種種劣跡。今「散原精舍文集」卷十中，有「淸故蘇松太道蔡君墓誌銘」即諛墓之作也。

·湘　山·

# 事兩則

禾

談到魯迅，誰都知道他的作品幾乎都收集在「魯迅全集」裏面，而記述魯迅生平事蹟的寫作，爲數之多，眞是多至不可勝數。雖然如此，滄海遺珠，在所不免，筆者於去年年假期中，暇時輒喜逛舊書攤，無意中發現一部殘舊書本，其中引用名作家的著作倒不少，可惜它大多零篇斷簡，並非完整篇章，偶爾也有可取的，像這裏所說的魯迅啓事，我相信這是他自己所寫的，只是在魯迅全集中却找不到，不知道是不是編輯的人們以爲無關重要；或者是他們未會見到這些啓事呢。

筆者把兩則啓事閱讀過好幾次，覺得頗有興趣，更想到讀者方面像我這樣「好事」者一定不少，索性把原文照錄出來，借大華的實貴篇幅，加以發表，讓大家也獲得欣賞魯迅傑作的機會。

第一則：「所謂『思想界先驅者』魯迅啓事。原文如下：「新女性八月號登有「狂飆社廣告，說狂飆運動的開始，遠在二年之前……去年春天本社同人與思想界先驅者魯迅及少數最進步的青年文學家合辦莽原……茲爲大規模地進行我們的工作起見，於北京出版之鳥合、未名、莽原、弦上四種出版外，特在上海籌辦狂飆叢書及一篇幅較大之刋物」云云。我在北京編輯莽原，鳥合叢書，未名叢刋三種出版物，所用稿件，皆係以個人名義送來，對於狂飆運動，向不知是怎麽一回事：如何運動，運動甚麽。今忽混稱「合辦」，實出意外；不敢掠美，特此聲明。又前因有人不明眞相，或則假借虛名，加我紙冠，已非一次，業經先有陳源在現代評論上，近有長虹在狂飆上，疊加嘲罵，而狂飆社一面又錫以第三頂「紙糊的假冠」，眞是頭少帽多，欺人害己，雖「世故的老人」，亦身心之交病矣。只得又來此特聲明：我也不是「思想界先驅者」，即英文 Forerunner 之譯名。此等名號，乃是他人暗中所加，別有作用，本人事前並不知情，事後亦未嘗高興。倘見者因此受愚，概與本人無涉。」

從這個啓事中，很明顯的是在否認他本人參加狂飆運動。同時聲明他並非思想界先驅者，而當日有長虹其人（長虹自然是筆名），才是狂飆社社員，對他疊加嘲罵；又把他當時最大的筆戰敵人陳源（現代評論主力分子）拉進來，一起算帳。筆者隱約記得其時還有一份叫做語絲的刋物，魯迅在這個薄薄的，十頁八頁的語絲裏面，不時發出很辛辣的，激烈的，但也幽默而含蓄的論調，口誅筆伐，毫不留情地予對方以大力的抨擊，所以語絲不脛而走，銷路很廣。

第二則：「在上海的魯迅啓事」。原

# 詩話

可華

△林琴南七十歲壽，葉譽虎贈之以詩，寫在米色宮絹上，烏絲寸楷，極爲工整，詩曰：「化行北學如時雨，人擬東方是歲星。醉酒謁陵成獨往，著書充棟似流馨。平生志業兼儒俠，藝事傳誇亦典型。揚觶祝公同橘叟，明年報國又添丁。」

詩中「化行北學」，是指他反對白話文。「謁陵」而曰「獨往」，大有幽默意味。曰「兼儒俠」，以其自言能技擊也。但最後一句，不知何所指。（編者按：橘叟乃琴南鄉人陳寶琛別號，七十許生子，末句殆請其看齊也。）

△陳叔通先生詩頗少見，前見其「寄南中諸友好」一詩云：「人生最是別離難，況值衰遲似夜闌。遠道移家眞覺累，終朝閉戶幾忘寒。從今且與諸君約，依舊須將故我看。客裏慰心郵使至，開函珍護墨花殘。」讀其詩，眞像白話一般，而情眞意摯，則流露於不自覺矣。

△章行嚴有「朝鮮道中」一詩：「深宵遠國聽關籌，觸眼題名安義州。幕府聲名存廟貌，使君功罪溯源頭。人亡何況邦隨殄，法峻而今力暫逾。滿路白衣高笠客，爲憂爲喜緒難抽。」詩中第三句，捧他的祖岳吳長慶

# 魯迅啟

澤

文如下：「大約一個多月以前，從開明書店轉到M女士的一封信，其中有云：「自一月十日在杭州孤山別後，多久沒有見面了。前蒙允時常通訊及指導……」。我便寫了一封回信，說明我不到杭州，已將十年，決不能在孤山和人作別，所以她所看見的，是另一人。兩禮拜前，蒙M女士和兩位曾經聽過我的講義的同學見訪，三面證明，知道在孤山者，確是別一『魯迅』。但M女士又給我看題在曼殊師坟旁的四句詩：『我來君寂居，喚醒誰氏魂？飄萍山林跡，待到他年隨公去。　魯迅遊杭，弔老友曼殊句。　一、一〇、十七年。』

我於是寫信去打聽寓杭的H君，前天得到回信，說確有人見過這樣的一個人，就在城外教書，自說姓周，曾做一本「彷徨」，銷了八萬部，但自己不滿意，不遠將有更好的東西發表云云。

中國另有一個本姓周或不姓周，而要姓周，也名魯迅，我是毫沒法子的。但看他自敘，有大半和我一樣，却有些使我為難。那首詩不大高明，不必說了，而硬替人向曼殊說「待到他年隨公去」，也未免太專制。「去」呢，自然總有一天要去的，然而隨曼殊，却連我自己也夢裏都沒有想到過。但這還是小事情，尤其不敢當的，倒是什麼對別人預約指導之類……

我自到上海以來，總有幾種報上說我要開書店，或游了杭州。其實我是書店也沒有開，杭州也沒有去，不過仍舊躲在樓上譯一點書。因為我不會拉車，也沒學製無烟火藥，所以只好用筆來混飯吃。因為這樣在混飯吃，於是忽被推為「前驅」，忽被擠為「落伍」，那還可以說是自作自受，管他娘的去。但若再有一個魯迅，替我說教，代我題詩，而結果還要我一個人來担負，那可眞不能「有閑，有閑，第三個有閑」，連譯書的工夫也要沒有了。所以這回再登一個啓事。要聲明的是：我之外，今年至少另外還有一個叫魯迅的在，但那些個魯迅的言動，和我也曾印過一本彷徨而沒有銷到八萬本的魯迅無干。」

在這裏，我想讀者不難看出魯迅這啓事的眞意。他把冒牌的魯迅幽默一番，然後來個否認「要開書店」或遊杭州；聲明「仍舊躲在樓上譯一點書，用筆來混飯吃……忽被推為前驅，忽被擠為落伍。」可見得這位世故的老人，當日靠上海租界為護身符，不只要逃避某方面的特務的緝捕；還要用筆招架所謂文化界的襲擊，其生活環境之多災多難，可想而知。

這裏最妙的莫過於那不大高明的弔曼殊的四句詩了，魯迅的嘲笑，足以發人深省，也足以使人發出會心的微笑。

# 玉華樓

；第四句則罵袁世凱了。行嚴此行不知在何時，大約為時甚早耳。

△包天笑九十壽辰，瞿蛻園（宣穎）寄以詩云：「驂衍談天別有天，虞初九百似臚傳。蘇台楊柳臨風憶，海嶠桄榔向月圓。若問黃童今宿齒，更誰高皓敢差肩？筵中試檢青衿看，已閱塵埃七十年。」詩中第三四句，頗為明瞭，言其為蘇籍而僑寓於海隅者。但最後兩句，忽談及七十年前之青衿，則因天笑為蛻園的父親瞿子玖在江蘇學政時所取士也。他們有世誼，故天笑亦有「低徊白髮老門生」之句以酬之。

△汪旭初（東）曾作「阮郎歸」詞，詠收音機，首四句云：「腹藏機械太深深，明燈窔照心；高樓西北晚雲侵，雲低和響沉。」意猶未愜，後遇沈尹默，出示其近作「鷓鴣天」，亦有詠收音機者，詞曰：「蝶往蜂來競送迎，花稀葉密半虧成，尋常別後言都斷，萬一逢時蓋可傾。　猶有恨，不時情，匣中電火暗還明。莫輕下里巴人調，思婦勞人着意聽。」按：此所詠者，為舊日的收音機，陳腐不堪，今者日異月新，人手一器，且有裝在眼鏡上的，倘作新詞，當必更多妙緒也。

# 梅蘭芳的戲劇生活

周志輔

我第一齣戲學的是戰蒲關，跟着又學了一些都是正工青衣戲，如二進宮，桑園會，三娘教子，綵樓配，三擊掌，探窰，二度梅，別宮，祭江，孝義節，祭塔，孝感天，宇宙鋒，打金枝等等，另外配角戲，如桑園寄子，浣紗計，硃砂痣，岳莊家，九更天，搜孤救孤等等，共約三十幾齣戲。在十八歲以前，我專唱這一類青衣戲，宗的是時小福老先生的一派。

吳先生對我的教授法，是特別認眞而嚴格的，跟別的學生不同。他把大部份精力，都集中在教我身上，好像對我有一種特別的希望，要把我教育成名，完成他的心願。

## （二） 蹻工

梅蘭芳是唱青衣的，當然用不着蹻工，但是他學戲的時候，對於跱蹻也曾下過苦工練習，就在他的「舞台生活四十年」中，有下面一段：

我記得幼年練工，是用一張長板櫈，上面放着一塊長方磚，我跱着蹻，站在這塊磚上，要站一柱香的時間。起初站上去，戰戰競競，異常痛楚，沒有多大工夫，就支持不住，祇好跳下來。但是日子一長，腰腿就有了勁，漸漸站穩了。

冬天在冰地裏，跱着蹻，打把子，跑圓場。起先一不留神，就摔跤。可是跱蹻在冰上跑慣，不跱蹻到了台上，就覺得輕鬆容易，方能苦盡甘來。

我練蹻工的時候，常常會脚上起泡，當時頗以爲苦。覺得我的教師，不應該把這種嚴厲的課程，加到一個十幾歲的小孩身上。在這種強制執行的狀態之下，心中未免有些反感。但是到了今天，我已經是將近六十歲的人，還能夠演醉酒，穆柯寨，虹霓關一類的刀馬旦的戲，就不能不想到當年教師對我嚴格執行這種基本訓練的好處。

現在對於蹻工的存廢，曾經引起了各種不同的看法，我這裏不過指出幼年練習蹻工，對我的腰腿是有益處的。再說我家從先祖就首唱花旦不跱蹻，改穿彩鞋。我父親演花旦戲，也不跱蹻。到了我這一輩，雖然練習過二三年的蹻工，我在台上可始終沒有跱蹻表演過的。

## （三） 武工

梅蘭芳演戲，除了青衣花旦而外，後來是兼演刀馬旦的，他當年所練的武工，也在「舞台生活四十年」中，有極詳細的記載如下：

我的武工大部份是茹萊卿先生教的。像我們唱旦角的學打把子，比起武行來，是省事多了。他先教我打「小五套」，這是打把子的基本工夫。這裏面包含了五種套子：（一）燈籠泡，（二）龍頭，（三）九轉槍，（四）十六槍，（五）甩槍。打的方法都從「么二三」起手，接着也不外你打過來，我擋過去，分着上下左右四個方向對打的姿式。名目繁多，也不必細說了。這五種套子都不是在台上應用的話，可是你非打它入門不可。學會了這些，再學別的套子就容易了。第二步就練「快槍」和「對槍」這都是台上常用的玩藝。這兩種槍的打法不同，用意也兩樣。「快槍」打完了，是要分勝敗的，「對槍」是不分的。譬如葭萌關裏馬超遇見了張飛，他們都是武藝精强，分不出高下，所以要用「對槍」。我演的戲裏如虹霓關的東方氏與王伯黨，穆柯寨的穆桂英和楊宗保，也是「對槍」。反正台上兩個演員對打，祇要鑼鼓轉慢了，雙方都衝着前台亮住相，伸出大拇指，表示對方的武藝不弱，在我們內行的術語，叫做「誇將」，打完了雙收下場，這就是「對槍」。如果打完「對槍」，還要分勝敗，那就得再轉「快槍」，這都是一定的規矩。

我還學會了「對劍」，是在樊江關裏姑嫂比武時用的，因爲這是短兵器，打法又不同了。後來我演的新戲如「木蘭從軍」的「鞭卦子」霸王別姬的舞劍，甚至於反串的武生戲，都是在他替我吊嗓子以後給我排練的。

手裏打着把子，脚上還另有三種不同的練法。我也都練過：（一）是武旦一行用的跱着蹻打把子，（二）是刀馬旦一行用的穿着彩鞋或是薄底靴打把子，（三）是武生等行用的穿着厚底靴打把子，你別瞧這隻厚底靴子，擱在「生」行，從小就穿慣了，本不算稀奇，我們是穿慣彩鞋的，換上厚底靴，手裏還要打把子，那可眞不好辦。我是練了快二個月才敢出台的。

關於胳膊腰腿的鍛練，有下面幾種基本動作：（一）「耗山膀」，是用左手齊眉抬起，右手也抬到左邊，兩手心都朝外，右手從左拉到右邊，拉直了，要站得久，站得穩，才見工夫。（二）「下腰」是兩脚分開站定，中間有「一脚檔」的距離，兩手高舉，手心朝外，眼睛對着兩個大拇指，，人往後仰，練到手能抓住脚腕，那工夫就很深了。（三）「壓腿」，是用一條腿架在桌上，身子要往腿上壓下去，壓到，能碰着脚尖，也不含糊了。這些在我打把子以前，是早就練過的。

（五）

## 敬覆讀者

老梅迷君鑒：最近由大華出版社轉到兩次大函，對於拙著指出梅蘭芳家庭成員，漏列其繼室福芝芳及其子葆琛、葆珍之名，承教至感。又蒙垂詢梅蘭芳反串鎮潭州之小生一節，事隔近半個世紀，兼以記憶力衰退，頗苦對其印象已感模糊。在盡力追思之下，想起當年北京有兩次與梅氏極有關係之大堂會，一爲梅祖母生日，在織雲公所演出，一爲馮六爺生日，在金魚胡同那家花園演出，梅氏均有反串戲。在織雲公所似係反串轅門射戟，在那家花園似係反串澶州；爲配岳帥者，則係楊小樓老板，並帶收楊再興，在托兆一場，楊老板唱整段二黃，爲向來在戲館中所無，以平日只演完斬子卽收場也。其時張聊止君正主持北京公言報中之戲劇性文字，對於此兩大堂會，均有極詳盡之叙述，但不記得是否曾入其所著「聽歌想影錄」中，至於當日堂會戲單，則俱不在手邊，故時地是否正確，殊未敢斷言耳。

周志輔覆。

# 吳煦檔案

吳煦是浙江杭州府錢塘縣人，從道光二十一年在浙江做幕僚起，中間歷任江蘇金壇、嘉定等知縣，後又在抗拒太平軍的江蘇臬台吉爾杭阿行營辦理文案，咸豐八年（一八五八年）被任爲蘇松太道，後又兼署江蘇布政使。由于他積極鑽營，清朝統治者賞識他所謂「熟悉夷情」得到重用。吳任上海道時就與英使文翰進行勾結；美國爲了武裝干涉上海小刀會起義和太平天國革命，美國流民華爾就是通過了吳煦的推薦，組織「常勝軍」，其軍餉軍火都由吳煦一手包辦。

「吳煦檔案」是一九五八年在杭州發現，共九大箱。開始時，一部分已被吳煦的後人，當作廢紙賣給了當地造紙廠。後來經羣衆反映，才由浙江省文物管理委員會收回，送中央文化部。原檔案包括公文，信札四箱，吳煦任蘇松太道兼「常勝軍」糧餉時期的兵丁名冊、糧餉賬冊三箱半；以及部分浙江各縣抄存的刑名例案和有關漕糧文件、殘破書籍等。一九五七年，曾將其中關于太平天國部分加以整理，由三聯書店出版了「吳煦檔案中的太平天國史料選輯」。爲了全面整理和利用吳煦檔案中的重要史料，一九五九年文化部文物局又把這部分檔案材料運回南京，組織力量，重新加以整理，以備編輯出版。

「吳煦檔案」的時間從道光二十一年（公元一八四一年）到同治四年（公元一八六五年）。在「吳煦檔案」中，大部分是吳煦任蘇松太道時期的公文、信札和報銷簿冊；另一部分是吳煦之前的蘇松太道趙德轍、薛煥、藍蔚雯和吳煦之後的蘇松太道黃芳、應寶時等人任內的檔案，其中有公文和底稿，也有許多家信和雜件。這些文件十分零亂，所以在整理時，先按文件的性質分類，再按問題集中，現已整理成爲「吳煦檔案」「江蘇各衙檔」「浙江各衙門檔案」三部分，共一千一百八十一卷。爲了便于查閱，三部分還各附有「類目索引」和「重要問題錄索引」。

「吳煦檔案」不僅反映了吳煦罪惡的一生和許多國內外反革命勾結的直接資料；更反映了當時帝國主義者擴大侵華的陰謀和步驟；也反映了當時的時代面貌和農民革命的歷史眞實。如一八六二年第二次鴉片戰爭和外國侵畧者在上海組織「洋槍隊」，成立「中外會防局」等情況，在檔案裏都有比較具體的文件和信札。一八五四年兩江總督怡良的奏稿，揭露了美國早在一百年前就想插手干涉太平天國革命運動。奏報中說：「求清不從（指美國幫助清朝「助剿」太平軍）只好自己保全買賣，竟進長江，驅逐醜類。」一八五九年，清兩江總督何桂清奏報美國乘換「天津條約」時機，陰謀先攫取潮州、台灣開市的權利。

「吳煦檔案」除了有關鴉片戰爭和太平天國革命的資料外，還有很多關于關稅、漕務、海運、銀價、絲價等經濟方面的資料，可以看出當時鴉片傾銷和海關主權落入外人手中的情況，又有一些資料記載了外國侵畧者扼殺小刀會起義的情況，如「吳煦致張詩農」稿，說明美、英、法在上海「籌防」情形，並在洋涇[illegible]斷絕小刀會接濟。「吳健彰向法國領事乞援函」和吳煦手錄的一篇「夷酋議撫始末」中，反映了英法妄圖調停小刀會與清廷妥協，遭到小刀會起義首領劉麗川的堅決拒絕。

在信札中，還發現了一個署名新陽諸生王瀚致吳煦的幾封「獻策」信，信中附有太平軍在蘇州防守大畧和忠王李秀成進軍上海的情況。這個王瀚，眞名王韜，他曾同時上書給忠王部將逢天義、劉肇均，向忠王李秀成「獻策」。（此信于一八六二年四月在王家寺爲清軍所掠奪，現收藏在故宮文獻館出版的「太平天國文書」中。）這兩封信紙張筆迹完全一樣，不同的是王韜向吳煦「獻策」，署名王瀚，向忠王「獻策」，則署名黃畹。「吳煦檔案」裏保存下來這封信，清楚地証明了王韜的兩面手法和政治上的投機性。

「吳煦檔案」就其作爲原始資料的眞實性說來，在近代史研究中是有較大豐富和補充的作用的。

△江 寧▽

# 世載堂雜憶續篇

劉禺生遺著
雋君注釋

## 陳友仁黑白分明

予與陳友仁同事廣州大元帥府中，友仁常往香港不歸。元帥府與香港政府有交涉案，需友仁辦。適予往港，孫大元帥囑尋友仁歸。友仁生長外國，不能作華語，娶西印度羣島黑女爲婦，匿香港，不使見人，人亦不知其住所。百計尋得之，其婦在焉，紅唇白睛，齒皓如雪，漆炭人也。友仁大窘。歸告孫大元帥。孫曰。陳友仁可謂知白守黑矣。一日，在香港見友仁與一西女，狀態行動，儼如夫婦，問友仁何人？友仁曰，其外夫似有淫虐狂，每日以軟細毛帚裸體鞭撻之，鞭竣，各自居宿，並不共處，每月給養甚豐。此女甚愛我，欲相從，而戀戀彼傖之金錢，予亦藉此消遣耳。以鞭爲愛，眞大奇事。予歸告孫。孫笑曰：陳友仁又可謂知黑守白矣。伍廷芳老博士在座曰：我有四字贈友仁：黑白分明。友仁後與張夫人結婚。予賀之曰：使伍老博士在，必又贈汝四字曰：黃流在中。友仁曰：不准寫入索士比亞。

## 萊州奇案

搜書獲門人李以祉所錄舊稿，記予戚處理萊州奇案，其事如次。

山東萊州，有甲乙兩姓，一商一官，居同里閈，交素莫逆，過從甚密。甲有一子與乙女年相若，青梅竹馬，兩小無猜，極相愛悅。會乙携眷遠官他省，相別垂十餘年。辛亥革命軍起，乙解組家居，甲亦垂老，二人之往來如舊也。時子女率已長成，均論婚他姓。甲某之子殊頑劣，日唯嗜博，其母絕憐愛之，每以私蓄償所負，如此者屢，而甲殊不知。是時乙女遣嫁有日，偶登小樓閒眺，樓外淺草如茵，彌望無際。忽覩羣馬奔逐，牝牡交合之狀，有觸于中，情不自禁，猛然暈仆。乙聞之趨視，見狀大駭，撫之已冰，痛甚。念祇此女，乃盛裝治殮具，悉以女平昔所愛珍玩爲殉，屍已入棺，猶未大殮，使僕婢守之。夜將半，衆疲極成眠。會甲某之子博負自外歸，向其母索資，以圖重振旗鼓。母怒，詈之曰：彼天何無知，如乙家之好女子，胡竟以死；似汝之頑劣不肖者，而獨存耶？甲子聞之，若有所觸，不置答，急馳出，達乙家，逕入其室。蓋所宿諗者，見柩在堂，遽啓蓋視之，面色如生，珍飾累累。盜念忽熾，攫取既盡，尤以爲未足，又層褫其衣，迨將及肌，撫之温如，心大動，乃就淫焉。女初係一時暈厥，驟感生人之氣，神志頓淸，舉目視生。生亦不懼，知其爲復甦也，歡甚，扶出，共圖久計。竟將家中所有，席捲而逃。初欲渡扶桑，後以女荏弱，不果，僅止于青島而居焉。翌晨乙家失女屍，兼遭巨竊，悲憤交集，悉以僕輩付有司。繼聞甲子遠遁，疑竇大興，兩家互訟，事久不決。旋爲青島警局獲諸市，蓋兩小業已小貿營生，居然成家生子矣。於是移案至萊，歸案定讞，各廢前婚，而以乙女歸甲子，傳者均以爲異事，此民國三年間事也。

雋君注：李以祉，是劉成禺任廣東監察使時之秘書。

## 諧聯拾雋

江夏翰林洪調緯，張之洞中解元房師

也。五十斷絃，繼娶山東狀元孫毓溎族姪女，女年十五，而調緯喜親阿芙蓉。定情之夕，友人致賀，贈聯曰：「兩三好友，三兩好土，益者三，損者三，三星在戶；五十新郎，十五新娘，天數五，地數五，五福臨門。」一時傳誦北京。

清宗室瑞麟，總督兩廣，門下胡某，綽號小老鼠，專權納賄。巡撫張兆棟，柔懦無能，胡某能制兆棟。有東湖蔡蘋南，翰林散館知縣，取瑞張兩姓字，爲對聯曰：「瑞氣千條，站在王者身邊，頭戴三山冠，身穿四叉袍，耑主十一載賣官鬻爵，不然，鼠輩何敢爾；張公百忍，像個弓兒樣子，睜開半隻眼（按：張兆棟盲一目），蹺起一條腿，長歎兩三聲，言聽計從，嗚呼，胡爲乎來哉？」此對最爲陳蘭甫（澧）激賞。瑞見對，恨極，大計，對蔡塡「貪汚革職，永不敘用。」此對傳入北京，瑞亦被劾。

漢口大江日報，於張之洞督鄂時，因刋讖侮張聯，被封，聯曰：「之字路，偏要人走；洞中怪，生出你來。」橫額「張大其事」，另一額「張皇失措」。

章炳麟讖黎元洪：「饒夏有才原不忝」，謂黎之兩民政長，夏壽康、饒漢祥也。夏陰險下視，故作憂時貌，爲對聯讖之：「夏有憂容，不見腹中心地好；康爲庸相，只緣足下小人多」。額曰：「一籌莫展」。饒代黎謝副總統文，有「元洪備位儲貳」句，出告示有「漢祥，法人也」語，對聯曰：「副總統篡克定位；民政長是巴黎人」。

癸巳恩科，浙江大主攷殷如璋、副主考周錫恩。周因關節案，爲浙紳御史李慈銘等參劾，革職回籍，即五翰林同日革職之一也。榜發後，浙人撰聯曰：「殷禮不足徵，可見如聵如聾，也把文章量玉尺；周人有言曰，難得恩科恩榜，好將交易度金針。」（按：殷周兩人的姓名，都已嵌入。）此對傳入大內，與革職有關。該科試帖題「畫燭秋尋寺外山」，周擬作，亦傳誦一時，首四句云：「燒盡杭州燭，遊人不肯還；尋秋過野寺，入畫看孤山。」

梁鼎芬監督兩湖書院，自爲對聯，貼堂柱云：「燕柳最相思，憶別修門三十載；楚材必有用，教成君子六千人。」任武昌府時，龔夫人乘官舫自湘來，不得已，迎入府署。經多人調說，納厚贐始去。梁題府園食魚齋聯曰：「零落雨中花，舊夢驚回棲鳳宅；綢繆天下士，壯懷消盡食魚齋。」楚士綜合兩聯，撰爲聯語：「君子一無成，人來梁上；修門何所憶，鳳去樓空。」

雋君注：洪調緯，字初元，號耒農，湖北江夏人。咸豐六年丙辰科進士，散館授編修，官至福建道監察御史。孫毓溎，字犀源，號梧江，山東濟寧人。道光廿四年甲辰科狀元，官至浙江按察使。瑞麟，滿洲正藍旗人，姓葉赫那拉氏，非宗室。道光間由生員累官至內閣學士。太平軍大將林鳳祥，被其所捕，因之於同治間得任兩廣總督，在粵十年，後回京任文華殿大學士。張兆棟，字伯隆，號友山，山東濰縣人。道光進士，由主事至鳳翔府知府，後任廣東巡撫九年，護理粵督，旋任福建巡撫，馬江之役，被革職。夏壽康、饒漢祥，均湖北人，黎元洪左右手。周錫恩，字蔭常，號伯晉，湖北羅田人。光緒九年癸未科進士，散館授編修。李慈銘，字悉伯，號蓴客，浙江會稽人。光緒六年進士，官山西道監察御史。生平致力于史，工詩文。議論警闢，批評人物，絕不阿私，人多忌之。著作豐富，刋行者有「湖塘林館駢體文鈔」，「白華絳柎閣詩集」，尤以「越縵堂日記」最爲人所激賞。

（二）

# 什麼「佳話」

未央

唐紹儀在民國元年做國務總理時，因死了老婆，向另一個女子求婚，時唐已五十一歲。那個女子答應他，但要他割鬚，唐立即揮刀去之，一時傳爲「佳話」。

此「佳話」流傳十餘年後，陳友仁向張靜江之女求婚，陳亦年近五十，但張女士沒有要陳割鬚。又數年，熊希齡求婚於毛彥文，毛亦要熊去鬚，乃成婚禮。唐、熊皆「宰相」（國務總理），陳則「尚書」（部長）也，因此人稱「官塲佳話」云。

# 釧影樓回憶錄

天 笑

可是我對於八股文，沒有十分進步，爲了自己坐館教書，固然是一個原因。但我還是老毛病，不肯多練習，當時已出學堂門，亦無人指導，還是喜看雜書，心無一定。那一年是甲午年吧，我國與日本爲了朝鮮事件打仗，上海報紙上連日登載此事。向來中國的年青讀書人是不問時事的，現在也在那裏震動了。我常常去購買上海報來閱讀，雖然只是零零碎碎，因此也略識時事，發爲議論，自命新派。也知道外國有許多科學，如什麼聲、光、化，電之學，在中國書上叫做「格物，」一知半解，咫聞尺見，於是也說：「中國要自强，必須研究科學」，種種皮毛之論，已深入我的胸中，而這些老先生們則都加以反對。

我這一次的考試，不會在貢院前租借考寓。卽在姊丈的許家出發，因爲他們住的史家巷，比我們住的曹家巷，離貢院要近得多。開考時的炮聲也聽得見，從他那裏出發，也可以從容不迫。我們睡到半夜起身，便卽飽餐一頓，爲的是進塲以後，不能吃飯，只能進一些乾糧，直要午後放炮開門，方能出來進食。這次考試，我與我的姊丈在一起，他比我大兩歲，我考吳縣籍，他也考吳縣籍，郎舅在一起，我祖母和母親，也足以放心呀。

這一次我考試進學，人家以爲我很有把握，其實我却覺得是儌倖的。那時江蘇的學政是瞿鴻禨（字子玖），他是湖南人，年紀也不大，出的題目也不難，是論語上的「入於海」一句（每縣一個題目，如長洲則爲「入於河」元和則爲「入於漢」），這種題目，有點詞藻，文章可以做得好的。不過題目太容易，反而容易流入浮泛。我起初是刻意求工，做好了一個起講，自己覺得不好，塗抹了重新再做，我的出筆本來是慢的，那時却費了不少時刻，及至我第二個起講做好，人家已是大半篇文字謄淸了。

這時我心中有些急了，但越是急，越是做不出，一切思想，好像都塞滯了。我本來是有胃病的，胃間又隱隱作痛起來，那是許氏這一頓早起進塲飯，在那裏作祟了。而且文思正滯時，雜念紛起，這個患得患失之心，橫亙在胸中。那八股文是有起股、中股、後股，一股一股的對比的，很費功夫，而我又素不擅此。

看看人家，已將完篇，不久就要放頭排了，筆下迅速的人，便可以交卷出塲了（第一個交卷的，名曰「紅卷，」特別優待）。我要用那種細磨的功夫，句斟字酌的做下去，弄到了「搶卷子，」可不是玩意兒呀。（搶卷子者，到了放末牌，大家都走了，你還沒有交卷，承差就來搶去你卷子，趕你走了。）於是把心一橫，拆拆濫汚，聽天由命，不取就不取了吧！便把起講又改了一改，改做了一篇散文，分爲三段，洋洋灑灑的一口氣寫成了四、五百字，把海上的詞句，都拖了上去，什麼「天風浪浪，海山蒼蒼」什麼「海上神山仙島，可望而不可接」咧，以及關於海的成語古典，運用起來，堆砌上去，氣勢倒也還順，不管它了。補好了草稿，鈔好了「聖諭廣訓，」還要做一首試帖詩，便交卷出塲，已經放第三牌了。

出場以後，人是疲倦了，但胃也不痛了，心頭似覺穩定了。可是祖母的關心，因出案（即放榜）尚有幾天，要我把文字默出來，送給朱先生及巽甫姑丈去看，請他決決可以取進，還是不可以取進？但是我這篇野馬似的文字，簡直不像是八股文，如何拿得出來？而且當時未起草稿，只是在卷後胡亂補了草稿，現在要我默出來，大致不差，到底是有些走了樣呢。

因此我便和我的姊丈許君商量了，因爲他和我是同一題目，而他的這篇文字，做得非常工整，循規蹈矩，不像我的那一篇似野馬奔馳一般，把他的一篇借給我，讓我塞責一下，這是我的不老實處，說來有些慚愧的。姊丈是個敦厚的人，他答應了，因爲他不必把文字鈔給人看，而留有草稿，也還齊整。我先給朱靜瀾先生看，他力保一定可以取中。我又給巽甫姑丈去看；子靑哥先看，他向我道喜，他說：「一定取了！一定取了！」巽甫姑丈也說可以取中，但他到底是個老法眼，他說：「這篇文字，頗不像你的作風。」意思似說：你恐怕還做不出那篇文字呢。

及至放榜時，我取了第二十七名，而姊丈則名落孫山。他自然十分懊喪，而我也心中覺得非常難過。我於是立刻披露，送給朱先生及巽甫姑丈看的，是姊丈的文字，不是我的文字。他們一面也爲之嗟歎不平，一面又索觀我自己的文字。巽甫姑丈說：「你這篇文字，雖然野頭野腦，氣勢倒是有的。場中看文章的人，每天要看幾百本卷子，看得頭昏腦脹，總覺千篇一律，忽然有一篇是散文而別出一格的，讀下去倒還順利而有氣勢，倒覺得眼目一淸，所以提出來了。」巽甫姑丈的話是對的，後來考畢以後，領出原卷來看，却見卷子上批了四個大字道：「文有逸氣。」

考了第一場，不能算數，還要覆試呢。第一場，依照應取名額，多取若干名，到第二場覆試時，又除去若干名後，方算正式的取中入學了。蘇州人的諧語，稱第一場即不取者，名之曰「總督」，第一場取了，第二試場後不取，被黜落者，名之曰「提督」這是什麽意思呢？原來蘇人讀「丟」字的音如「督，」第一場即不取，謂一總丟棄了；第二場覆試不取，謂提覆後丟棄了，因此有總督、提督之稱。我這時第一場總算僥倖了，惴惴然深恐第二場覆試不取，那便要做提督了。

覆試甚爲簡單，只要上午半天功夫，但是要到堂上去面試，一點沒有假借。又爲了人數很少，顯得十分嚴肅。我們吳縣的題目，是論語上，「不有祝鮀之佞」一句，做這一個題目，要用一點技術。因爲做那些小題文，最忌是「犯下文。」論語上的原文是「不有祝鮀之佞，而有宋朝之美，難乎免於今之世矣。」所以在文中不能提到一個「有」字，只能說「不有」兩字，如果單說一個「有」字，便是「犯下文」了。

出題目的人，便有這種故弄狡獪處，但也是八股文的法律，制定是如此的。這要謝謝我巽甫姑丈了，以前巽甫姑丈命我到他家裏去面試時，也往往出的這一類題目，他是人稱爲小題聖手的，和我講得很淸楚，所以我曉得這種訣竅。這次覆試，只要做一個起講，我於破題的第二句，寫道：「若不容其不有矣。」巽甫姑丈見了道：「好！扣題很緊，必不會做提督了。」後來將考卷領出來看，果然在破題第二句上，圈了一個雙圈，以下的文章，便不看了。

覆試後，我又跳上了幾個名次，從二十七名跳到了十九名，那是沒有什麽關係的，取中總歸是取中了，即使是考取在末尾，一名秀才，總歸是到手了。姊丈這一回未曾進學，下一屆院試，以第一名入泮，蘇人稱爲「案首」，亦頗榮譽，所謂「龍頭屬老成」也。

## 入泮

讀書人進了學，算是一個基本學位，又是科舉制度的發軔之始，因此社會上也較爲重視。進了一個學，有些人家還要請酒、開賀呢。請酒、開賀不希奇，新秀才還要排了儀仗，好似中了狀元一般，詣官游街，鳴金喝道的出來拜客呢。但這在江南，尤其在蘇州，那些縉紳富豪人家的子弟，方能如此，清寒人家的子弟，即使許你如此，也沒有這個力量。

但這要年輕的小秀才，方能有此興會。當在十六歲以內，越小越好，如果在二三十歲之間，雖然進了一個學，那也應該自傷老大，連賀也不高興開了。我們親戚中，我所見的如伊耕表叔，子青表哥，開賀那一天，都排導到我家拜謁祖母，他們進學，都在十六歲以內呀！此外如蘇州的彭家、潘家等，科名聯翩不斷的，也都有此盛舉。更有一件令人家艷羨的，那個新秀才，倘然已訂婚而未結婚者，這天也要到未來岳家拜謁一過，那必定轟動親戚鄰舍，來看新相公。

那一天，這位新秀才的服裝也特別了，身上穿的是藍衫（原名襴衫，本為明朝所製定的秀才服裝，今則以絲織物特製），披了紅綢。頭上戴的是雀頂，兩邊插上金花。腰間又排滿了什麼荷包，風帶、各種佩物，脚踏烏靴，有些年紀極輕的小秀才，在十四、五歲以下的，他家裏人給他面上傅粉，眞是一位白面小書生。

出門時的儀仗，也頗為別致，頭導先是有許多彩旗，那種彩旗五色紛披，稱之為「竹筱旗」，拔取竹園中新生的長竹，張以狹長的彩綢，上面有金字的聯語，一對一對的，當然都是吉祥的句子，什麼「五子登科」「三元及第」之類。竹枝上的竹葉，亦不芟除，蓬鬆的披着。這種彩旗，都是由親友們送下來的，前導往往十餘對以至數十對，這種古典，不知於何時。此外便是銜牌，在清代做過什麼官，便有若干對銜牌，官做得越大，銜牌便越多，新秀才自己沒有銜牌，但是他上代做過官的，把祖宗三代的銜牌，一齊掮出來了。其餘便是鑼呢、傘呢，什麼儀仗都可以加進去，最後一頂四人大轎，那個新秀才，似小傀儡般坐在其中。據說這一天，即是蘇州最高長官撫台大人出門也須讓道，為的是尊重讀書人呀！好在撫台也難得出門的，此故事未能徵實。

這是所有新秀才，在一個日子上舉行的。出門後，大家都到學宮裏謁聖（拜孔夫子），拜學老師，然後散出來，向各處去拜謁親友。那些事，蘇州的所謂「六局」者，都很明瞭（六局者，專辦理人家婚喪喜慶事的），他們是有相當經驗者。最可笑的，還有一架彩綢所紮的龍門，新秀才到那家人家，先把龍門擺在人家大門口，讓這位新秀才，在龍門底下進去，一邊還要鼓樂放炮，以迎接這位新貴人。

我是一個窮苦人家的孩子，沒有這一套的，不要說出門拜客，連聖也不謁，賀也不開，只是躲在家裏。那天恰值是我父親冥誕之辰，每年到這一天，家祭一番，我這一次跪拜，磕下頭去，淚如泉湧，竟仰不起來。我母親極力加以勸慰，而她自己也嗚咽得不能成語了。這幾天，祖母又值有病，未能起身，母親道：「快快揩乾眼淚，不要被祖母看見了，又起悲哀呢。」

進了一個學，就要那些大排場，這惟有紳富人家的子弟，方能辦此，因為他們經濟寬裕，可以花錢。但即使是清寒人家，大錢不花，也須花些小錢。吳縣有兩個學官，一個名教諭，一個名訓導，這兩位老師，平日實在清苦得很，雖名為官，還不及我們的教書先生。全靠三年的歲、科兩試，取中幾個生員，他們方才有一筆進欵。那便是取進後送進去的保結，要他簽字蓋印，而新進秀才人家送他的一筆贄金。要是像我們那些孤寒子弟，他是得不到什麼好處的。他所希望的，是本縣裏新進幾位富貴人家的子弟，最好是暴發戶，而上代沒有什麼讀書人的，他可以敲一筆小小的竹槓，贄金可以加到數十元，或至百元。遇到富而且吝的人家還不肯出，於是要「講斤頭」了。講斤頭的人，總是廩保做中間人，而水漲船高，廩保也可以得到較豐的報酬。

不是說一個童生考試，要兩個廩生作保嗎？一為認報，一為派保。我當時的一位認保，是馬子晉先生，朱師的老友，為人非常和藹，派保沈先生，已忘其名（後來到了上海，方知是沈恩孚先生的令兄）。當時我的孤貧，是大家所知道的，兩位老師，各送了贄金兩元，老師也哂納了，知道「石子裏榨不出油的」。派保沈先生，也送了兩元，馬子晉先生並且辭謝不受，母親說：「這是不好的，」馬先生處送了一些別樣禮物。

（廿五）

# 柳西草堂日記（廿四）

張謇遺著

十七日。移會典館，與劉襄孫、沈幼清、沙健庵、金衡意同小寓。

十八日。應散館試於保和殿。謄至詩第四韻時，四川胡峻觸動坐几，汚墨如豆，既刮去重寫，乃脫一字，臨行知之，刮去三十字，重寫甚疵。（按：眉書云：十事對九賦，以經史十事能對其九爲韻。賦得霈澤施蓬蒿，得蒿字。考試用賦止此。）

十九日，試列二等三十七。

二十日。虞山師招談，知江北米糧捐已停。

二十二日。見虞山所擬變法諭旨。

二十五日。擬大學堂辦法曰：宜分內外院（內院已仕，外院未仕）；宜分初、中、上、三等；宜有植物、動物苑；宜有博學苑；宜分類設堂；宜參延東洋教習；宜定學生膏火；宜於盛大理允籌十萬外酌量寬備；宜就南苑擇地；宜即用南苑工費；宜專派大臣；宜先畫圖。與仲弢大致同。虞山談至苦。

二十六日。齒大痛，有寒熱。寫叔兄訊（與希成），家訊，書箴、敬夫、立卿訊，一山訊，有與彥升訊。

二十七日。見虞山開缺回籍之旨，補授文武一品及滿漢侍郎均具摺謝皇太后之旨，親選王公貝勒游歷之旨，所系甚重，憂心京京，朝局自是將大變，外患亦將日亟矣！

二十八日。晤弢甫。是時城南士大夫人心皇皇。

二十九日。恭詣乾淸宮引見，瞻仰聖顏，神采凋索，退出宮門，潸焉欲泣。詣虞山送行，則已治裝謝客。

三十日。有「奉送松禪老人歸虞山」（按：原作「奉呈缾叟夫子解職歸虞山詩一首」，塗後改此。）：「蘭陵舊望滿廷尊，保傅艱危海內論。潛絕孤懷成衆謗；去將微罪報殊恩。青山居士初裁服；白髮中書未有園。烟水江南好相見，七年前約故應溫。（壬辰會試報罷辭公，因勸公退，公曰：吾方念之，若聖恩放歸，秋冬之際，當相見於江南烟水之間。）」引朱子答廖子晦語，勸公速行。李木齋侍御盛鐸來，此君智譎而有朋詧，不久必柄用，然亦懼其太速也。

題華亭狄伯齊海山雲夢圖。

三泖五茸旁，機雲有草堂。風流未容歇，門譽遠相當。生死通靈欸；神仙不渺茫。寧無悲馬磨，豈解愧參商。

## 五月

一日。與徐星查訊。（後七日，以書聯並屛及他物寄之。）

二日。與彥升，念敂訊，仁祖，金永壽兄弟訊。

三日。爲人作書。旅費已竭，賴賣字得二百金。

五日。磐碩招飲。題黃忠端墨蹟冊子：「明代士大夫書法，大都原本閣帖，公此札氣疎筆茂，取徑尤高，述叙師門，辭旨婉篤，即論文藝，固亦度越百家。往見公畫蟹卷子，水墨空濛，參差荇藻之間，翻正欹仄，萬狀畢露，直疑公胸有造化。山谷謂种明逸使其翰墨無以過人，猶想見其風致，兄筆精墨妙耶？竊於公書亦云。」

六日。爲人作書。再與王同知，許聘三訊。

八日。與仲弢詣餅師。

九日。作學堂奏。

十三日。寅初至馬家鋪送餅師仲林用卽用。

十五日。王稷堂等邀主會文學堂中文校閱。

十六日。考訂心太平本黃庭，凡與潁水本不同者二十二處。第一行潁本無，第二有字無門字，第八行「完堅」作「兒堅」，十一行「海源」作「海員」，十四行「淫欲專守精」作「搖俗專子精」，十五行「志安寧」作「心安寧」，「心太平」作「修太平」，廿九行「神自來」作「物自來」，卅五行「爲專年」作「和專仁」，四十行「在中央」脫「中」字，「明堂」作「神明」，四十一行「玄門」作「老門」，「闢分」作「開分」，四十二行「長生道」作「長生草」，「天門候」脫「天」字，四十三行「入淸冷淵見吾形」三句脫，四十六行「闚視」作「闚離」，「調和」作「調利」，四十八行「神廬」作「六合」，「心神」作「諸神」，「轉相呼」脫「轉」字，四十九行「脾神」作「其成」，五十三行「呼吸虛無」作「呼吸廬間」。

十八日。雨。

十九日。有夢中登陶然亭：「往來京國十年勞，坐覺江亭爾自高。檻底殘陽山歷亂；簷端驚雨樹刁騷。津梁歌哭終憑寄；裙屐嬉娛儘有曹。欲去蒼涼重回首，東邊壇宇倚天牢。」瞭宗室伯福庶常壽富：「才難未覺古人同，天意寧教四海窮。坐閱風沈吾已倦；禁當非笑子能雄。尙量舊學成新語；感慨君恩有父風，但使鸞騰猶等輩，要同魯日更朝東。」

二十一日。始知六月初二日到任之訊。此一事也，由內閣鈔錄引見日上諭，用黃本送吏部送翰林衙門，公牘展轉則已一月矣。

二十三日。留別仲弢：「拂衣去國亦堪哀，辛苦男兒草莽來。直分儒冠稱溝壑；何知人海戰風雷。嶔崎似我歸猶得；祿養憐君氣益摧。閩縣已亡丁沈散，更誰相煦脫嫌猜（謂可莊、叔衡、子培）。」

二十四日。有午雨詩：「未測天情性，朝來午雨晴。稍當袚塵土，一笑看風霆。」

二十五日。聞江寧以米鬧事，時有監司囤米居奇者也。

二十六日。都門別李磐碩：「少年角逐共文場，京邸重逢各老蒼。亦以生涯憐顧范（廷卿、肯堂）；每因才調感朱王（曼君、雲悔）。家貧宦隱都難好；世亂溫恭要有常。早晚儻尋鄉里約，荷鋤同看海東桑。」大雨。

二十七日。姚子梁太夫人七十生徵詩，因賦：「同歲徵才子，江南得二姚。皇爾驂騄裹；絕域訶天驕。義訓嚴君憚；虛聲策士消。白華馨爾膳，眞覺食堂超。」

二十九日。聞江南米已貴至每石洋銀八枚。

三十日。奉和瑞安先生二木歎：「作噩之歲膠澳陲，盲風忽卓單鷹旗，碧瞳睒睒羣麒麟，毀摧聖象成嬉嬉。此語一日聞京師，諸儒訟請責問辭，內木曰咄外木哈（謂都御史徐樹銘，山東巡撫張汝梅），盜鐘掩耳騰其欺。憨山老人奮直筆

# 洪憲紀事詩本事簿注

劉成禺遺著

先生讖黎詩「芝泉長爲護儲胥」亦本此故事）陸朗齋一日語人曰「太炎先生，今之鄭康成也。黃巾過鄭公鄉，尙且避之，予奉極峯命，無論先生性情如何乖謬，必敬護之，否則是黃巾之不若也。」項城與朗齋，能知先生文字，可轉移天下，眞蘇子瞻語。「古之所有，今之所無也。」先生喜以花生米佐酒，尤喜湖北花豆夾油炒者。居化石橋，先生每飲必去花生蒂曰：「殺了袁皇帝頭矣！」大樂。後徐醫生搜集油壚糖醬各種花生米以娛之，故與徐最得。

以上諸條，吳宗慈日記中所未著錄，其他記載與吳錄重見者删之。（成禺記）

## 附章太炎與袁世凱書

大總統執事：前上一書，未見答覆。邇者憲兵雖能據副司令陸建章言公以人才闕之，必欲强留，炳麟不能受此甘言也。若有他故能議公者，豈惟一人。輿論縱不振於中土，若外人之煩言何。炳麟本以共和黨獨立來相輔助，亦儻至而相行乎，而大總統羈之不捨，既使趙秉鈞以國史相餌，又欲別爲置頓。炳麟以深山大澤之夫，天性不能爲人門客，游于公者，舊交也；游于孫公者，初交也。既而食客千人，珠履相耀，炳麟之愚，豈能與雞鳴狗盜從事耶！史館之職，蓋以直筆繩人，既爲羣倫所不便。方今上無奸雄，下無大佞，都邑之內，攘攘者穿窬摸金皆是也。縱作史官，亦倡優之數耳。竊聞史遷陳壽之能謗議，而後世樂於覽觀者，以述漢魏二武之事也。不幸而邇朱全忠石敬塘，雖以歐陽公之嘆息，欲何觀焉。今大總統聖朝文武，咸五登三，簪筆而頌功德者，蓋以千億，亦安賴于一人乎？近有武漢人士，招往講學，北方亦有一二人聳之。愚意北方文化已衰，斡氣光融，當在江漢合流之地，不欲羈滯幽燕也。若必蔑棄約法，制人遷居，知大總統恪守憲法，必不爲也。飽食終日，無所用心，以與朋輩優遊謔浪，炳麟亦不爲也。苟圖其大，得屈此身，以就晦暝之地，則私心所祈嚮者，獨考文苑一事。經緯國常，著書傳世，其職在民，而不在官，猶古九兩師儒之業。邇者方言國音字典，文例文學史哲學史等，皆未編成，而教育部羣吏，又盲瞽未有知識。國華日消，民不知本，實願有以拯濟之。同苑須四十人（仿法國成立），書籍解版印刷之費，數復不少，非歲得數十萬元不就。若大總統不忘宗國，不欲國性與政治俱衰。炳麟雖狂簡，敢不從命，若槩一人以爲功，委棄文化以爲武。鳳翱翔于千仞，覽德輝而下之，炳麟其何愧之有？設有不幸投諸濁流，所甘心也。書此達意。於三日內答復，章炳麟啓。

相公獨立雞羣鶴，祕史伏鳴牛後雞。兩脚何因垂老淚，外家尊寵隔雲霓。

反對袁氏稱帝最力者，幕府舊人蘇州張仲仁一麐，北洋老友天津嚴範孫修兩人而已。兩人皆與項城有極長久之歷史，且爲項城所尊重信任。仲仁參與機密，以篤實正直通達明遠稱。主張帝制諸人，皆畏仲仁，懼其搖動項城也。洪憲元年元旦受朝賀，項城手諭羣臣，免跪拜典禮，以九鞠躬爲新朝儀。時孫寶琦爲國務卿，一人領朝班在前，餘皆照卿大夫士品級，橫列後班。項城升座受朝賀，寶琦一人在前，行九鞠躬禮，羣臣在後皆行拜跪九叩首禮。寶琦長身鶴立，淸[illegible]修項，朱冠點首，如齊州九點烟。人謂其鶴立雞羣，寶琦女嫁項城第五子克成，外戚也。朝賀畢，舊幕府諸臣入宮，再行便殿朝見禮，仲仁與焉。諸臣行九拜跪禮，仲仁則九鞠躬。諸臣皆怒視仲仁，大有衆人皆醉我獨醒之嫌，鹵莽者起挾仲仁，强其行九拜跪禮，仲仁年老不能撑拒，惟哀鳴垂淚而已。人謂仲仁對此次帝制，寧爲雞口，勿爲牛後，今則雞口在牛後矣。後見仲仁詳問情形，仲仁笑而不答。（後孫公園雜記）

## 附錄古紅梅閣張仲仁一麐先生袁幕雜談

朝鮮之役，李文忠公政書函電中詳之。戊戌之變，癸卯之役，余在幕府時，始終未敢詰問。直至宣統元年，將歸河南之際，乃面問顚末。袁氏有手書一帙，後爲南通翰墨林出版。總之君子惡居下流，天子之惡皆歸焉。此論世之難也。

吳淞軍政分府李燮和曾作書痛詆袁氏，乃籌安會六君子中，李亦爲發起之一，前後如出兩人，豈有不得已之故耶？

民元倪嗣冲即有擁袁氏爲帝之謀，袁止之，此袁自告予者。

第三鎭兵變，據袁氏親信人言，當時北方軍人，集議於袁公子邸中，即議黃袍加身之罪。先攻東華門，時馮國璋統禁衞軍不與謀而抗敵，軍不得入，乃成搶掠之局。

袁唐破裂，遂失民黨之心，破裂之由，皆左右慫恿而成。孫黃入京，與袁會議。恆至夜分。一日中山即席演說云：願大總統練二百萬精兵，孫文造二十萬里鐵路，不解何以後成水火之速也。

宋案之始，洪述祖自告奮勇，謂能燬之。袁以爲燬其名而已。洪即嗾殺某，以索鉅金，遂釀巨禍，袁亦無以自白，小人之不可與謀也如是。趙秉鈞知之，袁實與謀。張勳曾云：「余平南京後，有崇文門監督何掞者說余曰：『君大功告成，盍請大總統爲皇帝』。余痛罵之而去，此袁所以去余而代以馮也。」

段芝貴軍入南昌時，李協和督署密電本未携走，遂爲電局搜查譯出，致牽及民黨議員，遂有解散國民黨議員之命。

日置益公使與曹君汝霖言，敝國向以萬世一系爲宗旨。中國如欲改國體爲復辟，則敝國必贊成云。

日本公使館剪報一紙寄來，大意謂中國國民黨，欲慫恿袁爲帝，乃傾覆之。余以此紙面呈，且曰日本人將以大總統爲韓皇帝，袁勃然曰：「予豈李王可比耶！」乃歷言斷不爲帝各層，與告馮之語畧同。蓋此時尚無決心，不過嘗試耳。

籌安會借古德諾立言，古德諾向予大叫其冤。

汪荃老一日袖致籌安會文，命轉呈總統，余笑曰：「公不畏患耶？」汪曰：「余作此文，即預備至軍政執法處矣。」余乃代呈。老輩正言可謂。

楊度往津，勸任公毁其「異哉所謂國體問題者」一文，任公不允，斥之甚厲，面赤而退。

蔡廷幹持古德諾一函云，余爲人利用，回美國時，將受刑事上之制裁。與有賀長雄言，亦甚惶急。英顧問莫利孫條陳，謂古博士之計，由子廙（周自齊）挑撥而來，信然。（廿四）

# 英使謁見乾隆記實

馬戛爾尼 原著
秦仲龢 譯寫

雙方首先是進行了一番照例客套，然後和中堂問了許多關於歐洲尤其是關於英國的情況。特使乘機會再度解釋禮節問題上的正當理由，並傳達英王陛下謀求發展兩國友好關係的誠摯希望。特使詳細說明英國政府的和平仁愛政策在發展有益於全人類進步的商業往來。特使爲了說明而不是爲了辯護，順便把英國進佔印度的情況作了如下的叙述：印度的蒙古王朝（十六世紀蒙古人征服印度，建立王朝。——譯者）發生了內亂，印度沿海幾個省份的郡主們請求英國出兵保護，英國答應了他們的請求。英國出兵保護了他們，但這些王公們仍然保留着他們原來的一切榮譽地位。除此而外，英國絕不干預其他鄰國的事務。在談話當中，和中堂對於英國人幫助西藏戰爭的傳說隻字沒有提及。

特使在關於發展兩國商業對中國有什麽好處的問題上談得非常委婉，因：中國目前並未感到以貨易貨從歐洲運進產品的必要；中國從印度得到的棉花和稻米的供應，中國幾個省份自己同樣生產；中國從英國輸進生金銀，有時會因此而使國內日用品漲價；英國軍艦可以幫助中國剿滅海盜，但中國的內河航運非常安全，對此也並不感到需要。中國一向自認爲天府之國，可以不需要對外貿易而自足自給。中國同任何外國的貿易，絕不承認是互利，而只認爲是對外國的特別恩賜。特使志在謀求發展兩國貿易，即使中國人說成是對英國的恩賜，他也在所不惜。和中堂很客氣地回答說，在特使留住中國期間，這個問題還可以從長計議。

雙方對會談情況俱感滿意。特使回到住所之後，皇帝及和中堂都遣人送來水果和蜜餞食物。

和中堂的態度和藹可親，對問題的認識尖銳深刻，不愧是一位成熟的政治家。他的飛躍上升，固然是由於皇帝的特別提拔，這種情況在許多帝國是相同的，但他同時也要得到當朝有勢力的統治階層一致贊許才能長期保得住這個崇高的職位。同歐洲情況不一樣，亞洲君主們不會出於同臣民結親而降低他們的尊嚴。這些君主的三宮六院妃嬪很多，皇親國戚彼此經常互相傾軋競爭。皇親關係可以增加並鞏固已有的政治權力。和中堂以這樣崇高的地位，皇帝陛下又把一位公主下嫁給和中堂的兒子。樹大生風，官高遭忌，這個特殊的寵榮引起皇族中以及一些忠君的人的不安。其中一人過於積極，竟奏請皇帝速立太子，杜絕將來糾紛，以策萬全。

假如中國王朝是長子承繼制度，那麽皇帝的已故長子的兒子將是最有希望的了。不過中國現行制度是皇帝有權可以隨意指定或者廢立太子。上述那個冒昧奏請的人惹起皇帝的大怒，命令組織特別法庭嚴加審訊，最後判成罪大惡極，明正典刑。皇帝並將全案登在邸抄上曉諭全體臣民。中國的這種不預先確立太子的理由是不使這個被確立者過早地樹立政治野心，以致和在位的皇帝鬧對立。這在本朝是有前車之鑒的。

皇帝陛下決定，當他在位時候，太子人選問題要保持絕對秘密。後來在他的朝代五十年代的時候，他向全體臣民宣佈：在他的六十年代，也就是一七九六年，他將遜位給嗣皇帝統治天下；假如他活不到六十年代，嗣皇帝人選已經寫好，密封在宮內某個地方，在他死後開封昭示天下。清朝對於太子人選一向是大行皇帝死後才宣佈。雖然這樣保密，而仍然不能保證絕對不生意外事故。有一個謠傳說，他的父親，雍正皇帝，在他祖父臨終時候闖進宮去更改了大行皇帝的遺囑，把自己名字寫上去，這樣承繼了大位。

九月十二日，星期四。　今天將各種禮物送往避暑山莊。不久後，欽差徵大人又來相晤，並以水果、蜜餞等食物相贈，此種物品，多與昨日的相同，不過種類則有別。

九月十三日，星期五。　王、喬兩大人一同來訪，他們說皇帝見到各種禮物，大爲贊賞，但對於望遠鏡，皇帝不懂怎樣運用，請我派人前往教授用法。於是我派吉蘭博士和一個繙譯員同往皇宮，教那些太監怎樣使用日鏡夜鏡之法，及活落架裝卸法。後來吉蘭博士回來對我說，當教授太監時，他們假充內行，其實一無所知，但又作一知半解狀，指點一切。吉蘭博士生怕他們弄壞了，反爲不美，只好耐着性子，慢慢地依法教授，使他們完全明白，直到會運用之後才離去。明天是我們第一次覲見皇帝之期，所以今日忙於預備。

九月十四日，星期六。　今晨四時，王、喬兩大人到了館舍，引導我們覲見皇帝。從館舍到避暑山莊不過三英里左右，行程約一小時强。我們列隊前往，氣象堂皇嚴整，我的屬員都全部同行，我和公使斯當東爵士乘轎，其他人員皆騎馬。我穿起繡花天鵝絨大官服，外罩一領巴士爵士外衣，加硬領，胸懸鑽石寶星一座，鑽石徽帶一條。

斯當東爵士穿的也是繡花天鵝絨大官服，他是牛津大學的名譽法學博士，所以外罩一領大紅色的博士大褂。我們到了避暑山莊園門，下馬降輿，步行入內，到達皇帝駐蹕的大幃幄之前。大幄之旁，另有一幄，王喬兩大人導我們進去，這是專爲我們而設的。我們在幄裏等候約一小時，聖駕到了，鐘鼓之音，由遠而近。我們聽說聖駕已到，立刻出幄外，沿着地面所鋪的綠色地毯前行，迎接聖駕。

乾隆皇帝坐在一頂沒有蓋子的十六人抬的肩輿上，無數手執旗傘旌節的官員前後擁護着。當御駕經過我們跟前之時，我們屈一膝行禮，而中國官員則行跪拜之禮。皇帝降輿入御幄後，升上寶座，我們也進入御幄，我雙手捧着一個外面以鑽石爲飾的木盒，盒內藏着英王親筆書函，入幄後，從容行至寶座之旁，拾級而登，呈書函於皇帝手中。皇帝親手接過書函，但並不拆閱，隨手交給旁立的一位御前大臣，但大臣也沒有拆閱，放在寶座旁邊的一個錦墊之上。於是乾隆皇帝就拿出贈給英國國王的第一件禮物，叫我轉呈，這種禮物名叫如意，取義萬事如意及和平興旺之意，這是皇帝希望英國國王常與中國交好往來之意。如意之爲物，長約一英尺有半，以白玉雕成，其質頗似瑪瑙，中國人把它當作無上至寶，但在我看來，這種東西是不大値錢的。

接着，皇帝又以一柄綠玉如意贈給我，所刻的花紋，和贈與英王者大同小異。同時，我拿出鑲嵌鑽石的金表二枚，獻給皇帝，這兩件東西是前次中國官員對我說起要送禮之後，我臨時預備的。皇帝接過後，畧看一下，又交與旁立的大臣，這些事情做過後，我引導全權公使斯當東爵士入見，我向皇帝說明，敝使奉王命東來，政府派斯當東爵士爲副，萬一敝使身亡或有其他事故，即由他代理特使職務，於是斯當東行至寶座之前，同我一樣屈一膝爲禮。接着獻給皇帝兩支很美麗的氣槍，以爲壽禮。皇帝贈他綠玉如意，和我的一樣。接着，我又引導使節團各員，一一向皇帝行禮，皇帝均賜以相當的禮物。

覲見已畢，帶領引見的官員引導我們從寶座退下，行至寶座左旁所設的錦墊坐下；滿蒙王公大臣，各穿朝服，依其品級坐於右旁。墊前設一矮桌，桌上有桌蓋蓋着，各人坐定後，執事官揭開桌蓋，桌面上的盛饌，遂呈於我們眼前，山珍海錯，玉露瓊漿，說不盡天家富貴。皇帝又命人在他的御桌上拿下幾種菜色，幾種美酒賜給我們嘗試，這是特殊恩典。這種酒，中國人雖然叫它爲酒，但並不是以葡萄釀製，而是以米，香草及蜂蜜釀造，其味甚爲甘美。

（十八）

# 花隨人聖盦摭憶 補篇

黃秋岳遺著

翁傳云：「咸豐二年，議行鈔幣，心存疏言軍營搭放票鈔，諸多窒礙，鈔幣之法，施行當有次第，此時甫經頒發，並未試用，勢難驟用之軍營，詔斥爲阻撓，即責籌次第施行之法，俾無阻滯。會言官論通州捕役勾結土匪行刼，命刑部侍郎文瑞鞫得實，心存以徇庇革職。」（案翁是時爲工部兼管奉天府尹）又稱：「八年，拜體仁閣大學士，管理戶部，與肅順同官，不相能，屢乞病，不許。九年，復固請，乃予告，去職。十年，戶部迭興大獄，肅順主之，多所羅織，怡親王載垣等會鞫，謂司員忠麟、王遐震，以短號鈔兌換長號，曾面啓心存。心存回奏，部院事非一二人所能專政，斷無立談數語改舊章之理，載垣等遂請褫頂帶，歸案訊質，文宗鑒其誣，僅以失察議處免傳訊，議降五級，改候補官革職留任。復以五宇商號，添支經費，心存駁令議減，未陳奏，司員即列入奏銷下，嚴議革職留任。」綜以上兩節觀之，翁本爲反對鈔幣者，其第一次革職，雖爲匪刼，未必非載垣、肅順之陰爲排去，第二次，則原委瞭然，蓋從前六部滿漢尚侍六堂，或尚有管部，實際叅半畫黑稿，謂文端與司員勾結舞弊，乃必無之事，肅等於此處，自是操切周內，宜公論之不平。唯文端亦自有失察責任，不能言無過失，與寶鈔處舞弊戶部失火二案，又各不相涉，更不能以文端幾株累之故，而謂肅等不當究治此兩案，吾儕今日論文，要在衡平，正不必爲之左右袒也。

前兩年雜叙左季高、郭筠仙交誼，引及「瞑庵雜識」，頃始見郭意城爲朱香孫叅正數條，中關於駱文忠巡撫湖南條，意城叅云：「此案交湖北主考錢寶青查辦，未交總督，所逮問者，王葆生、黃文琛、葆亨，無遣官逮問左宗棠之事。宗棠至襄陽，胡林翼遺亟足尼其行，遂還就林翼，並未與郭嵩燾相遇。左入都在次年二月，其時樊案早結，未嘗一字牽涉及左，無辱之足懼也。總督遣所親赴都搆陷，事或有之，密奏則必無其事。」意城此叅，朱爲刋於卷末，蓋亦深知己之摭拾傳聞，遠不如郭之灼知也。意城爲筠仙之弟，繼左文襄入湘幕，歷佐張、駱、毛、惲數十年，爲湘軍內幕極有關係人物，雖保至京堂，實未嘗一日爲官也。有「雲臥山莊詩集」，及尺牘，以光緒壬午卒。李文忠復其子慶藩書云：「尊公以杜陵稷契之身，託鄴侯神仙之迹，第五之名，既齊驃騎，謝公之敎，復見諸郎，楹書已傳，世澤方遠，回思往昔，同濟艱難，數中興人物之宗，盡平日恩知之舊，更尋翰墨，大半雲霄，何期衰朽之材，忝厠名賢之末。今者，問一流則驚其將盡，望九原則悵其誰歸，三年不滅之書，儼存懷袖；千載斯人之歎，已邈山河，重觸山陽懷舊之哀，兼以子桓自念之感，此則檢常侍篋中之句，溟漠徒嗟；擬秣陵重答之書，音徽儻接者也。」爲于晦若得意之筆，亦緣李於意城傾倒甚至，故刻意爲之。郭集中有感云：「君子深於情，每爲情所誤，情豈能誤人，以不知人故。賢者爲情感，傾心報知遇。其次以才屈，亦或以勢附。才勢苟弗逮，轉眼如陌路。才薄勢相臨，忘情遂生妒。若其才勢均，旗鼓輒分樹。用情昧等差，優游空大度。咄嗟君子心，先事初不悟。」其二云：「處事和爲貴，然亦視所宜。巍然事任屬，有行係安危。古來幹濟才，在斷以不宜。委曲務徇人，混混齊妍媸。好惡無定見，賞罰或逆施。謂可得人和，豈意使人訾。因人成罣誤，轉復爲人持。刀劍森環列，當者尚未知。徒令天下笑，事僨名亦隳。君子和不同，諒爲志士規。」意城不以詩名，而閱世有得，故能以平澹之詞，說切要之理也。

郭筠仙有二箋，是咸豐十年在僧王幕次所作，時肅順方爲戶尙，以理財之法，諏於筠仙，因以此報之。居間傳書者，未審何人，原箋附致龍皡臣緘中，殆即龍也。第一箋云：「日前傳諭，令舉目前所宜行者，輒舉一端以對。昨聞朗亭少農言，司農公極意經營理財之法，旁求博採，其志甚銳，此誠國家之福。晚來得來示，令補論鹽法，鄙人於此能通知其意，而未習其事，附上一議，未必能洞中窾要，要所能行者，亦畧具於此矣。爲轉達，是荷，名心叩。」第二箋云：「海商課稅，與變通鹽法兩事，曾爲子鶴尙書言其畧，僧邸問籌餉之術，亦以此告之。朗亭少農，以山西潞鹽抽稅有成效，欲舉以爲法，僕謂朝廷設法，當攬其大綱，設卡抽稅，既苦苛煩，而鹽之出無窮，卡之設有限，亦不足盡鹽之利，此各省督撫權宜籌餉之計，非可著爲常法者也。鄙意徵收場課，先從兩淮試行，蓋江淮被兵日久，引課已虛，事宜變通，由部奏定章程，擇一運司馳往，即可迅速舉行（創法之始，爲求詳審，以後恐難補救）。行之有效，然後推行各省，庶無與阻難者，少農極以謂然。惟少農之意，欲特派大員辦理，竊計此等原一運司可了之事，在任得其人而已，不必過計也（申夫、杏農足勝此任，惟恐職位未能及之）。蒙所知者二人，曰升用道黃冕，曰候選運司金安淸，金君頗多訾議者，然其才氣實足幹事，吾知任以理財而已。見小而謹守者，可與治民，不可與治財，意有所見，故附及之，不必有所推薦也，並以達之司農公，枉召不能赴，歉歉，名心叩。」案此兩箋以外，度尙有一節畧，附第一箋內。所謂海商課稅，與變通鹽法兩事，衡以今日理財術語，即關稅鹽稅也。當時玉池眼光已注及此兩者，但場課當時尙在萌芽耳。申夫姓李，杏農則必尹兆霖，此時筠仙尙未敢造謁肅雨亭，札中有枉召不能赴之語，殆肅慕郭名先託沈朗亭致意，或居間人招之，於此尤可見肅之愛才，與認眞辦事也。

意城事蹟，淸史稿附筠仙傳中，闓叔章言，郭氏弟兄三，叔名崙燾，曾文正最譽之，嘗謂文章屬筠仙，若辦事則吾許崙燾，然其行誼，今殊不易考。如文正言，則意城豈甘於腰鼓哉。文正衡人，頗有特長，然間亦有以意測者，不盡脗合，近人乃有以古相書冰鑒，傳以文正名，號爲遺著，不知此書道光間吳荷屋已爲鋟板，叔章蓋嘗藏之，此則末流之失，徒供撫掌而已。

蒓孫前辯太后下嫁，曾舉不合葬之例，以爲不足疑。今案孝莊以康熙二十五年十二月殁，葬昭西陵，遺命不必合葬，所謂臨危語聖祖云：「昭陵歲久不可啓，我千秋萬歲後魂魄戀汝父子」，是也。事本無大謬，乃當時廷臣皇皇以末命爲疑，而徐健庵又備考古來帝后不合葬之事，著「古不合葬考」一篇，以釋衆惑，此必承中旨所作，以掩不合葬之故。觀健菴之辯，似其中反有可疑者在矣，徐原文云：「古之所以不合葬者，宅兆安厝，形體既藏，反虞升祔，迎精氣以聚於廟中，祭則鋪筵設同几，以形體降而精氣升，形體分而精氣合也。故古亦無墓祭之禮，周官冢人，掌公墓之地，辨其兆域，而爲之圖，先王之葬居中，以昭穆爲左右，凡諸侯居左右，以前，卿大夫居後，各以其族，墓大夫掌凡邦墓之域，爲之圖，令國民族葬，而掌其禁令，蓋葬之有昭穆子孫之祔葬者，皆在兆域之中，則言先王，而后自不得異兆域矣，其同穴否，未可知也。宋咸平中，議改卜李皇后園陵，命使按行陵地，議立陵名，禮官言，周顯德末都省集議故事，帝后同陵，謂之合葬，同塋謂之祔葬，漢呂后陵在長陵西百餘步，以同塋兆而無名號，又唐穆宗二后，王氏生恭宗，蕭氏生文宗，並祔葬完陵之側，今園陵鵲臺，在永熙陵封地之內，恐不須別建陵號，從之。顯德禮官之議，分祔葬合葬，不知何所本，要可謂達於禮意，漢世皇后，別起陵墓，間同塋域，則不別立陵號，而未有同冢壙者，隋文帝亦與獨孤后同墳異穴也。嚴善思之言，尊者先葬，卑者不得入，以卑動尊，術家所忌，其說雖未見經傳，然以昭陵之先後言之，則是皇后之喪在先，幽宮重關，外留棧道以待後日者，有之矣；若攻鑿冶錮，啓入後喪，誠乖神道矣。且天子以天下爲家，魏孝文既不合祔文明太后于雲中山陵，始于永固陵北，自營壽宮，有終焉瞻望之志，及遷洛陽，乃表瀍西，以爲山陵之所，而方山虛宮，號曰萬年堂，蓋山陵自當從其所遷之都也。宋元豐前，帝后異宮酌獻，諸后或以上仙在山陵之前無可祔而別葬，或在山陵已卜之後，而從葬，或以神靈既妥，而不遷祔，或以典禮未備而改殯，大抵以顯德禮官之論考之，皆是祔而不合，同塋域而不同冢壙也。原周禮所以聚族而葬者，國有分土，山川形勢有定，在井疆已授，不欲分更，故公叔文子欲葬瑕丘，而蘧伯玉譏之，注言刺其欲害人良田也。後世則以術家選擇，論風氣聚散，水土淺深，穴道向背，難得佳地，祔於先兆，則不須覆案，亦可以省財費省人力，非以分異爲不可也。若夫祖宗之精氣，則以聚于廟中爲合，而不在形體之同冢壙爲合，明矣。」此蓋極力辯飾，可逆想爾時盈庭耳語之勢。當時吳江吳柳塘祖修有聖德詩云：「百氏秦燔古制更，漢文有道視還輕。欲終喪禮君王聖，無數廷臣上殿爭。」蓋孝莊大事，聖祖哀慕擗踊，割辮，服布不用帛，欲於宮中行三年喪，羣臣集議，以爲天子一身爲宗廟社稷所託，祭爲吉禮，必除服舉行，不可以太皇太后故，神靈不歆，且君臣兆庶一體，若皇上持服，宮中臣民即吉，甚不可。帝不允。其後太學生劉枝桂五百餘人，又固請循古制，以日易月，裕王福全，恭王常穎，亦以爲言，帝不得已，始從之。皇帝固欲行三年喪，而無數廷臣故不許，其中亦顯有張皇僞飾以間執衆口之狀。淸時文網既密，作僞亦工，微蒼水一詩，則其所以飾辯者爲何事，千秋恐莫能言之矣。

（廿五）

# 編・輯・閒・話

△向晚先生是一位留學日本的前輩，一向是寫文章來支持本刊的。本期刊登他的「記黃溯初先生」一文，凡未知黃溯初的讀者，讀過此文，對他多少有點印象。作者在文中，更透露了日本攻陷香港時一些趣事，寫來很有風趣。

△「山西會議派的反蔣投蔣」一文的作者何秋濤先生，前在南京國民政府爲重要幕僚，近年隱居香港。他這篇文章描寫三十年前那班政客翻雲覆雨的狀態，令人如讀羅兩峯的「鬼趣圖」，恨未能起羅癭公再題一詩耳。（羅氏詩集中有題鬼趣圖詩，傳誦京國。）

△今年歲次丁未，本刊第廿四期，曾登過兩篇有關丁未政潮的文章，本期又轉載徐一士先生的「清丁未政潮之重要史料－袁世凱致端方之秘札」。此文三十年前刊於天津「國聞周報」。爲了向讀者提供一些有關這政潮的參考材料，故予轉載。原函藏章士釗先生處，一九六五年，編者在港晤章先生，詢以得此秘札經過，他說是端方後人贈他的，今已捐獻給歷史博物館了。最有趣的是袁世凱叫端方閱後燒去，而端偏偏保藏起來，使我們大飽眼福。

△「七十年來之香港報業」一文，是一九三四年「華字日報出版七十一周年紀念刊」所載，作者麥思源先生。香港有中文報紙，到今已一百零四年，此文所述，僅至一九三四年止，以後三十三年，似乎還未有人作系統的記載。編者轉載此文，最大目的在供給讀者以參考材料，但尤其希望此文刊出後，能引起讀者的興趣，有人會寫一篇「百年來香港的報業」。

△本刊的宗旨，不批評現實政治的得失，已在「稿約」中標明，但還有些作者寄來大作，對左右雙方的施政，均有論列，或述一九四九年以後的政界偉人軼事，似與本刊宗旨不合，只得割愛，分別寄還，請原諒。因爲這樣的稿頗多，不能一一函復，所以在這裏重申一下。

△張謇日記鈔，自第二期開始登載，頗爲一部分讀者所喜。從廿五期起，改正名稱爲「柳西草堂日記」，因爲這是原來日記的名稱。現在本刊根據張謇手寫的日記鈔錄，[illegible]標題，使讀者對之更感親切。張謇日[illegible]今分爲兩部分，上半部藏南通一個[illegible]關，下半部藏香港，本刊根據上半部[illegible]印本排印，仍沿影印之名「張謇日記」[illegible]當時影印的人未見過上半部，似乎不知有「柳西草堂日記」的名堂，爲了存真，所以改正。

△日本軍閥侵略中國，燃起中國戰火，事在一九三七年七月，到今已三十周年了。本刊從廿七期起，刊登日本今井武夫所著的「中國事變回憶」。此書早經出版，本刊徵得著者同意，請[illegible]如冰先生譯爲中文，按期發表，第一章是「日本侵華戰爭中的誘和工作」。

---

## 稿約

本刊[illegible]益智文[illegible]給研究[illegible]文章[illegible]描寫[illegible]中[illegible]

原書原樣

過一萬字以上的，請來信商洽。譯稿務請附原文，如無原文，恕不考慮。

來稿務請用稿紙書寫，如屬有史料性的文章，字體更要寫得清楚，一來使編輯人易於看懂，二來，排字工人也不致排錯。

不合用的稿，不論附有郵票與否，在收到後十日內寄還作者；如不寄還，就是要採用，但何時刊登，未能立即告知，請來信詢問。刊登的稿，在出版前二日即將稿費寄上。

林熙主編

·本期要目·

中國事變囘憶

胡適抗戰日記

印尼漫步

「狀同元」袁嘉穀

七十年來香港之報業

半月刊

第廿七期

# 大華 第廿七期




大華 半月刊 第廿七期

一九六七年四月十五日出版

（每月十五 三十日出版）

出版者：大華出版社

地址：香港銅鑼灣希雲街36號6樓

Ta Wah Press,
36, Haven St., 5th fl.
HONG KONG.

電話：七六三七八六轉

督印人：林翠寒

主編：林熙

印刷者：朗文印務公司

地址：香港北角渣華街一一〇號

電話：七〇七九二八

總代理：胡敏生記

地址：香港灣仔洋船街三十二號

電話：七二三四三七

# 中國事變回憶

## 日本侵華戰爭中的誘和工作

日本　今井武夫著
張如冰譯

### 講和條件早晚時價不同

一九三七年，上海「八一三」事變發生後，松井石根（大將）統率的「中支那派遣軍」八月下旬在吳淞附近登陸，中國軍隊英勇抗戰，一時戰事在上海周圍呈現膠着狀態。

就在這個時候，日本政府曾經託請德國政府出面斡旋和平，結果由德國駐華大使陶德曼於十一月六日訪問中國行政院院長孔祥熙，轉達日本政府提出的和平條件。日本稱之為「國交調整案」，其大綱如次：

中國事實上承認「滿洲國」；

締結日華防共協定；

中國停止排日；

日本停止特殊貿易，自由飛行。

十二月二日，國民政府自蔣介石以下白崇禧、唐生智、徐永昌、顧祝同等會議的結果、全體一致通過決定原則上接受。十二月七日，通知陶德曼說，在領土主權完整原則下，日本所提條件，可以作為和平談判的基礎。

但是，十二月十三日，日本軍隊攻陷了南京，日本政府隨即改變態度，把條件大大加重了。追加的條件是：

擴大華北、內蒙、華中的非武裝地帶；

承認內蒙自治及華北特殊政權，並保証日本在該地區內駐兵；

中國應負賠償責任。

附帶的條件是：

限於年內答覆；

和談地點由日本指定；

中國完全承認上述條件後，簽訂停戰協定。

十二月十二日，日本政府把上述要求通過駐日德國大使轉達，中國政府遲至一月十三日始行答覆，要求日本對於講和條件十一項加以詳細具體說明。

日本政府原以為中國政府會全面接受講和條件，這就大大失望了。

另方面，十二月十四日，北京成立了「華北臨時政府」，日本政府內部有些人認為可以把它培植起來成為將來的「中央政府」，主張不要再把蔣介石政權作為談和的對象。

為了決定這一「不以蔣介石政權為對象」的聲明案，一月十五日，政府和大本營舉行了連絡會議。在會議席上，近衛內閣的「交涉截止論」和統帥部多田駿參謀次長的「交涉繼續論」爭持頗為激烈。多田認為，在國際關係上特別是對蘇的顧慮，以及本身的國力問題上，都應該及早解決事變，主張繼續交涉，反對這一聲明案。但是，近衛內閣以引責辭職為要挾，多田終於表示讓步，於是，在一月十六日，日本政府發表了「不以國民政府為對手」所謂「近衛第一次聲明」。

### 董道寧高宗武的行踪

國民政府外交部亞洲司第一科科長董道寧，在南京陷落後，仍希望陶德曼繼續調停日華和平，從漢口到了上海。有一天，他同以前在南京認識「滿鐵」南京事務所所長西義顯取得了聯系，這是一九三八年一月間的事。

西義顯力勸董道寧到東京去，由滿鐵囑託伊藤芳男和同盟通訊社上海支局長松本重治介紹會見了參謀本部第八課長影佐禎昭。伊藤陪董二月間到了東京。董同參謀次長多田見面之後，影佐託董帶了兩封信，一封是給何應欽的，一封是給張羣的，經由大連回到上海。

那時，周佛海身任國民政府副秘書長，國民黨中央宣傳部長，還兼任大本營第二部副部長，周在南京陷落之前不久，曾經和「同志」之間密謀對日和平。政府遷都漢口後，周和外交部亞洲司長高宗武志同道合，藉蒐集對日情報爲名，在蔣介石許可之下，派高到香港活動。

高秘密到了上海，同剛從日本回來的董道寧碰上了頭，兩人偕同折回香港，在香港和西義顯，松本重治會商後，三月底相伴回到漢口，向蔣介石等人報告了在日本所得的印象，說是日本現在的確有了解決事變的誠意，採取道義的方針，至於日本國力方面，繼續戰爭下去還是綽有餘裕的。

周佛海聽了這些話，加强了他對日和平工作的信心，同國民政府的高層人士商量之後，決定不拒絕日本方面對和平的提議，在高宗武銜命到香港去的時候，蔣介石曾對他作了這樣的指示：「這次到香港去，可以告訴日本方面說，我們決不是絕對反對和平，但要先反共然後講和是辦不到的。只要能夠停戰，一定就會反共。」

這樣，高宗武就可以自由往來於香港和漢口之間了。四月中旬，高和西、伊藤等人在香港再度見面之後，高傳達了蔣介石的意旨，他說：只要日本的對華政策是着重在對蘇關係的安全保障和經濟發展的兩點上，中國是可以原則上承認的。但是，日本方面如果能夠同意下列各點：滿洲和內蒙問題日後再行協議；迅將河北和察哈爾兩省歸還中國；尊重長城以南的中國領土主權，行政的完整的話，那麼，雙方就可以先行停戰，然後根據上述原則，進行和平談判。高宗武並託西義顯把蔣介石的意見轉告影佐禎昭。

那時，日本軍隊正在徐州全力作戰，因此西義顯到東京得不到要領，空手回到香港，高宗武把這些情形遄返漢口報告蔣介石之後，六月中旬第三次再到了香港。

周佛海力勸高宗武親自到東京去同日本政府聯絡，表示對蔣介石方面他當負一切責任。但是，蔣介石似乎感到一種不吉之兆，突然取消了高宗武往來香港的許可，這是因爲蔣介石發覺日本正在執行前述近衛聲明，另找和平對象。

其實，高宗武事先已經從董道寧那裏得到了這個消息，蓄意即使叛變蔣介石，也要把和平工作攬下去。恰恰在這個時候，中支派遣軍爲了攻畧廣東，派人去同余漢謀聯絡，我（著者今井自稱，下同）也是其中的一人，我認爲這是促進高宗武他們工作的好機會。

我假稱是滿鐵囑託佐藤正，六月十七日乘船到了香港，和松本重治，伊藤芳男商量之下，力勸高宗武東渡。六月二十二日，高偕同伊藤搭「日本皇后號輪起程，七月五日抵達橫濱。我把聯絡余漢謀的事告一段落後，同中支派遣軍的大佐參謀高橋坦先離開了香港，比高宗武早兩天回到東京，七月六日同高見面，恰恰是盧溝橋事變的一周年。

高在東京同板垣（陸相）和多田（參謀長）會談的時候，我也參加，大家感覺到以蔣介石爲中心的解決事變方案似已無望，因此高更無所主張，只聽取了日方的意見。

高偕同伊藤七月九日從東京動身，回到香港之後，不敢再往漢口，就以療養肺病爲名留在香港，把在東京接洽的情形，寫了一篇報告書密給周佛海。

周佛海看了報告書，知道日方仍然希望汪精衞出馬攬和平，所以在報告蔣介石之前，先把這件事告訴了汪，汪主張把高的報告書送交蔣。蔣看了之後，交給張羣，要張轉給汪。

兩三天之後，蔣對秘書長陳布雷大罵高宗武，說：「高宗武這個混帳東西，是誰要他到日本去的？」

## 中國內部的和平運動

一九三七年七月，在廬山會議的時候

，周佛海曾經和胡適，陶希聖，梅思平等人商談，主張向蔣介石進言盧溝橋事變應持不擴大方針。大公報的張季鸞，中國青年黨的左舜生和中國社會黨的李璜先後會見蔣介石，陳述不擴大的意見，蔣不同意。當時周佛海和陶希聖都認為解決中日問題，除汪兆銘出面別無他法。

周陶二人逕向汪申述此意，汪初懷疑二人係受蔣命刺探，頗加警戒，二次見面時，二人披瀝誠意，汪始見信。

在蔣成立大本營時，胡適和國家社會黨的張君勱也曾同蔣談過幾次和平問題，蔣謂日本要求貪得無厭，今日要求滿洲，明日要求華北，進而再要求上海，廣東，亦意中事，本人非不欲和平，如果日本要求只限於滿洲，當負責與之和談，但誰敢作此保証？事到如今，只有全國一致，共赴國難。

那時，周恩來、朱德、葉劍英也到了南京，督促蔣介石繼續抗戰。

胡適外放駐美大使後，周佛海同一小撮的反對抗戰的「同志」，組織了一個「低調俱樂部」，宣傳和平理論。

南京陷落後，國民政府遷都漢口，德國駐華大使陶德曼調停和平既告失敗，日本政府又發表前述不以國民政府為對手的聲明，和平運動也就不絕如縷了。

周佛海當時任國府副秘書長，還兼任國民黨宣傳部長，以蒐集日本情報為名，在漢口組織了一個機構，高宗武充當主任。就在周佛海安排之下，高宗武遂往來於漢口香港，和日本方面取得聯系，有如上述。

周佛海是日本京都帝國大學畢業，高宗武是日本九州帝國大學出身，他們是在從南京撤退到漢口的長江輪船上相談之下，志同道合，結成為和平「同志」的。

## 所謂「日華協議紀錄」

高宗武留在香港，一面同西，伊藤繼續商談，一面同漢口，重慶內地的「同志」聯系。

梅思平從香港回到重慶和周佛海密商之後，向汪兆銘詳細報告了同日方接洽的經過，力促汪氏崛起。汪即指定高宗武和梅思平為中國方面代表同日本方面代表繼續接洽。

另方面，日本參謀本部各有關部門主任數人主張在日「滿」華三國道義和善鄰友好的基礎上，謀求東亞和平，由戰爭指導班的堀場一雄（少佐）起草一個「日華新關係調整方針」的方案。

影佐禎昭（大佐）那時剛由參謀本部謀略課長轉任陸軍省軍務課長，由他提議把這個方案送交陸、海、外、大藏（財政）等省有關各部當局會議決定，在會議上當然少不了有所修改和容納一部分反對意見。並經御前會議「決定」為不動的國策之後，即作為對汪兆銘工作的交涉基礎。

（日華新關係調整方針原文從畧—譯者）

十月二十七日武漢三鎮，二十九日廣東相繼陷落，我和西、伊藤、犬養健（國會議員）等人聽到陸軍部內對汪工作有搖動的消息，我們相約堅持原議加緊努力進行。

日本政府於十一月三日發表的所謂「近衛第二次聲明」，即預為進行「日華新關係調整方針」作地步。（聲明又從畧—譯者）

十一月六日接到香港的電報，梅思平和周隆庠即日起程來滬，我和西、伊藤因於十一月九日偕赴上海。周先到，梅是十一月二日從重慶出發，經由香港，乘船於十二日抵滬，隨着高宗武於十三日也到了。

梅思平携來了中國方面的和平基本條件提案，當然這個草案是在香港經過日華「同志」間共同協議擬就的，但在我還是初次見到。在會談的時候，彼此站在本國的立場，爭論頗為激烈，我對梅氏態度眞摯，很受感動，反而對高宗武過事隨和，有時竟傾向日本方面的主張，覺得奇怪。

我於十一月十五日携帶雙方協議的紀錄回到東京，恰好陸軍省和參謀本部的首腦正在陸相官邸開會，即向板垣（陸相）和多田（參謀次長）報告了工作經過，隨着和課長以下進行懇談，想不到竟有人說我受了中國人的欺騙。

討論的結果，終於由陸軍省和參謀本部共同決定以協議內容為基礎，强力推進日華和平運動，並派陸軍省軍務課長影佐和我（參謀本部主任）到上海充任協議紀錄簽字的日方代表，同行者還有西、伊藤和犬養健。

二十日午後七時，「日本協議紀錄」和「諒解事項」經雙方代表簽了字，同時還對「日華秘密協議」作了決定。

## 日華協議紀錄

昭和十三年（一九三八年）十一月二十日，日本方面代表影佐禎昭，今井武夫與中國方面代表高宗武、梅思平，就左列內容達成了協議。

（一）日華兩國為了排除共產主義的同時，從侵畧的勢力中解放東亞，實現建設東亞新秩序的共同理想，相互在公正的關係上，所有軍事、政治、經濟、文化、教育均基於善隣友好，共同防共，經濟提携三原則加强結合。因此，訂立左列條件：

第一條　日華締結防共協定。

其內容以日德意防共協定為準則，相互協力，並允許日本得駐軍防共，以內蒙地方為防共特殊地區。

第二條　中國承認「滿洲國」。

第三條　中國承認日本人有在中國內地居住，營業的自由，日本答應廢除在華治外法權，並考慮歸還在華租界。

第四條　日華經濟提携以互惠平等為原則，在實現經濟合作的同時，允許日本有優先權，特別是關於華北資源的開發利用，應予日本以特別便利。

第五條　中國應補償在事變中在華日本居留民的損害，但日本不要求賠償戰費。

第六條　協約以外的日本軍，日華兩國恢復和平後即時開始撤退。

但在中國恢復內地治安條件下，日本軍二年以內完全撤兵，在此期間，中國保証治安確立，所有駐兵地點由雙方會議決定。

（二）　日本政府在發表上述時局解決條件的時候，汪精衛等中國方面「同志」即宣佈同蔣介石脫離關係，聲明為建設東亞新秩序實行日華提携與反共政策，並相機建立新政府。

昭和十三年十一月二十日

日本方面　影佐禎昭　今井武夫

中國方面　高　宗　武　梅　思　平

## 日華協議紀錄諒解事項

一、第一條的防共駐兵包括內蒙以及為確保聯絡線的平津地方。其駐兵期限同於日華防共協定有效期限。

二、第四條的優先權，是指在列國同一條件的時候，日本有優先權。

三、日本協力救濟因事變而產生的難民。

昭和十三年十一月二十日

日本方面　影佐禎昭　今井武夫

中國方面　高　宗　武　梅　思　平

## 日華秘密協議紀錄

日華兩國為了建設東亞新秩序和鞏固善隣結合，約定今後實行左列各條政策。

第一條　日華兩國為建設東亞新秩序，相互實施親日親華教育政策。

第二條　日華兩國對蘇聯應設置共同宣傳機構，締結軍事攻守同盟條約，平時互相交換情報，駐屯內蒙及確保聯絡上必要地區之日本軍與駐屯新疆之中國軍協力合作，戰時實行共同作戰。

第三條　日華兩國共同努力從半殖民地位逐漸解放東亞，日本援助中國廢除一切不平等條約，並為此協力講求必要之措施。

第四條　日華兩國以復興東亞經濟為目的，實行經濟合作，其具體辦法另行研究。

前項經濟合作，適用於其他東南亞地區。

第五條　為實施以上各條事項，日華兩國設置必要的委員會。

第六條　日華兩國協力促致亞洲其他國家加入本協定。

——未完——

（譯者附言：譯文標題及各節小標題均未按照原著，同時對原文亦有刪節。）

# 胡適抗戰時的日記

如冰

（胡適博士成名後，反對孫中山，到九一八瀋陽事變後，他反對抗日，最好就是跟日本和平相處。自此之後，他在國內就受到愛國青年的唾罵，罵他是帝國主義的走狗。

七七事變後，胡博士仍不主張抗日，我們可以從他的日記中畧窺一二，胡博士的日記是他離開中國大陸時未及帶走的兩本硬紙面小筆記本，文字由左而右。一本是民國廿六年（一九三七年）七月二十日到八月六日的日記，一本是九月七日到十月十九日的日記，均非逐日連續紀錄。

這兩本日記在北京胡家流出市面，後來爲某一文化機構所得。一九五六年六月，友人某君從上海摘抄了一部份給我參考，今錄於此，以便讀者與拙文並閱。

廿六，七，二十。（廿六年即一九三七年）

上午九時爲最後一次茶會（按：即廬山茶話會）談的是教育。

我說話在最後，說了四點：——

1國防教育不是非常時期的教育，是常態的教育。

廿六，七，廿五。

我請布雷電告政府，要研究關于華北的一次外交文件，就使不能發表，亦應印成密件，使政府當局知道他們（按：指文件）的實在文字與意義。

廿六，七，廿七。

精衛先生約第二期談話會的一部分人聚餐，在聚餐之前有兩點鐘的談話，我亦在被邀之列，今天談的是對日外交問題，精衛宣讀中央寄來的一個長文件，敘述廿四年五月至七月九日的幾次軍事諒解——即所謂「何梅協定」的歷史。我極力勸他請中央發表此件。

華北消息大惡。

廿六，七，廿八。

早起下山。

在九江遇着陳布雷（下山）及張岳軍、曾仲鳴、顧一樵（上山）談時局。（按：張岳軍爲張羣，顧一樵乃顧毓琇）

今天消息驟變。宋哲元態度忽變，通電抗敵。

是日北方傳來消息更奇，我軍奪回豐台、廊坊、通縣。傍晚南京人民有放鞭炮慶祝戰捷的！

廿六，七，廿九。

早起始知北平事驟變，宋哲元全部退出，北平事全部交給張自忠維持。昨日南、北、西苑俱慘敗！

到美大使館赴Johnson約談。

到華寅生家吃午飯，見着Michon。

下午美大使館參贊Peck來。

友人來談者甚多。

與慰慈、馭萬、蔣、梅、諸位到Golf Club小坐，到老萬全吃飯。（慰慈張慰慈，馭萬是劉馭萬，蔣、梅爲蔣夢麟梅貽琦。）

廿六，七，卅。

到高宗武家吃午飯，在座的有蕭同茲、程滄波、裴復恒。此皆南京之青年智囊團也！

我們深談國事，決定了兩事：

（一）外交路線不能斷絕，應出宗武積極負責去打通此路線。

（二）時機甚迫切，須有肯負責任的政治家担負此大任。

我打電話與布雷，勉他作社稷之臣，要努力做匡過補闕的事。

廿六，七，卅一。

蔣先生約午飯。（按：指蔣介石）

在座者有梅、伯苓、希聖、布雷、蔣夫人，極難談話。（按：梅爲梅貽琦，伯苓乃張伯苓，希聖爲陶希聖，布雷爲陳布雷。）

蔣先生宣言決定作戰，可支持六個月。伯苓附和之。

我不便說話，只能在臨告辭時說了一句話：「外交路線不可斷，外交事應與高宗武一談，此人能負責任，並有見識。」他說：「我知道他。我是要找他談話。」

下午汪精衛先生到了南京，找宗武去長談。談後宗武來看我，始知蔣先生今午已找他去談過了。宗武談甚詳。

我們此時要做的事等于造一件Miracle（奇蹟），其難無比。雖未必能成，略盡心力而已。

·待續·

# 印尼漫步

楊勇

## 一

人人都知道印尼富；但，如非身歷其境，無論你怎樣富於想象，很難想到印尼天賦之厚，竟然厚到這般田地！上帝之於印尼，彷彿是一個最細心，最溺愛的父親在照顧他的寵兒。凡是兒子必需的，都儘量揀選最好的給他，同時，儘可能地減免一切災禍。而印尼就是這個寵兒。

印尼是個島國，全國有三千多個島嶼。大的如婆羅洲，蘇門答臘、爪哇、西利伯斯，新畿內亞等，小的比昂船洲大不了多少。環繞着這些島嶼的，正是赤道南北十多度的太平洋。這裏永無驚濤駭浪，長年波平浪靜，與香港維多利亞灣中相倣。印尼漁人駕了一葉獨木舟，掛上風帆，就可遠出打魚。雖然緊鄰印尼的菲列賓每年必有幾次颱風，印尼却不知颱風爲何物！點綴在海中的無數小島，又大都一片平蕪，浮出海面纔幾尺，就像杭州西子湖中的小瀛洲，湖心亭一般。很多是無人的，但仍然長滿了椰林，靜候人去採拮。

作者最近有緣至爪哇與峇厘兩島漫遊了五十多天。就遊屐所至，親目所見，這裏無論是平原，是高山，無處無花木，無處無田疇。所有的泥土，山上也好，平地也好，全是最肥沃的黑土，抓在手上滑膩膩，油滋滋，似乎榨得出油似的。更妙的是到處有泉水，山壁，土隙，處處可以看到潔淨的泉水沁出，錚錚流去。是以山地中很多梯田，種植稻穀，與我四川盆地一般。

印尼人植稻的方式與中國相同，水田中行列分明，比錫蘭等國先進，想來與華僑的指導有關吧。但是，印尼有迥異於中國的。在中國，種稻有一定季節，錯過了就難期收成。印尼却不然，你隨便到那裏農村，都會發現這一畦田剛分了秧，緊鄰着的一區却已收割，另一處說不定正在翻耕呢。這裏長年是夏，你什麼時候下種籽，它就什麼時候生長，不用耽心什麼節氣問題。中國的「年」是根據禾的收穫來的，印尼沒有固定的收穫時間，所以難怪有許多印尼人攪不清楚自已究竟幾歲！至於花卉，當然也是一樣，春蘭秋菊，同時並茂。玫瑰、薔薇、劍蘭、以及許許多多叫不出名的奇花異卉，有的草本，有的生於灌木，有的長於大樹，滿山遍野，姹紫嫣紅，競相爭榮。我常對華僑朋友說，如果天上眞有一位職司花開花落的百花仙子，她對印尼這個國家一定會皺眉，這般無時無刻不是百花齊放，寧不叫她忙得手脚無措了嗎？

我在印尼遊歷了十幾個城市，走了近一千公里。城市的建築，街道的平坦，窗飾的華麗，一般地說，香港自是超過印尼很多。爪哇的鄉郊，並不比新界遜色。公路兩旁，除了峭壁懸崖，往往屋宇相接，紅瓦白圭，映露於艷花繁葉之中，人煙不絕，並且到處有電力的照明。至少從椰加達到萬隆的一百八十公里中，公路兩旁比九龍到荃灣還熱鬧。爪哇一地，集中了人口的百分之六十，而面積僅爲印尼領土的百分之十左右，人口密度很高，即使在山地中，亦有很多居民。相形之下，峇厘就顯得人口稀落了。

無論在爪哇，在峇厘，無論在高山，在平原，作者沒有見到過一片荒野，或一座童山。除了距萬隆三十公里處的幾座石灰岩山峯，寸土不附，無法種植以外，到處是田，是芭蕉，是椰林，是茶山，膠園，或叢林。至於未及遊覽的很多地區，如蘇島，婆羅洲等，據久居那些地方的朋友說，天然條件，均不下於爪哇，而因地廣人稀，物產更富，簡直俯拾卽是。在婆羅洲的河流與湖澤中，差不多擠滿了魚。捉魚可以不用鈎釣網羅，用竹棒卽可打到魚。此外，礦產方面，石油比這裏的蒸溜水貴不了多少，每加侖約合港幣二角。餘如黃金，鑽石，莫不應有盡有，但有待開產者尚多。

印尼就是這樣的富庶；可是，這個國家的財政，偏窮得叫人無法相信，外債達廿三億美元之多，而十月中，國庫所存，據說僅八百萬美元，這是從何處說起呢。

## 二

許多人說，這是因為印尼人落後，懶惰，所以致此。

從表面看來，無人能否認這個簡單明瞭的理論。不過，世界上最簡單明瞭的理論，也往往是最靠不住的理論。印尼山地上到處可見的梯田，就是說印尼人懶惰的最有力的反證。世界上決不會有懶惰的民族而能開闢出這許多梯田的奇蹟。印尼固然得天獨厚，但梯田決非天生的，而是人民一寸一尺地將山地挖掘堆築出來的。同時，它又必須構建灌溉與排水系統，方能完成梯田的偉大工程。這難道不是印尼人勤奮墾殖的後果？又怎能指斥具有這種業蹟的民族懶惰呢？在印尼的兩個月中，作者又曾親眼看到，椰加達丹絨布祿的碼頭勞工，在某種鼓勵之下，一天之內，如期完成了他們普通三天還做不完的工作量。

印尼人目前一般的工作情形，無可諱言，的確有些懶洋洋的。這照我的分析，可能有兩個原因。主要的是他們三百五十年來，一直處於異族統治下。長期的殖民地非人生活，不允許他們有負責任何工商業機構的機會，更不用說政府內稍較高級的工作，也不允許他們有比較合理與富有的生活。他們在荷蘭主子眼中，只是兩腳的牲畜，有生命的機械，何嘗當作人看，永遠是被剝削的對象。幾百年的奴隸生涯，他們長期為荷蘭人作牛作馬，生產多了，也永不會分沾利益，又何必為主人勤奮工作？當然儘可能地懶惰。在那個悲慘的時期中，他們的生命與命運，整個掌握在異族殖民者手中，今天不知明天。因此，懶惰與得過且過，由後天的需要，逐漸成了習慣。獨立至今，還僅二十年，積重難返，自是不能立刻奮發振作起來。

這是亡過國的有色人種的共同的悲哀。曾經忍受歐美侵畧壓廹一百多年的我們中國人，對此應有無限同情，又安忍反加誹譏嘲笑呢？試看香港的同胞與國內同胞的不同的人生觀與心理，再想一想我們具有全世界最深厚悠久的文化基礎，而香港又淪為殖民地只及印尼三分之一的時間，就不難了解印尼今天的懶惰，決非與生俱來的劣根性了。歐美學者每好侈言「民族性」，以自炫上帝之選民，作為他們奴役有色人種的理論基礎；其實自欺欺人，並無歷史與生物學的根據。可憐的是我們偏有許多高等華人，却也人云亦云，深信這種謬說。

至於「落後」，作者初履印尼國土，看到丹絨布祿與椰加達的混亂，未嘗無此看法。但居留稍久，與印尼人接觸稍多，對此不無懷疑。落後是沒有文化的意思。一個文化深厚的民族，卽使短期內因某種原因，在科學與工業上比歐美稍差，只要環境一變，人民奮發，沒有不能發展這些物質文明之理。一九四九年後的中國，應是最好的例證。反之，一個物質文明，倖遇時會，特別發達，却缺少文化的指導，只是沙上建屋，雪中堆人，不僅不能維持久遠，抑且勢必危害人類，危害世界。歷史中不乏先例，這裏却不必多談了。

印尼人愛好藝術，無論音樂、舞蹈、雕刻、繪畫、建築、都有一定的水準。它受印度文化的影響很大，但它有它自己的風格，決非純粹的抄襲。如果把生活的藝術也代表一個民族的文化，則印尼人的衣、食、住，至少不比某些自稱為優秀人種，世界霸主的民族不合理。這三方面，印尼都表現出它的優點：舒適、符合人性。單以食物而論，日惹與巴當的食品，至少在老饕的作者看來，比天蓬牛排，白賁芋艿要高明得多，就是「熱狗」也並不比印尼點心好吃。在人民相處方面，印尼有一種善良風俗，叫「戈當、羅揚」，意思就是互助。調句文的話，就是孟子所說的疾病相扶，守望相助。一個村中，任何一家有了特殊一些的事情，全村都視力之所及，出錢，出力，出器材，共同幫助。這又豈是個人主義盛行的國家所能想象？這難道不是一種文化的具體表現？

這樣一個民族，如無外力干涉，好好發展，決不會長期落後的，更不是未開化的蠻族，也決非天生的懶種。

可是，獨立以來的廿年中，正如一個痼疾初愈的病人，起床之後，不免步履踉蹌，行動無力。他們到今日止，不客氣地批評，還是在學習自治階段中，一切尚未上軌道。最令人關切的是它的財政與經濟。作者在印尼曾訪問各階層，各行業，並請教許多久居印尼的老華僑。他們今天各行業的待遇，實在太低，低得太不合理，公教人員與軍警更是遠低於所謂「可恥的待遇」之下。私商機構的高級職員可能高到港幣八十元左右，工人每月工資，普通在二三十港元之間。而一個國營船公司的大港口分公司經理的月薪，約合港幣十五元。碼頭工人每天勞動七小時，工資僅港幣二角。軍警月餉港幣三元左右。而中央政府對這樣的開支，尚覺籌措艱難，聽說正在要各部「自力更生」，換言之，自闢財源！（未完）

# 袁嘉穀「同狀元」

湘山

民國三年（公元一九一四年）王湘綺入北京就國史館館長之職，他是清末的欽賜翰林院檢討，儘管他已是八十三歲了，對於一班翰林仍要修後進之禮。湘綺雖然是個老翁，但步履飲食，談笑諧謔，一如五十多歲的中年人。北京一班名士聞人，排日請他吃飯，吃到他飽膩了，過了些時，翰林大前輩要和他會會面（因爲他得賜翰林之後，從未入京，未幾清亡了），便約好日子請他到陶然亭雅集，還要賦詩。湘綺預先做好了一首五古。

袁嘉穀是光緒二十九年癸卯科翰林，未散館，他一經點了庶吉士之後，就應經濟特科，被取爲一等第一名，不待散館，即授職編修，仍仿鼎甲之例以優待也。是日袁嘉穀也有七律詩一首，現在只記得這幾句「車聲蘆蕩人如海；花影槐廳夢化烟。白髮漫談天寶事；金幢兼感壽昌年（自注：亭舊爲慈悲院，有遼壽昌幢）」詩極工切典雅，眞佳作也。

這次的經濟特科本來不是取袁嘉穀第一的，張之洞取了梁士詒第一等第一名，有人對西太后說梁士詒是「梁頭康尾」（梁是啓超，康是有爲），西太后在覆試時，叫榮慶閱卷，榮極賞識袁嘉穀，於是袁就「大魁天下」了。嘉穀字樹五，號南耕，雲南石屏人，官至浙江候補道，署提學使。有清一代，雲南向未出過一個狀元，雲貴同爲邊省，一向是所謂「文風不振」的（科舉時代所指的「文風」，係出狀元、進士、舉人），但貴州還出了兩個狀元（一爲趙以炯，一爲夏同龢），雲南却一個都沒有，現在出了一個「廷試」第一名的經濟特科，算是「同狀元」了。雲南人士就在昆明建一牌坊，上刻「大魁天下」四字，亦聊以慰情勝無也。

袁嘉穀何時去世，今不可知，據陳布雷的回憶錄，一九三五年陳隨蔣介石游昆明，雲南省政府主席龍雲設盛大的招待宴歡迎，袁亦在座，陳布雷在浙江高等學堂念書時，袁爲浙江提學使，陳布雷見到「同狀元」，執弟子之禮甚恭，博得守舊人士稱贊。

清光緒丁未政潮之重要史料

# 袁世凱致端方之親筆秘札

徐一士

光緒壬寅以後，兩宮歲常以春夏園居，三十三年丁未，西林入都授郵傳部尚書，余時方以詞曹兼部屬，一日，西林幕客同里高君嘯桐走告曰：「聞昨日召見軍機之後，慶王單起 此何事也？故事，樞廷獨對，必有非常處分，君常在瞿相邸中，寧有所聞耶？」余愕然無以對。高君曰：「此事關係至巨，宜急往淀園而叩其詳。」余諾之，次晨馳往，文愼方退食，余如高言以叩，文愼喟然曰：「爲贊帥耳。」蓋林文直在樞廷以方鯁取猷同列非一日，上意亦不悅，慶王獨對，即爲承旨擯文直出軍機也。旨下，授文直度支部右侍郎。故事，軍機大臣本秩已躋二品，出授卿貳顯爲左降，大駭聽觀，文直以邊省巡撫，驟入政地，實文愼左右之，及是文愼爲之力請，乃收回退出軍機之命，更降令不必到部，不知者以爲文直危而獲安，爲文愼得君未替之證，而不知非也。西林之入都也，面劾慶王貪黷，詞甚激切，台官方段芝貴暨奕劻父子之被彈也，道路沸然，多謂奕劻宜出軍機，春煊宜代世凱督畿輔。世凱所謂：「兄久有去志，甚願大謀或武進來代」云云，蓋得意語，亦痛定思痛之語耳。盛宣懷與世凱交惡，世凱對之，亦甚有虞心也。至謂「大老心地厚道，事理明白，聲望遠著」，「當今實無第二」云云，則慶袁交誼深固，奕劻甘爲傀儡，世凱利用之，其作此言並無足怪，趙啓霖輩直聲震一時，而謂「預爲布置」，「羣伏響應」云云，亦見政敵口吻。

春煊入覲時，面懇開四川總督之缺，並微示願留京之意，孝欽即曰：「你的事總好辦」，又指德宗而語春煊曰：「我常和皇上說，當年若無岑春煊，我母子安有今日！」遂授郵傳部尚書，其承眷如是。迨動於奕劻之危詞，屏而遠之而猶有念舊之意。春煊行至上海，聞鴻禨出政府，意頗遲迴，因稱疾不遽赴鎮，其後決仍蒞粵矣，而開缺之諭驟下，蓋又被中傷也。慶袁以春煊雖「眷漸輕，勢大衰」，而身膺兼圻重任，嚴疆開府，勢猶足慮，且東朝對之並未決絕，宜更爲斬草除根之計，據聞係遣其黨僞爲梁啓超（一說康有爲），與之同在上海時報館攝影（或謂即端方承旨所爲，一說蔡乃煌），由奕劻呈諸孝欽以爲佐驗。孝欽果大恚，遂罷春煊，且謂彼負我我不負彼也，上諭云：「岑春煊前因患病奏請開缺，迭經賞假，現假期已滿，尚未奏報起程，自係該督病尚未痊。而廣東地方緊要，員缺未便久懸，岑煊春著開缺安心調理，以示體恤，欽此。」翌年袁世凱開缺之諭，以足疾爲言，亦曰「以示體恤」，頗相映成趣。（戊戌翁同龢以軍機大臣協辦大學士尚書罷歸，丁未瞿鴻禨又以軍機大臣協辦大學士尚書罷歸，相距九年，亦遙遙相對。鴻禨同龢門人也。）

鄭孝胥時見目爲岑黨，而端方薦之，觀此札所云，當屬別有用意。惟世凱謂位置必將又[illegible]一步，而四月二十日即簡授安徽按察使，二十七日又調廣東按察使（均未到任），似更有原因也。

林步隨君跋此札，可資參印，茲迻錄於次：

江春霖趙啓霖又先後抗章彈其父子，而汪舍人康年主京報，譏詆尤力，士論譁然和之，上亦頗爲之動。一日慶王以疾乞假，文愼承旨，大后慨然謂：「奕劻年老，設遂不起，爾試思誰可繼其任者。」文愼請依故事用近支宗親，因舉醇王，太后頷焉。此事爲慶王及袁督所聞。袁慶素相結，朝士趨炎以圖自貴者，京津之間交午無虛日，聞之大恐。西林掌郵部 未履任，即劾罷侍郎朱某。到部之後，又嚴汰冗濫旗員。趙侍御彈貝子載振，雖獲罪，而載振卒不敢戀棧。初北洋候補道段貴芝進女伶楊翠喜於載振，穢德彰聞，袁實陰主之，遂得驟簡黑龍江巡撫。文愼文直皆侃侃以爲不可，而慶王已納其賕，悍然不顧也，詎意卒爲台垣所論劾而罷。若輩既自危，追求其故，以西林素爲文愼所厚，漢大臣中兩公皆得太后旨，非兩公聯翩去位，若輩不能安枕，又以江侍御汪舍人爲文愼門人，趙侍御爲邑子，疑彈章必文愼授意，於是密爲頃陷之謀以事報復，首以文愼與西林意在復翻戊戌前案，排去北洋謀歸政爲詞，其詞危聳，且依約附會，頗有跡象，最足中太后之忌。文愼嘗自恃得君，密請赦還康梁，至於再三，積前後事遂頗有疏疑之意矣。是日慶王之獨對蓋即密陳此說，先去西林使復督粵，假罷林文直事爲掩同列耳目計耳。文愼忠而忘危竟未之覺也。事後朝士始知之。今觀袁與端手札中，果有大老獨對遣出西林，及某樞不穩之言，並所進斥北洋謀歸政之說亦具在焉，不啻俯首自承此事本出密謀，外間雖能揣知其情，初無佐驗，及見此函，和盤託出，遂成千古信讞矣。項城此舉玩弄貴親，仇視士大夫，固不出其持祿養交之慣技，而立意追尋戊戌餘隙，不惜惡直醜正以敗壞天下事，則阮馬之爲禍於宏光，易世而後，思之猶有餘憤，此事關繫大局，爲近數十年史事一大關鍵，余既見聞眞確，不可以無紀。說者多云汪舍人洩漏文愼奏對之語以致禍，其實當丁未春夏之交，慶王眷已稍衰，觀西林之留京，載振之開缺，朝士已微知之，無待於洩漏，此蓋若輩中傷之計已售，特假某詞臣一疏，摭暗通報館一事，以爲發難之端耳。文愼忠謹素著，得君最專，豈有倚信七年之久，忽因漏一言而獲罷？況文愼之與慶王不協，上意亦非不知耶？某詞臣此疏，出侍郎楊某手筆，先欲賄台臣上之，皆憚清議無應者，繼重賂某，始得上焉，其事宜傳輦轂，士庶無不知者。文愼罷相，出都之日，由部備專車，朝士赴車站送行者甚衆，而楊某亦與焉，趨蹌之際，忽悚然却數行武，見者愕然稱異云。又楊翠喜之案，交醇王及孫壽州相國查辦，壽州主稿復奏，極力爲慶王父子洗刷，大爲士論所不與，高嘯桐尤憤切譏之曰：「壽州今爲天州矣！」此皆當時逸話，牽連記之。

袁督初求媚於文愼，無所不至，嘗自言當修門生之敬，文愼拒之。繼又請爲昆弟交，亦不納。是時京師權貴家有婚喪，輒由北洋公所委員供應帳飲之費，已成事例，乙巳文愼爲次子授室，援例以請，復進賀儀八百金，皆謝却之。袁既絕意於結納，不得不謀排擠矣。

丙午議改官制，袁入京主張最多，全案幾百皆其一手起草，文愼與司核定，隱操可否之權，袁亦知之，曾密請先示旨意，文愼陽爲推讓，袁不疑也。及奏上，竟用文愼言，不用內閣總理制，而令軍機大臣不兼部務，於是鹿傳霖、榮慶、鐵良、徐世昌一日並罷，文愼與慶王獨留，袁大驚愕，失所望，而朝列亦自此多側目，不及一年，遂不克安其位矣。文愼與袁齟齬，一在北洋創辦印花稅，一在北洋新兵歸陸軍部直轄，而官制亦其一，皆意在削袁之權也。七年之中，雖未嘗大行其志，而獻替實多，清史稿本傳云：「持躬清刻，以儒臣驟登政地，銳於任事。」頗得其實也。

文愼與張文達同里同榜至交，文達管學務實秉文愼意旨，而文達與袁頗暱，結交兒女親，文愼頗不謂然，兩家賓客，傳言過甚，不無微隙，及文達狼謬部，卒不堪袁黨某侍郎之揶揄，以致飲恨而歿，始悔不用文慎言也。又，故宮檔案中有丁未四月二十一日致端方電稿一件，（現存大高殿）文云：「南京　陶　西林假滿即出京，無他意，亦不容其旁覬。贊補度支，堅請解機務。聞今日邸有單起，恐政府尚有更動消息，外間謠言，有楊五之說。述，箇」。發電者之「述」，未知何人，待考，此電內容，亦可與袁札合看。至謂謠傳楊士琦入軍機，當時此說頗盛傳也。胡思敬「國聞備乘」卷三紀孫家鼐事有云：「奕劻既傾去瞿鴻禨，請以楊士琦代，孝欽欲用家鼐，及家鼐入見，叩頭力辭，言老病不勝重任。孝欽曰：「然則楊士琦何如？」家鼐力言：「士琦小有才，性資巧詐，與臣同鄉，臣知最稔，古所謂饑則依人，飽則遠飄者也。」孝欽頷之，遂不用士琦，仍召鹿傳霖入直。奕劻由是氣沮。」如所云，士琦之不獲樞直，由家鼐阻之。

「國聞備乘」卷二有云：「丁未六月，安徽巡警會辦徐錫麟，炸死巡撫恩銘，率黨刼軍械局以叛，布政使馮煦電奏至，舉朝大駭。奕劻欲因事擠去紹年，請出之以代恩銘。世續曰：「皖省事簡，今亂首已獲，遽出樞臣為巡撫，南人震驚，新黨互相猜疑，激成大變。馮煦辦賊尚好，以節鉞授之，必無事。」太后大悟，即升煦為安徽巡撫。」陳衍年譜卷五（其子聲暨編）是年有云：「是歲五月皖撫恩銘被刺，慶郡王奕劻長樞廷，請即以贊丈撫皖。后曰：皖藩馮煦辦善後甚妥，即以馮某補授，林某最候他缺。軍機大臣例約五六人旁行斜上跪帝后榻前，帝后語，前一二人得聞之。贊丈班居最後，后與慶邸語，全未知之也。既而遂命撫汴。」均言林紹年外授豫撫之前，奕劻已先欲出為皖撫，蓋鴻禨既去，紹年益不能安於樞垣矣。（安徽巡警學堂會辦徐錫麟槍擊巡撫恩銘致死為五月二十六日事。奕劻光緒二十年甲午即晉親王，早非郡王矣。）

林君跋語中，涉及高鳳岐。鳳岐曾為春煊幕僚，相善。此次政潮之後，以侍郎于式枚薦，應御史之試，廷試第一，弗予記名，傳為異事，亦慶沮之也。

（原文載民國二十六年，二月一日國聞周報第十四卷第六期）

·診·餘·隨·筆·

# 古代脈法之廢棄和影響

鄭康成周禮疾醫注云：脈之大候，要在陽明寸口，蓋以足陽明胃診府，以手太陰肺診藏。素問三部九候論云：帝問何謂三部，歧伯曰：有上部中部下部。靈樞動輸篇以十二經皆有動脈，惟手太陰寸口，足陽明人迎，足少陰太谿三部，獨動不休，較九藏為大，故以此三部為主。其後仲景書中三部，即據此而言，別為九候，分診九藏，合為十二經。其他古籍，都與此法大同小異，此古代脈法徧診全身之大凡也。

惟內經言，少陰脈動甚者姙子也。甲乙經與素問全元起本、皆作足少陰，而王冰本素問平人氣象論，誤作手少陰，醫家遂謂診手少陰神門穴，不必診足少陰太谿穴，即可斷定姙子之有無。又內經鍼法，於足厥陰肝，經云：男子取五里，女子取太衝，所以男女異穴，則以五里不便婦女之故。醫家因古法男女可以異穴，遂謂如診手脈，以代足脈，必更可便於婦女。加以齊梁以後，婦女不願診足，乃不惜枉道求售，以行其術，遂縮三部於兩寸，合九藏於雙手。又恐無正經可據，難以取信於人，於是在王叔和脈經中，竄入左手為人迎右手為寸口之語，有此人迎寸口兩名，則新法可以傅會古經，由是人人利其捷便，而古法罕有問津者矣。

夫古法三部以診全身，九候以診九藏，何等細密，何等周詳。今改用寸關尺之法，醫者密排三指於寸口以診之。誠如朱熹所云：診者之指有肥瘠，病者之臂有長短，以是相求，未得定論。其為簡陋，豈待煩言。醫家用藥困難，而病因之審察尤難，徒賴簡陋脈法，忽視全身診斷，捫燭扣槃，悉憑臆度，貿然投以藥石，安能望其藥到病除乎？內經有云，欲伏其所主，必先其所因，可使氣和，可使必已。西醫藥物尚少，檢查至精，治療未必萬全，診斷罕錯誤。吾國脈法簡陋，病因難以洞悉，師弟相傳，務用淡泊之品，以寡過而諉責，此中醫之所以不競歟？

·[illegible]·

# 七十年來之香港報業

麥思源

上述七十年來各報，若循環報、實報、華商總會報、工商報諸家，純乎其爲民辦者也。若中國報、世界公益報、商報、廣東報、新漢報、大光報、新聞報、香港時報、香港小日報諸家，則專爲發揮政論，或播傳宗教而設者也。各家派別，、大畧具此，至其中亦有因一時意見之爭，專設一報以自鳴者，然旋設旋輟，歷時不久，若此可謂之同黨糾紛，不足以云派別也。

計七十年來各報 其已停辦者 有中外報、粵報，維新報、捷報、郇報、香港新報、東報、晨報（民八年出版之香港晨報不同）、中國報、香港日報、世界公益報、公益報、實報、眞報、商報、共和報、廣東報、有所謂報、東方報（與現存之東方報不同）、少年報、人道報、社會報、新漢報、中國軍事報、中國英文報、民國新報、新少年報、中華新報、中華日報、新商報、仁報、現象報、時報（與民十八出版之香港時報不同）、中國新報、國是報、香港晨報、華商總會報、自重報、僑聲報、新聞報、中國新聞報、新國華報、明星報、香港時報、香港小日報、中華民報、華人報、國民新報、中國報、正報、南方報、中和報、天南報、遠東報、大同報、公論報、東亞報、靈通報等，共五十八家，其存於今者，共一十四家，如下表：

| 名稱 | 出世 | 歷年 |
| --- | --- | --- |
| 華字報 | 同治三年 | 七十一年 |
| 循環報 | 同治十二年 | 六十二年 |
| 大光報 | 民國二年 | 二十二年 |
| 工商報 | 民國十四年 | 一十年 |
| 華僑報 | 民國十四年 | 一十年 |
| 南强報 | 民國十七年 | 七年 |
| 南華報 | 民國十九年 | 五年 |
| 超然報 | 民國十九年 | 五年 |
| 東方報 | 民國二十年 | 四年 |
| 新中報 | 民國二十一年 | 三年 |
| 平民報 | 民國二十一年 | 三年 |
| 中興報 | 民國二十一年 | 三年 |
| 天光報 | 民國二十二年 | 二年 |
| 大衆報 | 民國二十三年 | 一年 |

統上所列舉，均屬日報，若夫晚報，則以民國五年之小說晚報爲始，民國十年，香江晚報繼之。嗣是華强晚報，南中晚報，工商晚報，中和晚報，天南晚報，循環晚報，相踵而興。計晚報今日所存者，祗有三家，曰南中，曰工商，曰循環而已矣。

## 、結論

叙述既畢，竊有感也，香港報等，始於咸豐八年，逮光緒三十三年，方有報界公會之設，中經四十八年矣。後逮民國十七年方有記者聯合會之設，中經七年矣。聯絡之誼，昔有未周，今後進而善之，斯同業應有之責也。

## 六、本報創造以來

本報發創於前淸同治三年，歲次甲子（林熙按：卽公元一八六四年），蓋先伯靄亭公所創造者也。靄亭公服務外交，曾迭充駐美使館參贊及古巴總領事等職，而當創造本報之時，正爲德臣西報任譯著之事，外觀於世界潮流，內察乎國民程度，知非自强不足以自保，非開通民智無以圖强。其時港粵報紙，正在萌芽，寥寥無幾，靄亭公乃決意創辦本報，期以世界知識，灌輸於國人，以國內政俗，報告於僑胞，使民智日開，而益奮其愛國之念，此其辦報之唯一宗旨也。惟其時印刷器具，尚甚缺乏，鉛字印機，購辦極難，籌備經年，始向教會中之西人，購得鉛字一副，惟印機仍缺，不獲已乃商於德臣西報之主任人，與之合辦，因得借用該報印機，並附設發行所，本報乃告成立。靄亭公自任編輯兼發行，而當時名流伍廷芳何啓兩先生，實爲之助，本報之得以成立，伍何兩公之力不少也。靄亭公又以德臣報固西文報也，故本報以華字命名，德臣報晚報也，本報則定爲日報，凡此皆所以示區別，而華字日報之所以得名也。創辦之始，篇幅絕少，出紙一小張，等於本報今日一張中四分之一，且出紙無定期；其後又擴爲一大張，而間日一出；亦越十餘年，然後規模畧備，乃改爲日出紙兩大張，且另闢編輯及發行所矣。既而靄亭公隨使美國，乃由其子斗垣先兄，繼續經理報事，報紙內容，日加擴充，銷數日見增益，如是者又歷有年所。其間斗垣兄以出任路礦等實業職務，報事或託人經理，或訂期批辦，而本報創辦之宗旨，固始終如一，且歷任編輯事者，如潘蘭史先生，賴文山先生，林子虬先生等，均曾以批評政俗，著敢言之譽，本報聲譽之日隆，蓋由來者久矣。至民國八年後，斗垣兄歸自滬上，復親自經理報事，紙張乃由兩張增至三張，內容紀載，如專電，專訪及一切著作，更增益充實，又延聘報界名流，主持筆政，報務更臻發達，至是乃盡行脫離德臣西報，旋且另組爲有限公司矣。自斗垣兄逝世後，止瀾繼續經理，日惟兢兢業業，堅守前人創辦本報之宗旨，期勿隳厥緒，更努力以求擴充之光大之，十年以來，增拓紙張（由三張增至四張），購置新機，改良印刷，幸藉諸同事之協力，及社會各界之愛護，得免於隕越，而營業更日有進步焉。若夫本報之紀載言論，恒旨於不偏不黨，與務求翔實純正，此固本報同人所永以自矢，而亦各界諸君所有目共覩者，固無俟止瀾之喋喋也。凡此皆本報創造以來之經過大畧也，創造至今，已七十又一年矣，篳路藍縷者，與繼續努力者，其勞固不可忘，而各界諸君之愛護本報，使得以永久不墮，其盛意尤爲可感。若七十年來之現代史實，尤多可紀也，於是有紀念特刊之發行，延聘名流，分任撰述，就七十年來國內外聞見之事實，以簡要之詞筆，爲有系統之紀載，更多附圖表，務使談近代史者足供參攷，藉以爲本報悠久之紀念，兼以答各界諸君愛護本報之盛意焉，此文本特刊發行之微意也。至本報歷年報紙，自光緒二十年冬，報館失火，舊存報紙，盡遭焚燬，今所存者，乃自光緒二十一年正月初七日之第八千六百一十八號之報紙始。迨本報籌備六十週報紀念時，曾懸獎徵求舊報，則亦僅得澳門柯氏某君，以同治癸酉年五月初十之本報一紙應徵而已。本報得復覩此舊物，固珍同拱璧，而此紙所載當時人事物情，亦當爲談吾國近代進化史，與人民生活程度推進情形者，所欲資以參攷，去歲廣州開市展會，本報亦曾攝影送會陳列，中外人士之參觀者，咸注意焉。今特以影本附印於本刊，並誌其經過如右云。

中華民國二十三年四月　　新會陳止瀾述

本報六十年前舊報攝影

同治十二年歲次癸酉五月初十日

（擇錄本日報內容）

**榮哀錄出售**

啓者本館現備有曾文正公榮哀錄係新自金陵刋刻其中首載公家書□通筆記一則讀之見公節概凜然直可光日月而壯山河後皆門下士及屬員輓祭文詞畧足以見公生平文正爲一代偉人勳業則李郭也德行則伊傅也一旦天不整遺木壞山頹能不令人生感讀此書則公之鬚眉恍然如覩矣今擬附於華字日報一同派售如欲觀者每部乞賜銀一錢八分未始非擴見聞之一助云如港中欲售者可至德臣印字館及中華印務總局省中欲售者可至聯廣記信館或問范卓卿先生特此佈聞仰希垂鑒　同治十二年四月十八日本館謹白

**中外新聞**

本港臬憲士美利大人前經喪偶今於初六日續娶〇西國有牛乳多以鐵罐裝貯運至

遠方出賣此雖不及新出之佳然其使氣味不壞色香如舊亦殊足以便人今蟹柯哥里有人以鐵罐儲牛乳一仿西國成法故購者接踵爭至其門如市云〇現聞京師已開設西法印書館其館在武英殿衙門前由香港英華書院購置大小鉛字兩副其價值計二千餘金黃君平甫親賚之至京師呈於總理衙門茲者總稅務司赫公丁君韙良先生又在上海美華書館代辦第一號正體鉛字暨字盤字架一切物件及機器印書架二架已由輪船寄送至京想不日可以開工所僱印書擺字皆四明人按活字版印書中國則始於布衣畢昇至康熙時之銅版乾隆時之木字聚珍版極為工緻至西國而用華字活版則始於英人馬施曼創行於檳榔嶼繼遷於香港近時上海美華書館以化學電氣之法澆製成字費廉而工速第京師既設有印書一局恐字不敷尚須鑿刻西人造為此字始用銅字陽模繼用銅字陰模然後以合模為範就爐澆製雖千百副字板可以取給不窮故既購鉛字又不可不置銅模也〇日本國擬於大坂埠倡設火輪車路直達溪柯都現已擇地立局招致工匠購置機器不日間興□今日長岐至橫濱已有輪車鐵路不過一日可達行旅無不稱便今又行之於大坂通國中皆可環行無滯矣其利便曷可言哉

**告誡**

啓者香港近有一等不法射利匪徒將本公司造之父羅列打香水私行□□以低偽之品混充希冀圖利哄騙客商本公司之父羅列打香水乃由美國紐約城蘭文金備專誠加料精製只此一家並無分出現在無恥者流將本公司招牌如法仿效以便易於售脫蒙蔽賜顧之人在買者意謂沽得眞實貨物而不知其實出於偽托也此等居心殊堪痛恨按假冒招牌者有犯本港一千八百六十三年所定貨物號式例則按此例可將其人送官究辦並可向之追討賠償以補虧缺由其假冒所致凡此沽買假冒公司之物必須自行檢點嗣後再不可製造以及發售如有此等弊端貽累非輕一定按例稟官從重嚴究買者亦宜細心提防勿為其所愚騙本公司自造眞貨每樽每包俱有蘭文金備字樣為記無此即屬假冒祈為留意辨別特此聲明同治十二年五月初十日　製造父羅列打香水人蘭文金備謹啓

**告白**

慳倫先生西國博學之士也現設館在亞巴顛街英華書院對下第十二號門牌專教英國及佛蘭西語言文字凡有人同志欲學者均請由朝早七點鐘至九點鐘到該館問便妥脩金相宜　同治十二年三月初八日啓

**京報**

署理兩江總督江蘇巡撫從張樹聲署理江蘇巡撫江蘇布政使臣恩錫跪奏為前明巡撫張國維重建專祠懇恩列入祀典春秋致祭恭摺仰祈聖鑒事（後略）·完·

## 翰林幽默

大年

同治末年，一個翰林名叫周蘭，做陝西甘肅學政，三年任滿，回到北京仍然在翰林院做他的七品編修官。那時候，京官很空閒，這班老爺終日無事就是吃酒看戲，捧優伶。周蘭是同治二年（一八六三年）癸亥恩科中的，他是浙江仁和（已歸併杭縣）人，字蘭友，號伯蓀，官做得不大，止於編修而已。但他的同年許振禕可不同了，他入翰林後，以編修歷官江寧藩司，河督，調廣東巡撫，在南京時，很有點惠政，人們說自他去後，江寧就沒有好藩司了。（他是江西奉新人，字仙屏。傳說辮帥張勳微時即在其家當小廝。）

周蘭捧一個唱小旦的張天元，天元倒也很聰明，人亦風雅，每日必到周太史家中學寫字做詩，兩人很親密，周太史叫他為「天兒」，以示親暱。後來不知為了什麼緣故，天兒不再到周蘭家中玩了。

許振禕繼周蘭之後，也做了一任陝西甘肅的學政，回到北京後，張天元忽然捨棄周太史而趨向許太史。有一次，周蘭的朋友戲問周太史道：「老兄近日有見到天兒嗎？」周蘭搖頭歎氣曰：「天而既厭周德矣，吾其能與許爭乎？」聞者叫絕，深佩周太史幽默，眼前事，能運用經傳典故，傳神阿堵，彷彿似之。原來這兩句是「左傳」裏頭的。鄭莊公攻入許國後，有人請他將許國據為己有，他不肯，就說了這一句。周蘭妙手偶得之。（北京話「而」「兒」同音。）

# 聯話

## 爲「洪憲紀事詩本事簿注」的輓聯補遺

本刊第廿三期「洪憲紀事詩本事簿注」中，有馮國璋挽鄭汝成聯、小鳳仙輓蔡松坡聯及陸哀反項城聯，都非全璧，尤其馮聯僅錄一半。這可能注者重史不重文之故罷？可是愛好聯語的讀者，未能窺全豹，不免悵然於懷。爰逐一補錄，以饜足愛好聯語的讀者。惟原注的馮聯，內有誤字，故不嫌重複，一併錄出。

南來成不世勛名，溯推轂殷勤，竊痛伯仁由此死；

東望失中流砥柱，聽迴潮嗚咽，千秋君叔尚如生。

上聯「伯仁由我死」五字（指原注的），係用王導悼念周顗語，很是現成；惟「我」字不能對下聯「如」字，故作者（指馮的捉刀人）易「我」字爲「此」字，才能對上。此聯對仗工整，情詞懇切，的是佳構，惟以輔佐漢光武中興的來君叔比擬屈從袁世凱盜國的鄭汝成，死的情况雖同，而死的價值實異，如以泰山比鴻毛，未免擬不於倫。

小鳳仙挽蔡的七言聯，原注謂「當時皆傳爲某髯手筆」，所謂某髯，是指順德詩人羅癭公吧？惟據我所聞，是出諸龍陽才子易順鼎手，羅癭公所代擬者，另有一聯，我能憶述如次：

萬里南天鵬翼，直上扶搖，那堪憂患餘生，萍水因緣成一夢；

數年北地燕脂，自傷淪落，贏得英雄知己，桃花顏色亦千秋。

這兩聯：易作言簡意賅，且以紅拂女自比，可謂意態雄傑；羅作不但情致纏綿，且有感慨，有身份，亦屬佳作。

當年「益世報」所載陸哀反項城聯，共有四聯，原註僅錄其第四聯，茲將所遺三聯，補錄如下：

鎮滬僅三年，將略無慚，請願奈何拍馬屁；

封侯酬一死，功勞有限，彰威是否爛羊頭。

籌安未安，殺機猝開，東南失長城，慰亭應否怨楊度；

封死者侯，與生人看，古今同一轍，孟德曾經哭典韋。

嗟我衆民，漸漸失卻公權，民主四年悲斷氣；

藉君一死，輕輕發現侯字，藩封五等慶還魂。

第一聯中「請願奈何拍馬屁」一語，殊非事實；蓋當時鄭未嘗參加請願團請願也，大概作者有下聯，因「爛羊頭」三字，一時無相當的對偶，便虛構其事，以「拍馬屁」對上吧？好在此係游戲筆墨，不必負傳信之責，但爲當時國人憤袁世凱的陰謀竊國，乃出以嬉笑謾罵之詞，一洩國人之憤，固無需根究事實也。

・罕波・

## 林庚白評張恨水

張恨水的成名小說「春明外史」，三十年前曾鬨動一時。這是一部章回體的小說，以北京爲背景，因爲「春明」是京師的代名詞，如國都遷南京或重慶，這兩地也可以叫「春明」的。

這部小說我未讀過，但友人林庚白說，書中有描寫徐志摩、陸小曼、王賡之處，可是描寫得不成功。徐陸王三人各有其特殊的個性。徐志摩是純粹「資本社會化」的浪漫詩人，而仍有其十之一「封建社會性」，小曼則十之二三，王賡則十之四五。「春明外史」所描寫的，簡直是一封建社會才子佳人、公子小姐，可說完全不似。

所評甚確。徐、陸、王已先後謝世，張恨水今尚健存。

・友谿・

# 世載堂雜憶續篇

劉禺生遺著
雋君注釋

## 多妻教與多妻制

四十年前與予妻 Daly Tiscott 結婚於美國渥陽州。該州無禁止東方人種與西女結婚條例，地近優脫州（Utoh），乃爲鹽湖之遊。鹽湖城，爲優脫首府，在萬山之中，人富膏原，家無陋屋，摩門教（Morman）大教堂在焉，美國多妻教也。教堂雄偉宏巨，鳴大風琴，聲聞數里，爲全美有名教堂之一。美國各州，皆行一夫一妻制，惟優脫州行多妻制，在優脫爲合法，出州則爲犯法。居民祖先，皆英國最早殖民，奉多妻教。自新教徒蜂湧入美，多妻教乃由大西洋岸逼移中部，組織政教，厲行多妻。摩門大主教，娶妻一百二十人，有死者，納一女補其數。予過珂格登時（Agdan），値大主教補娶第一百二十號少女，教主與少女，婚儀照片，爭售於車站。當晚住珂格登旅社，店主由東美來，亦奉新教者，告予曰：左近數十家商店，皆摩門教徒，盍往觀之。乃往隔壁餐室進膳。店中操算、執役、管事、皆中年少年女子，一美服男子，指揮諸女，意態融洽，諸女對男子，皆甚親近。歸寓，言之店主。則曰：男子，即諸女夫也。羣雌粥粥，不聞詬誶之聲，怪甚。詢及優脫選出合衆國上下議院議員，往華盛頓，能攜多妻否？曰：美國一夫一妻，有外妻者，皆隱事也。優脫議員，照合衆國法例，只有一妻，然運用之法極妙，或半月、一月，其居于優脫之妻，按期換班，來華盛頓接替，諸妻往來不息。故優脫籍議員之妻，在華盛頓者經常人面不同，肥瘦各異。又詢摩門教究竟意義何若？曰：摩門自謂世界男女比較，男少而女多，一夫一妻，怨女向隅者衆，有負上天好生之德。不如行多妻制，男子不致因一妻之故，財力有餘，而流入邪行，輒于法紀。女子得所憑依亦不致操淫佚游蕩之業，惡疾傷命，有益社會甚多。摩門教徒，自言如此，不特爲宗教中之怪言怪行，亦屬自詡爲文明國家之美國荒誕不經之醜事也。優脫舉州皆摩門教，無敢言教義之非，環該州各州，亦有其潛勢力云。予離美三十年矣，來華者言，摩門教近大改善，多妻之盛，雖迥異疇昔。而美國官僚富商，流氓而至藝術家，多有外婦，名爲秘書，實則情侶。昨晤梅縣陳樂石，自西美歸國，遊好萊塢，曾憩予家，帶交予妻與子女兒婦所贈照片函件物品來，故憶及之。

## 美國兩大奇案

美國有大富豪某，經商開廠，遍于當時四十八州，終年巡迴各州，特製大型汽車一輛，中有臥室、書室、廚房，窮極華麗。並于每州置大厦一所，娶美婦一人。美國法律，如本婦不起訴，法院不能提出重婚罪，屬于告訴乃論之法。此富商所娶諸婦，利其金錢贍養，亦無違言。但在加利福尼州所娶之婦，受人慫恿，訴某重婚罪多起。法院傳某至，搜集人証物証，將各州所娶之婦，傳集到庭，觀者如堵。唱名問訊，如第一號紐約結婚婦某，第二號波士頓結婚婦某，依號傳訊，凡三十餘人。每人每號，新聞記者特爲攝影，翌日，三十餘之妙相，遍布全國。所未到庭者，僅爲渥脫州結婚之一婦而已。後判決，某犯多重重婚罪，判處徒刑五年至十年。所娶各婦，判每人領贍養金二十萬元。某獨申請以百萬元，專給渥脫州之婦，嘉其不來作証人也。

紐約又有一資產階級某，娶大市儈之女爲婦，兩家皆蓄巨資，家庭和諧。生一子，睛髮唇鼻，體黝如漆，與黑人絲毫不爽。男家謂必私通黑人，故生此子；女家則謂女無失德，即女不肖，何至愛及異族？涉訟年餘，無法解決。後有一生物學家，詳細調察兩家祖先血統世系，察出男家五世祖母，含有黑人血統，又查出女家五世祖先，來自美洲南部，亦有黑人血統。人種學所謂五代歸宗者，五代遞變，全失本相，至第六代，全返原始，故產黑兒。又取生物學中動物變種爲証，案始定。送婦人及黑兒歸家，婚媾如初，法院判決書中有一奇語曰：「此案罪在祖先，與本身夫婦無涉」。

## 楊守敬瑣事

宜都楊守敬惺吾，曾從黎庶昌隨使日本，得遍閱藩府故家所藏中國舊籍。庶昌刻「古佚叢書」，守敬刻「留眞譜」，皆日本宋以來所獲密本也。時日人對宋刻本，不甚愛惜，楊借閱一部，即就中撕下一頁，積久宋版數百部，每部皆缺一頁。楊氏歸國，影刻「留眞譜。」其後日本漢學復興，發覺楊氏撕書，大恨。日人購得皕宋樓藏書，及聊城楊氏，揚州吳氏零星宋刻，在東京開大會，曰：今日有以報楊守敬撕書之恨矣。

守敬居武昌長堤，與柯逢時鄰近。楊得宋刻大觀本草，視爲珍本。逢時許重價代售，許閱書一晝夜，即還。柯新自江西巡撫歸，吏人甚衆，盡一日夜之力，鈔全書無遺漏。書還楊，曰：「聞坊間已有刻本，不數月而大觀本草出售矣。」楊恨之刺骨，至移家避道，視若仇讎，終身不相見。鄉人曰：「楊一生只上過巽庵大當。」

守敬書聯，潤金五元十元不等。每嫁一女，寫聯千副爲壓箱。守敬死，其子匿其聯，至兄妹涉訟。守敬自日本歸，多得宋元明刻本，又與莫郘亭諸老輩及近代藏書家最善，多獲善本。其所藏書，每標識晛時價值，又書明將來價值須以三四倍計算，俾後人不至賤售。次子秋浦，官性重，嗜賭如命，常與予輩縱博，輸則歸家，仍照舊價售書。秋浦死，宋元本多爲日人購去，餘歸北京圖書館，守敬藏書蕩然矣。鄂名儒陳詩，訓子弟藏書勿失，鄂諺云：「陳古愚遺子黃金滿籯，不如一經，楊惺吾則遺子黃經滿籯，不如一金。」

儁君注：楊守敬，字惺吾，湖北宜都人。出身舉人，善考証，精鑒別，尤擅輿地金石目錄。著作豐富，已刋行者有：水經圖，水經注，楷法溯源，歷代地理沿革圖，隋書地理志，禹貢本義，日本訪書志，續補寰宇訪碑錄，叢書舉要，留眞譜，錢錄等。曾任兩湖書院、存古、勤成等學堂教習。隨黎庶昌出使日本，以賤價購得中國流出宋元明古籍歸國。黎庶昌，字蒓齋，貴州遵義人，出身廩生。同治間上萬言書，以縣令發兩江，官至川東道。兩次出任駐日本大臣，影鈔唐宋舊籍，編成古逸叢書。皕宋樓，爲浙江歸安陸心源藏書之所。陸刻有十萬卷樓藏書，著有皕宋樓藏書志。聊城楊氏，指山東聊城楊以增。楊藏書數十萬卷，築海源閣藏之，刋海源閣叢書。其子紹和，撰楹書隅錄，別築宋存室，以藏宋元精刻本，爲北方有名藏書家，與常熟瞿氏鐵琴銅劍樓並峙，世有南瞿北楊之稱。柯逢時字懋修，號巽菴，湖北武昌人。光緒九年癸未科進士，散館授編修，官至廣西巡撫。郘亭，即莫友芝，字子偲，貴州獨山人。出身舉人，少喜藏書，通蒼雅故六藝名物制度金石目錄，與遵義鄭珍齊名，著作頗多。陳詩，字愚谷，號大桴山人，湖北蘄州人。出身進士，官工部主事，有大桴山人偶存集，湖北舊書等。

（三）

# 釧影樓回憶錄

天笑

還有一件可笑的事，進學以後，要向親友人家送報單。那種報單，是用紅紙全幅書寫的，另有一種人，專門書寫那種扁體的宋字，上面寫着：「捷報貴府□□（以上是尊卑稱呼）少爺□□□（以上是新秀才姓名）蒙江蘇督學部院□（學台的姓）高中蘇州府吳縣第□名……」到那一天，兩個報房裏的人，一個背了許多捲成一束束的報單，用了一面鑼，嘡嘡嘡的敲到人家去；一個提了一桶漿糊，在人家牆門間，或是茶廳上，高高的貼起來。人家也以爲某親友人家的子弟進了學了，算也是榮耀的事，未便不讓他們貼，而且還要發一筆賞封。這項賞封，不過數十文而已，然積少成多，亦可以百計，報房之樂於爲此，正爲此賞封也。鄉試中了舉人以後，也有報單送與親友，不過顏色是黃的了。

我此次進學，也花費了數十元，都是母親在籌劃。雖沒有開賀，但幾家至親密友，都送了禮。舅祖清卿公，送了八元，那是最濶氣的了，巽甫姑丈送四元，館東張檢香，也送四元，此外送二元，一元的也不少。從前送禮，不比現在，凡遇慶弔，送一元已算豐厚，若送四元，比一擔米有餘裕了。因此也勉强敷衍過去。最高興的是我的館東張檢香，連忙把每月束脩兩元的，加到了每月三元，那也是蘇州處館先生的升級條例呢。

自以爲榮譽的出去應酬，穿上衣冠，紅纓帽上，正正式式的戴上一個金頂珠（其實是銅的）。以前我在未進學以前，出去應酬，也戴一個金頂珠，那是非正式的，僭越的（按，淸制：一品爲紅珊瑚、二品爲鏤金珊瑚、三品爲藍寶石，（俗稱明藍）。四品爲靑金寶石（俗稱暗藍）。五品爲水晶，六品爲硨磲（俗稱白石）。七品至九品，皆爲金頂珠）。所以不要看輕這一個金頂珠，自秀才、舉人、以至新翰林，都戴這一個金頂珠。

我這一次同案中，有許多中舉人，中進士的，我已經記不起他們了。只有一位單束笙先生（鎮），他中了進士後，即放部曹，民國時代，曾經做過審計處處長，直到大家老年時候，方纔認識，同住在上海時，時相訪問。還有一位歐陽鉅元，也與我同案，此君早慧，十五歲就進學。他不是蘇州人，曾爲蘇人攻其冒籍，後有人憐其才，爲之調停。旋至上海，成一小說家，筆名茂苑惜秋生，李伯元延之入「繁華報」，有人謂：「官塲現形記」後半部全出其手，罹瘵惡疾，不幸早夭，年未及三十歲也。

## 記徐子丹師

我進學以後，未到半年，巽甫姑丈又約我去。他從前不是說過的嗎？無論取進不取進，要給我介紹一位老師，不要以爲進了一個學，就此荒廢了。他說：「一個寒士，不能與富家相比。有錢人家不能上進，是沒有關係，反正家裏有產業，守守產業。管管家務，一樣的很舒服。而且現在即使考不上進，還可以捐官，捐官直可以捐到道台。貧家可不能了，要用眞本事換來。你父親早故，祖母年老，母親勤苦，企望你甚殷。倘然在科舉上能再進一步，豈非戀了堂上的心。因此我覺得這敲門的磚頭，還不能丟棄」。

，我聽了姑丈的話，頗為感動。我想：現在眞弄得不稂不莠了。再去學生意，年紀已大，學生意大概是十三四歲，最為適宜。給人家當夥計，誰要請一位秀才相公來做夥計，而且誰敢請一位秀才相公來做夥計呢？我的前途，注定了兩件事，便是教書與考試，考試與教書。在平日是教書，到考試之期便考試，考試不中，仍舊教書。即使是考試中了，除非是青雲直上，得以連捷，否則還是教書，人家中了舉人以後，還是教書的很多呢。讀書人除此之外，難道再沒有一條出路嗎？

巽甫姑丈給我介紹的這位師長，便是徐子丹先生（鋆），他也是一位廩生，博學多才，大家以為像徐師那樣的學問，早應該高發了，但他却是久困場屋。他年紀也差不多四十五六歲了，也是在家裏開門授徒。不過他的學生都是高級的，除了在他案頭有幾位以外，「走從」的很多。所謂「走從」者，就是每月到他那裏去幾回，請他出了題目，做好文字，再請他改正了。

我也是在走從之列，言明每月去六次，逢三逢八，便到他那裏去。但是徐先生聲明：不要我的脩金。我說：孔夫子也取束脩，所以說：「自行束脩以上，我未嘗無誨焉」，怎麽可以不要脩金呢？巽甫姑丈說：「你不要管！我和他的交情夠得上，你自己所得微薄，不能再出脩金，而徐先生也曉得你的境况。他是一位有道德有學問的人，並且最肯培植後進，你見到他就知道了。」

徐先生不是一個儀容漂亮的人，而是一個樸素無華的人。他頭頸裏又生了一串瘰癧（蘇人稱為癧子頸）。因此頭有些微側，蘇州的一班老友中，背後呼他為「徐歪頭」，可是當時徐歪頭之文名，也為人所傳述。第一天拜師，徐先生很為客氣，加以慰勉之詞，大概巽甫姑丈把我的近時境况，都和他談過了。當天他出了兩個題目，我記得一個是孟子上的「非無萌蘖之生焉」一句，一個是論語上的「使民以時」一句。上一個題目，在行文上有些技術性的；下一個題目，可以發揮一篇富瞻的政論。

教我做這兩篇文字，原是測驗我的程度的，兩篇文字交卷了，徐先生說：對於「非無萌蘖之生焉」一文，做得不差，有兩股他還加以密圈。對於「使民以時」一文，他覺得頗為平疲，很少發揮。原來前一題，看似枯窘，但那是虛冒題，着重在「非無」兩字上繞筆頭，前經巽甫姑丈出題，已做過了好幾回，頗能學得一點訣竅。那「使民以時」這個題目，極容易寫文章的，而且可以使你大大地發揮的，但題目太容易，反而使你寫不好出色的文章。若能敷佐詞華，包孕史實，也可以成為一篇佳文。

實在我書倒看得不少，却是毫無理緒，又不能運用自如。在徐先生那裏不到一年功夫，確是頗有進境。考平江書院卷子，常考超等，至少也考一個特等。考紫陽書院卷子，也可以考一個特等，一個月，這一筆書院膏火，也有兩三塊錢，不無小補呀！另有一個正誼書院，它的月考是，「經解」與「古學」，所謂古學，即是詞章之學。在這兩門中，經解我不喜歡，嫌其破碎支離，詞章我是性之所近，很願意學習的。原來徐先生的詞章功夫是很好的，我便請教於他，請他出了兩個賦題，我便學做起賦來。

但是那個時候，中國和日本打起仗來，而中國却打敗了，這便是中日甲午之戰了。割去了台灣以後，還要求各口通商，蘇州也開了日本租界。這時候，潛藏在中國人心底裏的民族思想，便發動起來，一班讀書人，向來莫談國事的，也要與聞時事，為什麽人家比我强，而我們比人弱呢？為什麽被挫於一個小小日本國呢？讀書人除了八股八韻之外，還有其它應該研究的學問呢？

我那時雖然仍在徐先生處，學習詞章之學，覺得駢四驪六之文，頗多束縛，倒不如做一篇時事論文，來得爽快，也曾私擬了一二篇，却不敢拿出來給人家看，自然是幼稚得很的。但是當時許多老先生是很反對的，他們不許青年妄談國事，尤其是去看那洋鬼子們的種種邪說，這都是害人心術的，這都是孔門所說的異端。他們說：這些學說，都是無父無君，等於洪水猛獸。當時的父老們，禁止我們看新學書，頗似很嚴厲的，但我是一個沒有父兄管束的，便把各種新出的書，亂七八糟的胡看一陣。徐先生雖然知道了，也不加深責，因爲那時的風氣，已漸在轉移了。

過了一年，徐子丹先生就館到費圯懷（念慈）家裏去了。原來費圯懷本是常州人，却在蘇州桃花塢新造了住宅，預備長住在蘇州，於是延請了徐先生，教他的兩位公子。我那時仍舊走從他，本來常到王先馬巷徐先生家裏去的，現在改到桃花塢費公館去了。這兩位公子，一號子怡，一號叔遷，他們當時年紀還小。這兩位老同學，到後來在上海方才敘舊。叔遷忙於做官，不大晤面，子怡往來蘇滬，且在上海亦有住宅，因此時相過從，有許多他的朋友，也是我的朋友。

有一次，我從上海回蘇州，在火車上與子怡相遇，他問我：「到蘇州住在那裏？」我說：「住在表弟吳子深家，也在桃花塢，與府上是街坊。」他唯唯。但到了明日，他到吳家來，說：「明日中午，家母請老世兄便飯，務請惠臨。」原來費圯懷先生的夫人，乃是清代狀元宰相徐郙、徐頌閣的女兒，據說費圯懷頗懼內。曾孟樸的「孽海花」小說中，曾經調侃過她，說有一次，江建霞太史去訪費，他夫人疑江爲北京唱戲的相公，操杖逐之，以江年輕漂亮，雅好修飾故。實在孟樸的「孽海花」，以小說家言，不無渲染故甚其詞也。

我頗錯愕，以費老夫人從未見面，何以請吃飯呢？如期而往，亦有三五客在座，費太夫人出見，雖老，而體頗豐腴（她有二子二女，都是胖子），我執世姪禮甚恭，子怡說：「家母欣賞吾兄之小說，故極欲一見」云云，我急慚謝。既而我想：我那時正預備寫「留芳記」小說，而費家的軼事亦正多，她怕我再如「孽海花」一般，把她們牽涉進去吧。

我又說到後來的事了，如今且說我向徐子丹師受業的第三年，他在本年的鄉試，中式了舉人了。先是，巽甫姑丈曾談及：「徐先生今年秋闈，是背城借一之舉了，他年已近五十了，大概此次是志在必得吧。」我因說：「以徐先生的文才，早可發科，何以蹭蹬塲屋？」姑丈說：「他的學生，已有兩個中舉了。」我覺得姑丈之言，似乎所問非所答，後來有人告訴我，這兩個學生，是徐先生代筆給他們中式的。人言如此，我也未敢信以爲眞。

明年會試，徐先生連捷中了進士，殿試三甲，外放在山東做了三任知縣，也沒有得到了好缺，就此故世在某縣任上。宦囊不豐，淸風兩袖而已。一位讀書明理，而藹然仁者，那裏會多得錢？但徐先生是我的恩師，我受了他的教誨，方有寸進，而從學了他兩年多以來，他不肯取我一點脩金，他對於別一位學生，從未有此，此種恩義，眞使我沒齒不忘的。

## 求友時代

我從二十一歲起，可稱爲我思想改變的開始。那正是甲午中日開戰，我國戰敗以後，有些士子，都很憤激，而變法自強之說。一時蠭起。這些主張變法的知識階級，人家稱之爲維新黨，我當時也很醉心於維新黨，以爲除非是這樣，方足以救中國。

但是那時候，科舉還沒有廢，一個士子的出路，還是要靠考試，而考試還是要做八股文。我在徐子丹先生教導之下，本年歲試，居然考取了一個一等（那次題目是「有不虞之譽，有求全之毀」兩句），那倒是規規矩矩的八股，不是瞎扯的散文了）。但我這個一等，只可稱之爲「矮一等」，吳縣共取一等十六名，而我的名次則爲第十一名（按，秀才歲、科考、例分一等、二、三等，科考可以不到，而歲考必須到的）。照例，考了一等，可以挨次補廩，而在我們吳縣補廩，非常煩難，往往考了前三名，也一時補不着廩。因爲它是有名額的，要遇缺即補，甚至有用賄賂之法，買缺出貢的。至於矮一等，想也休想了。

然而雖是矮一等，親友間却予我以厚望。其時即使是做八股文的，也風氣一變了，不能規規矩矩的依照先正典型，往往野頭野腦，有如野戰軍。並且那些當考官主試的人，眼光也變換了，專取才氣開展的那一路文章，不大墨守以前的準繩。

（廿六）

# 洪憲紀事詩本事簿注

劉成禺遺著

駐日公使陸宗輿電稱籌安會召亂，請取締，又函致國務卿力爭。

梁病瘧，有人訪之曰：「君欲緩五路參案，只須爲帝制出力」。梁乃起而組請願團。參案卽無形打消，人方知五路案卽帝制之反筆文章也。楊度以梁攘其功，甚憤。及袁特派左丞楊士琦蒞參政院對請願發表宣言書發表後，楊度忽夜間來訪，謂吾之於總統，不若君交情之久，今忽有不合事宜之論，究竟總統性情何如，請見告。余曰：「然則君須以此事主動告余，乃可討論。」楊謂吾本欲囘湘，午詒云：總統有大事，須汝出頭。實則我亦被動，非主動。但因向主君憲之說，故願爲之，今何以有此異言？余曰：「吾告汝二事，一爲前淸預備立憲，一爲蘇杭甬鐵路，皆事前堅拒，事後翻然變計。公爲此事，將來誅鼂錯以謝天下，公之首領危矣。」楊聞悚然。翌日朱桂華等約楊談話，其意蓋又有人嗾之矣。

十三日余請病假，在寓草密呈，中有句云，「稱帝王者萬世之業，而秦不再傳，頌功德者四十萬人，而漢能復活」等語，卽日繕呈，迨晚閱報，已有「不得不犧牲子孫」之語，遂成死着，哀哉！

蔡鍔之密本在經界局某秘書處，故未被搜獲。蔡鍔行後，軍事處數日必接其手書，蓋遣一學生到日按期郵遞，故不疑其他往也。

二十五日國務會議，項城云：「雲南自稱政府，照會英法領事，脫離中央。此事余本不主張，爾等逼予爲之。」衆默然。余因彼等疑余與蔡有連，遂云：「宜電川湘防邊，一方令馮聯合他省勸告罷兵」。頗動聽。退後又傳周自齊入見，翌日又變計用兵矣。周君學熙秋間談明年財政，除還內外債外，可餘五十萬。帝制起，戰事亟，本年卽有不兌現之計，可不懼哉！先是日本公使日置益入覲，主復辟，其理由以中東兩國近鄰，若君臣易位，與天皇不無影响。是時梁士詒太息，周子廙不能去，帝制不成矣。

取消帝制日項城召余曰：「予昏憒不能聽汝之言，以至於此。今日之令，非汝作不可」。因出王式通原稿示余。乃曰吾意宜徑令取消，並將推戴書焚燬。因曰：「此事爲小人蒙蔽」。袁云：「此是余自己不好，不能咎人」。猶是英雄氣概也。以上仲仁袁幕日記抄示原稿。

陳二菴（宧）見袁於豐澤園告密，謂仲仁與梁燕孫均反對帝制計劃，時以最重要消息，暗中洩露於日本使館。今日日本使館舉行天皇天長節，燕孫已往，請極峯注意。項城乃留二菴午飯。項城乃命阮斗瞻（忠樞）來秘書處點名，視燕孫在與否也。時燕孫未來辦公，亦不在家，乃以電話告梅蘭芳，使尋燕孫告之，促其卽刻來府。

徐世昌、孫毓筠、段芝貴三人往勸袁取消帝制，以應危急。袁曰：「取消誰負此責任？」段曰「有副總統在」。袁曰「他能擔得了嗎？」

汪伯唐（大燮）孫幕韓（寶琦）、楊杏城（士琦）與段合肥打麻雀，窺段對帝制贊成與否。忽而楊去，因袁有電話也，杏城歸云：「項城病甚重，一旦不諱，後將如何？中國危殆宜有豫備」。段云：「有副總統在」。汪孫皆默然。段乃自呈請免去陸軍總長。往西山。

一日項城召予有要談，即往居仁堂。項城曰：「湯濟武因製國歌與諸人意見相左，大鬧脾氣，辭職而去。今欲汝任教育總長」。予知帝制諸人，不願予掌機密，予亦自得清閑，免起爭端。洪憲縉紳，予在教育部始終阻其頒行，頗爲朝士所不悅。

項城取消帝制時期，與予最親，有一日召予三次談話者，實則並無若何重要話談也。一次項城曰：「吾今日始知淡於功名富貴官爵利祿者，乃眞國士也。仲仁在予幕數十年，未嘗有一字要求官階俸給。嚴範孫與我交數十年，亦未嘗言及官階陞遷。二人皆苦口阻止帝制，有國士在前，而不能聽從其諫勸，吾甚恥之。今事已至此，彼推戴者，眞有救國之懷抱乎？前日推戴，今日反對者，比比皆是。梁燕孫原不贊成，今日乃勸予決不可取消，謂取消則日望封爵封官者皆解體，誰與共最後之事，尚不至首鼠兩端。彼極力推戴，今乃勸我取消，更卑不足道。總之我歷事時多，讀書少，咎由自取，不必怨人，只能與仲仁談耳。誤我事小，誤國事大，當國者可不懼哉。」觀此，人之將死，其言也善，項城能出此言，畢竟是英雄本色。

予問仲仁，當日王書衡與先生謁項城，一句鐘內稱六十臣，信否？仲仁曰：「外間傳聞如此，稱臣雖多，我何從記其數目。」臣辭二字，不過當時諧調，誰意竟成典故。（以上仲仁先生在蘇州家中招予午飯席間談記。）

孫中山先來，孫去而黃克強來。項城與孫黃談國事甚勤，有至深夜未散者，孫與項城計劃最多。孫受全國鐵路督辦之命，項城甚喜，常語人曰：孫中山眞能下人以國事爲重者。民元秋後，裂痕始現，予皆目及。項城民元事事依照約法，君尚記臨時參議院各部總長三次全案不能通過之事乎？一日君與張伯烈、時功玖謁項城，項城召予同席，共議解決之策。項城曰：「約法將政府捆死，如第四次全體不通過，我只有對全國人民辭大總統職。」君與時、張謂項城曰：「大總統當細看約法，自有辦法。」項城乃取約法從頭至尾朗誦一遍，曰無辦法無辦法。君與時、張曰：「請大總統再研究。」項城乃召法律顧問施愚、李景和列席，商約法中提閣員一條。皆曰無辦法。君與時、張謂約法所附但書，無不得如何之條，即可出入辦理。今有內閣總理趙秉鈞在，各部總長或派人代理，或次長護理，並不違背約法。項城曰善，約法中尚如此之微妙乎？乃大宴君等於內室，予亦陪宴。此時項城尚知在約法中討生活，無違背民國意也。

孫中山先生來京，章太炎正膺東北邊防使之命。項城大宴孫章，予亦陪席。席間暢談論東北西南開發之策。孫中山主張將多數軍隊，行古屯田制，携家室實邊開發。項城與孫商辦法約一二小時，意甚懇實。當時猶記談及吾兄。項城問孫先生曰：「劉成禺與足下相處甚久，其人則江洋大盜，打大刼不打小刼。」孫先生笑。章太炎曰：「很像一個大强盜，但其文筆亦頗嫵媚。」可見孫袁當時無話不說，不知後來兩方左右，播弄决裂，至如此極。

項城初無意取消黃克强南京留守，陳二菴初與項城結合，欲立功自見，且謂革命黨均聽從彼意，乃勾結克强老友張昉，二菴鄉親也，及馮華甫婿陳之驥時充南京師長，來往津滬。克强及其左右，朝事均倚賴二菴。二菴遂以克强願取消南京留守之言告項城。對克强方面，則勸其暫辭留守。項城必不允，辦事更順手。不意克强電辭，項城即嘉獎允許。留守府人員乃公電二菴罵其賣友。張昉由二菴薦爲農商次長，此取消留守府本末也。（以

上仲仁先生在南京寓廬長談記錄）

**新皇事事效前清，仙仗迎歸紫禁城。絕好福華門外景，鑾儀舊衛不勝情。**

按前清鹵簿之制有四：一曰大駕鹵簿，惟圜丘祈穀常雩三大祀用焉。二曰法駕鹵簿，祭祀則陳於路。三曰鑾駕鹵簿，行幸於皇城用之。四曰騎駕鹵簿，省方若大閱則陳之。均隸於鑾儀衛，前行則用代鹵簿樂。又按會典，凡駕出入，則奏其引樂，導迎樂掌於和聲署。行幸樂前部大樂，本爲鑾儀衛之樂，而以和聲署例奏之。鑾駕鹵簿出入，引以迎導樂。騎駕鹵簿出入，引以行幸樂。法駕鹵簿出入，兼用導迎樂。尙有鹵簿樂掌於本衞。是知諸引樂，本非內中和樂所應掌奏者。但於各駕鹵簿至圓明園時，因中和樂常住園內，爲便捷起見，亦令伺候鹵簿大樂。若清帝將有事外出，於宮內送駕，則例用中和樂爲承應。實則鑾儀衞原有各種鹵簿樂，爲便利計，故用中和樂代鹵簿樂耳。項城預備帝制，先有事於天壇，議用鑾儀鹵簿。派大員江朝宗等往清宮索儀仗，盡括鑾儀衞所存留者 於祀天壇前數日先行演導，合大駕鹵簿、法駕鹵簿、鑾駕鹵簿、騎駕鹵簿爲全班承應。其導演程序，禁衞團戎裝鷺羽，荷矛前行，導以西樂金鼓。各儀仗屏氣排列，雀步無聲。由福華門內起程，過金鰲玉棟橋，項城在南海居仁堂高處望之，當有帝王尊嚴之想像也。是時西華門西直門一帶，無常識居民，奔走相告，皆謂宣統出宮，移往他所。蓋久不覩清室乘輿之盛，故相驚以伯有耳。聞籌備儀仗諸臣，事前，亦有意見爭執。有謂項城以武功定天下，宜用德皇御林鵝步軍制，兼採清代法駕。有謂項城奄有諸夏，蒙藏來同，宜用英皇六馬皇輿，馬仗前驅。有謂宜傚俄皇登極制，前用高加索各屬地持紅矛之兵，以蒙古回疆人充之，後備中國法駕。於是折中各說，先領以禁衞團，次用鑾儀舊制，謂項城帝位，由清室移轉，儀仗沿前清，實承繼中國歷朝之皇統也。議遂決。（後孫公園雜記）

**土德塗竿夜刺閨，却忘飛白避朱徽。不愁分裂多南國，風捲轅門五丈旗。**

海軍總長劉冠雄，以洪憲國旗未定，冠雄英海軍學生也，以英帝國雙十字架斜叠旗式說項城。日之所出，日之所入，洪憲領土，與英齊壽爲詞，項城大悅，授權冠雄，製定旗圖。原議中華民國國旗，以火德王，故爲紅黃藍白黑。洪憲以土德王，宜改爲黃紅藍白黑，竿塗黃。冠雄由英國國旗雙十字架悟加斜叠雙五色條於原日五色國旗之上，爲世界上大姊妹國國旗。夜叩宮門，進呈圖式。項城聖覽大喜，遂交大典籌備。識者曰：「五色旗橫列五色，皆成條段，可代表五族。今斜叠五色條于原有五色之上，全旗五色，皆成斜塊，此四分五裂之象，五族其將分割乎？當時議定國旗有三說：（一）仍用五色旗，黃色在最上，紅色次之，藍白黑次第仍舊。（二）仍用五色旗，加黃龍於旗左角。（三）沿用黃龍旗，復中國歷代舊制。龍伸五爪，爪用黃紅藍白黑。自劉冠雄旗樣出，羣議始息。洪憲元年元旦，各省懸旗慶賀，湖北湖南大風，將軍署所懸洪憲國旗，均捲入空際，識者知其不祥。又案中華國旗本末，辛亥武昌革命，爲共盟會國內分會之共進會，用十八星旗，而廣東及同盟會黨人起兵之地，多用青天白日旗，孫中山先生被舉臨時南京大總統，議統一國旗，而十八星，青天白日，各挾一議。滬軍都督陳其美憂之，聯合江蘇都督程德全、前浙江都督湯壽潛、章太炎、宋敎仁、趙鳳昌等，會議製定國旗，爲五色，代表五族共和，各省贊同。由中華民國臨時大總統孫文，於辛亥年十一月朔，親莅臨時參議院，正式召集臨時參議院議員，開議國旗大會。（廿五）

# 柳西草堂日記

張謇遺著

家父凡伯攀周詩。傳聞歐美尙教化，畢斯麥亦酋之耆。此輩乃類盜賊爲，治兵無律猶吾崔。固知天心未厭亂，羣教混混陽陰疑，終有一是定白非，六經大道天綱維。仲尼日月何傷夷，尊奉原不到狗雞。吾將剌彼畢斯麥，彼二木者惡當之。」大雨。

## 六月

二日。卯刻卽起，赴翰林院聽宣旨，又詣吏部，行三跪九叩禮。翰林院又謁聖，吏部謁文昌，並九叩，止翰林土地祠三叩，共三十九叩，午後，伯福述壽州意挽留。

三日。丑正起，作辭壽州奏派大學堂教習啓，與清闓堂請假啓（通州紗廠係奏辦經手未完）。卯初卽行，讀書卅年（十六歲入學，爲附學生員），在官半日，身世如此，可笑人也。與健庵，蘅揖同伴，寓塘沽德元棧。

四日。候船不來。聞上海寧人以拒法人擴地構釁，有一船開，而人已滿。

五日。卜行期，卜者云六七日行，今午後當有訊。又卜叔兄事，云非交秋無望。是晚新豐船到。

七日。行。

八日。夜分抵烟台。

九日。行未果，載貨太多。

十日。行過海水洋，穿夾襖。

十二日。早抵上海，熱。

十三日。與黿惲心丈杭州。

十五日。心丈不來。

十六日。顧小關快行，申刻到家。

二十日。料理園池。

## 七月

二日。家廟夏祭。

四日。有寄呈松禪老人：「樓臺無地相公歸，借住三峯接翠微。濟勝客輸腰脚健；憂時僧識鬢毛非。尙湖魚鳥堪供詠；大澤龍蛇未息機。正可齋心觀物變，蒲團飽喫北山薇。」（按：詩係寫在眉頁上。）

七日。啓行，由二甲過壩。

八日。早到州城，議九場丈墾，斡旋錢汪之間。

九日。置酒請汪鄧於果然亭，傍晚到廠。

十日。查廠工。

十一日。行。

十二日。到省。

十三日。詣錢、施。得磐碩訊，唐侍郎薦經濟科。

十四日。詣王、王、汪。

十五日。校三月課卷。

十八日。校閏三月課卷。

二十日。發兩課卷。

二十三日。新寧照會總理商務商會。

二十四日。辭商務。

二十五日。得內子說病狀，甚憂慮。

二十六日。新寧再送照會來。

二十日。作挽香山聯：「吾敬陳元方，雍穆閨門，難及正在賢處；乃死王武子，彷徨鄉國，何由復見斯人。」

通州稅課大使，額徵銀九千七兩七錢三分一厘，逢閏加銀三兩二錢九分二厘。

## 八月

二日。知太夷召對後賞道員，充總理各國衙門章京。甚喜。

六日。爲廠事置酒延理卿。

七日。聞太后臨朝之電。（初六日事。）

八日。聞嚴拿康有爲，有爲逃入英船之電。（是日勤政殿行禮。）

九日。聞各國船集天津。詰譯署問上病狀。

十日。聞袁世凱護北洋，是兒反側能作賊，將禍天下，奈何！

十一日。連日京電不通，有非常變故之謠。

十二日。聞初十日皇上有疾召醫之電，並密電拿梁啓超。

十三日。聞復六卿，拿治徐致靖、楊深秀、楊銳、林旭、譚嗣同、劉光第、康廣仁之電。

十四日。得莘丈電。

十五日。早雨，與叔兄訊。有徐、楊六人已罹刑戮之謠，訪之果確，惟徐永遠監禁。譚好奇論，居恒常願剪髮易服，效日本之師泰西，不知波蘭印度未嘗不剪髮，而無補於亡也。又常創雜種保種之說，謬妄已甚。林旭喜新豎子，楊故乙酉同年，平時修飭，見賞於南皮督部，不知何以並罹斯劫。

十六日。聞查拿文廷式之電諭，康事與芸閣無涉，何以及之？

十七日。聞續催醫生之電諭。

十九日。聞張蔭垣遣戍新疆。

二十日。與眉孫電，屬告惲丈即來。

二十一日。聞榮祿有密電，事大可駭，新寧持正論云。

二十二日。聞李苾園尚書遣戍新疆。聞芸閣無下落。聚卿去滬。

二十三日。聞陳右民中丞及伯嚴吏部革職，江建霞、熊秉三革職。

二十四日。介汪篤甫、王壽芸懇新寧上太后訓政，保護聖躬疏。

二十五日。惲丈來。聞芸閣被刑於南昌。與敬夫訊。

二十六日。惲丈去鄂，與廣雅尚書訊。彥叔訊，叔兄訊。

二十八日。赴滬。

二十九日。抵滬。寓天主堂街通廠帳房。

## 九月

三日。拜縣、道。

六日。眉孫邀往徐家匯視南洋公學工程，晤福開森及日人辻武雄（辻讀若子吉）、伊藤賢道。晚病，寒熱交作。

七日。延鄭俟齋服藥，俟齋太夷弟。

八日。商務局開局。

十日。瘧止，效甚。失音。

十三日。移寓商務局。

十八日。以上數日，晝則見客，夜治文書，音仍未復。

十九日。大會各業商董，所陳商務大略不一，而以厘捐爲大病者，則人人一辭。是夜僱快船歸。

二十日。天明開船，阻風吳淞。

二十一日。北渡，戌刻到青龍港。

二十四日。連日服藥，音漸復。

二十五日。得某公電，頗悔與電之失，士挫折於衰世不少也。

二十九日。仁祖生日。秋祭。

三十日。叔兄生日，延松濤、書箴置酒。

## 十月

二日。與書箴詣廠，啓行，夜宿金沙。

三日。至城，宿江西會館。

四日。大早至廠。

七日。與叔兄訊。

九日。積餘來。

十日。與敬夫同入城。積餘贈狼山石刻拓本，舊拓史晨。

十一日。與叔兄訊，松撫軍訊。

十二日。趙世兄念繩來●

十三日。與敬夫、念繩同由蘆涇港附輪船至滬。聚卿昨亦有約，申刻抵滬。知蘇堪已歸，甚慰。

十九日。聞上疾有瘳。

二十二日。虞山重被革職永不敘用之命，英日人亦訝之。（按：眉頁上書：陶心耘集陶詩：「見樹木交蔭，時鳥變聲，酣飲賦詩，用樂其志。有良田美池，藝桑種竹，忘懷得失，以此自終。」心耘名濬宣，浙江會稽人，工詩文書法。）

二十七日。通廠籌欵，垂成而敗。

（廿五）

# 梅蘭芳的戲劇生活

周志輔

茹先生是我外祖楊隆壽先生的高足，但不是小榮楊科班出身，他是跟張長保，董鳳崖三人，同是我外祖父未創小榮椿科班以前所收的徒弟。茹先生是得到楊家的嫡傳，也擅長短打。中年常跟俞菊生老先生配戲，四十歲以後，他又拜我伯父爲師，改學文場，我從離開喜連成不久，就請他替我操琴。我們倆合作兩年，我初次赴日本表演，還是他同去的，一直到了晚年，香港派人來約我去唱，他怕出遠門，才改由徐蘭沅姨夫代他工作去的。我記得我祖母八十壽辰，在織雲公所會串，他還唱了一齣蜈蚣嶺，那時他已經六十歲的人了，久不登台，可是看了他的矯捷身手，就能知道他的幼工是眞結實的。」

## 四、崑曲及其他

梅蘭芳的崑曲，是在亂彈，青衣，花旦習成以後，其時他的老師是喬蕙蘭，後來還從蘇州請了一位謝昆泉來，同時陳德霖也常去教他。陳嘉樑因爲曾經在台上給他吹笛子，所以平常也給他用功理曲子。大概身段方面據他自己表示，要算喬蕙蘭，李壽山，陳德霖三位老先生指點得最多。

梅蘭芳是從民國四五（公元一九一五，一六年）年間，開始演出崑戲。至民國六年，綜計所常演的有（一）白蛇傳：水鬥，斷橋，（二）孽海記：思凡，（三）牡丹亭：鬧學，（四）風箏誤：驚魂，前親，逼婚，後親，（五）西廂記：佳期，拷紅，這幾齣戲。後來陸續演唱過的有（一）牡丹亭：遊園，驚夢，（二）玉簪記：琴挑，問病，偷詩，（三）金雀記：覓花，庵會，喬醋，醉圓，（四）獅吼記：梳裝，跪池，三怕，（五）南柯夢：瑤臺，（六）漁家樂：藏舟，（七）長生殿：鵲橋，密誓，（八）鐵冠圖：刺虎，還有兩齣吹腔戲，昭君出塞與奇雙會。

喬蕙蘭生於咸豐九年（公元一八五九年），幼年習崑腔小旦，於光緒十年（公元一八八四年）以教習保薦入昇平署，專演崑戲。後來蕙蘭在外很少搭班，偶然教授崑曲，從來不兼演亂彈。

梅蘭芳的崑曲，雖然是從喬蕙蘭，謝昆泉，陳嘉樑三位學的，但是後來他移家上海之後，又跟上海名家丁蘭蓀，俞振飛，許伯遒三位研究過身段和唱法。據他自己說過，京戲方面，他伯父雨田教過武家坡，大登殿和玉堂春。陳德霖在崑亂兩方面都曾經指點過，崑曲如遊園，驚夢，思凡，斷橋，說過好些身段，以及京戲方面青衣的唱腔。虹霓關是王瑤卿教的，醉酒是路三寶教的，他的「舞台生活四十年」記載着：

路先生教我先練啣盃，臥魚，以及醉中的台步，扇子的姿勢，看雁時的雲步，抖袖的各種方式，未醉之前的身段，與酒後改穿宮裝的步法，作一個强有力的對比。他的教授法細緻極了，也認眞極了。

他的武工是茹萊卿教的，但是錢金福曾教過他「鎭潭州」的楊再興，「三江口」的周瑜。「鎭潭州」是跟楊小樓唱的，「三江口」卽是跟錢金福唱的，其餘帶一點武的戲，錢氏指點的不少。

李壽山大家稱他大李七，跟陳德霖，錢金福都是三慶班的學生。初唱崑旦，後改花臉，他教過梅蘭芳崑曲的風箏誤、金山寺、斷橋、鬧學，和吹腔的昭君出塞。

現在把梅氏的師承來歷，列表如下：

時小福——吳菱仙
陳德霖
謝雙壽——王瑤卿
路三寶
張雲亭——喬蕙蘭
陳嘉樑
楊隆壽——茹萊卿
錢金福
李壽山
——梅蘭芳

# 四　童年時期

## 一、開蒙學藝

梅蘭芳生於光緒二十年（公元一八九四年），正名瀾，字浣華，小名羣兒，爲梅竹芬的兒子。他四歲時喪父，九歲開始學戲，卽光緒二十八年（公元一九〇二年），係在姨夫朱小芬的家裏。他的開蒙教師，就是吳菱仙，同學有表兄王蕙芳和小芬的三弟幼芬。

王蕙芳朱幼芬都是生於光緒十八年（公元一八九二年）比梅蘭芳長兩歲，所以梅蘭芳學戲在幼芬蕙芳之後，可是出名在他們之前。這原因是他的環境不如朱王兩家，當時家庭經濟方面，已經不容許替他延聘專任教師，祇能附到朱家去學習。吳先生也很同情他的身世，知道他家道中落，將來要靠演戲來維持生活，所以他很負責的教導，希望他早有成就。同時他個人也很用功，所以進步比他們倆快些，而出台比他們倆早些。

梅蘭芳演戲的路子，還是繼承他祖父傳統的方向。他祖父是從崑曲入手，後來學了些皮黃的青衣花旦戲，在他的時代裏，學戲的過程是這樣的。梅蘭芳則是由皮黃青衣入手，然後陸續學會了崑曲裏的正旦，閨門旦，貼旦，皮黃裏的刀馬旦，花旦，後來又演時裝戲和古裝戲。總結起來說，自從開始拜師學藝，直到出台以後，他再學旦角的各部門。他跟他的祖父不同之點，是他不演花旦的頑笑戲，他的祖父不常演刀馬旦的武工戲。這裏面的原因，是他的祖父體格太胖，不宜在武工上發展，而他的性格，則是不適宜於表演玩笑潑辣的一路。

## 二、搭班練習

梅蘭芳第一次出台，是在光緒三十年（公元一九〇四年）那時他才十一歲，正值七月初七乞巧的日子。斌慶科班在前門外肉市廣和樓貼演「天河配」，他在這戲裏串演織女。這是應時的燈彩戲，因爲他身子還不夠高，吳先生要抱着他上椅子，登鵲橋，前面佈了一個橋景的砌末，橋上插着許多喜鵲，喜鵲裏面點着蠟燭他就站在橋上演唱。這個斌慶班是兪振亭所組織的，那天是一種臨時的，純粹客串的性質。

過了三年，他已十四歲，那時是光緒三十三年，喜連成科班成立，他就正式加入演唱。每日日場演出，他所演的大半是青衣戲。在每齣戲裏，有時演主角，有時也演配角。每天是在廣和樓，廣德樓這些園子裏輪流演出。

他每天下午照例要上館子演戲，早晚仍舊要在朱家學戲。這時候除了吳先生教授青衣之外，他的姑丈秦稚芬，和他的伯母的弟弟胡二庚，是胡喜祿的兒子，唱丑角的，也常來教他們花旦戲。就這樣一面學習，一面表演，同時並進，所以他的演技是進步得相當的快。

梅蘭芳在喜連成搭班的時候，經常合演的伙伴，大部份是喜字輩的學生。搭班的如麒麟童，小益芳，小穆子，貫大元，他們年紀相差不多，都是很受當時觀衆們歡迎的。

（六）

# 英使謁見乾隆記實

馬戛爾尼 原著
秦仲龢 譯寫

大約過了半個鐘頭，皇帝召我和斯當東到御前，親手賜我們温酒各一杯，我們立即飲下。今早天氣頗冷，又颳風，飲過温酒之後，體温大增，覺得非常舒適。我們歸座後，皇帝和我閒談，問英王年歲幾何，我據實告之。皇帝聽後就說，我今年八十三歲了，希望你們的國王也和我一樣健康長壽。他說這幾句話時，意頗自得，氣概尊嚴，似乎表示出他接見我們是帶有紆尊降貴之意，但眉宇之間又顯出他的態度很是和藹。照我個人看來，他很像我們英國一位温雅的老成長者。皇帝的精神極壯旺，雖然是八十多歲，但看起來不過像六十開外的人而已。

「中國旅行記」記云：乾隆皇帝雖然是八十三歲的老翁，但精神矍鑠，望之似六十許人，他的心思還很靈活，有決斷性和自信心，並且心地慈祥，對臣工多取寬大，民間有什麽天災人禍，就立即豁免租稅，並命地方官盡力救濟。因此百姓都很愛戴他。但他對於所恨的人，則處罰極嚴，且剛愎自用，非常固執，他所決定的事情，無論如何不能改變。這樣一來，他的施政就不免有時錯誤，而貽後悔了。現在且舉一例，這件事是皇帝在暴怒時做出來的，一直到數十年後，他心裏還有自疚之意。原來這事有關家庭骨肉的問題，所以對他的刺激極深。乾隆帝中年時代，曾南巡至蘇州。蘇州是中國著名出美女的地方，皇帝到了蘇州，愛上一個才貌兼備的中國女子，要把她帶回北京。皇后生性極妒，有個太監將這件事向她報告，她就自縊身死。皇帝聽到這個惡消息，心頭很是悲傷，立即回京。某皇子在接駕前，不能決定應穿什麽服色，如果吉服，則他的生母正死去不久，如用喪服，則皇帝正在喜孜孜的帶了他的寵幸美人歸來，見兒子穿凶服來見，必定不高興。他委決不下，乃請教於師傅，師傅是漢人，就教他用漢人的習俗，吉凶二服並用。皇子於是內穿吉服，外穿喪服前往接駕。皇帝因爲皇后死於非命，正在痛悼之時，忽見皇子穿了吉服來迎，勃然大怒，飛起一脚向皇子踢去，正中要害，皇子仆在地上，立即死去。自從這一悲劇發生後，乾隆皇帝心裏多少總有些不安樂，就是在歡樂之時，偶一想及此事，興致就立時消逝。但話雖如此，皇帝到了老年，他的剛躁之性，仍然不因此而減少，就拿現在的事情來說吧，他所存的皇子中，只有四人，而此四人中，並沒有一個能握政權，皇帝寧願把全國政柄交給相國和珅一人處理，而絕不計及將來的承繼問題，到底他的主意作什麽，沒有人能知道，但國人們都紛紛傳說，皇帝對現存的四個皇子，均非所喜云。

按：所謂將政權交給和相國一人，亦非事實，乾隆帝自稱乾綱獨斷，事必躬親，不肯以些微權力交給大臣，即和珅爲其信任的嬖臣，亦偶然乘機弄權而已。至於皇子之不能柄政，正是清朝的「祖制」如此。

這個御前宴會，自始至終，秩序非常莊嚴整肅，執事官員很恭敬地按着次序進饌，與宴的人都很沉默，不敢出一句聲。整個幃幄上下人等不下數十，而側耳聽之，竟寂無聲息，可見東方人對於帝皇的敬畏，和我們西方人對於宗教上所具的敬禮相似。

御幄是圓形的，根據我的估計，它的圓徑約在二十四五碼之間，用圓柱多根支撐着，柱身有鍍金的，有繪着各種花文的，有加漆的，各視其地位及距離之適宜而排列。陳設之物，如椅桌及一切木器等，皆窮極奢麗，而壁絨、幃幔、地毯、燈籠、纓絡、窗帘之屬，沒有一件不是精品，而且顏色之相配，光線濃淡之選擇，無不斟酌適當，使置身其間的人，但覺金碧輝煌，應接不暇，我不覺想到亞洲帝皇自奉之奢，我們歐洲人萬萬趕不上的。

在御宴中，有來自白古或塔齊的貢使三人，及中國西南回教部落卡爾麥克貢使六人。但據我所觀察，他們都具有自卑感，戰戰兢兢，大有「天威咫尺」之象。這一宴會爲時五點鐘之久，幄外有雜技表演，表演的節目有翻觔斗，摔跤、走繩、戲劇等，但因爲距離稍遠，看得不十分淸楚。

宴畢辭歸，我不禁自歎道：「我今日乃親見所羅門王之偉大矣！」我小時候讀所羅門王故事，總是嗟歎他極人世之豪華尊榮，非後來人主所及，但這只是紙上所記而已，可是我今日却親眼見到一個現世的所羅門王呢。（按：白古的英文作Pegu，塔齊作Tatze，卡爾麥克作Kalmucks。查馬戛爾尼來華時，緬甸王波達巴耶(Bodawpaya)曾派貢使往熱河祝壽，當波達巴耶王秉政時，緬甸的首都在亞瑪拉蒲拉，而不在白古，但十六世紀時，白古也曾一度爲首都，且爲歐洲商人所熟知。波達巴耶王時代，中國曾五次派使臣往其首都，而波達巴耶王也曾派四次貢使往北京。根據G. E. Harvey的「緬甸史」，馬戛爾尼所記的那個來自白古的緬甸貢使，是一七九二年十月離開首都亞瑪拉蒲拉前往北京的。他們攜有珍貴貢品獻給乾隆帝，同時，亦有珍貴禮物送給雲貴總督。——譯注。）

「出使中國記」云：在特使覲見皇帝那天，大部分皇族都參加了典禮。他們的服飾都是一樣的，看不出哪一個有特殊的待遇，使人推測出誰是將來的繼位人。當天淸早破曉以前，特使（指馬戛爾尼——譯注）及使節團全體覲見人員趨赴御花園等候。在花園當中有一莊嚴的大幄，四周圍着金色油漆的支柱。大幄搭的帆布並不跟隨大幄繩子一直傾斜到地面上，而是在半道垂直懸掛下來，上半段帆布做成大幄頂。大幄當中設寶座。大幄四周都有窗戶，外面陽光透過窗戶集中射到寶座。面對寶座有一個寬濶開口，從那裏突出一個黃色二重頂帳幕。大幄內的家具非常文雅而不故意顯示額外奢華。大幄的前面，豎起幾個小的圓形帳篷。一個小的長方形帳篷豎在大幄的後面，裏面有牀，是爲皇帝臨時休息預備的。帳篷四外陳列着各式歐洲和亞洲的短槍和佩刀。大幄前面的小圓帳篷，其中之一作爲使節團等候皇帝的休息地方。其餘幾個是爲等候在熱河準備向皇帝祝壽的各屬國君主和外藩使臣設置的，他們今天也來參加這個典禮。也有幾個是爲王公大臣們準備的。皇帝將在大幄內的寶座上接見英國使節。

在大幄裏而不在宮殿中接見的理由還不出於是帳篷可以臨時搭蓋在可以容納多數人參加的寬濶廣場上。更大的理由是本朝是韃靼王朝，他們雖然征服了衆多的文化更高的漢人，採用了漢人許多制度和禮節，但在若干地方他們還願意保留對他們原有習慣的偏好。過去的韃靼君主喜愛住活動帳幕甚於木石建成的宮殿。

屬國君主和王公大臣等雲集在大幄前面恭候皇帝，他們每個人身上都穿着代表他們身份等級的服裝。有幾個人身上的服裝一部分是英國布製成的，按照中國的規矩，中國人覲見皇帝的時候，必須穿絲或毛織品。這些東西最近並不缺少，這次特別允許少數或幾個人穿英國布，可能爲的特別向英國表示友好。後來中國方面對特使證明了這樣想法是對的。上級官員這樣示範，將來英國布匹在中國銷售，一定會有顯著的增加。由於英國人的禮貌產生商業利益，這是無法在商務條約中規定的。

本朝雍正皇帝製定了品級制度。親王戴亮紅頂帽子，這是九個等級中最高的品級。在這裏等候的人中沒有戴暗紅色以下的，暗紅頂子是二品頂戴。有些人的帽子後面有一瑪瑙管子，下面垂掛着一根孔雀翎毛，這也是光榮的標記。孔雀花翎根據羽毛的數目分爲三等。三眼花翎最尊貴。

（十九）

# 花隨人聖盦摭憶

## 補篇（廿六）

黃秋岳遺著

蕭孫於太后下嫁攷中，謂皇父之稱，猶古之仲父、尚父，此說殊未饜衆意，蕭林駁之，是也。近讀北大「國學季刊」，有鄭君天挺「多爾袞稱皇父之臆測」一文，甚精審，其說視仲父尚父之辯護殊長，鄭君於篇首卽概括大意，謂：「淸順治初，多爾袞以親王攝政稱皇父，爲往史之所無，舉世駭怪，頗多蜚語，當疑皇父之稱，與叔父攝政王、叔王，同爲淸初親貴之爵秩，而非倫常之通稱，其源蓋出於族中舊俗，建國伊始，典制未備，二三功高懿親，位登極爵，莫可更盡，乃加稱謂於封號，用示尊異，未暇計及體制當否。」此後更疏論當時廷臣諂附多爾袞等原因凡三，以見袞稱所自。其考皇父之稱尤詳，今節其大段如下：「考之滿文題本，皇父攝政王，滿文作（林熙按：此處有滿洲字，今畧）哈阿安·伊·阿·瑪阿·斡阿昂，譯言君的父王。滿文阿瑪阿，漢語爲父，此種稱謂，施之外人，在漢族倫理觀念上，除寄養之外，決不可通，而當日畧不避忌加之多爾袞者，疑在滿洲舊俗尚有呼尊者爲父例。東華錄，稱太祖丙申（明萬曆二十四年）冬十二月烏喇貝勒布占泰感上再生恩，事如父。又戊申（明萬曆三十四年）秋九月烏喇貝勒布占泰，又遣其臣來請曰，吾數背盟誓，獲罪君父，誠爲汗顏，若再以親生之女妻我撫我如子，吾乃永賴以生矣。又壬子（明萬歷四十年）冬十二月，布占泰親率其臣六人乘舟止河中，跽而乞曰，烏喇國，卽父皇之國也，幸勿盡焚糗糧，叩首哀籲不已。又布占泰對曰，此必有人離間，俾吾父子不睦。東華錄及開國方畧諸書，凡記布占泰與太祖對語，均有父子之稱，其非泛泛之詞，可知也。烏喇貝勒布占泰，事淸太祖如父，遂稱之爲父，此一例也。元朝秘史中，亦有稱他人爲父之例，秘史卷二，帖木眞說，在前俺的父（額赤格）也速該皇帝與客列亦惕種姓的王罕契合，便是父（額赤格）一般。他如今在土兀刺河邊黑林住着，我將這襖子與他，於是帖木眞兄弟三箇將着那襖子送去見了王罕帖木眞說，在前日子你與我父親（額赤格）契合，便是父親（額赤格）一般，今在我妻上見公姑的禮物，將來與父親（額赤格），隨卽將黑貂鼠襖子與了。卷三，於是帖木眞合撒兒別勒古台三箇，前往土剌河的黑林，行脫斡鄰勒王罕處去，到了說，不想被三種篾兒乞惕每將我妻子每擄看要了，皇帝父親（罕額赤格）怎生般將我妻子救與麼道。王罕爲元太祖之父執，而稱之爲父親爲皇帝父親，蓋太祖嘗事之如父也。滿洲與蒙古，同爲邊外民族，其風俗多有相似處，疑此種稱尊敬如父者爲父，蓋金元以來之舊俗也。鄭親王濟爾哈朗，爲淸太祖弟舒爾哈齊子，而其寵賜間於太祖諸子，史稱其幼育於太祖宮中，疑亦事太祖如父，而稱之爲父者也。皇叔父攝政王，滿文作（林熙按：此處有滿洲字，今畧）哈阿安；伊；額，縷伊，珂額，阿，瑪阿；斡阿，昂，譯言君的叔父，父王，世人徒疑其後之稱皇父爲可駭怪，不知在稱皇叔父時，早用阿瑪（

父親」之稱矣。皇父攝政王，既爲當時之最高爵秩，多爾袞之稱皇父攝政王，復由于左右之希旨阿諛，且其稱源于滿洲舊俗，故決無其他不可告人之隱晦原因在。其後實錄所以削之不書者，蓋漢化日深，漸覺其事之有嫌僭越不相稱耳，然其事見於蔣良騏東華錄，則在乾隆三十年，尚不深諱。多爾袞除封後，至乾隆三十八年二月初三日，始有詔重葺其塋域；四十三年正月初十日，始復還其爵號；八月二十五入祀盛京賢王祠，以意度之，官書之盡削皇父之事，當亦在其時。四十三年正月，復多爾袞爵號諭中，有『其原傳尚有未經詳叙者，並交國史館恭照實錄所載，敬謹輯錄，增補宗室王公功績傳，用昭彰闡宗勛至意』之語。既遵之增補，必亦遵之削節。史稱順治實錄重修于雍正十二年十一月，乾隆四年十二月告成，皇父之諱，當自是始。其盡削官書所載，則在四十三四年也。皇父攝政王之體制儀注，今無完確之文獻足據，所可知者，凡硃筆批票本章，皆用皇父攝政王旨字樣，不用皇帝硃批，一也；皇父雖較皇帝爲尊，而其儀注則次於皇帝，內外題奏或僅稱皇上，或僅稱皇父攝政王，或皇上或皇父攝政王並稱，但無列皇父攝政王于皇上之前者，二也；皇父攝政王告羣臣，稱旨，皇帝告羣臣，稱敕，三也。又順治六年賜祭朝鮮國王禮物，皇父與皇帝所賜，亦有差別，其單如次：

皇帝賜祭朝鮮國王禮物　檀香一束　祭帛一疋　銀壺二把　銀爵三對　白綾六疋　白絲紬二疋　以上紬帛共十五疋　犢一隻　羊二隻　豬二口　祭筵二十桌　酒二瓶　以上代銀二百兩

皇父攝政王賜祭禮物　檀香一束　祭帛一疋　銀壺二把　銀爵三對　白綾六疋　白絲紬二疋　以上紬帛共十五疋　犢一隻　羊二隻　豬二口　祭筵十五桌　酒二瓶　以上代銀一百五十兩

據此可知皇父攝政王之一切體制，均下於皇帝，與太上皇固不同也。」（林熙按：秋岳所引，係根據「國學季刊」，其後鄭君於一八四六年，將此文收入「清史探微」一書，文字畧有不同。）鄭君此段，說明徵引，均具有較佳理由，尤以皇父之體制，畧亞於皇帝與太上皇不同一點，足爲皇父非即匹配太后之有力說明，不媿勤稽通識，故備錄之，以供研究此案者之考鏡。予因此悟及蒼水詩，大禮恭逢太后婚一語，恐即因多爾袞晉稱皇父大赦而發。考蔣氏東華錄（順治五年）十一月，奉太祖配天，四祖入廟，遣官祭告天地太廟社稷，溯推原本，追崇太祖以上四世高祖澤王爲肇祖原皇帝，高祖妣爲原皇后，曾祖慶王爲興祖直皇帝，曾祖妣爲直皇后，祖昌王爲景祖翼皇帝，祖妣爲翼皇后，考福王爲顯祖宣皇帝，妣爲宣皇后，聿成大典，敷布多方，備此明禋，預申虔告，餘文同覃恩大赦，加皇叔父攝政王，爲皇父攝政王，凡進呈本章旨意，俱書皇父攝政王。觀此則恩典之隆，自足震動一世。當時赦書，錚行海澨，遺民文士，覩詔書中以叔父爲皇父，循文繹義，自以爲由叔而爲父，是必入其宮而據其妻也，詩人婉而多諷，於是易叔爲父之詞，曰恭逢太后婚，逆臆蒼水爾時不必別有所聞，但就此詔書觀之，固以爲情眞喻當，無可疑難矣。况此類事，於中國史冊無徵，度海內讀詔者，必萬衆驛騷，交相耳語，以爲兄終弟及之胡俗，乃公於簡策，謂他人父，恬不知恥，此又不必出於遺民嫉視滿洲之口，而尋常百姓，亦必僉認過情之尊中必近褻也。再考清世祖章皇帝實錄卷四十一，順治五年十一月辛未，以太祖武皇帝配天，乃追尊四祖考妣帝后尊號，禮成，諸王羣臣上表稱賀，是日大赦天下，曰，特大赦天下，以慰臣民，應行事宜條列於後，叔父攝政王治安天下，大勳勞，宜增加殊禮，以崇功德，及妃世子應得封號，院部大臣集議具奏，布告遐邇，咸使聞知。此實錄乃經删改者，故無皇父明文，然其末猶云，應得封號，院部大臣集議具奏，此必有所謂儀注者，蒼水爾時，以爲既父之矣，而又使大臣集議，是非太后下嫁之儀注而何，故其詩云云，尤不足怪。依此推論，皇父之稱，在滿洲或不必以爲至異，然於例亦罕見。而蒼水之詠，在情理中，疑所當疑，亦未必遂爲有心之誣詞。兩者眞像，殆均不過如此。至於多爾袞有無瀆亂之實，雖無佐證，而蕭林所舉滿人瀆婚之事例，亦未可抹殺，祇爲各不相蒙之懸案可也。

椅，有三解，椅桅，木之弱而垂貌。又椅木，初夏開黃花，似天燭，色紅或赭，雌雄異株，此二訓今人皆不常用，但知爲桌椅而已。桌本作卓，椅本作倚，作椅者，亦舊，程子語錄，朱子家禮，即皆作椅。予案岳珂「桯史」，秦檜賜燕，優伶有參軍前褒檜功德，一伶以交椅進，參軍方拱揖就椅，忽墜其幞頭，露巾鐶，伶指問何鐶，曰二聖鐶，伶曰，爾但坐太師交椅，此鐶掉在腦後，可耶？此自爲時伶譏檜不恩二聖之還，然可見倚宋時已俱作椅，此殆爲太師椅之始。「貴耳集」載：今之校椅，古之胡牀也，自來只有栲栳樣，宰執侍從皆用之，京尹吳淵奉承時相，出意撰製荷葉托首，遂號曰太師樣，即後世所稱太師椅也。案張端義後於秦檜，此說未足爲太師椅之源，然可見其時椅字實已通行。椅之故實名貴者，有文太史椅，椅爲文徵明衡山故物，衡山沒後，付之門人彭年，後復歸衡山曾孫相國震孟，明亡後，此椅歸汪苕文琬，苕文歿，苕文子以贈姜仲子。冷秋江有文太史椅歌甚長，由衡山、隆池、震孟、堯峯之授受，述之詳，而不言椅之形狀。以歌中衡山之孫爲相國，坐此謀謨補袞職兩句推測，似亦是太師之交椅也。

晚淸諸帝，以穆宗祚最短，童昏沉湎，遘惡疾以終，其十餘年間國事，皆賴其母那拉后將持，帝德無足稱也。予舊聞鄉先輩某公，且飲酒肆，聞隔座有歌者，醉中漫叫好，俗例所不許也，即有人掀簾責之曰，爾何等人，敢漫叫好，欲尋死耶？某穴隙覘隔座歌者一少年，其旁二客，識一人爲王慶祺，知必穆宗也，亟遯去，終淸世不復入都，可知帝微行之數矣。近人沃丘仲子費君行簡，所著「慈禧傳信錄」，關於穆宗者云：「八歲時李鴻藻授以詩經，日五百字，少讀即能背誦，聽講亦頗解，唯好弄，課少閒，輒强諸伴讀出與嬉戲。初綿愉子奕詳奕詢伴讀，繼則奕訢子載澂也，詳詢皆端謹，帝重之而弗與親，澂敏捷有口給，獨得其驩，然帝性喜怒無定，雖師傅亦憚之，倭仁差嚴正，而每日值講僅數刻，其終朝宏德者，僅鴻藻一人，然素寬和，暇唯與帝談故事，或對弈而已。少長，益不樂后所爲，尤惡慈寧諸奄，晨興謁后，未嘗有驩容，比至寧壽，共孝貞語，殊娓娓不少倦，宮中人皆傳爲異聞，后更內痛，顧無如何也，屢責雋藻、仁、鴻藻等，以孝弟導帝，而帝終不親后，更召日者推帝后命，謂必帝年踰三十，始免沖尅，性情當漸變。帝聞，怒究引進日者爲何奄，將鞭之，孝貞誡之乃已。帝承仁等教，指洋務爲異端，當日之同文、方言館、船礮製造局，心皆以爲無益，嘗言志，謂他年必盡殺洋人始快，然后則倚奕訢、文祥、李鴻章等，頗欲摹歐人富强，益與帝忤左。」

△「中國事變回憶」的作者今井武夫是日本軍閥侵略中國時日軍的參謀長。一九四五年日閥投降，今井武夫代表岡村寧次，於八月廿一日飛抵湖南芷江，向何應欽將軍洽降事宜。

一九三七年[illegible]

，今井武夫[illegible]

[illegible]

原驗羅。

△今井武夫[illegible]

七七事變後[illegible]

## 編輯後記

胡適博士也有出席，張如冰藏有一九三七年七月間胡適日記的抄本，其中即有記述他對抗戰的看法，今並刊載，以使讀者參考

[illegible]兩位先生是香港一位很[illegible]

[illegible]

## 稿約

本刊的宗旨，是向讀者提供高尚有趣味的益智文章，並希[illegible]

[illegible]

# 大華

1966年合訂本　1——20期

1967年四月出版

本刊於1966年3月15日創刊，至十二月，共出二十期，今合訂爲一册，以便讀者收藏。此二十册中，共收文章三百餘篇，合訂本附有題目分類索引，最便檢查。茲將各期要目列下：

1 袁克文的洹上私乘。
2 徐志摩夫婦與小報打官司。
3 大同共和國王劉大同。
4 胎死腹中的香港市政府。
5 申報與洪憲紀元。
6 李準輸誠革命軍內幕。
7 西北軍奮鬥史。
8 清朝的內務府。
9 王孫畫家。
10 日本客軍謀炸南京僞組織秘記。
11 丙午談往。
12 談鳳雲台。
13 銀行外史。
14 第二子袁克文。
15 跛腳主席張靜江。
16 南北兩張園。
17 上海的超社逸社。
18 當代藝壇三畫人。
19 胡漢民被囚始末。
20 我所見的張永福。
21 淨心會的騎馬像。
22 史量才與陳景韓。
23 清宮的秀女和宮女。
24 洪憲太子袁克定。
25 釧影樓回憶錄。
26 張謇日記。
27 洪憲紀事詩本事簿注。
28 英使謁見乾隆記實。
29 花隨人聖盦摭憶補篇。
30 穿黃褂的英國將軍戈登。
31 梁啓超萬生園雅集圖。
32 自治時代的上海[illegible]。

香港讀者，請向本社訂購；海外讀者，請向香港英皇道163號二樓龍門書店總代理處接洽。

精裝本港幣二十六元　US$4.60　　平裝本港幣十八元　US$3.20

## 本刊出版一周年，優待定戶辦法：

一年二十四期，定價十九元二角，今優待讀者，只收十六元，並免郵費。海外讀者定閱相同，但每期另加郵費一角五分，合共爲十九元六角。此種優待，至1967年五月止。愛讀本刊者，請從速訂閱！

# 大華

半月刊

第廿八期

魯迅（哥哥）

周作人（弟弟）

# 大華

## 第廿八期






大華 半月刊 第廿八期

Cathay Review (Semi montly) No. 28

出版者：大華出版社

Ta Wah Press, 36, Haven St., 5th fl. HONG KONG.

督印人：龍繩勳

主編：林熙

印刷者：朗文印務公司

總代理：胡敏生記

# 憶知堂老人

省齋

藝海浮沉有令名，故山歸臥負初心；
何當把酒南窗下，共學村農話古今。
一九五七年歲暮，有懷
省齋先生，寄呈一粲。
知堂寄自北京

消息傳來，知堂老人已于去年十一月在北京謝世了。

我與知堂老人一向是文字之交，二十餘年前我在上海辦「古今」半月刊的時候，我特聘他和冒鶴亭、徐一士、瞿兌之三君爲「古今」的特約撰述，他所寫的文字很不少。一九四四年「古今」休刊後我舉家還居北京，到後即往拜訪，這才是我們初次見面。過了幾天，他請我吃中飯，一九五七年六月一日的「熱風」半月刊第九十期中有拙作「多難祇成雙髩改」一文，記之如下：

知堂老人與筆者攝影
（一九六〇年於北京苦茶庵）

「甲申之冬，余北遊燕都，除夕，知堂老人邀讌苦茶庵，陪座者僅張東蓀、王古魯。席間，余出紙索書，主人酒餘揮毫，爲集陸放翁句「多難只成雙髩改浮名不作一錢看」十四字相貽，感慨遙深，實獲我心。聯旁並附小跋曰：「樸園先生屬書小聯，余未曾學書，平日寫字東倒西歪，俗語所謂如蟹爬者是也。此只可塗抹村塾敗壁，豈能寫在朱絲闌上耶？惟重違雅意，集吾鄉放翁句勉寫此十四字，殊不成樣子，樸園先生幸無見笑也。民國甲申除夕周作人。」虛懷若谷，讀之愧然。案知翁爲章太炎先生入室弟子，國學湛深，人所共仰；至其書法則得力于唐人寫經，簡澹閑雅，饒有魏晉風味，而乃自謙爲「蟹爬」，儒者風度，殊令人不可及也。

同時，我並將該聯製版刊登。不料製版之後，經手者竟謂原聯已失去，無法覓回；我爲此事，耿耿于心，無時或釋。

去冬，曹聚仁先生北遊歸，談及曾拜見知翁，並蒙詢及區區的近況。因即馳函道念，並附告以失聯經過。兩星期後，回信來了，復蒙再書原聯，並另附小跋曰：

甲申冬日，集放翁句爲省齋先生書小聯，倏忽已是一周。前日馳書見告，云聯已失去，囑爲重書。筆墨猶是故物，而字乃更拙，雙髩亦復更改矣！丁酉新春，知堂記於北京。

信中尚有「轉瞬十年念之增慨」等句，眞是不勝其同感了。

十年前（一九五七）我重返北京遊覽，五月十一日曾往拜訪，「熱風」第九十一期中有拙作「北京十日」一文，其中亦有數語涉及之曰：

驅車往西城八道灣拜訪周啓明先生，相見驚喜，恍如隔世。原來他近患高血壓症，三月前幾瀕于危，現雖已好轉，可是醫生仍嚴囑他見客談話不能超過二十分鐘，因此畧談後即行告辭，約他日再來。

此後我又于一九六〇年及六三年再往北京，兩次也都會與他晤面，那時他已屆八十高齡了，而健康却似乎較前反爲進步呢。

最近，我看見台灣出版的文星叢刊之一林語堂所寫的「無所不談」一書，中有「記周氏弟兄」一文，語極詆譭，說什麽「魯迅熱得可怕，知堂冷得更可怕」等語。林語堂懂得什麽！以一個文言文還寫不通的人居然敢大言不慚的來批評小品文大師的周氏弟兄，他配嗎？這眞是吳稚暉所常說的「放屁放屁，豈有此理」了。其實，在我看來，魯迅的熱並不可怕，知堂的冷更不可怕，而林語堂的「淺薄」與「幼稚」（註），却才是十分可怕呢。

兒童雜事詩（鬼物之一）

知堂老人著作等身，一生所寫，不知凡幾。我現在手頭還藏有他一九五〇年間在上海「亦報」所發表的「兒童雜事詩」七十二首，署名東郭生，豐子愷插圖，眞是雙絕。其中兩首名鬼物，第一首說明曰：

溺鬼俗稱河水鬼，云狀如小兒，常羣聚水邊，擲錢爲戲，小兒通常稱爲頓銅錢者是也。

詩云：

山魈獨脚疑殘疾，罔兩長軀儼可欸。
最怕橋頭河水鬼，播錢遊戲等人來。

第二首說明曰：

目連及大戲中演活無常均極滑稽之趣，即迎會時亦如此，故小兒甚喜之。

詩云：

目連大戲看連場，扮出强梁有五傷。
小鬼鬼王都看厭，賞心只有活無常。

知堂老人他自己似乎很喜歡這兩首詩，晚年有人請他寫字，他常常寫這兩首的。這眞所謂「大人者不失其赤子之心者也」了。

兒童雜事詩（鬼物之二）

（註）林語堂不但文言文寫不通，對于我國古代藝術，更屬一竅不通。但他强不知以爲知，偏好舞文弄筆，冒充內行，時時寫出爲識者所不值一笑的文章。例如在「無所不談」一書內，另有「談中西畫法之交流」一文，中有云：「像有名的韓幹畫馬，我看不如郎世寧」。其淺薄與幼稚，竟有如此者！

一九六七年四月二十日，香港。

舉止沉靜得像一隻耗子，說話老是低聲小氣，走起路來幾乎像個老太婆，周先生同時却有一種超然不羣的氣度—是冷酷呢，還是有禮貌的輕視？—把人放在適當的距離之外，津津然以旁觀者的態度去看他們。他在應對儀節上的那份謙和，正是攔阻人跟他過份親熱的一道屏障。他笑時，或者不如說他現出有聲的笑容時，那槍彈形的腦袋的上下點動，是招呼你向他推心置腹，但不可隨意胡鬧。我們想像不出能有誰敢對他擺架子。第一次跟他見面時總歸是肅然起敬：在敵人方面，這敬意變爲畏懼：在朋友方面，則産生一種親切，亦友愛亦温和，然而誠懇—可決不！

周先生讀書見客的那間書房，正是他本人一個絲毫不爽的寫照。停停當當，每件東西都放得挺合適，任那兒看不着一粒灰塵。牆壁和地板顯着一種日本風的纖巧。一派饒有風致的精純，桌、椅或陳設無不恰到好處。這兒那兒剛好有這麼幾個坐墊，給屋子裏添上一種閑適的情味，再呢，就是書，多整齊的藏在玻璃櫥子裏，而且是多精貴的一鍋「雜膾」呵！從論性心理的書到論希臘宗教的書，中文的，日文的，英文的，希臘文的，瀰漫在滿屋子裏的是一團靜穆好學的空氣，强烈的暗示着消磨於讀書以及談論人物書籍上的優游歲月。

周先生的住宅遠在北平繁華中心之外，因此過訪者不甚踴躍，然而眞的過訪的幾個人，主人總是歡迎的：他們不是老朋友，就是常來找他想在寫作上得一點特殊的指示，或只是隨意談談的幾個熱誠的景仰者。十有八回，開口的是客人，聽着的是周先生。話是用幽幽然的調子說着。沒有議論，所以就沒有雄辯。話頭左一灣右一灣，說到這說到那—只是軟軟的撩一下，便蕩開去落在別的上：任什麽也不許獨占春光，以至於變成爭論的對象。熱情是沒有地位的，所有的只是對於一切事物的清明無私的好奇的燭照。

# 周作人

## —鐵與温雅—

温源寧原作
倪受民譯

世界在周先生的眼中是何等平凡渺小啊！在他的文章裏，那些使人類互相成爲生死寃家的大問題他是敬而遠之的。他愛讀的都是小事情，使我對這羅剎世界發生親切之感的「瑣細，無名，想不起的事兒」。從這裏便産出了他那種温柔可愛的小品文手法—不是帶着公開法庭味的，語勢鏗鏘的麥考萊型，而是含着不經意所以動人的唯我論的，情調幽靜的伊利亞型。周先生的小品文最像朋友間的閑談，給洗鍊得入了化境。他有那宗絕技，能將一個人生活中的無聊瑣事化作淡奇的閑話。他是由「腐臭」而臻「神奇」。在他那極*人間味的園地裏，瓢兒菜的魔力比薔薇花大。讀了他的文章，我們幾乎確信蒼蠅的有趣有時眞能超過思索什麽

天道，先知，意志與命運——
固定的命運，自由的意志，絕對的先知。

周先生還有一面我們不可忘記。他的身體裏有多量的鐵。那毛刷子式的鬍子下的兩片緊咬着的嘴唇，便暗示着果斷。他不大高興管閑事，可是一旦高了興；誰攔了他的路該誰倒霉！但看他對付北平女子學院院長經利彬吧，那勁兒夠利落，漂亮！周先生在一切實際事業上的成功秘訣，恐怕是在於他明瞭自己所要的是什麽，並且—更要緊的—曉得自己能力的限度。逢到開什麽會議，他說話很少，但他說的全到家—這是因爲一切事都先盤算好，而且沒有游移。從不大驚小怪，總是沒事人一般，他給我們的印象是：這人你聽他瀟洒自在他固然開心，但前面有了風暴的時候他也照樣開心。

風暴！提起這兩個字我們就想到海，提起海就想到船，命運的播弄眞是奇巧，小品文家的周先生從前竟是一個海軍學校學生！但實在講起來，這也並沒有什麽奇怪。還有什麽比一艘乘風破浪的鐵甲艦更温雅的呢？是的，周先生在這一點上正像一艘鐵甲艦，他有鐵的温雅！（選載自「逸經」文史半月刊，一九三六年十一月五日出版的第十七期。題目及副題仍舊。）

# 「史記新校注」與張森楷

廸吉

歷代爲太史公書作注的，無慮百數十種，而近人多推許日本瀧川資言「史記會注考證」，其書，以三家注爲注，署曰會注。其在三家注以後諸家書，彙而載之，時下己意，名曰考證。竊觀其書，頗嫌粗略；徵引雖繁，亦傷蕪雜，我因此想起了近人張森楷的「史記新校注」來。張先生的書取材博而有別擇，考證詳而確有心得，與瀧川資言的書實遠難比論。可惜張先生的書稿具而歿，未及刊行，瀧川書後成而先刊，遂使今言太史公書新注的，盛道瀧川而不知有張氏，我因此發意要寫此文，表揚這一位近代史學家張森楷先生。

張森楷先生生于咸豐八年，（一八五八年），原名家楷，字元翰，後改名森楷，字式卿，晚號端叟，民國四年後更署石親，學者稱石親先生，四川省合川縣人。父早故，幼在坊間得「史記菁華錄」及「日知錄」殘本，愛讀之。張之洞做四川學政，取先生爲州學生，後往成都尊經書院肄業，甚爲山長王闓運所賞，與州人丁治棠、戴子龢及彭耀卿分踞經史文賦一席，有「合川四俊」之目。光緒十二年（一八八六年），先生歸合川掌教振東鄉校。後來黎廣昌做川東兵備道，先生以上書獲知，遂令入幕。光緒廿一年，黎奉召內調，先生謝病，應任崧齡召，赴成都，入尊經書院爲襄校。歲庚子（一九〇〇年），先生主講鄰水玉屏精舍所，自創例撰「通史人表」、「二十四史校勘記」，排日讀正史，並參以諸籍，其手稿冊首卷尾，輒自注寫作起訖年日，歷二十六年未嘗間斷。

張先生嘗擬別撰「通史六鑑」一書，適是歲有庚子八國聯軍之役，先生遂暫輟治史，圖國家富强之業，自謂：「爰本幼學壯行之義，姑舍前緒，覆宋下五史，卽暫時不更講求，別發所藏農工商之學說，徧觀而盡識之，而得一就地之便，適時之宜，最簡易最普通最有效力，辦之又不驚世駭俗者，曰蠶桑學，出諗同人，僉以爲然。」

光緒廿七年，先生爲籌創四川蠶業社于合川之大河壩，是歲奔走鄂、皖、蘇、浙四省。越年，民立四川蠶業社成立，先生任社長，延師招生，用日本法教授，實四川蠶學普及之基礎也。前後七年，先生常住于大河壩社內，親自督辦社務，故成效卓著。其後合種桑遍植川中，出口絲充滿海上，其機緘實先生啓之。

宣統元年，先生同州人張駿驤者，自貴州歸里，羨蠶社而攘奪之，匿名誣訴先生侵蝕，知州楊佐仁、委員徐文杰構成罪，請革職刑訊，勸業道周善培持之，令移省親鞫，一無佐驗，盡得其賄誣狀，乃以無罪定讞，仍屬先生治蠶社事。先生請論誣告如律，不許。先生遂決辭退，且微詆其徇情曲法，非勸業意，善培怒，斷蠶社社產歸合川公家，以抵還公股及補助費，社債歸先生專收社生報效費以償之。先生不服，赴省訟爭。時成都府中學校校長林思進聞其事，遽以中史教員相延聘。先生至是重理舊業，撰「華夏史要」三十二卷，體仿紀事本末而稍簡，首冊已刊行，時與夏曾佑「中國古代史」齊名。

民國元年，先生以衆望被推爲川漢鐵路總理，治史之業，因以再輟。後四川都督胡景伊誣先生與楊庶堪以公欵接濟熊克武爲軍餉，矯稱奉交通部咨通緝之，先生因去蜀至北京投交通部請資，候批之頃，端居多暇，更就舊稿「二十四史校勘記」

中史記部分加以訓釋，重寫爲「史記新校注」，十閱月成。時相商榷者有王闓運、張謇、邵章、王樹枏、宋育仁、陳衍、楊守敬、劉師培等。

後先生去京，將行，林萬里讀「二十四史校勘記」稿而偉之，介商務印書館出版，陳衍並爲撰序。先生過上海，議出版無成，乃赴成都，合川知事鄭賢書邀歸修縣志。民國九年（一九二〇年）「合川縣志」成，凡七十七卷，梁啓超「中國近三百年學術史」內「淸代學者整理舊學之總成績」一篇之第七章論方志學，曾列康熙以來新修方志之佳者數十種，其成於民國者有繆小山主撰之「江陰縣志」，孫親石獨撰之「合川縣志」，所謂「孫親石」，卽張石親之謔文也。

民國十四年，時成都大學新立，延先生爲中史教授，在校二年，成就甚衆。後以年近七十，未見「史記」善本猶多，因攜「史記新校注」稿，北走京津，就讀羅振玉、傅增湘所藏書，期重訂之，慮時力不及，每日勤作至十八小時。先生又有「史記新注舉要彙編」二冊，均未及刊行。

太史公書，淸儒如錢大昕、王念孫、梁玉繩輩，考辨極精，而猶未及重爲新注，有之，則張森楷「史記新校注」是。先生據校之本四十四，參校之本一十七，紀、表、書三十卷之徵引書目凡四百五十八種，倘併世家、列傳百卷計之，則引書必在千種以上。自始注迄注成，歷時五十年，六易其稿，誠可謂太史公書之功臣矣。獨惜稿成未刊，世人不之知也。（按張先生以民國十七年卒于北京，年七十一歲。）

# 海晏堂名「不祥」

溥儀的師傅陳寶琛是同治、光緒年間一個詩人，宣統登極後，選他做師傅，不到一年，淸朝就垮台了，但他仍然是師傅，入宮教「皇帝」讀書。寶琛有「瀛臺侍直」詩十六首，一首云：

突兀何來海晏樓，思量社飯閱三秋。幾回閣筆終留讖，更望橋山淚不收。（自注：孝欽建樓以欵女賓，命張文達書額。文達請改「晏」爲「宴」，不聽。戊申十月大事，均在西苑，若先兆然。）

這首詩頗有趣，亦富掌故性。注中的「孝欽」卽慈禧太后，「建樓以欵女賓」，指她築海晏堂招待外國公使館的女賓。原來西太后自義和團運動吃過洋虧之後，就變成了媚洋、恐洋，巴結洋人唯恐不及，特在西苑瀛臺附近，將已毀的儀鸞殿改築海晏堂。（樊樊山的詩，寫聯軍統帥瓦德西因儀鸞殿失火，裸體挾賽金花從火中躍出，卽其地。）叫張百熙寫「海晏堂」扁額。張對西太后說，爲什麽不叫海宴，而叫海晏呢，改「晏」爲「宴」不好嗎？但西太后沒有接納張的意見，因此陳寶琛就認爲「語讖」，所以光緒三十四年戊申十月，光緒帝、慈禧太后先後一日皆在西苑逝世，這都是那個不祥的晏字做成的。如果海晏改爲海宴，就沒有這些事情發生了。

滿腦子腐化思想、封建思想的士大夫，總是相信所謂「語讖」的。原來「晏」字的字義是安也，晚也，讀音以「倚諫」二字反切。「宴」字讀作「燕」、是飲宴、宴樂之意。兩字的字形差不多，但字音則有別，很多人把這兩字寫錯、用錯。天子的死，叫做「晏駕」，那是說皇帝的車駕很晚還不出來，這就包含着：「皇帝不坐車出來上朝，不消說是死了」之意。因爲皇帝照例要在天明前後坐朝處理國政，皇帝死了，當然沒有出來坐朝，臣子見他不來，還以爲皇帝的車駕晚出罷了，怎知他已死去呢。做臣子的人不忍說皇帝死去，故用「晏駕」二字來代替。在封建帝皇的宮廷中，「晏」字可作不祥字用，但也可作吉祥字用，例如「河淸海晏」，西太后要用海晏名堂，似是海晏河淸之意，她沒有想到「晏駕」一着，張百熙、陳寶琛之流反而迷信得可笑。

海晏堂是西洋建築，慈禧指定所有家具陳設，除御座外，盡皆西式，家具皆在巴黎定製，仿路易十五時代樣式，出巴黎第一流名匠之手。民國成立，西苑做了總統府，袁世凱改海晏堂爲居仁堂，亦忌晏字。

·申之·

# 中國事變回憶

## 日本侵華戰爭中的誘和工作

日本 今井武夫著
張如冰譯

### 「重光堂會談」策劃的「和平」鬧劇

會談是在極端祕密中進行的，為了避人耳目，會談的地點選擇了上海新公園北邊東體育會路七號一所為炮火所燬的空屋，這所空屋在我們會談之後，土肥原（中將）把它作為住宅，稱為「重光堂」，因此我們的這次會談也就叫做「重光堂會談」。近衛內閣十一月三日的第二次聲明和十二月二十二日發表的第三次聲明，以及政權成立後的「日華基本條約」，可以說都是以「重光堂會談」為基礎的。

在這次會談中，除了前述的那些「會談紀錄」之外，還商談了汪兆銘行動的預定計劃。

第一步：

1. 上海日華雙方代表會談成功後，梅思平即經由香港前赴昆明。
2. 日本政府確實承認上述會談的和平解決條件之後，中國方面代表即行通知汪兆銘。汪即設法偕同陳公博，陶希聖等人脫出重慶到昆明。
3. 汪到昆明後，日本政府即相機公布日華和平解決條件。
4. 同時汪聲明與蔣介石斷絕關係，即離開昆明先到河內，再赴香港。
5. 汪到香港後，即發表聲明響應日本東亞新秩序的號召，主張恢復和平。與此同時，國民黨黨員（汪派）聯名發表反蔣聲明，向全國人民和海外華僑呼籲和平。
6. 雲南軍隊首先響應汪聲明宣佈反蔣獨立，隨之四川軍隊亦作同樣行動。雲南方面和四川將領與汪均有默契，但中央直系軍隊已有三師入川，故應由雲南先行發動。
7. 中央軍如對雲南進行討伐時，日本軍應設法牽制，必要時，希望從貴州方面阻碍中央軍行動。

第二步：

1. 汪兆銘糾集「同志」在雲南、四川等日本軍未佔領地區建立新政府，編制軍隊。
2. 日本軍從某些地區撤退，俾其加入在廣西及廣東兩省成立的新政府。
3. 新政府成立時，闡明建立東亞新秩序政策，同時發表日華提携方案，開始和平運動。
4. 新政府編制五至十師隊。
5. 軍事及其他教官均由日本聘請，以期教育與養成東亞新秩序主義人材。

影佐同我十一月二十一日從上海回到東京，把「重光堂會談」的結果向陸軍大臣、參謀次長與土肥原（中將）以及各關係部門報告之後，即於次日（二十二日）由板垣（陸相）率同前赴首相官邸，再向五省會議的關係閣僚作了詳細報告，這樣，就決定發表近衛第三次聲明。

我二十六日又到上海，同伊藤一起靜候中國方面的反應，香港則由西和參謀本部的太田梅一郎（少佐）担任同中國方面聯絡的工作。

另方面，梅思平十一月二十五日從香港出發，二十七日飛抵重慶，同汪兆銘，周佛海商談之後，十二月一日把「回答」帶來了香港。「回答」的要旨如次：

一、汪兆銘承認上海「重光堂會談」的「日華協議紀錄」。

二、近衛聲明文中，關於日本不干涉中國內政，不實施經濟獨占，應明白表示。

三、汪兆銘預定十二月八日從重慶出發，經由成都於十二月十二日到達昆明。

為保密起見，中國方面希望近衛聲明在十二月十二日以後發表。

四、汪在昆明，河內或香港發表下野聲明。

## 你急，我急，他急

當日本軍隊進迫漢口的時候，汪兆銘會於十月十二日在重慶對「路透社」記者發表下述談話：

如果日本提出和平條件不妨害中國國家獨立存在時，我們可以考慮接受作為交涉的基礎，否則任何人都沒有調停的餘地。總之，一切視日本提出的條件而定。

這一談話，不消說在國民政府內部引起了很大的反响。以陳誠為中心的抗戰強硬派對汪猛烈攻擊，共產黨當然更是反對的。但也有人同情汪的意見，軍人中如王陵基、漆文華、鄧錫侯，以及政學系的張公權，郭心崧、程天放和CC系的陳果夫、陳立夫等。

長沙大火事件，汪更加強了他「和平救國」的主張。

日軍攻陷漢口，日本政府十一月三日發表第二次近衛聲明，旨在修正一月十六日的第一次聲明，同時表明解決事變不採取侵畧主義，而以道德觀點為基礎。

十一月十三日，蔣介石在重慶中央黨部紀念週，重申了抗戰到底的決心。這是對近衛第二次聲明的答覆，同時反駁了汪的和平建議。

蔣汪二人在十六日共餐時，曾經因此發生激烈的爭論，結果不歡而散。

周佛海和梅思平將「重光堂會談」和「日華協議紀錄」向汪報告之後，周於十二月五日先行飛赴昆明。

汪本預定十二月八日飛離重慶，突然蔣於六日從前線歸來，汪派諸人慄慄危懼，耽心他們的行動計劃走漏了消息。

周佛海原是藉視察宣傳工作為名到昆明去的，七日接到陳布雷的電報，說是蔣命他即日回重慶來。周大吃一驚，八日又不見汪來，更害怕事有蹊蹺。尋思如果回重慶，就沒有出來的機會，獨自往香港，既無補於事，且使汪行動更加困難。為了拖延時日，以視察宣傳工作尚未竣事為理由，電蔣展緩歸期，這樣挨過了一個星期，正在進退維谷的時候，汪於十八日突然飛到了昆明。

汪脫出重慶的經過是這樣的：十八日那一天，蔣召集一班年輕的國民黨中央委員訓話，沒有邀汪出席，恰好雲南省政府的參謀長到了重慶，身上有幾張到昆明的飛機票，汪就冒險飛來了。

十九日他們不敢在昆明停留就飛到了河內，前後來到的有陳璧君、陳公博、林柏生、陶希聖和曾仲鳴。

這些經過情形，都是後來在上海時汪、周當面告訴我的。

汪到了河內的消息傳出後，重慶國民政府先命當時留在河內的外交部長王寵惠，後又派陳布雷來勸汪，汪均不聽。

我在上海等候汪的消息，焦慮極了，十二日趕到香港去問高宗武，高也同我一樣在着急，直到十二月二十日才得到汪抵河內確報。

另方面，近衛本預定汪於八日離開重慶後，十一日在大阪公會堂講演時，向全國廣播他的第三次聲明的。本人已在京都等候，既得不到汪的消息，只得稱病改為十四日，終於取銷了這個計劃，悄悄的回到東京。

當時近衛焦急的情形，可以想見，這個早已準備好的近衛第三次聲明，直到二十二日才發表（原文從畧，譯者）。現在看來，這個聲明的內容不免是片面的，高壓的，但在當時還有不少人責備說是軟弱外交呢。

汪兆銘响應近衛聲明的艷電（十二月二十八）發表後，遭到了中國各方面的非難，國民黨中央執行常務委員會於一月一日那一天，將汪免職並開除黨籍，使汪最感到失望的是，他想像中可能贊成他的主張的人，都無所表示，甚至反對他的行動。

## 河內、上海、東京

重慶特務計劃暗殺汪，誤中副車，曾仲鳴成爲「和平運動」的犧牲者，這是三月二十一日深夜的事。

同時，河內法國當局對汪表示冷淡，汪遂決計離開河內。在這以前，我於一月十五日從香港奉命歸京，二月上旬，往返上海東京間，協助土肥原（中將）進行對孔祥熙工作。二月二十六日偕同高宗武，周隆庠到東京，爲的是想知道汪派內部的情形和商量今後進行計劃。三月上旬，我又爲了對吳佩孚工作的關係，到北京向土肥原有所陳述。十二日回到東京，奉命調任參謀本部支那課長，一時無法離開崗位，剛剛辭去軍務課長職務的影佐，就代替了我去做救援汪脫出河內的工作。

影佐、伊藤、犬養和外務省書記官矢野征記，分別在四月十六日以前到達了河內。十八日周汪商談之後，決定離開河內前往上海。

汪以下野出國先赴新加坡爲理由，獲得河內當局的諒解，於二十五日夜僱了一艘七百五十噸的小火輪離開了河內。本來約好二十六日和影佐等的乘船「北光丸」在航途中會合的，但兩船失去了連絡，彼此都大傷其腦筋，直到二十八日午後才在汕頭灣碰上了頭，汪一行搭上了「北光丸」，五月六日抵達上海，汪遲至八日才上岸。

我到上海來迎汪，就在「北光丸」剛到的時候，我們在船上作了第一次會談。汪談話的要旨如次：

一、汪認爲只有和平才能救中日兩個國家，但鑒於歷次以言論反對國民政府的抗日理論和政策的無效，因而進一步擬自行建立和平政府來實現眞正的中日提携。從而希望日本政府完全按照近衛第三次聲明實行，顯示日本決非侵略，使中國人民知道抗戰是無意義的。

二、建立和平政府，同時也要編制軍隊，但這決不是想同重慶政府對抗，引起內戰，而是爲了督促重慶政府放棄抗戰政策，走向和平。因此將來重慶政府同和平政府合流的時候，就算本人的目的已達，即行下野。

三、關於建立和平政府，本人擬先赴日本，同日本政府當局交換意見後，再作最後決定。

四、如果決定建立政府時，基本上仍是繼承中華民國法統的國民政府，只是採取還都的形式，三民主義和青天白日旗是不容變動的。

在上述汪的談話中，關於青天白日旗的問題，在另一會合，周佛海和梅思平對我說，萬一日本軍方面堅持反對的話，是有商量餘地的。可是，就在當晚一點多鐘的時候，周梅慌慌張張跑到我的宿舍來，說是受到汪的嚴厲斥責，聲明取消前言，確定青天白日國旗是不可變更的。

我先回東京把汪的計劃和主張報告板垣和多田。經過一番躊躇和討論之後，決定歡迎汪到日本來。

五月三十一日，汪率同周佛海、梅思平，高宗武、董道寧、周隆庠等十一人搭乘日本海軍機到了日本，日方接待的是影佐、犬養、矢野等。

近衛內閣在這年正月就辭了職，換上了平沼騏一郎內閣。汪自六月十日起，同平沼和陸、海、外、財各相開始會談，近衛也參加了。

平沼對汪在南京組織政府計劃，表示極力支持。同板垣討論「北京臨時政府」，「南京維新政府」的處理問題，以及國旗問題時，汪堅持「維新政府」必須取消，青天白日旗不可更改。

在汪同日本政府會談之前，陸軍方面從六月二日起曾召集在華各軍幕僚在東京會議，會議的結果，決定對汪協力。對國旗問題雖有不少異議，但終於認爲這是中國內政問題，同意了汪的主張。

老實說，我是不大贊成汪在南京組織政府的。因爲這不是「重光堂會談」的原來計劃，高宗武是主張不要在日本軍隊佔領地區成立政府的。同時耽心在日本軍隊佔領地區組織政府，難免不蹈「臨時政府」和「維新政府」所謂傀儡政權的覆轍，不但會失去人民的同情，可能反而成爲全面和平的障碍。我在上海也曾將這個想法同周梅談過。

前線部隊的幕僚會議，差不多無條件

# 胡適抗戰時的日記

——如　冰——

**廿六，八，一。**

今早六點五十分，蔣先生召集一個擴大紀念週，聽說他報告的是中央軍與飛機何以不上去的說明等等。

今天高君無報告。（按：卽高宗武）與F cher吃飯，同座者有一位Dr. Abegg，是新聞記者。

**廿六，八，六。**

寄梅先生約吃午飯。（按：周詒春）

回寓見蔣先生約談話的通知，先作一長函，預備補充談話之不足。

主旨爲大戰之前要作一次最大的和平努力。

理由有三：

（一）近衛內閣可以與談，機會不可失。

（二）日本財政有基本困難，有和平希望。

（三）國家今日之雛形，實建築在新式中央軍力之上，不可輕易毀壞。將來國家解體，更無和平希望。

和平外交的目標：

（一）趁此實力可以一戰之時，用外交收復新失之土地，保存未失之土地。

（二）徹底調整中日關係，謀五十年之和平。

步驟應分兩步：

第一步爲停戰：恢復七月七日以前之疆土狀況。

第二步爲「調整中日關係正式交涉」——在兩三個月之後舉行。（按：原文至此爲止。）

**九月七日**

晚上高宗武、程滄波爲我們餞行。

聽廣播，知上海美國商人甚怨Secne-tar Hull召回美僑的談話，責備甚多。

**九月八日**

九點半到英大使館訪 Blakburn 參贊，談時局。他說，英國海軍太弱，在中國海只有四隻巡洋艦，其中Capetoron被困在長江，Suffolk 擱淺受損傷，只餘兩隻船，有何力量？

關於英美關係，他是不信美國對遠東有積極辦法的。

見Byaze秘書，小談。

十點半至鐵道部官舍，見汪精衛先生，他正在國防會議，囑我小待。待至十一點半他才散會。談次，我勸他不要太性急，不要太悲觀。

十二點到高宗武家，只我們二人同飯，久談。我也勸他不要性急，不要太悲觀。我說，我們八月初做的「在大戰前作一度最大的和平努力」工作，是不錯的。但我們要承認，這一個月的打仗，證明了我們當日未免過慮。這一個月的作戰至少對外表示我們能打，對內表示我們肯打，這就是大收穫。謀國不能不小心，但冒險也有其用處。（全文完）

---

的接受汪的主張，我倒有點感到意外。然而這不是沒有理由的。

在盧溝橋事件發生的時候，日本軍人未能深切了解中國的實情，誤以爲像「滿洲事變」一樣，可以用恫嚇政策迫使中國就範，因而輕啓戰端。由所謂「北支事變」到「支那事變」，根本違反軍事原則，無計劃地增加兵力，和擴大戰區，以致泥淖深陷，末由自拔，這一點，前線部隊體會得最爲深刻，所以希望汪來替他們打出一條出路吧。

至於國旗問題是這樣解決：爲了識別重慶抗戰軍和「南京和平軍」暫時在青天白日旗加上一條黃飄帶，上寫「反共、和平、建國」字樣，以爲標志。但是，「華北臨時政府」一向是用五色旗的，「南京和平政府」成立後，在北支軍司令部慫恿之下，只限於官廳和一定的場所懸掛青天白日旗，一般地方仍然是五色旗和「新民會會旗」併用的。

爲了疏通華北方面對組織「南京和平政府」的意見，汪於六月二十日由日方影佐、犬養、矢野、須賀彥次郞（海軍大佐）淸水董三（外務省書記官）陪同下，乘船北上。

二十七日汪由天津到北京，會見了北支方面軍司令官杉山元（大將）和「華北臨時政府主席」王克敏，汪體察到華北情形的複雜。日本軍方面曾安排汪和吳佩孚見面，但沒有成功。

（二）

# 西德中國大使館的神秘人

竹　坡

西柏林的古菲斯登大道二百十八號一所大廈，是中國大使館所在地，清光緒廿八年（一九〇二年），清廷花了一筆錢買下的。大使館是一幢四層樓的房子，房子雖很舊，但因爲處于柏林商業最繁榮的古菲斯登大道，地皮却很值錢。

北洋政府時代，這所大廈是中國的公使館，那時候的駐外使領館，常常爲外交部拖欠經費，駐柏林的公使館就欠了兩年多，沒有人敢做駐德公使，貽笑友邦。使館中人沒辦法，就只好拿公使館房子向銀行抵押一筆錢來應付辦公費和生活費。這一筆欠款，一直到國民政府接辦後，仍然沒有清還。民國廿二年汪精衛兼任外交部長，曾吩咐常務次長唐有壬認眞整頓駐外使領館經費，以不拖欠爲原則，但對於柏林使館館址抵押一事，却毫無辦法，到民國廿五年（一九三六年），駐德國大使館積欠銀行的本息已達八萬多馬克了。銀行屢次向大使館催討，當時的大使程天放就打電報給南京的外交部請示，外交部又向行政院請示，國民政府窮到要命，那裏肯多拿十幾萬塊錢來做這等眼前不急的事呢。只好訓令外交部，叫它自己想辦法。外交部新任的部長張羣倒很聰明，暗示新任駐德大使程天放：不必還債，反正大使館享有治外法權，德國銀行家胆敢封閉大使館嗎？

這一招倒也頗絕，從此柏林使館平安無事。但做大使的人可面目無光了，他被各國駐柏林的使節瞧不起，就無異瞧不起國民政府，程天放處境之難堪可以想見。程天放在無可奈何中，只好另想辦法，虧他也和張羣一樣聰明，動大使館房子的腦筋。當時古菲斯登大道的地皮很值錢，他就打算將大使館地皮出賣，還淸銀行抵押借欵外，剩餘的錢，另在其他地價較廉的地方買過一幢房子來做大使館。據程天放估計，還淸債務後，尚有三十萬馬克可剩（攻擊他的人就說他乘機欲在此四十萬法幣中撈一筆，未免冤枉了他），另買房子，總可夠的了。這一建議，已爲外交部核准了，但問題又來了，在柏林適宜于做大使館的房子，價值都很高，自非窮光蛋的國民政府負担得起。程天放看了很多處房子，私下一計算，將大使館房子賣出後，還債後所餘的三十萬，還要添五十多萬馬克才可以買新房子，五十多萬馬克，就要國民政府的法幣七十萬左右了，國民政府一定不肯花這筆鉅欵在一個駐外使館的，程天放冷了半截，只好住舊房子，掩着臉出入大使館的大門了。做國民政府的外交官，並不比做北洋政府的容易。

柏林大使館的房子本來已經很舊了，經過世界二次大戰，雖不毁于戰火，但附近地方受轟炸，震動力使它大受損傷。據一九六七年四月一日香港的「德臣西報」通信說，西柏林中國大使館的問題如不獲解決就有傾圮之虞。據說，自一九五〇年國民政府被逐出中國大陸後，這個大使館就一直空着。這所一度曾經被譽爲堂皇美麗的大廈，現在它的外表已殘破不堪。前些時，有兩個路人行經該處，忽然墮下兩塊大石頭，幾乎把行人的頭顱也壓扁了。

西德的國會爲了這件事，就提出討論中國大使館的主權誰屬的問題。它屬于北京政府的呢，還是屬于被逐出中國大陸目前在台灣行使政權的蔣介石國民政府。現在誰也不能說。

西柏林有個退休的老人，在過去若干年月中，他照例進入中國大使館「打掃房間」，有人問他這所房子應該誰屬，他不假思索的答道：「我也不知它應該屬于什麽人，我只是按期收到中國寄來給我做工錢的支票。除此之外，我也不想知道房子應該誰屬，這與我無干啊！」老人是誰，人們不知，只叫他爲神秘人。

# 曲阜孔府世藏明代衣冠

陳克禮

曲阜孔府是孔子後裔歷代襲封爲衍聖公的世居之所，是一個世代相承典型封建大家庭。歷代統治王朝不可避免地總會更替，一些閥閱之家也常有興衰，但是孔府却能歷經歲月地壓在曲阜人民頭上沒有動搖。正如孔府門前懸掛的門聯寫的「與國咸休」了。（全文是：與國咸休，安富尊榮公府第；同天並老，文章道德聖人家。）

其所以如此，正是由于孔子的牌號被歷代封建統治者崇敬與利用故，因而「衍聖公」的地位及其府第也就得以世代保全了，自明代以來，「衍聖公」不僅可以占有兩千頃祭田，由于過着驕奢享樂和舞文弄墨的生活，也得以大量地攫奪人民創造出來的藝術成品，並世世代代地據守，無大散失。

孔府藏品，有價值的東西不少，歷代衣冠是珍藏中最值得注意的種類之一。據一九五六年山東文管處調查，孔府收藏的歷代衣冠有一百多箱，計八千多件。時間包括從元明到近代。事實上藏品中何者爲元代遺物，尚未弄清；可以肯定的明代衣冠，却發現有數十件之多，這是國內僅有明代衣冠傳世遺物。

這些衣物，從實際上、文獻上傳說上，都可以得到確鑿的證據，證實其確爲明代遺物無疑。

從實物上看，盛衣服的箱子，按其形制、漆色、斷紋，絕非近代仿製，箱蓋上並貼着紙條，上寫「太太衣服」字樣。「太太」當指明代某一位「衍聖公」夫人說的，在檢查時，箱裏所裝，雖不全是女服，那可能是後世檢點衣服時弄亂的，原箱極可能即爲盛「公夫人」衣服所專用，帽盒發現也不止一只，按其形制、漆色、斷紋，至少也可斷爲是明代製品。至于從衣冠的領、袖、做法、織紋紗、絹、質地、顏色和敗舊的程度來看，都可以說明它們不但不是後世的仿製品，也更不是戲衣。

從文獻上看，「孔府檔案」中，截止到一九五八年整理時止，發現記載有關衣冠的資料極少，據我所知，僅發現過一張「衣單」。以其字數不多，又從未見過著錄，可爲研究孔府衣冠定名時最有用的第一手資料，除尺寸數碼外，抄錄如下：

藍色圓領袍，蟹青大領襄衣，大紅圓領官衣，茶色大領襄衣，蛋青大領便服，桃紅綿裙，藍色便裙，牙牌一面，牙笏一個，朝靴一雙，玉帶一圍，穩步二挂，護膝一對，襪子一雙，朝帽二頂，九梁巾二頂，大紅圓領便服。（前七件皆有尺寸，不錄）。

「衣單」前邊並寫有「明朝衣服」四字，據其紙張和卷宗叠置情形看，至晚爲清代中葉或更前一些時間抄錄的。用「明朝衣服」四個字，顯然非明朝人的口吻，當是清代在某一次整理府內所藏衣服時記錄的，這就是說，至晚在清代中葉或更前一點時間，就已經知道這些衣冠爲明代的遺物了。這就更有助于我們掃除對孔府衣冠是後世的仿製品或戲衣的懷疑。

從傳說上看，孔府衣冠，流傳有自，清代乾隆年間，甘泉黃文暘就好像在孔廟東偏「承聖門」內「詩禮堂」中，見過這項衣冠中男性服飾的一部分，並有「闕里孔氏所藏先世衣冠」一詩，對衣冠加以比較詳盡的描繪，載于「掃垢山房詩集」中，起首就敘述見到衣冠所在的地點：「詩禮堂開朗日旭，文楷靈著香馥馥，廣庭陳列古衣冠……」。按「詩禮堂」並非適于陳列衣冠之所，若不是我們對詩句有所誤解，那就是別有緣因，將來還有待于我們考察。清代末期，衣冠藏在孔府內「前堂樓」上，光緒十一年（一八八五年）孔府大火，燒去府內七座樓堂，在大火燃燒的當時，府內戲班武生曾奮勇登樓搶救出「乾隆十供」（清代乾隆年間，爲祭祀孔子而「御賜」的十件商周青銅禮器。）這是爲當地人衆所周知的事，據傳說被搶救出來的和「十供」在一起的還有「明代衣冠」。大火以後，衣冠改藏在孔府西路「忠恕堂」中，並設有專人看管，目前仍在曲阜縣文物管理委員會（即孔府）工作的一位職員的先人，就曾從清末至民初，專任看守之職。據此可知「孔府衣冠」，不但流傳有自，而且早被孔府重視了。

明代衣冠仿唐制，基本上是清朝以前歷代漢族衣冠的形制，具有典型意義，而孔府所存實爲國內僅有的最可信的傳世衣冠，因此，它是研究漢族物質文化史的重要資料。

# 越劇春秋

## ——袁雪芬與越劇

王陽

在我國的越劇藝術史上，袁雪芬是一個知名的人物。她是我國第一個大型越劇團雪聲劇團的創辦人。袁雪芬的經歷，可以說是一部越劇藝人的奮鬥史。她們如何歷盡千辛萬苦，把這個幾乎失傳的劇種保存，撫育，以至推陳出新，發揚光大。其間不知經歷了多少血迹斑斑，可歌可泣的片段。

越劇，又名紹興戲，發源於浙江東部一帶，在各種地方戲中，它的社會地位最低，只是一些私人科班，在鄉間流浪賣唱，間或進入城市，也只在街頭巷尾，搭台獻藝，藝人生活淒慘，十九改就他業，使越劇幾乎失傳。袁雪芬是浙江上虞縣人，也是科班出身，抗日戰爭後來到上海，看到其他地方戲，都有正式劇團，而且**能**在戲院裏演出，她也想創辦劇團。在這十里洋場的上海，一個無錢無勢的女人想辦劇團，眞是談何容易，簡直是妄想。袁雪芬在一次堂會上演出時，爲女資本家湯碧珍所欣賞。湯碧珍是個有點魄力的人，她辦了一個綠寶金筆廠，出品綠寶金筆，想和舶來品派克等名牌競爭。她預料越劇這個新興事業在上海可以辦得出，所以向袁雪芬表示願意投資辦劇團。湯的如意算盤是，一方面借劇團來宣傳綠寶金筆，一方面她估計劇團可以賺錢，來充實金筆廠資金。於是湯與袁雪芬訂了一個比較苛刻的合同，一九三九年，我國第一個大型越劇團——雪聲劇團，就此誕生了。「雪聲」有着雄厚的資金，通過湯的關係，打入大戲正式演出。這種戲在上海還是新鮮的，果然一鳴驚人，轟動滬濱。當然，劇場裏裏外外，儘是「綠寶」的廣告。海報、大幕，說明書上不用說得，就是連茶杯和醬油瓜子的紙袋上，也印着「綠寶」的廣告。湯碧珍名利雙收，排日往返於工廠與劇場之間，忙得不亦樂乎。這個女資本家的手法，引起了另一個標榜挽回權利，提倡國貨的企業家三友實業社主人孫文熬的效仿。孫先向袁贈送花籃，宴請「雪聲」同人等等，繼而向袁表示也要投資。這位孫文熬，比湯的神通還要廣大，借劇團做活廣告。在「花木蘭」一劇中，竟把三友實業社出品的三友補丸也拿來作爲道具，演員手持藥瓶在台上一揚，唱出「三友丸藥買幾瓶」的詞句。這裏不難看出，越劇一躍登上海的劇壇，就爲資本家所利用，作爲發財的工具。藝人生活，依然淸苦，除了日夜兩場演出，上午及深夜，還要趕上電台播音。有位演員因疲勞過度，走路甚至碰撞電桿木受傷。「雪聲」在上海立足後，其他大小越劇團在一定的靠山下先後成立起來。劇團一多，產生了競爭，也發生了新問題。上海的越劇觀衆，幾乎盡是小姐、老太太、少奶奶、姨太太。什麼原因呢？一是越劇劇情的特點是悲苦，演的都是些「私訂終身後花園，落難公子中狀元」之類的悲歡離合的愛情故事。這種情節，最能打動女子之心。二是越劇演員全部是女的，是女扮男裝的，演員與女觀衆之間，不會發生問題，所以那些有錢人慫恿他們妻女去看，非常放心。這個原因看起來好像是說笑話，其實倒也有三分道理。這些有閑階級的太太小姐，飽暖終日，想些事情出來調劑生活，腦筋動到越劇演員身上，收演員爲過房女兒。演員呢，落魄江湖，出外靠朋友，有過房娘靠山，總是好的，因此也樂於做這些事，於是「過房」之風大盛。一些有名演員的業餘時間，忙於酬酢和交際，影響藝術上的提高。所以這個時期，越劇藝術只是在形式上有所改進，實際水平還是很低。此產生的新問題之一。其次，越劇藝術由於缺乏正確的指導，在演出風格上，漸漸和話劇同化。燈光、佈景、裝置、道具、效果等，全部取法於話劇，演員一舉手、一投足，也是話劇化。所不同的，僅是話劇講普通話，而越劇用唱腔。好像模仿話劇，就比較正規（滬劇也有這種情況）。這樣，越劇的傳統精神和原來賦有的濃厚的民族風格，就逐步失去，弄得有些不倫不類的樣子。此產生的新問題之二。再其次，各劇團之間的競爭，一度走向彎路。劇團掌握在商人手裏，當然不擇手段，唯利是圖，只要爭取賣座，無所不為。有些劇團不惜工本，用機佈景來號召。有的劇團在劇中硬挿大套魔術和下流歌舞。也有劇團竟異想天開，標奇立異，雇用舞廳裏的管弦樂隊來伴奏，搬演外國劇本「大雷雨」、「羅蜜歐與朱麗葉」，叫演員裝成黃髮碧眼，穿上西洋禮服登場……。此產生的新問題之三。總之，問題很多。「雪聲」在這方面，起了一些中流砥柱的作用，不使越劇發展步入邪路。「雪聲」不賣弄噱頭，不演那些迷信戲，黃色戲，如「蝴蝶夢大劈棺」、「馬寡婦開店」等。上演了一些較好的劇目，如「步步高」、「紅伶寶座」等，而且改編文學名著上演，把魯迅的小說「祝福」改名「祥林嫂」搬上越壇。不料這次演出，竟引起了一場軒然大波。

「祥林嫂」上演於一九四三年三月，地點是青島路明星大戲院。由於魯迅的聲望，加以這篇小說非常適合越劇的情節，因此上演以後，轟動全市。演出不到三天，引起敵偽當局的注意，汪偽警察局和社會運動指導委員會等有關方面，認為這本戲傾向性不良，勒令停業。不料這一措施，却起了反宣傳的作用。原來，「明星」訂票，已訂到半個月以後，院方自然不肯罷休。袁雪芬的後台老板湯碧珍，在社會上也有些兜得轉，於是竭力向偽警局頭子等處行賄疏通，在社會輿論的壓力下，雙方暗中講好條件，重新上演，一波甫平，一波又起。有一天深夜，袁雪芬從「明星」後台卸裝完畢，步行回寓，路途躍出暴徒，把大量糞便抛向袁雪芬頭部，這事却又起了反宣傳作用。這個「抛糞事件」，經大小各報一喧染，袁雪芬變為新聞人物，「祥林嫂」賣座更盛，連續演出了兩個半月之久，欲罷不能，在上海電影和戲劇史上，堪稱空前絕後。為什麽這樣說法呢？所謂空前者，在這以前，費穆主持的上海藝術劇團，在卡爾登演出「秋海棠」，最高紀錄為七十二天；所謂絕後者，在這以後，美國米高梅製片公司出品的「亂世佳人」在大華大戲院放映，計放映十天，大公滑稽劇團在天宮劇場演出的「活菩薩」，也不過兩個月。這些當時上海的「响檔」，都不及「祥林嫂」號召力大。「祥林嫂」非但上海人爭看，京、杭、蘇、錫等地越迷，專程來滬觀看的也不乏其人，「明星」接受長途電話及電報訂票。日汪當局弄巧成拙，反而擴大了該劇的社會影響，從而使袁雪芬和「雪聲」聲名大振。在「祥林嫂」演出期間，那個湯碧珍，還為「雪聲」辦刊物，名為「雪聲紀念刊」，上面當然也有大量「綠寶」廣告，還拉袁雪芬為金筆廠股東老板。這樣一來，廠、團合一，更充實了資金。

「雪聲」非但把越劇正式作為地方戲之一搬上舞台，而且在越劇改革上，也作了不少努力。最大的改革，就是在排練上廢除傳統的幕表制，改為劇本制。所謂幕表制，就是上演越劇團紛紛成立以後仍沿用舊時科班裏的排練方法，即排練時完全由師父口授，沒有劇本。師父憑腹稿，演員靠硬記。師父今天教時唱這幾句，明天教時多幾句或少幾句，是不足為奇的。演員上台這一場多唱幾句，下一場少唱幾句，每場時間有長短。南市一家小劇院裏，發生過觀眾上台毆打演員，搗毀佈景的咄咄怪事。因為這一場演出時間特別短，只有兩小時，而觀眾習慣，認為越劇一般都該三小時左右，因此引起衝突，這完全是幕

## 蔣公使的汽車

國民政府北伐成功後，首任駐德公使是蔣作賓，蔣於民國十七年（一九二八年）冬間往柏林就職。這時候，柏林的公使館已經欠職工薪水兩三年了，他們滿以為新來的上司對這事有解決辦法，寄以絕大期望。怎知蔣到後，仍無辦法，大小職員只好忍着氣。蔣一「下車」，立即以蔣介石所贈的六萬元特別費，先提出二萬元買了一輛華麗的汽車，置職員生活於不顧。有個大胆職員向他質問，他說：「這是我私人的錢，關你屁事！」

·張宏·

表制的弊害。「雪聲」一開始，就摒棄幕表制，編寫文字劇本，設置導演。排練時，導演根據劇本教，演員根據劇本練，這樣有所規範。演出時，也按照話劇辦法，有專職提示人員，防止演員疏忽遺漏。「雪聲」在這方面，也培養了我國第一批越劇編導人員。現時越劇界一些老的編導，大都是「雪聲」裏出來的。

抗日戰爭勝利，是上海越劇界的全盛時期因爲這個時候，外國片沒有進口，中國片產量不多。越劇既然生意鼎盛，許多場子樂於供給越劇團演出，爲越劇的發展，提供了有利因素。據統計，上海越劇團體共有一百五十三個。連西藏路寧波同鄉會、貴州路湖州同鄉會的禮堂，必開辟作爲越劇場子。有些茶樓也騰出地方來演越劇。還舉行過什麼選舉「越劇皇后」的活動。

一九四六年後，越劇會經遭到困難，就是場子大大減少。此時外國影片大量進口，早先演越劇的那些院場，紛紛改映外國片，因爲影片租費低廉，工作人員也可以減省，而演越劇最多四、六拆帳，即前台（院方）取四成，後台（劇團）取六成，所以映電影比演越劇更賺錢。上海演舞台劇的院場，共分四個等級：一級是蘭心和卡爾登。這二家場子的主人只肯借演話劇、芭蕾舞，開音樂會。他們對越劇有些歧視，認爲借給越劇團，會降低他們院場的身價。二級如新光，金都、麗都、中央等。三級如國聯、九星、龍門等。四級如老閘、通商等。四級劇場，爭奪的人較少，因爲設備太差，秩序混亂。二、三級劇場，就成爲越劇團爭奪的目標。非但越劇團在爭奪，戰後上海戲劇界新成立了不少滬劇團、魔術團、方言話劇團等，他們也向二、三級院場爭取演出地盤。一時「場子荒」鬧得很厲害。一部份劇團不得不常年累月開碼頭，向外埠發展。「雪聲」憑藉它的名望和社會關係，場子問題還比較容易解決，仍能保持經常演出。越劇界有一部分人士，曾經有過這種想法，希望劇團自已擁有場子，即前台、後台統一爲一家人，免除朝不保夕的困境。袁雪芬在這方面也作過一些奔走，在湯碧珍的關係下，袁雪芬打入九星大戲院和大上海大戲院担任股東，目的是想進一步和一些院場負責人拉攏關係，自已搞一個劇院。袁雪芬和越劇界十姊妹，在報上發表聲明，搞了一次義演，在黃金大戲院重新演出當年名劇「祥林嫂」，所有收入，全部充作建造劇院基金。「祥林嫂」第二次演出，沒有首次演那樣的盛況。日子不多，加以當時物價飛漲，幣值跌落，建造劇院的理想，沒有實現。

此處還須一提的，就是上海越劇藝人，保持民族正氣，與社會黑暗勢力，作不懈的鬥爭。在日僞時期，「雪聲」同人，始終沒有在流氓漢奸面前低頭。「雪聲」團規上就有「三不」的規定，即不唱堂會、不做小老婆、不拜過房娘。前面兩點，確實做到了。但是也有少數越劇藝人，成名之後，做了達官鉅商的外室，認爲可以享受一輩子榮華富貴，以免年老色衰時潦倒。有人也動過「雪聲」女藝人袁雪芬等人的腦筋，先贈金條，後送子彈，威脅利誘，但始終沒有廹使她們就範。一九四七年發生轟動上海的筱丹桂事件，在袁雪芬等越劇姊妹們的主持公道下，終於使死者得到伸冤。筱丹桂，是越劇著名演員之一，做了西藏路國泰大戲院流氓老板張春帆的小老婆。筱丹桂劇團裏聘請話劇演員冷山担任導演，筱與冷山因工作接觸，產生了一些友誼，張春帆則暴跳如雷，污蔑筱與冷山有姦情，將筱嚴刑拷打，一面向上海地方法院檢察處誹謗冷山，控以破壞家庭之罪。一個弱女子，怎經得起大流氓的廹害，筱丹桂含冤吊死於「國泰」後台。事發後，在越劇姊妹們的努力下，冷山被宣告無罪，張春帆得到了法院的懲辦。筱丹桂大殮之日，袁雪芬担任主祭，揭發了張的罪行，大造聲勢。這一天，在大西路樂園殯儀館裏，觀衆擠得水洩不通。一方面爭觀筱丹桂的遺容，一方面可以看到大批越劇姊妹的廬山眞面目。筱丹桂遺體經化妝後，音容宛在，雖死猶榮。當要蓋棺之時，竟蓋不下，大批老觀衆，過房娘擁到棺前痛哭流涕，有的取下自已身上的金飾，放在死者胸前，作爲贈與。棺材蓋竟蓋了兩個多鐘頭無法蓋下。袁雪芬即席發表了一篇激昂的演說，澄清一些對死者的流言蜚語。這個追悼會，是越劇界姊妹們第一次團結大會。

楊勇

在這種不合理待遇下，貪污，敲詐是合理的現象。誰無廉恥？但誰能枵腹從公？更糟的是，這種艱苦的生活，壓得印尼人雖已取得了獨立與自由，仍然鼓不起精神來，袪除殖民地時代貪懶與得過且過的惡習慣。我想，印尼人今日消沉懶洋洋的現象，這是第二個原因。但我要再重複說一次，印尼人決非缺乏工作能力，天生懶惰或落後。

## 三

說到印尼的經濟與財政，立刻就牽涉到我們最有切膚之痛的華僑問題。

印尼現有華僑約三百萬人，有很多已居留數代，甚至已不能說中國話，讀中國文了，其中有七十萬已歸化印尼籍，其餘二百三十萬中，大多數取了中華人民共和國護照，一部份反共的華僑則因台灣與印尼無邦交，而成為無國籍的居留民。但無論歸化的華裔，或親共、反共的華僑，在印尼人及當今印尼右派政府眼中，都是中國人。在排華潮中，一視同仁，倒無分厚薄的。

華僑何時開始移印尼？有待學者的考據。在椰加達的太史廟中，所有碑額，皆出清代乾隆以後。在中爪哇的三寶壟則有三保太監鄭和的遺迹，例如三寶廟，三寶洞，及鄭和下西洋時遺下的鐵錨等。這裏的三寶廟是印尼人和華僑同認為威靈顯赫的，與加威山的老大與老二神廟共受爪哇各種族，各宗教人民的信仰崇拜。有人說，三寶壟排華之較為緩和，也是因為印尼人敬畏三保爺呢！且不說鄭和在南洋的影響，總之自明初永樂以後，華僑就在印尼生了根，至今已有五百年歷史。明史卷三二四說：「中國商旅往來（爪哇）不絕」，可見其盛。五百年來。華僑在印尼與土人共同生活，共同墾殖，共流血汗，也共享勞動的成果，一向水乳融洽，直到印尼獨立之後，才發生了問題。

遲至幾十年前，移民印尼的華僑，還很多是貧窮的閩粵同胞。他們經過一個時間努力後，差不多都能成家立業，蓄積若干資金，創立一些事業。作者在三寶壟曾受一位七十多歲曾任當地中華商會會長多年，現已退休的李老先生的熱情招待。李老五十多年前就是身無長物來到印尼，經過長期辛勤奮鬥，取得成功的。這位老先生年事雖高，但強健木訥，豪爽痛快，猶具勞動者本色，這正是華僑的典型。

華僑的成功，一方面由於他們在這天府之國的印尼，繼續保持着我國節儉的優良傳統，當然可以事半功倍地累積資金。另一方面，或可說更重要的是華僑患難相助的精神，使同胞遇見了困難，仍有重整旗鼓的信心與能力。這在福建福清籍的華僑中，更是明顯。他們如有人要創辦一件事情，資金匱乏；或因遭遇失敗，需要資金周轉，都可向同鄉呼籲。往往設讌邀請若干人，請他們每人分助若干數額。這種要求已成了一種制度，只要請求幫助者不是一個揮霍無度，信用喪失的人，是不會遭受拒絕的。同時，這筆錢並不限期歸還，你有了力量再逐一還他們好了。出錢的人根本並不限期待你還錢。因此，華僑祇要勤奮與忠實，不愁不能創業。

記得在椰京十多天中，就有機會參加了一次這種讌會，友人李君是被邀者之一，帶了作者赴席，席間大家嘻嘻哈哈，隨便談笑，主人固然禮貌頗周，却沒有卑躬屈節的痕迹；難得的是，客人們絕對沒有一毫德色，與普通應酬並無二致。作者事後知道，每個被邀者這次要解囊港幣千餘元呢。這種施而不取，富而不驕，相互濟助的精神，眞令從香港去的人感慨萬端。作者在泗水又遇見一位黃君，是閩南華僑，談起此地中區某一很大規模的國貨機構，卽由當地若干富僑共同出資，黃君是其中之一。他們對此公司營業一無所知，一無所問，但求經營者不要蝕去老本，就心滿意足了。

由於勤儉，忠誠，與互助，華僑今日在實際上掌握了印尼百分之九十的私營工業，壟斷了絕大部份的出口，還有遍佈全印尼每一角落的商店、農場、礦場。最令作者驚奇的是，印尼每天的黑市外匯兌換率就是椰京小南門外，某些福淸僑商於淸晨談笑間决定的。

印尼盾的官價外匯兌換率是固定的，每一美元可兌十個印尼盾。但經濟的不安定，幣制的貶值，這個兌換率與實際遠遠脫了節。所以，除了向政府買賣外匯，官價根本無人理會，大家關心的是黑市。而這個黑市就是華僑决定的。這使我們回想到一九三五年實施法幣政策前的中國。當時我國的外滙，不是由中央銀行控制，而由上海外灘滙豐銀行每天掛牌的。換句話說，金融的命脈操縱在英國人手中。而今日印尼的「滙豐銀行」就是椰京破破爛爛的小南門的茶會，當作者居留印尼的兩個月中，每一港幣調換印尼的比率，波動於一比二十至廿九之間，幅度幾達百分之五十，眞是可怕！

## 四

這種華僑富，印尼人窮；外滙由華僑操縱的現象，自必引起印尼政府的反感。自獨立以來，印尼政府何嘗不曾想出各種方法，希望逐漸收回利權，改善經濟，尤其杜塞外滙的走漏，訂立了各種法規，建立了各種機構。華僑既富有金錢，又復比較聰明，不無利用印尼官員待遇不足養廉的弱點，以種種手段，透過各級官吏，鑽法律縫，走私，舞弊，瞞稅，攫取特權等現象，使許多良法善制，變成了具文。我並不說每個華僑都是如此；但至少敢說，做這些勾當的大都是我們華僑。

記得在尼印時，有一次看見報載「卡米」（印尼全國大學生聯合行動陣線，一個極端右傾，排華最烈，有政治背景的組織）發表言論，斥責華僑腐蝕印尼官吏，敗壞印尼民族道德。我們不以人廢言，秉君子責己嚴，責人薄的精神，對此不能不感悚仄，不能不加反省。

僑居外國，而壟斷了居留國的出口，操縱了居留國的金融，破壞了居留國的法律，又怎能怨恨人家的排斥與驅逐呢？我們回想：在一九四九年以前，怎樣痛恨帝國主義的剝削，怎樣厭惡租界包庇下種種不法情形，我們應當可以體會印尼今日的心情。

當然，華僑在印尼、與帝國主義當日在中國，有本質上的不同。華僑之控制印尼經濟，是純經濟。是求自己生存，進而求取富有，不期而具有今日的權威。帝國主義則有砲艇作後盾，預謀地爲經濟剝削而妄想政治奴役的。我們華僑絕對沒有一些政治野心，甚至可以說，今日許多惹起印尼政府痛恨的事情，正因爲缺乏政治意識，形成他們的短視而誤犯的錯誤。可是，在客觀上之惹人反感，與帝國主義的侵略，只是程度上的差別而已。

因此印尼的右派政府與黨派，特別是蘇門答臘來的政客們激烈排華。去年政變以後，他們封閉了所有的華僑主辦的中文報紙，沒收了所有的中文學校，在許多地方挨家挨戶地搗毀與刼掠了華僑商店，毆打拒捕華僑，任意搜查華僑住宅。至於街頭巷尾欺侮與侮辱華僑，更是屢見不鮮。華僑今日在印尼，財產沒有保障，甚至連生命也隨時受威脅，眞是人心惶惶，不可終日。

日常生活中，最令華僑頭痛的是子女教育問題。政變前，全印尼約有僑校一千五百所，最盛時且達三千所之多，都是華僑集資捐建的，規模與師資，比香港有過之無不及。現在都被強迫沒收，校舍變成了軍部或軍人宿舍。而印尼學校自獨立以來，則增六十倍，就因爲增加太速，師資不足，不得不濫竽充數，往往有小學畢業教小學，初中畢業教初中的現象。華僑對之很少信心。於是既失去了優良的僑校，又不屑就讀印尼學校，孩子們只得失學，游蕩！這是一個廹待解決的大問題。

作者離開印尼，在報章與廣播中獲悉，印尼政府規定，凡華僑及歸化的華裔，都必須在住宅與店舖門前，用印尼文標幟出姓名身份，而廣播中，一再聽到「卡米」與右派政客如芮蘇蒂恩輩咆哮要驅逐盡三百萬華僑出境。他們並且不許我們同胞在離境時變賣產業私有財物，不許携帶金錢與珍飾，甚至日常用品。一面又號召印尼人民不要同華僑做生意，不向華僑商店購物。幸而一般印尼人民與華僑向來感情融洽，不致完全聽信這些狂徒的叫囂；否則，全印尼的華僑眞將走投無路了。

在這裏，我要順便說明一下，蘇門答臘各地及蘇島籍政客排華最激烈的原因，是他們在印尼人中，比較算善於經商的，所以老想驅逐了中國人，可以獨霸印尼的經濟事業。他們的出發點並不以國家利益爲重，完全是自私與陰謀的。（中齋）

# 「產婆」趙鳳昌

以往有些不知所謂的文人，恭維趙鳳昌（字竹君，趙叔雍的父親）是中華民國的「產婆」，事實是辛亥革命，南北議和時，雙方代表在上海南陽路惜陰堂趙鳳昌家中作一決定：淸帝退位，孫文辭臨時大總統，推舉袁世凱繼任。這一密謀，由袁世凱命令他在上海的代表楊士琦，向趙鳳昌指示的。那班文人就瞎說一通，說惜陰堂是中華民國的誕生地。他們忘記了二十年來反滿淸志士所流的血了。

趙鳳昌早年在湖廣總督張之洞衙門做「軍師」，他的官是直隸州知州，但他寧願在武昌伺候大帥而不想去就任。光緒十八年，大理寺卿徐致祥劾張之洞辜恩負職，有：「保舉直隸州知州趙鳳昌，細人也。小有才，奔走伺候，能得其歡心，該督倚爲心腹，終日不離左右，官場中多有謟媚趙鳳昌以鑽營差缺者。聲名甚穢。」淸廷派兩江總督劉坤一，兩廣總督李瀚章按照所參各節，查明據實具奏。劉坤一於光緒十九年二月覆奏，有云：

趙鳳昌籍隸江蘇，前以丁憂知縣，由粵調鄂，辦理督署筆墨事件。其人工于心計，張之洞頗信任之。該員雖無爲人營謀差缺實據，而與通省寅僚結納最寬，其門如市，迹近招搖，以致物議沸騰，聲名狼藉。……保舉直隸州知州趙鳳昌，不恤人言，罔知自愛，似應請旨卽予革職，並勒令回籍，以肅官方。

李瀚章覆奏有云：

趙鳳昌派充巡捕，僅供奔走，備傳呼而已。而官場陋習，在大吏左右，輒目之爲要人，趨附謠諑，皆由是起。其用舍予奪，司道不得專，督撫不得私，巡捕微員，何能干預。臣見舊册案中，有趙鳳昌曾將洋行例送茶金呈繳充公，似張之洞約束尚嚴，不致受其朦蔽。……

結果，張之洞遵旨將趙鳳昌驅逐回籍，但爲了照顧他的生活，叫盛宣懷在武昌的電報局給趙一個掛名差使，派他在上海辦理通信運輸等事務，當然又附帶做些特務工作。（宣統三年四月，東三省總督趙爾巽奏請開復趙鳳昌原官，調東差遣，淸廷准其所請。鳳昌死于一九三七年，年近八十。一九四五年抄家，惜陰堂充公了。）

·丁未·

# 釧影樓回憶錄

天笑

就是徐子丹先生中舉後，刻出來的硃卷，第一場四書題，還是循規蹈矩的做了，第二場五經題，有一篇文中，運用了許多子書。而且包孕時事，如列子御風而行，便象徵空中飛行等等（那時飛機初發軔，已有傳說到中國來了），在以前八股文中，那是不許引用的，倘被磨勘出來，是連試官也有處分的。

到後來，那種書坊店的奇詭的書都出現了，有一部叫做「天下才子書」，好大的口氣，眞嚇壞人。我以好奇心，去買了一部，薄薄的兩本，翻開來一看盡是八股文。其中有康有為的應試文、還有許多名人的應試文、我可不記得了。好像有一篇署名林獬的，後來知道林獬就是林白水，又號萬里，在北京開報館，為張宗昌所殺的就是他。

此外，淸代的許多禁書，也漸漸地出現了，那些都是明末淸初的書，關於種族仇恨，鼓起了人民排滿思想。可是蘇州那個地方，到底還是範圍狹小，要買新書，非到上海去不可。因為上海有印刷所，有鉛印、有石印、那些開書坊店的老板（以紹興人居多數），雖然文學知識有限，而長袖善舞，看風使帆，每有他們的特識（那時商務印書館，中華書局都未開張）。他們的大宗生意，就是出了書，銷行到內地各處去。不僅是新書，即使那種木版書，不是上海出版的，也能集攏到上海來。或者有些別地方出版者，請他們搜求，也可以搜求得到。

我還是脫不了那個教書生涯，在廿一歲的時候，又館在城南侍其巷的程宅去了，我的館東是巡撫衙門裏一個書吏，家道小康，這位先生難得見面，所以他的大號，我也不記得了。教三個學生，他們脩金較豐，而待遇却不及因果巷張家。最大的一個學生，也已十四五歲了，名為開筆作文，出了題目，難得交卷，強迫着他，東鈔西襲，不知塗些什麽，而且虛字不通，改筆也無從改起。三天兩天，不到學堂，家裏也放縱他。這種撫台衙門的書吏，也是世襲的，大概他們也不想在科舉上求進取，這個館地，只處了一年，我實在敬謝不敏了。

我從家裏城北到侍其巷城南，是多遠啊！而盛家濱的朱師處適在中心點，因此常到朱師處打尖歇脚。顧氏表姊，視我如胞弟，有時不住在館裏，便住在朱家，明晨一早到館。朱先生依然在家開門授徒（聞曾有一度館在嚴孟繁（家熾）家，旋即離去）。其時我有一位同窗李叔良（志仁），最為知己，曾訂金蘭之譜（當時所流行的，俗名換帖弟兄），他比我小三歲，溫文爾雅，詞筆優秀，又寫得一手好字。而且我因為與這位盟弟的關係，又認識了許多朋友。

這些朋友，都是住在胥門一帶的，最遠的是住在葑門。朋友都是牽連交結，漸漸的志同道合而親密起來的，當時所認識的便有祝伯蔭、楊紫驎、汪棣卿、戴夢鶴、馬仰禹、包叔勤諸君，年齡都與我相伯仲，加上李叔良與我，共為八人。那時還拍了一張照，此八人中，伯蔭、棣卿、夢鶴、叔良及我皆入了學，其他三人，則未入此途。我今寫此稿時，七人均已逝世（

夢鶴最先，棣卿最後），而我則孑然尚存也。

我不菲薄蘇州從前吃茶的風氣，我也頗得力於此種茶會。當時我們就有一個茶會，在青門養育巷的一家茶館裏，每月約定日子，至少聚會兩次。在聚會的時候，便無天無地的討論一切，有什麼新問題，新見解，便互相研究，互相辯難，居然是一個學術座談會了。那個茶館裏，往往有一種圓桌，我們便開了圓桌會議，笑語喧譁，莊諧雜出。後來我們又組織了一個文會，輪流當值，出了一個論文題目，或是屬於文史的，或是屬於時事的，大家同去寫了一篇，特地送給當地名人去指點批評。

其中除李叔良外，我又與通譜者二人，一為戴夢鶴（昌熙），一為楊紫驎（學斌）。紫驎與我同庚，却比我小幾個月，叔良、夢鶴、都比我小幾歲，所以在四人中，我是大哥了。夢鶴最聰明，十五歲就進學，文章斐然，兼擅詩詞，年十八九歲，所寫的字嫵媚絕倫，雖老書家亦歎弗如，惜其患有肺病甚深。紫驎為李叔良的姊丈，其兄綬卿，為一孝廉公，現在盛杏蓀（宣懷）處當文案，也算是一個通曉洋務的人材。家居上海，故紫驎亦時還居滬上，往依其兄，並時預備進上海洋學堂，不作科舉之想了。

當時為了國家變法，國內要開學堂之說，也盛唱一時。外國人在中國來開學堂的，也漸漸多起來了，大概都是外國的教會辦的，這些學堂，國人都稱之為洋學堂。我當時也怦然心動，想我也可以進那種學堂，從新做起學生來吧。但是我的環境不許可。第一、我現在是要贍家的了，雖然現在所得館穀不多，但如果連這一點也去掉了，家用更難支持，而我的母親要更苦了。第二、進學堂要學費，膳費（蘇州無洋學堂，非到上海不可），既無進款，反加出款，這筆錢從那裏來呢？三則，祖母年老，係承子職，我不能離開蘇州，出外就學呀！

這時候，關於文學上，有一事頗足以震動全中國青年學子的，是梁啟超的「時務報」在上海出版了。這好像是開了一個大炮，驚醒了許多人的迷夢。那時中國還沒有所謂定期刊物的雜誌，「時務報」可算是開了破天荒，尤其像我們那樣的青年，會喜歡讀梁啟超那樣通暢的文章。當時最先是楊紫驎的老兄，寄到了一冊，他宣佈了這件事，大家都向他借閱，爭以先覩為快。不但是梁啟超的文章寫得好，還好像是他所說的話，就是我們蘊藏在心中所欲說的一般。

我把這信息告訴了子青哥，他也馬上託人在上海定了全年一份。它是一種旬刊，每十天出一冊，還是線裝的，用中國連史紙宋體字石印的。每期中梁啟超必定自寫一篇，其餘也有許多別人所寫的，以及歐美的政論，並且還有短篇小說，如「福爾摩斯偵探案」，中國的翻譯國外偵探小說，也是從時務報首先開始的。（後來梁啟超又辦了「新小說」雜誌，寫了「新中國未來記」，他提倡中國人寫小說，也是開風氣之先的。）

我不曾定「時務報」，只是向人家借看，自然向子青哥借得最多。「時務報」不但是議論政治、經濟，對於社會風俗，亦多所討論，主張變法要從民間起。於是興女學咧，勸人不纏足咧、研究科學咧、籌辦實業咧、設立醫院咧、大爲鼓吹提倡。一班青年學子，對於「時務報」上一言一詞，都奉為圭臬。除了有幾位老先生，對於新學，不敢盲從，說他們用夏變夷，但究為少數，其餘的年青人，全不免都喜新厭故了。

自從這個風氣一開，上海那時風起雲湧，便有不少雜誌出現。關於各種學業的，也有「農學報」、「工商學報」，吾鄉的汪甘卿先生（是個舉人），在上海辦有「蒙學報」，以為啟蒙之用。不獨是上海，漸漸的有各省開通的人士，也出版了許多雜誌，如湖南的「湘學報」、四川的「蜀學報」之類，但歸結起來，總沒有梁啟超的「時務報」普遍而深入人心。直到戊戌政變，汪康年改辦了「昌言報」，「時務報」也關了門。後來國事愈演變，思想愈前進，辛亥革命以後，以康、梁主張君主立憲，國民黨斥之為保皇黨。可是平心而論，此一時也，彼一時也，梁啟超的「時務報」，對於開風氣一方面說來，不能說沒有大功勞。

（廿七）

# 梅蘭芳的戲劇生活

周志輔

麒麟童即是周信芳的藝名，他們二人是同庚，在喜連成的性質也相同，都是搭班學習。他們倆合作過的戲有戰蒲關，周飾劉忠，梅飾徐艷貞，金絲紅則飾王霸。九更天周飾馬義，梅飾馬女。喜連成如貼演二進宮，一定是金絲紅的楊波，小穆子的徐延昭，梅的李艷妃。有時金絲紅的嗓子啞了，就由貫大元唱楊波。小益芳即是後來在上海演紅生出名的林樹森，他們二人合作唱過浣紗計。又有律喜雲也是唱青衣兼花旦的，他們倆合演的機會最多，如五花洞，孝感天，二度梅等。因爲那時律喜雲是唱正工青衣，也足以獨當一面。自從梅蘭芳加入喜連成，每天都是由葉春善派戲，葉春善出於楊隆壽所辦的小榮椿科班，因爲梅蘭芳是楊老恩師僅有的一個外孫，所以對於梅蘭芳極力提携照顧的。同時，又因爲律喜雲在喜連成，已經學了四五年，再有兩年多，就要出科了，也不忍過於壓抑他，使他也能向上發展，這是葉春善公平正直的美德，於是常時把律喜雲的本工戲，大部份也派蘭芳唱，並且讓他們倆互爲賓主，如五花洞，大登殿等，都是互相替換着唱。

梅蘭芳在十五歲的時候，是光緒三十四年，又遭慈母之喪。他是幼年喪父，祇依戀在慈母的膝下，現在因爲努力習藝，外出就學，不幸在中途又失去了母愛，可憐孤苦伶仃，孑然一身，雖然靠着伯父生活，上有祖慈的憐愛，然而誰又曉得他那時內心的苦痛呢。

梅蘭芳既失怙恃，自然更一心一意地求學，努力上進，所以有日後的輝煌成就；也就是古人所謂「天將降大任於斯人也，必先苦其心志」的道理。他那時雖然遭母喪，仍是在喜連成隨班出演。當時這種借台練習的性質，待遇相當菲薄，比較科班裏的學生，雖然畧好，也很有限，每天祇能拿少許點心錢而已。

梅蘭芳唱到十七歲上倒了嗓子，這是每一個童年唱戲所要經過的必然階段，他只好脫離喜連成班，暫時休息，停止演唱。大凡童年的倒嗓，時間經過久暫，各人都不同，自然是愈短愈好，有倒了二三年，還沒有恢復過來的，那就太不正常了。這裏面總不出兩種原因：（一）在未倒嗓以前，唱得太疲乏了，例如余叔岩就是幼時唱得太累，使得終身不能恢復。（二）是既倒嗓之後，不懂得休息保養。這兩種都會使聲帶受到創傷，於是就影響了嗓子的復原。還有人在嗓子雖然回復以後，忽然變得不是味兒，非常的不受聽，這樣仍然是不受人歡迎，從此地位就愈益降低了。梅蘭芳倒嗓的時間不長，不滿一年，就重新唱出來了，而且是愈唱愈亮，非常有味，從此就搭入大班，開始他正式舞台的生涯，直到他逝世，他已經有五十年漫長歲月，，其中經過的成功歷程，需要記述的很多，寫出來可以做後人的榜樣。

# 五 早年時期

## 一、正式搭班

梅蘭芳在十七歲時倒了嗓，那時是清宣統二年（公元一九一〇年），不到一年，嗓子復原，正式改搭了大班演唱，當時大班的規矩，和小科班裏不一樣，不論大小角兒，都有戲份，他這時才有了固定的收入。

梅蘭芳在清末是搭的「雙慶班」，那時兪振庭所組織的班子，裏面的文武生有王鳳卿，李鑫甫、賈洪林，青衣花旦有王瑤卿，王蕙芳及梅蘭芳，當時名角如林，戲碼相當擁擠，梅又因爲年青的關係，所以他的戲碼祇能排列在中間，而且唱的都是老戲，如彩樓配，桑園會之類，不過有時瑤卿蕙芳不露的時候，他也輪着配兪振庭唱長板坡的糜夫人。兪振庭向來是喜歡提拔新角，他對於梅當時確乎是另眼看待，自然一半是生意眼，但是他早看出來，梅是一塊好材料，所以極盡提携之能事，使得梅有機會嶄然露頭角。後來梅二次自上海回來，又搭入他的雙慶，雖然是他竭誠相邀，未始不是梅有點感舊的心理。那時「雙慶班」，是常在北京前門外西珠市口文明園演唱，王鳳卿也是正紅的時候，戲碼排在靠後，他與梅同台，是有悠久的歷史了。

民國以後，兪振庭的雙慶班，曾經一度改爲男女合演，添了許多女角，於是把梅蘭芳的戲碼就愈加擠到前面去了。到了民國二年（公元一九一三年），北京重又禁止男女合演，那時梅蘭芳是二十歲，改搭了田際雲所組的「玉成班」，經常在前門外鮮魚口天樂園演唱。他的戲碼，逐漸後移，大都排在倒數第二、三。同班的老生是孟小如，他是由花旦改老生的，那時王鳳卿也由雙慶班脫離而改搭別的戲班了。玉成班的青衣花旦是路三寶，胡素仙，王蕙芳及梅蘭芳，武生是瑞德寶，田雨農，老旦是謝寶雲，當時人才不弱，是很可以叫座的。

在這個時候，另外有一個科班，名叫正樂班，原來是三樂改名，內中學生有尙小雲唱青衣，白牡丹，芙蓉草唱花旦，白牡丹就是後來的荀慧生，當時都是科班裏的學生，比較梅蘭芳的資歷，稍爲後一點，那時梅蘭芳已開始正式搭班了。後來的四大名旦，梅蘭芳比尙小雲，荀慧生出台早幾年，程艷秋則更晚幾年，論歲數，尙小雲與荀慧生都是生於光緒廿五年（公元一八九九年），程艷秋則生於光緒二十九年（公元一九〇三年），所以後來長成唱片公司，有一張四「五花洞」，是他們四人每人一句唱的，就是按照這個次序，以年齡來分先後的。

## 二、初次到上海

就在民國二年（公元一九一三年）秋天，上海丹桂第一台的許少卿到北方來邀角，主要的目的是王鳳卿和梅蘭芳，一個老生，一個青衣，那時王鳳卿在北京正是吃香的時候，所以講好王鳳卿的頭牌，梅蘭芳的二牌，王鳳卿包銀是每月三千二百銀元，梅蘭芳是每月一千八百銀元。

梅蘭芳帶的琴師就是茹萊卿，此外還有梳頭的韓佩亭，跟包的宋順和大李，一同搭津浦車南下，到了上海，住在許少卿的家裏。

到滬以後，尙未在丹桂登台，就在張家花園唱楊家的堂會，戲碼是王鳳卿與他的武家坡，大獲好評，這是梅在上海人面前所露的第一聲。

那時丹桂第一台在四馬路（福州路）大新街口，梅頭三天的打泡戲碼，是彩樓配，玉堂春，武家坡。王鳳卿當然唱的大軸，祇有第三天兩人同時唱的「壓台」。王鳳卿帶的琴師是田寶林、打鼓的是杭子和，有時也替梅打鼓。丹桂第一台的班底演員，有武生蓋叫天，楊瑞亭，張德俊，老生是小楊月樓，八歲紅（劉漢臣），還有雙處，是北京唱孫菊仙派老生的老角兒，花臉有劉壽峯，郎德山，馮志奎，小生有朱素雲，陳嘉祥，花旦有粉菊花（高秋蘋），月月紅，在當時都是很有名的角兒。

民國二年（公元一九一三年）十一月四日，即舊歷十月初七日，是梅蘭芳在丹桂登台的第一天 他的彩樓配，唱在倒第二，也算是在上海戲院裏所唱的第一齣戲。

# 世載堂雜憶續篇

劉禺生遺著
雋君注釋

## 官文寵妾壓羣僚

太平軍舉義不久，大學士滿人官文爲湖廣總督，益陽胡林翼爲湖北巡撫，互相勾納。論者每推重林翼。不知林翼之能左右官文，毫無掣肘，均賴官文寵妾胡氏之助，故林翼得行其志。

官妾胡氏，本小家女，寵擅專房。求外家不得，以林翼胡姓，乃自願爲林翼太夫人義女，以大哥呼林翼。時官文以大學士督鄂，陰以監視漢族大官。林翼得此機會，深相結納。官文有不願辦之事，胡妾必進言曰：「胡大哥所主張，汝不能違背。」官文即會銜照辦。林翼最倚重之幕友，湖南嚴澍森，剛直人也，心不以交結官眷爲然，但亦深感林翼之苦心，對官妾事，如無聞見。官與胡妾，築樓於南湖之濱，避暑居焉。一日，官以急卒召胡，商軍事。胡病重，以澍森往。官召之晤談於樓上。胡妾問胡大哥刺刺不休。澍森平視，慢不爲禮。胡妾大惱曰：「不看胡大哥面，將逐此傖下樓矣。」胡妾四十生日，演戲受賀，儼然命婦。全城布政使以下，皆送禮拜壽。獨嚴澍森不理。胡妾恨之刺骨。會官文奉出省督師之命，藩司滿人茹山，與胡妾密謀，說官文奏參澍森，把持兵柄，擅解標兵，無兵可調。官文內結親貴，摺上朝旨震怒，澍森降職。

當時林翼重用兩陝人，澍森外，奏調朝邑閻敬銘，荐升湖北按察使。胡妾私人某，在外招權納賄，致釀人命。按察使嚴捕人犯，某匿督署胡妾上房，無法拿獲。乃敬銘向官文索人數次，均爲胡妾所拒。乃自攜臥具，備宿督署，語官文曰：胡姨太不交出人犯，職司誓不回衙門。經長時間之爭持，官文無法，乃交出犯人。

雋君注：官文，字秀峯，內務府漢軍旗人，姓王佳氏。道光初由拜唐阿補藍翎侍衞，累官至湖廣總督。因扼殺太平軍，以功抬入滿洲正白旗。胡林翼，字貺生，號潤芝，湖南益陽人，出身進士。官至湖北巡撫。嚴澍森，陝西新繁人，出身舉人。由知縣官至河南、湖北、廣西等省巡撫。初爲官時，僞裝潔身自好，及握大權，收受賄賂，聲名狼籍。閻敬銘，字丹初，陝西朝邑人，道光進士，授戶部主事，官至戶部尚書，軍機大臣，大學士。

## 沈佩貞情賺黎元洪

女子參政團之來武昌也，沈佩貞率隊謁黎元洪。元洪喜近女色，刻意迎迓。又震于女參政之名，沈乃得出入大都督府，不分朝暮。又謁黎眷屬，拜元洪妾黎本危爲乾母，佩貞與本危，年相若也。一日，黎語人曰：昨夜沈佩貞送我鴛鴦繡枕一對。或問所繡者究竟是否鴛鴦？黎曰：亦不能辨，祇是亂七八糟的兩隻雀子，她說是鴛鴦。聞者曰：鴛鴦交頸，女參政其有意于大都督乎？黎曰：不敢不敢。後羣雌出入府中，應接不暇。黎曰：何以遣之？時孫發緒將往北京謁袁世凱，黎乃修書介沈于袁。沈孫同車入京，沿途數日，不知作何勾當。沈去，羣雌無首，雌燄亦熄。

儔君注：沈佩貞，民國初年女流氓，以女政客姿態出現，抬着女子參政會招牌，招搖各省，交納官僚議員，富商黨棍。且公然出賣肉體，供人玩弄。穢聲四播，騰笑京內外。孫發緒，字莼齋，安徽桐城人，著名政客。辛亥年秋，武漢起義，混入黎元洪都督府當秘書，漢口電報局長。工于心計，竟由直隸定縣知事而至山東、山西省長。

## 唐羣英侮辱宋教仁

湖南女子唐羣英，在女子參政運動中，爲最凶悍潑辣者，人以「母夜叉」呼之。在北京倡議改訂約定，加入女子參政權。時宋教仁退居西直門外三貝子花園，素反對女子參政，又以政黨頭領自命。羣英謁之要宋簽名，贊成請願。宋辯論拒之。羣英起，以兩掌批宋之頰曰：我湖南出此朽貨。辱罵不止。經多人勸解乃息。翌日，傳遍京中。宋見予等曰：晦氣晦氣。咸曰：此後宜大加提防。諺云：婦人打嘴巴，大不利市。未幾，有上海北車站之禍。人皆謂唐羣英一嘴巴，打死宋遯初。（按：遯初在鄂都督府，議正式內閣事，既畢赴滬。予贈別曰：汝曾與趙秉鈞謀內閣之皮，不往北京禍小，往北京禍大，唐羣英先告汝矣。誰知足未履北京而禍及。）有浙人鄭師道者，在北京各報大刊廣告曰，唐羣英與彼訂婚。唐羣英又廣登啓事，謂鄭侮辱。兩方各延政黨人物，宴論多日，不知是何隱事。羣英後無消息，鄭亦死于浙

儔君注：唐羣英，字希陶，湖南衡山人，民國初年，著名女政客之一，與沈佩貞、安靜生、吳木蘭等齊名。宋教仁、字遯初，號漁父，湖南桃源人。與黃興發起華興會，留學日本，參加中國同盟會。辛亥革命，南京政府成立，任法制局局長，北京農林總長。同盟會改組爲國民黨，出力至多，担任理事。民國二年三月，被袁世凱、趙秉鈞派遣特務洪述祖等暗殺于上海北火車站，爲二次革命導火線。

## 留東外史續編材料

與濮一乘赴滬，約馮自由茗談憩虹廬。予問自由曰：展堂拈四書句，「自經于溝瀆，由也不得其死焉」嘲兄，有是事乎？馮答曰：然。繼而縷述曩年留日同志放浪瑣事：展堂與葉競生同住一貸間，同蓋一被，親逾夫婦，衣服互相交穿，人多知之。馬夷初說馬君武要家中書童，穿着紅綠內衣裳，此事確否，尚無所聞。惟崔通約在美洲、南洋等處，玩弄青年，孫中山因此致書僑胞，對其嚴加防範，勿使子弟與之接觸，免受蠱惑。此信尚存在予處。李協和、居覺生、唐蓂賡、戴季陶等數十人，高談革命，無所事事，月費二三十日元，包下女住宿。惟黨魁某如遇陳香菱回港，則包下女作件，月需日幣百元，因彼不諳日語，須覓通英語或華語者，價較高也。朱執信、汪精衛當年努力工作，潔身自愛，絕不拈花惹草。有一日女向亮疇獻殷勤，亮疇公開嚴詞拒絕。而携眷東渡，除廖仲愷及予等三數人外，可謂寥寥無幾。宋大姊任口口隨從秘書年餘，其父由滬抵日，將有所交涉，口口事先微有所聞，以電話招孔某來，囑其認宋爲未婚妻。時孔在東京担任德智體三育團體幹事，逢此意外因緣，正如粵諺所謂「冷手執個熱煎堆」，從此夫以妻貴矣。自由所談，頗有風趣，「革命逸史」所未載，亦「留東外史」續編絕妙材料也。

儔君注：濮一乘，字伯欣，江蘇溧水人，熟悉近代掌故，曾任上海晚報撰述。馮自由，原名懋龍，字建華，廣東南海人，留日學生。早年參加興中會，諳熟革命史料，著作頗多。曾任臨時稽勳局長、國會議員等職。展堂即胡漢民，葉競生即葉夏聲，馬君武，廣西桂林人，日德留學生。辛亥革命，南京政府實業部次長、國會議員，廣州大元帥府秘書長，爲留學生得博士學位而任廣西省長第一人。中國、大夏、廣西等大學校長，譯著豐富。馬夷初即馬敘倫，浙江杭縣人，北京大學教授，南京教育次長，教育部長。崔通約，廣東高明人，康有爲掛名弟子，在國外任報館記者多年。

# 洪憲紀事詩本事簿注

劉成禺遺著

議決，用五色旗爲國旗，由臨時大總統頒布國旗命令，成禺當時議旗之一議員也。臨時參議院移往北京，決定海陸軍旗。湖北舉義要人劉公者，誤言武昌起義旗十八星，代表十八省，東三省及直魯省人大譁。後經說明，十八星者代表秘密舉事之十八省出席領袖，非代表十八省土地也。滿場一致，於十八星中間加一大黃星，代表未參加秘密舉事省分於前臨時大總統孫手定五色爲國旗外，加定十八星爲陸軍旗，青天白日爲海軍旗，成禺亦當時議旗之一議員也。中華民國旗本末如此。（成禺照南京參議院議事錄記載）

## 馮自由著中華民國旗之史歷

清季革命黨所用之國旗有數種，最初爲興中會所用之青天白日旗，次爲中國同盟會所修訂之青天白日滿地紅旗。迄辛亥武昌舉義，更有共進會所用之十八星旗。上海光復會所用之五色旗，惠州陳炯明所用之井字旗。茲分別叙述其源流及沿革如次。

興中會之青天白日旗。乙未（一八九五）春，孫中山楊衢雲等，在興中會香港本部乾亨行商議攻取廣州策畧。據興中會會員謝讚泰英文筆記所載，是年陽歷三月十六日（舊歷二月二十日）興中會幹部開會議決挑選健兒三千人，由香港襲取廣州之方法，及採用青天白日爲國旗之方式，以代滿淸之黃龍旗，讚泰爲衢雲密友，每次會議，恆參與機要，其言至有根據。此旗之方式，係陸浩東所設計。浩東即殉於是役，爲民族革命流血第一人。自乙未重陽日，廣州失敗後，青天白日旗初用諸軍事者，爲庚子（一九○○年）閏八月三州田之革命軍。其後尤烈至南洋各埠，創立中和堂，令各會所均懸掛青天白日旗。海外華僑團體以革命黨徽號爲標識者自此始。當時旗上所排列叉光多寡不一，縫製者多莫明其妙。後經中山解釋，謂叉光即代表干支之數，故叉光應排作十二，以代表十二時辰，自此旗上叉光之數始確定不易。

同盟會之紅藍白三色旗。乙巳（一九○五年）七月，中國同盟會成立於日本東京。翌年冬，同盟會召集幹事會編纂革命方畧，並討論中華民國國旗方式問題。中山主張沿用興中會之青天白日旗，謂爲陸浩東所發明，興中會諸先烈及惠州革命軍將士先後爲此旗流血，不可不留作紀念。各黨員亦提出他種方式，有提議用五色，以順中國歷史上之習慣者，有提用十八星以代表十八行省者，有提議用金爪鉞斧以發揚漢族之精神者，有提議用井字旗以表示井田之議者。黃克强對於青天白日，頗持異議，謂形式不美，且與日本旭旗相近。中山爭之甚力，且增加紅色於上，改作紅藍白三色，以符世界上自由平等博愛之眞義。仍因意見紛紜，迄未解決。後經章太炎、劉揆一保存，作爲懸案。然日後丁未（一九〇七年）潮州黃岡，惠州七女湖，欽州防城、廣西鎭南關；戊申（一九〇八年）欽州馬篤山，雲南河口；庚戌（一九一〇年）正月廣州；辛亥（一九一一年）三月廣州諸役，黨軍咸用青天白日滿地紅之旗。故在革命歷史上，青天白日旗之爲中華民國革命旗，決無疑義。

**潮州革命軍之國旗**

同盟會幹部制定革命方畧之後，依革命方畧第九章因糧規則第二節丁項軍事用票第一條之規定，革命軍所發行軍事用票，一律冠以國旗，並繪成國旗方式，頒發革命軍各都督。余婦李自治平在中國報樓上，密縫青天白日滿地紅旗四挺，分給許海秋、鄧子瑜兩惠州司令。是年四月十一日，余丑陳湧波等旣克黃岡，使用軍票，票中有青天白日旗，並在軍前拍照。照中右側有人持青天白日滿地紅旗，立於其旁者，則陳湧波也。

庚戌新軍反正之紅旗　庚戌正月元旦倪映典率新軍反正於廣州東郊。先是香港同盟會機關部，以倪映典運動新軍，漸趨成熟，乃於己酉（一九〇九年）十二月趕製青天白日三色旗百具以供軍用。秘密製旗之地有二，一在九龍孫壽屏（中山之兄）農場，一在灣仔東海街旁馮宅。合力縫製，數日內乃成三色旗百餘幅，由徐宗漢（黃克强夫人）等藏於臥具中，運至廣州。元月初三日，新軍反正，倪映典死之。當日報載倪身穿藍袍，手持紅旗，馳馬督隊前進，即此青天白日紅之國旗也。

革命軍債券面之國旗　辛亥三月，黃花岡一役之前，中山到美洲籌募餉糈，嘗用中華革命黨本部總理孫文之名，由舊金山籌餉局發行中華民國金幣券。券之正面，刊有青天白日滿地紅之三色旗，反面刊有青天白日旗，均由中山親手繪樣，交會計李是男印製。美洲華僑認識革命旗章自此始。及八月武昌革命軍興，所揭爲共進會之十八星旗，而非青天白日旗，保皇黨報紙乃引爲抨擊革命黨之資料。余乃撰文說明三色旗之意義及革命黨國內外用旗之流別，辛亥革命軍旗章之異同。武昌起義之後，各省革命軍所用旗章計有四種：（一）爲共進會孫武、焦達峯等之十八黃星旗，即武漢義師所用。（二）爲上海江蘇軍政府之五色旗，爲章太炎、陳其美、宋教仁所提議。（三）爲廣東軍政府之青天白日三色旗，此爲革命軍歷次所常用。光復之先，粵紳江孔殷率淸防營接收民軍陸領、譚義所部于順德樂從墟，奪獲青天白日旗多具。其後江孔殷說張鳴岐、李準反正，欲懸革命軍旗，示無二心，各界忽覓革命旗不得，後乃出其俘獲品爲贈，即高懸廣東咨議局上者是也。（四）爲陳炯明在惠州舉兵之井字旗，此旗式原爲廖仲愷在東京所提議。廖陳同隸惠州籍，陳以同盟會本部曾有此提案，遂採爲惠州已軍之標幟，會師廣州，始廢置不用。要之此四種旗章，均不出丙午年東京同盟會本部提案之方式。青天白日旗，確已屢用於粵桂滇三省之義師。當日幹部會議，各省代表均參與其間。迨辛亥革命，各省有力同志，均根據舊日懸案，逞奇立異，各樹一幟，此十八星旗及五色旗、井字旗，所以隨青天白日旗而紛然並起也。

中山對於國旗之新方案　中山以黃克强有青天白日旗形式不美之批評，故戊申居新加坡時，曾將此旗內容再三潤飾。乃將旗上青紅二色增加小方格，且於紅色上橫添白線，以示美觀。曾指導陳淑予女士（張永福夫人）繡製新旗式，以示同志，其圖案今尚出張永福保存之。民元南京政府成立時，發生國旗問題，中山乃於總統府辦公室內，懸掛青天白日滿地紅新國旗。旗中紅色之上，橫添白線若干，每一線即代表一行省，總統府職員及賓客多見之。惟此新旗式尚備而不用，中山始終未向國會提出之。

（廿六）

# 柳西草堂日記（廿六）

張謇遺著

二十九日。題陳氏焦桐滌硯圖：「錢陳舊閥乾嘉代，遺卷風流儋白年。一束苞稂時變亟；幾家喬木世臣賢。小儒遭際眞須命；故事流聞亦自妍，二老東南頻寄問，巍巍純廟是堯天。」

## 十一月

一日。壽伯茀、李柳溪自日本回，知文道希在日本。

二日。與伯茀談，伯茀曰：「康梁蓋我政府尊奉而保護之也。」甚當。（眉書云：斥之為康教，罪之為黨魁，皆尊奉之詞。）

七日。聚卿回寧。長廠籌欵迄不諧。

八日。回寧。

九日。舟中晤子培，談徹夜。聞人言，虞山之被譴，許應騤、剛毅為之。

十日。至江寧。

十一日。晤禮卿、小山、濤芸。

十二日。與新寧訊。

十三日。與新寧訊。

十四日。與盛杏孫訊，南皮訊，新寧訊。

十五日。與新寧訊。蘇堪自鄂來。

十八日。得汪電，皆詖辭也。

十九日。與盛電。與蘇堪計招洋股事。

二十日。與敬夫訊，與叔兄訊。

二十一日。盛復電。與盛電，與敬夫訊。敬夫告急訊屢至，至云盡以其自有之花布運滬抵欵，以濟廠之窮，可自關門，不可令廠停秤。令人感泣。敬夫平日但覺其樸誠可恃，而忠勇又如此，非等輩朋儕所可同日而語也。

二十二日。新寧委廠不顧，來訊甚無理。

二十五日。與新寧訊，辭廠，辭商務。

二十七日。新寧來訊，稍委蛇矣，許電飭通海牧丞撥欵。

二十八日。專丁往通與汪訊。

## 十二月

一日。專丁回。

四日。宗裕來。

五日。宗裕回。（按：此數日所記之眉頁上，書有二聯，一云：代壽新寧，為幕府諸君作：「一時儁傑依劉，咸願將軍享福祚無極；四嶽神靈生甫，永保天子成蕃宣有功。」一云：為顧石公嫁女何氏喜聯：「花燭新詞何水部；琹書舊學顧黃門。」）

十一日。理裝，以廠事託聚卿。

十二日。行。

十三日。抵蘆涇港，雇車至廠。得延卿請題主訊。

十五日。午飯後啟行往白蒲，中夜始至。

十六日。至顧家埭，弔延卿太夫人之喪。

十七日。為顧年伯母題主，向晚行。

十八日，申刻至二甲，易船到家。

二十日。聞松師謝世，知己之慟，如何可言。

二十三日。叔兄歸。

二十六日。聞范丈謝世。

二十八日。祀先於家廟。

## 光緒二十五年（公元一八九九年），歲次己亥，年四十七歲

## 正月

六日。作挽范丈聯：「與先子有城東舊期，張范交親，鄰壙松楸心久許；僅伯氏自南海歸省，岱嵩望斷，滿天風雪淚痕多。」挽太倉王先生聯：「與先子卒年同，棖觸悲哀，不獨凋零感耆舊；憶鯫生少賤事，低徊

獎勗，至今慚負是師門。」（按：王汝騏，字菘畦，曾任海門師山書院院長。）

八日。往海門。

十五日。叔兄行，佳節送別，可念。

十八日。怡兒周晬，祀先。

二十四日。往唐閘。

二十五日。至廠，是晨弔於范氏。

二十七日。晚至蘆涇港。

二十八日。附吉和輪船，遇潘蔚人，同至上海。

## 二月

五日。詣福開森說廠欵事。午刻偃舟往太倉，宿南翔鎭。

六日。申刻抵太倉，弔菘畦師之喪，晤晉蕃。

七日。晉蕃置酒。詣蔣羹臣州牧，吳粵生大令，繆蘅甫、陸彤士、姚柳坪、王子翔。申刻行。

八日。抵常熟，謁翀齋師於老塔前寓宅。夜飯後歸舟

九日。翀師約游虞山興福寺，連珠洞，三峯，淸涼寺，遇杞懷於連珠洞前瞻廬，廬爲杞懷所建，以寄慕親之意者。三峯門外，四松各長幾十丈，亦一奇也。興福「高僧伏虎圖」在寺中，有邵（齊燾）柏（謙）題。宋以前畫羅漢者，數皆十六，降龍伏虎二尊者，卽元代寺僧也，遂增爲十八。（邵詩云：「白額猶知出鏃恩，高僧遺跡在山門。却防後世傳奇行，故作斯圖示子孫。」）遠望狼山在江雲滅沒中，徘徊久之。酉刻返，與杞懷飯於翀師處。亥刻歸舟。（按杞懷名費念慈，武進人，光緒十五年編修。）

十日。行抵無錫北門。

十一日。詣翼孫、念繩、屬具祭饌，並詣楊藕芳子誠，章定庵、秦岐臣、湘臣、沈僊崑。藕芳談紗廠事，憂患危苦之思，溢於言表。

十二日。早微雨。與翼孫、念繩、楊叔平同至菊泉師墓，墓在惠山東北第二峯下、樹根橋南半里許，辛未山，辛丑向（光緒九年葬，十二年治石）。計師卒以光緒八年壬午八月，是時響方從朝鮮定亂之役，距今已十八年，墓木拱矣。尊酒俎肉，一獻一拜，曾何補於三載教誨飲食之恩萬一哉！爲之感慟潸然。回舟泊東門業勤廠前，藕芳導看廠工。

十三日。定庵，岐臣、叔平、孫詢芻同年父子，薛南溟、裘葆良同年，合置酒於王氏舟中，縱談竟日，晚移南門

十四日，行抵蘇州，晤少巖，導看蘇經廠工，遇吳寄荃同年，移宿廠東洋樓，樓左臨水，有樹園甚修潔。

十五日。辰刻行抵崑山南門，泊舟。

十六日。泊黃渡。

十七日。抵滬，商局已移六馬路福康里。

二十六日。附江孚往江寧，與陸敬軒同年（景輿）同行。

二十八日。申刻抵寧文正書院，與聚卿訊。

二十九日。孫東甫子蔭祥，自安慶來。

## 三月

一日。早起，右目左眥赤如豆，不出門。與新寧訊，辭商務局總理。

十三日。銘張字墨合：「昔張氏甄厥文嫵，制爲研者字仲甫，叔未作銘序如譜，緊時相見典可數（銘引漢書），撫自己亥歲光緒，以章吾合攜文府，永永寶之鼎尊簠。」

十四日。作方墨合詩：「成範不能員，局情故自堅，有因呢文字；將晦收纏綿。懍懍朱丹地；錚錚燥濕天。精金期汝壽，相伴老書田。」爲孔馴作。

十五日。作陳諒山輓聯：「才高流輩，位獨以牧令終，大吏誰何，有任其責者；下念鄉邦，上亦爲君父計，好官難得，彌思而痛之。」（按：諒山名謨）

# 英使謁見乾隆記實

馬憂爾尼　原著
秦仲龢　譯寫

這些高貴人物每個人都有自己的大批隨從人員，都自覺尊貴得了不得，但到了這裏，自己夾在人羣當中，在皇帝的面前失去他們所有的尊嚴。大家須要作長時間的等候來表示對皇帝的尊敬。有些人在半夜間已經進到園中，皇帝在日出以後才能駕臨。在這樣早的辰光接見外使，這可以看得出他們還保存着原始游牧民族的習慣，這些人太陽剛剛出來就去外面獵取野獸。這同已經過了歷次文明階段，最後耽於逸樂享受的其他各國的習慣是不大相同的。（譯者按：中國的皇帝清晨視朝，由來已久，這也是游牧民族的習慣。後來文化再進步，人君清早視朝，就加以美化，說什麼清晨辦理國政，是有德的人君，昏君就很晏都不視朝了。早晨視朝，是滿洲人入關後依照中國的習慣。）

在等候皇帝駕臨的時候，許多人出於好奇心或者禮貌，來到使節團帳蓬拜會特使。其中一個是皇帝的弟弟，爽直樸實，年過中旬，有中人以上的身材。另外兩個是皇子和兩個皇孫，皇子相貌漂亮，態度客氣，非常好問，皇孫年紀很靑，身材很高，非常英俊。其餘來看特使的有一個屬國君主，他住在裏海（原文爲 Caspian Sea——譯者）附近，講阿拉伯語。他又能比較知道一點歐洲事務，因之對使節團表示特別興趣。最使特使高興的是在這裏會見了可尊敬的北直隸總督。有這位總督在此，全體英國人都增加了信心。

太陽剛剛出來，從遠處傳來音樂聲和人的吆喊聲，說明皇帝快要駕到了。不久之後，皇帝從一個周圍有樹聳立的高山背後，好似一個神聖森嚴的叢林中出來。御駕之前有侍衛多人一路宣揚皇帝的聖德和功業。皇帝坐在一個無蓋的肩輿中，由十六個人抬着走，輿後有警衛執事多人手執旗傘和樂器。皇帝衣服係暗色不綉花的絲綢長褂，頭戴天鵝絨帽，形狀同蘇格蘭軍帽有些相似，帽前綴一巨珠，這是他衣飾上所帶的唯一珠寶。

皇帝進大幄以後，立即走至只許他一個人用的御座前面的階梯，拾級而上，升至寶座。和中堂（按：卽和珅，因爲他是大學士，故稱中堂——譯注。）和另外兩位皇族緊在皇帝旁邊跪着答話。各王公大臣和外藩使節都有一定的位置，各就各位。這時，英國的特使馬憂爾尼勳爵在全權公使，中國繙譯和見習童子陪同下，由禮部尚書引領走至御座左首。同歐洲以右首爲尊重習慣相反，在中國，主客的位置在左首。使節團其餘人員和大批較低級中國官員都站在大幄口外，從這裏可以見到帳蓬以內一切禮儀。

特使身穿繡花天鵝絨官服，綴以巴茨騎士鑽石寶星及徽章，上面再罩一件掩蓋四肢的巴茨騎士外衣。中國人對於外表服裝一向注意，因此應當把在這樣大典上所着的衣服記下一筆。中國人事事講究嚴肅和含蓄。表現在服裝上，就是衣服尺寸又寬又大，盡量使其遮蓋全身。誠然，卽使是最野蠻人的衣服，它的目的除了禦寒防晒而外，確還有掩蓋身體某些部分的意義。這種可以說是人類的害羞心理隨着文明的進化而增加。但任何其他地方沒有中國人在這方面走得這麼遠。他們的寬大下垂的衣服把身體各部差不多都掩蓋着，男女衣服幾乎沒有分別。在中國，畫人像，假如畫出身體曲線來，卽將被認爲太不嚴肅，更不用說畫裸體了。因此導致中國在雕刻和繪畫上的落後狀態。中國認爲歐洲的短小狹窄的衣服太不莊重，竟至限令歐洲傳教師們改穿中國服裝。

特使的寬大的巴茨爵士外衣罩在衣服外面一定合乎中國人的口味。同樣，全權公使（譯者按：全權公使即斯當東爵士）以牛津大學法學名譽博士的資格，特於官服之上加罩一襲深紅色的博士綢袍。中國非常注重學識資格，作官的必須由科舉考試出身。特使通過禮部尚書的指導，雙手恭捧裝在鑲着珠寶的金盒子裏面的英王書信於頭頂，至寶座之旁拾級而上，單腿下跪，簡單致詞，呈書信於皇帝手中。皇帝親手接過，並不啓閱，隨手放在旁邊。皇帝很仁慈地對特使說：「貴國君主派遣使臣携帶書信和寶貴禮物前來作致敬和友好訪問，我非常高興。我願意向貴國君主表示同樣的心意，願兩國臣民永遠和好。」

皇帝陛下的這種接待大不列顛的國王代表的方式，在中國人看來是一種曠典殊榮。過去，他很少坐在寶座上接見外國使節，也很少親自接國書；多數情況是由一位大臣代接國書。這種優厚的接待方式在中國人心目中認爲是中國政府對英國人另眼看待的一種表示，將在他們中間產生良好影響。

皇帝同特使稍微交談數語，以後取出一塊玉石作爲贈送英王的第一件禮物。中國人非常重視這種東西。這塊玉約有一尺長，彎成節杖的形狀，據說象徵興旺和平（大概是個玉如意。——譯者）。在中國每個宮殿的御座旁邊都放有這樣一塊寶玉。

按照中國規矩，外國使節除呈獻本國國王的禮物而外，本人也應貢獻一種禮物。特使及公使（中國人稱他爲副使）各自呈獻了自己的禮物，皇帝接收下來，並也回贈了禮物。雙方對這些禮物的看法，受者可能小於贈者，不過重點不在禮物價值而在表達情意。向皇帝送禮係表示致敬，皇帝回贈係表示給對方恩惠。

自始至終，皇帝看來非常愉快自如，絕不像外間描寫那樣陰鬱沉悶。他的態度很開朗，眼睛光亮有神。至少在接見特使的整個時間，他的表現如此。雙方談話，往來由幾道語言繙譯，非常麻煩。皇帝有鑒於此，向和中堂詢問使節團中有無能直接講中國話的人。特使回答有一見習童子，今年十三歲，能畧講幾句。皇帝聽了非常高興，立刻命令將該童帶至御座前試講中國話。或者由於這個童子的講話使皇帝滿意，或者見他活潑可愛，皇帝欣然從自己腰帶上解下一個檳榔荷包親自賜與該童。

荷包是中國皇帝賜與大臣的一種經常東西。但從皇帝身上解下荷包賜與外國人則確是一個非常特殊的恩典。皇帝身上的任何微小物件在中國都認爲是無價之寶。一個外國小孩獲得了這個殊榮，引起當場中國所有官員的羨慕，也或者可能引起少數人的忌妒。御賜荷包不大，黃色絲綢質地，上面織成一個五爪金龍，還有幾個韃靼字。

英國使節覲見禮儀完畢之後，幾個從白古（白古〔Pegu〕——譯勃固，過去是位於緬甸境內的一個小國。按白古係孟族〔Mans〕王朝，一七八二年被緬族所滅。此處原文是Some Hindo Embassadors from Pegu，可能有誤，或者可以解釋爲經過白古這地方來到中國的幾個印度節使，無論在政治上或宗教上白古同印度均無關係。——原譯者）來的印度使節和幾個從裏海附近來的回族部落代表被引至御座右首。他們向皇帝行了三跪九川禮很快退下。英國特使及隨特使前來的其餘三個人被引至皇帝的御座左側坐墊上坐下。王公大臣和外藩使節各按等級大小坐於御座的遠近。特使座位在御座和帳篷對面的中點。每個座墊前都設有食桌，二人一桌。大家坐定後，執事官啓開桌蓋，盛饌呈於目前。食桌面積不大，桌面上用碟子和碗堆成稜錐形，碟碗中盛有肉品、果品和其他豐富食物。皇帝面前亦設一桌。皇帝進餐時候，意態非常舒適，表現胃口極好。飲宴當中，執事官兼以茶進。在御座前進酒或進膳時，兩手高舉頂上，如同特使呈遞國書的狀態。

（二十）

# 花隨人聖盦摭憶 補篇（廿七）

黃秋岳遺著

此言穆宗與慈禧忤事，至穆宗致病一節，則云：「穆宗雖不學，而敏銳悉朝野情僞，其淸文諳達愛仁伊精阿，暇頗拾市井閒情狀與帝，同治中初，强符珍導之出游，珍棨安固倫公主夫壻，時亦行走內廷者也。珍膽薄，慮致禍，往往避帝，洎載澂入伴讀，出少勤，然不過酒肆劇館，未敢爲狎邪游也，倭仁嘗遇帝十刹海，愛仁嘗遇帝崇效寺，廣壽嘗遇帝大宛試館，其他小臣與帝值者，不可勝數也，倭仁每切諫之，廣壽嗣值宏德，亦勸帝勿微行，雖納其言，而事過輒思動。又有奄杜之錫者，狀若少女，帝幸之，之錫有姊，固金魚池倡也，更引帝與之狎，由是溺於色，漸致忘反，兩后弗知也。奕譞窺其事流涕固諫，帝素愛重譞，慨然曰，朕非樂此，第政事裁於母后，吾已將冠，猶同閒散，特假此陶情耳，今聞忠告，旣知過矣，與汝約，親政後，日理萬機，非典禮不踰外闔矣，譞舞蹈稱宗社天下幸，此同治十一年正月事也。已而爲帝選昏，孝貞屬意侍講崇綺女，后屬意將軍鳳秀女，不能決，令帝自擇之，對如孝貞旨，遂立綺女爲后，而秀女爲妃，是年九月大婚，后阿魯特氏，後諡孝哲者也，莊靜端肅，不苟言笑，帝頗重之，后以帝己所生，立后當己爲政，而綺女非己所選中，又睹其亦如帝旨，頗親孝貞，益怒，孝哲體微豐，趨蹡弗便，乃故令奔走以勞苦之，復以其不嫺儀節，責讓之，尤異者，謂帝行親政，國事繁賾，宜節慾，勿時宿內寢，帝旣時外寢，忽忽不樂，羣豎則更導爲冶游，師保則倭仁、祁寯藻、綿愉已先死，訢自被譴後，憚帝褊急，務承順，罔敢匡救，淸癯令醫官治之，擬方多溫補，服之熱且內蘊，繼復染穢瘡，遂困頓不起，再令醫診視，不敢指爲腎毒，則謬以痘症對，然所進藥，皆瀉毒淸燥者，浹月竟瘳，兩宮大喜，詔舉慶典，晉內外諸臣秩，赦重囚，崇神祀，帝亦以蒙太后調護，且病中承代閱章疏宜崇上徽號，令各官敬謹預備，此十三年十一月甲寅事也，乃十二月甲戌，帝遂崩，蓋瘡毒雖除，而腹利瀉不可止，適以祀神畢進棗糕，帝食踰量，覺脹，起更衣，微蹶，撫之氣已絕矣。」予又案李越縵日記：「同治十三年十二月酉刻，上崩，先是十一月朔，太白貫日，上即以是日痘發，徧體蒸灼，內廷王大臣入問狀，請上權停萬幾，兩宮皇太后裁決庶政，上許之，于是御前大臣軍機大臣等列議四事以上，其一，改引見爲驗放，如初垂簾故事，識者已惡其不祥，未幾以痘痂將結，遂先加恩，醫官左院判李德立、右院判莊守和六品雜流官也，皆擢京堂，德立至越六級以三品卿候補，尤故事所無者，旋徧加恩內廷諸王大臣，至先朝嬪御，皆晉位號，凡所施行，俱如易代登極之典，又于大淸門外結壇，焚燒釆帛車馬，名曰送聖，都人皆竊竊私議，以爲頗似大喪祖送也。上旋患癰，項腹皆一，皆膿潰，先十日已屢昏，殆不知人，于是議立皇子，而文宗無他子，宣宗諸王孫，皆尙少，無有子者，貝勒載治宣宗長子隱志郡王之嗣子也，有二子，幼者曰溥侃，生甫八月，召入宮，將立爲嗣矣，未及，而上宴駕，乃止，宮廷隔絕，其事莫能詳也。上幼穎悟，有成人之度，天性渾厚，自去年親政，每臨大祀，容色甚莊，而弘德殿諸師傅，皆帖括學究，惟知勦錄講章性理膚末之談，以爲啓沃，上深厭之，乃不喜讀書，狎迎宦豎，遂爭導以嬉戲游宴，蒞政以後，內務府郎中貴寶、文錫，與宦官日侍上，勸上興土木，修園，戶部侍郎桂淸，管內務府，好直言，先斥去之，耽溺男寵，日漸羸瘠，未及再期，遂以不起，哀哉。」兩者皆相發明，而穆宗初受病，乃在男色，此說予早聞之，似尤可徵信也。然貴李兩記，皆不舉王慶祺，王實與載澂輩導穆宗冶遊者，比讀金息侯「四朝佚聞」云：慶祺旣被斥，輒語人云，穆宗親政後，太后仍多干涉，乃請修園爲頤養計，意在禁隔，使勿再干政耳，竟爲太后所覺，遂致奇變云云，此說出自慶祺口，雖似妄言，證以沃丘所述，則淫貪專恣之婦，其子固先已嫉之，不待後來德宗戊戌圍劫頤和之謀矣。由此可知那拉后之罪惡，實浮於傳聞，一手斷送滿淸，汲汲唯恐不及，其生時若遘政變，圍劫禁錮，自在意中，其死後發冢辱尸，又豈非天意耶？蒓客日記末，斥倭艮峯輩剿襲講章性理膚末之談，使穆宗望而生厭，以陷於惡，亦殊爲有識。

常熟楊子無恙，淹雅工詩，游日本歸，著「海國叢談」，中有一則云：「長崎梨，其大如瓜，皮粗黃而質細嫩，食之如飲瓊漿，東方朔神異經：東方有樹，高百丈，敷張自輔，葉長一丈，廣六尺，名曰梨，其子徑三尺，剖之少瓤，食之爲地仙，或其餘種也。任昉述異記，日本國有金桃，其實一斤。」無恙自注云：按日本隋時尙無國號，稱日出處天子，新唐書咸亨元年，遣使賀平高麗，稍習夏音，惡倭名，更號日本。述異記乃唐人僞託。予案，謂隋時日本尙無國號，恐未盡然。日本建國頗早，而中國所接觸者，乃爲北九州一帶之倭奴國，及倭面土國。漢書地理志稱，樂浪海中，有倭人分爲百餘國，以歲時來獻，後漢書載中元二年倭奴國奉貢朝賀，光武賜以印綬云云，考乾隆四十九年，卽日本天明四年，在筑前國掘得漢倭奴國王金印，事已鑿然，但日本始終不以北九州之倭人，視爲一體，其紀載亦極有系統。日本自稱自神武天皇至開化天皇，九代之間，勢力僅及近畿，與北九州之倭國無涉。今考舊唐書東夷傳，亦謂：「或云，日本舊小國，併倭國之地」，已劃日本與倭爲二，不過以遼東高麗先通北九州之地理關係，而中國多數皆認倭卽日本，或認倭大於日本耳。至隋時日本遣使中國，此乃推古天皇之聖德太子所爲事，日本盛稱之，據傳隋時中日通使，殆近十次，而世但傳日出處天子致書日沒處天子無恙一書，齎此書者，爲日人小野妹子，而日人之善鄰國寶記，乃云原書作日出處天皇致書日沒處天子，隋書改天皇爲天子，以從吾國文義，理或然也。煬帝覽書不悅，謂鴻臚卿曰，蠻夷書有無禮者，勿復以聞，然仍使文林郎裴世淸等十三人，隨小野妹子來日本，煬帝之書云：「皇帝問倭皇，使人長吏大禮蘇因高等至，具懷，朕欽承寶命，臨御區宇，思弘德化，覃被含靈，愛育之情，無隔遐邇，知皇介居海表，撫寧民庶，境內安樂，風俗融和，深氣至誠，遠修朝貢，丹款之美，朕有嘉焉，稍暄，比如常也，故遣鴻臚寺掌客裴世淸，指宣往意，幷送物如別，」此書可相發明者有二，一爲書內稱皇，可證日本來書，原作天皇說之確。一爲稱倭王，可證中國爾時始終以爲倭卽日本。蘇因高，卽小野妹子之譯音，又案日籍所載，聖德太子甚惡隋黜天子之號爲倭王，而不賞其使，是蓋不知中國爾時，初未知倭與日本之別也。

蒜最健腸殺細菌，北人入夏，庖廚多用蒜，實有至理。相傳四十年前，西人入燕京，見市人多飲生水，而腸不病，研求久之，始知食蒜之故，乃求其功用，以製新藥，此說不知確否。然國中士大夫，率不喜食之，佛家列葱蒜爲五葷，忌食之，以爲發風火動舊疾，至於厭其惡味者，又比比皆是。彭孫貽帝京十二詠蒜詩云：「蒜本出胡中，遂汙諸夏口。南中噉不無，北客餐必有。皇都五侯鯖，此味首盤缶。搗泥或乞醯，擘片先下酒。豪談觸鼻至，湊氛鄰坐走。吮箸驚廁籌，殘羹疑溺溲。安得萬斛泉，雜舌煎百斗。一滌京傖吻，庶堪同飯饃。」彭本南人，故深惡蒜臭，至於此極。滿淸稗史之新燕語，中有一則云：「淸初女子邵飛飛燕臺詞云，炎天斗室臭難聞，燒酒生葱盡日熏，其惡之斥之，可謂極肖極盡矣。吟香書屋筆記云，南人惡食葱蒜，北人好食葱蒜，雖曰風俗，由土性使然也。而葱蒜亦以北產爲勝，直隸甘肅河南山西陝西等省，無論富貴貧賤之家，每飯必具。甌北詩鈔有旅店壁題詩云：汗漿迸出葱蒜汁，其氣臭如牛馬糞，蓋亦深疾之也。今都中猶有喜食葱蒜者，故卽秀麗女子，偶一吹氣，不可嚮邇，頗有西子不潔之歎，或叩以故，則曰，北地多蠍子，食葱蒜可以辟之，理或然歟？」案此亦是南人不食蒜者之談，其言蒜可避蠍，予未之前聞。惟食蒜多在夏日，蠍出亦多在夏，水曹淸暇錄載，燕臺新月令，六月云，是月也，儀官浴象，象始交，果子乾成，檳子香，海茄大于盆，蠍始孳，壁虱臭，桃奴出，聞觀果解，其大書特書蠍孳者，可見北京人之畏蠍，容或以蒜之味烈殺毒，謂可以制之也。

國中庶民，僉知關羽爲神靈之尊，可謂有井水處，皆稱其帝號矣。幼時鄉居，習聞五月十三日雨，爲關老爺磨刀雨，已而北居，讀燕京歲時記云：京師諺曰，大旱不過五月十三，蓋五月十三，乃俗傳關壯繆過江會吳之期，是日有雨者，謂之磨刀雨，此爲磨刀雨見於記載者。其後以詢各省人士，無不同聲云然，又可見此諺流傳之廣。其實舊曆五月，爲梅雨之期，且晚多雨，不必限十三日，而此日遘雨之比數最多，故民以爲侯之肸蠁如響也。燕京歲時記又載：京師謂五月二十三日爲分龍兵，蓋五月以後，大雨時行，隔轍有雨，故須將龍兵分之，此則適爲五月多雨之一證。分龍兵，名殊穎雅，當與龍忌等類，同可入詩也。

晚淸穆德二宗，皆以扼於那拉后，國卒以斬，然二帝材皆中下，德宗願奢而才不足以副之，穆宗更無論矣，洪楊之役，淸之成功，自倚曾胡，汲引曾胡者，世今知爲肅順，而文宗之識鑒，似未可厚非。予頗以爲咸豐初政有邁於嘉慶道光二朝，但所遘時勢較難，所成就亦不易。曩聞咸豐辛亥徐壽衡樹銘，蜀輶還京，召見語過八九刻。壬子大考，徐遷中允，視學山左，諭以頃報粵寇至長沙，防事如何，及城能守與否，具以對。其歸也，復命垂詢一切，兼問幕客優劣，謹取生平志學才識操守以對，他日當力擔重寄翼國家，時左文襄方客駱文忠撫幕也。案召見談過二句鐘，在晚淸不多見，徐爲湘之名士，而文宗能紆意曲諮，此卽其過人處。

# 大　　華

19[illegible]年合訂本　1——20期

1967年四月出版

本刊於1966年3月15日創刊，[illegible]合訂爲一冊，以便讀者收藏。[illegible]索引，最便檢查。[illegible]

1　[illegible]
2　[illegible]
3　[illegible]
4　[illegible]
5　[illegible]
6　[illegible]
7　[illegible]
8　[illegible]
9　[illegible]
10　[illegible]
11　[illegible]
12　[illegible]
13　[illegible]
14　[illegible]
15　[illegible]
16　[illegible]

香港讀者，[illegible]接洽。

[illegible]

本刊 [illegible]

CATHAY REVIEW
大華
半月刊
第廿九期
兩個被奪權的元首：劉少奇 蘇加諾
一九六七年五月十五日

# 大華　第廿九期




大華 半月刊　第廿九期
Cathay Review (Semi—monthly) No. 29
Ta Wah Press.
36, Haven St., 5th fl.
HONG KONG.

出版者：大華出版社
地址：香港銅鑼灣希雲街36號6樓
電話：七六三七八六轉

督印人：龍繩勳

主編：林熙

印刷者：朗文印務公司
地址：香港北角渣華街一一〇號
電話：七〇七九二八

總代理：胡敏生記
地址：香港灣仔船街卅二號
電話：七二三四三七

一九六七年五月十五日出版
（每月十五 三十日出版）

# 被稱爲「中國的赫魯曉夫」的劉少奇

劉義之

在中共高層人物中，毛澤東是靠農民運動起家的領袖，而劉少奇則是以組織職工運動在黨內贏得崇高地位的人物。

## 一

劉少奇爲湖南寧鄉人，今年六十九歲。他在長沙完成中等教育後，於一九一九年赴北京進留法預備班念書，與他先後同學的有李富春、鄧小平、陳毅、何長江等。一九二〇年，劉不知爲了什麼原因，取消了赴法留學的打算，轉往上海漁陽里共產國際主辦的俄文補習學校，並在那裏加入了社會主義青年團。次年，劉從上海經海參威到莫斯科東方勞動大學受訓，他在莫斯科時曾給他的把兄弟洪賡颺寫了這樣一首詩：

身長七尺好奇男，汝何悲憤而長憶？
爾之命促數且奇，一生富貴何可期。
胡不及時以行樂，飄零千里，備罹萬難欲何爲？
人才西渡正紛紛，爾之翹首望何陲？
豈欲長征班定遠，杖策以相隨。滿目帶愁思，意蠢情亦痴。
天津橋上無人識，祇得遠寄與知己。

這首詩現在被視爲劉少奇「剝削階級人生哲學」的「罪證」。

劉少奇王光美迎貴賓

劉少奇在莫斯科只待了短短一年，便奉命返回上海，參加中共中央勞動組合書記處的工作，爲工運領袖張國燾和李立三得力的助手。他在職工運動方面有很強的組織能力，一九二二年他與李立三共同領導的安源煤礦工人大罷工的勝利，爲他奠定了在職工運動中的地位。劉少奇對於這一段歷史似乎很感到自豪，他曾說：「領袖來自於羣衆。在安源時，拋頭露面的是李立三，埋頭苦幹的可就是我……」

安源罷工事件以後，劉少奇一直在江西、湖南地區從事紅色職工運動。一九二五年在長沙被捕，不久獲把兄弟洪賡颺（當時任湖南洪江陸軍稽查處處長）的保釋恢復了自由。

一九三五年，劉少奇奉調天津接替蔡暢（李富春的妻子）主持中共北方局的工作，當時他的工作範圍主要是平津地區的學生運動，以及北方的職工運動。一九三五年十二月，劉的主要助手彭眞領導了平津學生「一二九運動」，聲勢相當浩大，這對於建立劉少奇在北方局的威信有相當的幫助。「一二九運動」以及後來彭眞主持的「中華民族解放先鋒隊」的地下活動，不僅爲劉少奇和彭眞在中共黨內贏得了聲譽，而且爲他們培養了大批的核心幹部。近幾年在中共中央，國務院與地方黨委中担任重要職務的薄一波、李雪峯、劉瀾濤、蔣南翔、陸平、李昌、陳荒煤、榮高棠，就是當時劉、彭培植起來的知識分子。

一九三九年，劉少奇離開北方局（改由彭眞主持）前往延安担任中共中央白區工作部部長，負責領導國民黨統治地區和日軍佔領區的地下工作。不久，劉代表毛澤東赴華東、華中視察工作。一九四二年返抵延安後，即成爲中共第二號領導人物，最近幾

年來，劉少奇所担任的職務有：中共中央副主席、國家主席、國防委員會主席。

## 二

近兩年中國所進行的「文化大革命」運動，多少與劉少奇、毛澤東之間的權力鬥爭有關係。爲了「搞臭」劉少奇，毛澤東一派發表了許多攻擊劉少奇的文章，這些文章不少是針對劉少奇的私生活的。

據清華大學「井岡山」報透露，劉少奇是一個私生活很荒唐的人物，其中最被毛派視爲「罪惡」的，是他有過「結婚五次的紀錄」。劉少奇的第一個妻子名叫王葆貞，她是在劉從莫斯科回到上海後嫁給劉的，一九三四年她被國民黨逮捕扣押至南京雨花台槍決。大約在一九四○年左右，劉少奇在華東另與一個名叫王前的女孩子結婚，當時劉已是四十二歲的中年人，而王前則不過是十六歲的娃娃。王前是個沒有受過很好教育的鄉下人，據說她常要把毛澤東的「新民主主義論」一類的文章拿來閱讀，藉以「提高文化水平」，劉少奇對此很爲不滿，他告訴王前，念毛澤東的文章不如背曹禺的「日出」或是「老殘遊記」。這也許是因爲劉少奇對陳白露這類懂得風情的女子很有興趣的緣故。由於兩者的文化修養懸殊太大，王前與劉少奇的婚姻不消說並不美滿，在他們相處了六年之後，王前雖爲劉少奇生了一個女兒劉濤（現在清華大學念書）、生了一個男孩劉允眞，但她終於擺脫不了離婚的命運。王前答應離婚時獲得的代價是一條金皮帶，據說劉少奇曾爲此事在周恩來太太鄧穎超和朱德太太康克清面前反咬一口，說王前偸了他的金皮帶。王前對劉少奇另娶女子的行爲，似乎懷有刻骨的仇恨，在前幾個月劉少奇受重重圍攻的時候，她起來揭露了劉少奇的「反黨罪行」，據她的敘述，劉少奇在一九四一年任新四軍政委的時候，別人吃的是玉米渣，劉却每天要吃一隻老母鷄，還要副官到處給他買活鷄、活魚、新鮮桔子。

劉少奇最後娶的妻子，名叫王光美，他們於一九四七年在延安結婚，王光美是一個受過高等教育的大家閨秀，她的父親王槐貴，爲北洋軍閥時代的大官，哥哥王光英過去是天津有名的自行車商人。王光美今年四十六歲，比劉少奇年輕二十三歲，她在二十四歲的時候畢業於北平輔仁大學，由於她的英語非常流利，從學校出來後即在北平國共談判小組中担任英文翻譯，當時在北平的中共代表葉劍英、羅瑞卿（近幾年任共軍總參謀長，已遭整肅），對王光美的談吐與才能甚爲賞識，便把她介紹到延安工作。王光美到了延安後，很快和劉少奇結爲夫妻，當時王光美只有二十六歲。王光美替劉少奇生了兩個女兒，一個名叫劉婷婷，一個名叫劉萍萍，現在北京師範大學附屬中學念書。

在中共高層領導人物的太太中，周恩來的夫人鄧穎超年紀太大且經常生病，極少跟隨周恩來與外賓接觸；朱德的夫人康

## 蔡元培的遺產

一九四○年三月五日，蔡元培在香港逝世，他本是翰林出身，但做起「革命黨」之後，就不敢提這一件事，因此，當時在香港的幾個翰林後輩，對他都有微詞，譏他忘本，他們說蔡元培之「發達」，多少有點靠翰林的頭銜也。其實這班旅港翰林，目光如豆，烏足知蔡元培哉！

蔡元培死後，蔡夫人託某君辦遺產手續，某君親往見羅文錦律師，告以蔡元培死了，現在要辦理遺產。羅律師用英語問：「General？（是個將軍嗎）」某君答：「不是。是中央研究院院長。」羅律師問：「有多少遺產？」答：「港幣六千，存匯豐銀行。」羅說：「六千元，不必辦理遺產稅。」但只辦理了蔡夫人向銀行取欵的手續。

羅文錦以爲赫赫政要，必定家財鉅萬，而家財鉅萬，又必將軍之流也。（因爲中國的將軍最富）可見國民政府官員，首以一品武員爲大富，若中央研究院等翰林清華之職，只配有六千元遺產而已。

·大雅·

克清太胖太矮，只能管管全國婦聯的工作，而不適應於在接見外賓的場合中活動；至於毛澤東的夫人江青，她那種刻板的「藍色制服」，已經夠使外賓難受了。唯有王光美和張茜（陳毅夫人），是在外交圈中最活躍、最出風頭的女性。

王光美和張茜一樣，很講究服裝與修飾，她們曾經跟隨她們的丈夫到過許多國家訪問，所到之處均給外國朋友留下良好的印象。三年前，王光美和劉少奇訪問印尼的時候，蘇加諾給予他們盛大的歡迎，蘇加諾還特地與王光美把背而行拍照留念。想不到這些照片，現在竟成了王光美「腐朽的資產階級作風」的「罪證」。

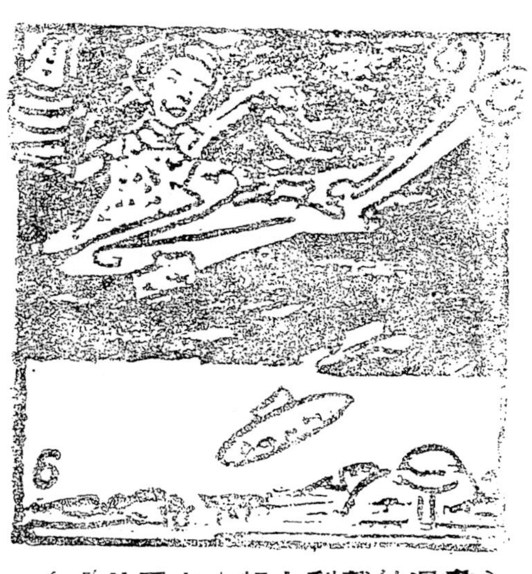

（「井岡山」報上刊載的漫畫）

王母散帽

妖霧迷天日，王母逞魔威，
手執劉家黑鐵帽，霎時清華帽
完飛，反革命，無其數；眞右派，一堆堆
命。革小將不怕死，劉家小帽嚇唬誰？

當然，最近王光美頻頻受攻擊，主要還不是因為她與蘇加諾把背合照，而是她在去年會到清華大學「鎮壓革命左派」。由江清親自指揮的清華大學「井岡山兵團」，在他們的刊物「井岡山」發表了許多攻擊王光美的文章。這些文章指責王光美是一個「政治扒手」，她與薄一波（國務院副總理）、葉林（國家經濟委員會副主任）串同一起，派出大批工作組赴清華大學，壓制「文化大革命運動」。「井岡山」的一篇文章嘲諷王光美說：「王門千金女，劉家老板娘，桃園營私貨，好夢空一場，文化大革命，清華伸魔掌，大家齊追捕，扒手那裏藏！」同一篇文章還警告王光美：「紅旗社論吹號角，反動路線響喪鐘，王母被迫作檢查，妄圖蒙混藏刀兵，百萬小將齊吶喊，要想逃走萬不成！毛澤東思想力無窮，休想再發黃粱夢！」

# 蕭振瀛發「皇財」

•張猛龍•

一九三五年十二月出任天津市長的蕭振瀛，是吉林省扶餘縣人，字仙閣，吉林法政專門學校畢業，和西北軍的關係極深，一九二八年宋哲元做陝西省主席，他做西安市市長，但毫無建樹。一九三五年十二月，宋哲元兼任河北省政府主席，蕭謀天津市長甚力，因為這是河北全省肥缺之一，比北平市長好得多，宋勉强給了他。

蕭下台後，拿到宋哲元給他的十萬元游歷費，到歐美玩了一年，到抗日戰爭時，跟着到了重慶。這時候他並沒有什麽官職，但發了「皇」財。他探知重慶嘉陵江上有一艘沉船，是清末的貢船，就花了很大的財力人力，將那艘沉船打撈，撈出金銀財寶極多，以當日的金價計算，值港幣二百餘萬元。蕭大喜，就利用這筆橫財在重慶開設大同銀行。

那艘沉船載的是四川總督奎俊向西太后進貢的禮物。光緒廿六年（一九〇〇年）西太后逃到西安，其時奎俊以四川總督兼署成都將軍，為了響應向皇家送禮，並且希望升官，奎俊就把二十年來搜刮所得，拿出一部分進貢給西太后，據說其中有金壽星一百零八座，其他金器無算。可惜這艘船沉在江上，西太后得不到一筆，奎俊枉費心機，而四十年後的蕭振瀛拿去開銀行了。但蕭只發了兩年多的財，後來日寇投降，他的銀行倒閉，他受了很大刺激，倒地昏去。醫好後，回到北平，仍念念不忘開銀行，正要運用他的官場關係，霸佔別人的房子，人家不肯，和他打官司，他又再受刺激，腦充血死了，這是一九四六年的事，他死時止五十七歲。（奎俊是滿洲正白旗人，光緒廿八年免去四川總督，入京為理藩院尚書，冷官也。此乃進貢不及之過，後來他又再營鑽，調為刑部、吏部等尚書，終于在光緒三十二年為總管內務府大臣。民國五年死，溥儀謚為「慤靖」）

# 新雙城記

## 香港淪陷前後生活記趣

向晚

看了「大獨裁者」大概剛一個星期罷，一天午餐吃魚，竟被魚刺刺入嗓子，內子嚇得驚惶起來，一再催我到九龍看莊兆祥醫生。當天下午莊醫生不費吹噓之力，即刻就把那根刺拔出來，眞不愧爲耳鼻咽喉科專家。

次日早晨忽然聽到遠遠來的砲聲，街上發現異象，人人面色驚惶，搶購食物的人潮越來越擁擠；凡是能吃的東西，眨眼之間，都被人潮搶購一空。有一位乜克思的信徒張××，他眞夠「前進」，居然把跑馬地成和道口一家汽車房裏存放的稻米搶出一大包。我一向是個落伍者，什麽也未得到，祇能把一些反日資料和舊稿收拾出來往成和道的大水溝裏一扔。

砲聲越來越近，明明是日軍從九龍方面打過來了，幸而把魚刺及時拔掉，否則眞不堪設想。事先雖也有「高頭大馬」加拿大的軍隊開來，同時中國方面還有陳策臨時組織的義勇軍，但這祇是擺擺樣子，到頭來都無濟於事。跑馬地的山頭上都設立着英軍砲位，它不開砲猶可，一開砲反而引起對方的大轟而特轟，住在跑馬地的居民，每天都可按時聽英日雙方砲火大奏交响樂。好在日方砲彈不大，否則祇要開兩大砲，管保跑馬地的居民和房屋都會被炸爲粉碎。

我住跑馬地某街四樓，這是許君遠兄因調往重慶大公報工作後，連女工也讓給我的。樓下是上海富商住，三樓好像是馬來亞華僑。炮聲响後，樓下照常打馬將，男女戲謔聲不絕，三樓嚇得要命，趕快遷往西營盤。九龍日軍炮彈若是打過來，四樓當然最危險，因此我和內子白日跑防空洞、蹲樓梯階，夜間便到三樓睡地板，連女工阿慧和她的密友阿娣也一樣。不久，三樓的住客又從西營盤搬回來了，原來那方面並不比跑馬地安全，正所謂庸人自擾。

當時有兩件大事，一是躲避打死，一是防止餓死。鄉下人都至少要儲半年口糧，都市人都是零買，家家祇能儲一週米，我更是如此。眼看着洋鐵筒的白米越來越少，正在躭心雖打不死也會餓死當中，忽然間北角堡壘街老友鄭允恭兄來了。他問：「我那地方太可怕了，你這裏可以住嗎？」我毫不猶豫答道：「歡迎你來，有我的吃，便有你的吃，大家生存一日算一日。」我還惦記着另一老友蘇繼廎兄。（名錫昌，安徽太平人，北京大學畢業，久任商務印書館編輯，今已退休，仍居上海。蘇君精於地理之學，商務所收外間投寄之稿，有關地理者，大都由他審閱。他著有「商業地理」、「世界經濟地理」等書。）我問：「爲何蘇老夫子不出來呢？」他說：「他那個人很怪，我勸他怎也不肯走開。」原來四口人吃飯，現在又變成五口人。

阿慧、阿娣一個能製北方麵食，一個能燒上海小菜，可惜此時無她們用武之地。幸而廚房還放着一袋子麵粉，因此每日阿慧便爲我們烙家常餅，鄭兄是浙江人，「東方雜誌」主編，雖吃不慣大餅，也祇好讚揚好吃了。好在這次英日香港之戰，祇打了十八日，若是如中世紀英法打了三十年乃至百年戰爭，準保香港居民都要餓死。戰事停了，鄭兄見我的食糧日見嚴重，心有不忍，便對我說：「你這裏吃的東西也沒什麼了，我想搬到張××那裏去，他搶得一大包米呢。」張是鄭的助手，何況尚多了一大包米，所以便回說：「也好，反正張××也是自己人。」過了幾天，鄭兄又來看我。我問：「你在那裏住的好嗎？」他說：「還好，房租不計，但伙食費要照算。」我微笑了一下無話可說。

炮火漸漸稀疏起來，預感香港便要淪陷了。祇見一架日機在扯旗山巔不斷旋轉，而且愈降愈下，一轉眼之間一面狗皮膏藥型的日本太陽旗插在山頭上。我們站在天台上的住客，每個人的心頭都不期然而然地發生一種說不出來的異樣滋味。緊跟着日機在香港各處低飛，足足連續三四天之久，不知它是偵察敵情，抑是故意向香港人示威？這時的「皇軍」正如夏日的驕陽，令人人畏懼。在日機示威後，有一很短時間可怕的死寂，大家靜待大屠殺來臨，因爲南京的殘酷血腥教訓，是世人皆知的。

日軍入香港後，第一件事，是軍用票一元兌換港幣四元，本來物資已經缺乏，物價飛漲，再把港幣貶值兩倍，等於官價再漲兩倍。有錢放在銀行保險箱的不能取，銀行有存款的，每戶每週祇限取一百元，當時銀行都付的是百元大鈔，市面很難兌換小票，縱然千方百計兌換到了，但卻要打個七八折，若是五百元大鈔祇能打四五折。故這時的香港已無貧富之分，大家都一樣的窮。我看到一個中年人雙手捧着一個大約一兩月的嬰兒，沿街悽慘地呼喊：「誰買小孩？誰買小孩？」七元一袋的麵粉，漲到四十元、六十元還買不到。我派阿慧、阿娣到大坑道排隊領米，等了半天祇領回兩小口袋砂蟲黑米，不足二斤。我硬是吃不下去，祇好挨餓，然內子在這些地方比我強，却含着淚囫圇地能咽下去。最難忘的是難友連士升兄，他從般含道爲我送來一罐半蟲蝕的玉蜀米；並告訴我，他的鄰居是幾百萬的富翁，但現在同樣吃猪糠，到了這般境地有錢也沒用。

在日軍未正式入港前，有一段無政府時期，混亂不堪，不僅衣食等物被搶，即地板、屋頂乃至牆壁也都遭殃，被拆毀得一塌糊塗。我看跑馬地菜市場的混亂人羣，不禁想起柳宗元的「封建論」、盧騷的「社會契約論」，那種無政府狀態社會是如何的可怕，勢須要推出人來治理。日軍入港後，第二件事是首先把港督關起來，眞冤枉那位港督才上任不久，還未及「嘆嘆世界」就碰到這個尷尬局面。其次是把所有「西人」、「高等華人」和「重慶份子」統通關起來。我在跑馬地看到兩個東洋軍人捉拿一個西洋人，捉住領子，好像香港洋幫辦捉拿强盜、小販一般。雖然這不免有失過去的面子，但我仍很佩服這位西洋人，因爲當我看到他時，他依然昂首天外帶着懍然不可高攀的神氣。「重慶份子」這一名詞是日軍臨時贈封的，意思是指所有與抗戰的重慶中國政府有關的人士，限期自首，否則拘捕嚴懲不貸。有一位膽小如鼠的某專員，一聽到日軍命令，馬上就遵命自首。我是個不折不扣的「重慶份子」，竊想：生命固可貴，然而向敵人投降亦深覺可恥，讀聖賢書所學何事，祇好聽其自然。

詩人劉放園先生告我一件事。他說剛才過到一個熟人，這人坐着人力車經過跑馬地門口時，正碰到一個日本海軍，命令他下車檢查。不料在車墊子下面找出一份舊報紙，內有反日標題。日海軍一怒，馬上從腰間拔出一把刀斧便向那人臂部一斫，並命令他不准動。那知那人靜候半小時之久也無人出來，因而馬上拔足飛奔，就在中途碰到這位詩人。我問「斫傷了沒有？」詩人笑了，繼續說，那把刀斧一斫並未斫到屁股，而是正碰在萬金油盒上，因爲他的褲口袋裏恰巧放着一盒萬金油。詩人說至此，忽然嚴肅起來，收斂一往放浪本色，叫着我名說：「××，你要當心，你寫了那麼多的反日東西，若是一旦發現，你還有命嗎？」我說：「當然要小心，但有時候也不得不聽天命了。」

不久日方成立一個「日華協會」，以爲統戰工具。這時仰光、爪哇都已陷日手，從表面上看「大東亞新秩序」就要完成，當然在淺見者眼中，汪僞組織就快要代替重慶中央政府了。所以留在香港不少的知識份子，紛紛被日人統戰了去。張××、黃××、羅××等等十餘友人都已入彀中，爲日方大賣氣力。張夫人一再勸我：「×先生，你看林文慶都改變（投日）了，你還等什麼？」我說：「我是無用的人，怎敢與大學校長相比。」後來才知張、羅兩兄投日，原是奉重慶之命而行，做反間諜，終被日方發覺，幾被處死。所以，深感幸運，並未被朋友出賣，得以保全臭皮囊到今日。因爲我曾寫了一本關於日本天皇家世的書揭穿了天皇並非「萬世一系」，而是中間被人篡奪了的，此爲日人所大忌。還是王雲五先生有遠見，看了後，遲遲不肯印行，但原稿仍存北角商務印書館，後來當然也落入日人手中。

當日軍到了跑馬地挨戶搜查，先令住戶排隊，然後任由他們翻箱倒篋。第一樓次我祇下樓一次也未排隊，僅看看而已。第二次在夜間，這是最可怕的一晚。日軍直登各樓搜查，因爲我住的這幢二三樓人多，而且也相當複雜，所以用去時間很長，手錶、戒指都被沒收。輪到四樓時，忽然有人說：「樓上沒人」，所以根本未入我室。第三次又來了，這是在白天，我故意和內子下圍棋，棋盤是「商務」出品。先由華人警察搜查，究竟還是中國人，祇作象徵式的檢查一下，跟着日軍來到，先看了很長時間下棋，因爲日人非常重視棋道，所以先對我減少敵意，隨之和藹地指着棋盤意思在問：「你在商務印書館作事嗎？」我答稱「是的」。一方我確在「東方雜誌」兼任「社論特約撰述」，一方也早和一般「商務」朋友說明在前。日軍也大畧地把抽屜開了一下，便算了事。阿彌陀佛！「感謝神的恩典」，一關一關地總算都度過了。

爲什麽要說第二次搜查是最可怕的呢？因爲這次並不是代表日官方的搜查，而是日軍私下一種强盜、野獸不可告人的暴行。我的對面樓房，住着一對電影明星、和我樓下終日打牌的一些不三不四女人，就在這一夜之間，都被那些野獸飽餐過了。不必說，當然這是由爛仔引路的。說起來，那些女人也是禍由自取，誰教她們平日那麽招搖？這種暴行一直繼續十數夜，不知何人發明了一種防賊辦法，一聞日軍出街找「花姑娘」，便發出警報，一家打鑼，全區響應。每到夜晚常常聽到一片鑼鼓鼓聲響，叮叮噹噹敲了個不停。沒有鑼鼓的，就敲打洋鐵筒或洗臉盆，我也依法砲製，提出鐵筒，跑出天台，亂敲一頓，好不痛快。阿慧背地笑我，×先生是怎麽啦，這種情景正如北方鄉下逢到日月蝕時一模一樣。

老實說，日軍佔領香港並未實行大屠殺，這不能不感謝汪精衛對日方說服之功。然而小屠殺或虐待仍未能免。日軍曾把一些中國人用船强載到附近某些荒島，任其餓死，或處死。我曾目擊兩件事，至今懷恨不忘。一是跑馬地菜市一賣菜老婦，因不知日方命令停用港幣，以致拒絕收「軍用票」，買菜的人忍心竟向日憲兵告發。日憲兵到塲，馬上就地把那老婦槍決，流在地上一片鮮血！一是我乘電車經過跑馬地大門時，見門口用繩子捆綁着一個苦力樣子的老漢，他的脚下堆着一些電線，胸前掛上一個紙牌子，寫着「竊人」二字。可憐的老婦、老漢呀，我們黃炎子孫竟受到東洋鬼子如此虐殺，神若有靈，一定要爲受難的人主持正義。後來，長崎、廣島吃了兩顆原子彈，也許就是神的懲罰罷。我在米歇根州曾聽到一位日本婦人向美國上流社會，控訴投原子彈的殘酷。照遠不照近，何不檢討日軍自己在中國及東南亞的暴行呢，豈不更慘於美國的原子彈？

稍微平靜後，我先去英皇道探訪朋友，沿途所見盡是死屍。今日的維多利亞公園，那時還是避風塘，就有好幾具穿黃客服的屍體伏在水面。今日的英皇書院門前也躺着一具，後來日軍將屍體移去插上一個木牌，寫着：「大日本皇軍戰死處」。當日軍出征時，家屬照例到車站送別，汽笛一響，個個飲泣。年年戰骨埋荒外，空鬨東條吹牛皮；可憐銅鑼灣畔骨，猶是深閨夢裏人。結果東條英機終被盟軍吊死，豈不是活該！這就是瘋來夢想征服世界的野心家一個好榜樣。

又過了幾天，我往九龍探訪朋友。那時凡經過日軍站崗地方，必須脫帽致九十度的敬禮，否則要受處罰。我既不肯向敵人屈膝，更不願受辱，所以我總是繞大灣子，避免和他們碰面，但到無可躲避時，我總是機警地兩眼盯着他們，如若開槍，我好準備臥倒，我曾受過軍訓，懂得一點。眞幸運，一路上居然並未遇到無人性的日軍。事實上日軍多數都是胡塗旦，這需用一點小智慧對付他們。我經過尖沙咀過海時，排長龍往往長到里許，早晨出門，很早戒嚴，若照次序等候，豈不是回不了家嗎？那位背纏紅布、口操日本話的某友，居然要與皇軍共比肩，結果挨了兩個嘴巴。所以對待日軍既不能逞强，也不屈膝，却是一件不容易的事。我靈機一動，謀得一份留日同學會章程，向日軍講幾句阿里阿多，把章程向他們臉上一幌，居然有效，讓我提前通過了。先是圍棋盤幫了我忙，這次章程又救了我駕，你說可笑不可笑。

（上篇）

# 中國事變回憶

## 日本侵華戰爭中的誘和工作

日本 今井武夫著
張如冰譯

### 土肥原未完的「傑作」

在這裏，應該把對吳佩孚工作的經過補述一下。

昭和十三年（一九三八年）六月，日本政府為了避免陸軍、海軍、外務三省在外機關的衝突，以期對外政策上的統一起見，由三省各派一人組織一個對支特別委員會，陸軍是土肥原賢二（中將），海軍是津田靜枝（中將），外務省的是退伍中將坂西利八郎（由當時出身陸軍的宇垣一成外相特別推荐），他們的任務是促進在中國大陸的日本軍隊佔領地域建立統一的中央政權。實際上，主持者是土肥原，津田和坂西備位而已。

土肥原心目中的人物是唐紹儀、吳佩孚和靳雲鵬。九月底，在上海訪唐作過一次密談，幾天之後，唐就被國民黨特務作為漢奸暗殺了。

土肥原就只好離開上海北上去找吳佩孚和靳雲鵬，後來還加上一個段宏業。靳、段在天津似乎拿不出什麼具體辦法來，吳就成為土肥原工作的唯一對象。

吳長久以來隱居在北京什景花園，盧溝橋事變發生以後，舊部躍躍欲試，門前突然熱鬧起來了。土肥原派大廹通貞（少將）担任同吳一派的人聯系之責，張燕卿因為出身「滿洲國」的關係，也是居中活動之一人。由於吳提出的條件和日軍的意見不一致，吳採取不即不離的態度，使日方無從捉摸其真意，可是，吳佩孚的一舉一動已經大大刺激了北京「臨時政府」人物的神經。在王克敏來說，他是反對吳而傾向汪的。

昭和十四年（一九三九年）二月，我為了調停「土肥原機關」和「北支軍」、「臨時政府」間的對立關係，同時也預為適應汪離開河內以後的新形勢計，到了北京。我向土肥原建議取消擁立舊軍閥吳佩孚的計劃，因為這是時代錯誤的想法，土肥原同意了我的見解。三月，土肥原轉任他職，名存實亡的「土肥原機關」的末了事務，就交給了大廹和川本芳太郎（中佐）。

六月中旬，「北支軍」認為天津英租界阻碍「臨時政府」的經濟財政政策和包庇擾亂治安分子，實行封鎖租界。一時日英間的外交關係突形緊張，參謀本部為了緩和「北支軍」的強硬態度，派我和堀場一雄（中佐）到北京去同「北支軍」的山下奉文參謀長、武藤副參謀長有所商談，順便也做了拉攏汪兆銘和吳佩孚的工作。

汪在河內的時候，也曾電吳主張和平，吳回電表示同意。汪六月廿四日由日本一到天津，王克敏即到津歡迎，汪到北京，日方認為這是拉攏汪吳合作的好機會，極力安排他們見面，但吳堅持必須汪去拜訪他，汪自不肯移尊就教。汪回上海後，曾經派人去敷衍過吳，彼此也有書信來往。

所謂三省的「對支特別委員會」，到此已經完全失去了作用，很自然地就解體了。日方曾一度想利用吳的名義，在開封一帶招降雜牌軍隊，這項工作，因吳死而告結束。

吳是在這年（一九三九年）十二月四日因醫治牙齒而死於敗血症的。有人傳說吳是被住在天津的某要人所毒死，背景是重慶政府，當然這只是一種謠傳。

吳佩孚死後，重慶國民政府曾下令褒揚他不為敵人威廹利誘而作漢奸，這是不是出於吳的本心呢？

## 帝國主義的狐狸尾巴是隱藏不住的

汪是六月下旬回到上海的。在這以前，丁默邨和李士羣在「土肥原機關」支援下，四月間已經在上海展開了特務工作，五月汪到了上海，和汪取得聯系，後來就在周佛海與「土肥原機關」的晴氣慶胤、塚本誠（兩人均少佐）的直接指導下進行工作，主要是保護汪一派人的安全。

當時重慶特務在上海甚爲猖獗，日本軍隊的治安警察力不能及於英法租界，同時汪亦不願在日軍直接庇護之下，因此毫不考慮就容許丁李參加「和平運動」，這股惡勢力後來成爲「政府」內部禍害的根源。

汪七月底到過廣東，曾經散發傳單和廣播號召張發奎、鄧龍光的部隊參加「和平救國」，由於沒有反响，汪在兩廣基地建立「政府」的一線希望也就破滅了。此行唯一的收穫，只是把在香港的陳公博拉到上海來。

爲了準備「還都」，八月二十八日起三日間，汪在上海召開了「第六次國民黨全國代表大會」。大會決議：廢除國民黨總裁制，改爲「中央執行委員會主席」，推定汪兆銘爲「主席」；同時授權「主席」指名中央執行委員，聯合各黨各派無黨無派人士組織「中央政治委員會」。

九月二十一日，汪在南京同「臨時政府主席」王克敏、「維新政府主席」梁鴻志舉行了會談，討論成立「中央政府」事宜。在會談中，王梁以未接到華北、華中的日方有關機關通知爲藉口，對各項問題沒有達成具體的協議。

十月一日，日本軍部爲了統一在華各軍的指揮，決定在南京設立「支那派遣軍總司令部」，任命教育總監西尾壽造（大將）爲「總司令」，前陸相板垣征四郎（中將）爲「總參謀長」，這是配合強力促進汪在南京成立「中央政府」的一項重要措施。

我從八月中旬起，就在上海協助影佐推進對汪工作，「總司令部」一成立，自動辭去參謀本部課長職務，調任「總司令部」的第二課長，兼任第四課長，主管情報和政務等業務。

與此同時，爲了「和平政府」成立後訂立的兩國基本條約，事先必須有所準備，因此日本方面任命影佐（陸軍少將）、須賀（海軍少將）、矢野和清水（外務省書記官）、谷荻那華雄（陸軍大佐）、犬養健（國會議員）爲委員；中國方面的委員是：高宗武、梅思平、陶希聖、周隆庠。雙方從昭和十四年（一九三九年）十一月起開始交涉，到十二月三十日大致對條約內容作了決定。

本來日本方面，在十月初已經根據以近衛第三次聲明的基本政策爲基礎的「日支新關係調整方針」，對條約內容作了一個「試案」，但是，在這次委員會中，由於日本政府各省從權利觀點出發，新追加了一些項目。老實說，這些新追加的項目不外是露骨地暴露了帝國主義的侵略本質。例如：企圖擴張日軍傀儡「蒙疆政權」的地區和擴大日軍指導力深入的「華北政府」的權限；要求鐵道委託日本經營和擴大日本駐軍區域；甚至海軍方面獨自要求日本海軍在海南島有特殊權益。這些都完全違反了「重光堂會談」的「日華協議紀錄」和近衛第三次聲明的精神。

我和影佐向汪周徵求了他們的最後意見後，十一月十六日回到東京促請陸軍中央部的反省，參謀本部以作戰部長富永恭次（少將）爲中心，堅持華北和蒙疆全地區駐兵權的要求的同時，不肯將華北鐵道移交中國經營。日本方面委員爲此深感頭痛，汪則對日本的背信態度表示失望，甚至動搖了建立「政府」的信心。後經「總司令部」從中調停和極力緩衝的結果，雙方委員的意見，在表面上，算是達到一致。

## 陶希聖說是「和平」要「另尋途徑」

翌年（一九四〇年）一月二十四日，汪兆銘、王克敏、梁鴻志在青島舉行「中央政治會議」，對成立「新政權」作了最後的商定。

**在會議的前一天，**「蒙疆自治委員會」的代表李守信與周佛海就蒙疆問題簽訂了一項備忘錄，在簽訂備忘錄的時候，爲了文字和年號問題，雙方發生了爭持，也由「總軍司令部」出面調停，決定文書用中文，年號用「成吉斯汗紀元」，此後對「國民政府」行文，用中華民國年號，李守信並沒有出席「中央政治會議」。

這個會議開了兩天，決議「臨時政府」改組爲「華北政務委員會」，由南京「中央政府」在一定範圍內，予以處理華北問題的權限；「維新政府」取銷，原有人員在原則上由「中央政府」留用。

就在這個時候，是年正月初由上海出走的高宗武、陶希聖在一月二十二日香港大公報揭露了前述「日華基本條約」的「試案」內容，指責汪派「和平運動」是賣國行爲。

高宗武同周佛海是擁汪搞「和平運動」的發起人，也是最初和日本方面接洽的人，但是，自從發覺他言行不一致，就對他有了戒心。

上年五月汪到上海之後，高宗武和周佛海之間關於南京建立「和平政權」問題，就發生了歧見，因爲高是始終堅持在日本佔領地區以外建立「新政府」的。因此他們之間形迹日見疏遠，高已不能參預重要決策，尤其是對「新政府」預定他的新職位不能滿足他的要求，可能是促成他出走的原因。

陶希聖看來像個很真摯的人，他的出**走未免令人感到意外，推測他出走的原因**，是和高宗武大同小異的。他二月二十六日從香港寄給我一封信，抄錄如次：

今井先生大鑒：去年十二月二十四日，李擇一氏告知弟謂先生與李氏稱：「汪派無問題，但解決中日事變，必須另覓途徑」。弟認爲先生此言，實中肯綮。今後中日之和平，斷不能得之於汪政權，必須另覓途徑。弟追隨汪氏十四年，以主張和平，又相隨之至上海，深知汪氏無力量以解決中日問題，其他諸氏只求利祿權位，毫無和平誠意。弟由失望以至於出走，決非改變和平初衷，只欲打破此障碍和平之烟幕而已。茲附上拙文請指教。如先生仍欲獲得真正和平，弟仍竭力贊助也。此請大安。弟陶希聖上。二月二十六日。

（原著附有此信照相——譯者）

從陶希聖這封信看來，似乎高陶二人是認爲「和平政權」勢將日華傀儡化；汪並沒有力量足以實現真正的中日和平；同時所謂「同志」之間也缺乏救國的誠意，因此感到失望而出走的。有時想到「汪政權」的前途，不禁對他們二人倒有點同情之感。當然，日本方面違反近衞聲明，提出强硬的權利要求，應該是問題的癥結所在。

汪、周、梅對高陶揭露的文件雖經予以反駁，並聲明報紙揭載的不過是交涉過程中的懸案，但掩蓋不了他們內心的衝擊，同時對「和平運動」前途無疑是投下了一個陰影。

我和板垣（總參謀長）在青島東洋旅館得到這個消息，馬上去看汪、周、梅他們，顯得最傷心和憤慨的是周佛海，在說到高陶反覆的時候，心情激動，聲淚俱下。

## 傀儡登場的一幕

所謂「國民政府還都」典禮，本來預定在三月二十六日（一九四〇年）舉行的。由於「支那派遣軍總司令部」那時另行同重慶國民政府進行的直接和平談判工作，正在等候重慶的回答中，板垣面請汪將「還都」典禮延期至三月三十日舉行。這個同重慶直接和平談判工作的內容，也通過影佐得到汪周他們的諒解的。

重慶方面的回答始終沒有來，這裏一切都準備好了的「還都」典禮不容再延期了，但是，就在那一天，「汪政權」和「支那派遣軍總司令部」之間發生了一件不大不小的糾紛。

原來汪在三月十七日向板垣提出三角飄帶不裝在國旗上面，另用旗桿與國旗並列的辦法，「總司令部」不敢作主，向東京請示，東京拒絕了。可是，三月三十日國旗的旗桿上面都沒有加上三角飄帶，「總司令部」內紛紛議論，向汪提出警告，結果由梅思平代表「新政府」向「總司令部」道歉了事。

「還都」後，日本政府發表聲明積極

支援的同時，四月二十三日，以新近卸任的內閣總理阿部信行特派大使爲首，包括貴族院、衆議院兩議長，以及實業界，新聞界，文化團體的代表組成的慶祝使節團到達南京，向「汪代國民政府主席」祝賀如儀。

日本政府爲了正式承認「南京國民政府」和訂立「日華基本條約」起見，阿部（全權大使）向汪提議以去年年底達成之「日華國交基本要綱」草案爲基礎，雙方派員成立交涉委員會討論「日華基本條約」的條文。日本方面的委員爲日高信六郎、松本俊一、影佐禎昭、須賀彥次郎、犬養健；中國方面的委員爲褚民誼、周佛海、梅思平、林柏生，從七月五日起到八月三十一日止，一共開了十六次會議。

另方面，「總軍司令部」仍在繼續進行重慶直接和平工作，日本政府也通過所謂「錢永銘路線」，總想同重慶拉上關係。可是，一直等不到消息，這才於十一月三十日在南京把「日華基本條約」簽了字，汪也由「代理國民政府主席」宣佈就任「國民政府主席」。

與此同時，南京同「滿洲國」也建立了關係，發表所謂「日滿華共同宣言」。（所有日本政府公佈的「日華基本條約」和「日滿華共同宣言」，譯文均從略。譯者）

儘管條約是簽了字，但是中日兩國還在戰爭中，並沒有帶來「和平」，條約也等於具文，於是日本人中甚至懷疑「汪政府」是僞裝和平的抗日政權；相反，「汪政府」內部則有人看到一切都托庇在日軍勢力之下，覺得傀儡政權可恥。

## 戲劇化的「桐工作」

日本一方面積極支援「汪政權」，另方面又在搞重慶直接和平工作，這是有它不得已的苦衷的。

這是因爲日本軍隊不斷擴大在中國大陸的作戰，也就越來越感覺兵力的不足，加之中國抗戰的潛力越來越強，已經形成爲持久戰，這是日本所吃不消的。在「事變」之初，日本以爲中國軍隊不堪一擊的夢想既歸破滅，那就不能不千方百計來尋求早日解決「事變」的方法，我自昭和十四年（一九三九年）以來，就認爲一面樹立「和平政府」，一面開拓對重慶政府的直接和平路線是並行不悖的。

在「支那派遣軍總司令部」剛一設立的時候，就從參謀本部調用鈴木卓爾（中佐）在香港設置一個對重慶的連絡站。

那時宋子文同蔣鬧意見，和他的兄弟宋子良一起住在香港，宋美齡則時時由重慶飛來飛去。

鈴木由香港大學教授張治平的介紹，約見宋子良，宋答以政治行動未得乃兄許可，不便見面。但到了十二月下旬，宋反來約請相見，據鈴木當時的判斷，認爲這也許是反映了重慶或宋子文的意見。

宋子良在初次和鈴木會談的時候，說是只要日本尊重中國的名譽和主權，重慶政府是準備和談的，日方應當在承認「汪政府」之前，認眞同重慶政府接洽。

宋還表示，中國固然希望美國等第三國居間調停和平，但重要的是，兩國在開始交涉之前停戰，同時日本必須保證撤兵。

在第二次第三次會談中，鈴木解釋近衛第三次聲明實際是日本的最高國策，並非一種宣傳作用，宋稱不日到重慶將此意通過宋美齡轉達蔣介石，但日方希望重慶政府同汪兆銘合作，那是絕對辦不到的。

鈴木答稱，日華和平應當由兩國直接交涉，反對第三國介入。至於重慶政府和汪兆銘的關係，日本只是希望中國方面考慮日本對汪道義上的責任，作爲中國內部的問題，加以善處。

鈴木提議，希望重慶從速派一個可以代表政府最高決策的私人代表到香港來，和日本方面負責的私人代表會談，打開和平的道路。

宋於二月五日到重慶，二月九日回香港，據稱蔣介石等人在最高國防會議上對這個問題已經有所決定，重慶政府可能派一個蔣介石親信的人爲代表到香港來和日方代表會談。

我剛從青島回到南京，應鈴木的邀請，二月十日從南京出發，經由廣東、澳門，十四日到了香港，爲了保持秘密，對外仍沿用從前「滿鐵」社員佐藤正的名字，略事休息後，在台灣拓殖會社經營的東肥洋行客廳裏和自稱爲宋子良的人見了面。

（三）

# 記黃紹昌過錄陳東塾批校本「姜白石集」

于今

清同治十年倪氏校刊「姜白石詩集」、「歌曲」、「詩說」、「續書譜」四種，香山黃紹昌讀本，並過錄陳東塾先生評語。卷端有「紹昌印記」、「芑香」、「佩三言齋」三印。「歌曲」卷一後題云：

同治十三年，蘭甫先生屬將此曲譜入七弦，並改其誤，摩挲逾月，始克竣事，爲更正數處，其合與否，尙不敢盡信也。右譜流傳日久，遂滋訛錯，致尋譜者，茫無所從，則甚矣校刊者之不可不愼也。紹昌謹識。

紹昌字芑香，工詩駢體文，選學海堂專課生，光緒乙酉科舉人，旋舉學海堂學長，張之洞督粵，聘爲廣雅書院分校，「東塾集」四有「復黃芑香書」即其人也。

此本校勘卷一曲譜之外，其餘詩詞評語不少，余初疑爲紹昌手評，後細讀之，乃知爲過錄東塾先生者，而未題明也。如「詩集・送王孟玉歸山陰」，「人道長江無六月」句，題云：「壬子小暑後八日，長江舟中苦熱讀此。」壬子爲咸豐二年，此書爲同治刊本，時猶未出版，何能以壬子紀年，是年東塾先生入都會試，正下第南歸時也。「歌曲・齊天樂」批云：「星垣云：『豳詩句無睬。』」又批云：「『候館離宮』懷汴都也，『豳詩漫與』想盛時也，『兒女呼燈』不知亡國恨也，故以『更苦』結之。星垣之語，乃廿餘年以前所談，記之卷端，今又數年矣，忽因『離宮』二字，乃會作者之意，惜不得起星垣而論之。丙辰四月十一日夜二鼓書。」丙辰爲咸豐六年，上推二十餘年，爲道光中葉，時紹昌猶未出生，安得與星垣談詩乎。（先父「樓窻雜記」謂紹昌年將五十中鄉試。「廣東文科鄉試題名錄」載光緒乙酉年三十八。）星垣爲南海桂文燿，與東塾先生摯交，而紹昌題記亦有「蘭甫先生屬校正曲譜」之語，其爲紹昌過錄東塾先生讀本批校，可無疑也。

先叔祖英生先生「旅譚」言：「姜堯章『暗香』、『疏影』兩詞，近人張惠言謂爲感汴梁宮人之入金者，陳蘭甫亦以爲然。」金武祥「粟香三筆」云：「吾鄉張氏宛鄰『詞選』風行一時，蘭甫京卿嘗謂余，宛鄰所解，大率穿鑿，惟姜白石『疏影』詞謂以二帝之憤發之，故有『昭君』之句，最爲得解。」此本眉批云：「張皋文謂此以二帝之憤發之，皋文論詞多穿鑿，惟此似得之，否則何忽說胡沙耶。」正與「旅譚」、「粟香三筆」所述東塾先生平日議論相合。

「鷓鴣天」，「芙蓉影暗三更後」句，批云：「『芙蓉』，燈也。」「浣溪紗」，「打頭風浪惡禁持」句，批云：「惡字怎讀，疑是怎字，怎字是作麼二字急言之，故造此字從乍也，麼字合脣音，作字之末，繼以合脣，則成怎字音矣，猶嬸字是叔母二字急言之，母字合脣音，叔字之末，繼以合脣，則成嬸字音矣。」「念奴嬌」，「鬧紅一舸」闋，批云：「此詞於武溪吳興西湖，稍欠分劃。」「淡黃柳」批云：「『梨花落盡成秋院』，李長吉十二月樂詞句也，後來張玉田亦多用唐人詩句點竄入詞。」「暗香」批云：「舊時月三字，用劉夢得詩，添一色字，便妙絕。」「徵招」批云：「然則以黃鐘爲宮也，晉荀勗所謂黃鐘下徵調者，以林鐘爲宮，白石蓋未解荀勗笛制也，白石詞人，考史是其所短耳。」「淒涼犯」，批云：「住字即沈存中所謂殺聲，蔡季通所謂畢曲，張叔夏所謂結聲，宋人歌曲最重此聲，凌次仲不知也。」「鬲溪梅令」，批云：「白石詞旁注字譜，與朱子『琴律說』不盡同，亦與『詞源』不盡同，且必有傳寫之譌，故難盡識也。由此等字而知其工尺，由工尺而知其律呂，由律呂而知其宮商，由宮商而轉爲今之工尺，縱使盡識，亦不過重譯而通，故余屢欲考之而輒止也。」

此本詞旁字譜雖未注今字，吾家舊藏東塾先生點讀姜氏祠堂刊本「白石歌曲」，輒於詞旁字譜，注以宋字今字譜，多未就緒，惟「暗香」一闋，較爲完備，先父曾錄入龍沐勛所編「詞學季刊」中，附記於此。

# 轟閩主席

·南海潮·

一九四〇年，陳嘉庚率領南洋華僑籌賑總會回國慰勞團，自新加坡歸國，向抗戰軍民表示慰問和敬意，並順道訪問濶別多年的故鄉——福建。

他從重慶轉往昆明，歷滇、黔、桂、湘、粵、贛諸省，又轉浙西入閩，經過多方面的接觸，發現執政當局在此艱苦抗戰期間，猶「上下貪污，貓鼠同眠，誤民弊政，無所忌憚，較之君主時代，苛歛更甚」（見「南僑回憶錄」），使他感到義憤填膺。回到故鄉福建，更令他痛心疾首：各地居民代表向他投訴，說省主席陳儀橫征暴歛，苛政虐民。他一肚皮的不合時宜，就此傾瀉而出。

為了搜集陳儀禍閩的證據，陳嘉庚特地花了五十多天的時間，歷訪福建各地，遍查二十餘縣和一些大中城市，沿途所見居民，莫不痛哭流涕，紛紛控訴陳儀的暴虐無道；這才知道福建老百姓受害的慘烈，實非海外僑胞所能想像。例如

一、壟斷工商業——福建省建設廳長徐學禹，開辦福建貿易公司，在上海、香港兩地設置商行，專營閩省出入口貨物，與民爭利。又恐未能統攬一切，更在閩省遍設運輸統制局，假公濟私，以阻商人的營業。南平市有一火柴廠，原為商辦，後由省府強迫統制，所有火柴製品都要交給省府專賣，每盒只收回成本費二分，而省府賣出竟達一角，別家不得製造。此外又沒收糖廠數家，說是要政府經營，實是有意摧殘民辦事業。

二、統制運輸——省府所設運輸統制局，實是搾取民脂民膏的機構。各地所有貨物運輸，不論數目多寡，均須經這個機構統一辦理，既浪費時間，又要增加稅捐、運費和種種雜費，由是造成物價狂漲。例如涵江所產的蝦米，每担原價一百五十元，該地距泉州不過三天路程，而經運輸局運至泉州，竟延至兩個月，售價每担提至四百元。至於肩挑小販，也要先將貨物挑至統制運輸的機關，繳納苛捐雜稅，始得挑往別處出售。

三、統制米糧——農民生產的穀物，均須運往福州，廉價賣給省府設立的所謂公沽局，然後由公沽局以高價售出。「福州城外設檢查私米之機關至十二處之密，雖帶十斤八斤入市為自己食用者，亦拘捕治罪」。加上各種運輸都受統制，這就造成米珠薪桂的慘狀，貧民苦不堪言，每天都有人投江自殺。「福州市有閩江，由市通蒼前山，有一大橋名萬壽橋，江水頗激。市內貧民因米價高昂不能生活投江死者，日有所聞。未及一年，由橋上投江自盡者，據警察撈出死屍，約九百人；至於屍被江水流去者，不知多少。有一家大小五人，同由橋上跳江而死；有一家男女老幼七人，傾其財款買綠豆作晚餐，食後同到大橋投江自盡，此均鄰居者言之。據諸記者言，警察所撈起死屍，不許報紙登載，如違者科以擾亂治安之罪，且檢查甚嚴，亦無法可以登載，所以外間多不知情。市內貧民雖如此悲慘，而茶店茶樓，日夜仍熱鬧不休，多係軍政界公務人員之花天酒地也」（見「南僑回憶錄」）。

四、濫加賦稅——各地田賦，少者加三倍，多者加至十八倍，平均全省田賦約加十倍。全年田賦原收六百三十餘萬，此時增至五千餘萬元。又不論男女勞工或貧民，每月均須繳納「人身稅」二十餘元。

五、虐待壯丁——自抗戰至一九四〇年秋，福建全省徵調壯丁二十五萬餘人。他們多半是被強拉出去的，被用麻繩縛着上背，牽連成隊，若一人大小便，全隊就要停行；如果生病，往往被槍斃，棄屍路旁，所以常有逃走。陳嘉庚曾親口詢問陳儀，「壯丁死亡及逃走的究竟有多少，」陳儀說，「因為沒有登記，故無從知道。」

六、摧殘教育——陳儀入主閩政後，藉口政府要統制教育，命令閩南各私立男女師範學校，一概停辦；甚至連陳嘉庚費盡心血開辦的集美男女師範學校和幼稚園師範，也在被禁之列。

# 陳嘉庚砲

在陳儀的包庇之下，建設廳長徐學禹一身兼十二職。此人對福建的最大「建設」，就是借官辦貿易公司之名，壟斷了省的出入口貿易，以及設立運輸統制局，使物價騰貴。據老百姓指證，他和陳儀都有通敵賣國之嫌，福建貿易公司曾自福州運出大杉木百餘萬條，賣給日本人。

陳嘉庚當年毀家興學的義舉，中外同欽，福建鄉親對他尤爲敬重。所以他此次回到福建，社會輿論都就陳儀禍閩事向他發出沉痛的呼籲，希望他運用本身的影響力，使苛政得以革除，萬民得以解困。其中閩南有一家「福建新聞」，在歡迎陳嘉庚的文章中，悲痛陳詞，說：

先生此次來臨，正值閩南民衆顛連憔悴之秋，正值桑梓同胞飲恨吞聲之日，此閩南民衆之大幸，亦先生所抱使命之大欲也。……時在今日，舉桑梓同胞，父老兄弟，諸姑姊妹，莫不伸出其迫切期待之雙手，而引領企踵，以望先生之援救。先生此次來臨，設不寘熱情，奮心血，手障萬流，一舉挽回切運，給予閩南民衆解懸之兌現，則先生去國之日，必萬衆心碎之時，先生其忍令其失望失意，如離開慈母懷抱之孤兒乎？

疾惡如仇的陳嘉庚，目睹故鄉同胞飽受貪官污吏欺壓之苦，聽到父老兄弟的沉痛呼聲，他怎能無動於衷呢！那一天，他到了家鄉集美鄉近的灌口鎮，與同行的朋友一起登上鎮外的高山，遙望家鄉的茂林深處，隱約現出鱗次櫛比的建築物，那是他親自監工興建的集美學校校舍；數十年的往事，一幕幕湧上心頭，不禁仰天長歎，對朋友說：「我今天登高望故鄉，可是此生最後一次歷？」朋友問他爲什麽忽然這樣悲觀。他說：「陳儀禍閩如不改善，我也不棄職，我一定攻擊到底。既然和他交惡，又怎能再回故鄉？即使陳儀革去，抗戰勝利後，仍舊由惡勢力掌權，一樣暴虐百姓，我當然不能坐視，勢必極力反對，那時他們也必然把我看作眼中釘，我又怎能回鄉呢？除非惡勢力倒台，我方有回鄉的希望；但恐怕那時我已不在人間了！」

陳嘉庚決心既定，便先寫信及發電報給陳儀，要求革除苛政，第一步是撤銷統制貨物運輸。但陳儀却回信說「不能隨便更改」，並在紀念週時發表演講，聲稱「戰爭時期，運輸必須統制，只有不識政治的人，才反對統制」；越日又在他的機關報上，將全篇演講辭在顯著的地位登出。陳嘉庚這才猛然省悟，要陳儀去惡從善，無異與虎謀皮，於是決定發起猛烈的攻擊。他知道福建是陳儀的勢力範圍，爪牙四佈，開會聲討也無濟於事，可能自己還會慘遭毒手，因此他要等到離開福建以後才開始「砲轟」。

在離閩回洋途中，陳嘉庚經過贛州、泰和、吉安、衡陽、桂林、柳州、貴陽、昆明等地，到處召集閩省旅外同鄉，開救鄉會議，報告閩人受苦的慘況，並商議進行救鄉的辦法；或舉行記者招待會，揭露陳儀禍閩的事實。他在這些會議上，有時講到聲淚俱下，哽咽難言，可見他對鄉親們所受的禍害，實在有切膚之痛。此外，他又接連三次致電重慶當局，要求把陳儀革職查辦。出國以後，由緬甸至馬來亞，沿途所經各埠，也召集閩僑開會宣傳。回到新加坡，又召開南洋各屬閩僑代表大會，成立閩僑總會，出版「閩僑週刊」，對陳儀進行口誅筆伐；並函電海內外各地報館，公佈陳儀治閩的真相，希望藉此造成強大的輿論攻勢，以拯救閩省同胞於水深火熱之中。

陳儀禍閩的事實既被公開，重慶國民參政會不得不通過陳嘉庚的提案，派員到福建調查，結果證實了陳嘉庚的指責。當時的中央政府爲了平息民憤，只好把陳儀調走，另委他人接任，陳嘉庚的「砲轟」這才宣告停止。

# 蔣作賓的故事

西鳳

民國十七年（一九二八年）蔣作賓做駐德公使，他是湖北應城縣人，光緒十年甲申（一八八四年）出生，早年留學日本士官學校步兵科，加入同盟會作反滿活動。民國成立，孫中山先生做臨時大總統，黃興做陸軍總長。作賓做次長。他是軍人出身，當過次長後，在此十餘年中，中國的軍閥互相厮殺，他也跳來跳去，做過不少事。

國民革命軍北伐成功後，國民政府派他出使德國，蔣作賓遂以軍人一變而為公使，并搖身一升，升為第一任駐日本大使。（一九三一年八月十三日國民政府派他做日本公使，到一九三五年五月，中日兩國使節升格為大使）數月後，蔣回國開會，改任為內政部長。抗日戰爭發生，國民政府選軍人做省主席，蔣出任安徽省主席。（一九三七年十一月二十日任命）他做了兩個月，到一九三八年一月廿五日，忽然又換李宗仁做主席了，實在沒趣之至，蔣作賓只好到重慶做國民黨中央監察委員。自此即投閒置散，鬱鬱不得志，一九四二年十二月廿四日，死於重慶，享年只五十九歲。

蔣作賓有七子三女，可說很有福氣。第三女叫蔣碩能，出繼邵元沖夫婦為女。原來邵的太太張默君是蔣作賓太太張宏楚的胞姊。

張默君是湖南湘鄉人（一九六五年二月死於台灣，年八十二），名昭漢，默君是別字，她的父親張伯純是文學家，默君從小性耽文史，幼時即與蔣作賓訂婚，但默君認為蔣是赳赳武夫之流，讀首律詩未必讀得通，心中很不高興。據說出嫁之日，臨時提出抗議，但花轎已到門，只好以宏楚代姊姊出嫁了。邵元沖是個文弱書生，能做幾句詩，深合張默君之意，因此邵一追就追上了。

蔣作賓初任公使，不懂得外交禮節，這是難免的，他做駐德公使時，向德總統興登堡呈遞國書。依照外交規矩，大使呈國書，可以帶館員同往，公使就沒有此例，只好一人前往。蔣作賓的日本話根本就講得不好，對歐洲語言，也不懂，覲見日期將到，他為此事操心至眠食皆廢，深悔在日本留學時，日本學生最重德文，為什麼不學幾句應酬話呢。現在要學也來不及了。當時駐德使館欠職員新水已三四年，蔣公使是新老板派來的，竟然也不能解決此事，因此原有的館員都不和他合作，也不告訴他遞國書時可以請德國派個繙譯。後來還虧一個老職員好心，教蔣如此如此，於是德國外交部就派了一個曾在北京當過外交官深通華語的米齊遜來陪他同去。

蔣作賓在德國三年，到民國二十年（一九三一年），他覺得沒有興趣，請外交部准他回國，國民政府就派他回國時經蘇聯考察，他在蘇聯游歷了幾個月，取道西伯利亞回國，是年七月到達南京。

江庸「趨庭隨筆」記蔣作賓一事云：

北平「晨報」記馨吾一軼事，極有味。瀋陽事變前，馨吾送其長公子赴歐，過哈爾濱時，在忠信堡飯店遇蔣雨岩公使，適返自德國，遂邀之同座，外交部檔案保管處長王念敏與焉。宴畢，雨岩即付賬，謂與馨吾父子餞。馨吾亦爭給賬，謂與雨岩接風。區區飯帳，爭執不已。遂請王君評判，王毫無猶夷，即應曰：「蔣公使無資格付錢！」雨岩瞪目曰：「理由安在？」答：「誰叫你叫蔣作賓呢。」馨吾當時大窘稱快而散。（蔣字雨岩）

按：蔣作賓回抵國門，乃六七月間事，胡馨吾（惟德，外交界老輩）送其子出洋往蘇聯就中蘇交涉專門委員之任，那是因為中東鐵路一案發生後，中蘇引起交涉，蔣作賓當時在德國也參與其事。王念敏名曾思，巴黎大學畢業，在蘇聯公使館當過書記官，中蘇為了中東路爭執交涉，王也為中國出席代表之一，此次在哈爾濱與蔣相遇，或即與胡世澤同行往赴任，曾思做檔案處長乃一九三三年，此時不應稱其未來之官銜也。

# 印尼漫步

楊勇

華僑中固然有若干妨碍印尼的事實。但平心而論，華僑在商業、工業、農業各方面，幾百年來對印尼有極大貢獻。反之印尼人獨立以來，接收了不少設備優良的工廠、農場、礦場、碼頭、船隻，又創辦了幾個從事國際貿易的國營公司。但連年來，這些國營企業成績實在不敢恭維，賺少蝕多。可見印尼管理經營工商業，尚有待學習與訓練。華僑在工、商業的優勢，祇是承其之，而非陰謀的篡奪。

如果三百萬華僑一旦離撤出印尼，印尼政府完全沒收了華僑留下的一切機構與資產，印尼政府有多少人才可以派出來經營管理呢？印尼現有國營企業尚有才難之歎，更何能兼顧這突然而來的幾萬或十多萬個單位呢？作者在峇厘連巴剎見到國家銀行的經理，還是一個剛出大學不久的毛頭小影子。按正常資歷說，恐怕做一個小單位主任還不夠資格，現在竟然是一個省會分行的經理了。人才缺乏，於此亦可見一斑了。

所以，右派份子叫囂排華，實際是自私自利，罔顧印尼全國的民生國脈。以印尼今日財政與經濟的危急，一旦撤去了華僑的支持，作者敢斷言，一年之內，吃光用光了從華僑處刼來的資產後，勢必造成印尼經濟的癱瘓，甚至社會結構的崩潰，發生空前危機。

今日擺在印尼與華僑面前的課題，是怎樣相互諒解，相互容忍，相互支持。一方面，華僑應遵守印尼法律，協助印尼政府培養各方面人才，逐漸將直接影響國計民生的出口與金融事業，交還印尼政府與人民。他方面，印尼政府應立即恢復華僑文化與教育機構，扶導華僑將資金轉移至工業、礦業、農業的發展，尊重華僑的團體，確切保障華僑生命、財產、人身自由、居住及旅行安全。以共謀印尼國力的富强。印尼與華僑，由於歷史，由於現實，已是無法分割的，合則兩利，分則兩敗！

## 五

儘管耳聞目睹了許多排華的不愉快事件，並且，老實說，停留在椰加達的十天中，每逢上街都有些提心吊胆，把手錶、鋼筆都收藏起來，隨時準備可能發生的搶刼，作者仍然無法抑制對印尼民族的喜愛。今天叫囂着排華，不是社會的，而是政治的。印尼人民並無排華的情緒，而是政客們有排華的需要。幕後指使，呼之欲出。我們如因此詛咒或憤恨印尼人民，正好墮入了帝國主義的奸計。同時，一般說來，這個民族實在太可愛。印尼人樸質、純潔、知足、誠實、富於感情。你與印尼人相交，得留心他不得已時的賴皮，可不必防備他預謀的欺騙。他們對於私有財產的所有權，似乎不太看得重，正好與資本主義國家把私有權認為神聖不可侵犯，是個諷刺的對照。他允許了你一件事，或者會轉頭忘記了；但你可以確信，他決非有意食言。他看見某件東西，你有他無，偏偏他很需要或很歡喜，可能會毫不在乎地向你討取，甚至自動取去，並不認為恥辱或嚴重。相對地，他有錢時，也很慷慨，可能呼朋喚友，一餐把囊中錢完全用去，明天的生活也成問題。

前面說過印尼公務人員待遇極菲薄。但作者有一次託一位印尼小職員代帶四千多盾出碼頭。途中因故離開了。他並不因此吞沒了這筆超過他兩年俸薪的款項，却千方百計找尋作者，原封交還。作者畧予酬勞，他高興地走了。又一次，一個朋友在泗水同樣託一個印尼人帶了二千五百盾。這次這位先生却不聲不響地取了二百盾。當我們在約定的地點見面時，洋洋若無事地交數而去。我不奇怪代我帶錢的人的誠實，倒有些對那位先生自動取酬，頗有分寸而感到肅然起敬。反正你總得酬勞他，你給時或多或少，總得有一方面吃虧，不如他自己斟酌，免得你操心。而何況所取又很合理。

作者在丹絨布祿碼頭看工人裝黃豆與粟米上船。第一天割袋取貨者頗多，搞得遍地是豆與粟米。第二天就減少了很多。第三天簡直無人偷竊，甚至破包中漏出來的，也少人拾取。無他，他們畧取若干，足敷此數日食用，就不想再要了。至於說想靠偷竊來發財，作永遠之計，那是決無這種下流念頭的。

你瞧，這種任他弱水三千，我取一瓢，只求免於饑餓，就心滿意足。於是，放工以後，到河邊沖一個涼，就着樹蔭，在草地上黃粱一夢。這種知足長樂的態度，眞是羲皇上人，叫我們這些俗子凡夫，羨慕不止。

在友人處聽到一個這樣的故事：有一個海員在某港單獨雇了一輛三輪車去遊覽。當車到一個荒僻無人地區，車夫停了車，出刀威脅，刼去了船員的錶、筆、金錢，然後踏車而去。海員向之交涉，你拿完了我的錢，把我放在這陌生地方，叫我如何歸去？這位車夫一想大有道理，回來請他仍然上車，把他送回碼頭。碼頭上軍警林立，海員就申斥車夫搶刧不當，索回原物。車夫面不改色，嘻嘻一笑，把原物乖乖交了出來，徜徉驅車而去。未到過印尼的人，可能不相信這個故事。但，作者却深信其眞實性，印尼人就有這麼天眞可愛！

他們今天有些行爲，從表面看來，可恨又可笑。例如，去年政變中，殺死的印尼人官方承認有二十萬。實際上，一般估計得在六十萬至一百萬人之譜。其中有許多老弱婦孺，甚至嬰兒在內。這似乎是殘暴無人性吧？其實，照我推測，倒未必有意如此，只是殺順了手，越殺越有興，不免殺過了界。印尼人有兒童的天眞與純潔；但也像兒童一般有時不知考慮後果，不識輕重，會闖下大禍來。

我想印尼有識之士當也不否認他們人民的孩子氣。再舉兩個例，無論在椰加達或泗水，每晚都可以看見幾支探照燈在高空往來照耀，往往互照很久。這與小孩玩手電筒又有何分別？還有一次，友人偕作者在丹絨布祿海濱俱樂部防波堤內駕帆船消遣，看見一艘印尼潛水艇駛入防波堤內，忽然，這艘潛水艇無端端地潛入了水，只剩一個艦橋留在海面，這樣半潛半浮地駛行了一段路，又浮了出水。我想，這除了以「興至訪戴，及門而歸」的六朝人物的心理來解釋以外，實在很難以軍事理由來說明。

遊客一到印尼，立刻可以發現兩個怪現象。在熱帶八九十度的氣溫下，常有身穿皮上衣，甚至圍上絨圍巾的印尼人。作者初見，百索不解，再三打聽，原來他們有了皮衣，却沒有冷天來表現，甚至想「衣錦夜行」也嫌太熱，除了常常穿在身上，炫耀一下，又有什麼辦法呢？否則豈不埋沒了這件名貴的衣服？至於熱，那是另一問題了。

還有印尼人好留鬚，平民少年留鬚，連士兵與警察也留了八字鬚，陪襯了他們所穿美式軍裝，蔚爲奇觀。這件事是請教留鬚的印尼人自己答覆的。他們說，這表示他們自由獨立人民的尊嚴。我猜想從前殖民地時代，可能荷蘭人禁止印尼人留鬚，而荷蘭主子們却不少蓄有威嚴的八字鬚，他們對此印象深刻，認爲鬍鬚是自由人的標幟，所以，獨立之後，非得也留一下八字鬚不足以表示其得意！

印尼人天眞，知足，而他們的生活，也簡單到出乎想像。在普通旅舍，住宅，你很難找出一個洗臉盆，一卷廁紙。每天清晨沖涼，順手把頭髮與臉都洗了。至於不沖涼時怎樣洗臉？作者尚未考據出來。至於大便的善後，也是水沖，糞坑之旁，必有一個小池或一個存水的瓶子－普通如啤酒瓶大小。據說工夫到家的人，半瓶水就可冲洗乾淨。此事無法觀摹，只是道聽塗說而已。

衣着在熱帶本就簡單，而紗籠更妙用無窮。白晝作衫，夜晚作被，冲涼時可作浴巾。清晨風涼，則可拉上頭替代帽子。一個人有兩條紗籠，兩件上衣，男女皆可長年應付了。足下一雙拖鞋，可以訪親友、上酒樓、拍拖、旅行，無處不宜。作者在印尼至少有一個半月未穿一次鞋，是生平第一痛快事。

印尼民族大概是當今世界上最快樂的了。但願他們長保這種純樸的習慣與傳統，切勿沾染了外面的傖俗。

（全篇完）

# 診餘隨筆

## 中醫十二經絡和五行生尅的正確性

關於十二結絡之說，近人或認爲不過古人臆測之談，關於五行生尅之說，近人或謂猶算家，竟以甲乙丙丁代數耳，果如所言，則皆在診斷和治療上，毫無價値可言矣。顧余近見日本西京大學中谷義雄博士對此曾有經過科學研究的結論，足供吾人參考者，玆特畧述大概如次：

（一）關於十二經絡者：中谷氏初用電力探測器從皮膚通電的抵抗，發現有最能通電的毛囊孔三百七十處，因命名爲良導點。嗣知此毛囊孔之開閉，常受自律神經之支配，由於自律神經之興奮，引起皮膚通電的抵抗減弱，即發現容易通電的現象，在疾病過程中，所出現的良導點，正是自律神經興奮的結果。氏又由腎肺胃經諸疾患者，測定皮膚抵抗時，見其各有類似中醫經絡逕路一連貫的毫囊孔，若分別各串成一線，恰與腎經肺經胃經經絡一致。由此繼續探測，發現手足各有六條線，正與十二經絡相符，因命名爲良導絡。在疾病過程中，所現良導點，是自律神經興奮的結果，而在疾病過程中，所現良導絡，又是交感神經興奮提高的結果，而這交感神經興奮的提高，是可用通過電流量的多少，來測定其興奮程度的，就是說可用通過電流量的多少，來診斷出何經是患者的病經。由此證明古代醫家的臨床觀察是有何等超人之智慧，若謂全屬臆想之談，豈定論乎。

（二）關於五行生尅者：氏曾在良導絡上找尋能代表其興奮性的良導點，發現各經井榮原經合諸穴的電流量，都在波浪起伏中，其起伏最類似於平均電流量者，只有原穴，因定原穴爲內臟皮膚反射的主要經穴。經腧：五臟有疾，當取之十二原。又云：明知其原，覘其應而知五臟之害，如此測定，正與古合。氏又把銀板電極固定於手左側原穴上，更以米粒大的艾炷各一壯，灸手右側尺澤（肺）曲澤（心包）少海（心）小海（小腸）天井（三焦）曲池（大腸）三里（胃）陽陵泉（胆）承筋（膀胱）陰谷（腎）陰陵泉（脾）膝關（肝）各穴，比較其施灸前和施灸後的通電電流量，以觀察何經反應最顯明，在何經興奮性上升時，何經興奮性受到抑制。結果，刺激水經，對土經影響不大，作用最大、是木經和火經，其次金經，而對火經是引起抑制興奮作用，表示相克關係，對木經和金經是引起提高興奮作用，表示相生關係。余對上文所述，雖未能實際試驗，然觀其刺激水經經過，已畧可證明古說並非玄渺。故關於五行生尅之說，吾人固不必過事鋪張，若謂五行如算家之代數，毫不發生相尅關係，則未免過於武斷矣。

抑余董有感焉，古昔帝王，重視民命，因此對於醫藥，時有驚人發明，雖今日之內經，非黃帝作，然其坐明堂與歧伯論醫，自是古史事實，苟先哲無啓發文明之制作，則後人無發揚光大之基礎，吾人但宜研究古籍中之精華所在，豈可因其代遠年湮而鼠璞視之。所惜周秦以降，儒家鄙視醫術，例如古文論語，人而無恒，不可以作卜巫，後儒改卜巫爲巫醫，而醫家遂與巫祝同儕矣。又如古文孟子，爲長者折肢，乃指摩折手足，以解能肢，即按摩醫所有事，亦爲人子弟者所習知，改折肢爲折枝，而按摩遂爲士人所不屑爲矣。醫術既爲世所輕視，俗醫遂日益充斥市區，各承家技，不習方書，甚至詢以靈素，而不能擧其名，安望其能研究古籍而擷其精華乎，余書至此，眞不禁爲吾國醫學之前途掩卷而長歎也。

·宗范·

# 釧影樓回憶錄

天笑

## 西堂度曲

我在廿三歲的時候，又館在劉家濱尤氏了。那年正是前清光緒二十四年（一八九八年），有名的戊戌政變時期。我所教的是巽甫姑丈的兩位孫子，即子靑哥之子；以及詠之表姑丈的一個孫子，即聽彝兄之子（我們與尤氏有兩重親戚，前已說過）。其時我對於處館生涯已極厭倦，最好是跳出這個圈子。但是巽甫姑丈是有恩於我的，他對於我的教育、對於我的提携、後來又介紹我到徐子丹先生處，盡義務的教導我，使我有所進益。現在他請我教他的兩個孫子，我好意思拒絕嗎？而且我和子靑哥，在表弟兄中是素所敬愛的，他的學問又好，我正好藉此向他請益呢。

還有我祖母、我母親，都願意我館到尤家去。一來是親戚，到底是自己的姑丈家，有了招呼。二來他們那些紳士人家，對於先生待遇甚佳，即在膳食方面，我那時身體瘦弱，母親總顧慮我營養不好。他們的束脩，是每年六十元，似乎比一個新進學的教書先生優厚了。那時的生活程度，也已比十年前高多了。我爲了重闈的督促，也不能不去了。

但是我的教書，實在不高明，這是我所自知的。我不知如何，野心勃勃，總覺得有點坐不住。譬如在做學生時代，放了幾天學，關到他學堂裏來，也要收收他的放心，而我却收不住自己的放心。正如「孟子」所說的「一心以爲有鴻鵠將至」，不能聚精會神的對付學生。而學生都是幼穉的，又是嬌養慣的，不大說得明白的，我對此殊少興趣。幸虧他們是個大家族，我鼎孚、詠之兩位表姑丈的公子不少（鼎孚有七子，詠之有二子，連子靑哥在內，共有十位），在我都是表弟兄，他們常到我書房裏，大家說笑玩樂，破除了一時寂寞。

這書房很不小，也是三間一廳，書房的前進，是一座小花園，有亭有池，比我從前住居文衙弄七襄公所的小花園差不多大。不過那園門不大開，有什麼請客宴會之事，都在那裏。鼎孚表姑丈是個北闈舉人，授職內閣中書，與吳中官紳常有交往也。這一班小弟兄中，都與我年相若，只有兩位，年紀不過十二三歲。另請一位先生姓盛的，在另一書房裏，這位盛先生已屆中年，他們嫌他道貌岸然，都不去他那裏，而擠在我這裏來。

他們總是在下午放學的時候來，因爲我放學很早，下午四點鐘就放學了。他們有的着圍棋，有的猜詩謎，這些我都不大喜歡，我便溜出去，寧可蕩觀前、吃茶館、逛舊書店了。但是有一時期，他們幾位小弟兄，在我書房裏，設了一個曲會，請了一位笛師教曲，我倒不免有些見獵心喜了。因爲我從小就常看崑劇，又亂七八糟的看過那些曲本，略有一點門徑，他們一定要拉我入會，可是我從未唱過，一上口便知道這很不容易了。

那個時候，蘇州的拍曲子，非常盛行，這些世家子弟，差不多都能哼幾句。因爲覺得這是風雅的事，甚而知書識字的閨閣中人，也有度曲的，像徐花農他們一家，人人都能唱曲的。這時吳癯庵我還未曾認識，俞粟廬（俞振飛的父親）吳中曲家所推重，有許多人向之習曲（他是唱旦的，年已六、七十，從隔牆聽之，宛如十六、七女郎）。因爲習曲要體驗你的嗓子如何，嗓子便是本錢，本錢不足，那是無可奈何之事。

凡是青年學曲，都是喜唱小生，因爲那些曲本，都是描寫才子佳人，難得有脫其窠臼者。尤氏兄弟，人人都唱小生，我亦學唱小生。惟有子青哥，他偏要唱淨（即俗稱大面），唱了「訪普」一齣（即趙匡胤雪夜訪趙普故事），大聲磅礴，我們以爲很好，但曲師說：「橫裏是夠了，豎裏卻不夠」。原來江南一帶，都沒有大喉嚨的，即說話也是輕聲細氣。只有一人，在女冠子橋一家糕糰店的司務（我已忘其姓名），橫豎都夠，人家呼之爲「糕糰大面」，凡曲家都知之。如有高尚的曲局，邀之惠臨，他便脫去油膩的作裙，穿上藍布長衫，傲然而來。搢紳先生敬之如上賓，當筵一曲，響遏行雲，羣皆歎服。他常常唱「刀會」、「訓子」，都是關公戲。但他從未客串過。因他身材太短，頗有自知之明也。

初學曲子唱小生的，都先唱「西樓記」中的一齣「樓會」，第一句是「慢整衣冠步平康」，用俗話解釋，就是到妓院裏去訪一個妓女的意思。這個曲牌名，叫做「懶畫眉」，何以學小生必定要先唱此曲，大概在音韻上的關係，傳統如此，教曲者便肯從了。我也是如此，這「懶畫眉」共有五句，只是前三句，我唱了一月多，也未能純熟，而且是日日夜夜在唱。俗語說得好：叫做「拳不離手，曲不離口」，但是要我說起來，還可以改爲「曲不離口，也不離手」。爲什麼呢，因爲口中在唱，手裏還要拍，所以叫做「拍曲子」，有所謂「三眼一板」，錯一個音，就教你唱不下去呢？

我們這一羣拍友中，以尤賓秋爲最好，他也是我表弟兄，與我同庚。他也唱小生的，天賦既好，學力尤勤，朝也唱，夜也唱，坐也唱，立也唱，走路也唱，在書房裏唱，在臥室裏唱。但是我可不能，我是他家一位西席先生，雖然是親戚，到底有些客氣，焉能一個人在書房裏，提高嗓子，唱那不入調的歌曲，未免有失禮尊嚴吧。

於是回到家裏時，有時深更半夜的哼起來，母親寵我，一任所爲，因爲她的母家，常有「同期」曲會，我的母舅唱正旦（即京戲中的青衫）出名的。但是祖母卻說：「人家那些紈袴子弟，吃飽了飯，無所事事，消閑玩樂，自命風雅，你去勞神費力，學它做什麼呢」？祖母的話頗爲嚴正，我那時以爲祖母頗煞風景，還是擠在他們一起學習。可是我總是遲鈍得很，沒有什麼大進境。

有一天，我問我的曲師道：「爲什麼大家都唱小生？難道我們的嗓子，都配唱小生嗎？」他說：「不！各人的嗓子不同，不過你們都喜歡唱生，隨便唱唱，也無不可」。我問：「像我的嗓子，應唱那種脚色？」他說：「你的嗓子，雌而又能拔高，最好是唱老旦。」我聽了很不高興，誰去做一個老太婆呢？那曲師知道我不高興，便笑說：「老旦不容易呢，許多崑曲班裏，沒有一個好老旦，即如京戲裏，老旦也是鳳毛麟角呢」。

我知道這位曲師是在敷衍我，而尤氏這一班老表，則又慫恿我，老旦既然難能，何妨試試，反正這是玩意兒，又不是登台教你扮一個老婆子。於是我便改唱一齣叫做「姑阻」，是一個女尼陳妙常的故事兒，所謂「姑阻」者，是潘必正的姑母，也是一個老尼姑，阻止他不要去戀愛陳妙常。我還記得開頭兩句是「書當勤讀，奮志青雲上，」比唱「樓會」容易得多，而豪無興趣。實在我這時對於拍曲子也是厭倦了，就此也半途而廢。

這一班我的表弟兄中，就是賓秋成功了，他翩翩佳公子，寫得一筆好字，常能吟詩，寫了「西堂度曲」的詩句。他們本是尤西堂（侗）的後裔。賓秋之弟號翼如，那時方結婚，我送一幅新房對聯給他，由子青哥寫了，上聯是「南國喜聞鳥比翼」，下聯是「西堂今見女相如，」嵌了「翼如」兩字，作爲「並蒂格」而西堂兩字，則即寓其姓。我那時就是常好弄筆頭，做對聯，蘇州人家，每逢婚喪，都有送對聯的，他們常來請我捉刀。

（廿八）

# 梅蘭芳的戲劇生活

周志輔

第二天的玉堂春，是他伯父梅雨田親自教給他的。他的祖父梅巧玲也唱過蘇三，但是那種老腔老調，在當時已經不行時了。那時王瑤卿正研究新的唱腔，並且是跟譚鑫培同班，受了譚的影响，善於揣摩前人的長處，創出許多改革青衣的工作。梅唱的這齣玉堂春，當然脫不了王瑤卿的基本唱法，滬人耳目一新，更加熱烈的歡迎。第三天的武家坡，也是梅雨田教的，這與彩樓配一樣，同是王寶川的戲，但彩樓配是西皮裏面的開蒙戲，當然他是跟吳菱仙學的，祇有武家坡和大登殿，吳先生沒有教過他，而是由他伯父補教的，可見他的三天打泡戲，倒有兩齣是梅雨田的傳授。

唱完三天打泡戲之後，由王鳳卿給許少卿提議，要教梅蘭芳來一次「壓台」。於是考慮到戲碼問題，大家認爲專重唱工的老派青衣戲，是不能勝任的，大家主張用刀馬旦戲，因爲刀馬旦的扮相和分段，都比較生動好看。那時唱正工青衣的，除了王瑤卿之外，還很少有人兼唱這類刀馬旦的。預想演出後，會受觀衆歡迎，於是就決定了趕緊排練穆柯寨。

梅的武工本來是跟茹萊卿練過的，現在要唱穆柯寨，當然仍要請茹氏來給他排練，在唱到第十三天上，就是十一月十六日，即舊歷十月十九日的晚上，開始貼演這齣穆柯寨，這是他第一次在上海壓台的紀念日。

這齣戲的主角穆桂英，出場就有一個亮相，跟着上高台，很有氣派，下面打雁一場，要跑圓場，又要使眼神，所以那天台下觀衆的心裏，無不認爲新鮮別緻，彩聲不絕。配角是朱素雲的楊宗保，劉壽峯的孟良，郎德山的焦贊，相當齊整。

唱過穆柯寨之後，就排演虹霓關。從前虹霓關是崑腔本子，與倒銅旗，賈家樓，黃土關等戲，都是隋唐之間的故事，中間所敘人物，不離瓦崗寨的英雄好漢，總名叫做興唐傳。後來虹霓關被人翻成皮簧，究竟始於何時，出自誰手筆，現在無從查考，但是梅巧玲演虹霓關的東方夫人，已經是歸入皮簧戲的一類了。這部虹霓關前半截，東方夫人代夫報仇，要有武工夫，後半截生擒王伯黨，有種種思春的做工，然後強要與王伯黨成親，是純粹花旦的路子。梅巧玲本來以花旦戲見長，又有點刀馬旦的工夫，所以由頭到尾，是唱東方夫人。同時時小福唱虹霓關，是飾丫環，後半截說親的時候，有唱工可以偷巧。余紫雲是梅巧玲的徒弟，而且也是唱青衣的，與時小福戲路相同，所以梅巧玲也教他學唱丫環，爲的是陪着自己唱，師徒二人，互見精彩。後來王瑤卿也是唱丫環，於是就成爲唱青衣的專工戲了。梅蘭芳自幼學過虹霓關的丫環，現在因爲唱穆柯寨，常練武工，所以也想把這齣戲的東方夫人露演一下，不過如果唱東方夫人一人到底，不但把丫環的唱工埋沒了，而且思春一靠的做工，也非其所長，豈不是弄巧反而成拙，所以想出一個主意，就是前半截的東方夫人，專門露刀馬旦的工夫，到生擒回王伯黨煞住，那時梅蘭芳到後台改扮了環，由另外唱花旦的扮東方夫人上來接演思春，這就叫做「頭本夫人，二本丫環」，是從他開創的。那時上海人覺得這個辦法，倒是新鮮別緻，所以極端歡迎，於是就造成梅蘭芳在上海無戲不紅的局面，這也是他個人善於截長補短而處處能夠別出心裁的收穫。不過在這兩截中間，換裝的時候，祇得另外墊一齣戲，那年在上海演戲，本來頭牌老生王鳳卿，正好在這時間唱一齣老生戲，使梅換裝之後，還有相當時間的休息。

梅蘭芳在上海的收穫，就是在戲路上的成功較大，因為要唱大軸，所以研究出新穎的辦法，走刀馬旦的路子，為他在北京用功時所未料到的。自從穆柯寨唱紅以後，就趕排虹霓關的東方夫人，隨後又接着把穆柯寨延長情節，增加槍挑穆天王的起打場子，由王鳳卿飾楊六郎，兩人打得非常合手，不過那時這兩齣是分兩天連着唱，到後來纔歸併為一天演出的。

梅蘭芳這次在上海唱了四十五天，逗留了五十幾天，據他自己說，此行收穫，是在當地各戲院去輪流觀光一下，見到各戲院裏，競排新戲，有的是保留着京戲的場面，祇不過服裝扮相加以現代化，有的是完全話劇，不用京劇的場面，這些都給他以很深的印象，所以自從他這次從上海回北京之後，不久就排演一些時裝的新戲，多少是受到在上海觀摩的影响的。此外關於化裝方面，他說也有了新的收穫，他此後就常跟他的梳頭師傅韓佩亭細細研究，採取了一部份上海演員的化裝方法，逐漸加以改變，目的是要能夠配合當時新式舞台上之燈光，而增加演出之氣氛，這點却是由上海改革舊戲中吸收來的，而對於他後來的舞台生活，起了極大的作用。

## 三、回京搭班

梅蘭芳在去上海以前，是搭的田際雲的玉成班，在民國二年（公元一九一三年）冬，他回京以後，仍舊搭入原班，與王鳳卿分手，玉成班的老生是孟小如，在那年年底，官方下令通知把所有「班」的名稱，一律改做「社」，玉成班就改名「翊文社」，這是民初北京梨園中一件小的改革。

民國三年（公元一九一四年），梅蘭芳是二十一歲，在翊文社唱了大半年，同班的角兒，是老生孟小如，貢洪林，高慶奎，武生是瑞德寶，田雨農，旦角是路三寶，王蕙芳，胡素仙，老旦是謝寶雲，小生是張寶崑。從前在玉成班時期，梅蘭芳與王蕙芳就是同台演唱，常時唱對兒戲，最受人歡迎的，是樊江關，由王蕙芳扮樊梨花，梅蘭芳飾薛金蓮，樊梨花是紮靠的，薛金蓮是披雲肩繫玻璃肚子，所以他在「舞台生活四十年」裏，說他在第一次到上海以後，排演穆柯寨，才初次學會紮靠的戲，樊江關是一齣輕鬆的頑笑戲，姑嫂二人，鈎心鬥角，各不相讓，後來事情弄僵，還是薛金蓮賠禮了事。現在此戲又名「姑嫂英雄」，兩人在戲裏的身份，也不分高下，樊梨花是刀馬旦，薛金蓮是刀馬而兼花旦的意思，因為王蕙芳的歲數較大些，所以就由他扮樊梨花了。

梅蘭芳自從從上海回京，多了幾齣刀馬旦戲，所以在舞台上相當的吃香，不過同時王蕙芳也有這一路的戲，於是後台老板，就常派他們倆雙演穆柯寨，他們是這樣的唱法：譬如頭場是梅出場，二場就歸王唱，三場，四場，以次類推，這種新鮮玩藝，說是別開生面，花樣翻新。那時的路三寶，已經年齡稍長，不適宜於花旦重頭戲，胡素仙則是正工青衣，而且老腔老調，循規蹈矩有餘，迎合時尚則不足，祇有梅蘭芳王蕙芳，年紀差不多，認真演出，極受觀眾歡迎。戲院老板因欲迎合觀眾的心理，將他們的戲碼，逐漸移後，遇到他們倆合演或雙演的戲，時常排在大軸。

在那年的十月裏，梅就排出他的第一部時裝新戲，其動機是看見上海許多戲院裏排演時裝新戲，所以也引起了他的興趣，躍躍欲試。在北方這種新戲，前幾年也曾有人提倡過，前清宣統末年，有新劇家王鐘聲演於北京天樂園，為官方所禁止，認為有鼓吹革命的嫌疑，雖然露演日期不久，但是引起了一部份人對於新戲的愛好。

（八）

# 洪憲紀事詩本事簿注

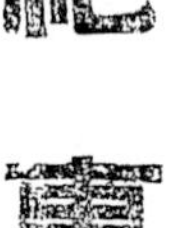

劉成禺遺著

青天白日用作海軍旗之原因　民元南京政府建立後，鄂、湘、贛三省用十八星旗，江、浙、皖及各省多用五色旗。各省派出之援鄂軍及北伐軍，旗幟各異，時海軍部請示臨時大總統，應用何種旗式。中山命用青天白日三色旗，並派海軍部員鄧員（鄧世昌之子）慰勞江艦隊，向海軍將士說明青天白日旗與歷次革命之關係。由是全國各軍艦，一律以青天白日三色旗為國徽，更在紅色之上橫添白線若干，另定為海軍旗，至今尚沿用之。

參議院折衷制定國旗之經過　南京參議院既遷北京，為國旗方式問題，會發生劇烈之爭議，最後乃採用折衷派意見，議決以蘇滬軍都督府所用紅黃藍白黑五色旗，足以代表漢滿蒙回藏五族，最為普遍，確定為中華民國國旗。武昌起義之十八黃星旗，為陸軍旗。同盟會之青天白日三色旗為海軍旗，由政府正式公佈。中山斥之，頗為不懌。然是時同盟會在參議院不能占過半數，且院內共和黨內之同盟會份子，徒知擁武昌起義之記念品，而忘為母黨效力，結果能予保留而制定為海軍旗，已屬幸事矣。

中華革命黨黨證之國旗　癸丑（民國二年）各省討袁軍失敗後，中山組織中華革命黨於日本東京，遂回復同盟會舊制，用青天白日滿地紅為國旗，青天白日旗為黨旗，所頒發黨證及委任狀獎狀，即用此項國旗黨旗各一，交加於上。乙卯（民五）起義於山東濰縣及廣東各地之中華革命軍，亦概用此種標幟。迨民九粵軍自漳州返粵，中山再由非常國會當選大總統，始公然宣佈廢止五色旗及十八星旗，而分別制定青天白日為國旗軍旗。民十陳炯明、葉舉叛變，中山避地上海，陳炯明反中山所為，青天白日旗亦同遭此厄。

中華民國旗之確定　民十二年中山在粵，重組織大元帥府，就職日，正式舉行閱兵受旗禮，青天白日旗復飛揚於廣州。適是日全國學生會於廣州召集大會，請中山於開會日莅場指導。行禮時，中山見堂上懸五色旗，意不為禮。演說間，乃說青天白日旗與五色旗之異同，及在革命史上之價值，眾始了解。民十三中山乘中山艦北上，道經香港，艦上懸青天白日旗，英吏遣人相告曰，為改懸五色旗，當以禮接，蓋青天白日旗之為國旗，尚未經國家承認也，中山毅然不恤。及民十六革命軍攻克南京，平津旋亦底定。無何，張學良且拒接日人警告，令東北四省盡改懸青天白日旗，由中國國民黨統一全國。各國雖欲不正式承認，不可得矣。

夜入深宮強定情，教房南部舊知名。
筵前垂淚談天寶，身是當年薛麗清。

袁抱存最喜彩串崑劇千忠戮慘覩一曲，故號寒雲，以建文自況。寒雲學戲於常州趙某，任江西會館，粉墨登場，串唱八陽一幕，蒼涼悲壯，高唱入雲，大有憂從中來不可斷絕之況。其唱傾杯玉芙蓉（收拾起大地山河一担裝，四大皆空相，歷盡了渺渺程途，漠漠平林、壘壘高山、滾滾長江。但見那寒雲慘霧和愁織，受不盡苦雨淒風帶怨長。雄城壯、看江山無恙，誰識我，一瓢一笠到襄陽），慷慨激昂，自爲寒雲之曲。唱至恨少個綠衣使鼓罵漁陽，聲淚俱下，目皆爲裂，坐客肅不聞聲，愕顧左右。主張帝制者，皆垂首有忸怩之色。甚矣詩歌之感人深也。寒雲自書聯語云：「收拾起大地山河一担裝；差池兮斯文風雨高樓感。」一用千忠戮，一用義山詩，抱存自存懷抱矣。抱存自號寒雲，而名其愛姬雪麗清爲溫雪。薛麗清，亦名雪麗清，南部清吟小班名妓也。身非碩人，貌亦中姿，而白晳溫雅，舉止談吐，蘇産中誠第一流人，抱存惑之，强納入宮，非所願也。故寒溫膩語，終成冰炭。寒雲詩中，美稱雪姬，其標題如丁卯秋偕雪姬遊頤和園泛舟昆明之類。溫雪醉心豪貴，决非厭倦風塵。寒雲置之山水之間，同享清福，未免文人自作多情矣。卒以身惡拘束，出宮求去。民國五年秋，曾來漢口，寓福昌旅館，重樹艷幟。漢南春柳錄，記雪麗清談天寶遺事一則甚詳。其辭曰：「予之從寒雲也，不過一時高興，欲往宮中，一窺其高貴。寒雲酸氣太重，知有筆墨而不知有金玉，知有清歌而不知有華筵。且宮中規矩甚大，一入侯門，均成陌路。終日泛舟遊園，淺斟低唱，毫無生趣，幾令人悶死。一日同我泛舟，作詩兩首，不知如何觸大公子之怒，幾遭不測。我隨寒雲，雖無樂趣，其父爲天子，我亦可爲王子妃，與彼同禍患，將來打入冷宮，永無天日。前後三思，大可不必，遂下决心，出宮自去。且歷代皇帝家中，皆兄弟相殘，李世民則殺建成元吉，雍正皇帝殺其兄弟多人，克定未做皇太子，威福尙且如此，將來豈能同葬火坑。不如三十六着，走爲上着之爲妙也。袁家家規太大，亦非我等慣習自由者所能忍受。一日家祭，天未明，即梳洗已畢，候駕行禮，此等早起，尙未做過。又聞其父亦有太太十餘人，各守一房，靜待傳呼，不敢出房，形同坐監。又聞各公子少奶奶，每日清晨，先向長輩請安。我居外宮，尙輪不到。總之寧可再做胡同先生，不願再做皇帝家中人也。」案以上各語，係雪麗清在漢所談，春柳錄管君所記。始知願身事談詩謝茂秦者，乃古今眞奇女子也。（錄後孫公園雜錄）

包括福星高四圍，小山補築對園扉。秋來叢桂花爭發，不見青龍白虎旗。

日者紹興郭某，語克定曰：「南海位置，上應天躔，青龍白虎，朱雀玄武，四圍包括，理氣井然。以巒頭論，青龍方面，似嫌微弱。南海豐澤園朝南，天子當陽，宜爲正殿用身。園左小山，培土使高，則左有青龍，右有白虎，自然包括福星高世度矣。」於是刻日鳩工，將園左小山，加築一丈，高於右方。青龍白虎兩牆角小山上，均設瞭望台。每逢星期日，高懸青龍白虎二旗，爲園中壓勝之徵。洪憲消亡後二年，過郭某於滬上，詢其豐澤園青龍培高，何故不靈。郭曰：「青龍本身既弱，雖刻意增高、終屬假造。假者不可亂眞，是以爲虛僞無益，反徒有害。白虎當頭，青龍其能久乎？予亦不過漫爲計劃耳。」「廣濟郭泰祺說事」

（廿七）

# 柳西草堂日記

張謇遺著

十七日。與聚卿合宴客舟中。
十八日。與聚卿合借吳園宴客。留題交小山前輩，三四月合五題，五月四題。
二十二日。返通。是日江寧口岸開關。
二十三日。至廠。
二十九日。開引擎，設祭。

## 四月

十四日。開車，召客看出紗，至此始可免於決不出紗之口，敬夫始終忠勇可敬。
十八日。返長樂，舟中與三兄訊。
二十八日。袁恕堂（鴻）自四川開縣來，軍中故人，十四載不見矣。
二十九日
乙亥　壬午　丙午
庚寅

挽劉貫文聯：「嘗從公徵年，約分甲子，期得二萬六千七百旬以足；是日予好德，基受九五，福兼壽富康寧考終命而全。」（按：劉名貫經。）

## 五月

七日。與恕堂去唐家閘。
八日。至廠。
十二日。林稚眉來查驗官機損壞之件。
十三日。稚眉返滬。
十七日。得叔兄訊，復至吉安查振水災。
十九日。去滬，宿蘆涇港。
二十日。至上海商務局。
二十二日。知瑞安師以十一日病卒，老成益凋謝已。（按：黃體芳字漱蘭，浙江瑞安人，同治二年癸亥翰林。）
二十三日。與嚴小舫議與廠共來往。
二十五日。曉山、介臣以予生日置酒。
二十六日。詢補海斯岱押欵，以口岸未定，緩其詞。
二十七日。嚴與朱幼鴻有包租通廠之議。
二十九日。嚴、朱來談，始悦然於予無自利之見。
三十日。爲王西林作挽黃瑞安聯：「是布衣昆弟之交，同悲共愉，四十年來如一日；際國步阽危已甚，瞻天戀闕，二千里外此孤臣。」

## 六月

二日。㣲卿來。
四日。與嚴、朱定草約。
六日。作瑞安師挽聯：「嘗好惡若飄風浮雲，江渚隨行，嘗舉所聞所傳聞相戒；公進退皆青天白日，瀕湖山終老，會何有幸有不幸足云。」
九日。嚴、朱議，侵削太過，所約甚無理。
十一日。盛荔孫、祝少英議租廠。
十三日。祝退。
十四日。欣甫屬去松江、小輪拖船由黃浦至豆腐濱申刻旋。
十五日。早至松江，晤止潛，
十六日。回滬。敬夫頻訊、督責招工籌欵，答書引咎而已。
十七日。連日大風雨，三晝夜不絕。
十九日。重訂與嚴朱約。與峴帥電。
二十日。峴帥復電，不允嚴說
二十二日。再與峴帥電，說接辦。
二十四日。廠紗日佳，價亦日長。（十二號批價六十五兩、零銷六十七兩。）
二十七日。擬明日北渡。
二十八日。愛蒼來，復解北渡之裝。叔兄署德化縣。（敬夫訊）
二十九日。愛蒼、稚眉、旭莊、梅生集議籌欵。別屬稚眉商之補海斯岱，亦以是再緩北渡。與叔兄訊，家訊。

## 七月

二日。囘通。
三日。到廠。
九日。囘長樂。挈仁祖俱行一晝夜。
十日。到家。
十一日。校課卷。
十五日。祭祀。
十六日。晚，徐積餘來電，以劉召民至廠，有入股之說。
十七日。校課卷一百五十本，生平校閱之苦，無過於此。
十八日。挈仁祖去廠，行一晝夜。
十九日。卯刻抵廠。
二十三日。往上海，舟中遇柯遜庵，崔穀堂。
二十四日。抵上海，得磐碩訊，銅墨合刻成。
二十五日。遇愛蒼、樊時薰、姚石泉、梅生。
二十六日。與叔兄訊。
二十七日。晤盛荔孫，說廠事。
二十八日。往杭州、附如飛小輪。聞蘭孫感冒，寒熱交作。
二十九日。雨。
三十日。雨。抵杭州，寓望仙橋晉陞堂客店，店雖有樓，湫隘異常。晤菘耘丈。與蘭孫訊。菘丈許招股籌欵之說，招股未必能多，籌欵亦恐不多也。

## 八月

一日。晤候小蓮。
二日。晤小蓮、滌香。詣時蓮仙、鄭芝巖、林廸臣兩前輩。
三日。滌香來，晴。蔣小軒及湖州馮少青同游吳山。吳山之勝，以阮文達祠後樓爲最，以當龕赭二山之正面，而兼有西湖之一隅也。文昌宮徐惟琨聯尚雅：「帝以會昌，神以建福；下有風雅，上有日星」。有詩呈菘丈。
四日。菘丈置酒。晤時、李、郭、周四君。
五日。小蓮邀同滌香、小軒、吳、顏二君置酒湖上。訪張祠、左祠、李祠、彭祠、孤山、林墓、岳墳、三潭印月。借退省庵午餐。庵卽彭祠，地居湖中，攬全湖之勝。剛直於中興諸將帥所得爲多矣。（滌香有擬酒樓集句聯：「山北山南人喚酒；村前村後客登樓」。）詣胡某。（按：眉頁書云：岳祠石柱某聯節存十四字，殊佳：「千秋冤獄莫須有；百戰忠魂歸去來」林典史墓聯，薛師最佳，前撫劉秉璋最劣。）
六日。滌香約游靈隱、韜光（僧清溪）、淨慈寺、高莊（午餐於周莊），晚餐於溫柔香，晤山東安邱李菘生，甘肅蘇朗生。靈隱韜光眞靈境也。
七日。李心原約同滌香菜豐園午餐。
八日。劉頤伯、甸侯兄弟，約同蓮仙、葉詠霓、楊君游湖置酒。訪蔣祠、俞樓、鳳林寺、薛廬、行宮、文瀾閣。茹雪樵邀晚飯於兩廣賓館，晤葉、邱、蕭、李四君。
九日。蓮仙、穀宜合置酒，晤汪、林、陳、顧四君。胡說不成。
十日。朱時帆約同蓮仙、滌香置酒金衙莊東皐別墅。
十一日。菘文約同陳藍洲（豪）游烟霞、石屋（僧學信）、龍井、理安寺（僧定能）、虎跑、泉石別院、乾坤洞。歸看淨慈方丈雪丹藏畫。理安、靈隱、虎跑竹樹泉石之幽勝，異曲同工，其勝處皆在寺門之外。靈隱以森爽勝，理安以陰邃勝，虎跑微不及也。
十二日 丈見過，卽旋滬。舟中爲肥蚤所苦，竟夜不眠。

## 八月

十四日。紗廠至此已開四月矣。至滬。雨。
十六日。校課卷。
二十日。校課卷竟。
二十二日。囘廠。
二十三日。到廠。
二十九日。孔馴囘。叔兄調貴谿，因民教爭鬨構亂。

（廿七）

# 世載堂雜憶續篇

劉禺生遺著
雋 君注釋

李際和即李烈鈞、居覺生即居正、唐蓂賡即唐繼堯，藏李陶即藏傳賢，陳香菱即陳粹芬。朱執信即朱大符，汪精衛即汪兆銘，亮疇即王寵惠。宋大姊，孔某名字，人多知之，恕不縷述。

## 英雌大鬧參議院的 幕

辛亥武昌起義不久，青年婦女，組織兩種集團，曰女子北伐隊，曰女子參政會。北伐隊在上海以林宗素為領袖，軍衣軍帽，剪髮皮鞋，間習步法，而其槍械，多不能備。樊樊山以遺老口吻，譏詠女子北伐隊，有「記得亡明天子語，沙場萬里屬兒家」之句。

女子參政會，以唐羣英、沈佩貞、吳木蘭等為領袖，奔走各省會巨鎮，四處設立分會，在南京要求臨時參議院，將女子參政，訂入約法，先行婉商，繼則喧鬧，甚至以木棍竹板為武器。參議院開會，必結隊蒞臨。一日開會，議長林森，遙見女會員二十餘人，成羣而至，即宣告停會，議員將散。湖北議員張伯烈、時功玖及予同住院中，前江蘇省諮議局舊址也。功玖曰，諸君退避，我三人有法處之。女會員登樓，予輩迎之，咸坐予等房中候開會，聲言不開會議決女子參政權不行。先是若輩未至，功玖令侍者盡搜藥而盆碗罐移至他室，大貯水量，爐火以待。即扃戶與來者接談。予三人先表示贊成提案。女會員大悅。談次，乃出鹹肫肝、鹹花生、鴨片、大頭菜、龍井茶餉客。味鹹極，口渴則飲，飲後又食、數小時間，人人飽飲不止，咸解帶寬圍，欲出無門，尋溺無器，口愈渴而飲愈不能止，繼乃要求開門，不再煩擾。門啓，羣奔院外竹林中，不遑顧及他事。此大鬧參議院一幕，至今回憶，亦自知其惡作劇也。參議院北遷，參政會諸女會員，亦往北京，組織總會請願，更演出種種奇鬧。

雋君注：林宗素，實為林宗雪，別有姓名張佚凡，名雪，字遜帆，浙江平湖人。上海尚俠女校教員，光復時任女子北伐隊隊長，後與裘祝三同居，創辦女子植權公司。會參加南社，担任庶務。樊樊山即樊增祥，湖北恩施人，放蕩不羈之遺老。林森，字子超，福建閩侯人，參議院議長，以後任福建省長，建設部長，國民政府主席。張伯烈，字亞農，湖北隨縣人，參議院議員，衆議院副議長。時功玖，字季友，湖北枝江人，參議院議員，護法國會衆議院議員。

## 讀書拾雋

陳蘭甫「東塾讀書記」史部未刊稿載南北史，有「蠕蠕公主」，名最奇。憶宋人著小說，有西夏吳元昊，命「犵犵大王」一守塞涼關。「犵犵大王」，對「蠕蠕公主」，可稱妙絕。又曰：自董狐兄弟，書史被殺，崔浩修史夷全家，史遷刑餘著史記。歷代史案層出，中含刀劍，可曰，「存仁者為史盡節，執筆者為書盡節」。

張佩綸「澗于日記」：咸淳石屏題名，三年九月二十八日，賈似道領客東元[illegible]、史有之、廖瑩中、黃公紹、王庭來游，子德生、諸孫蓄世侍。按賈之諸孫，日萫世，而嚴分宜子曰世蕃，奸佞命名，若合符節，亦可怪也。又曰，予聞有謫戍張家口之命，他日當呼予爲「張張口」矣。古有柳柳州，今有張張口，皆謫貶人也。

王壬秋「湘綺樓遺稿」載，郭筠仙言：有余生，游左帥軍中，欲去不得，問計於劉克菴。劉云：尋小事與相反脣，則去矣。余生從之。左帥大怒，叱之曰：「滾走。」滾走者，滿洲大人叱奴子走出之詞也，左帥最喜用此語，余遂得去。而時人爲之改古語曰：「一字之滾，榮于華袞」。丁心齋守存司使聞之，笑曰：京師有携人妻出古北口者，時人語曰：「彼婦之走，可以出口」，一「滾」一「走」，同成妙語，與此相映。

魏叔子蘗言：吾鄉有劉拐子者，居京師二十年，騙人不下數千次。有一人被騙數十回者，人皆樂與交往，毫無責難。予置酒問劉曰：「汝操何術以至此？」劉曰：「無他，一味誠實。」予聞之擊節終日，慨然歎曰：「拐子之誠實，予亦願受其騙也。」

僉君注：陳澧，字蘭甫，廣東番禺人。出身舉人，博覽羣籍，天文地理樂律算術古文詩詞書法，無不研究。主講廣州學堂、菊坡精舍，著作頗多。董狐，春秋時代晉史官。崔浩，字伯淵，後魏崔宏長子。史遷指司馬遷。張佩綸，字幼樵，直隸豐潤人，同治進士。法越戰爭，會辦福建軍務，法軍入侵馬江，應敵無方，倉猝遁走，發軍臺效力，後釋回。賈似道，字師憲。宋末，以太師平章軍國事，封魏國公，攬權辱國，後爲鄭虎臣所殺。嚴分宜即嚴嵩，字惟中，江西分宜人。恃寵攬權，貪贓枉法；子世蕃，父子濟惡，世稱奸臣。柳柳州，指柳宗元。郭嵩燾，字伯琛，號筠仙，晚號玉池老人，湖南湘陰人。道光進士，光緒間官至兵部左侍郎，充出使英法大臣，著作頗多。左帥，指左宗棠。劉克菴即劉典，號伯敬，湖南寧鄉人，其墓志銘，爲郭嵩燾所撰。丁守存，字心齋，山東日照人。魏叔子即魏禧，字冰叔，號裕齋，江西寧都人。明末清初，與兄際瑞、弟禮，皆工文章，時人稱爲「寧都三魏。」

## 溪山如意伴梅花

張謇翁七十大壽，南北兩方要人代表，名流記者，齊集南通。全國名伶羣集。與謇翁最有歷史淵源者，爲梅博士。有清末造，蘭芳年尚稚，無盛名，謇翁以名狀元，蠅頭細楷，爲蘭芳書扇一頁，且錫名畹華，稱爲「畹華小友」。蘭芳聲譽，遂駸駸日上。當其出國獻技，一切均由謇翁計劃。

通州沿江，連綿有五山，狼山、黃泥山最著，劍山、馬鞍次之。謇翁于黃泥山下，濱江不遠，種梅多株，曰「梅垞」，門以竹爲籬，自書門榜。又撰書楹聯云：「一花一如來，化苦提身，何只萬五千佛；三月三上巳，修蘭亭禊，不須廿又二人。」園內有一千五百梅花館，蘭芳題額。面館築靜室曰纁雪龕。入龕，中設羅漢牀，上懸俞曲園大篆聯云：「陳太丘如此其道廣；顏魯公不僅以書名。」牀後懸謇翁自書聯曰：「溪山如意費；花木上乘禪」。龕西偏，右起兩房，房龕中懸梅蘭芳大照片，旁壁懸姚玉芙、姜妙香、王瑤卿各人書畫。蓋尊梅爲祭酒，餘人皆在四配十哲之列矣。

當時祝壽對聯，推徐世昌第一，聯云：「濟國精神，曲江風度；東山絲竹，北海觴[illegible]。」蓋以梅蘭芳所畫壽梅爲最出色。上述各節，聞諸王新命，想迭經離亂，昔時盛設，必已鞠爲茂草矣。

僉君注：謇翁即張謇，光緒二十年甲午恩科狀元，字季直，號嗇庵，江蘇南通人。七十歲生日，是民國十一年。梅博士，是指梅蘭芳赴美演劇，波摩那大學授其名譽文學博士學位。俞曲園即俞樾。姚玉芙、姜妙香、王瑤卿，均爲京劇藝人，與梅蘭芳合演者。徐世昌，北洋政府總統，當選出時，正南方各省護法時期，故稱其爲非法總統。梅蘭芳畫梅，多爲汪藹士、湯定之代筆，絕少親自揮毫。

（五）

# 英使謁見乾隆記實

馬戛爾尼 原著
秦仲龢 譯寫

仔細體會一下這種種繁重禮節，從表面上看它僅僅爲了表示這個絕對專制的國家裏君臣之間的巨大尊卑距離，但我們感覺到它最初的制定，以及以後的繼續維持，並不止於是爲了滿足君主個人的喜悅。當然在禮儀過程中它充分表達出來君臣雙方的，無論是有形的或倫理的巨大距離。爲君主的無論掌握着多麽大的優越權力，但他也不能不預防不測的陰謀。所有磕頭、下跪、雙手高舉等等動作姿勢，均使行禮者無法走到御座跟前突然作流血五步的冒險嘗試。除了禮節上的繁重而外，還使人感到一種相當於宗教上的敬畏肅靜氣氛。典禮進行當中，自始至終沒有人竊竊私語，聽不到一點雜聲。這種肅靜莊嚴的偉大氣氛是東方的特色，歐洲的文明還沒有達到這點。皇帝在整個典禮中對英國客人的照顧心情始終未減。在飮宴時，皇帝命執事官從自己桌上取下盛饌數色送至特使桌。宴會完畢，皇帝命人召特使等至御座前，各親賜溫酒一杯，有些近似馬德拉的次等酒。皇帝問及英皇陛下的歲數，特使據實回答。皇帝說他今年八十三歲了，身體仍然很健康，希望英王陛下也能同他一樣長壽。他看上去確是很健康，不像一個已經統治國事五十七年之久的樣子。典禮結束後，皇帝精神矍鑠地從寶座上走下，健步走上肩輿，毫無衰老狀態。

特使回館舍不久，皇帝又遣人送來絲織品，茶及瓷器三種禮物，特使及隨員人各一份。絲織品爲已織成的又密又結實的料子，顏色深晦宜於做男子服裝。其中有的已織成四爪金龍、老虎、孔雀等現成衣料，織花頭的絲的顏色比質地顏色更鮮明一點。前者爲高等武官服裝，後者爲高等文官服裝。瓷器係一些日用杯盤壺皿等，式樣與中國普通出口的貨物大致相似。茶則並非普通散開的茶葉，而是一種用膠水和茶葉混合而製成的球形茶葉。這種茶葉可以長遠保持原來味道，在中國係最貴重之品。這種茶葉出產於雲南省，不經常出口外銷，但英國人喝起來不大合乎口味。

仲龢按：英國使節團正式覲見乾隆，至此已告一段落，現在譯者將清廷文書中關於「貢品」的名稱及皇帝賜給「貢使」的物品，摘錄於此。第一件是乾隆五十七年六月三十日，直隸總督梁肯堂奏呈英使原稟貢單：「紅毛英吉利國王，欲表明國王誠心貴重及尊敬天朝大皇帝無窮之大德，自其本國遠遣貢差前來叩祝萬歲聖安，特選國王之貴屬親族爲其貢使，辦理此事，欲以至奇極巧之貢物奉上，方可仰冀萬歲喜悅驗收。又思天朝一統中外，富有四海，內地奇珍，充斥庫藏，若以金銀珠寶等類進獻，無足爲異。是以紅毛英吉利國王專心用工揀選數種本國著名之器具，以表明西洋人之格物窮理，及其技藝，庶與天朝有裨使用，並有利益也。虔祈大皇帝恕其物輕，鑒其意重，是所願幸。外又敬懇大皇帝另賞一座寬大房屋，以便安排裝置各品禮物，因各樣禮物到京，即須貢差眼同原匠，從新安排裝置整齊，方可獻于萬歲。更緣紅毛本國隨貢差前來天朝者，文武官員及工匠、跟役，共有一百餘人，求大皇帝賞賜大屋幾處，使安處京師，則感戴天恩無窮矣。至船內行李暨衣箱物件，皆是貢差幷同伴需用之物，別無貨物售賣，亦無在京牟利之心，惟是辦理公務。謹稟。」以下爲貢品清單。

第一件

西洋語布蠟尼大利翁大架一座，乃天上日月星宿及地球全圖。其上地球照依分量所載，日月星辰同地球之像，俱自能行動，效法天地之轉運，十分相似。依天文地理規矩，何時應遇日食月食，及星辰之愆，俱顯著於架上，並有年月日時之指引，及時辰鐘歷歷可觀。此件係通曉天文生，多年用心推想而成，從古至今，迄未所有，巧妙獨絕，利益甚多，於西洋各國，爲上等器物，理應進獻大皇帝用。又緣此天地圖架座高大，洋船不能整件裝載，因此拆散分開，裝成十五箱，又令原造工匠跟隨貢差進京，以便起載安排，安放妥當，並囑付伊等慢慢小心修飾，勿稍匆遽，手錯損壞。仰求大皇帝容工匠等多費時候，俾安放妥當，自然無錯。同此單相連別的一樣稀見架子，名曰來復來柯督爾，能觀天上至小至遠的星辰轉運，極爲顯明，又能做所記的架子，名曰布蠟尼大利翁，此鏡規不是正看，是偏看，是新法，名赫汁爾天文生所造的，將此人姓名一併稟知。

第二件

坐鐘一架，亦是天文器具，以此架容易顯明解說清白，及指引如何，地球與天上日月星宿一起運動與學習天文地理者有益，拆散分作三盒，便於携帶，其原匠亦跟隨貢差進京，以便安裝。

第三件

天球全圖，仿作空中藍色，有金銀做成的星辰大小顏色俱各不同，猶如仰視天象一般，更有銀絲分別天上各處度數。

第四件

地球全圖，天下萬國四洲、山河、海島都畫在球內，亦有海洋道路，及畫出紅毛船隻。

第五件

十一盒雜樣器具，爲測定時候及指引月色之變，可先知將來天氣何如，係精通匠人用心做成。

第六件

試探氣候架一座，測看氣候最爲靈驗。

第七件

巧益架子一個，能增助人之力量。

第八件

奇巧椅子一對，使人坐在上面，自能隨意轉動。

第九件

家用器具一架，內有新舊雜樣瓶罐等項，又有火具能燒玻璃磁器，猛烈無比，是一塊大玻璃用大工造成的，火鏡緊對日光，不但能燒草木，並能焚金銀銅鐵，及一樣白金，名曰跛刺的納，世上無火可能燒煉，惟此大能顯功效。

第十件

雜樣印畫圖像，內有紅毛英吉利國王全家人像，並有城池、炮臺、長橋、堂室、花園及鄉村之圖，異樣洋船圖。

第十一件

玻璃鑲金彩燈一對，此燈掛在殿上，光明照耀。

第十二件

金線毯數匹，爲精緻房間用。

第十三件

大氈數匹，爲殿上鋪用。

第十四件

齊全馬鞍一對，頭等匠人用心做成，特進大皇帝乘用，顏色是黃色的，十分精緻。

第十五件

車二輛，敬獻大皇帝萬歲御坐，一輛爲熱天使用，一輛爲冷天使用。

第十六件

軍器數件，獻大皇帝御用，是長短自來火鎗，刀劍等項，其刀劍能劇斷銅鐵。

第十七件

銅砲、西瓜砲數個，操兵可用，並有一小分紅毛國兵，跟隨貢差進京，若是大皇帝喜歡看西洋砲法，能在御前試演。

第十八件

大小金銀船，乃紅毛大戰船之式樣，雖大小不對，十分相似。大戰船上有一百大銅炮，今於小金銀船內可以窺見一斑。紅毛國在西洋中爲最大，有大船甚多，欲選極大之船送貢差至天朝，但內洋水淺，大船難以進口，故發中等船及小船，以便進口赴京，又欲表其誠心愛戴至意，即將大船式樣，進於大皇帝前，表其眞心。

（廿一）

# 花隨人聖盦摭憶 補篇 （廿八）

黃秋岳遺著

至刺探軍情，留意幕客，事雖可異，必肅順幕府所供給消息也。金息侯「四朝佚聞」：「曾文正公國藩，以上陳聖德疏，爲文宗所特知，諭祁寯藻云，敢言必能負重，故其後遂倚以平亂。世傳擲摺加罪云云，皆妄言也。余前言文宗與洪秀全相始終，而天生文正亦與洪相終始，若有意厄之者，亦可異也。咸豐末年，文正密奏統籌平亂及長圍江寧之策，文宗別取輿圖，於江寧四圍畫一朱圈，又連江浙皖贛等省，加一大圈，復於鄂豫等省，畫一圈，川黔等省，畫一圈，陝甘等省，畫一圈，然後就全圖四邊，再勾一大圈，包全國矣。交肅順密寄文正，肅不能喻上意，請明示，文宗曰，第封寄，彼必能解之。文正得圖，集親信密議曰。江寧之圈，意在長圍，不俟言矣，江皖之圈，防外援而絕內竄，亦屬要計，鄂川各圈，意必分賊勢，惟全國大圈，不知何意，遂本此奏復，奉硃批稱是，并云，大圈，指國防也，先平內亂，姑緩之。文正乃以江寧屬國荃，江浙屬左李，鄂豫川陝各加籌調，不數年，遂收全效，而不知此後平捻堅壁淸野，實用鄂豫之圈，剿撫回番，實用陝甘之圈，而石達開被擒，實用川黔之圈，一一皆驗，亦奇矣哉。內亂收定，文正乃統籌國防，李鴻章任海防，以左宗棠任陸防，而左李皆急近功，無遠志，廿載經營，徒付一擲，此則非文正所及料，而文宗在天之靈，不能瞑也。圈圖事，文文忠公曾與吾父言之，此圖後竟爲余所有，上有硃筆付曾國藩四小字，必文宗手批，硃筆例應繳進，故仍存在內廷也。」息侯此記，文宗直是天亶，遠於予之理想，顧旣重以文文忠之言，又稱硃筆與圖，竝落其手，事乃昭昭，不容置疑。以理言之，文宗卽位十年，困於軍馬，常中夜焚祈，願早平禍亂，則其前後困心衡慮，博求方策，紛定分別以長圍制賊之計，亦在情勢之中。其時英法等國，睨伺方殷，國防之求，亦必煎迫。然云千里廷寄，僅等於鮑春霆祁門之告急，分別畫圈，令臣子猜枚射覆，按之情理，終覺不倫。度必爲憑軒之頃，指示因地制宜之草圖，或別有附鈔，共論防禦分線之理，令文正條舉以對耳。軍國廟謨，正不當矜奇炫秘，假令有之，亦是好弄聰明，指此以爲文宗之非常謀畧，予意轉形其小。文宗硃批，國變後，流落外間者不少，如文正統籌全局之疏，文宗卽批「試辦與朕看」五字，此五字可解爲專任，亦可視爲不信賴而責令坐言起行之意也。惟文宗才畧見地，皆有進於嘉道，綜前數年政令觀之，此意或尚未謬。至晚年以亂久未平，恣情聲色，圓明四春，木蘭秋獮，其蹉跎自放，別啓禍基，女禍之惑人，臨事之不決，其爲失德，抑又彰彰者矣。息侯謂文宗文正與洪楊相終始，自屬先有枯厄之成見。言左李急近功，亦於事實不合，當時縱有此等打算，未必垂爲國策，君臣僚友，相與訏衡默契而已。文宗有才固當，而畫圈一事，似神而明之。

廿餘年來，予所見友朋亭館几案間，以出土陶器爲陳飾者，與日俱增。此昔人所不甚尙者，而今人爭寶之，於以見考古之風日熾。及至今日如甲骨文字，如殷虛遺物，其所發見，咸爲文獻椒紀初元，後此言吉金，言陶器，亦必輝發日新，一闢前人未獲之域，可爲斷言。蓋今後考古，不當抱叢守缺，專肆力於斷簡殘篇，而當於地下求其物證，樂浪發冢，所得已資日本學界以豐收，國中若日趨暢謐，則窮石窌之封，搜云亭之簡，涸河竭泗，越碃絕湘，力求古人所不敢摧陷豁露之事物，亦國家所當提倡也。憶十五年前，於廠肆見一陶器，腹彭亨而貯土，雜以穀若錢，意其爲罌也，或以爲殉葬，或以爲厭勝，說久不決，因捨去不復置意。比見鄭叔問遺著「鶴翁異撰」中，有一節，乃予目所覩而足破吾惑者，亟錄之，叔問筆記云：「明器用陶，蓋防於喪禮有甕甒，其制由來舊已。近今士大夫家，博古搜谷，多尙陶器，如缶甕瓶罍鼎彝之屬，形質堅緻，古色盎然，往往得之崩塚頹塋間，有銘刻如籀文不可盡識，或疑爲三代之物，爲之考辨，則近鑿矣。光緒丁酉之秋，湖北襄陽錢仲山（名葆靑）孝廉，於峴山南村古墓中，得一鳥銅鏡，有隱起文，銘曰：『嘉平三年，正月丙午日造』，鏡鈕上有縹瓷碎片粘合，仲山爲余言，當耕者發土獲鏡時，有一甕高尺許，四耳，旁附橫置鏡背，其色黝碧，中有陳米百餘顆，蓋當時與鏡並葬，入土歲久，遂黏結鈕端。又吳中橫山頂，一巨塚，出晉太康三年磚甚夥，中一瓦壚，四周作龍文，製甚古樸，今猶藏余石芝西堪，以之植花草不凋。此二器，碻是漢晉時塚中物，以有銅鏡及博銘紀年，可信也。嘗考宋洪邁『夷堅志』乙集，記義烏古甕一事云，金華俞葆光，字如晦，義烏人也，紹興丙辰正月，命奴江陸耕所居之南前郊園，耕未竟，土中洞然有聲，乃輟耕掘地，深二尺，得瓦缶，廣六寸，厚一寸，形模甚古，下覆一甕，甕正圓，可容三斗黍，四耳附口，口徑四寸，視之，其色蒼然，扣之，其聲鏗然，然發甕窺之，枵然無有也，洗滌滓垢，置几案間，莫有別其爲何代物者，遇客至，則以盛酒。葆光之子良，能文，嘗作古甕賦，至今存焉，此近世好古之家所蓄之漢瓶，或疑爲軍持者無異，皆古之葬時盛水米之器，所謂糧罌是也。後漢范冉傳，臨終勅其子，有云：斂畢便穿，穿畢便埋，其明堂之奠，干飰寒水飲食之物勿有所下，是古之葬者，例下水米，可證。盛宏之『荊州記』，載張詹墓七世孝廉，刻其碑背曰：白楸之棺，易朽之衾，銅鐵不入，瓦器不藏，嗟矣後人，幸勿我傷。是古之葬者，例用陶器可證，北齊顏黃門家訓終製，亦云糧罌明器，故不得營，碑誌旒旐，彌在言外，是糧罌之名，碻爲古制，葬時載糧之器，又可證。而今之類瓶類甖之出於土中者，皆古之糧甖亦信有徵矣。先康成公三禮圖喪器有甕甒，注云，瓦器既夕，禮云甕三醯醢屑，甒二醴酒，皆加冪覆之，顧此言喪器所需，未嘗謂葬者有之，今北俗，喪者於殯之前夕，家人既奠，各以飲食之物置一甕中，覆以疏布巾，執以如墓，既入壙，則鑵於柩前，此猶古初甕甒加冪之遺意，雖在富貴之家，器必用瓦，蓋存古制也。觀於洪容齋記義烏古甕，漫無所攷，詫爲異玩，豈糧罌之制，至宋時已爲世廢，抑物以罕見而珍耶？芝家藏凡十數具，形製並同，附口有兩耳四耳者，中有一罌，土實其腹之半，得五銖錢五枚，其漢之所謂瘞錢歟？海寧吳壽暘黃岡古泉歌叙云，道光二年，黃岡石佛寺橋農家，于麥隴中得古鐵一甕，中多五銖，此亦糧罌中有錢之一證」。案叔問以蘭錡舊家，流落江國，見聞既博，考證亦工，故所獲古物，多自加箋證，以時轉鬻，而得善價，時人頗有議其虛造者，然亦無以折之也。如此節所援，自翊博飽滿，非儉腹所能辦。因歎後此國家，不唯當厲行提倡發掘考古，同時且當獎掖保護博學敏求之通儒，乃能使新物證與舊史冊，相爲貫穿。如叔問者，惜今日不置之研究院也。嗟夫，舊學藝文，皆已成專家，而猶薄之，新中求舊，豈易言哉。

舊京廣和居有潘魚，世傳爲潘文勤遺製，實誤。創此者，爲潘耀如先生、炳年，曾官夔州知府，吾鄉之前輩也。潘魚，乃以羊肉湯及酒燉成，法殊簡。相傳潘宴客於廣和居，延新友首座，北都例請座客點菜，友意蔬價必廉，方春而菜單有王瓜，因點一器，食而美之，更再而三，潘變色，友乃弗覺，及席散，計黃瓜一味，值銀五六兩，潘乃貽書絕交，蓋燕京冬春王瓜，價絕昂，潘疑友人知之，而故以相窘也。此事一時譁爲笑談。予案，嘉慶間「京都竹枝詞」云：「黃瓜初見比人參，小小如簪值數金。微物不能增壽命，萬錢一食是何心」。可知此物，非時爲貴，由來已久。光緒順天府志載，胡瓜卽黃瓜，今京師正二月，有小黃瓜，細長如指，凡宴貴客用以示珍也。謝墉「食味新詠」註載：「北俗尚食新王瓜，初出急以售之貴人，貴人亦以先嘗爲豪，不待立夏，其最早出者，雖不佳，可以兩條易千錢。」此皆可見昔年王瓜之價值，南呼王瓜，北呼黃瓜，其實一物，訛久不改。鼎革以後，焙製者日騰空，漸不值錢，使潘後二十年請客，斷不至以微物與朋友反目矣。

辛亥八月革命軍起，予爲絕句遍詠當時各省督撫，人系一詩，投稿於陸詠沂之「中國日報」，憶其時二十二行省，漢人專圻者，不過五六人，餘皆滿籍也。其時載灃綰財，洵、濤綰海陸，大權集中於滿人，而亡逾速。然清末滿洲親貴大官雖盈朝，而八旗生計已至迫，旗營兵丁尤苦，洪楊一役後，旗兵不堪用，天下所知，而朝中猶設神機營，猶侈言秋操，奉行故事，掩耳盜鈴，其愚良不可及。旗兵既奇窮，怪事乃無所不有，光緒六年南苑大操，自八月初都統穆騰阿赴南苑秋操，至十月廿一日回京，時科爾沁親王伯彥訥謨祜管理神機營，廿六日奏請誅一已革驍騎校，蓋蒙王主操政嚴，士多怨，此人以犯令革復求見，搜其衣中有小刀，疑欲行剌，杖之垂斃而後誅之。誅之次日，其母及妻子以貧不能生，皆服毒死於伯王之門。李蓴客詠史云：「貙劉五柞設和門，神策由來七校尊。虛說霍光搜挾刃，竟鬧胡建劾穿垣。南軍日造黃龍艦，東府親持白虎幡。講武驪山原故事，銀刀組甲早承恩。」紀其事也。事後醇王上聞，奉命管理神機營務佩印鑰，以寶文靖鋆並管是營，而伯王坐是撤差，則蒙王併不得轄旗兵矣。其時京營疲茶愈暴露，盛伯熙有詩云：「我朝起東方，出震日方旦。較似郤特家，文治尤糾縵。豈當有彼我，柯葉九州偏。小哉洪南安，强分滿蒙漢。闤闠生齒繁，農獵本業斷。計臣折叩餘，一兵錢一串。飲泣持還家，當差贖弓箭。乞食不宿飽，弊衣那蔽骭。壯夫猶可說，市門驕女歎。奴才恣揮霍，一筵金大萬。津門德國兵，餉餌八兩半。從龍百戰餘，幽縶同此難。」可謂垂涕而言，詩中以分別滿蒙漢歸罪於洪文襄，

# 大華 1966年合訂本 1——20期

1967年五月出版

本刊於1966年3月15日創刊，至十二月，共出二十期，今合訂爲一冊，以便讀者收藏。此二十冊中，共收文章三百餘篇，合訂本附有題目分類索引，最便檢查。茲將各期要目列下：

1 袁克文的洹上私乘。
2 徐志摩夫婦與小報打官司。
3 大同共和國王劉大同。
4 胎死腹中的香港市政府。
5 申報與洪憲紀元。
6 李準輸誠革命軍內幕。
7 西北軍奮鬥史。
8 清朝的內務府。
9 王孫畫家。
10 日本空軍謀炸南京僞組織秘記。
11 丙午談往。
12 談聶雲台。
13 銀行外史。
14 皇二子袁克文。
15 跛脚主席張靜江-
16 南北兩張園。
17 上海的超社逸社。
18 當代藝壇三畫人。
19 胡漢民被囚始末。
20 我所見的張永福。
21 溥心畬的騎馬像。
22 史量才與陳景韓。
23 清宮的秀女和宮女。
24 洪憲太子袁克定。
25 釧影樓回憶錄。
26 張謇日記。
27 洪憲記事詩本事簿注。
28 英使謁見乾隆記實。
29 花隨人聖盦摭憶補篇。
30 穿黃褂的英國將軍戈登。
31 梁啓超萬生園雅集圖。
32 日治時代的上海三老。

香港讀者，請向本社訂貝 原書原樣 63號二樓龍門書店總代理處接洽。

精裝本港幣 US$3.20

本刊出 ：

一年二十四期 ，並免郵費。海外讀者定閱 元六角。

此種優待，至

SHUI HWA WATCH CO.

REALTY BUILDING. 71 DES [illegible] TEL. 236447
14 HOTEL MIRAMAR ARCADE, KIMBERLEY ROAD, KOWLOON TEL. 635692

# 大華

半月刊

第三十期

中共幹部生活趣記

高举毛泽东思想伟大红旗把无产阶级文化大革命进行到底

# 大華 第三十期




大華 半月刊 第三十期

一九六七年五月三十日出版
（每月十五、三十日出版）

Cathay Review No. 30

Ta Wah Press.
36, Haven St., 5th fl.
HONG KONG.

出版者：大華出版社
地址：香港銅鑼灣希雲街36號6樓
電話：七六三七八六轉

督印人：龍繩勳

主編：林熙

印刷者：朗文印務公司
地址：香港北角渣華街一一〇號
電話：七〇七九二八

總代理：胡敏生記
地址：香港灣仔船街卅二號
電話：七二三四三七

# 中共幹部生活趣記

## ——「紅衛兵報」文摘

劉金

最近幾個月來，北京、上海、廣州等地的紅衛兵報紙，刊出大量的文章，揭露中共一小部份幹部的日常生活。現在特將其中比較有趣的幾段摘錄如下：

### 薄一波偷香烟

薄一波亦爲劉少奇系重要幹部，他的職務爲中共中央政治局候補委員，國務院副總理兼工業交通辦公室主任，國家經濟委員會主任。這位工業交通系統的總管，於一九六一年頒佈了「工礦企業工作條例七十條」，在工業交通界推行「修正主義」經營方法。北京「井岡山」報對薄一波的「腐朽的資產階級生活」有如下的報道：

薄一波在生活上已經完全墮落成爲一個新型的資產階級老爺。吃喝玩樂、打麻將、看古書、古畫，出差時携帶全家老少游山玩水，假公濟私。去廣州時還帶了一條狗，甚至用牛奶喂狗，在困難時期大撈特產，數量之多甚爲驚人，揮霍掉的錢竟借生活困難爲名，要向公家報銷補助。他的全家大小都喝人參湯，吃山珍海味，幾年來整修公館就化費公欵二十萬之多！更惡劣的是利用出差的機會，偷賓館的香烟茶等。

薄的子女也是嬌生慣養，把警衛和工作人員當家奴使用。派專人送上樓，送上下學，專人送飯。

### 余秋里玩弄婦女

國務院石油工業部部長余秋里，過去担任解放軍總後勤部政委。國共內戰期間，他爲彭德懷第一野戰軍的第七軍政委。余秋里在「文化大革命」運動中，被視爲石油工業部「走資本主義道路的當權派」。北京師範大學「井岡山」報，發表了許多清算余秋里的文章，對他的政治問題和生活問題提出了猛烈的攻擊。「井岡山」報說：

余秋里生活十分腐化，靈魂十分齷齪，他的生活是十足的腐化墮落的資產階級生活。余一貫與胡耀邦、劉瀾波之流打得火熱，吃喝玩樂，推牌九，玩弄婦女，逍遙法外。到了計委後，立即大興土木，將很好的住房拆掉，大建會議室，汽車房，他嫌住室的紅松地板有味，就換上每平方米十三元五角的小花條地板，把原有的油漆牆壁用噴燈燒掉，重新粉刷，換上木質護牆板。余家七口，就佔有二十一間房，廁所裏也洒香水，公務員不能使用他家廁所。余秋里的老婆終年不上班，却通過裙帶關係在石油部掛上科級幹部之名，白拿工資。他們大吃大喝，每月却只付夠半月使用的伙食費，不足者逼炊事員到部食堂拿，他們肆意虐待、壓廹公務員，近年余秋里換了六七個公務員。余家孩子把公務員當馬騎，肆意污辱，公務員憤怒控訴道：「我就是寵影的强巴，共產黨解放了我，余秋里又騎在我頭上壓廹。」「一人得道，雞犬升天」。余秋里的黨羽也趁機大興土木，耗費數十萬元建住宅，余秋里已墮落到修正主義的泥坑裏去，成為腐化了的資產階級分子。

## 彭眞夜夜請護士按摩

彭眞為中共中央政治局委員，號稱為中共中央副總書記，他原來在黨內的地位僅次於鄧小平。他是劉少奇系的要將，一九三五年在清華大學平齋領導「一二九」運動，為他奠定了在黨內的地位。近幾年來，他除在中共中央任職外，尚担任中共北京市委第一書記北京市市長。現在他已作為反毛澤東的黑幫份子看待。

北京「戰報」刊出了一篇由北京市同仁醫院護士孫桂林寫的文章，這篇文章說：

我是六三年底開始担任彭眞保健工作的，當時組織上派我去他家裏給他按摩，至六四年九月底保健室撤消，將近一年的時間裏，我先後去彭家裏有十次，大都是晚上十一點以後，有時是深夜兩三點，不管刮風下雨，都得去。我們在保健室工作的護士，是不能回家住的，當年都要住在宿舍裏以備電話通知後，隨叫隨到。我們醫院離彭眞家裏近，還好一點，像積水潭醫院那麼遠，保健護士也得在深夜趕到他家。担任彭眞保健工作的有我們醫院、積水潭醫院，還有北京醫院。當時由於我們的覺悟不高，以為這是組織上給的政治任務，所以有時看到一些想不通的問題，也就只好壓在心裏了。因為彭給我們担任保健護士規定了一條紀律，就是要「保密」首長家裏的情況，不能向外講。

現在我認識清楚了，我要說！我要講！我要揭露！過去前市委黑幫們定了這條紀律，就是怕暴露彭的眞面目。彭眞是個披着羊皮的狼，是披着共產黨員外表反馬列主義反毛澤東思想的反革命修正主義分子。

他整天作威作福，每次我們去給他按摩時，他不是在那打牌，就在那打乒乓球。他打球，我們就得給他檢球，等他玩夠了，吃了宵夜，我們才能開始給他按摩，最少是一小時、有時是二、三個小時。等到按摩護士累得滿頭大汗，全身無力了，彭和他的老婆張潔淸也就入睡了，我們離開時都得按着他打呼的節奏悄悄的走出來。彭眞的床比一般的床高，我們的個子長的高矮不一，有的同志站着不成，蹲着不成，就只好跪着做，彭就是當代的惡霸地主劉文彩，我們要打倒他。

彭是一個赫魯曉夫式的大野心家。他經常在我們面前吹噓他個人的「功勞」。他得意洋洋地說：「我對北京市的工作管的不多，你們對我這個市長有意見吧！我主要是負責中央的一些工作」。在「評蘇共中央公開信」發表後，他說：「這是我們和主席一塊搞的。」北京牌手表出來後，他又說「這是我組織的一批高中畢業生搞成的。」……

彭他無時不在散佈他的反動謬論。他

對我們說「黨團員都是黨內同志，不要着急入黨，早入晚入一樣」，「現在北京安定多了，沒什麽壞人啦」。我們滿族人，有一次彭問我「你說滿淸政府怎麽辦？」我說：「滿淸政府是個腐敗墮落，對內壓廹人民，對外投降帝國主義……」沒等我說完，彭就說「你不要光這麽講，滿淸政府還是有功的朝代，一是取消了人頭稅，二是統一了全國。」

## 王光美桃園「蹲點」趣聞

一九六四年，劉少奇夫人王光美前往河北撫寧路桃園堡「蹲點」（意即在那裏專門工作幾個月），搞「四淸運動」的試驗工作。她在桃園幾個月裏，鬧了許多有趣的事，下面摘錄的就是其中的一部份（原載北京「院校紅衞兵」報）。

### 一、水利科長撞板

王光美在桃園爲了搞出名堂，抬高自己，撈取政治資本，決定要在桃園修揚水站，擴大水澆地，但是上級沒有批，王光美大爲不滿。一天，撫寧縣水利科長郁仁與公社主任到桃園了解水源情況，碰到了王光美，王叫住郁仁問道：「桃園揚水站爲什麽沒批呀？」郁仁並不知道是王光美，便很隨便地說：「這麽點水，還沒有蛤蟆尿多呢！還修揚水站哪？上級沒有批下來。」這一下可觸怒了王光美，她怒狠狠的說：「好！好！不跟你說了。不跟你說了！！」一甩手便走了。這時關景東告訴郁仁：「那是王光美」。郁仁一聽吃了一驚，連連「唉呀！唉呀」不止。趕忙去見王光美，可是到了門前轉來轉去不敢進去，一直轉到天黑。因爲一天沒有吃飯，一個幹部給他煑了點掛麵，他也沒敢吃。第二天，王光美知道了這件事，在幹部會上劈頭蓋腦地問道：「誰給他做的掛麵？他吃了沒有？」「沒吃」有人回答說。王接着說：「沒吃對了，他不配吃掛麵，要是吃了，怎麽吃的，怎麽給我吐出來！我還沒吃小灶呢，他吃小灶！」

過了幾天，郁仁又來向王光美「請罪」。經工作組長王興武的引見，進了王光美的宿舍，王興武剛要介紹一下郁仁的來意，王光美餘怒未息，軟中帶硬地說：「你上次來是不是在別處窩了火，到這裏來撒氣來了！」接着，便給郁仁扣上了幾大罪狀，什麽「水利沒有統一規」、「以感情代替政策」、「給四淸運動吹冷風，潑冷水」等等。最後，又嚴厲的斥責說：「這是你的問題，回去考慮考慮，可以寫信給我，給縣裏也可以。」

郁仁回到縣裏，爲此就停職反省了，時過一年，撫寧縣委又宣布罷了郁仁的官。

### 二、大搞「婚姻服務小組」

王光美本來不會吸烟，可是她準備了不少進口香烟，如「雙貓」「灶丹」等高級香烟，每逢到她那裏去或是開會，她都敬茶勸烟，即使不會吸烟的人，她也勸說：「試試嘛！沒什麽味，吸一支玩玩嘛！」外出時她口袋裏總是帶有餅乾、幾塊水果糖。久而久之，費用不多，却換來個「好名聲」。王光美在桃園還獨出心裁地搞了一個什麽「婚姻服務小組」，美其名曰關心青年的婚姻問題，其實是爲了炫耀自己。她對人說：「介紹對象，一輩子忘不了。」她還恬不知恥地說：「凡是本村的姑娘不准到外村去搞對象，桃園男女婚姻問題，要做到自給自足。」並且還責成黨員、幹部要包乾負責。事隔一年多以後，桃園大隊長關景東和盧王莊公社主任趙后玲（走資本主義道路的當權派，王光美的得力走卒）去定興看望王光美時（這時王正在定興搞四淸），她還念念不忘「婚姻服務小組」的情況，問介紹成了幾對，並且指示，趙后玲要在全公社以至全縣推廣。

一九六五年，她在新城縣高鎮過春節（此時已由桃園轉到這裏搞點）村裏許多大人、小孩成羣結伙去給她拜年，有的小孫還給她磕了頭，她洋洋自得，每人賜給一塊高級糖。更令人氣憤的是，她還念念不忘地宣揚過去一個老大嫂，曾經送給她一雙花襪底，上綉有花紋組成的「皇宮娘娘」四字。王光美對「皇宮娘娘」四個字這樣津津樂道。

## 三、下鄉亮相，勞師動衆

王光美平時在隊員面前，大講要到最苦的貧下中農家裏去吃飯，要求隊員不吃細粮，不吃魚肉蛋，可是她自己到羣衆家裏吃飯，却一定要與衆不同，除了只到選定的幾戶最乾淨的戶吃以外，每次飯前都要由「警衛員」趙同忓（河北省公安廳廳長，工作組副組長）用開水燙碗筷，而且點名要飯要菜。說什麽她最愛吃玉米麵餅子、炒豆腐，可是吃起來「核頭大的一塊餅子也就交待了。」她眞的只吃那麽一點點嗎？不是的，吃不飽回到宿舍再吃高級點心。

再看看她的「同住」。一九六三年十二月，王光美坐着小轎車來到了桃園，第一件事就是看房子。她選擇了一座三間的空房，王光美和她的警衛員住一間，三個男警衛員住對屋。屋裏不但燒熱炕，而且還升了一個炭火盆。當時炭很缺乏，社員們買不到，也都不燒炭，只有王光美是例外。

一九六四年九月，王光美重返桃園時，這時因「國家主席夫人」的身份早已亮明，因此更加威風凜凜。去時帶了一個警衛排，白天黑夜都有人站崗。更令人氣憤的是，爲了她的「安全」，竟把民兵的槍支全部收了上來，可見王光美怕死和不相信羣衆到了何等地步。

王光美有時也參加一些「勞動」，但主要是爲了照相，擺樣子讓羣衆看，照完相就走。如在建排水站時，她去觀察，突然對砌磚發生了興趣，於是爬上交手架，手拿瓦刀照了一張相，就這麽比劃一下也算是參加了勞動。羣衆諷刺地說她是電影演員。六四年「三八」節那天，王光美扛着鍁，帶着警衛員，帶着半導體收音機、照相機到地裏去了。在地裏和婦女們圍坐在一起。她說：「我和外國朋友過過三八節，和工人一起過過三八節，今天又和你們一起過節了。」說完和婦女們一起照了相，又打開半導體收音機聽了一會，就扛起鍁回去了，這次勞動沒鏟一鍁土。王光美處處吹噓，她學會了從井裏「打水」。可是實際上，她一個人打水，要三、四個人前擁後護，有人管打水，有人管倒水，她只是中間担一担，而且每次都是担半桶。

## 陳雲與評蟬結上不解之緣

陳雲在中共黨內，是權威的經濟專家。他像劉少奇一樣，在農業、手工業社會主義改造方面，主張採取穩步前進的辦法，因而與毛澤東的「急躁冒進」路線相抵觸。一九六二年他與鄧小平、彭眞在北京西樓會議上，極力攻擊和反對毛澤東的「三面紅旗運動」。

陳雲爲商務印書館學徒出身的高級幹部，從小對評彈很喜歡，直至現在他對於評彈興趣之濃並不減當年。北京「財貿紅旗」報發表的「陳雲是文藝界牛鬼蛇神的黑主帥」一文說，陳雲常從北京乘專機前往上海、蘇州聽潘伯英的「孟麗君」和「梅花夢」。「財貿紅旗」這樣敘述陳雲對評彈的狂熱：

陳雲養病因氣候變化分別在蘇州、杭州、廣州、南寧等地住。陳雲爲了聽書，不顧各地演出情況，中斷當時爲工農兵服務，專程到指定地點爲其一人演唱。爲了錄音，專門動用了中央人民廣播電台和蘇州、上海等地的高級錄音機，公家膠帶。錄音費用，包括錄音演員的津貼，全部由地方（政府）支出。慷國家之慨，以個人請客，各地交際處報銷等手段，宴請，招待爲其演出的演員。陳雲爲學琵琶，曾私自安排演員，讓演員停止工作，住高級招待所，爲其輔導。

## 鄧小平沉迷橋牌

鄧小平爲中共中央總書記，原來在中共黨內的地位僅次於陳雲。這個人表面看不是個人私人，與外國共產黨的會談，重大的集會，總有他的份兒。可是，他十分迷戀橋牌，爲了打橋牌他什麼都可以丟下。下面就是北京「紅衛兵」報刊登的「揭開鄧小平搞『裴多菲』俱樂部的黑幕」的一段：

前北京市委反革命修正主義分子萬里，盜用國家建築材料和資金。在養蜂夾道修了一個富麗堂皇的「高幹俱樂部」，吃喝玩樂設備一應俱全。很快，這個地方不僅成了鄧小平打橋牌，尋歡作樂的場所，也成了他招降納叛，網羅牛鬼蛇神的「裴多菲」俱樂部。從一九六一年到一九六六年四月，這個黑俱樂部一直經營着。二老板就是前北京市委黑幫分子萬里。經常到這裏來的有前市委的一幫反革命修正主義分子：前副秘書長項子明、王漢斌、工業部副部長陸禹、前辦公廳副主任蕭甲、前「北京日報」總編輯周游等，還有前團中央書記胡耀邦、胡克實、化工部副部長、大叛徒梁膺庸、國防工辦的趙爾陸等。臭名昭著的反共老手吳晗，更是這裏的常客。

鄧小平通過打橋牌，與這幫反革命修正主義分子、牛鬼蛇神等，結下了不解之緣。幾年來，除出差之外，每星期三、六晚上，每星期日下午、晚上，他們都聚會在養蜂夾道，大打特打。此外，鄧、萬還在工作時間，通過秘書約集黑幫爪牙們去「値班」（黑話，指陪鄧小平打牌玩樂）。他們玩樂時，由北京飯店以高級菜飯、茶點侍候。他們一打就是五、六個小時，七、八個小時，經常打到深夜一、兩點鐘，直到鄧小平說累了，才能罷手。鄧一心熱衷於打牌取樂，竟指示在打牌時不許用工作去干擾他！有時有重要文件由秘書送來了，他只是隨便翻翻，簽上個名字，批發出去了事。有時中央開會，他還叫那幫家伙等候他，一散會就回來接着打，眞是「修」到家了。鄧小平不僅平時如此，就是在出外調查、視察的時候也是如此，而且打的更瘋狂。

一九六一年春，毛主席在廣州召開中央工作會議討論六十條，當時毛主席批評了擅自決定會議重要問題的鄧小平，質問：「是那個皇帝决定的？」並且還嚴厲警告鄧小平和彭眞：「沒有調查就沒有發言權。」鄧小平無奈，於這次會後，同黑幫大頭子彭眞、劉仁到順義、懷柔農村合伙去搞所謂「調查」。他們這些資產階級老爺，根本不到羣衆中去，只讓帶去的大批嘍囉和一般工作人員到村子裏搜羅一些材料。他們却躲在舒適的專用列車裏面，終日打橋牌。劉仁還把反動透頂的吳晗從城裏叫去，專陪鄧小平打牌。就這樣地把黑俱樂部搬到了專用列車裏，搞了半個月所謂「蹲點調查」，耍兩面派。更令人不能容忍的是，他竟然把打牌之間指揮搞出的所謂「調查報告」發回北京，再用電報轉給正在外地爲全國人民辛苦操勞的毛主席。明目張胆地欺騙黨中央。

一九六四年夏天，鄧小平同反革命修正主義分子楊尚昆、薄一波等人去東北「視察」。名曰「視察」，實爲游山玩水，帶着老婆、兒女乘專車遍游小興安嶺林區和渤海園舊址以及淸朝皇帝設在承德的避暑山莊等地。途中，鄧小平牌癮大發，長途電召反革命分子萬里、吳晗等前去。萬里由於北京不能脫身，立即由吳晗帶兩人「絕密」動身前往，乘楊尚昆的專機從北京直飛哈爾濱，專陪鄧「皇上」乘車周游、打牌。楊尚昆還對鄧小平說：「你要的三個人，我給你帶來了。人家是三缺一，你是一缺三。」說着就打起牌來。鄧小平就是這樣地與反動家伙們情意深長，「一日不見，如隔三秋」。

上述一些中共高級幹部的生活，皆輯錄自「紅衛兵報」，筆者作此文，只利用這些材料，一筆不易地搬過來，他們是否眞的如此這般，我們處身海外，無法證實。

（筆者附記：本文前的漫畫，原載「紅衛兵報」，沒有文字說明，但我們一看就認得畫中人是克魯曉夫、劉少奇、鄧小平。）

民國五年（一九一六年）袁世凱自稱皇帝，改元洪憲，受到全國人民反對，老袁於六月逝世，黎元洪以副總統正位總統，是年六月，指派段祺瑞爲內閣總理，立即組織新閣。段祺瑞本是北洋軍閥，袁死後，他就繼承了北洋軍閥頭子的地位，根本就不把黎元洪放在眼內，但他爲什麼不做總統，偏偏讓給黎元洪呢？原來段爲人極工心計，他認爲自己登台組織責任內閣，當然得到全國人民贊成，國民黨自無可說。內閣既負全責，總統只等于監印官，正是古人所說的「政由寧氏，祭則寡人」，豈不甚妙。

段祺瑞既有此野心，於是組織一個混合內閣，羅致國民黨和舊進步黨入閣，曾經參與西南反袁運動的政客，都做了總長。其中一個雲南人張耀曾也做起司法總長了。北洋軍閥一面表示團結，但一面又玩弄手法，要打擊西南的反袁派，以爲死了的袁皇帝吐一口氣。恰巧此時新任司法總長張耀曾尚在雲南，未入京就職，暫由農商總長張國淦兼任，段派的人馬探知張耀曾將於七月到達上海，就安排了「總長走私烟土」的趣劇，使西南派丟臉。

導演這齣「喜劇」的人是段祺瑞的軍師徐樹錚，他派人到上海和租界的流氓頭子，巡捕房的偵探等人聯絡，等候張耀曾上鈎。

# 「私」雲南大土

·張猛龍·

（一說聯絡上海租界惡勢力的中間人是許世英，許是奉老段之命行事的。）

張耀曾一行二十餘人是取道越南河內，到了西貢，換乘法國郵船「亞多士」號到上海的。（按「亞多士」號離滬西行，不久即被德國潛艇擊沉，後來德國戰敗投降，另建一艘「亞多士第二號」賠償法國，一九二七年鄭振鐸留學倫敦，即乘此船。）新總長的一行人中，包括有隨員、副官、護兵、僕從，此外同行者尚有雲南省代表陳鈞、葉荃，國會議員袁嘉穀。他們到上海後，住在公共租界福州路的孟淵旅館。他們行裝甫卸，好戲就快上演了。

這班新貴到達孟淵旅館時，正是黃昏時分，他們洗過臉，就叫茶房預備點心，打算吃過點心後，分頭訪友。但張耀曾却先一步到道尹公署拜會道尹周晉鑣，多謝他派員在碼頭照料，周道尹先請他在外邊吃館子，促膝談心，改日才正式公讌。正在張總長出門不久，就有巡捕房的巡捕十餘人到孟淵旅館，說是得到洋藥公所密報，有雲南客私携大批烟土，到這裏投宿，現在要檢查住客的行李。結果在陳鈞、葉荃的房間，搜出雲南大土四箱，隨將陳鈞、葉荃、孫世奇、王鐵珊、王竹村五人捕去。第二天，租界捕房的巡捕居然闖入華界，至閘北華興路道尹公署附近的民房，搜獲烟土

# 馮螳螂

·楊大眼·

馮君木（开）「回春堂詞」，有浪淘沙一闋，小序云：

蕙風翁「天春樓漫筆」有記螳螂一則，言藤本花有曰夜來香者，其葉下必有一二小螳螂棲集，纖碧與葉同色，若相依爲命者。夔寓金陵，歲買是花，罔或爽也。詞人體物之微，即小可以見大。余笑語翁，若仿王桐花句例，當云：「妾是夜來香，郎是螳螂」矣。翁深賞是語，謂天然浪淘沙佳句也，聯詠足成一解。

風雨黯橫塘，著意悲涼，殘荷身世誤鴛鴦。花國虫天何處所，猶說情芳。（蕙風）

妾是夜來香，郎是螳螂，花花葉葉自相當，莫向秋邊尋夢去，容易繁霜。（君木）

馮君木說，况蕙風發見夜來香葉下，常有螳螂依附，蕙風應名况螳螂，援王漁洋王桐花之例也。蕙風說，這句詞是君木作的，他不敢掠人之美，兩親翁（况與馮爲兒女親）推讓一番，結果螳螂之名歸馮君木，君木的好友沙孟海爲刻「妾是夜來香，郎是螳螂」印，以贈君木，君木手加跋語，以記其實。

馮君木所說「仿王桐花之例」，指王

# 上任總長「走

二十箱，傳說不止這許多，尚有四十多箱未搜獲，並將收藏此批烟土的李徵五捕去。（李爲上海聞人，辛亥革命時曾任光復軍統領。）

總長走私鴉片烟土的新聞，傳徧上海，因爲租界巡捕在孟淵旅館張總長的隨員中搜出烟土，如果不是張耀曾走私，還有別的人嗎？會審公廨開庭審訊此案，辯論終結，原來這些烟土確是與張總長同來上海的，不過却非總長之物，而是雲南督軍唐繼堯的弟弟唐繼禹從雲南帶出，唐繼禹到香港後，即上廣州轉肇慶公幹，所以烟土也就隨張總長先到上海了。當時唐繼禹曾命袁嘉穀打電報給蒙自、海防的稅務司，請該兩地稅務司電上海江海關請格外優待，免檢查行李。「亞多士」號到上海時，滬海道尹周晉鑣派往馬頭照料的人員，帶有滬海道尹公署的封條六十張，貼在張總長一行二十餘人的行李上，封條標明「免驗」字樣。

案情明白，會審公廨判王竹村監禁西牢九個月，孫世奇四個月，王鐵珊三個月，均不准罰欵代刑。李徵五罰欵一千元，陳鈞、葉荃二人從寬省釋，雲土二十四箱送交海關焚毁。

張耀曾雖然沒有受到牽累，但一般人只信謠言，不重事實，「司法總長走私鴉片」被罰一事，在上海流傳數年之久，北洋政客的手段卑鄙、兇狠，可見一斑。案雖結束，但國內的司法界却爲之譁然，他們大都譴責上海的會審公廨，怪他們審理這一案有失國體，因爲閘北係屬中國地界，受中國官廳管轄，會審公廨事前並沒照會中國官廳，請協助辦理，竟然派巡捕入屋搜查，事後又擅自審理，自損法權，有傷國體。司法界人士就向租界領事團提出交涉，要求將此案交回中國辦理，以重主權。但那時候的洋人，簡直瞧不起中國政府，他們忘記了僑居的地方是中國領土，居然擺出盜憎主人的姿態，對此事不予理會。從這件事，我們可以看出當年在中國的洋人是怎樣倚勢橫蠻無理了。結果中國政府無奈洋人之何，歸咎於滬海道尹周晉鑣，怪他交涉不力，將周撤職，另派徐元誥繼任。

張耀曾是雲南大理縣人，字榕西，留學日本東京帝國大學，辛亥革命時，休學歸國，從事革命運動，加入國民黨，被舉爲衆議院議員。二次革命失敗，耀曾亡命日本，繼續在帝大求學，一九一四年畢業，回國後在北京大學任教授。他做司法總長時，與谷鍾秀同組織政學會。一九二二年唐紹儀內閣，一九二四年黃郛的攝政內閣，他都做過短期的司法總長，辭職後，退出政界，在上海各大學教書。

漁洋所作的蝶戀花有「郎似桐花，妾似桐花鳳」句。詞見王氏「衍波詞」，今錄左：

涼夜沈沈華漏凍，欹枕無眠，漸聽荒雞動。此際閒愁郎不共，月移窗罅春寒重。

憶共錦裯無半縫，郎似桐花，妾似桐花鳳。往事迢迢徒入夢，銀箏斷絕連珠弄。

況蕙風原名周儀，後來因避溥儀諱，改儀爲頤，本是湖南人，因祖先在廣西做官，故爲臨桂人，字夔笙，爲淸季四大詞人之一，晚年寓上海，賣文爲活，一九二六年七月十八日，死于舊法租界貝勒路寓所，享年六十八。墓志銘出馮君木手。君木浙江慈谿人，向有慈谿才子之稱，在上海、浙江教書，造就人材不少，陳布雷就是他的一個學生（後來又是陳的姊夫）。君木詞不多作，其「回風堂詞」不過十餘首，朱古微收入所輯「滄海遺音」。君木死于一九三一年五月十八日，年只五十九。（附記：沈濤「瑟榭叢譚」卷下云：「一虫有名紅孃子者，似莎雞，頭翅赤，見『事物紺珠』。嶽庵調南鄉子賦之云：『一樣可憐虫，樂府偸呼小字工，幾日秋衣剛換着，重重，貼裏衫兒茜色籠。　瘦影不禁風，凝盼雙飛願許同，慾向豆棚瓜架去，悤悤，佳耦尋來紫相公。』體物工雅，可入茶烟閣集。紫相公主蔬神，見『淸異錄』。」按：文中的嶽庵，姓歐陽，名長海，江蘇上元人，工詞，著有「小讀舫齋詞稿」。）

# 與衆不同之堂會

温夢

梅蘭芳的祖母八十生日，是民國八年（一九一九年）四月三日，假座北京三里河織雲公所，梨園同業演唱堂會，劇目如後：（一）梅蘭芳（麻姑）陳德霖（王母）「麻姑獻壽」；（二）茹蘭卿（武松）蜈松嶺」；（三）諸如香（反串鄧伯道）高慶奎（反串弟婦金氏）李壽山、李連仲（反串鄧元、鄧方）「桑園寄子」；（四）程艷秋（大娘）錢金福（反串二娘）梅蘭芳（反串相公）王蕙芳、程繼仙（反串二隣居）「雙搖會」；（五）梅蘭芳（反串張才）高四保、張文斌（雙演反串周臘梅）王蕙芳（反串大老爺）「打麪缸」；（六）余叔岩（反串高登）王鳳卿（反串花逢春）梅蘭芳（反串呼延豹）王蕙芳（反串秦仁）姜妙香（反串小可憐）李壽山（反串小姐）芙蓉草（反串安人）貫大元（反串賈斯文）「艷陽樓」。是夜每一劇演畢，即以女樂子暫墊，蓋因各劇之重要角色，只此數人，若銜接演出，則裝扮來不及。按：陳德霖爲青衣祭酒，梅蘭芳曾從之學戲，此日扮王母下台後，笑語人云：「我今天居然唱頭一齣」。茹萊卿本演武生，此時已改爲梅蘭芳操琴，久疏粉墨。諸如香爲著名二路旦，其父諸秋芬，以演「販馬記」之桂枝著名，外號諸桂枝。高慶奎爲高四保之子，四保工丑角，慶奎學劉鴻聲。李壽山、李連仲、錢金福均唱花臉，反串娃娃生與旦角，自然可笑。王蕙芳一度與梅蘭芳齊名，稱爲蘭蕙競芳者。其餘程艷秋、程繼仙、王鳳卿、姜妙香、芙蓉草、貫大元均戲迷所熟知者，不贅述。張文斌久佐梅蘭芳，應丑行，惜早逝；張文斌死後，梅劇團始用蕭長華抵張之缺

民國八年九月十一日，余叔岩爲其母祝六十壽，假座北京西河沿正乙祠演唱堂會，劇目如後：（一）郭仲衡（南斗）賈福堂（北斗）「百壽圖」；（二）春陽友會全體票友反串「八蜡廟」；（三）李壽山（反串春香）郭春山（陳最良）「春香鬧學」；（四）芙蓉草（反串強盜）錢金福（反串村姑）「打槓子」；（五）程艷秋（陳妙常）姚玉芙（反串潘必正）「琴挑」；（六）余叔岩（范仲禹）王長林（樵夫）「問樵鬧府」；（七）梅蘭芳（反串呂布）余叔岩（劉備）李壽山（紀靈）麻木子（張飛）「射戟」。按：余叔岩曾在春陽友會借台演戲多年，會友多與友善，郭仲衡宗汪派老生，亦該會會友之一，後始下海。李壽山腹笥淵博，內行稱爲大個兒李七，崑亂不擋，梅蘭芳之「鬧學」，即由李加工，因李坐科時先學花旦，後來因個子太大，始收唱花臉。郭春山爲著名丑角，小榮椿科班出身。姚玉芙爲梅蘭芳之經理人。麻木子亦著名淨角，譚鑫培曾說：麻木子台下人緣最好，奉官走板；我們走板，定得倒好，麻走板台下樂，仍叫好，甚至有人去聽麻的戲，等他走板以爲笑樂者。梅蘭芳之「射戟」，爲名小生朱素雲所授。

民國十一年（一九二二年）十月十三日，馮幼偉（耿光）四十初度，朋輩爲邀名伶演劇於其東四牌樓胡同寓中，大軸爲楊小樓（岳飛）梅蘭芳（楊再興）王鳳卿（六郎鬼魂）姚玉芙（岳雲）錢金福（牛皋）之「鎮潭州」。是年馮其實三十九歲，友朋以樂於一觀梅蘭芳反串與楊小樓同台演出，就促成此台堂會。聞此劇係先數日有人提議，遂爾排演，好在俱屬內行，成績斐然。楊梅二位，工力悉敵，相得益彰，在外間戲院，從未一試，可謂與衆不同之堂會矣。（按：馮耿光已於一九六六年逝世。）民國十二年，馮幼偉爲其母夫人七十晉五華誕，仍在九條胡同本宅演堂會，劇目如後：（一）朱桂芳（魚精）「蟋桃會」；（二）陳少霖（李白）「金馬門」；（三）陳德霖（羅敷）王鳳卿（秋胡）「桑園會」；（四）岑雪芳（鳳陽女）「打花鼓」（五）王瑤卿（何玉鳳）候喜瑞（鄧九公）「紅柳村」；（六）梅蘭芳（陳妙常）「偷詩」；（七）程硯秋（紅拂）「紅拂傳」；（八）言菊朋（禰衡）郝壽臣（曹操）「打鼓罵曹」；（九）梅蘭芳（反串周瑜）楊小樓（反串張飛）王鳳卿（劉備）俞振庭（趙雲）錢金福（魏延）「黃鶴樓帶演三江口」。按：朱桂芳爲朱文英之子，武旦世家。陳少霖爲陳德霖之子，唱老生。岑雪芳本名馬金鳳，坤角。俞振庭爲俞潤仙（菊笙）之子，武生世家，行五，楊小樓雖爲楊月樓之子，但得俞菊笙之傳授轉多。

張聊止於一九五一年在滬出版「歌舞春秋」，以上四堂會劇目地點均刊載其中，「聽歌想影錄」所載爲民二至民七、亞細亞報及公言報所載，以上諸堂會以年代不同、尚未列入也。

# 徐樹錚能文能武

游龍

舊日北洋軍閥中，有個才氣不可一世能文能武的徐樹錚。他是段祺瑞的靈魂，替老段策劃，大有諸葛孔明輔劉皇叔之概。樹錚是江蘇蕭縣人，自小聰明，十三歲中了秀才，廿二歲到山東從軍，投效山東巡撫袁世凱，沒有見到老袁，反而爲段祺瑞賞識，請他做書記，後來派他往日本，入士官學校步兵科。

樹錚爲一代英物，詩才頗高，因翦髮見白髮頗多，適照相，即題其後云：

鏡裏分明又少年，且當圖畫上淩烟。
綺懷銷歇留吟癖，壯歲崢嶸落酒邊。
自昔處囊成脫穎，爲誰盈鑷感華顚。
封侯骨相知何似，老大頭顱重惘然。

他曾將這首詩寫寄王揖唐，附注語云：

「弟初到北洋，差員中弟年最幼，後陸繡山名錦者，自日本歸，到參謀處，年二十二，少於弟者數月，竟兄我，我雖恨之而年不許也。今兄又常兄我，豈亦有恨人兄我之恨耶？然年亦不許而仍自弟，則亦不如弟之能受命也。高明當一笑許之否？」此詩不見收在他的遺集。

徐樹錚是一個專行霸道，擅權嗜殺的軍閥，民國七年，他以一個退職的副司令，竟然把一個現任將軍陸建章槍殺了，殺後還請求總統馮國璋下令褫奪死者的軍職。七年後，陸建章的兒子陸承武爲父復仇，乘徐樹錚專車出北京經過廊房，也將徐扣押，予以槍斃。所謂殺人者人亦殺之。陸建章本是一個現役軍人，他有什麽不法之處，應該將他拘捕，組織軍事法庭，公開審訊，只有國法和軍法才可以判他死刑，徐樹錚是什麽東西，可以「先斬後奏」呢？

最妙不過者，樹錚之子爲其父作年譜，說他父親殺死陸建章「必有其不得以（已）的苦衷」，亦「語妙天下」也。（按：徐道鄰爲其父樹錚所作的年譜，文過飾非之處甚多，對五四運動尤多誣衊。）

# 清宮瑣聞

林熙

從前我在北京會見過一個姓劉的旗人，常在報紙上登載些所寫的清宮掌故，倒也有些具體的資料，我以爲總是內行的了。問起他的資歷，他說曾充侍衛。因此談起他的職務，他說，每逢引見官員，要由侍衛兩員左右挾持，以防行刺。他這樣一說，我就很懷疑他的知識，如果都像這樣，就等於「齊東野人之語」了。

清代皇帝接見臣下，有兩種形式。一是召見，從王大臣起，以至其他低級官員，凡是固定隨時報告本身職務的，或是皇帝指定要有所詢問或指示的，都屬於這一種。高級官員召見時，是沒有人陪伴的，太監只能在殿後或殿門伺候。低級官員可能由御前大臣帶領，特別在母后垂簾的初期。至於引見，是集體的進見，僅在殿門外排班行禮，口奏履歷。皇帝手執預先排好次第的綠頭籤，上面寫着銜名。，他不過朝下看一看，並不問話，就依次退出。進來由帶班帶，退出由押班帶，都是熟練禮節的部員。此時主管的大臣侍立案旁，御前分左右排列直到階下，如同雁翅一般。這種御前大臣，當然都是親信，就是御前侍衛和乾清門侍衛也都是品級很高的，都還不能進殿。至於大門上侍衛等等，更不過在很遠的地方巡察而已。任何官私紀載都沒有由侍衛搜身之說，口頭上聽到在前清熟悉朝儀的人談話，也從沒有人談起這一點。而且在歷史上只有唐代的朝見是有御史監搜的，據唐文宗的詔書說，連宰相也不能免，但從他起，就廢除這種制度了。

清代在嘉慶年間發生過林清襲擊宮城和成德謀刺嘉慶帝兩次事件，而以後對於門禁和警衛，絲毫也不見加緊。一直到最後，還是沿襲着古老的傳統，例如侍衛還是穿袍褂靴帽，佩一把有名無實的刀。這是清廷寬厚待人的表示嗎？其實不然，只不過說明其事事顢頇，落後於實際而已。

不但這些小節，就是軍國大事，也並不出之以鄭重。凡是每天發出的諭旨，當然是用皇帝的名義，但他既不簽名，也不蓋印，只由軍機大臣當面商量定了，下去擬好，交章京繕寫，交給太監呈上，看過沒有什麽話，就這樣發表。內閣的值班人員，只要是在宮門口領了下來，就算是皇帝的諭旨了，眞的假的，沒有誰來管，也從沒有誰考慮這個問題。直到光緒末年，才有軍機大臣署名的制度。清代許多掌故都是歷代沿襲下來的，內容與實際不符的不止一事。例如內閣是名義上最高機關，凡諭旨開頭必稱內閣奉上諭，却沒有印信。軍機雖有印信，却只用於對外省的廷寄。在封建統治之下，誰也不能也不肯認眞負責，所以什麽事都是糊裏糊塗混過去的。

辛丑和約簽字前夕，那時慈禧在西安，也知道這是喪權辱國的事，也是她個人大失面子的事。軍機大臣領班榮祿幾次接到李鴻章的電催，一向她提起，她總不肯說出批准的話，只是一天捱一天。榮祿心裏明白，她是不肯担責任，再去和他說也無益，於是索性不和她說，下去擬好電旨，和平常一樣，交太監送去看過發下來，就算默認了。天大的事，就可以這樣兒戲出之，說穿了不駭人聽聞嗎？

外人不知，總以爲在皇帝面前失禮，會犯上不敬之罪。其實皇帝何曾管得了許多？外省官員進京，更是特別誠惶誠恐的，必要逢人請教如何如何方不致失禮，於是傳說謝恩的時候要在地上磕响頭，磕得不响就是不敬，怎樣才能磕得响而又不把頭磕腫呢？那就要磕在適當的一塊甎上，藉着甎下的空洞可以提高响聲。這都是故神其說，其實所謂碰頭，不過是古時的免冠頓首，也就是文言所謂泥首，磕响頭三字本沒有絲毫根據，並不要求有响聲。這類的話可能是太監們造出來嚇唬外省官員，希圖得些犒賞的。

慈禧後來倚老賣老，在召見的時候，往往和家裏人一般談閑天，甚至於講笑話。軍機大臣鹿傳霖是個聾子，慈禧本來知道，也不大和他說話，有一天她忽然想起某人，是鹿所提的，就對別的軍機說：「你們問問鹿傳霖，他所說的那人叫什麼名字。」這時他又不甚聾了，馬上摸一摸帽子，接口說道：「臣的翎子沒有掉啊！」惹得君臣都不禁失笑起來。慈禧的父親做過外省的官，所以她對外省官場的情形也頗有所知，接見臣下，往往談笑風生，並不是什麼尊嚴若神的。

非但慈禧如此，咸豐年間有個歷任各省藩司的張集馨，有一部未刊行的年譜，其中記述咸豐帝召見時的問答，就很出人意表。張在圓明園候見，並不是在直房坐候，而是在道旁站班的，咸豐帝騎馬而來，左顧右盼，非常隨便。召見問了幾句公事以外，就閑談起來，他問張：你們外官參堂的規矩是怎樣的，張詳細陳述了。他又問：打躬是怎樣打法。（按：參堂是明代遺留下來的禮節，即長官正式公見僚屬。例如督撫坐在大堂的公座上，藩臬以下向上三揖，督撫離座答揖，低級官則不答揖，亦無坐位。後來如無大典即不行此禮。打躬即是作揖。滿洲習慣的半跪，俗名請安，即是漢人的作揖，事實上滿俗在官場中已漸普遍通行，外省屬員見長官，多半用請安形式。咸豐帝所以對參堂打躬等僅問其名而不深知也。）隨後又問到張在京有無住宅，在什麼胡同。有幾個妾，幾個兒子。又打聽一些南方的事，談話的時間很長。張的原稿雖不一定是準備刊行的，但即使藏之於家，也必不敢無中生有的亂說，所以應是可信的眞實記載。

滿人擅長談吐詞令，帝王也不例外，同時他們講究外表規矩，也不僅是爲了對皇帝的尊敬，不過對皇帝更加卑躬屈節罷了。例如向皇帝回話一定要跪下來，在原來的意思，本是敷設坐墊，爲的讓臣下席地而坐，後來連席地而坐都不敢，本來可以坐的也改爲跪。這是完全違反中國傳統的。在漢代，皇帝見宰相還要起立，雖以宋明兩代皇帝的專制，不以禮貌待臣下，還沒有一定要跪下回話的規矩。然而滿人的講究規矩，絲毫並不意味着紀律的嚴肅。每年春季舉行筵宴，皇帝剛一起身離坐，內務府的官員和太監們就紛紛攫取食物，捲而懷之，甚至爭奪鬥打，打碎碗盞，難道皇帝一定沒有聽見嗎？祭祀的時候，陪祭的並不到，到了也不能整整齊齊的排班，因爲夜暗燈稀，看不清行禮的標誌，翁同龢的日記就有這樣記載。宣統登極的朝賀典禮，不候班齊就贊行禮，以致張之洞走不到一品班位就只好匆忙下跪。光宣間的朝官都是目覩的。

皇帝自己是看不見許多的，糾儀的御史看見，也無法指名參奏，即使參奏，也不過照例議處，誰也不怕。皇帝威令之不行，久矣乎非一日了。

保和殿是科舉時代舉行朝考、殿試的地方，欽命題目頒下來，要跪接的，參加考試的當然穿靴帽袍褂。然而他們背起桌子進去，並不按照位次去就坐，紛紛搬到光線充足的地方，爭先恐後，亂成一片。殿廷中是沒有廁所的，他們就在階下大小便起來，好在這種地方經年也沒有人走過，早已草深沒脛，增加些污穢也不在乎。所謂舉行大典的地方，尊嚴都不過如此。

至於稍爲隱蔽的地方，例如乾淸宮的兩旁，以及坤寧宮的後面，都有極矮極窄的小屋，是値班太監所住的，在裏面燒飯洗衣，其污穢凌雜，簡直難以形容，與外面的普通人家實在也沒有什麼區別。皇帝住的內宮，所謂萬門千門，玉樓金殿，也不過如此。

紫禁城靠城墻內外的地方，更是平常人跡所不到。在明代，太監和宮人的人數較多，淸代逐漸減少了，所以有些房屋就聽其長期封閉，淪於蔓草荒烟，無人過問。恐怕其中還有幾百年不曾經過打掃的灰塵，帝室皇居會有這種景象，是外人難以想像的。

# 報壇怪傑黃伯惠

羅萬

上海的時報，有兩個時期，有人仿前漢書，後漢書之例，稱之為前時報，後時報。前時報由狄楚青主之，後時報由黃伯惠主之，現都已早成為中國報業史上的陳跡了。讀者每喜談前時報而忽畧了後時報，固然黃伯惠不及狄楚青的有名望，但黃伯惠的辦後時報，亦有可記者在。

伯惠在十五六歲的時候，常常隨他的父親公續先生到時報館來。因為時報館當時有一個小俱樂部，叫做息樓，為友朋談話休憩之所。伯惠已如成人一般，身軀長得很高，但不大開口。後來也常常獨自來息樓，因此時報館這一班人，以及息樓裏的許多朋友，也都認識他。

當狄楚青辦時報辦得走投無路，日處窘鄉的時候，陳景韓為他解圍，說動伯惠，接收了這個時報。在景韓之意，這也不算是把一個爛攤子塞向伯惠。一則，他是一個富家子，有幾百萬財產，取出十萬八萬來維持一家向有名譽的報館，豈不合理；二則，伯惠也是時報的常來之客，覺得對於新聞事業，很有興趣，得此也可以一過新聞之癮。三則，伯惠曾經環游過歐美各國，雖未進過什麼大學，但他的志願頗高，若在新聞界亦堪一展所長。

一般上海報界中人，以為黃伯惠來辦報館，真是大爺串戲，鬧着玩兒的，可是他的確是一本正經，先把物質擴充起來，買了最新式的印報輪轉機，舊時報的老爺機器可不要了。字模、鉛字、都是全新的；整批的捲筒紙也購定了；館址遷移，是他上海公共租界裏自己的地產（黃氏在租界地產甚多）；金融流通，他有自己所開的大錢莊。所聘請的編輯館員，也都是在申、新兩報工作過的老手，如金劍花先生等諸位，大有背城一戰之勢。

可是上海的新聞事業，總是被外國人所創辦的申、新兩報，籠罩在上，後起的報紙，無論如何，教你蹴不起來。即使你是個資本家，也難於為力。伯惠是上海各報館經理中年紀最輕的（上海報館無社長的名稱），他雖沉默寡言，而頗豐於思想，於是用異軍突起之法，要衝出這個陣圍。

用什麼異軍突起之法呢？他的創造者有兩事，如今我國新聞界尚承其流澤：

其一：在新聞中用紅字。那個時候，上海新聞紙未有在新聞中用紅字者，北至京津，南至粵港，更無論矣。在伯惠初創時，各大報館中人，還嗤笑其太小家氣，堂堂正正的報紙，弄什麼花巧顏色。然而讀者喜之，為其能醒目也，而版面亦甚好看。尤其是登廣告者，因紅字而使之突出。到後來從前的嗤笑他者，其報紙亦滿幅紅字的新聞與廣告矣。

其二：在新聞中插攝影。在新聞中插攝影，原不是他的報館創始，但沒有如他的廣泛。他的報，頗側重於地方社會新聞，那時其它的大報，都注重於政治新聞，至於上海本埠新聞，僅憑幾個本埠訪員，鈔錄公堂案，千篇一律的。姦、盜、自殺等案，也和現在香港一樣的繁多，只是認為那是瑣碎小新聞，全不注意。但黃伯惠出主意，別張一幟，對於本埠這種社會新聞，特別注重，派了外勤，詳細調查，盡情描寫，同時在現場人物則加以攝影，他本喜照相，有時老闆竟親自出馬，而且稍為離奇的，便作為頭版新聞。這樣又鬨動上海讀者，有一時期，報紙大躍進，不但超過了申報的銷數，並且超過了新聞報的銷數。這雖不過是一時期的事，但却是上海新聞界從未有的奇跡呢。當其時，上海各大報以黃伯惠如此做法，嗤為庸俗，叱為下流，但後來對本埠新聞也漸加注意改良起來了。

伯惠辦這個後時報，大家說他脾氣特別，主觀太深，這是無可諱言的。試舉一事言：那個時候，上海各報，已全用了五號字，他的報還是用四號字（時報初辦時候，也是四號字），人家責問他，他說：「我不喜歡五號字。」因此他們的排字房，連五號字的字模也沒有。上海有個日報公會，是各大報館組織的，有什麼對外對內的事，總在日報公會商議，以取共同一致。時報亦是日報公會會員，伯惠恐從未到過，他說：「我行我素，何必要與他們一致呢。」

日寇侵畧上海時，申、新兩報尚在猶豫間，他的時報，立即關門。敵偽時期，上海所有各報館的印報機器，都被沒收，知道時報的機器最好，可以印各種彩色的，於是到處訪問，並用特務偵查（時伯惠已離滬），竟不知時報機器之所在。及至勝利以後，方悉其事。原來他把全部機器，藏在四面圍牆之中。因爲裝機器的地方，本是他的地產，而又在市區繁盛之處，上面又有什麼神仙世界游戲場。他四面築牆，把機器包圍起來，密不通風，無門可入，人不知，鬼不覺，誰知道四壁環堵，藏有機械也。

此單就其接辦時報而言，黃伯惠與人不同之處甚多，叙其事可入畸人傳。

（編者按：時報是清光緒三十年狄楚青創辦的。戈公振「中國報學史」說，楚青于一九二一年將報館盤給黃伯惠云云，誤；時報出盤，係一九二六年事。）

# 康有為的家人

康有爲一部分家人在北京，也有一部分在台北。在北京的是康的次女同璧，她生于清光緒六年庚辰（公元一八八〇年），如今日尚健在，已是七十八歲的老婦了。十年前，她住在北京東城何家口二號，任政協委員，正在編寫「南海康先生年譜續編」。一九五九年她曾游杭州，重訪她的父親在湖上的康莊。見到在三潭印月康有爲所題「曲徑通幽」刻石一詩尚存（今或已毀），同璧不禁感慨萬千，亦賦一詩云：「白堤行遍又蘇堤，柳拂烟籠路欲迷。問訊三潭依舊好，竹深曲徑尚留題。」

同璧奉父命與羅昌結婚（羅，字文仲，廣東寶安人，英國牛津大學畢業，一向在北洋政府做外交官，北洋政府垮台，改任北京大學教授，一九五五年二月死于北京，時任北大拉丁文教授。）

四十年前，康有爲在西湖娶一艇家女張阿翠者爲妾，居於康莊（其地似名天游閣，在湖上丁家山，杭人皆稱之爲康莊也），康有爲死後，我曾往游，其時阿翠尚在，廳中掛有同璧與阿翠同攝之相，同璧時年四十餘，阿翠才二十許少婦，最奇者，同璧坐而阿翠立，見者誤以爲母女也，不知此是否「聖人」家教也！

康有爲的髮妻張氏，他們是光緒二年丙子十二月結婚的，康年十九歲，四年十二月廿一日，長女同薇出生。到光緒廿三年丁酉（一八九七年），康四十歲，在廣州娶妾梁氏。這位梁氏的晚景很可憐，據一九六〇年六月三日香港「華僑日報」所載台北航訊云：「旅居台灣之康有爲夫人及其公子，近因病倒于台北鐵路醫院，貧而無告，狀至悲慘。……康有爲夫人矮而微胖，滿頭白髮。……一個月以前，經徐千田醫師檢查證實染患子宮癌症以來，身心遭受太多的痛苦煎熬。……康有爲夫人原名梁隨覺，廣東南海人，於民國前十二年與康有爲在廣州舉行婚禮。康有爲的長子康壽曼，今年六十一歲，現在正患着嚴重的氣喘症，臉色蒼白枯瘦。他說：『我活了六十一歲，自問良心的確做了一個好人，可是太窮了，沒有爲別人做什麼好事。……』壽曼是電機工程師，在鐵路局研究發展小組工作，鐵路局同事都說他是個埋頭苦幹的好公務員。……

這一個曾經名噪中外的家族，目前祖孫三代，全家三口，愁眉不展，日夜與疾病貧窮糾纏，在台灣的醫院病室中度着艱難及無望的生活，亟望大家伸出友誼之手，給予救助。」

·丁未·

# 新雙城記

## 臺北三個月的官場生活

向晚

過了三個月，日軍實行大疏散，讓大家還鄉。我就乘這個機會趕快還鄉，搭船經澳門入廣州灣，輾轉到了重慶，行行重行行，一路上說不盡千辛萬苦，前半段坐滑竿，後半段搭公路汽車或帆船。爲了逃避日敵，幾乎跑遍了全國，從南京到西安，又從西安到福州，轉漢口。最後逃到大英帝國殖民地，想不到，它又來了。金人追宋高宗，已覺趙構的可憐，殊不知這次作者比這位沒出息的皇帝逃得還遠還苦呢。

在重慶又熬了四年，總算聽到日敵無條件投降，全國歡騰，自不在話下。這時人人都有一個計劃，我的計劃是首先回北方老家，看看我最惦念的父親及以下親人。但計劃是一件事，那知既無盤纏而家路已斷奈何！好在我已接到父親的親筆信，藉悉八年以來，家鄉雖在日敵控制之下，並不如想像的那麼悲慘，內心稍安。

過去我讀書、工作的地方，如永寧、宣化、北平、天津、東京、福岡、福州、南京、香港都有好感，離開後仍不時懷想，祇有重慶，一點也不值得留戀。這時我已心猿意馬，總想早日離開這個山城。正在這個當兒，突接南京雷儆寰學長（雷震，但非演員）來電說：接陳公俠（儀）先生電，促兄早日來台協助云云。心想既不能探父，跑到一個新地方換換環境也是好的。因此，我乘美國航空堡壘由渝飛滬。先向台駐滬辦事處報到，要求早日安排飛機。不料一等再等三等總無消息，便說飛機沒位子。一人呆在旅館，實在無聊，悶時祇有到商務印書館訪老學長周頌久（昌壽）、到開明書店訪范洗人、章錫琛諸先生閒談。後來往訪鹽業銀行的劉放園先生，談及飛機事。他摸摸禿頭沉思一下說：「××，我代你擬一給陳公俠電稿，你拿到辦事處，要他去發。」我照囑去做後，不料果然有效，次日辦事處即有電話來，說明日就有飛機。

在永寧兩等小學堂讀書時，便知台灣是如何富庶美麗，沒想到數十年後，居然親履斯土，故當降落松山機場時，首先看到棕梠樹一派亞熱帶氣象，不覺心身爲之一暢。時在民國三十五年一月也。我到台北先與林國珪（湘琴）學長同住，他是浙江寧海人，爲人忠厚樸實，今日揚名於日本圍棋的名人林海峯即其次子。當我們同寓南京傳厚崗龍園時，海峯才三兩歲。不久，范壽康學長由滬返台，我又和范兄同住。大約一週後，才搬到另一寬敞獨用的住宅。這住宅大約有兩畝半大，有圍牆，一進門是草地棕樹，數步後即不東不西的一座平房，內有西式會客室一，日本榻榻米式的房間則不計其數。房後又是花草樹木，落葉盈尺。我住在靠右的最後有床的一間，緊臨後花園。在重慶的住處，幾乎把我悶死，在這裏正像才放出的籠中小鳥，直覺天地太大，不知有往何處去之感。門口舊主人還畜了兩頭洋狗，不知已有多久沒吃東西啦，餓得有氣無力，看見我來，說不出一片歡喜。我曾幾次吩咐下女喂牠們，可是我「新官初上任」終日忙得不在家，牠們眞有食乎？不敢說，這正和日軍佔港後的洋狗遭到同一命運，無話可說。

一日晚間下班回家，兩下女驚慌地同向我報告，說這房裏鬧鬼，正盤問間，突然電話鈴大鳴。下女說：「先生，你看又來了！」我拿起電話筒一聽，原來是被遣散回國的日人向舊房主告別。我厲聲道：「我是中國人，這裏已非日人所居了」。但次日晚間，怪電話仍是嗚嗚不停。下女嚇得簡直魂不附體，直打哆嗦說：「先生，不僅晚間，白日也來很多次呢，我們怕，你趕快找伴來。」況且夜間常鬧樹間鴟鴞交鳴，房內鉅鼠橫行，我也爲之毛骨悚然。因此，我特邀附近的孫培良先生來同住。孫先生是北平人，文學家，精通英德拉了文，而且寫得一筆再好也沒有的王字。

我問范兄，公俠先生邀我來做什麼呢？他除提到公俠先生對我說了一番客氣話外，教我暫時「屈就」長官公署參事兼教育處主任秘書。一日上午我到署去見陳長官。我穿一套八年前在港製的殘舊西服，一進候客室，唉呀好像入了義診所一樣，擠滿了一屋子可憐蟲。心想，這可糟了，什麼時候才輪到我呢？我眞想退出，因生平最怕這種場合。不料，我把名片遞給一個副官後，他即刻出來喊道：「×××請！」全室人不約而同地都投我以驚奇的眼光，我也不免飄飄然，自忖這位醫生眞夠面子。

公俠先生全副戎裝，容光煥發，看來比「總督」還夠派頭。他見我走進，馬上從辦公桌走到會客長條桌旁，和我對面坐下。我和他先談國際大勢，這是我的內行，先唬他一下，以減輕我的自卑，繼談目前國內問題，最後直言無隱的告訴他渝滬對台的一般抨擊。他一面聽，一面記錄，約半小時後，我趕快告辭，因爲尚有那麼多的可憐蟲求診呢。

次日我正式開始上班，先到參事室繞了一個圈子，祇看到有兩位參事在伏案寫東西，尚有四個位子空着。然後我回到教育處，處長卽范壽康先生，現在台大任哲學系教授。副處長×××台灣人也認識的，過去他住香港靑年會時，就在我的對面，當時稱福建人。范兄是個純粹學者、哲學家，一向在滬教書著述，這是頭次做公務員，所以決無半點官架子臭習氣。他不僅對老朋友如此，對一般同仁也一樣，祇是很少和那位副座交談。他常到松山機場，因此索性把私章交我，處內事一切讓我料理，須要他蓋章時，就由我代蓋。有什麼事，他總是跑到我的辦公室來商量，從來未命聽差「請」過我。我很願和他合作到底，但祇有三個月，因參政會開會，我又飛重慶了。我曾問他：「爲什麼公文不讓×××看呢？」他說：「這是公俠先生交代過的。」據我所知，這個人確有問題，後來果然他死於台灣××叛亂中，這不能不佩服公俠先生的遠見與情報的靈通。

我在公署服務三個月，公俠先生共「請」我兩次，都爲一件事。因我對將任命某一主管人，表示不贊成，他知道後問我關於這人在日佔港時的行爲。後來他調查屬實又問我：「是否該把他關起來？」我答：「我的意見祇是不可以任命這種人做主管，免招物議，並不主張關他。」於此可見公俠先生如何虛懷，細心。

公俠先生的官邸在草山（陽明山），每日早八時到署辦公，晚五時回山，一向注重清廉、計劃、苦幹，從未浪費一文公帑。記得日人奉獻他私人一把頗具歷史性的寶刀，勉强收下後，立命交博物館。有人建議，將台北某街道改名「公俠路」，立被批駁，還喊建議人去當面申斥一頓。不僅他本人如此，卽他得力的幹部如范壽康、包可永等也都是了不起的賢能幹才。但公俠先生何以後來落得那樣悲慘下場呢？這不能不歸咎於沈仲九老先生害了他。沈喜穿長衫，樣子很像個腐儒，我曾和他談過兩次話，並無吸引人之處，祇是好講「偉大的空話」。不知爲何公俠先生卻愛聽他的調調兒，一向視其爲再世孔明，最後被引入深淵。（這段經過，徵寰兄知道的最淸楚，某次來港時曾對我解釋過，在此不想多談。）

接收台灣的部隊，並非正式國軍，而祇是一些從福建調去的「游雜」，服裝軍器既不整齊，紀律也十分差，故首先給台灣人以壞印象，所以居然會有老百姓欺負接收部隊的怪事。公俠先生入台後，要給自己同胞以溫暖，一反日治時代的專制惡風，故隨時接見當地士紳，並常對民衆廣播施政方針，乃至徵求民隱。在原則上，這本來是絕對正確的，殊不知久受日人壓制慣了的台灣同胞，反認本國「長官」不如日本「總督」的威嚴，兄且話說多了，難免有許多不兌現，所以會更增加大衆輕視，這個經驗，值得借鏡。須知英國的民主制度，是經過數百年奮鬥和不斷的修正才完成的，決非一蹴而得。

我到台灣較遲，未親見國軍初接收時的實情，但所聽到的，卻也和日軍佔港後無大分別；所不同者，一是日本人拘捕日本人，一是日本人拘捕英國人而已。先把日本各方面的首要拘留到「招待所」，再把次要和一般軍民送入集中營，以便安排遣散他們回日本，在港，我曾親見日軍把繳械的英、加軍像牛羊似的趕來趕去，稍一怠慢，「巴格亞路」（馬鹿）便衝口而出；在台日軍這次却要聽聽中國的「三字經」了。在港，許多的中英產業都貼上「大日本皇軍管轄」封條，同樣，在台的日本公私產業當然也都貼上「大中華民國接收」了。

一次，一隊接收國軍進入日人住宅，見一老婦正跪在地下揩抹地板，一國軍兩眼一瞪，唬嚇道：「還不快滾，我們來接收了！」老婦並不驚訝，祇是和顏悅色的答道：「我知道你們要來了，但是，也要先打掃乾淨，然後交給你們呀！」這句話，反使接收人員瞠目不知所對。凡是和日人久處的人都知道，一般日人是可愛的，祇是日閥可恨。

日軍對於香港華人「還鄉」，攜帶行李銀錢，等於沒有限制，以故有些人連木桶、洗衣板、痰盂等等笨重不值錢的東西也都帶到大後方。但台灣的日人却無此便宜，每人只能帶一個小包包。我看到最後一批遣散軍人各個垂頭喪氣，坐在舊總督府（今總統府）大廣場，背上的行囊，頂多不過二十來磅而已，這就是「皇軍」出征所獲的一筆財產。

最招人注目的，是日本婦女兒童在馬路上擺地攤。在港威靈頓街的地攤，多是商品，在台北的地攤，却是日人五十年來祖孫數代積累的傳家寶、家具、裝飾品，乃至子供（兒童）的玩具，統通都擺出來賣。在中國人看來，這不過等於逛天橋、前門大街夜市，殊不知在賣方每個人眼中，却都含着一大把淚水。開明書店幾位朋友，喜歡買硯台，每人買十幾塊。我也買了一口牛皮箱、一本「聖教序」，眞是物廉價美。未經驗香港淪陷後的人，都不免要對賣主灑一掬同情淚，我是心軟的人，亦有同感，但細一想，這恐怕是循環報應罷，所謂剃人頭者，人亦剃其頭。

百分九十以上的日本人都遣散了，但仍留下極少數人徵用，以備各部門查詢差遣。留下徵用的人，都以爲是幸運，能夠在台灣多呆些日子，實際並不會長久，一等他們「剩餘價值」用完，馬上就叫他們滾蛋了。我在教育處時，也找過他們，今天喊「近衞」來，明天喊「東條」、「磯谷」來，這些姓當然都是遊戲之筆，並非眞那麼巧合。我仍然把這些日人以平等相待，但他們來了以後，却那麼嚴重，首先來一個九十度折腰，然後立正，必恭必敬地傾聽，「哈依，高雜伊麻斯」不絕的在應承。回想「皇軍」在港時那副嘴臉，恰正成個對比，一是鞠躬如也，一是氣焰冲天。老實說，人不如駱駝，凡是駱駝都始終自尊自貴的，其品質雖未必盡合卜克門博士的四大道德標準，但總不像人那麼壞，翻雲覆雨，總想法害人。

台大第一任校長是羅宗洛學長，是教育部朱家驊派的。台大固然是國立，但經費却由公署撥付，要想不理台灣行政長官是不可能的。但這位羅校長書生氣特別重，偏不肯買帳，以故台大與公署之間遂不免發生葛藤了。爲了這種緣故，范處長眞不知費了多少苦心，始則由教育處高級同仁邀約台大各主腦到草山聯歡；繼則把老學長周頌久請出來担任台大秘書長（正式名稱是秘書），一直等我離台後，雙方歧見始終未見消除。公俠先生出身日本陸大，其他大都是帝大，可說同是「留日派」，祇爲了芝麻點事仍要鬧分裂、別扭。從這件事看來，人還是不如駱駝，因從未聞駱駝爭權過。

我臨離台前，正值公署發放房屋津貼費。我與處長例在同一級，可領新台幣三萬五千元，約合十條金子，足以頂一幢相當體面的房屋。就我當時情形說，這筆錢是需要的，但我既決定不想返台，拿走了這筆錢，豈不就是貪汚，所以立刻拒絕了。這是對一個人的品質嚴重考驗。

在重慶開完會後，飛到上海，主持中華學藝社的文化事務，祇支一點車馬費，並未領薪水。一年後，國民參政會結束，當時物價飛漲，一日數變，人人叫苦，而我尤甚。不料，公署仍爲我保留着職位，按月由湘琴兄經手薪俸照匯。如此者有一年多，（這並非公俠先生假公濟私，實因我疏忽，忘記遞辭呈。再說，我在上海，多少也曾爲公署效點勞呢，如代聘校長，院長、教師等事）其時新台幣也大跌，爲數雖極微，但却給我精神上以大鼓舞。至今想來，猶感激公俠先生、壽康學長照顧後輩之高誼，惜局勢已非，再難逢機會報答，爲之奈何？爲之奈何？

（下篇）

# 梅蘭芳的戲劇生活

周志輔

至民初天津南開中學，又由師生發起，聯合演出新戲，都以啓發民智，改良社會為目的，所演如「一圓錢」「家庭禍水」等劇本，後來被北京奎德坤戲社所採用，經年演唱，上座一直很好，可見民衆歡迎新戲的心情，所以梅蘭芳在這時提倡新戲，算是迎合潮流，適應羣衆的要求，當然獲得極大的成功。

梅第一部時裝新戲，「孽海波瀾」，是根據北京本地的實事新聞編寫的，其經過如下：

有一個開妓院的惡霸，名叫張傻子。逼良為娼，虐待妓女，讓主編京話日報的彭翼仲知道了，把他的罪惡在報上披露出來，引起了社會上的公憤。由地方官楊欽三訊究結果，制裁了張傻子。同時採納了彭翼仲的建議，仿照上海的成例，設立濟良所，收容妓女。教她們讀書識字，學習手工。最後這班被拐騙的妓女，由她們的家屬到濟良所領回，骨肉得以團聚。

這齣戲的故事，梅認為很有意義的，因為他素日覺得常唱的老戲的劇本，都是古代的材料，其內容有教育意義的，觀衆看了，就能起一點作用，如果直接採取現代的時事，編成新劇，觀衆當然更看得親切有味，其收效或許比老戲更大。這一種新思潮，他從上海回來以後，時常注意着，所以遇到這個題材，就急於要想實現一下他的計劃；不顧一切困難，拿來做他理想中新戲的最初試驗。

在這部新戲裏，他就扮這個妓女，名字叫孟素卿，本來是奉天省營口人，受婆婆的哄騙到了北京，賣到張傻子開的妓院裏，逼她接客，恰巧遇着同鄉陳子珍，代她向營口家裏送信。她的父親孟耀昌是個農民，得信就趕來尋女兒，遇見彭翼仲，才知道張傻子已經拘捕入監，他開的妓院已經封閉，所有的妓女，都送入剛開辦的濟良所，教他們讀書做工。根據了照片的證明，他們父女就獲得了團圓。

同時在這齣戲裏，王蕙芳扮另外一個叫賈香雲的妓女，她有一個客人叫趙蔭卿，要替她贖身。兩個人正在房裏商量，被老鴇周氏聽見，第二天就毒打了香雲一頓。張傻子又設計訛詐趙蔭卿，硬說他欠銀子五十兩不還，還要拐走賈香雲。鬧到了官廳，由楊欽三訊明眞相，判完張　子先遊街示衆，再把他監禁起來。

梅蘭芳在這齣戲裏的扮相，是按三個時期，換穿了三種服裝。首先自鄉間直至拐賣的時期，是貧農的打扮，後來在妓院接客時期，是穿着綢緞，比較華麗一些，最後在濟良所做工時間，是穿着布衫褲。頭上則是始終用假頭髮梳着辮子。這齣戲排練了幾個月，才正式上演，是分兩天演完，地點是在鮮魚口的天樂園。戲裏的角色的分配，梅是扮孟素卿，王蕙芳扮賈香雲，李敬山扮張傻子，郝壽臣扮楊欽三，王子石扮老鴇，陸杏林扮趙鑫卿，劉景然扮彭翼仲，配搭得相當整齊。

## 四、二次去上海

梅蘭芳在民國三年（一九一四年），搭翊文社演唱了大半年，在秋冬之交，又應上海丹桂第一台聘約南下。這次同行的，仍是王鳳卿，一生一旦，其餘都是上海本班的演員。這次開頭三天的打泡戲碼，是彩樓配，女起解，汾河灣。王鳳卿三天唱的是硃砂痣，取成都，汾河灣。仍然是王鳳卿唱的大軸。三天戲碼與頭次在滬差不許多，祇是玉堂春換了女起解，還是蘇三的戲。而武家坡換了汾河灣，也仍舊是生旦對兒戲，這表示第三天仍然是兩人合唱大軸。

這次在上海唱了三十四天的戲，他演出新學會的三齣戲，是上海未曾演過的，就是「貴妃醉酒」「破洪州」「延安關」。這齣醉酒是他從路三寶學的，本來這齣戲，在乾隆年間刻的兩種曲譜「綴索調時劇新譜」及「納書楹曲譜」中，都列入「時劇」一類，名叫「醉楊妃」，實際上就是崑曲的一種變格，唱法與崑曲無異，作曲不合崑曲規律，崑曲有固定成套的「牌子」，但是「醉楊妃」一劇，除了首尾兩支牌子而外（頭一支是新水會，末一支是清江引），中間的一百四十多句大段唱詞，都是長短句的形成，而沒有牌名，所以當年曲家不承認它是道地的崑曲，而稱爲時劇。乾隆年間，北京藝人，像「燕蘭小譜」書中所記的喜官，時常唱醉楊妃的，後來不知如何失了傳，北京就多年不見這戲了。但是在外省這戲還輾轉流傳，不過也經過改編，而且唱法也漸漸地與崑曲離開很遠，詞句減去了三分之二，到光緒十年（一八八四年）以後，吳紅喜（月月紅）由漢口來京，余玉琴由上海來京，都演出這齣貴妃醉酒。在光緒二十年以後，路三寶由濟南來京，也有這齣戲，足見這齣醉酒，在外省是不陌生的，而北京就從此復見於紅氍毹上，再經過梅蘭芳一番提倡，此戲就成爲旦角所必須學會的了。

梅蘭芳學會這齣戲，是因爲在翊文社裏，與路三寶同台的時候，覺得路三寶對於這戲最爲有名，而又多年不演它了，就請路三寶傳授給他。在北京上演了一個時期，這番帶到了上海，與觀衆初次相見，台下予以熱烈的歡迎，而梅也很珍貴這戲，至今演了四十年，不僅在台上使的「臥魚」「雲步」種種身段好看，而且經他逐步洗練，把所有戲中的做工，全部脫盡了色情意味，而成爲一翻純潔無瑕的古典戲，也就是他一生藝術結晶的代表作。

梅蘭芳這次在上海所上演的其他兩齣戲，「破洪州」與「延安關」是王瑤卿當年的傑作，都是刀馬旦的戲，與上次在上海所演的「穆柯寨」，是同一路子。也是要武工夫做底子的，後來他都不再唱了。

這次梅蘭芳到上海，曾唱過五花洞，這是他在北京與王蕙芳合唱的戲，兩人互換着唱眞假潘金蓮，在上海陪他唱的是趙君玉，方由小生改花旦，自這次兩人合作以後，梅蘭芳北返，趙君玉也就在上海大紅起來了。

梅蘭芳這次到上海的收穫，是在化裝方面，更引起他改良京戲裏的缺點。本來梅是一位富有創造天才的藝術家，他上次到上海，就發現本地的旦角，化裝進步，與北方不同，似乎比較美觀一些。這次再看到趙君玉的扮相，更使得他堅定了自己的觀點，而大胆的作個嘗試。南方的旦角，是講究畫黑眼圈，從前北方的旦角，祇不過淡淡的畫上幾筆，就算了事，不似南方旦角，把眼圈都畫得相當的黑，顯得眼睛格外有神，而且手法上也大有講究，眼睛太大，可以畫來小些，小的也能畫大一點，這是值得傚法的。還有就是「貼片子」，最早北方的青衣閨門旦，花旦，片子貼的部位，比現在又高又寬，往往會把臉型貼成方的。如果鬢邊貼出了一個尖角，內行叫做「大開臉」，頭上再打個「茨菇葉」，那就是道地的青衣扮相。現在上海貼片子的部位，是有「前」「後」「高」「低」各種不同樣的貼法。臉型大的往前貼，臉型小的往後貼，臉型短小的，可以貼高一點，臉型長大的，就貼低些。總之用化裝來彌補臉型的缺陷，而使它變成美觀些，他就在這上面不斷的加以研究，經過了多次的試驗和改進，才改成現在的樣子，是相當成功的。

（九）

# 釧影樓回憶錄

天笑

## 外國文的放棄

上海的新空氣，吹到蘇州來了，蘇州也算開風氣之先的。大家傳述，西方人的一切學術，都根據於算學。但是舊中國人的思想，只有商業中人要用算術，讀書人是用不着算術的。從前我們的算術，也有三種，一曰心算，二曰珠算（就是算盤），三曰筆算。心算就是在心裏計數，不要看輕它，儘有好本領的。我最佩服那些菜館飯店的夥計（蘇州稱「堂倌」），即使有客七八人，吃得滿枱子的碗碟，及至算賬起來，他一望而知，該是多少。而且當時蘇州用錢碼，這些菜館用錢碼又不是十進制度，以七十文爲一錢，如果一樣菜，開價是一錢二分，就是八十四文，這樣加起來，積少成多，他們稍爲點一點碗碟，便立刻報出總數來了。算盤是商業上通用的了，不必細說。筆算有時也用得着，但屬於少數，鉛筆也未流行，誰帶了毛筆來算賬呢？

但西方的算學，明末傳到中國來了。在清代也曾以算術取士過的了。不過大家都鑽研於八股八韻，把這一門學術，視爲異途，早棄之不顧。現在趨於維新，要效法西人，學習算術了。可是西法的算學教科書還沒有，只好搜求到中國舊法的算學教科書。我當時借得了一部（書名已忘却），線裝木刻的，共有四本。裏面的數目字，還是中文，並不用阿拉伯數字，也只到加減乘除吧，我埋頭學習，學到了加減乘，除法便不甚了了。其方式與現今的教科書不同，我記得那個乘法，是用「鋪地錦」法，說與現代名算學家，恐怕他們還瞠目不知呢。

我這無師自通的算術，也就淺嘗即止，後來又讀起日文來了。自從中日戰事以後，我們覺得日本國雖小而比我們强，於是許多新學家，及政府裏有些自命開通的人，都願意派子弟到日本去留學。留學自然最好到歐美去，但是到歐美去，一則路途遠，二則費用大，三則至少外國語有了根柢。到日本去，就是路近，費省，即使不懂日本話，也不要緊，因日本與中國爲同文之國，有文字可通，便省力得多了。

那時中國政府派出去留學日本的很不少，而自資留學者也很多。我們所認識的有楊廷棟、周祖培諸君，他們都是學法政的。先一排，到日本去學法政，後一排，便是到日本去學師範。至於其它各種科學，問津的很少，老實說，日本那時也不大高明。而當時中國人的思想，以爲學了法政以後，回國後就可以做官；學了師範以後，國內正預備大興學校，將來教書的冬烘先生是太不時髦了，他們可以在洋學堂裏，當一位教師。

我們這一羣朋友中，便與這班留日學生聯絡起來，常常通信。他們在書信中，告訴我們種種事情。他們把日本的有些法政書籍，都翻譯了中文，而日文的許多書籍，則都譯自歐美。我們讀歐美文字的書不容易，讀日本文的書，以漢文爲主，較爲容易，我們因此間接的讀到了許多歐美名著，這不是他們給我們做了一半功夫嗎？因此大家便發動了讀日本文的心了。一半是爲了留學日本的基礎，一半是爲了可以看日本的書籍。

但是到那裏去讀日文呢？尤其是在蘇州那地方。可是自從中國甲午之戰後，中國割地賠欵，又許開了五口通商，蘇州也是五口之一，在蘇州的葑門、盤門之間，有一塊地方，喚做靑暘地，特許他們作爲租借地。也有一個日本領事館，可是其它一無建設。原來日本到底是個小小島國，那裏有西洋人肆意侵佔，開闢殖民地那種氣魄，而靑暘地却是蘇州一塊荒僻的地方，蘇州的人民，誰也不和日本人有什麽交易，這地方冷冷淸淸的鬼也不到那裏去。雖然日本人到蘇州來的不少，却只在城裏做一點小生意。

其時有一個日本人和尚，好像是姓藤田，名字是忘記了。日本是崇信佛敎的，他們國內也到處有寺院，有僧衆。有一個本願寺，也像西洋人的基督敎會一般，向各處傳敎，不過他們的力量是很小的。那個日本和尚，就是本願寺和尚（在上海虹口就有一個本願寺），他在蘇州城內，開了一個日文學堂，於是我們怦然心動了，我和李叔良、馬仰禹等幾個人，便去讀日文。好在學費並不大，每日只上一點鐘的課，時間在下午五時，還不至妨礙我的敎書工作。

雖說是日本和尚，並不像我們中國和尙一樣，仍舊穿了他們的和服，不過脚上不穿木屐，已是皮鞋一雙了。他便把我們似敎日本小孩子一般的敎起來，先敎五十一個字母，什麽平假名、片假名，我們也就這樣阿、衣、烏、哀、屋的念起來，思之可笑。這些日文敎科書，在中國是沒有的，也由他去辦，好在日本路近，不久，便由郵局寄來，共有那時的中國才會有吧）。這些書，正是日本初等小學敎兒童的敎課書。

那時李叔良最用功，書也讀得最熟，我就不成功。我的意思，要知道他們的文法，便可以看得懂日本書。我覺得不懂日本話，那倒沒有大關係，反正我也無力可以到日本去留學。但是他還要敎我們日語，像敎他們的兒童一般，我有些受不住了。好容易有三個多月的光景，我於他們的文法，有些弄得明白了，日本書上的漢文比較多的，我也看得懂了，我輟了學，進行自修，比這日本和尚所敎，還容易進步。李叔良却還是勤懇的讀下去，後來留學日本，得益頗多。至於馬仰禹，未到三個月，即已不來了。

我讀過英文，也是處館在尤家的時候，我們這幾位老表，對於拍曲子到了厭倦的當兒，又想讀英文了。歐風東漸，由上海吹到蘇州，有許多靑年，對於外國文躍躍欲試。但是蘇州沒有洋學堂，要進洋學堂讀西文，除非要到上海去。但當時蘇州的父老們都不願意放子弟到上海去，因爲上海是個壞地方，靑年人一到上海去，就學壞了。不如請一位西文敎師到家裏來敎敎吧。

可是蘇州要請西文敎師，也不容易，後來請得一人，我記得是姓顧，他是蘇州電報局的電報生領班，也是在某一家紳士人家敎英文。舉薦的人說道：「他的英文很好，可以與外國人直接通話」。可是我們也莫名其妙。

那時候，英文敎科書，中國還沒有哩，也由這位敎英文的顧先生去辦理。第一本叫「拍拉瑪」，這是啓蒙的，以後漸序而進，共有五本。你道這些英文課本是那裏來的，乃是英國人敎印度小孩子讀的，現在由印度而到中國，據說上海敎英文，也是這種書。我們初讀是「一隻貓」，「一隻小山羊」，我們相顧而笑。蘇州鄉下也不養羊，不知小山羊是怎麽樣的。這一套英文課本，在商務印書館初開張，未編敎科書時，把它譯註翻印了，名之曰「英文初階」「英文進階」，銷數以萬計，實爲商務印書館發祥的刊物呢。

這一次讀英文，也有半年多，但是我終不能讀得熟流，終覺得非常艱澀，生字終歸拼錯，這是因爲我不能專心。試想我那時以敎書爲本業，雖然只有幾個小學生，也很爲勞神。有時爲了博取膏火，補助生活之故，還要做些書院卷子。而且爲了交際，常常的到茶館裏，或是朋友家裏，高談文藝，議論時政，我的野心一放而不可收拾，那裏還能專心致知的讀英文呢？

當尤氏弟兄興高采烈的請先生，敎英文的時候，子靑哥却不與其列。他說：「讀外國文最好是要在年幼時候，那時記性婚，人事又多，到了我們這樣的年紀，就難於專心了」。不過後來有許多「半路出家」而成就的，也是很多，但譯書容易，而說話較難。子青哥確也有先見之明，三個多月後，尤氏弟兄也漸闌珊了，我也讀了後面，忘了前面，狼狽不堪了。現在我的家庭中，只有我們一對老夫婦，不懂英語，下一代，再下一代，無男無女，無老無少，都是滿口英語，還有通數國語言文字的，如果給我的前輩聽到了，眞要呵爲用夏變夷呢。

除了日文、英文之外，我還讀過法文，教我法文的這位先生姓江（名已忘記），他是從前畢業於廣方言館的學生，也是蘇州人，這位江先生性頗孤傲，不諧時俗，不然，他一個法文很好的人，何至於投閑置散，回到家鄉來，當一個教法文的先生呢？他所收的學生，共爲二十人，成爲一班，都沒有讀過法文的，也都是年過十六歲的學生。我又怦然心動，想讀法文了，可見我的不知自量，心無一定了。因聽得人家說：法文在歐美極爲重要，所有外交公文，都以法文爲正則。而我還自恃讀過英文，或者比較容易一些，那知越讀越難，不到八個月，我又退下來了。

法蘭西文字，使人最困惑的，是每一名詞，有它的公性，母性，誰知道這個字是屬於公性、母性呢？我對於讀法文，似乎比讀英文還勤一點，但究竟是徒勞。那便是子青哥所說的年齡已大，記憶力不足，加以人事繁雜，終難於專心一志了。我們這一班讀法文的同學中，只有兩人是成功的，一位楊蘊玉，他是世家子，但可惜很早就逝世了。一位陸雲伯，他是吳江人，是名畫家陸廉夫（恢）的公子，後來進了上海徐滙法文學堂吧？在我寫此稿時，年紀也近七十了，但他也不曾有過什麼得意的職業。在我後來辦小說雜誌的時候，他給我譯了不少法國小說，還有許多關於書畫的筆記。（廉夫先生還贈了我一幅「秋星閣讀書圖」。）

自此以後，我對於讀外國文一事，只得放棄了。古人詩句云：「讀書原有福」，我就沒有這個福份，我當然是自已未能專心勤學，實在也是我的環境使然。但後來我在我的朋友中，見到許多半路出家的人，到二十多歲方始學習外國文者，居然也能譯書。還有些在外國人所開設的洋行中就職的，於外國文雖然不大精通，而外國話却說得滾瓜爛熟，不覺自歎是個笨伯而已。

## 東來書莊

那時有幾位朋友，留學日本，我們常與他們通訊。並且蘇州設立了日本郵便局，我們常託他們郵寄書報，在文化交通上，較爲便利。尤其那時候，日本於印刷術很爲進步，推進文化的力量很大。吾國在日本的留學生，也逐漸多起來了，有許多留學生，都是國文已經很好的了。日本政府，爲了吸引中國青年去留學，特設了法政專科，師範速成科，那種投機學校。爲了中國去的留學生不諳日語，在教師講解的時候，還雇用了翻譯極盡招徠的能事。因此當時官費，自費的留學生，在日本的竟有數千人之多。

爲了日本的印刷發達，刊物容易出版，於是那些留學生，便紛紛的辦起雜誌來。爲了中國各省都派有留學生到日本，他們的雜誌，也分了省籍。如浙江學生所出的，名曰「浙江潮」；湖南學生所出者，名曰「新湖南」；直隸學生所出者，名曰「直言」（卽今之河北，在前淸則爲直隸）。在我們江蘇學生所出的，卽名曰「江蘇」，大概對於這個「蘇」字，另有一義，作蘇醒解（按：金松岑的「孽海花」，卽首先在「江蘇」上發表的）。諸如此類，各省留學生，出一種雜誌，都有合於他們省的名稱。此外也有約了幾個同學同志，另有組織的。

就是我們幾位認識的留學生，他們別出了一種雜誌，叫做勵志彙編」，因爲他們已有一個小組織，叫做勵志會呢。這「勵志彙編」也是月刊性質，寫稿人都是法政學生爲多，當時中國學生到日本去習法政的，以早稻田學生爲多，早稻田大學最爲吃香，此輩亦都是早稻田學生呢。雜誌有譯自日文的，也有自已創作的，我還記得有盧騷的「民約論」，也是日文從西文中轉譯得來的，這個「勵志彙編」，執筆者有不少人，他們很有志把種種知識學問，輸入到中國來。

（廿九）

# 世載堂雜憶續篇

劉禺生遺著
儁君注釋

## 散原老人遺事

柳翼謀來談，見記李梅菴與張打鐵事。謂散原有一事，與此相類。散原江西義寧州人，義寧今爲修水縣。縣有女子，患精神病，屢夢有人告曰：「我義寧州人陳寶箴也，今已歸神位，你告南京陳某某，他要害大病，有一味藥，萬不可吃，吃了必死。」醒後告人，連夢數日，語皆相同。女子夢中言，傳遍修水及江西，展轉至南京，而南京陳某某，傳者並不知爲何人。一日，有鄉人來訪散原，談及修水本縣女子夢中事，且爲散原尊人右銘先生之言。散原駭言曰：「某某，即余乳名也。此名雖劉兪前後兩夫人，皆不知，餘無論矣。」後散原患病甚危，延醫開方，中有夢中相告之藥，散原去此味而服之，即愈。散原乃云：「余壽必長，先大人已告我矣。」散原乳名及藥名，翼謀已不能確憶，易日當詢彥和昆仲。

散原老人嘗曰：「予與老僧慧靈上人交最善，慧靈，修道人也，已圓寂矣。一日，予坐廳事、見上人擷袈裟趨堂，而彥和生（彥和名隆恪）。予以彥和必茹素，如蔣虎臣、鄭谷口之流，誰知其肥肉美酒，毫無僧味。」八指頭陀有贈彥和詩：「前身汝是慧靈師，來作陳家第五兒。」

儁君注：柳翼謀，名詒徵，江蘇鎮江人，江蘇省立圖書館長。李梅菴即淸道人李瑞淸。張打鐵即湖南張登壽。散陳寶箴，字右銘，爲陳散原之父。散原名三立，字伯嚴，陳衡恪、隆恪、寅恪、方恪、登恪等，均其兒子。「劉兪前後兩夫人」，劉應爲羅。散原原配姓羅，即師曾（衡恪）之生母，「散原精舍文集」有「故妻羅孺人狀」、「故妻羅孺人哀祭文」，另有一篇「繼妻兪淑人墓志銘」，敘明兪名明詩，字麟洲。八指頭陀，指黃讀山，字福餘。出家後，法名敬安，號寄禪，湖南湘潭人。其在寧波阿育王寺，發願履行「法華般若行」，曾把左手上指姆指燒去。八指頭陀之名，由此而來。有「八指頭陀詩集」傳世。張登壽，八指頭陀，齊白石都是王闓運詩弟子。

## 沈葆楨與其師

孫渠田，名鏘鳴，浙江瑞安人。道光丁未爲會試同攷官，得二門生，一爲李鴻章，一爲沈葆楨。鴻章與渠田甚親洽，執門生禮甚恭，而沈葆楨則師誼甚疏。渠田主講南京鍾山書院山長，取課卷前十名，沈葆楨不獨顚倒其甲乙，且於孫批後，加以長批，亦有指責孫所批不當者。孫遂憤然辭館歸。孫之兄勤西，名衣言，即仲容尊人也。時爲江寧藩司，意見亦與沈大不合，恭親王在軍機調停其間，升勤西太僕寺卿，以去。江南人士皆謂李鴻章有禮，沈葆楨無情。

五代王仁裕賀王溥入相詩：「一戰文場拔趙旗，便調金鼎佐無爲；白麻驟降恩何極？黃髮初聞喜可知！跋勒案前人到少，築沙塔上馬蹄遲。立班始得遙相望，親洽爭如未貴時。」按立班句，仁裕知貢舉，王溥爲狀元，凡門生皆立班見也。又「

石林詩話」云，溥在位，每休沐，必詣仁裕，從容終日。蓋唐以來，座主門生之禮尤厚；沈葆楨之薄，去王溥遠矣。

又按道光己未，洪楊初起，渠田時督學廣西，以巡撫鄭祖琛諱亂，密疏首發其事。後聲勢浩大，圍桂林，渠田以學政助防守，廿日而圍解。（參攷長洲朱孔彰叢稿）

儁君注：孫鏘鳴，字渠田，浙江瑞安人。道光進士，入翰林。抗疏劾權貴，有直聲，官至侍讀學士，主講上海龍門書院。沈葆楨，字幼丹，福建侯官人。道光進士。官至兩江總督。孫衣言，字琴西，孫鏘鳴之兄，其子詒讓，字仲容。道光進士，搜輯鄉邦文獻甚勤，官至太僕寺卿，著有遜學齋文鈔。王仁裕，字德輦，後周時代天水人，翰林學士，入漢歷任兵部尚書。王溥，字齊物，太原人。漢時舉進士第一，仕周為中書侍郎平章事。「石林詩話」，為宋代吳縣人葉夢得所著，葉字少蘊，號石林，紹聖進士，累遷翰林學士。著作有：石林春秋傳，石林居士建康集、石林詞、石林燕語等。鄭祖琛，字夢白，浙江烏程人，嘉慶十年進士。

## 迎得新人，忽來「故鬼」

抗戰中期，有文學家馬甲，隨政府到渝，其妻則隨母家逃難，居江表。一日，馬接其岳父來函，謂女患急病死。因羈淪陷區，草草殮葬。馬以其婦殂謝，岳家之言當可信，遂續議婚。塡房亦賢能。不一二年，馬認為已死之婦，突來重慶、尋得其夫。馬大驚問曰：「汝人耶鬼耶？」實則此婦，死而復生，因備述原委曰：予患急病死，已氣絕。時倭寇縱橫，備草棺，急埋於野。後氣轉，棺中有聲。鄉人發棺，予乃得出，奔回家中，住屋昨已被寇焚燬，家人不知去向，輾轉逢來渝之客，不取工資，一路為其洗衣燒飯。抵渝，知君在此，不圖此生猶得重見也。馬曰：汝父家書在此，另娶非我罪。於是法律家研究此案，無可解釋，曰，夫先得其岳家死耗，因而續娶，實無罪。其妻原屬正式結婚，復生後尋夫，亦未喪失夫妻資格，正也。後妻據前妻岳家死耗，因而與其夫結婚，亦正也。於是朋輩及法律家，亟為調解，兩妻均不願離異。謔者乃謂馬之前妻，可稱為「鬼妻」，或前生之妻。結果，分居兩室，人鬼雙圓，皆大歡喜。

儁君附談：亂世男女，奇事頗多，因憶所及：補述一二，聊資談助。抗戰期間，某甲夫妻，避寇西蜀，途中妻死，續娶少女為伴，同居渝市化龍橋畔。一日，子尋父至，并携一婦來，入室，被此覿面，愕然久之，不知所措。原來某甲所娶少女，即其兒媳之女。因此，在一方面看，女兒變家姑，另方面岳母是兒媳。正如諺語攪七廿三，輩份顛倒。基於不知算錯，既成事實，父子母女，一家團聚矣。

又有一事，發生貴陽，滬商龍某，妻妾分居，素不往還。龍之商業，受敵偽摧殘，與妻妾分道入內地，姬妾有中道求去者，龍與資遣之。龍子肄業大學隨校遷滇，途中遇少婦，同操滬語，相談頗洽，離亂中遂成眷屬。龍某抵黔，續營商業。暑期，子偕婦省父，相見之下，龍某驚愕，兒婦亦低頭不語。原來兒媳原是龍之三妾，與兒子向未謀面。而此婦因屬商人外室，亦未向夫暴露歷史。今者三面相見，龍與妾心中有數，龍子尚一頭霧水也。龍女為醫生，一日，偕夫將雛歸寧，又是奇峯突出，夫婿適為原來庶母（亦即晲塲弟媳）胞兄。綜合而說，庶母為妻，妾為兒婦，小舅作女婿，甥女為夫人，大舅為姊夫也。

## 李鴻章向子作揖

李鴻章初無子，元配夫人死，以六弟昭慶子經方為子。續娶趙夫人，生二子一女。子名經述，女嫁張佩綸，即福建軍務會辦欽差大臣，發往軍臺，赫赫有名之張幼樵也。經述子國杰，襲爵一等侯。甲午之役，鴻章幕府要人傳一趣聞，謂經述擬上書軍機大臣，自告奮勇，統兵出關，以補乃父之失。事為鴻章所聞，喚經述至，向之拱揖曰：「求你不要和我為難！」可見當時鴻章之心情。

# 洪憲紀事詩本事簿注

劉成禺遺著

離宮重築住湯山，密使商量日往還。皇大儲君皇二子，空留玉印在人間！

洪憲帝制，以克定爲中心，楊度爲祭酒，外挾德皇之勸告，浸說其父，內率臣工之學說，僞表人民。德師大捷，項城益惑，他國又從而愚弄之，所謂外交無問題也。克定初退出湯山，日與楊度往還密議，絡繹載途，操縱發放，種種演出，楊度言論，代表克定。京師爲之諺曰：「多謝當爐袁大嫂，湯山圈裏餵黃羊。」袁氏諸子、克定稱爲袁大儲君，克文稱爲皇二子，各鐫玉印，書翰啓用。皇二子三字，克文所書聯條，多用之。皇大儲君，則克定用押密件。常簡另章，故外間流傳絕尠。（錄後孫公園雜錄）

短簿斜侯莽大夫，載盆鬱鬱歎新乎。緣何置酒來今雨，談笑喧傳走狗圖。

籌安會六君子，都下皆徵引史傳，各上隱名，適合漢晉以來，篡弒稱帝，獻符佐命之勳。如湘潭楊度，則稱爲莽大夫，楊雄作賦終投閣也。儀徵劉師培，則稱爲國師，劉歆所學不類父向也。壽州孫毓筠，則稱爲斜侯，其頭偏斜，字曰少侯，本王氏臘也。侯官嚴復，爲短主簿，善談名理，其風度類郄超入幕之賓也。長沙胡瑛，爲成濟，反噬革命，其戈及於高貴鄉公矣。善化李協和，爲李龜年，列身朝院，隨唱舊曲，回憶吳淞砲台司令，大有江南落花時節之感也。一日六君子會食中央公園之來今雨軒，胡瑛曰：「外間皆呼我等爲走狗，究竟是不是走狗？」楊度曰：「怕人罵者是鄉愿，豈能任天下事哉！我等倡助帝制，實行救國，自問之不愆，何恤乎人言？卽以走狗二字論，我狗也不狗，走也不走的。」孫少侯曰：「我不然。意志既定，生死以之，我狗也要狗，走也要走的。」嚴幼陵曰：「我折中其說，狗也不狗，走也要走的。」胡瑛曰：「然則我當狗也要狗，走也不走。」翌日走狗言志，傳遍津京。天津廣智報繪走狗圖一幅，曲傳其意。四狗東西南北對列，如「狗也不狗，走也不走」，則人首犬身，屹立不動。如「狗也要狗，走也要走」，則狻犬昂首，四足奔騰。如「狗也不狗，走也要走」，則人首犬身，怒如駿馬。如「狗也要狗，走也不走」，則一犬長顧，四足柱立。正中畫項城宸像冕旒龍袞，垂拱寶座，題曰：「走狗圖」。從此詞林掌故，又獲一名典矣。（錄後孫公園雜錄）

王翁八十老名宿，爲渡重湖一賞春。不過聖明陳印綬，如何漢上會詩人。

帝制諸臣會議以原有清史館位置前清遺臣，以網羅京內外名宿，且元年春王正月之筆，輝煌史冊，宜載寶書，於是議設國史館館長，必年高望重，堪爲一代師表者。羣推王壬老，從楊度請也。度爲壬翁內戚，亦入室弟子，由度先達項城意，壬翁可之，乃遣使齎聘書一，金三千元，項城親筆信一，飭湘鄂豫直將軍巡按使沿途照料，護送入京，而壬翁行矣。由湘乘輪行，抵武漢，漢上知名之士，大宴於抱冰堂。壬翁曰：「是亦漢上題襟高會也」。即席賦七律一章，首二句云：「閒雲出岫本無意，爲渡重湖一賞春」。第八句云：「漢上題襟大有人」。和者甚夥。或進詢曰：「壬翁漢廷大經師桓榮也，吾輩幸叨大會諸生之列，眞可言得稽古之力矣。」翁笑曰：「予此行只有輪船火車，並無車馬印綬可陳也。」酒闌回館，閑話舊事。某曰：「甲午之役，先生曾作游仙詩，予輩尚肄業書院，莫知所指，眞有只恨無人作鄭箋之嘆。漢上報章，昔刊遊仙詩並注，先生以此近豬嘴關（見湘綺樓說詩卷五），今事過境遷，朝市皆易，先生何妨逐句言之，免後人苦心作註，難明意旨。」於是朗誦一章，先生即說其本事，羣爲記誦，至第五首，說注未畢，段芝貴將軍請謁遂罷。時章太炎先生幽拘北京，予以遊仙詩注示之。太炎提筆逐句竄點曰，此今日王壬秋之遊仙詩也。予曰，先生於改唐詩，颯袁黎外，又多一體裁矣。

遊仙詩原唱（見湘綺詩第三種杜若集壬老注）

湘瑟秋清更懶彈（湘撫吳大澂自請督兵），只言騎虎勝驂鸞（提督余虎恩從吳領中軍，後授總兵，許其自將十營）。東華舊史猶簪筆（黃太守自元爲吳同年一甲進士奏充營務處），南嶽眞妃肯降壇（魏方伯光燾將四營屬吳）。叔夜儀憑金換骨（曾重伯陳梅生兩編修俱被命赴吳軍），陳平何用玉爲冠（營官饒恭壽之流以容止進用）。淮南自許能驕貴（李傳相自請幫辦，吳辭之），却被人呼作從官（始詔宋慶總統各軍改授恭王，又改劉坤一，不及李）。

只學吹簫便得仙（時論抑淮重湘，湘軍行伍出身及功勳子弟乞食吳門者皆得進用），霓旌絳節擁諸天（後湘淮軍改授劉坤一節制）。定知吳質難成夢（吳軍多科第中人，難謀軍事），不與洪崖共拍肩（劉既總統各軍，直督李不能歸其節制，湘淮時生齟齬）。金闕未先辭受籙（遣使議和與總軍之命並發），神山欲望恐無船（鐵甲戰船七亡五，朝旨令保護鎮定兩艦而慶寬劉學詢使赴日議和，抵長崎不納，引船而返）。晨雞夜半空回首，驚怪人間但早眠（京官眷屬先期出都，皆効死主戰之臣，雞鳴入朝，顧影自憐）。

新承鳳詔發金閶，爭看河西墮馬郎（朝議起湘軍宿將。以陳臬司湜節制防河諸事，又有調赴關東之命。陛見出京，佯墮馬折右脚，以阻其行）。幸不倚吳持玉斧（在吳軍宿將有事，仍奉直督），可能窺宋出東牆（宋宮保慶在摩天嶺能戰，朝議倚爲長城）。勞拖仙帶招燕使（張侍讀因尅扣軍餉，力爲排解，李尚書斥爲阿狗）只借天錢辦聘裝（衞汝貴領餉六十萬，以十萬寄家，如曹克忠輩十扣四五，較爲廉潔，勿怪哭棠市也）。曾受茅君兄弟訣（余與曾忠襄姻好而保薦由文正），休將十賚損華陽（北語謂醜調爲損）。

鬱金堂外下重帷，玉女無言但掩扉（張香濤移督兩江，一月以來辦理防務，無暇見客，惟與予暢談兩日）。塵暗素書空自讀（香濤欲解西事，雖土飯塵羹亦奉爲奇書），月明烏鵲正何依（主戰二相已出，軍機某尚書猶在，即前劾恭王者）。蛇珠未必能開霧（某相國有自願督師之志），鴛錦猶聞勸織機（軍火全資外洋而製造局故爲忙碌）。莫道素娥偏耐冷，爲君寒透六銖衣（余在督轅月下獨登台。及出夜已三鼓，次日不辭而行。）

（廿八）

編輯部啓事：「中國事變回憶」譯者有事，暫停一期，下期續登。

# 柳西草堂日記

張謇遺著

三十日。理書。（按：八月日記前頁有如下之記載：「叔兄以五品銜署貴溪知縣，爲先曾祖文奎公，祖妣姚氏，在江西籌賑捐輸總局，捐從五品封典，實收「贛」字第二萬九千二百五十六號，實銀二百四十兩。光緒二十七年二月十八日塡給。又爲外曾祖吳聖揆公，外曾祖母殷氏捐請從五品封典，實收「贛」字第二萬九千二百五十七號，實銀一百二十兩。塡給日月同。九月廿八日。函託劉葆良寄京請頒誥軸」。八月日記末，記云：「錄某君晬盤詞：『昨夜春燈似海繁，連村簫管尚喧嘩。爭聽趁喜張家去，聚看譬花小狀元。』『戈印安排總吉祥，晬盤濃映繡袍光。正應雙取金銀管，不用連天侈姓張。』二詩格調最佳，此外惟潘葆之四首可誦，惟運典不如此二首熨貼耳。」）

## 九月

四日。葉詠霓自杭來廠。

六日。啓行至廠。

七日。到廠。有過太平橋詩。（按：眉頁上書云：過太平橋：舊塲廟外太平橋，疏柳叢蘆漸向凋。林月濛濛天影壓；岸風颯颯漲痕消。乘除世變疑千刼；游釣童時亦兩朝。感游弔亡成底事，漁燈蟹火儘無憀。）

八日。與叔兄訊。

九日。寫廠約。

十日。積餘來，聚卿未至。

十一日。積餘約同健庵、衡挹、秋門游狼山，觀天祚題名。叔兄來訊。（按：眉頁上書云：「憶州志，宋元豐四年劉弇游狼山記有曰：今之山跗，前五十載海也，其深蓋碇絲千尋莫能測。考楊吳天祚止三年，自其二年至元豐四年，已一百四十六年，是所謂五十載者，當在眞宗乾興，仁宗天聖之間（仁宗明道元年至神宗元豐四年，恰五十年），其去天祚亦九十五六年，其時江海交流，當益大於宋代。由天祚二年至今已亥，九百七十一年，是狼山之跗於平陸已八百七十餘年矣。」天祚題名跋。）

十二日。得聚卿電。

十四日。聚卿與曉珊到廠，談竟夕。

十五日。晚，積餘約同聚卿、曉珊進城。夜分，聚卿、曉珊去蘆涇港，余回廠。

十六日。早至蘆涇港，附江裕輪船上駛。

十七日。至省。書院久無人居，蓬蒿沒踝，穀長及簷，糞除半日。作員端研序銘：「光緒五載歲己卯，老友徐翁粵游歸，挾研甚富，舉大小相次三枚見贈，曰：此吾所有中品，蓄其上，竢子書大進。復大噱曰：子覬吾蓄乎？越數載，翁歿，研俱逸，不知其所謂上者流落何所，而俯仰之間二十餘寒暑，我之書果進與否，不得如翁者而平論之，可痛也！此研蓋大者。翁名圻，字安之，宜興人。謇既感而志之，而銘之曰：大員規規，無棱可摧，宜人壽之弗逮，而世且與汝乎磨涅而排推。」研側題「通州張季子宜[illegible]藏研之一十六」字。

十九日。[illegible]。得叔兄、敬夫訊。叔兄初七日訊畧曰：貴谿教堂，全境蕩盡，皆兄去貴谿後事，六年之內，歷任偏向教民結怨甚深，所致豎旗大書「官逼民」三字，衣戎衣，衣志「大淸國光緒義民」字，不搶不燒，不擾民居鋪戶，専毀教房，勒令教民反教，現已蔓延鉛山、弋陽、金谿、安仁、閩之光澤，掣動廣豐玉山等縣，留丁漕以資公用。昨有人自貴谿來云，紳民一聞兄再任之訊，歡欣鼓舞，咸約不動丁漕分毫，待兄去時交納。兄聞而大懼，當此極盛，慮名何以爲繼，且事關重大，外侮日逼，自權日削，即使暫時安輯，將來善後，了結無期。如何如何！今日即啓行，十三日接印，一切俟到任後再行分層做去。兄惟有[illegible]無事，不敢稍涉孟浪，弟以爲然乎？（按：貴谿人民所毀的是法國天主教堂。）

二十日。謁新寧。相見大歡，拱手稱謝。對曰：「紗好，地也，氣轉，天也，人無與焉。」新寧曰：「是皆先生之功。」曰：「辦事皆董事與各執事，響無功。」曰：「不居功，苦則旣喫矣。」曰：「苦是自己要喫的，亦無所怨。」曰：「但能成，折本亦無妨。」曰：「不成則已，成則無折本之理。」

二十一日。集金剛經字作廠廳事聯：「爲大衆利益事；去一切瞋恨心。」題狼山塔院聯：「我佛見一切善男善女人，皆生歡喜；是塔具七寶大乘上乘相，何等莊嚴。」題三元宮藏經樓：「百年三萬六千場，以慧眼觀滄海桑田，如夢[illegible]；大藏四千卅八部，有信心者善男信女，能書寫讀誦，能受能持。」與叔兄訊，敬夫訊。

二十二日。接蘭孫電，促去滬

二十四日。啓行往上海，琴齋送至下關，兼看陸師學堂操。

二十五日。至上海，晤葉詠霓自杭來。

二十七日。晤繆小山。

二十八日。晤余晉珊前輩。（按：繆小山爲荃孫之字，江陰人，光緒二年庶吉士。授職編修。余聯沅，字晉珊、湖北孝感人，光緒三年庶吉士，授職編修，官至湖南布政使，署浙江巡撫。）

## 十月

九日。回通州。

二十二日。酉刻往石港，弔蘭賓母喪，澤人妻喪

二十三日。爲蘭賓太夫人題主。夜歸廠。

二十五日。與李木齋、周石變[illegible]訊。

二十八日。回長樂，宿二甲舟中。

二十九日。至家。

## 十一月

五日。袁恕賞自貴谿來。

六日。與叔兄訊。

七日。與松中丞、張方伯、瞿蓴馨訊。

八日。恕堂行。

九日。周厚卿來，與訂相度三叔、亮姪及仁姪聘婦葬地。

十二日。家廟祀先，冬至不能在家也。孔馴回。得虞山訊並詩。（題荷鋤圖）。

十三日。啓行，亥刻至西亭。

十四日。候周厚卿，戍刻方到。

十五日。微雨。與厚卿看祖墓穆穴地，午後行，亥刻至城。

十六日。與厚卿看小虹橋墓地。

（廿八）

# 英使謁見乾隆記實

馬戛爾尼　原著
秦仲龢　譯寫

第十九件　包裹一切雜貨，紅毛本國物產及各樣手工，如多羅呢羽紗及別樣氈貨，各項細洋布、鋼鐵器具，共獻於大皇帝賞收。

又按：英國使節團正式覲見乾隆之日，清廷宮文書稱為瞻覲日，軍機處所擬是日賞英吉利國王白玉如意一柄，又聽戲日賞國王御筆書畫冊頁一件（貯鑲嵌紫檀匣內漢玉玩十件。）

英王既有禮物送給乾隆帝，乾隆帝也有禮物回敬，清朝宮方文書叫「賞英吉利國王物件」，物件名單，由軍機處擬定，經乾隆帝批准的，回敬的禮物八十餘種，二百餘件，大都是瓷器、漆器、玉器、文房、甚至有畫絹二十張，灑金五色字絹二十張，五色箋紙二十張，高麗紙二十張，墨六匣。此外又有「加賞英吉利國王物件」四十種二百餘件，則多係綢緞，宮扇，摺扇等物。至於賞馬戛爾尼正使之物，也有「酌擬賞英吉利國正使」及「酌擬加賞英吉利國正使」「酌擬賞英吉利國副使」、「酌擬加賞英吉利國副使」等物。特使一行游萬樹園、觀劇時，亦有賞賜，觀劇時的賞賜正使是：御筆書畫冊頁一件，玉杯一件，瓷瓶二件，瓷盤二件，葫蘆瓶二件，漆桃盒二件。賞副使之物是：玉杯一件，瓷器二件，葫蘆器二件，瓷瓶一件，瓷器四件，小荷包一個。副使之子小斯當東的賞件是：鼻烟壺一個，五彩爐一對，大荷包一對，小荷包二個，紗緞共三匹，八絲緞二匹，錦二匹，瓷盤一件，皮茶桶一對，奶茶碗一對，龍緞一匹，粧緞一匹，倭緞一匹，青緞一匹，藍緞一匹，漳絨一匹，帽緞一匹，綾三匹，紡絲三匹，縐紬二匹，茶葉二瓶，磚茶二塊，茶膏一匣，女兒茶八個，藏糖一匣。又小斯當東繪畫恭呈御覽，賞大荷包一對。此外正使的隨員兵丁、樂師、工匠、家丁、雜役等人，各有緞、綾、綢之賜，外加銀十両。乾隆帝高興之餘，對英國特使一行，賞賜極厚，一來是「懷柔遠人」之意，二來也要顯耀一下「天朝」的富庶與排場。——譯注。）

九月十五日，星期日

前些時，我們曾請中國官員轉奏皇帝，說明我們這次到中國觀光，很希望能夠見到中國的各種新奇和有趣的事物，因此皇帝就分付他的首相，領導我們游覽他在熱河行宮裏的公園；或稱花園，這所園子中國名叫萬樹園。

為了要游御花園（原注：賜游御花園，在中國制度上是一特殊恩典。）（按：確係特殊恩典；在中國的宮書中，一個人得賜游御園，叫做「瞻仰」，瞻仰之時，又有賞賜。慈禧太后晚年，也賜外國人瞻仰頤和園，甚至溥儀在紫禁城做「關門皇帝」時，江亢虎請金梁轉奏，請賜「覲見」，溥儀未允，只賜以「瞻仰」御花園而已，而江亢虎則視為「特殊恩典」了。——譯注。）我們今晨三時即起床，到行宮門前，和中國一班大臣同候聖駕至三小時之久（原注：候駕係中國的禮節。）聖駕到時，與昨日所見者相同，皇帝坐在一頂沒蓋的高轎子上，由十六個輿夫抬着，前後左右，有數不清的隨從、音樂師、旌節、旗傘等簇擁着。駕到宮門，皇帝見我們列班在前候駕，就命輿夫停步，同時示意我們上前。我們如命走到御前，皇帝就和我們談話，態度極為親切。他說：他每天早晨必定往寶塔禮佛，問我們要不要一同前往。我說，我們英國人所奉的宗教，和皇帝陛下所奉的不同，所以不便奉陪。皇帝就說，我們不去也好，他可以叫幾個人帶我們去游萬樹園，但萬樹園地方太大了，一下子玩不了這許多。於是他就分付首相和軍機大臣數人，領導我們游園。

我立即向皇帝表示相當的謝意而退；同時，皇帝亦繼續啓行，前往寶塔。我同相國、軍機大臣等鵠立道旁，候聖駕已遠

[illegible]長入園，曲曲折折的行了三英里，所見的珍奇樹木很多[illegible]，修治整飭，風景和我們英國百福郡裏行往留頓地方的相似。（按：百福郡〔Bedforshire〕是英國一個著名地方。留頓〔Luton H.〕在百福郡，是馬戛爾尼岳父的花園。——譯注。）我們繼續而行，前面豁然開朗，呈現在我們眼簾的是一個大湖。這個湖有多大，我實在難以估計，我站在湖邊向前望，渺渺茫茫，遠無邊際，可見這個湖之大，實非我們所能目測而估計它的面積的。

湖中停泊着一艘大而華麗的游艇，準備我們游湖，艇旁也停有較小的游艇無數，它們也裝飾得很華麗，這是預備裝載侍從人員的。我們上了游艇，爲游湖之舉，湖景之美，固不待言，即艇裏的陳設，如古董書畫等等，已足令人終日欣賞不已。

船開行後，我們一見岸上有什麽可以注意的建築如一塔一榭，或其它有趣的景物，就隨時停船，上岸游玩。總計今日的航程，停船的次數，約在四十五十之間，那就是說，我們停船上岸，參觀了宮殿，臺榭有四五十處。這些建築都很宏大壯麗，有些懸掛着乾隆皇帝的秋狩圖或功業圖，有些又藏有各種大玉瓶及瑪瑙瓶，或精美瓷器和漆器；更有些則收藏歐洲玩物和音樂歌唱器（[illegible]係一種八音樂箱，開動發條，能奏各種悅耳音樂，清宮藏此種玩意極多，大都是歐洲商人運到廣東出賣，地方大吏買來進貢的。——譯注），其它如地球儀、太陽系統儀、時鐘以及歐美的高級美術品，皆應有盡有。看到了這許多豐富的收藏，使我吃了一驚，受驚的是我們帶來的禮物如果和這兒所藏的相較一下，簡直小巫見大巫，我們只好「韜藏其渺小之首」了。（按：馬戛爾尼拋書袋，引英國詩人米爾頓「失樂園」名句也。——譯注）但中國官員對我說，這裏所收藏的東西，拿來和寢宮中所藏的婦女用品相比，或與圓明園中專藏歐洲物品的宮殿相較，猶相差遠甚。我們所見的宮殿，寶座之旁，必定擺着一柄如意，它的形狀，同昨日皇帝贈與英王陛下者一樣，此物是象徵和平興盛之意。

我[illegible]實在是言之不盡。凡英國國內所有的天然景色，萬樹園無不皆備。（按：原作者於此處歷舉英國當時有名的私人園莊，如在白金漢郡的 Stowe，在百福郡的 Woburn Abbey，在沙萊郡的 Painshill，皆十八世紀的著名建築，百福郡的那一座園莊，係百福勳爵產業，至今尚完整如新，十年前，主人已將它開放，售門票吸引游客，而主人亦藉此爲挹注。——譯注）

湖面有很多地方都滿植蓮花，這種植物，頗像我們英國的大葉荷花，大概中國人是很喜歡它的，所以在水中常見有此物，但老實說，我倒不大喜愛這種東西的。園中有頗多假山和人工池沼，皆養有金魚極多，而亭榭樓閣之外，又多有巨型的瓷獅瓷虎來作擺設，在我們歐洲人看來是非常不順眼的。然而凡此種種，皆無關宏旨，絕不會影響整個花園之美，我游玩了六個鐘頭之後，細心觀察，我簡直不能找出這座萬樹園有什麽弱點。

游興已闌，我們和相國諸公告別，相國對我說，我們今天所見的，只是萬樹園的東邊的一部分，還有兩邊大部分尚未走到，改天再陪我們玩。同游諸公，是首相和珅；副相福長安（按：福長安非大學士、亦非協辦大學士，只是軍機大臣，不能稱爲副相，但軍機大臣有相之權，無相之名，原文稱他爲「副相」，尚可通。——譯注），一爲福長安的兄弟福康安，以前是兩廣總督，新近調四川總督，第四位是松筠；一個能幹的年青人——這四位大人都是滿洲籍，皆穿黃馬褂。

松大人是新近從俄羅斯邊境西伯利亞回來的，他聽說我曾以大使資格駐聖彼得堡有年，所以就和我攀談，如像見了老朋友一樣。他說他奉命往俄國，在恰克圖與俄官商議通商事情，俄官是一個大將軍，所穿的制服上面，有一紅色徽帶，且有一寶星和我的相似。他們見面後不久，雙方感情甚洽，所以交涉進行，很是順利，不消多大時間就辦妥公事了。他說這番話時，頗有得色，又問我關於俄羅斯的富力如何，兵力如何，好像要一探我的學問深淺，和我對中俄兩國的感情如何的。

# 花隨人聖盦摭憶 補篇（廿九）

黃秋岳遺著

此卽世所傳洪氏密策制滿之說也。李孟符「春冰室野乘」，似曾論及之，案頭無此書，不能記其原文，「清朝野史」有一節，或是爾時孟符、孺博一流議論，畧云：「當滿漢一家之日，洪承疇密室造請，竟建以漢人養旗人不令旗人營生計之策，從此滿漢分居，漢人得安其農工商賈之業，二百七十年來，免受其擾，雖出租稅以養之，猶有利焉，此則洪承疇之有功漢族，抑若善於補過者也。馴至八旗之人，一物不知，仰恃漢人，猶嬰兒之於乳母，民軍一起，數月間而亡其族矣，蓋彼早亡於洪氏矣」。卽伯熙所咎者。而世又傳金之俊降清時，與多爾袞約十不從，所謂：男從女不從，生從死不從，陽從陰不從，官從隸不從，老從少不從，儒從而釋道不從，娼從優伶不從，仕宦從而婚姻不從，國號從而官號不從，役稅從而語言文字不從，多爾袞允之。又定凡旗人不得經營商業之制，謂限滿洲，實爲金文通之功，此說似後來傳會。大抵八旗食祿而不許經營他業，自爲逸豫亡身之張本，洪文襄創此議時，不得謂非飲以甘酖，具有深心也。抑二百餘年間，大官之驕奢淫逸，駐防之暴戾恣睢，亦已甚矣，雖厚其怨，以速之崩，而歲月蓋亦甚久，貪墮之習，傷於國脈民性者已深。東南民庶，受駐防旗兵之荼毒，無可告語者，尤不勝枚舉。顧清祚所以長於元者，或正賴此十不從之寬大約束，使民安其俗，不必遽鋌而走險，故所謂文通之功者，恐實不如文襄之功。又案清自乾隆以後，得有天下，實皆漢人之力，卽三藩削平時，力量已竭蹶，詞科八股，亟事懷柔，更無改革文字風俗之勇氣，此亦滿終爲漢同化之一因。今日國內種族之成見，已不復存，記此陳迹，聊爲造作特殊階級自求府怨者之炯鑒而已。

居舊京日久，初伏浴頻，兒輩頗叩宣南洗象故事，此須六七十歲人，光緒中葉，曾居北京者方及見之。予入都晚，但見宣武門內迤西之象房橋，云象房在茲，後改爲法律學堂、貴胄學堂，其後又改爲參議院、衆議院，二十年來，卽北京人，亦無話洗象者矣。考北京象房之設，遠在永樂、宣德閒，當由成祖平安南，以象入貢，始建此，與豹房相埒。明蔣一葵長安客話載：象房在宣武門西，城牆北，每歲六月初伏，官校用旗鼓迎象，出宣武門洗濯。而劉侗「帝京景物畧」載：「三伏日洗象，錦衣衛官以旗鼓迎象，出順承門浴響閘，象次第入於河也，則蒼山之頹也，頷耳昂回，鼻舒糾吸噓出水面，矯矯有蛟龍之勢，象奴挽索據脊，時時出沒其鬐，觀者兩岸各萬衆，面首如鱗次貝編焉，然浴之不能須臾，象奴則調御令起，云浴久則相雌雄，相雌雄則狂。」可見晚明已重視之，今攷梅村題崔青蚓洗象圖詩，有云：「京師風俗看洗象，玉河春水涓流潔。赤脚烏蠻縛雙帚，六街士女車塡咽。」康熙大興縣志亦云：「六月六日鑾駕，民間衣物悉曝之，三伏日洗象，鑾儀衛以旗鼓迎象，出宣武門浴響閘，象次第入河，如蒼山之頹也，頷耳軒昂，舒鼻吸嘘水面，矯若蛟龍，象奴挽索據脊，時時出沒，觀者如堵，浴未須臾，奴輒調御令起，浴久則相雌雄，致狂。是月海淀蓮甚盛，就蓮而飲者，採蓮市者，絡繹交錯焉。」此是因襲景物畧，而稍損益其詞，其後吳升東「浴象行」云：「六月望後之四日，天街簇擁行人疾。爭傳浴象御河濱，畫鼓喧闐簫管集。金吾肅領佽飛軍，宣武門東隊隊出。象奴控馭何馴良，屈指約畧近五十。來自六詔萬里餘，西南臣服諸邦國。不次恩從格外加，錦繡爲韉金爲飾。月給俸錢向水衡，九重拜爵同官秩。早朝立仗著勤勞，車駕前驅賴警蹕。以此宜承眷顧殊，殿最無煩分黜陟。當茲盛夏苦炎蒸，廑懷暑氣或相逼。有水一泓澄且清，長流不斷亦不溢。薰風時至生縠紋，安瀾望去徹底湜。青柳綠槐千百株，波光掩映琉璃色。差堪於其中，如賜湯沐之世邑。三兩成羣逐浪游，深者及肩淺過膝。巨牙利齒各分張，周身舒卷任鼻息。偶然噴沫動成珠，彷彿鮫人夜半泣。踴躍昂首欲長鳴，牝牡追隨自儔匹，聚觀若堵騁縱橫，夾岸紅裙雜遝立。笑語沸騰辨莫眞，羅衣香汗重重濕。四顧含情最可憐，指點樓頭誰第一。」讀此，可知後來寖成盛會。戴璐之「藤陰雜記」且云：「洗象詩，名家集中歌行詞賦，無美不備，獨漁洋竹枝一絕云：玉水輕陰夾綠槐，香車簾幙錦成堆。千錢更賃樓窻坐，都爲河邊洗象來。可作圖畫。」至後此如彭蘊章「松風閣詩」幽州土風吟洗象云：宣武城南塵十丈，揮汗駢肩看洗象。象奴騎象遊玉河，長鼻捲起千層波。昂頭一歕一天雨，兒童拍手笑且舞。笑且舞，行蹇蹇，日暮歸來洗貓犬。」方朔金臺游學草，洗象行云：「六月三日初伏交，傳呼洗象西河坳。方子乘興出城去，車馬兩岸如風翺。喧囂寂處人爭讓，三匹兩匹迢遞見。壯哉雄物此大觀，立地平山拖一線。紅旗搖曳金鼓鳴，擁頹蹴踏驅之行。泥深水淺足力重，陡然潮漲東西平。一蠻奴跨方騰踔，衆蠻奴搏潬漿躍。雨作濤翻十丈飛，何處蛟鼉掀大壑。前者未起後者趨，水中岸上交讙呼。金聲一震波成皺，化出鏖兵赤壁圖。蠻奴馴象如調馬，以鈎爲隨月上下。蠻奴洗象如浴牛，拳毛濕透歸悠游。最憐得潤尤更色，湖石巍峨不斷頭。」則力求變調，其實亦無甚新語。其見諸筆記者，晚清黃鈞宰「金壺浪墨」云：「六月十日，與柴垣觀洗象於宣武城西，至則遊騎紛沓，列車如陣，如蜂房，如文闈號舍，車中人襜帷半掩，祇露頭面，如牡丹，如繡球，道中食貨絡繹，百戲如雲，喧擾間，忽見數人高與簷齊，冉冉前進，衆人左右辟易，有執紅棍者前導，則象奴雄踞象背，邱山不動，次第緩步而來，及河，伏其前足，候象奴既下，司事者鳴鼓數通，然後入水，計先後二十有四，游戲徵逐，浪沸波騰，錢塘射潮，昆明習戰，不是過也。洗畢鳴金登岸，猶以鼻捲水射人，都人知其馴習，畀錢象奴，教以獻技，象必斜睨奴，錢數滿意，乃俯首昂鼻，嗚嗚然作觱栗銅鼓等聲，萬衆鬨笑而散。」此與前諸詩，可相發明，其云六月十日，與吳升東詩之六月十九日，方朔詩之六月三日，互有不同。度是伏日之遲早，然伏日縱遲，不至如吳詩之望後四日，予意洗象號爲初伏，實則須視護城河之水勢，宣外城壕，冬春半涸，唯盛夏大雨時行，西山山洪迸發，由高粱河灌入遶城諸河，以入於二閘之通惠河，此則洗象時也。光緒甲申後，安南緬甸併非我屬，貢象久不至，象房餘一老象，時人有南荒遺老之詠，至已亥，此象亦斃，遂永絕響。

區區小點綴，亦有六百年以上之史實，且與吾國聲威制度之消長相關，畧中緝拾及之，彌為歎息。

又考明沈德符「野獲編」稱：「六月六日本非令節，但內府皇史宬晒曝列聖實錄，列聖御製文集諸大函，每歲故事也。至於時俗，婦女多於是日沐髮，謂沐之不垢不膩，至於貓犬之屬，亦俾浴於河，京師象隻，皆用其日洗於郭外之水濱，一年惟此一度。」此則以洗象屬於六月六日，且不止洗象，且及於曝書洗貓犬。案元明舊制，本有六月六日洗馬之俗，「燕都游覽志」：每歲六月六日，由貴人用儀仗鼓吹導引洗馬於德勝橋之湖上，三伏皆然。「北京歲華記」亦稱六月十二日，御廐洗馬於積水潭，導以紅仗，中有數頭錦帕覆之，最後獨角青牛至，諸馬莫能先也。「燕都雜詠」：「古潭連內苑，御馬洗清流。夾岸人如蟹，爭看獨角牛。」自註云：德勝門內積水潭伏日洗御廐馬，末有獨角青牛，此則歷代舊聞所采，四五百年前之舊話，所謂獨角青牛，度是一時畸形異產，必非犀屬。至清代殊不聞及伏始洗馬也。

幼讀東坡詩，吳儂生長湖山曲，心便羨之。後讀昌黎瀧吏詩，鱷魚大於船，牙眼怖殺儂，檢玉篇，儂，奴冬切，吳人稱我曰儂，意以為吳人自稱，皆必曰儂也。近十年間，兩客吳下，試究方言，乃無以儂為我者，如子夜歌之「郎來就儂嬉，負儂非一事，許儂紅粉粧」者，今皆無之。凡言女者，音皆作儂，此則為渠儂之別訓。案字典，渠儂，他也，六書故：吳人謂人曰儂，如尋陽樂：鷄亭故儂去，九里新儂還，讀曲歌：冥就他儂宿，皆謂他人曰儂之解，與今之吳人讀音正合，可知即此區區一字，變遷亦甚大。太炎謂，詩大雅箋，而猶女也，音轉為乃，為若，今蘇州謂女為而，音如耐，浙東謂女為若，音如諾，音又轉為戎，大雅「戎雖小子，纘戎祖考，以佐戎辟」，箋皆訓戎為女，今江南浙江濱海之地，謂女為戎，音為農，然則儂者，本音農，乃戎之轉，久訓為女矣。昌黎之詩，玉篇之訓，或猶在後也。又案昌黎此詩中：亦有生還儂，此儂字，即指他人。

偶於坊肆，得莫郘亭詩鈔一卷，白紙初印，上有細字云：同治丙寅夏五，郘亭貽，新亭父記，鈐有悔翁一章，書內又鈐汪士鐸印，知為汪梅村所藏。悔翁藏書，南京肆內往往遇之，此為郘亭親貽，或稍可寶。悔翁是近世南京名士中一大怪物，輾轉洪楊窟中，而為曾胡策畫，一怪也。平日所持正論，以大亂之生，由於人口過多，所言子女多者加稅等，頗近節育，與歐洲近代之馬爾薩斯學說，及嗜殺用術智諸新說，頗暗合，二怪也。平生痛詈婦女，主張生女即溺，而畏其婦特甚，三怪也。其著述雖多，而論政論學，多見於日記中，今節錄其日記中之一二段，以見悔翁對於我國政治與社會病痛之見解：「世亂之由：人多（女人多故人多），人多則窮，地不足養 尚於外則奢靡，苦樂不均（盜賊之見如此），有才不遇，遇時者人多亦不足用，靡費更不足用，一味託大而不足用，雖遇時尚不足用（有累），流蕩人多，好吃懶作，游手好閒，無光棍律，無才而慕富貴，輕武重文，文飾太多，好强不講禮，信鬼神，信術數，作為無益，一味敷衍為能幹，粉飾欺蔽，苟且作偽，巧捷刻薄，刑罰太寬，不核名實，盜賊律寬，人稟賦時好習染風俗性情不同，久治

# 大　華

1966年合訂本　1——20期

**1967年六月出版**

本刊於1966年3月15日創刊，至十二月，共出二十期，今合訂爲一册，以便讀者收藏。此二十册中，共收文章三百餘篇，合訂本附有題目分類索引，最便檢查。茲將各期要目列下：

1　袁克文的洹上私乘。
2　徐志摩夫婦與小報打官司。
3　大同共和國王劉大同。
4　胎死腹中的香港市政府。
5　申報與洪憲紀元。
6　李準輸誠革命軍內幕。
7　西北軍奮鬥史。
8　清朝的內務府。
9　王孫畫家。
10　日本空軍謀炸南京僞組織秘記。
11　丙午談往。
12　談聶雲台。
13　銀行外史。
14　皇二子袁克
15　跛脚主席張
16　南北兩張園
17　上海的超社逸社。
18　當代藝壇三畫人。
19　胡漢民被囚始末。
20　我所見的張永福。
21　溥心畬的騎馬像。
22　史量才與陳景韓。
23　清宮的秀女和宮女。
24　洪憲太子袁克定。
25　釧影樓回憶錄。
26　張謇日記。
27　洪憲記事詩本事簿注。
28　英使謁見乾隆記實。
29　花隨人聖盦摭憶補篇。
30　穿黃褂的英國將軍戈登。
梁啟超萬生園雅集圖。
的上海三老。

原書原樣

**香港讀者，請向本** ……**店總代理處接洽。**

精裝本……S$3.20

**本**……**時，**

**未能**……**始能**

**面世**

國文教學
國文學習 參考用書

國文月刊爲抗戰期間西南聯合大學師範學院國文系主編，爲討論國文教學與培養國文閱讀及寫作能力權威刊物。先後由朱自清、郭紹虞、呂叔湘、周予同、黎錦熙、夏丏尊、葉聖陶等專家編纂。內容包括十類：（一）文字、聲韻及訓詁學；（二）文法學；（三）修辭學；（四）經學及文學史；（五）文學批評；（六）國文教學；（七）文辭疏解；（八）新書評介；（九）紀念逝世之國文教授；（十）當代文選評。撰稿者皆爲一時碩彥。凡所討論，俱屬切要問題。同時關於大專方面之國文教學，亦有專題研究。茲爲適應當前國文學習與教學之須要，先將抗戰復員後出版之國文月刊，由四十一期至八十二期，全部影印流通，分期零售；另合訂成册，利便庋藏。又編有總目分類索引，以便檢索。至於抗戰期間所編之國文月刊，由第一至第四十期，係用土紙印成，不便影印，刻在整理排印中，以饜海內外讀者雅望。

茲爲便利讀者採用起見，特輯有「國文月刊總目分類索引」單行本。售價港幣叁角；港九區郵票採購，付郵票肆角，寄英皇道一六三號二樓龍門書店，當即寄奉。

龍門書店謹啓

大華
半月刊
第三十一期
毛澤東曾有意訪問美國

# 大華

## 第三十一期



封面說明：毛澤東到重慶，旁立者赫爾利、張治中。


大華半月刊 第卅一期

一九六七年六月十五日出版

（每月十五、三十日出版）

Cathay Review No. 31

Ta Wah Press
76, Haven St., 5/F, 6,
HONG KONG.

出版者：大華出版社
地址：香港銅鑼灣希雲街36號6樓
電話：七六三七八六轉

督印人：龍繩勳

主編：林熙

印刷者：朗文印務公司
地址：香港北角渣華街一一〇號
電話：七〇七九二八

總代理：胡敏生記
地址：香港灣仔船街卅二號
電話：七二三四三七

# 毛澤東會有意訪問美國

## ——赫爾利的一份報告書

蕭梁齋

**抗戰末期，美駐華大使赫爾利曾給羅斯福一個報告說：中國共產黨願與美國軍隊合作，但要美國將物資直接供給共軍，完全撇開國民黨。毛澤東和周恩來向魏德邁商量，要求由他們往美國訪晤羅斯福。赫爾利如此這般的說，倒也很有趣，是否眞有此事，我們無從得知，但出于美大使的祕密報告，總是第一手材料，研究現代史者不可不注意。**

——編者

第二次世界大戰後期，「中國問題」頓成全世界最重要的問題之一，因它和當時民主集團的求取戰爭勝利，以及戰後世界政治的安定，都存在有無比之深的關係。因此，當時隱然為「民主集團國家大統帥」的美國總統羅斯福，對於「中國問題」極為重視，擬給以適當的解決。所謂「中國問題」，實包括有國民、共產兩黨的磨擦和合作問題，對日作戰問題，中國與各主要盟國之間的關係問題，以及戰後中國在世界上的地位問題等等。其中最主重而實具關鍵性的，乃國共兩黨如何協商合作問題。此一問題如能取得洽議，則其他具有連鎖性質的問題，也就不難解決了。為此，羅斯福頗有意從中致力，為求速觀厥效，曾特派赫爾利將軍至重慶，為他的特使（後改任美駐華大使），從事調協國共關係。

赫爾利這個已退役的將軍，似有政治外交長才，戰時頗受羅斯福器重，屢次奉命赴外担任折衝壇坫職務。一九四四年年中，羅斯福以當前及戰後各項重要問題需予解決，亟盼與史大林晤談，而舉行美英蘇三巨頭會議。可是這位蘇聯大元帥却另有打算，以個人健康為理由，對於會議的時地等問題，屢提異議，堅持己見。羅斯福除經由其駐蘇大使哈里曼，經常為此事與史氏聯繫外，並於一九四四年夏秋之際，特派赫爾利赴蘇，秘密往晤史大林，商談有關舉行三巨頭會議及中國問題。但不幸得很，赫氏抵達蘇京時，正史大林元帥患嚴重流行性感冒之日，赫氏在莫斯科候了數星期之久，始終未得見史大林一面。赫氏旋即奉派以總統特使的身分而往重慶了。

赫爾利到華後，便積極着手進行調協國共關係的工作。他在進行這項工作中，經常與當時美軍駐華總司令魏德邁將軍（同時兼任中國戰區盟軍總司令蔣介石委員長的參謀長）商議和聯繫。一九四五年一月十四日，赫爾利發給羅斯福總統一通長電，名曰「有關中國局勢報告」，可說是他數月來的工作的一份總結性報告。這通電報特別注明有「極機密，僅供總統親閱」的字樣。赫氏在電文最後一段且特別聲明說：

我將本報告專送鈞座親閱，如鈞座同意發交國務院，我並不表示反對。我對史退汀紐斯（當時國務卿—引者注）充分信任。但我們讀到和聽到如此多的關於整頓國務院的消息，以及國務院在過去和目前的不斷洩漏機密之事，我認為最妥善者莫如將此報告專呈鈞座親閱，而獲得一項保障，即我所獲之指令均確係發自白宮。鈞座認為本報告不必發交國務院時，則盼鈞座能送交史退汀紐斯一過目。

該份報告在一九五三年，始由美國國務院公告於世，注明來源係自原為白宮所藏，後歸「羅斯福紀念圖書館」所有的羅斯福機密文件中轉錄得者。看來，該報告當年羅斯福徇赫爾利之請，並未發交國務院，最多只讓國務卿過目。

今日我們能讀該報告全文，所謂幸甚。因為這是當年最有關係的局中人所作的報告，是最具權威性的第一手史料，而報告書中所述的事，確又屬非常珍秘者，其中有些迄今尚不甚為世人所知。我今擇取其中數點，畧加評述於下。（但有一點須特別聲明的，該報告只可認為是具甚高價值的「史料」，尚不能作定評的「史」看待。）

## 誰反對國共合作

當時有不少人對國共合作，甚至對於中國的統一，是取反對或阻碍的態度的。赫爾利給羅斯福的報告書中，曾作過較簡畧的分析。

他認為反對者有下列幾種人：

（一）國民黨中反對改革的頑固派分子。赫氏並未明言那班人的姓名，不過，我們從有關的各種文獻中得知，美國人心目中的國民黨內頑固派分子，當以「CC系」領袖陳果夫、立夫兄弟為最著。

（二）共產黨內左傾的激烈分子。誰是這一類人呢？赫氏亦即未提名道姓，我們自不便妄加揣測。不過，據最近中共文化大革命運動中所透露出的資料，那個「中國的赫魯曉夫」、「黨內最大的走資本主義道路的當權派」（按指劉少奇），當年似是傾向國共協商合作的主張的。

（三）所有帝國主義國家的政府之代表。赫氏主要是指英、蘇兩國派駐中國的使節等人員。赫爾利指蘇聯為帝國主義國家（並未明言），指蘇聯不欲中國統一，是不足為異的。至於他暗指英國亦如是，這並非我故作傳會，當時的美國政要確是持此見解的。戰後美國國務院先後所公佈的各種戰時有關中國問題的文書，其中就屢有「英國丘吉爾政府甚盼戰後的中國是一個衰弱而不統一的國家，反對中國為四強或五強之一」的記載；而按諸英國的行事，確有如是存心。丘吉爾為首的英國紳士們，仍妄想戰後在遠東逞其大英帝國的聲威，不單想保持其在中國乃至遠東多年來所掠得的果實，而且還想如昔地繼續榨取各種權益，倘若中國成為一個統一富強的國家，他們對中國乃至遠東的妄想和野心，就必然落空的。赫氏暗指這一類分子為英蘇兩國人，可以在赫氏報告書的稍後一段中，得到證明。他說：「因此，我提供下列計劃，並建議鈞座在即將舉行的三巨頭會議中，要求丘吉爾和史大林同意下列計劃：（一）立即統一中國境內之武

# 毛澤東告左舜生

·史哲之·

一九四五年七月，左舜生等人往延安訪問毛澤東主席，左與毛原是舊相識，據左後來寫的「近三十年見聞雜記」說：

> 談到時局問題，毛很激越的說：「蔣先生總以天無二日，民無二王，我『不信邪』，偏要出兩個太陽給他看看！」（不信邪是一句道地的湖南話，意即不管三七二十一之謂）談到美國，他說：「我這幾條爛槍，既可以同日本打，也就可以同美國人打，第一步，我要把赫爾利趕走了再說！」……後來他居然到重慶去演了一齣黃鶴樓，雖說是由赫爾利做他的「趙子龍」，張治中做了他的「魯子敬」，但最初的動機，也許是由於我這個無意中的提議。

原來左先生向毛主席輕描淡寫的說，假如蔣約毛往重慶談談，毛去不去，毛答，如蔣有電邀請，為什麼不去。

最有趣的是毛主席說的幾條爛槍也可以和美國人打。以北越的國力人力，尚可以和美國打個平手，如以好槍好砲，則勝負之數，無待蓍龜矣。

[illegible]（三）一個在戰後將爲自由，統一及民主的中國。」要丘、史務必同意，可見其中的經緯了。

（四）赫氏說：「宋子文博士最初也是不贊同與共產黨協商的，但現在却全力支持。他對如何避免內戰及統一中國，亟願盡力爲之」。

（五）他又說：「除了上述各點外，還有一種經常不斷的阻力，是來自我們的外交及軍事官員，他們死心塌地的相信蔣介石政府必定失敗」。這班美國官員—尤其是當年派駐中國的人員—憎蔣介石及其政府，斷言其必遭人民唾棄，又同情並設法協助中共。據赫爾利的意見，就因爲這類美國官員的如此態度和做法，鼓勵了中共不欲眞正與國民黨協商，而屢作變卦，以致他的協調工作屢次功敗垂成。

在國共問題中最有關係的一人—蔣介石，他的態度和見解如何呢？他在國共協商中是一項助力抑或阻力呢？赫爾利的報告書中也有述及。

「我抵達中國後，根據鈞座所訂政策，曾竭盡最大力量協助中國統一。蔣委員長最初對此項計劃甚表冷淡，後據鈞座之建議，彼已表示準備對共產黨作前所不願的讓步。他現在亦贊成統一，改革及與共產黨協商。」

蔣無意與共產黨協商，是世人皆知的事，他的後來表示「贊成統一、改革及與共產黨協商」，實由赫爾利代表羅斯福，向他施過重大壓力。這種的贊成，顯非由衷所願。蔣在一九四五年一月十四日（即赫爾利發出報告之日）的早晨，會向赫爾利表示：「他不論共產黨人參加與否，他將不顧戰時的艱難局勢，即刻採取步驟擴大政府。他正與政府官員們考慮於下週一組織戰時內閣，延攬國民黨以外其他黨派代表入閣。……他打算在國民大會召開及憲法制訂前，即開始擴大及改革政府。」

本來，中共對於蔣介石的所謂「贊成統一、改革及與共產黨協商」的誠意，已不能相信。協商須基於互信，今彼此猜疑，自難獲得協調。現在蔣毅然表示，不理

# 威妥瑪自取其辱

五月十八日香港某晚報載北京路透社電訊一則，據說，北京的英國大使館一個一等秘書布里森，親自送到中國外交部一份抗議書。當布里森將這項抗議照會放在外交部一位官員辦公室的桌子上時，那官員即拿起這文件擲出門外的地上。布里森當即檢起這一個照會，重行把它放在桌上，然後離去。

這個新聞很有趣，這是一九六七年的事。距此八十年前爲一八七五年，即清光緒元年，英國駐北京的特命全權公使名叫威妥瑪（Thomas Francis Wade. K. C. B.），總理各國事務衙門（即外務部的前身）大大小小的官員都很怕他，怕他動不動就發脾氣，絲毫不講外交禮節。當時有個廣東人唐廷樞（字景星，香山縣人，香港番書院出身，後來李鴻章拉他辦理招商局）在總理衙門辦事，有一次，威妥瑪到總理衙門，一進門就大肆咆哮，頓足拍案，居然忘記了自己是代表一個歐洲文明國家的使節。清朝那班官員見洋大人發怒，只有龜縮，不敢出聲。威妥瑪更是「樂極忘形」手舞足蹈。唐廷樞見了實在忍不住，一個箭步上前，指着公使的臉龐，高聲喝道：「威妥瑪！你怎敢如此無禮，這是你叫囂的地方嗎！」

威妥瑪想不到中國官員中竟然有人會講得這樣好的英語，而且敢責其失禮，自知理屈，但仍然不肯認錯，故作狡猾狀曰：「什麼，你有幾個腦袋，不尊稱我爲公使大人，胆敢叫我的名字，是何道理？」

唐廷樞立即答道：「威妥瑪，你講禮貌和道理，我當然也同你講禮貌道理。這裏是什麼地方，你胆敢拍桌子，我又何必同你講什麼禮貌呢！」

這件事發生後，主持外交的恭親王生怕開罪了洋公使，不久後，就借一件事情，把唐廷樞弄出總理衙門，免他以後再罵洋人了。

拍桌子鬧衙門，是一種外交失儀，最不足取，但種瓜得瓜，種豆得豆，古人之語，豈欺我哉！

·丁　未·

中共參加與否，他決意即日擴大政府，延攬國民黨外人士入閣參政。這在蔣亦自有其說法，他認爲中共屢在協商中橫生枝節，他不能再忍耐等待。可是，他這樣的表示和做法，只有更使國共的協商難以成就。當年國民黨和共產黨爲中國兩大勢力，倘若沒有共產黨的參加，蔣即使延攬了一些國民黨外人士入他的政府，亦不能謂爲眞正的各黨各派已告合作，當然更談不上統一了。

## 國共協商的經過

赫爾利到華後，即進行協調國共關係工作。當時國民政府和共產黨會在西安和重慶舉行談判，但並無結果。赫爾利遂親去延安，帶了一份經由中共主席毛澤東先生簽字的五點談判意見書回重慶。中共副主席周恩來將軍亦隨同赫氏到重慶。當時國民政府針對中共的五點意見，也提出了談判的三點意見，但未爲中共接受。周恩來將軍到重慶後，曾逗留了約一個月，他幾次與國民政府的官員及與赫氏晤談，似表現了很大的誠意，據說情形頗可令人樂觀。周氏在回去延安前，曾和蔣委員長作了一次晤談，赫爾利並未在場，據周氏事後告赫氏說，他和蔣氏那次的晤談，並不圓滿。本來似有獲致協議的希望，至此又告黯淡。

蔣周晤談究竟因何而不圓滿？這可從蔣氏稍後向赫爾利所作的表示獲知大概。蔣氏說，他不能同意組織聯合政府和聯合軍事委員會，但他可以允許中共加入戰時政府，並承認中共爲一政黨。中共之爲一政黨，固無待蔣氏的承認；而蔣氏不肯組織聯合政府或聯合軍事委員會，只能以「恩賜」的態度，在國民政府內閣中給中共以幾席職位，這當然要使中共感到氣憤了。所以，周恩來將軍在一九四四年十二月八日，通知赫爾利說，國民政府已拒絕中共的五點談判意見，並對談判絕無誠意，所以他不再準備到重慶。

據赫爾利在報告書中說，經過他幾次向周恩來將軍勸說後，毛澤東主席於十二月廿二日來電說，周氏正準備參加一項重要會議，不克來重慶，擬請國民政府派代表來延安會商，並希望美國駐延安的軍事代表柏瑞特上校亦能參加是項會商。可是，柏瑞特上校於十二月廿八日，自延安來重慶，携來周恩來將軍致赫氏函一通，說赫氏對於十二月廿二日一電意譯錯誤，弄成誤解，實則中共並未建議政府派談判代表去延安，亦未表示希望柏瑞特上校參加會談。赫氏認爲這是中共的臨時變卦，其原因則係由美國人造成（這點，下文將作較詳細的記述）。

赫氏旋即與蔣介石將軍商談，並於一九四五年一月七日致書毛澤東和周恩來二先生，建議由國民政府派行政院代院長宋子文博士，宣傳部長王世杰博士，軍委會政治部長張治中將軍，以及赫氏本人，同至延安商談，倘能獲得原則上的協議，則毛澤東主席和周恩來副主席即來重慶，作最後的洽議。當時，國民政府準備在延安會談時，提出下列的四點意見：

（一）組織戰時內閣，延攬共產黨員及其他黨派人士入閣。

（二）組織「三人小組」，包括政府代表一人，中共代表一人及美國軍官一人，研討中共軍隊編入國軍的詳細計劃。

（三）由一美國軍官指揮中共軍隊。

（四）承認中國共產黨爲一合法政黨。

一月十一日，中共毛澤東主席復電說，政府毫無誠意，以後談判必須公開舉行；並建議召開「國是會議」，其預備會議，應由國民黨，中共及民主同盟各派代表參加，會議進展情形應讓全國人民知悉，三方代表的地位完全平等。假如此項建議能獲國民政府同意，則周恩來將軍將來至重慶商談討論。

中共的這項新建議，實是針對蔣氏元旦文告而發的。因爲蔣氏在元旦文告中說，他將於今（一九四五）年召開國民大會制定憲法。中共這項針對的新建議，當然不能爲蔣氏所同意和接受了。

## 毛周擬訪美晤羅斯福

據赫爾利說，中共在一九四四年十二月廿二日所作的建議，旋又告否認。其原因經他探討後，乃是：

「在魏德邁將軍離開其司令部的這段

期間，他所管轄的一部分軍官，擬具了一項在共產黨控制地區內使用美國傘兵的計劃。這項計畫是準備使用共產黨軍隊，在美國軍官的領導下，進行游擊戰鬥。這項計劃是基於美國與中共之間的一項協議而制訂的，完全撇開了中國國民政府，將美國物資直接供應中共軍隊，而將共軍交由一美國軍官指揮。我所接獲的指令是：防止國民政府的崩潰；支持蔣委員長為中國全國領袖；統一中國軍事武力；以及，儘可能地協助國民政府改革，並設法促成一個自由，統一與民主的中國。上述的那項軍事計畫，為共產黨人所獲悉，滿足了他們所求之不得的幾項願望：對他們的承認，由他們接受租借法案物資，以及國民政府的瓦解。假如，中國共產黨這樣一個武裝政黨，竟然可以與美國軍方獲致此種協定，則我們在支持中國國民政府上的努力，自然全功盡棄了。

「當我獲悉此項陰謀之端倪時，我尚不知道此項計劃已向中共黨人提出；直到共產黨人向魏德邁將軍要求准許毛澤東及周恩來赴華盛頓與鈞座會談時，事情始全部揭露。他們要求魏德邁將他們此項赴美訪問鈞座之計畫，對國民政府及我保持秘密。我在此將插入一段聲明；魏德邁深獲我的信任，他對我亦極信任，我們一向完全合作。共產黨人尚不知道我已獲悉他們撇開我而直接求見鈞座的居心。我們現在與中共間的最大困難，竟然是由於一項美國計劃所導致。此項計劃是不經由中國國民政府而作的美國與中共的軍隊統一計劃。

「在魏德邁的得力協助之下，我們正力謀將局勢澄清，但我們尚未通知中共我已獲悉此項軍事計畫，或他們撇開中國國民政府及我而且直接求見鈞座之企圖。：：我將竭盡能力使和談得以繼續，直到我們能使中共相信他們絕不能利用美國而顛覆中國國民政府為止。雖然如此，我仍促成我們儘量要求國民政府讓步，使中共參加政府」。

中共是以美國為生死不與相共的第一號敵人的。觀乎中華人民共和國成立的十七八年來，中共的始終竭力反美，而謂中共會願由美國軍官來指揮它的軍隊，中共的最高領袖擬欲赴美訪晤白宮主人，確是令人聽來大感詫異而不敢遽信的，這也可說是絕頂珍秘的內幕故事。我們無可否認的，赫爾利雖為調人，但立場和態度顯然是偏於國民黨及蔣介石將軍一邊的，因此，他的話是否絕對正確和客觀，就不能無疑。不過，我們又認為，基本的立場和原則是一回事，一時策略戰術的運用而求有利於己，又是另一回事，中共當年在策略戰術的運用上，有所利用或示好於美國，也是可能的，而且也須予以譏議的。所以，將赫爾利當年的報告書，作為一份史料看，實是不無價值的。

我們又不妨作一假設，假使當年美國與中共的那項軍事計劃真付之實行，假使中共領袖毛澤東主席和周恩來將軍真能成行，至美國與白宮主人晤談，並與美國政府及政要打下關係，日後的世局發展情況，可能會和今日大大不同。這是很有趣味的一個假設。

## 裁員趣劇

抗日戰爭末期，重慶的國民政府為了節省經費，大鬧裁員。這本來是無可厚非的，不過，要裁就裁得公道，不可把那些沒有靠山的大小官員裁去，而有靠山的則文風不動。然而這次大裁員都是該裁者不裁；不該裁者被裁。有些官廳的主管長官更趁這機會，裁他所不要的人而安插自己的私人，於是怨聲載道了。

某機關有個科長被裁，失業後，過氣科長為之惶惶終日。但他有幾個老同學正大做走私生意，便招他入夥，不到一年，科長面團團，因禍得福矣。於是寫封信給舊上司，信說：「承閣下栽培了兩年多，名為科長，但吃不飽，餓不死，一家八口，為生活而煩惱。想把這個小官辭去，又沒有這股勇氣，做日和尚撞日鐘，得過且過而已。幸而蒙閣下把我裁去，使我走上另一條路。今日我稍有辦法，全出閣下之賜，因此不能不對閣下表示極大感謝。如果閣下覺得做官沒有什麼意思，小弟就奉勸你不如步我後塵，這就算小弟對閣下兩年栽培的報答了。不過，官乃貴人，商乃市儈，賤者也，伏維酌之。……」那個主管長官看信後，真為之啼笑皆非。

‧張忠‧

# 悼念楊雲竹

馨晼

自從雲竹出使巴拉圭後，三年以來音訊杳絕。也許他太忙，也許張女士封鎖加强，大概以後者成分居多。雖未通信，但因是至交總還是時時懷念的。不料四月初閱報，驚悉雲竹因心臟病突發，已於四月四日（？）逝世於任所了！

楊雲竹原名靄，以字行，身長六尺三寸，正如其名像竹子一樣的細長，有一副潔白的小貝齒，略帶近視，雖然臉上有不少的洋鑽花，但因其氣質純厚，風度瀟灑，無論誰見他，都會喜歡和他做朋友。

他是河北中部蠡縣人，農家子，好開玩笑，常言：「本人來自田間」。初讀書於北京師範，與舒慶春（老舍）爲莫逆交。師範畢業後，東渡日本，在神戶一家華僑小學教書。他志不在此，於是一面教書，一面拚命苦讀，足足預備兩三年，一試考取東京第一高等，這是東京帝大預科，爲全日本青年們最嚮往的學府。入學後，每試都名列第一，一高畢業後，入東大習法律，依然保持冠軍寶座。這不僅是他個人的榮譽，也爲我中華爭取很大的光彩。

雲竹於東大畢業後，初在北平朝陽大學教書。朝大原爲袁世凱時代司法次長汪有齡創辦，繼任校長爲江庸，以法學著名，有「法官養成所」之稱，教授多爲司法界名宿或經學大師，如徐棨昌卽當時大理院長，餘如姚茫父、李毓如等也都是滿淸老骨董。雲竹才從國外回來，資歷太淺，所以只教了幾個月便離開了；後任北京師範校長，時間也不長。他對這些事，向來不願談。一直等到任江西高等法院（九江）首席檢察官，才算稍展其所學，幹了數年。卸任後，又回北平走教書的老路子，每週奔波於平大法學院與天津法專之間，其辛苦可想而知。他對於教書，非其所長，所以還是抑鬱不得志。一個有才學的人，並不見得有機會施展，古今中外同慨。

我第一次聽到「楊雲竹」這個名字，還是在博多灣畔高宗武房裏吳岐學長談起的。吳是宗武的同鄉、雲竹的東大同班，他因我是河北人，所以想起另一河北人來。當時他怎樣讚揚雲竹，我早已忘得一乾二淨，但宗武是個有心人，却句句牢記在心頭。

經過五六年後，我也到平大、朝大教書了。這時宗武已做上外交部亞洲司幫辦（司長是沈覲鼎，福建人，也是帝大出身），因爲日寇侵略華北事，北上和日寇交涉。他一到北平，便立刻去訪雲竹，同時也把我介紹給他。次日雲竹和他的法專同事阮銘琦來看我，這是我和雲竹初次見面。大約時在一九三三年春。銘琦是在宣化直隸第十六中學同班，並在自修室同桌，但他只讀一年便轉入通州潞河中學，後到東京讀慶應大學經濟學。他是富家子，但我在東京見到他時，灰布校服的袖口都破爛了，大概是故意僞裝成「無產者」的樣子，事實上日本學風也一向樸實。

宗武與日方簽訂塘沽協定後回南京，升亞洲司長，而沈則外放爲巴拿馬公使。次年我到南京，寓外交部對門一家普通旅館。不久，雲竹也來了，見我住的那個房間不順眼，馬上拉我同到城南中華基督教青年會。他後到南京，照理我應爲他接風，那知他不肯讓我付鈔，處處把我當老弟看待。可笑的是，他先叫一大盤油條、燒餅，端來後，馬上便用手往嘴裏塞，好像餓了幾天似的，還問伙計有沒有小米粥呢，眞不失「來自田間」的本色。雲竹任亞洲司第一科長，這是專門對日外交的，而我則被安排在研究室任研究員。我的任務，除極小部分時間爲宗武作點機要秘書工作外，大部時間是查閱歷來對日外交檔案，和翻尋圖書館中日圖書雜誌。自東漢以來，凡與中日有關記載，我都把它抄下。後來我就根據以上記錄，寫兩本書：一是「日本現代外交史」、一是「古代中日關係之回溯」均由「商務」出版。後一本據雲竹說曾被選爲中央訓練團教本。雲竹的工作繁重，決不像我那麼輕鬆，因爲那時的外交部都忙於對日外交，別的司閑得打瞌睡，亞洲司則往往要開夜工。宗武可謂慧眼識英雄，找到一位得力助手。起初中日雙方會談代表，是蔣委員長、日大使川越茂、高宗武，後來便改爲汪院長、川越茂、楊雲竹了。每次會談後，必須當晚用毛筆寫成報告，往往萬言。他寫報告，猶如給老友寫信，快速而簡明，一個字也不須更改。這可以看出他的才幹；記憶力強，中英日文功夫深，能透視分析。記得平津區正當緊急時，他奉命到天津，訪問嫌疑人物如曹汝霖之輩，回來對我談曹的講話，繪聲繪形，一字不漏，等於我親聽曹講話一樣。

他的那一科同事特別多，約有十餘人，但還嫌人手不夠，忽而「院長請」，忽而「司長請」，忽而「須磨來見」，終日間只見他跑上跑下，忙個不停，很少見他在辦公室安詳地坐上幾十分鐘。提到須磨，當時很使我反感，他來到中國外交部，好像到他們外務省那麼容易，而且不說華語。第一科的科員，多是留日的（祇有一位是港大出身），竟也不加拒絕，欣然接受，因此全亞洲司一層樓，無論談話或電話，幾變成日本語的天下，這成個什麼體統！這問題，我曾向雲竹提出過，他說一是日人華語不通，詞不達意；一是兩國間正在緊急關頭，這些末節，祇好暫時忍耐一下，小鬼橫行不會有多久的。

在青年會住了數月後，雲竹找到外交部附近傅厚崗一幢新洋房，又拉我同住。這是一幢兩層小洋樓，房租每月四十五元，不免貴些，我有點躊躕；不僅嫌貴，也想到「同住難」的古訓。他馬上說：「馨畹，你不必怕花錢，我多出點。」（因爲他的薪俸比我多）我不好意思再拒絕，所以便跟他把龍園五號租下了。這幢樓三面有窗，樓上做臥室，樓下做會客室和工人房。樓後是空地，以籬笆圍起，並有楊柳多株。門前籬笆下植有牽牛花，每逢夏日，在綠葉扶疏中開滿了紫牽牛花，頗有詩意。李義山不是寫過：「……獨敲初夜磬，閒倚一枝藤，世界微塵裏，吾寧愛與憎」嗎。我就把紫牽牛花當做紫藤。八年前我遊華盛頓，曾盛讚其爲「園林都市」，其實南京園林都市氣氛比華盛頓尤濃，市內花木遍地，稻田處處；以故每逢假日有不少的青年男女畫家，到龍園附近寫生。我在這裏住了差不多四年，愈久而愈覺其可愛，可惜這時南京已日薄崦嵫，不能久留了。

雲竹不僅公務忙，交游也廣，很少在家用膳，所以他無暇欣賞周圍的風景，而且只住了三年便外放了。他沒什麼嗜好，不吸煙，雖喝酒亦僅限於在應酬場合；但好買食物，常說：「發揮購買力」，但買回後，放進櫃厨便忘了。那時還沒冰箱設備，有時他心血來潮打開一看，才知發霉了，微笑問我：「馨畹，你怎不吃呢？」我答：「你未請我吃，我怎會動！」他無言以對，祇「咳了一聲」了事。這是我倆經常的對話。

我們唯一的樂趣，是假日同陳巽廎兄（樂清人，北大出身，亞洲司的最親密的朋友，記憶力特強，一介不取，重友誼）三人同到玄武湖、中山陵、雨花台、莫愁湖旅行；經常是一磅麵包、一罐鳳尾魚，所費三人分攤。然而這種日子也不多，不久南京任命許世英爲駐日大使後，雲竹便隨許任參事、一等秘書。不知怎的，這時龍園五號忽然先後冒出來兩位老小姐，一位是三十以上的離婚婦、一位是二十六七的女同學，爭想做外交官夫人。自雲竹升官後，幾乎每日必到，不僅如此，還不時派專人送粉紅封套，情意纏綿，說不盡的肉麻字句。我自然覺得太那個。那位「文君」對雲竹說：「你的那位朋友太驕傲了」，其實雲竹對她們又何嘗歡迎。常道人多難逃財色兩大關，雲竹一生廉潔，第一關已無問題，沒想到這次也居然闖過第二關，令人起敬。

漢口將陷落前，許大使奉命回國，繼續未了的責任，便落在雲竹肩上，當了所謂「代理館務」，其實雲竹早就是「實際大使」。這時近衛已發表聲明，不以蔣為「對手」，但雲竹卻是代表被否定了的「對手」大使，處境之艱險可想而知。在這階段，一方要應付日方的壓迫，一方又須防避偽組織的滲透，這才表現出楊雲竹的外交天才。他逝世後，報章上稱讚其為「卓越外交家」，也並非諛辭，確是老實話。

「聰明一世，糊塗一時」，就在這一時期，雲竹做了一件錯事，即與張女士的結合。這件事，可分三方面來說：（一）雲竹這時心情惡劣，神經緊張，已快到飽和點，實在需要有一個紅顏以照顧私生活，並非逃不出第二關；（二）張女士才離婚不久，心物兩空，也需要有一位有能力者支持；（三）大使館同仁看清雙方面的需要，所以實踐「君子成人之美」，也是一番好心。何況處在這個亂世，男女離合，往往多是環境造成，也不必深究。但我何以說他做了一件錯事呢？因為雲竹尚未弄清楚張女士的性格。這位女士是餘姚人，雖聰，但過於執拗，好鑽牛犄角，自找煩惱。我第一次和她見面，那是雲竹奉命自東京下旗回國，他倆路過香港時，雲竹先回漢口復命，並接任亞洲司長職，把張女士留下交我照顧，並託我「勸勸她」。於是我便領她到山頂，一方欣賞港九夜景，一方引導她吐心事，當時我成為心理治療醫生。但她偏不肯多言，不得已我改變方式，把雲竹的為人、性格、交友一切一切，統通坦白地講給她聽，好使她多瞭解。然而這位女士仍不感興趣，此時我技已窮，再無話可說，祇好趕快下山。這次魯仲連兼紅娘角色豈祇未做成，反而增加了他倆的隔閡，張女士指責雲竹不該託他的朋友「訓導」她，真是冤哉枉也！

後來國府遷到重慶，雲竹夫婦倆先到，我後到。我和他們住處相距雖不算近，但仍時常聚首。有一次他倆到草廠街中國工鑛銀行宿舍來看我，大概是剛吵架後，雲竹冤氣猶未消，不免向我申訴一番，不料張女士馬上大光其火，揀起桌上的一個香烟罐空盒子，颼得一下便向雲竹頭上擲去。雲竹當然不便再往下講，祇好對她溫和地說：「××，咱們還是回去罷，何必在馨曉家裏吵呢」。次日我去探望他們，當雲竹送我到門口時說：「這個人真教我沒辦法，她神經有問題，現在每晚非服七粒安眠藥不能睡眠，這怎得了！天熱了，她不許我上床，我現在都是睏地板」。言

## 程大使揩湯碗

·攸之·

一九三七年五月英王喬治六世加冕，國民政府派行政院副院長兼財政部長孔祥熙往賀，禮畢，孔祥熙接受德國激官式邀請，訪問柏林。六月九日孔到柏林，即日中午，出席柏林工業大學送給他的名譽工程博士學位，孔博士之稱由此而來。

六月九日晚上，納粹的經濟部長兼國家銀行總裁薩赫特在國家銀行設宴招待孔祥熙，孔首席，駐德大使程天放（讀者稱他為「成天放屁」）二席，禮極隆重。中國客人中有翁文灝、陳紹寬、桂永清、張平群等十人，德國方面也有三十多人。

從前在上海南京的中國大官僚吃西餐，往往喜歡拿那條雪白的餐巾揩揩刀叉匙碟，已成習慣。但高級飯館的食具，大都潔淨，客人無須揩拭的。程大放初做外交官，不大懂得吃西餐的禮節，那一晚侍者拿起大銀匙舀湯給他，他見了連忙將餐巾揩揩碟子。侍者以為大使嫌碟子髒，就把碟子拿去，另換一個。但程大使對新換的碟子仍如法炮製，這使侍者惶惑非常了，他戰戰兢兢地問程天放是否因為碟子不乾淨。這個大使的德國話講得不十分到家，侍者聽了不大懂，又再換一碟子，同桌客人早已吃過一道湯了。這個笑話，第二天傳遍柏林。一說是希特勒宴請程大使時發生的事，其實不是。

下不勝唏噓。我說：「她並非眞神經，你看她只揀了一個最輕而又不怕摔的空烟盒而已，若是她把手邊磁壺擲過去，那就糟了」。說罷兩人相與大笑。

雲竹是個多才多藝的人，無論任何聚會，只要有他在座，絕不會有冷場，使誰都不寂寞。他一坐下，頓覺滿室生趣盎然，笑話連篇。他最常說的笑話，是說某友有一位「無鹽」似的夫人，但却自詡獨享「三心」之樂。說到這裏故意停止不說，賣一個關子，聽者都急於問：「那三心？」他慢條斯理地繼續道：「一是見了惡心，二是出門放心，三是想起來噁心。」講畢，全場大笑，只是女賓們暗中罵他「缺德」。有一次，在工鑛銀行開「留日大高同學會」（帝大和高等），宴設十餘桌，東道主爲蘊溫橋，主席爲陳豹隱，於酒酣耳熱後，相與作餘興。輪到雲竹，大家鼓掌，請他表演，那想到他站起來居然舉首高歌，而且還是洋歌呢。歌名好像是「你今在處？」我和他同住三載，沒想到他還有這麼一手。他的歌聲嘹亮，抑揚頓錯，簡直是卡魯蘇的眞傳弟子。他唱完，大家不停的鼓掌，一再呼喊：「再來一支」。

有一天張女士的離婚丈夫來到楊宅訪問，此一奇；雲竹欣然接迎，此二奇；不僅如此，雲竹還故意讓這一對過去冤家單獨出門，此三奇。雲竹大量如此，但仍贏不到張女士的諒解和眞誠愛心。後來雲竹奉命單獨出使美國，大約有一年，也許這是雲竹數年來心神最輕鬆的時光罷。勝利後，他隨政府回南京，我則到上海。我和雲竹通訊，這時才知受到監視，據說張女士連外交部傳達室工友也買通了，凡是雲竹的信件，必須先交她看；所以從那時候起，歷東京、台北十七八年以來，雲竹來信盡談天下國家大事，筆不及私。親如手足的老友，怎可以不談私事呢？有一次從台北來信說，「請勿談家事」，足見傳說不假，我眞不相信天地間竟有這等怪事。

我從上海兩次赴南京，一次爲出席參政會，一次爲中華學藝社向教育部辦交涉（交大欠學藝社八年房租約二十八萬元）。頭一次由當局安排我住華僑招待所，第二次便須自覓住處了。當時旅館很難找，雲竹滿想留我住他家裏，但恐「內閣」不悅，只好作罷。後來他展轉託人才爲我找到外交部附近的航空旅館一個很小房間，他很難過。我安慰他道：「不必難過，你將來必定大富。」「大富」二字暗示諺語「怕老婆有酒喝」之意，他微笑說：「你眞會講說」。

一年後，雲竹二次出使美國，路經上海，一日偕許君遠兄（大公報編輯主任）邀我同去午餐，我當時因事未去，但我是到碼頭送行的。原想來日方長，以後還可不時聚首談歡，那知就在黃浦江畔成爲永別！

雲竹這次出使美國，鬧了一場大笑話，但笑話並不出在他們兩口子，而是從上海帶去的俏女傭。這女傭三十多歲正是徐娘未老，不算美但也不醜，到美後她常聽人家講 excuse me。有一次一個送貨的美國佬到楊宅，那知這個俏女傭也學起洋腔來，不過把 excuse me 却說成 kiss me 了。那個美國佬大喜過望，就要 kiss 她，女傭大喊，張女士出來，才算解圍。但美國佬不肯罷休，還正式向雲竹提出請求說；「你的女傭愛上了我，我要和她結婚。」因此打了一場官司，當然打贏了。

後來，雲竹幾次出使美國、日本，直至三年前，才再出使巴拉圭任大使。這個使館的公務很簡單，我想雲竹爲國效命垂三十年，現在也該讓他到南美「嘆嘆世界」了。今雲竹尙在壯年，孰知他這次竟一去不返！有些人活到七十八十還「老而不」，尙在搞風搞雨，何以像雲竹這樣有用的人才竟逝世這麼早呢？「儻所謂天道，是耶？非耶？」因此，我與太史公不免發生同感！

同住三載，相交三十年，親如手足，從未有過纖毫芥蒂；而最難忘的是抗戰初期，我由西北到福州，路費已盡，將陷絕境時，他得訊後，立即派專人到大阪中國銀行爲我匯二百銀元，使我絕處逢生，得以到漢口。過去，祇知雲竹有痔疾，從未聞心臟病；據最近雲竹的長公子富森（現任美某大學教授）自洛杉磯來信，證實果非心臟病，而是肝病復發。噩耗傳出後，凡是雲竹的朋友，當莫不爲之悲悼！遠隔重洋，我既不能撫棺痛哭一場，今唯有草此蕪文，聊以爲弔罷！

# 國民政府向日求和秘記

李　漁

日本人今井武夫的回憶錄（見本刊廿九期），說日本軍閥和蔣介石的代表在香港秘密會議，希望結束中日戰爭，今井終於在一九四〇年二月十四日，在香港的東肥洋行和宋子良見面。

當年重慶的國民政府，很熱心於停戰，以便全力打擊共產黨，不惜與敵爲友而屠殺「造反」的同胞，其在香港與日寇代表今井武夫談和，此尚爲第二次，而第一次則是一九三八年何應欽奉蔣介石之命，派他的顧問雷嗣尚（湖南長沙人，字季尚，北大畢業，當過軍政部秘書主任，一九三五年十一月任北平市社會局局長，和宋哲元、秦德純皆有淵源。他的太太就是所謂「國大之花」的唐舜君，與「宣統皇帝」的弟婦爲姊妹行，故雷亦「皇親」也）從武漢到了香港，找着蕭振瀛（這人的故事，請參看本刊第廿九期第三頁張猛龍一文），叫他向日本方面活動，打開和平之門。蕭雖非留日學生，但却是個著名親日分子，抗日戰爭發生，他從外國回來，「隱居」香港。雷到香港把「主座」求和之意告知，正合蕭意，便親到澳門見日本軍人和知，將「和平」送上門。和知聽說蔣介石有求和之心，那有不表示歡迎之理？就一連拍心胸，願意做居間人。

雷嗣尚歡喜非常，自以爲次這不辱使命了，遂先回武漢向何應欽報告經過。何即電召蕭振瀛到武漢，面示和談進行方法，蔣介石也親自擬好一個談判原則，交蕭振瀛，叫他帶回香港，以爲談判的根據。蔣介石所擬的原則是：（一）雙方軍隊同時下令停止戰鬥；（二）在華日軍分期撤退，以一年爲限，全部撤清，恢復七七以前狀態；（三）日本承認中國領土主權完整；（四）中日合作，共同防共；（五）滿蒙地區全部交還中國；（六）雙方戰時所受一切損失，互不賠償。

後來蕭振瀛對他的親信透露，他和蔣介石商擬這六項原則時，蔣不提交還滿蒙一事，理由是「滿洲國」乃日本的生命線，如果提出，恐怕要求太高，一定談不攏的。蕭說，滿洲是他的故鄉（他是吉林省扶餘縣人），似應一提，且共同防共，是日本求之不得的，日本一定願意放棄滿蒙地區的。蔣介石勉强加入此項，但仍分付蕭看情形如何，隨機應變，只要日本答應停戰，什麽都可以，滿蒙問題慢慢再談，最要緊的是不可鬧翻，使和平努力盡付流水。

和知見過這項原則後，表示轉達東京，不久將有答復。過了十天左右，和知又到香港，對蕭說，東京正考慮這問題，如果雙方意見接近，然後派全權代表，開會討論進行各項事情。

東京果然有了反響，和知得到指示後，到香港見蕭，各項原則，可以商量，待考慮成熟，即派全權代表，地點擬以香港爲最適合。

蔣何蕭等人以爲日本眞的有和平誠意，其實這正是日本打擊中國抗戰人心士氣的手段，儘管進行談判，但一方面仍擴大戰爭，進攻武漢，一九三八年八月，蔣介石不得不作放棄武漢準備，走入重慶。國民政府遷到重慶後，馮玉祥漸漸聽到蕭振瀛代蔣拉線這件事，便公開揭發蕭在香港的活動。這對蔣介石來說是很難堪的，但又沒法制止，只好將蕭振瀛召往重慶，說是將予以重用。蕭也很天眞，喜冲冲的往重慶做官去也。後來才知道「重用」者，又是口惠而實不至的把戲，但既來之則安之，不如姑且發發「皇財」好了。

# 中國事變回憶

## 日本侵華戰爭中的誘和工作

日本 今井武夫著
張如冰譯

介紹宋子良和鈴木認識的張治平，想不到竟是熟人，當我在北京日本大使館武官室服務的時候，張曾經在「冀東政府」做過事，也在北京當過新聞記者，當然只是泛泛之交，對他的底細是一無所知的。

張治平的英語說得不錯，據他說是英國劍橋大學的學生，和宋子良是在上海聖約翰大學學生時代相識的。

宋子良和我一見面，就提出了下述兩點：

在中日兩國政府舉行正式和平會談之前，先由兩國各派私人代表三人二月底在香港開一圓桌預備會議，討論和平條件。

重慶政府十分重視這一預備會議，代表等將携帶委任狀前來，宋美齡可能來港從旁協助。

當時我們相信張治平的話，認爲這人的確是宋子良，假令萬一不是宋本人，只要重慶代表持有委任狀，那也無關宏旨，因而決定不可放棄這條連絡路線，接受了宋的提案。

我十六日從香港出發，十七日經由廣東、台北飛返南京，將接洽情形報告西尾（總司令官）之後，十九日秘密飛抵東京，閑院宮參謀長和畑陸軍大臣根據我的報告，通過參謀本部和陸軍省協議的結果，決定承諾先開圓桌預備會議的提案，二十一日並由參謀次長奏明了天皇。

日方代表三人，分別由大本營派第八課長臼井茂樹（大佐），「支那派遣軍總司令部」派鈴木和我担任。

這條和平路線命名爲「桐工作」，日本方面的交涉條件，指定以上年十一月御前會議決定的「日支新關係調整要項」爲基準，和建立「汪政權」時日本方面所提議的條件內容並無二致。

### 日本對重慶「和談」工作一個回合

我二月二十八日由南京動身，三月四日抵達香港。臼井乘坐的美國總統號輪因途中遇霧，遲至八日才到。中國方面除自稱宋子良外，派重慶行營參謀處副處長陸軍中將陳超霖和最高國防會議秘書主任章友三爲代表，侍從次長陸軍少將張漢年爲預備員，張治平爲聯絡員，三月二日都在香港集合了。

宋美齡是五日到香港的，據說她的任務是從旁協助中國方面代表工作；並謂他們除了把會議結果隨時用無線電報告重慶外，每日都由飛機帶來政府的指示。預備員張漢年始終沒有露過面，說是他的任務是在會場附近秘密警戒。

會議自七日開始，每夜從九時起在東肥洋行二樓舉行，第一日因臼井未到，大家隨便談話，八日人員到齊，首先由日本方面代表提示了畑陸軍大臣的保證書，中國方面的陳超霖、章友三提示了最高國防會議秘書長張羣的證明書。互相確認了對方的身分之後，開始會談。

在會談中，日本方面的總司令部囑託坂田誠盛，他和華南秘密結社的洪門致公堂保持着密切的聯系，在飛機場，碼頭和中國方面代表住的旅館，都配置了監視哨，證明了他們在會談之後，集議良久，然後派人到飛機場，和深夜開出到重慶的飛機有所聯絡。

在七日第一夜會談懇讀的時候，日方首先申述此次會談的意義，是在檢討舉行日華和平會議之可能性，因此對和平條件只是研究大綱，雙方意見不一致的問題，重新研究再議，力避決裂，務求能夠導致達到舉行正式和平會議的目的。

　中國代表聲稱，在他們出發之前，蔣介石特別提示三點：一、日本保證撤兵；二、日本明白表示和平條件；三、會談應絕對秘密進行。希望日方代表對此協力。

　隨着我和中國方面代表們作了如次的問答：

今井：「中國必須停止抗日。」

章：「那個自然。」

今井：「中國應該承認滿洲國。」

章：「最好作爲中日兩國的保護國。」

今井：「滿洲國現在是獨立國，沒有作爲保護國的必要。」

章：「那就保留再談吧。」

今井：「希望締結日華兩國防共協定。」

章：「可以。」

今井：「日軍撤退後，有在特定地點駐兵的必要。」

章：「這是全國民意所不容許的。可在和平成立後另行交涉。」

陳：「萬不得已時，日軍撤退可以推遲實施。」

今井：「爲了防共，內蒙有成爲特殊地域的必要。」

章：「可以。」

今井：「華北和長江下游區域有成爲日華經濟合作地帶的必要。」

章：「以中國爲主，日本爲從的話，那是可以的。」

陳：「但要考慮到長江一帶和各國的利權關係。」

今井「開發華北資源的時候，應當利用日本技術，予以優待。」

章：「可以。」

　第二日，，即八日從晚九時起，日本方面的臼井加入會談，十二時結束。

今井：「爲了日華提携，中國應給日本人在中國內地居住和營業權。日本考慮撤廢治外法權和歸還租界。」

章：「那個當然。」

今井：「中國應從日本招聘財政、經濟、軍事各方面的技術顧問。」

章：「可以。」

今井：「中國承認滿洲國。」

章：「希望保留今日一天。」

今井：「中國應當同意日本軍隊的防共駐兵。這和撤兵問題是兩件事。」

章：「中國一定要努力剿共，防共問題應由中國自理。」

今井：「這不是國內剿共問題，而是爲了對外的軍備。」

宋：「駐兵這句話要不得，還是延期撤兵爲好。」

臼井：「研究駐兵的細節，把它作爲秘密協定如何。」

章：「駐兵二字會危害國民政府，秘密協定可以考慮。」

今井：「發表防共協定，駐兵則作爲秘密協定如何。」

章：「原則上是可行的。」

今井：「還有沒有其他意見？」

宋：「第一不要製造會談的障碍。」

章：「日本方面有沒有意見？」

今井：「貴方對汪兆銘問題有什麽意見？」

章：「這是我們掌管外的事，却希望聽聽日方的意見。」

今井：「日本對汪有道義責任，希望重慶和汪派協商合流。」

章：「全國人民反汪，所以中日和平必須在汪政府出現之前成立。」

臼井：「首先停戰，然後重慶和汪派舉行合流會議。」

宋：「要緊還是不要製造停戰的障碍。」

今井：「那麽就趕快成立交涉。」

章：「同意。本日會談就算結束了嗎？」

今井：「結束了。明晚整理條文，後日製成備忘錄。」

章：「好。」

　九日，日本方面把日華協議的結果寫成了備忘錄，準備給中國代表看，晚九時開始會議。

今井：「滿洲國承認問題怎麽樣了？」

章：「滿洲國獨立已經是既成事實，更沒有干涉的意思，暫時不提這問題爲是。」

宋：「此所謂緘默態度。和平成功後，經過四五年，問題也就解決了。」

張治平：「現在承認的話，對外則招國際誤會，對內則失民心，需要從長計議。」

章：「重慶有各種不同系統的軍隊，如果作了承認的決定，可能招致分裂的危險。而且，我們還要聽候最高當局的指示，讓正式代表會議去決定如何。」

今井：「在日本方面來說，這是最緊要的問題，如果不作出決定，召開正式代表會議就有困難。」

章：「我們明晚飛重慶，四日後可能答覆。」

今井：「我們後日回東京，可能根據貴方的答覆，決定派遣正式代表。」

會談於十一時半結束，明（十日）審查備忘錄條文。

又在會談的第二天，曾經發生一件突出的事故。即：八日午前張治平手交鈴木一封信。信中指出，昨夜蔣介石委員長的特使來說，日軍某人在上海向中國新聞記者洩露了香港會談的情形，這是違反了會談前的諾言，希嚴予取締云云。同時，特別對重慶工作路線的開闢者指名提出强硬抗議。午後，宋子良又來嚴責日本軍的背信行為。

重慶方面所以要嚴防走漏會談消息，為的是害怕各黨各派、特別是共產黨知道，這一點是日方代表理解得不夠的。我一面打電報給南京「總司令部」促請他們注意，一面為了指名本人抗議，不得不向中國方面道歉，並保證以後嚴加取締。

日本方面起草的會談備忘錄，經過中國方面的修正，大體算是雙方同意的東西，內容如次：

「日華兩國為確保東亞永遠和平，在善鄰友好、共同防共、經濟提携的基礎上，訂立和平條約，為此應速停戰恢復國交，下列各條是雙方協議和研究的結果。

第一條　中國原則上承認滿洲國（恢復和平後），日本尊重中國主權獨立與領土完整。同時，不干涉中國內政。

第二條　停戰的同時，中國聲明放棄抗日容共政策。

第三條　日華兩國為實現共同防共，訂立防共協定。其原則與內容。以及日本要求在內蒙、華北地區在一定期間內駐屯軍隊各節，訂約時採取秘密條約的形式（本項在恢復和平後另行協議）。

第四條　在華北及長江下游地區，實行日華經濟合作，關於華北重要資源，中國予日本以便利，共同開發（中國居於主人地位）。

第五條　日華兩國容許和保證兩國人民有在兩國國內居住營業之自由，日本考慮撤銷在華治外法權及歸還租界

第六條　為日華提携合作，中國向日本聘請軍事及經濟顧問。

第七條　停戰協定成立後，國民政府與汪兆銘派協力合作。

第八條　一俟和平恢復，日本儘速撤退其在中國之軍隊。同時，中國確保地方治安，並保證履行條約。」

三月十日午刻，連絡員張治平來訪鈴木，說是中國方面代表通宵商談的結果，決定大致同意上述備忘錄，已向重慶政府請示中。晚九時會談一開始，中國方面代表即聲稱，本日午前十一時接到蔣介石委員長的長文電示，現在根據電示的內容，重新提出和平意見，建議日本方面提出的備忘錄和中國方面新提出的和平意見各別簽字。

日方代表反駁稱，備忘錄是兩國代表三日間共同討論的結果所取得的一致意見，應該由雙方共同簽字。

中國方面代表表示不敢擅自作主，回重慶後，當將會談詳細情形和日方誠意態度向蔣委員長以次報告，務求備忘錄獲得批准。

最後，臼井還提出了海南島由日本建為海軍基地，由日華雙方共同使用的建議

重慶方面重新提出的「和平意見」是這樣的：

「中華民國與日本帝國為確保東亞永久和平起見，基於中國領土保全、主權獨立之原則對終結中日事變的研究，詳細討論之後，所得結論有如左述意見：

第一條　關於滿洲問題，中國原則上同意，加以考慮，但其細節應另行商議

第二條　中國放棄抗日容共政策，為和平協定成立後，必然到達的階段（本條應包括在第三條範圍內）。

第三條　關於防共問題，原則上同意。但軍事秘密協定須在和平恢復後秘密協議。

第四條 關於經濟合作問題，原則上同意。但開發資源，實行時中國應立於主權者地位。

第五條 關於中日兩國人民居住營業之自由，絕對同意，同時日本應考慮撤銷治外法權及歸還租界。

第六條 關於顧問問題，如因中日兩國提携合作，中國有需要技術顧問必要時，得聘請日本之軍事及經濟專門家充任顧問。但不得干涉中國內政。

第七條 汪兆銘問題純屬中國內政問題，和平恢復後，中國當考慮汪個人與國民黨之歷史，予以合理處置，毋需作爲和平條件之一。

第八條 關於撤兵問題，和平成立時，日本應迅速撤退其全部駐華部隊，不得藉口若延，各地治安當由中國政府維持。（撤兵順序及其細節，另行規定）

附則 基於上述意見，日本不得視中國爲被征服國。中日兩國完全立於平等地位，以最大誠意與公平互讓作爲終結事變之基本條件。」

這樣結束了四日間的會議，中國方面提議正式停戰會議應擇定馬尼拉等其他第三國內地點舉行，大家同意了這個意見，宋子良約定在一週內拿了正式回答回到香港來，於是，陳、章、宋等飛重慶，我回南京，臼井回東京，留下鈴木在香港，靜候重慶的正式回答。

## 眞假宋子良的謎

我在南京一直在等候宋子良的回答，汪政權「還都」典禮且因此延期舉行，好容易等到三月二十四日，香港的鈴木才得到重慶的消息，說是承認「滿洲國」問題，由於政府內部發生歧見，一時不易決定，確實答覆須延至四月十五日云云。

宋子良四月十一日回香港來，聲稱重慶政府已有所決定，再三催請鈴木再開「預備會談」。

五月七日得到章友三抵達香港的報告，我十一日也來到香港，同時報載宋美齡爲了齒病來港就醫。

五月十三日晚九時。我和鈴木、坂田同章友三、宋子良在九龍半島酒店作了一次會談。

章友三表示：「滿洲國」承認問題和日軍駐兵問題這些困難問題暫時不談，讓將來和平恢復後的交涉解決，「汪政府」的善後問題雖然也是難題，但不至於成爲和平交涉的障碍。因此只要「預備會談」中日雙方達成協議的話，即可導致停戰，同時，重慶政府還預定發表反共聲明。希望六月上旬即由上次出席的人員在澳門舉行

## 寧滬兩名醫在港逝世之追憶

余自一九三〇年僑寓金陵，多識寧滬醫家，其中以張簡齋丁濟萬二君與余過從尤密。一九四九年蒞港，二君亦懸壺此地，從此晨夕聚首，意氣相得甚歡，不意好景易逝，二君先後謝世，往事回思，幽明永隔，心傷益友，存此詩聯。

（一）輓張君詩：當代醫林彥，如公有幾人，橫流存古道，濁世剩儒眞，豈意浮槎日，俄逢撤瑟辰，石塘捫腹過，（注一）同調最相親。

（二）輓丁君詩：仁術孟河顯，知君得火傳，萬家欽妙手，百發不虛弦，避地方鵬徙，投荒遘鵩年，故交零落盡，（注二）白首淚潸潸。

（三）輓張君聯：譽望重江東，豈獨醫才追仲景。浮魂羈海表，不堪華屋憶唐公。（注三）

附注（一）張君僦屋石塘嘴，余常過訪，有淸談每苦宵晨促之感，今則車過腹痛矣。（二）余故交如寧醫隋翰英君，滬醫沈仲芳陸淵雷石筱山諸君，在近十數年間，盡登鬼籙，憶曹子桓痛應劉俱逝之語，不禁爲之泫然。（三）王荊公以故友張唐公詩，被僧攫去，悵然有作，中有西州華屋漫脩椽之句。張君於勝利還都後，嘗將城南舊宅，輪奐一新，孰知屋如故，而人已非，傷哉！

·宗范·

第二次會談。

章還說到萬一正式會談能夠舉行的時候，重慶政府預定派最高國防會議秘書長張羣或軍政部長何應欽爲代表。

十四日晚，我約宋子良在香港仔蘆山酒家秘密談話，宋透露了重慶關於和平一些內幕消息。他說：

蔣介石委員長不管他表面怎樣，內心希望和平是事實，因此只要日本方面對第一次會談備忘錄的第一條與第三條承認中國方面的意見，協定是一定可以成立的。

目前重慶政府內部，反對和平交涉的是共產黨和馮玉祥。

和平成立，對共產黨當然是討伐，討共計劃已經擬就，可能七月以前實行，胡宗南、蔣鼎文、朱紹良、衞立煌、薛岳等將領集合在重慶開過會議。

爲此，和平恢復後，武器軍火還要仰給日本的援助。

從而，重慶準備在中日停戰的同時，發表反共宣言，第二次會談的時候，關於這方面的一切，還希望和日本方面有所協商。

至於對付馮玉祥，不得已時，最後採取最强硬的手段亦所不惜。

由於這一席話，促成了第二次「預備會談」。

儘管對宋子良的印象越來越好，但是日本方面正在着手秘密調查他的身份。因爲，鈴木認識宋只憑張治平單方面的介紹，同時，在第一次會談中，陳超霖與章友三持有身份證明書，而宋沒有，這是不能令人無疑的。但是，通過各方面的調查，始終得不到可以判斷是否宋子良本人的材料。

就在半島酒店會談的時候，鈴木曾經在門鎖孔中替宋照了一張相。我二十一日一回到南京，連忙拿着這張相片去請陳公博、周佛海等好些人鑑定，周說有點像，尤其像宋子安，陳則說不像。其他的人各有各的說法，還是解決不了問題。

另一個情報是，我們交涉的那位對手，相貌很像重慶軍事委員會調查統計局（即藍衣社）的香港地區負責人，這個人叫做王新衡，浙江奉化人，和蔣介石同鄉，藍衣社頭子戴笠對他頗爲信任，年三十六歲，身高五尺二、三寸云云。

當時雖然沒有判明自稱宋子良那個人的眞僞，但從上次會談時的警戒情形，以及談到鎮壓和平反對派的語調和神氣來看，可以斷定他和藍衣社是有密切關係的。

我們並不是沒有懷疑到自稱宋子良那個人是冒充的，同時也充分考慮過宋子良的地位是不夠担當和平大事的，但是，爲了保持這條對重慶直接和平的路線，也就不去拘泥那些小節了。

加之，日本政府內心迫切地希望日華和平，正苦於找不到和平路線的時候，大本營也就決定要把「桐工作」愼重地繼續進行下去。

這次在香港還出了一個痲煩問題。當担任通譯的坂田正在旅館同搞洪幫工作的矢倉會談的時候，香港政府的十幾名警官把他們逮捕了。幾天後，矢倉先被釋放，坂田則是越獄出來的，所以他就不能再在香港出頭活動，對「桐工作」不無影響。

（未完）

# 溥心畬的心情

王　孫

已故畫家溥心畬，跟隨着南京的殘餘勢力，流浪到台灣，很不得意。一九五八年他來香港開畫展，住九龍新樂酒店。某日，我訪他，他見了我很高興，立即將門關了，加上門閂，好像怕有人窺伺他會客似的。我馬上就了解他的意思，因爲台灣當局派有人沿途「照顧」他也。

心畬對我說，他在台灣只是一心一意賣畫過活，什麼事都不管，此生已沒有希望重回北京了。果然，過了五年，他客死台灣，永遠不能回到他懷念的故鄉了。

今晚在燈下展讀心畬的詩詞集，有「浪淘沙」，夜云：

往事散如烟，錦瑟華年，三更風葉五更蟬。多少新愁無處寄，瘴雨蠻天。
高挂水晶簾，別恨頻添，燭搖窗影不成圓，枕上片時歸夢裏，故國幽燕。

又「鷓鴣天」春恨云：

瘴雨和烟柳不靑，暮笳都作斷腸聲，
纔知往事眞成夢，又著新愁夢不成。
山萬叠，水千程，王孫芳草碧無情，
楊花片片隨風去，飛遍長亭更短亭。

讀此可見他的心情。

# 上海「今老蘇」秦先生事畧

海隅遯叟

本刊第廿三期「爲詞苑輯畧補闕及正誤」一文中，附有顧次英挽秦硯老聯的跋語。略謂：「秦氏父子嘗爲長沙王益吾師比之三蘇。」案，王名先謙，曾任上海蕊珠書院山長暨江蘇學政，極激賞秦氏父子的學問文章，故有此比擬語的流傳；能堪比大小蘇的則、介二公事畧，已畧見於該文，而「今老蘇」溫毅公事畧，尚付闕如，竊料讀者渴欲一知此一代耆儒的事畧罷？我與彼既屬同鄉，而我的外家又與彼有葭莩之誼，自當執筆寫此，以餉讀者。惜我生稍晚，所知不多，貿然寫出，不免有訛誤疏漏之處，爰轉錄蒙古喀喇沁王所撰秦溫毅先生事畧如左：

先生諱榮光，號炳如，紉詒誠齋，號月汀，上海歲貢生。敏而好學，博洽古今，下筆千言立就，講學四十餘年，斥空言，期實踐，鄉里推大師。創建三林書院，以經、史、算術、時務課士，請於官，設義塾二，又私設義塾六，既而書院改爲中學，義塾悉改小學；今三林、陳行、楊思三區、學堂二十餘所，鄉僻男女，皆知嚮學，學業之盛，冠上海一邑，皆先生經營提倡之力也。性方嚴；非義不苟取與，非禮不苟言動，處家孝友敦篤，與人交寬厚和易；而遇事踔厲奮發，堅忍不撓，必達其目的而後已。既沈毅多遠畧，不獲大施則思小施於一鄉，恤嫠、保赤、賒棺、代葬，施衣、捨藥、修橋梁、造渡船，濬河港三十六處，公益之舉，知無不爲；而請免周浦塘河工，奔走控訴，歷十餘載，用力最勤，鄉人感之最深。喜抑强扶弱，有古俠士風，蟻媒賭棍，流氓土豪，務懲創之，使不敢動；已亥庚子以後，浦東梟蛋縱橫，獨不敢越題橋市而西者，先生之威德，有以懾之也。熟於桑梓利弊，嘗謂吾鄉棉利將竭，而支港淤塞，稻田不開，必有抱布餓死之厄；釐卡、鹽捕，蠹國害民，民怨已甚，一發難收，必有土崩瓦解之危。晚經世變，益皇皇然謀自立之策，學堂而外，尤注意於習武備，興實業，謂此三者，標本兼施，富强並進。救亡圖存，維一至計，而實力舉行，則非團結不爲功；聞先生言者，爭憤激思奮，故三林校之體育，獨負盛名，課勤院之工藝，日漸進步，皆先生之遺澤也。光緒三十年七月卒，壽六十有四，私謚溫毅；以子錫田仕內閣中書，錫圭仕翰林院庶吉士，誥封奉政大夫；以三林學堂辦有成效，傳旨嘉獎。著文集十卷，外集四卷，詩集六卷，補晉書藝文志四卷，學校志一卷，水利志一卷，同治上海縣志札記八卷，光緒南匯縣志札記二卷，上海竹枝詞六卷，陳行竹枝詞一卷，梓鄉雜錄四卷，梓鄉文獻錄四卷，淮海支譜一卷，家傳一卷，先芬錄一卷。大清宣統建元閏月朔蒙古喀喇沁王譔并書。

秦老先生逝世後，其門弟子以其待人溫和，處事堅毅，便取「溫毅」二字爲私謚，並醵資範銅爲像，立於陳行鎮西園，蒙王此文，即勒於銅像的基座。惜日本侵華時期，銅像被毀，而其基座近聞亦遭破壞，幸此文經我於昔日錄出，得保存此有關史實的資料也。

# 釧影樓回憶錄

天笑

有許多日本留學生的雜誌，寄到蘇州來，託我們推銷，我們是要有一個推銷機關的。在蘇州那時城裏也有三四家書店，觀前街一家叫做文瑞樓比較最大，我們亦最熟，可以走進他們的櫃台書櫥傍隨意翻書的。但是他們都是舊書，木版線裝，滿架是經史子集，新書不大歡迎。最近上海出了許多石印書，他們也點綴其間，除非是暢銷的書，至於什麽雜誌之類，一概不售的。其它有什麽綠蔭書屋、掃葉山房，連石印書也不問訊，有一家瑪瑙經房，專售佛經、善書的（蘇州當時刻善書很盛行，可以消災避難）。那末要託書店代爲推銷，頗爲窒礙難行了。

我不是前章說過我們當時共有八位志同道合的朋友嗎？我們也組織一個學會，叫做勵學會。我們當時有兩個志願：一是由勵學會出一種月刊，一是開一家小書店。出月刊這一件事，在蘇州可不容易，我在下文再當詳述，開小書店的事，却不禁躍躍欲試了。不久，書店事居然成議，旣然是股份公司，每一股是十元，總共是多少資本呢，說來眞令人可笑，共爲一百大元。這很像我們從前放了年學開春聯店一般，不過春聯店在年底至多開十餘天，到除夕就要關門大吉，這個書店，却是長期性的。

書店雖小，首先要一個店名，大家擬了幾個名字，最後擇定了一個，叫做東來書莊。這東來兩字，還可以引用「紫氣東來」的一句成語，實在的意思，便是說：都是從東洋來的罷了。開辦費可以簡直說沒有的，雖然號稱書莊，只借了人家一個牆門間，那是女冠子橋包叔勤家的一個門口，從前也是開過春聯店的，房租不出，還借他們家裏兩只舊書架。安放幾只半桌，攤上一方藍布，就算是櫃台了。並且勵學會的社友，省下了在茶館裏聚會，大家無事時，便到東來書莊來談天了。

我們不用店員，僅有一個學徒，社員們（也是股東大老板）輪流當值，這於來購買書籍雜誌的人，大有裨益，因爲我們能指導你購買何種書籍，對於知識階級的人，請坐泡茶，周旋一番。雜誌都是寄售性質，賣出還錢，銷不完的還可以退還，以八折歸賬，因此我們可以無須要多少資本。後來我們又附帶出售了日本的圖書文具之類，必須要用現款去批發了。

說起了出售日本圖書的事，眞足以令人發一浩歎。中國在那個時候，已在甲午中日戰爭以後，戊戌政變之前，還沒有一張自己印刷的本國地圖，但日本已經印了有很詳細的「支那疆域地圖」了。我們在他們書店的廣告目錄上，看見有許多地圖的名目，便託朋友寄幾張來，及至一看，全圖都是漢文，難得有幾處注着和文的，而且印刷鮮明，紙張潔白。我們批購了十張，不到一星期，都售光了，連忙添購二十張，三十張，……雖然上面寫的支那，大家都也不管，眞是可憐。後來我們也批了世界地圖、東亞地圖、雖不及中國地圖的銷場好，但生涯也自不惡。

原來那時蘇州已在發動開學堂了（學校的名稱是後來改的，最初是喚作學堂），旣要開學堂，便不能無歷史、地理等課目。教地理連地圖也沒有一張，豈非憾事，那些專習八股文的先生們，四川是否通海？長江纏到黃河裏去，也得先開開眼界。這個地圖的風氣既開，竟有許多紳士人家，向我們買了大幅的世界地圖，懸在書房裏，代替掛屏用的。除地圖以外，還有動物、植物的掛圖，也是五彩精印，日本的小學校裏的，他們也歡迎作爲壁上的裝飾品。

日本文的書籍，當然無法推銷（後來我到了上海，到虹口幾家日本書店去看看，全漢文的書就不少，連「杜工部詩集」也有的）。但對於數學書籍、英漢文詞典等等，也有人來定購的。除了圖書以外，我們還帶賣一點文具，也都是從日本寄來。日本那時已經有不少儀器，都是從西方仿造來的，但是價錢既貴，我們小資本店就不敢問津，而且在蘇州也難覓銷路，只是批發一些細巧的文具，都是蘇州所未見的，那個時候，墨水筆也沒有，僅有鉛筆，也是舶來品。關於許多紙品，如信封，信牋之類，我們銷得很多。信封是一種雙層紙的，裏面一張畫着各種畫，外面一張薄紙，映出裏面的畫來；信牋是一種捲筒紙，紙張潔白，你高興寫多麼長，就寫多麼長；比了中國固有的信封信牋，自覺耳目一新，雅有美術趣味，也是蘇人所樂用的。

東來書莊的生意發達，不到三個月，已是對本對利，不到一年，我們的資本，自一百元變成了五百元，好在我們即有盈餘，從不分紅。但是既然賺錢，便思進展，不是在人家牆門口，以一種開春聯店的姿態可以濟事了。因此在玄妙觀前街西首、施相公街口，覓得一市房，是一開間上下樓房，每月租金十元，以一家小書店，出這麼大的房屋租金，也不容易。又添了一個店員，因爲那些股東，大家有事，不能常來輪值，我們勵學會的同人，便公舉我做了東來書莊經理，那是盡義務不支薪水的。

我雖然還有教書工作，每天下午放學以後，總要到東來書莊去一次。那時不全是販賣日本圖書文具了，因爲中國的風氣漸開，上海也出了許多新書、雜誌，我們每天看上海來的報紙（這時蘇州還不能看上海當天報紙，一直要到蘇滬火車通後），見有什麼新出的書籍、雜誌，連忙寫信去接洽，要求在蘇州推銷，但是所用的那個店員是外行，所以寫信接洽等等，非我親自出馬不可。還有店中的帳目，從前只有一本大型粗紙帳簿，記出每日所售之貨，名曰「流水」，我去了以後，造了幾冊分類的帳簿，但我也是外行，以意爲之而已。

但東來書莊有一件事，使我覺得非常得意，就是我們對於各鄉各鎮的顧客，很有信譽。蘇州有許多鄉鎮，文化的發展，並不輸於城市。尤其蘇州當時是個省城，而交通也甚發達，人文尤爲薈萃。即以蘇州府的幾個縣份而言，如常熟、吳江，崑山等縣，都是文風極盛的，他們知道蘇州有個東來書莊，便都來買書，定雜誌，不必到上海去了。

因爲在這太湖流域一帶，到處都是水鄉，各地都有航船，而蘇州也是聚會之地。每日都有航船上人，送上一張單子，開列着一排新書和雜誌的名目來配書，於是有的立刻配給他，沒有的便給去搜羅，上海有幾家出新書的，我們也畧有聯絡了。生意愈推愈廣，不僅是蘇府各縣、各鄉鎮，連常州、無錫、嘉興、湖州等處，也都有寫信到蘇州東來書莊來問訊配書了。

我這個小書店經理，雖然是盡義務，不支薪水，然而有一個難得的好處，不論什麼新書、新雜誌，我得以先覩爲快。因此有許多顧客上門購書的，問到我時，我可以畧說一點大意。雜誌上我也可以指出那幾篇文章可讀，他們就說我是一個不尋常的書賈了。不僅此也，而且我在東來書莊，認識了許多朋友，如住在常熟的曾孟樸，初見面時，便是吳訥士（湖帆的父親）陪他到東來書莊訪我的。住居吳江同里鎮的金松岑、楊千里，本來也是老主顧，每到蘇州，必來訪我。還有崑山的方惟一（他當時姓張，叫張方中，後來歸宗，叫方還，辛亥以後，一度曾任北京女子師範校長），那時他在角直鎮沈家教書的，也常來光顧。此外城區裏的許多文人，都是最初在東來書莊買書時認識，後來成爲友好的。

最可笑的是那位周梅泉（他初名美權，後又號今覺，是周馥的孫子，藏郵票甚富，人稱他爲中國郵票大王），他是安徽人而住居在揚州。向我們定了一批日本書，許多都是算學書，一時我們未能配齊，他大發其少爺脾氣，稱我們爲書儈，寫了一封長信駡我們，那時我也不服氣，寫信回駡他，稱他爲紈袴子，發臭脾氣，大打其筆墨官司。辛亥以後，他從揚州遷居到上海來了，我們認識了，時相酬酢，到了老年，還提起那件事，互爲軒渠，正如江湖上有句話：「不打不成相識。」

## 木刻雜誌

上文說過：我們的勵學會同志有兩個志願，一是由勵學會出一種月刊，一是開一家小書店。現在東來書莊成立，開小書店的志願已遂了，便想到出月刊的事了。但是出月刊第一件就發生麻煩的事，因爲蘇州沒有鉛字的印刷所，除非編好了拿到上海去排印，這有多麼不便呀！這時候，杭州倒已經有印刷所了，而蘇州還是沒有，向來蘇杭是看齊的，不免對此抱愧呀。

後來我們異想天開，提倡用木刻的方法，來出版一種雜誌。用最笨拙的木刻方法來出雜誌，只怕是世界各國所未有，而我們這次在蘇州，可稱是破天荒了。可是蘇州的刻字店，却是在國內有名的。有許多所謂線裝書，都是在蘇州刻的。在前清每一位蘇籍的名公鉅卿，告老還鄉後，有所著作，總要刻一部文集，或是詩集，遺傳子孫，留名後世，所以那些刻字店的生涯頗爲不惡，而且很有幾位名手。

於是我們和蘇州一家最大的刻字店毛上珍接洽了。毛上珍老板覺得這是一筆很大的長生意，也願意接受。我們所出的那種雜誌，名爲「勵學譯編」，大半是譯自日本文的。因爲同社中有幾位對日文也看得懂，對於國文素有根柢的，尤其容易瞭解。此外還徵求留學日本的朋友們，給我們譯幾篇，是一種幫忙性質，我記得楊廷棟（翼之），楊蔭杭（號補堂，又號老圃，無錫人），都幫過忙，他們都是日本早稻田大學的學生，那些譯文，都是屬於政治、法律的。至於稿費一層是談不到，大家都是義務性質，而青年時代，發表慾也頗爲强盛。

「勵學譯編」是月刊性質，每期約三十頁，在當時的中國，無論是日報，無論是雜誌，都沒有兩面可印字的紙（日報的兩面印，是上海「中外日報」創始的）。所以我說的三十頁，若以今日洋裝書的說法，那要算六十「配其」了。那時洋裝書在上海還少得很，何况是蘇州呢。當時，稿子是要一個月前交給他們的，可以讓他們馬上刻起來。好在那些稿子，並沒有什麼時間性，都是討論譔述的文章，每期三十頁，不過兩萬多字而已。

我們和毛上珍訂了一個合同，他們也很努力，刻字和排字一樣的迅速，這三十頁木板書，儘一個月內刻成。書是用線裝的，紙是用中國出產的毛邊紙印的，字是木刻的，可稱純粹是國貨，只是裏面的文字，却是從外國轉譯得來的。刻版是毛上珍經手，印刷當然也是毛上珍包辦了。可是木刻比了鉛印、石印，有一樣便利，便是你要印多少就印多少，反正木版是現成的哪。

這個勵學譯編，也是集資辦的，最初幾期，居然能銷到七八百份，除了蘇州本地以及附近各縣外，也有內地寫信來購取的。我們也寄到上海各雜誌社與他們交換，最奇者是日本有一兩家圖書館向我們索取，我們慷慨的送給它了。我想：這是他們出於好奇心吧，想看看中國人出版的木刻雜誌，也算一種軼聞。當時雖然也曾轟動吳門文學界，至今思之，實在覺得幼稚而可笑呢。

「勵學譯編」的總發行所，便是東來書莊，出版了這一種雜誌，東來書莊也忙起來了。有批發的，有定全年的、有零購的，還有贈送的。批發是照定價打七折，各縣各鎮，頗多每期五本、十本來批發的。本來定價是每冊二角，全年十二冊的定戶，只收二元。寄費酌加，但有許多外縣鄉鎮，他們都是由航船上來取的。零購都是本城人，隨意購取，看過了送與別人。我們贈送却不少，蘇州的大善士，敬送善書，寫明有「隨願樂助，不取分文」八字，我們大有此風。這個木刻雜誌，大概也出了一年吧？銷數也逐漸減縮了，大家興致也闌珊了，就此休刊完事。

（三十）

# 柳西草堂日記（廿九）

張謇遺著

十八日。雨。得叔兄訊，與怨堂言合，惟繆亦劫制則異耳。叔兄言曰：「事惟持正，要撤便撤，不必作搖尾乞憐態，持祿保位。」善哉善哉。與叔兄訊。

二十日。眉孫、肯堂來。

二十一日。與眉孫、肯堂同看大成沙壩，此沙去冬議爲南洋公學、通海小學而立，余爲見議。是夜宿狼山望海。

二十二日。游狼山觀塔，返，得彥復揚州來訊。

二十三日。和肯堂游山詩，用李臨川四首韻。答彥復訊。

二十七日。得怨堂南昌訊，眉孫、聚卿、小山訊。

二十八日。得蘷風訊，得叔兄訊，定三嫂仁祖行期。

二十九日。啓行去省，大風雪，江中波浪洶湧，附大通西上，遇黃芝生（承乙）。

## 十二月

一日。雪止。至院，飯後晤小山。校卷。

二日。校卷。理卿來。晚晤稚眉於秦淮舟中。稚眉招飲。

三日。校卷。詣壽芸，咨呈送督院。

四日。詣新寧。琴齋來談。得滬電，知心丈至滬。

五日。作新寧壽聯：「式四方諸侯，表望允符攆瓚命；祝兩宮萬福，入朝更賦蓼蕭篇」。無錫秦丈挽聯：「開九秩明年，耆舊風流，介壽小文方脫稿；與諸郎夙好，生平慚負，弔喪漬酒未登堂。」

六日。送課卷。小山招飲。

七日。候聚卿易銀，未來。

八日。啓行詣滬，蘆涇港遇敬夫。有「出城」詩。（按：詩書於眉頁云：「曉色啓重闉，寒光動路塵。雪消山聳脊；冰坼漲開鱗。竭蹶淮南振；流離道左民。出城時一慨，等是未閑身。」）

九日。至滬晤莘丈，議廠事。晤詠霓、瀛槎。

十日。莘丈旋常州。與叔兄訊

十一日。去蘇州。

十二日。巳初到盤門青陽地蘇經紗廠（廠帳司汪辛杼），寓焉。是日晤梧岡、鄭肖彭、于壽田、方壽之、郎亭師

十三日。謁鹿撫軍、陸布政、朱按察、羅糧道。費西蠡附船旋滬。（按：鹿撫軍，指江蘇巡撫鹿傳霖，陸布政爲陸元鼎，朱按察爲朱之榛。其時之糧道爲誰，尚待查。鹿直隸定興人，陸浙江仁和人，朱浙江平湖人）

十四日。至滬。

十五日。旋唐閘，與愛蒼同舟

十六日。至唐閘。

十七日。校閱課卷竟。聞從子不謹事。三兄，賢兄也，而子或夭或不肖，豈命也耶？

十八日。寫新寧壽屏竟，并課卷，專人送。寫聚卿、小山、謹齋訊。晚旋里。

十九日。晚抵里

二十日。題三叔、亮姪及仁祖聘婦祔廟神版。

二十一日。午前啓行至西亭。

二十二日。移舟三總橋。塋側搭棚，治三叔葬。子刻大風，卯刻雨

二十三日。祀司土，開壙，候三叔柩不至。大風小雨。得叔兄十六日訊。

二十四日。叔柩至，遂巳刻；巳刻前卜，改卜未初刻登穴，亥初封穴。大風小雨。

二十五日。至州城，泊舟小虹橋口內（移舟由八窰口入）。大風，與鄉人談。有詩。

二十六日。周彥升夫婦送女柩至，三嫂、姪婦送從子亮祖柩至。是日開壙，率工脩壙

底三和士竟。聞今上有立端王子溥儁（宣宗元孫，惇邸之孫）為子，承穆廟後嗣統之詔。歲晏運窮，大禍將至，天人之際，可畏也哉！大風小雨，得叔兄初五日訊。

二十七日。見「申報」、「新聞報」、「中外日報」昨說果確，幷有明正元旦內禪，改元普慶之說（亦有保慶之說），海內人心益惶惶。已聘姪婦周氏下窆，辰時登穴，申刻封穴。大風雨雪。

二十八日。亮祖下窆，午時登穴，酉刻封穴。大風雨雪。半夜行。

二十九日。亥刻到家，陰，有風。

三十日。風雨，雪。

檢三叔舊記：西亭舊宅，道光廿六年起造，前一年分爨，廿六年祖父立遺屬。廿七年借周莊錢，廿八年以房作錢三百千抵償。廿九、三十年無息。咸豐元年，以房賣周。

書所聞四首

近郭曾聞逐馬斯，馬餐豆麥不能肥。年來比戶差安穩，號馬三營日漸稀。

總戎高興治園亭，卒走官騶未許停。皮骨縱能要樹石，吠舖端合帶罌瓶。

笳鼓喧呶列仗寒，新郎騎出萬人看。莫嗤圉隸霜衢蹶，軍令朝廚禁賞餐。

例規未與額兵裁，攤扣差錢按日開。沙布蕩柴剛納罷，石油蒲醬又輸來。（總兵衙門，自頭目至散兵，無日不攤扣差使錢，雖總兵拜客轎資，皆出自兵。海門千總例解沙布，呂四外委，例解蕩草，石港、掘港解蝦油，白蒲醬解油。）

## 光緒二十六年（公元一九〇〇年），歲在庚子，年四十八歲。

### 正月

元日。風雨。

二日。陰。寫廠訊，敬夫、梅生、蘭孫、叔衡訊。

三日。風雨。

四日。雨。

五日。陰。

六日。晴。蓄鬚有詩。蓄鬚詩書於眉頁上，詩云：「齊齊髮覆額，易非曾幾時，但憑鏡中顏，坐驚日月馳。阿兄三十八，作令便有髭，弟也四十二，纔脫衆試羈。前年一至京，解官休送茨，翰林要美好，田父寧有媸。艱難望嗣息，要作阿翁樣，鑷髭羞自欺。屠維大除夕，祓舊梳與鎞，歲在子正月，元日春所祺，以茲吉祥願，自媚新亥茲，壯語謝姬侍，男兒重須眉，須成當蓋象，寄與鄰溪涯。（前一年叔兄權令貴谿，鄰溪貴谿舊名。）」）

七日。陰。

八日。陰。聞有皇上三十萬壽，特開慶榜之詔。

九日。微雨。

十日。晴。請客。

十一日。晴。請客，王、臧、陳三君來，寫叔兄訊。

十二日。三嫂挈程姬、姪婦啓行往貴谿。

十三日。陰。

十四日。雨。

十五日。陰。

十六日。晴。候書廠。

十七日。雨雪。啓行往唐閘，泊舟西亭，晤翔林。

十八日。抵廠。

二十日。書廠到廠。

二十三日。啓行赴滬。

二十四日。至滬，晤莘丈。

二十五日。答磐碩訊，有狼山題名搨本。

二十六日。寫叔兄訊。與肯堂談。

二十七日。讀肯堂歲暮客滬所爲詩。

### 二月

一日。編排帳略，付商務印書館擺印。

三日。得叔兄電，詳補宜春，宜春袁州府首縣。

四日。與莘丈附輪船至通廠。

# 洪憲紀事詩本事簿注

劉成禺遺著

東華眞誥有新封，朵殿親題御墨濃（未注）。眉嫵不描張敞筆（張幼樵甲申喪師，淮相妻以幼女，今眉嫵者無筆可描），額黃猶待景陽鐘（主戰二祖留京未出）。仙家往事如棋局（議和以來有前後八仙，有前主戰而後主和者），夜宴歸來有醉容（未注）。青鳥定知王母意，幾從瑤島駕雙龍（李相使和，先得西太后密旨，有萬事朕一身當之語）。

**太炎先生改游仙詩**

瀟瑟清秋不耐彈，攀龍騎虎快驂鸞（袁騎假虎）。東華幕客曾謀逆（王爲肅順上客，與謀逆事，談及清末失敗，自曰：肅順若在，必不使戚貫橫行，自有立國之道。清亡於殺肅順云），南嶽王妃肯降壇（王久主衡陽船山書院）。捧詔却憐金換骨，著書那復羯爲冠（袁曾祭祀冠）。湘軍一志堪千古，却被人呼作史官（洪楊之役，湘軍志高絕一時，來京不知所修何史）。

出岫閑雲列上仙，將軍擁席餞南天（湘鄂將軍巡使文武諸官親赴王翁行轅陳席）。因生楊肘行出夢（由楊度推薦），不對柯祺坐比肩（柯紹忞欲爲副館長，却之）。總統國民都受籙（王翁入京屬對，有「民猶是也，國猶是也；總而言之，統而言之」之句），江湖河海不需船（王翁在漢言此行入京，江湖河海，皆不需船）。婦人行役周媽在，莫怪先生愛早眠（人有以周媽病王翁者，翁曰：古者婦人行役禮也）。

新承鳳詔入金閶，爭看潭州老醜郎（王翁籍湘潭）。一卷公羊師北面（王翁以公羊教井研廖平，平傳南海康有爲，時康徒梁啓超輩在京奉王甚謹），兩行女樂列西牆（王翁有左列生徒右列女樂之志）。勞拖仙帶迎專使（袁派專使赴漢迎迓），只領天錢辦內裝（館俸皆周媽經手）。宴語玉堂諸後輩（王翁曾欽賜翰林院，入京時舊列名翰林院者公讌之），此行不住首山陽（王翁云予未仕前清，登西山不用採薇）。

居仁堂下繼黃幃（袁首要王翁居仁堂），天上中獄坐玉屏（京中呼袁爲獄頭）。文字當頭經有證（王翁以經語解出土讖碑），君王盜國史何妨（王翁南旋曰：予不朝逢盜國）封還館職，修帷簿（王翁佯因周媽事封還館職，自劾曰帷簿不修）託起朝儀下織纖（翁南還時以史館事交付館員曰，爾輩可起朝儀也）。莫道燕京天氣冷，高皇前月送貂衣（袁曾送王翁貂衣一襲）。

第五首因王翁說詿未竟，太炎先生亦未改

長沙碧浪湖，在北門外開福寺之後，有屋數椽，極幽靜之致，爲陳程初軍門海鵬所築。玉池湘綺諸老，會結碧湖詩社。歲時佳節，置酒流連。民國四年上巳，長沙文士，假碧浪湖舉修禊盛會，與者曾重伯、吳雁舟、程子大、黃叔興、易由甫、陳家生、劉穎深、徐實賓等凡數十人，推湘綺首坐。湘綺即席成五古一首，並舉舊作「長沙舊事君知否，碧浪湖邊多鯽魚」句以為笑樂。其時蘄水湯鑄新薌銘督理湖南軍務，謙湘綺於舊巡撫署，執禮甚恭。每進饌一簋，奏軍樂一番。蓋湯入泮時，長沙胡幼卿棣鄂知蘄水縣事，胡又為湘綺後輩也。（長沙王祖祜補注）

## 附錄湘綺樓說詩卷七王翁自記

洪憲改元，余方輟講東洲，不問世事，而京使復來，將以大師位上公强起之，笑謝不遑，使留三日不去。乃與書項城，有曰：聞殿墀飾事，已通知外間。傳云，四出忠告，須出情理之外。想鴻謀專斷，不為所惑，但有其實，不必其名。四海樂推，曾何加於毫末，前已過慮，後不宜循，改任天下之重，不必廣詢民意。轉生異論，若必籌安自在措施之宜，不在國體。且國亦無體，禪征同揆，唐宋篡弒，未嘗不治，羣言淆亂，何足問乎？又與楊晳子書曰：謗議叢生，知賢者不懼，然不必也。無故自疑，欲改專制，而仍循民意，此何理哉！常論弒字字書所無，宋人避忌而改之，不知不可試也。將而誅焉，弒則敗矣。既不使民國，何民意之足貴？自古未聞以民主國者，一君二民，小人之道否，象也，尚何籌安之有？總統係民主公僕，不可使僕為帝，弟可功成身退，奉母南歸，庶幾免乎。抑仍游轂耶。余雜詩云：有道固不讓，末學徒生辨。自從翁東來，醞風忽如剪。坐荒士民業，競逐橫流轉。甘為役人役，各自選其選。踊金安能祥，蔓草不可獮。彼人皆有求，吾今獨何羨。誤落塵網中，三年被驅遣。迷復豈無災，得朋斯所善。易魂如何招，楊墨亦不遠。嘗戲聯民國總統一聯云：民猶是也，國猶是也；總而言之，統而言之。偶過新華門，誤認為新莽門，時人目余為東方曼倩一流云。

新華名字刻銀餅，御筆泥封制掖庭。日下豔傳林博士，小臣近得小寧馨。

侯官林宗孟、長民，能文章，善議論，書法瘞鶴銘，佳士也，而思以政治家見長，卒喪其身。洪憲建號，出力最多，位不過上大夫，得意之間，殊形鬱鬱。洪憲紀元，宗孟生子，一日朝見項城曰：「臣長民民國元年，曾生一子，一月即殤，足見共和制度，不適宜于人民。今上元旦登極，聖主當陽，春和四被，長民竟誕生一子，伏是皇上，肇錫嘉名，他日長成，永為帝國良好臣民，門楣之光，宗族之慶」云云。項城執筆書賜「新華」二字，命侍從文官長，刻寸銀瓶，纏以黃綬，雙龍鏤匣，製美香檀。某日，禮官齎往林宅，長民列案謝恩，正位龕上。滿月設湯餅宴，先行禮啟匣，而後會賓客。抱新華出示諸友曰：「此小寧馨兒，今上賜名。」前在滬談及新華事，湯濟武化龍曰：「余曾躬逢其盛，親聞『今上賜名』四字。」長民好談歐制，人皆以林博士呼之。（錄後孫公園雜錄）

遜伯注：林長民，字宗孟，日本早稻田大學法政系畢業。歸國後在福建做事，辛亥革命，代表福建入南京開會，從此走入政界，加入梁啟超的進步黨，與湯化龍皆為黨中健者。丁巳復辟後，段祺瑞組閣，梁啟超任財政總長，湯化龍內務總長，林長民司法總長，三個月即下台，林沾沾自喜，刻「三月司寇」一印佩之。一九二五年，長民出關，參與郭松齡反張作霖之役，死于亂軍中。湯化龍字濟武，湖北蘄水縣人，一九一八年，在加拿大被華僑暗殺身死。按：劉成禺說林長民見袁世凱，請他賜名其子，袁御筆親題新華云云，其實並無此事。林長民的人格，不至如此卑鄙。劉成禺造此蜚語，無非是以國民黨黨員的立場，詆毀進步黨黨人耳。

（廿九）

# 梅蘭芳的戲劇生活

周志輔

## 五、編排新戲

梅蘭芳這次從上海回京，改搭了俞振庭的雙慶班，是因爲俞振庭親自到上海約定的，這是俞的手腕高明，看出了梅在藝術上突飛猛進，轟動了整個上海，趕緊去拉攏他，定下了回京以後就搭入了雙慶，自民四的四月到民五的九月，這一年半的時間，梅蘭芳在雙慶排出了許多新戲，戲院的營業大爲興旺。

梅蘭芳在民四年是二十二歲，當時的雙慶班，老生本來是孟小如，不久就換了王鳳卿，從此他們一直合作了相當長的一個時期，不過這時梅蘭芳已經開始唱大軸戲，王鳳卿只得退居其次了。

梅蘭芳既然担任了大軸，自己覺得老戲翻來覆去的唱，恐怕不能長此維持他的盛名，而且自從上次回京，排出了「孽海波瀾」以後，深知新戲叫座力量大，就越法鼓起了精神，繼續編排出許多新戲。在民國四年四月十日，第二部新戲「宦海潮」，又與觀衆會面，從此以後，「鄧霞姑」「嫦娥奔月」「牢獄鴛鴦」「黛玉葬花」「千金一笑」「一縷麻」六齣新戲，都陸續排出。在雙慶社裏一年多的時間，他的全部精神，都放在排演各種形式的新戲，一面還演出了好幾齣崑曲戲，這是他在演藝方面一個最緊張的階段，從而奠定下一生事業的基礎。

他這一年內所排的新戲，按着服裝上的差別可分成三類：

第一類仍舊是穿京戲服裝的新戲——牢獄鴛鴦

第二類是穿時裝的新戲——
- 宦海潮
- 鄧霞姑
- 一縷麻

第三類是他個人創作的古裝新戲——
- 嫦娥奔月
- 黛玉葬花
- 千金一笑

此外他還演出許多崑曲，現在先說他的新戲：

### 甲　牢獄鴛鴦

第一類的新戲「牢獄鴛鴦」，是針對當時婚姻的沒有自由，與官場的黑暗而發的。在民四（公元一九一五年）十月二十一日最初上演，當時的雙慶社，是常期在北京東城東安市場內吉祥園演唱，所以他這時期的新戲，也就全部在吉祥園出籠，這個吉祥園，後來經過翻修，改稱吉祥戲院，可算得是他的發祥之地。「牢獄鴛鴦的內容情節是說：山西太原富戶酈端甫的女兒酈珊珂，是一位擅長文學的閨秀，年十六歲，尚未婚配。有一天，她同嫂子去遊廟，路上遇見同城年少書生衛如玉，一見傾心，就在嫂子面前吐露了一點愛慕的心情。她嫂子的哥哥同衛如玉是同窗好友，所以答應替她做媒。等到她嫂子回家進行此事，不巧的是正遇着衛如玉上京趕考去了。這時有一個富家子弟叫吳賴的，央媒求娶鄺珊珂，她的老父就作主應允了這門親事，她聽見這個消息，心雖不願，但是也無可奈何。另有一個趙裁縫，常在鄺家做活，他也看中了鄺小姐的才貌，現在得着這個親事的消息，就在吳賴成婚的晚上，混進吳家，刺死了吳賴，闖入洞房，想要假冒衛如玉來強姦鄺珊珂，沒有成功，搶了一根簪子就逃跑了。鄺珊珂因此被認作了謀死親夫的兇手，衛如玉也連累入獄，碰到了一位糊塗縣官，屈打成招，將二人判成死罪。鄺老丈親到巡按楊國輝那裏喊冤，經過重審，並且派獄卒將他們二人關在一間房裏，偷聽他們的眞情實話，才知兇手身有狐臭氣、說話又患口結。從此根究發現趙裁縫有此兩種病態，就捉來抵償吳賴的命，把衛如玉鄺珊珂二人平反無罪，當堂成婚。梅蘭芳扮的鄺珊珂，是閨門旦的身份，主要的場子是逛廟，病房，監會。尤其是在獄中跟衛如玉的大段唱念，那時姜妙香已經由青衣改小生，扮的衛如玉，二人唱做，均極動人，是全劇的最高潮，至今還灌有唱片流行着。這齣戲是根據桐城許奉恩的「蘭苕館外史里乘」卷八「小衛玦」一段文字改編的，所以仍舊用老戲打扮而不用時裝。

## 乙　宦海潮

這齣「宦海潮」、是二次由上海回來後所編的第一齣新戲，是專門描寫官場的陰謀險詐。它的內容是說：郭盛恩余天球，王如海三個人是結拜兄弟，其中郭盛恩是個武官。有一天郭正在校場操演，余天球的妻子余翟氏帶着兒子打從校場經過，被郭看見，起了野心，就用調虎離山之計，委派了余天球一個差使，調到遠處供職。郭就把余翟氏母子騙到家中，用強廹的手段霸佔了她。不料余天球去而復返，識破郭的詭計，與郭交涉，由言語衝突，繼而動武。雖經人勸開，而余在氣憤之餘，坐船到省城控訴郭的罪行。郭派了二個師爺暗中跟隨余天球，中途乘機把余天球推入水中溺斃。還想謀死余的兒子，幸被老僕余福識破，帶了小主人逃走。余翟氏聽悉此事經過，羞憤自盡而亡。余福帶了小主人沿街討飯，碰見王如海，把這段經過告訴了他。王如海具狀指控郭盛恩，結果是郭同兩個師爺都判了死刑，當場處決。梅蘭芳扮的余翟氏，主要的場子，是見到兒子的大段唱工。這齣戲雖由他排演，但不是他自己編的，是在北京已經有別的戲班演過的脚本，他們不過略加修改而已。所以「孽海波瀾」與「宦海潮」祇能算是他最初對時裝戲的試演，因爲各方面對於這種新戲的反應，極其良好，於是他就在唱過「宦海潮」以後，繼續打算由他們自己來編排幾齣獨有的新戲，這就是「鄧霞姑」演出的動機。

## 丙　鄧霞姑

「鄧霞姑」這齣戲的故事，就是：鄧老有三女，大女雲姑，已出嫁居孀，二女雪姑，許配了丁潤璧，尚未完婚。因爲兵亂，鄧老喪命，當時丁生亦逃難，來鄧家就婚。雪姑之舅鄭琦，見丁生貧困，又將二女雪姑，許配周庭弼之子周士香爲妻，並定一計，三更時謀害丁生。事爲雪姑聽見，同丁生連夜逃出，至天明至一富室，原是周宅、正遇周庭弼，問明原由，將男女二人收留下來，並認雪姑爲義女。其時鄭琦見丁生二人逃走，隨帶同多人追至其姊雲姑之家，是時雲姑之姦夫了凡和尚在此，鄭琦認爲丁生二人在內，並前後搜查，見一箱可疑，內有人聲，即將箱抬回鄧家，開箱一看，原來一死和尚，全家大譁。鄭琦又定一計，將和尚入殮，舉行喪禮，聲言雪姑已死，與周家報信，請來弔祭。周庭弼到場，定要開棺相看，原來一老和尚，此時念經僧人，正是此了凡和尚的徒衆，因爲老方丈數日不歸，方在懷疑找尋，今日一見，正是其師，隨帶同鄧周兩家，並鄭琦到官起訴。官訊出鄭琦圖謀家產，悔退前婚，定計害人，判其應得之罪。又將鄧家三女霞姑，許配周庭弼之子周士香爲妻，當堂結婚。

（十）

# 世載堂雜憶續篇

劉禺生遺著
雋君注釋

雋君注：李經方、字伯行，江蘇候補道，出使日英大臣，郵傳部左侍郎，鴻章嗣子。經述、經邁為鴻章子。經邁字季皋，民國六年，溥儀復辟時外交部左侍郎。李國杰、字偉侯，鴻章孫，襲一等侯。北洋政府參政院參政，把持招商局十餘年。前清時曾任廣州副都統，出使比利時大臣，標準紈袴子弟、官僚。

## 千古傷心揾淚巾

因事赴蘇州晤李印泉，事畢，同訪張大千於網師園，相與讀畫談往為樂。大千出血淚揾巾二幅，本事題詞一軸，謂予等曰：此亡友王伯恭物也。伯恭盱眙人，早歲負盛名，有大志，李少荃奏派為朝鮮國王上客，又參與吳筱軒宋竹山軍事，往來翁瓶齋（同龢）、潘伯寅（祖蔭）之門，鬱鬱不得志。晚年一官湖北，為歸州知州。予少年時即與相識。辛亥後，助張栩人治兩浙鹽務，乃常相見。揾淚巾本事，則乙卯前所演也。絹巾方一尺餘，血淚斑斑，作爛嚼櫻桃色，亂漬巾面。本事題詩一軸，列伯恭悼亡五古一首，次易實甫、諸以仁、張栩人各題長歌一章。大千曰：吾輩與伯恭，皆舊好，伯恭死矣，風雅遺物，幸存予手，將裝冊繪像，廠哥其志之。偶檢舊篋，握筆敘述。

秦淮顧鬉雲，本丹徒舊家女，為人所騙墮平康，以色藝名河亭，自傷身世，避人恒偸拭苦淚，傷知音之難遇也。伯恭晚歲來金陵，侘傺無聊，置酒畫舫，遇之。伯恭大醉，自嗟功業無功，垂垂老矣。握鬉雲手，放聲大哭。鬉雲為度一曲，悵觸舊悲，亦緊握伯恭手，嚶嚶啜泣。座客曰：汝二人眞可謂「一聲河滿子，雙淚落君前」矣。兩人情感既同，篤好如夫婦。鬉雲揚言非伯恭不嫁，杜絕歌唱。晨夕相守者一月。會伯恭有事於他方，開筵延朋好，謂小別匝月，必來迎鬉。好事者書厲樊榭秦淮懷古中一聯：「會冠蓮臺王學士，名喧桃葉顧夫人」，為定情賀聯，張之顧室。伯恭去後，有市儈欲納鬉雲，鬉雲誓不迎新。鴇母迫之，備受酷遇，鬉雲嘔血不食，未及一月，奄然玉殞。臨終前託伯恭至友，將揾淚巾一端交伯恭，為訣別遺物。張栩人曰：老王郎眞有天壤之痛矣。

易順鼎題長歌云：「揾巾淚，淚長墮，此巾本自江南來，可惜不收淚花悅。揾巾淚，淚欲枯，此巾不向宜南殉，可惜空留淚雨圖。誤墮風塵非妾志，妾身本與死無異。妾心本以死自要，妾本與郎不相識，早死一月不識郎，遲死一月待郎至。無情者天，有情者天。謂天有情，胡為置妾青樓間？謂天無情，安能死妾郎膝前？嗟郎薄命亦如妾，骯髒名場四十年。王壽定過王百穀，妾命不及馬湘蘭。揾巾淚，淚漣漣。」

雋君注：李印泉即李根源，雲南騰衝人，北洋政府時代，歷任軍政要職。王伯恭，名儀鄭，安徽盱眙人。出身舉人，選授宜昌府通判。曾為袁世凱老師。袁為總統，設陸海軍統率辦事處，以伯恭掌機要秘書。屬下某，新得少大夫職，柬約赴宴。伯恭以疾辭，戲書柬端曰：「下大夫，不可與同羣。」見者問故，伯恭蹙眉曰：「某昔為卒，今日居然授少大夫，非所謂

「[illegible]大夫者[illegible]」聞者發笑。伯恭遺書「蜷廬隨筆」，縷述近代掌故。李少荃即李鴻章，吳筱軒即吳長慶。厲樊榭，名鶚，字太鴻，浙江錢塘人，康熙庚子年舉人。工詞，著有「宋詩紀要」，「樊榭山房集」等。朱祖謀謂其為浙西詞派之中堅人物。王百穀，名穉登，明末江蘇長洲人，工詩。馬湘蘭，名守貞，金陵娼妓。欲嫁王穉登，穉登不可。萬曆中，王年七十，馬赴蘇州祝壽，返金陵不久即病死。遺詩，王為作序刊行。

## 讀書小識

廋詞，見於「春秋傳」。范文子暮退於朝。武子曰：「何暮也？」對曰：「有秦客廋語於朝，莫之能對也。」又「太平廣記」引「嘉華錄」，載權德輿，言無不聞，又善廋詞。嘗逢李二十六於馬上，廋詞問答，莫知其所說焉。或曰，廋詞何也？曰：隱語耳。「論語」不曰：人焉廋哉，此之謂也。朱仲我則謂廋訓匿，匿其詞，故謂隱語。「嘉話錄」引「論語」亦是別解。與王充「論衡」引天厭之，天厭之語，厭作壓不作厭棄解，可備一說。廋亦作廀，「孟子」若是乎從者之廀也，亦訓匿。「說文」無廋、廀二字，今湘楚俗語曰，打菊子。

後輩稱先生或省「先」字，或省「生」字皆通。鄉人敬前輩，稱先生字曰某某生，猶楚人稱你老人家曰你家，皆省語也。「史記」王生、陸生、賈生之稱，皆省先字。而讖祁門人但稱某某先。余曰史記鼂錯傳，學申韓刑名于軹張恢先所。徐廣注，先即先生。漢書鼂錯傳，後公卿言鄧先。顏師古注，鄧先，猶言鄧先生，則單稱先字亦通。

「南史」孝義傳，貧苦之家，多養他姓幼女為媳，及長，然後成禮合巹，謂之「上頭」。華寶傳，父豪，晉義熙末戍長安，年八歲，臨別謂寶曰：須我還當為汝上頭。始知為古語。

倩君注：朱仲我，即吳縣人朱孔彰。

## 粵謳作者招子庸

嶺南大學教授冼玉清女士，因「粵謳」為地方俗文學之一，人多未知其變遷與來源，亦未悉粵謳創作者招子庸之家世。而南海縣志、省通志暨諸家文集，亦記焉不詳。乃裒輯名家著作並往招子庸故鄉，訪其殘縑斷簡，貫串源流，著為「粵謳與招子庸」，書成託陸丹林轉示一冊，予歎其精詳，足為地方文學，發一奇光，班孟堅所謂「攄懷舊之蓄念，發思古之幽情」，冼女士有焉。中原有劇曲、有詞曲，有彈詞，若粵謳者，文詞典雅，頗近崑曲，雜以俚語，又近彈詞，雅而能俗，俗而能雅，急取全書，擇其著錄，先為傳播。（以下均摘錄原書）

「近日言民俗文學者，多推重粵謳，因而推重粵謳之作者招子庸。詩之後有詞，詞之後有曲，曲之後有粵謳。其宛轉達意，惆悵切情，盪氣迴腸，銷魂動魄。當筵低唱，欲往仍迴，聲音之悽惻動人，確有其特別擅場者。余（玉清自稱）以研究招子庸之故，曾親至其故鄉橫沙。橫沙在廣州市西北三十里，屬南海縣之草場堡，在沉香浦之西，泌涌堡之北。鄉有陳黃各姓，而招姓為最大。此鄉前臨珠海，後擁茂林，有峯巒秀聳，溪流環抱，景物清曠，可釣可遊，夙以風景幽勝，民族淳樸著稱。道咸之間，陳澧、陳璞、廖亮祖諸名流，均曾至其地，均紀事有詩。子庸家有橘天園，為其父茂章游息之所。園廣約半畝，舊植雜樹及桃竹，後有棠園瓜棚，今已荒圯。」

招子庸，字銘山，號明珊居士。生於乾隆時代。善騎射，能挽強弓。善畫蘭及蟹，精琵琶。中式舉人，受知於學使錢林，根柢甚美。弱冠從番禺張維屏南山遊，與徐榮鐵孫同學，稱為一狂一猬。子庸聰明，而其狂態，亦為世俗所駭。端午鬥龍舟，子庸簪石榴花，袒胸跣足，立船頭，左手執旗，右手擂鼓，旁若無人。又喜為粵謳，流連珠江花舫，故頗有江湖薄倖之名。又曾挾琵琶，賫畫至四川，挾五婦而歸。其放誕荒唐可想。子庸抱經世之才，少年科第，本忠名列清班，無奈屢舉進士不第，故鬱鬱無以自聊，遂發而為此狂態也。

（七）

# 英使謁見乾隆記實

馬戛爾尼 原著
秦仲龢 譯寫

（按：松筠字湘浦，瑪拉特氏，蒙古正藍旗人，繙譯生員出身考取理藩院筆帖式，後來又考取軍機處章京，任事能幹，爲乾隆帝賞識；因此官也升得頗快。乾隆四十八年升內閣學士，兼副都統。他在俄國邊境商議恢復恰克圖貿易，乃乾隆五十七年事。公畢召返，授御前侍衛、內務府大臣、軍機大臣，歷官至總督、尚書，道光十五年死，年八十二歲。——譯注。）

今日游萬樹園，和中堂對我們的態度很是恭謹將事，無時無刻不注意於禮節，亦無時無刻不保持大臣的威儀。但我細心觀察一下，他和我似乎不很相得。今早我和他一齊騎馬同行的時候，我對他說，熱河本是一個荒僻地區，現在開闢得這樣美好，使我們很幸運的能夠在這裏盡量欣賞，就不能不佩服康熙皇帝經營的功績了。和中堂聽我這樣說，似乎很是驚異，我怎知道這是康熙皇帝經營的，於是問我誰人告我這件事。我說，英國是個文明進化的國家，英國人都讀各國的歷史，像中國這樣一個世界大國，聲威震於全球，我們英國人那有不習其歷史之理？我這樣說正是稱道中國，諛頌中國的一種禮貌之詞，而和中堂似乎對此不大感興趣，察其意，以爲我們英國人有什麽學問智識呢，就算有也不能使到中國人肅然起敬啊。

福長安的態度則畧有不同，他對我們很是和善而又極灑脫，不拘拘於繁文縟節。他的哥哥福康安則一舉一動，皆謹守繩墨，而且他從前做過兩廣總督，常與西洋人見面，對歐洲人的禮節當然也畧懂一二，例如今早皇帝駕抵宮門的時候，我和站班恭候的各大員上前致敬，福康安忽然從後面輕輕拉我的衣袖一下，我不知他的意思，正要回頭看看，而他又舉手輕輕拍我的帽子，示意叫我在皇帝面前應該拿下帽子以致敬。這種免冠的禮節，只有我們西方人才有，中國人無論在什麽時候都沒有光着頭見人的。他恐怕我失禮，叫我在皇帝面前免冠行禮，可見他以熟於洋務自命。有這個緣故，所以我在游萬樹園之時，自思這位福大人既然以精通洋務自命，我就要設法子來討好他，使他在皇帝跟前替我吹噓吹噓，說不定對於我們東來的任務，不無小補。於是我對他先恭維一陣，說，福大人是中國著名的軍事家，精通兵法，功業彪炳，中外馳名，我亦久仰大名，不勝歆慕。我這次東來，觀光上國，部下帶有衛兵一隊，頗精於歐洲新式的火器操。改日如果大人有空，我很想請大人看看我們的軍隊的操演，希望得到指教，不知大人肯不肯賞光。福大人聽後，意態非常冷淡，漠然答道，這種軍器操法，諒也沒有什麽希奇，看亦可，不看亦可。但我聽後不免有些懷疑，我不能斷定他曾否見過這種軍器的樣式，不過，就現在中國的軍隊來說，我倒未見過他們有這種軍器。既然沒有新式的軍器，而尚詐稱早已有了，竟以「沒有什麽希奇」一語了之，實在使人不明白其意何在。當我向福大人提出此事之時，滿以爲他一定很高興，樂於觀看一下我們西方國家的進步軍器，作一比較的，怎知他故步自封，竟以冷淡的語言來答我，我心裏有點不痛快。

游園之時，另有一事也使我很不高興的。和相國對我說，剛才得到消息，我們那艘「獅子」號和「印度斯坦」號已經到了舟山了。我因爲「印度斯坦」號的船長馬金托什（我們帶來的禮物，大部分由他所駕駛的「印度斯坦」運載）打算前往舟山回到船上，他已經覲見過皇帝了，留在這裏沒有什麽事情可做，可否准他先行回船，準備一切。和中堂還未答話，福康安就攙說，這那可以辦得到，我們天朝萬不能讓外國人往各省旅行的。我雖然極力解釋其理由，並且竭力做出一種巴結頌諛的

[illegible]和他的感情，但此舉失敗了，福大人不只置之不顧，甚至從此以後就鎮日不露笑容。他這種態度很使我莫名其妙，也許他在廣東任內時，曾經遇到有同樣的事情發生，而釀成棘手的交涉，要不然就是他自命爲能幹的人，生怕我們英國人隨時隨地探察中國的民情風俗，對中國大有不利。這兩種理由，都可以使福大人拒絕我的提議的，而後種理由，似較前一種爲近情。

我見此項談判既無進行的餘地，也就立即不談，免使雙方不快，轉而對和中堂說，我還有些事情打算和他從長計議，不知明日或後日可能撥出一個時間，和我一談否。和中堂爲人，外貌非常恭謹，談話時，聲色也頗和悅客氣，但對我所請求的事情，也不肯答應，只向我再三道歉說，這幾天皇帝的壽辰就要到了，他很是忙碌，萬壽節過後，皇帝就準備回北京，看來也沒有空閒時間，倒不如索性到了北京後，我們在圓明園裏時常可以談談。我知道和中堂的意思，他不願在熱河再和我談公事了，但我不能就此緘默，於是對他說，中堂政務冗忙，沒有時間接見，我自當遵命，不過我還有些事情要向中堂說明，打算在一二日內開具一份備忘錄呈上，中堂政務之暇，能賜予披覽否。這是我最後的一個辦法，我要立即擬好了，一二日後送去。

「出使中國記」記云：皇帝方面招待的第二個節目是約請特使及隨員游覽御花園。次日清早，特使携隨員數人趕往御花園，那裏各種準備都已就緒。未幾，皇帝駕到見特使等恭候於門前，特地停下來同特使親切問話。皇帝說：「我現在要往布達拉廟拜佛。因爲你們同我們不是一個宗教，我就不叫你陪我去啦。你現在可以在御花園游玩一番，我命幾個大臣陪你一同去。」

特使最初以爲是命令一位閒散不負實際責任的大員陪同前往，在禮貌上這已經夠了。萬想不到，和中堂本人在一個亭子裏等候陪同特使去游園。這位中堂大人統率百僚，管理庶政，許多中國人私下稱之爲二皇帝。現在他受命從繁忙的政務中抽出時間來陪特使游玩。

幾位主人不嫌厭煩地陪同特使游覽了大半個花園，其餘未到的部分住有皇族女眷，他們同我們一樣不能進去。大家騎馬游行一個青綠山谷，園中有一些巨大的柳樹，地面上野草長得很高，未加修治。他們到達一個巨大的不規則形的湖邊，湖中已有游艇在此等候。大家於是登船泛湖。……一行人等游船的時候停下來參觀了幾處靠近湖邊的宮殿……有些牆壁上懸掛着韃靼區狩獵的圖畫，其中皇帝的像永遠畫成騎着奔馳的馬、張弓射野獸的姿態。在歐洲人的眼光看起來，這些畫的水平並不算高。中國人畫山水花草鳥獸都准確，但就是不會畫人。人同人每天見面，人像上的缺點最容易覺察出來。在中國的人像畫上比例和配景都很差。其次，他們雖然可以正確地畫出個別的東西，但如何把許多個別的東西配合畫在一起，他們的藝術水平就不夠了。歐洲作品中，我們在一個房間見到一個畫得不出色的女人像，在另一個地方看見一個匍匐着的裸體童子的大理石雕像，另外花園裏有一些石製獸形以及在一些建築物前面站着大而可厭的瓷獅子和老虎。最多的和嚮導人員最感興趣的是歐洲進口的有彈簧和輪盤的人形的動物玩具。這些東西初到中國的時候，中國人認爲巧奪天工，不惜重價購買。

整個園中沒有沙石走道，沒有成簇的樹木。他們盡量使這個花園具有一種天然風景，除非爲了交通和其他的方便，不用人工加以改造。園內的自然產物似乎天造地設地使它生在那裏點綴風趣，而人工加工部分看上去似乎沒有使用工具而只是人的雙手創造。

此處沒有一般描寫中國花園裏的那種雅致和美麗。在這一點上北京附近的圓明園同熱河的御花園大不相同。分大一點可以說，一處的太過正好補其他一處的不足。

（二十三）

# 花隨人聖盦摭憶

## 補篇（三十）

黃秋岳遺著

思亂。慈悲，流蕩，多言，好吃，懶作，膿包，善氣，善哭，扯淡，浮躁，託大，好潤，好賭，好酒，無規矩，不能忍耐，不能持久，取巧敷衍，信鬼神，喜術數，好作無益（此二十二作人不中用也），多生上二十二件不中用人，多生能幹刁巧狡猾人，人家多生女子，文恬武嬉，怕出事，姑息養奸亂，事事粉飾遮掩，不肯結實，事事只做目前，不肯經久，用物侈靡。無等威上下之別，故風俗奢靡，事事託大，在官者一味欺蔽，刑名一味寬縱，姑息，上下皆尚取巧偷安，謀利敷衍，賞罰不信，拘於成例，不能破格，不求人材，天不行疫使人死，女子格外多壽，蒙蔽粉飾，人多游手好閒之游蕩光棍，人君講道學，迂闊不適於用，學以一味空疏無講求實用者，卽清談廢務之別調也。上下拘於一定之例，不作出格文章，不易置當道要害之官，不知因時制宜變通盡利，姑息則欲息事而愈多事，生事適以償事。幼時切忌流言，流語，扯談，漂白，流教，流蕩，奇伶俐，小聰明，流打，照諾，打岔，活脫，倜儻，閃躲，趨避，閃展騰挪，閃躲狡滑溜，使給巧佞，逢迎取巧，搶飾彌縫神氣人。南京人之弊，囘債，扯淡，漂白，脫空，打死老虎，很話，小壞，罵人膽小調唆，無才刁狡，愛利，小聰明，取巧邀功，流言流語，尖巧刻薄話，閃展騰挪小便宜，滑狡溜。上下互相欺詐，官太巧，重虛文，無賞罰，拔用皆拘成格，無一破格事，不肯循名核實，太無等差，拘守成例太過，看事太易，欺蔽皇上，袒護同官，寬縱惡人，姑息小人，刻薄正人。光棍，青皮（滄州），喇子（江寧），苦家（同上），二八降（同上），土棍，匪類，不成常，無二鬼，囚犯。盜賊：紅鬍子（潁州），幅匪（山東），由匪（曹州），捻匪（徐州），幗匪（四川），賊匪（廣西），會匪（福州），痞匪（湖北），齋匪（湖南），擔匪（江西），土匪（安徽），教匪（廣東）。長久治安之策：弛溺女之禁，推廣溺女之法，施送斷胎冷藥（頓覺眼前生意少，須知世上女人多，世亂之由也）。家有兩女者，倍其賦，崇武科，重力及拔，嚴再嫁之律，犯者斬決。改鹽引地段，廣清節堂，鄉舉後不用詩文字，講求吏治，廣女尼寺，立童貞女院，會試試以吏治時務，忌策論氣，虛文論理者斬決。非品官不準再取，嚴其法，生三子者倍其賦，廣僧道寺觀，惟不塑像，兵皆實額，刺腕爲記，虛一名者，軍主斬決。科舉中參鄉舉里選之意，循名核實，以待士大夫，嚴流蕩，土匪律斬決。考試去孟子，增通鑑。軍皆有力，長大強健，承平時加以禮貌，比於文童，使畧知禮法，則悖逆之心畧戢。定三十而娶，二十五而嫁，違者斬決。盜賊不分首從，贓重輕，斬決，嚴罰信賞，不限資格用人，省空文告諭虛詞，黜虛文粉飾，歸質實，分士農商武工僧六民，游手者爲僕隸，不齒於六民，不禁優伶，使人有樂境，而禁娼妓，以端風化，嚴等威之辨，僭踰斬決。深山大澤，拔其豪以爲土官，廣文學則人弱，土官不世及，六年一任道學則人無用一欲人無用則行之）。猛以濟寬，欲人有用，崇史學，君臣不言道學以虛文，崇學校則人向學，士至五十外，始準言道學。人才不足患，患在頑梗，任官忌巧佞便令者，最忌取巧。任官取質樸誠愨者（不妨拙）。删六部則例，太繁苛，一切破格，以合損益因革，集思廣益，求言。婦人服冷藥，生一子後服之，因時因地，因事因人，各制宜。廣溺女法，救時不得不變法，不必拘孔孟六經。富家準一女，廣商賈，弊不過浮靡而人弱矣。禁水滸一切小說。不用則例，不用孔孟，不祀鬼神，不信術數，不崇翰詹，不言道學，不談詩人元虛、唐宋禪學、宋元道學，不主一格，不諱富強，不作無益，不取巧佞，不循資格，不用六經。選鄉勇，人須長大有力，敏捷蹻健，耐久善走，能吃苦，不取巧，去家五百里外，面目無伶俐象，非市井辯給人。破一切例，不用。求人才，廣探報采訪，易置一切官有司，尤急大路賊冲之官，尤急虛心受益。城府阻於洞徹，機械捷於殷倕，明睿炳於水鑑，靈警敏於鬼神，斷制決於齊斧，勇敢鷙於鵰隼，謀議詭於良平，武略百於起翦，矯捷奇於猿猱，言辯敏於蘇張，巧詐給於湯宏，殘忍過於閻獻，深刻倍於韓商，威力邁於賁育，爲十四德。」以上由世亂說到長治久安之策，其中有極偏執處，極可笑處，然大體上判斷不能謂不銳利，議論不能謂不澈底，其中極有合近人脾胃語，可見思想之左傾。所云十四德，正爲今日所尚。此皆節自鄧文如所刊之悔翁「乙丙日記」。案鄧君所得如悔翁手書日記、「乙卯隨筆」、「丙辰備遺錄」三種，又有遺詩一卷，皆印行，其乙丙日記，乃文如手校後加題者。其中可考證洪楊事迹至夥，如云洪楊曾删定論語，如洪楊考試詩文題，如悔翁長女曾爲楊秀淸書記，如破金陵爲湖北張子行賊目皆未至，等等，皆絕好史料。而文如序中，有一段極翔明深切，有關史實，今節舉之，鄧序有云：「世皆知悔翁專精史學，而不知介潔自持，不矜名，不嗜利，不樂於爲人羈縻，不務虛憍之論，唯志切于用世。觀此書論事，論兵，論世亂之源，及弭亂之道，兼及當時將相蒙蔽欺枉之術，切中時勢，實由書史閱歷而得，間有稍涉偏激者，則聊書憤慨，非必欲見之施行，或爲時所囿，自不能以今日恆解非薄之。然論及西學西法，未嘗無擇善之意。悔翁嘗爲魏默深輯「海國圖志」，又嘗從包愼伯游，魏包師法學林，皆具經世之志，故悔翁通曉世務，而漸漬黃老法家之言，主張雖嚴刻，而終遠身于富貴，識力更進一等。其乙卯隨筆，自謂無宦情，有脾氣，難爲人下，難循則例，貌及眉目不佳，性有老陋氣，知足安分，樂無事如黃老，喜殺，不篤信孔孟，爲十不可者，足以概其爲人矣。嘗疑曾胡定亂，必有爲之謀主者，文正自謂學商鞅耕戰之術，文忠則綜覈名實，皆近法家，及觀悔翁所論，尊主權，重名實，峻刑戮，惡理學，及承平拘牽之事，文正自咸豐十年駐軍祁門，又悔翁平昔所主張，何其所見之若合符契也。及紬繹曾胡書牘，乃知悔翁實嘗爲之策畫，蓋蘇浙繼陷，僨事者或敗或死，失所憑藉，文正拜統籌全局之命，東南始有轉機，是時悔翁方客于文忠，從容論列，必有人所不及與知與聞者，觀文正書牘（庚申），覆汪梅村書云：來示所舉十條，第一第四條，當於本月內行之，第二條裁官裁綠營，俟履蘇日行之，第五條乃弟近年行軍之微旨，第六條亦今世必變之惡俗，唯第三條和夷，或另簡派有人，第九條修築碉卡，事有未遑，第十條疾趨入吳，力實不逮，負閣下殷殷期望之心（書札卷六）。又云：所示四事，江淮運米一條，鄙人本有此志，以皖南軍事無利，未遑遠圖，新歲稍得便宜，即當投袂東行，治軍淮浦，以副厚期（書札卷七）。又覆胡宮保書云：梅村兄兩信，前信祇速進蘇州一條難行，餘九條皆可行，無一迂腐語，兩月內必一一行之。此信不如前信之切當，而滿腔熱血，噴薄紙上，有此血性男子，而潦倒一生，天下安得不乏才哉（書札卷二十二）。梅其學行，則曰耿介，曰有積學之士，曰梅村境遇可憫，俠烈可敬，學問可畏，曰梅公之古藻聯翩，（書札卷七、卷二十、卷二十二覆胡宮保）。曰學問淹雅，人品高潔，鄙人所企佩（書札卷二十八，復丁果臣）。傾倒可謂至矣。又觀文忠書牘云：梅村老人前後三函，均博大精深，胸有千秋，目營八極，當以小幅裝成，以資省覽，爲滌公謀，即不盡爲滌公謀（遺集卷七十三，致曹局牙釐局）。又云，此曠代醇儒也，孤介不可逼視（遺集卷七十五，復嚴方伯）。其論梅翁之學曰，梅村所擬體例，均是，如伐某國，取某邑，凡兵事之無當于兵略者，不錄，其意良是，所言各條，亦均是，唯渠之輿地之學，極爲精博，刪繁就簡，非梅村自爲之，則恐擇之不精也（遺集卷六十三，復蔣文若論刊讀史兵略事例）。又云：梅村所著極佳，此篇成必敬授諸君子各一部，精而熟之，可以爲帝者師矣（遺集卷六十四，致牙釐文案釐局諸君）。文忠本梅翁鄉舉座師，乃尤致敬盡禮，時尊稱之曰梅公，曰梅老，或梅村老人，虛己以聽，如文忠者，今安得有其人哉。特曾胡所謂三書，今梅翁文集，已盡刪削，不登一字，不悉其所語維何。（梅翁文集，別行上曾帥書三首，一論兵勢，一薦葛蕃，一貿經略四省，皆無所謂十條與四條者。）予見梅翁辛酉所撰「綠學道齋日錄」（東方文化圖書館所藏）。有安慶初下時致文正書稿云：夫兵以常戰而強，用以不濫而足，人以博觀而知，事以綜覈而理，昔前敵軍臺經營伊始，恐有進築霸闕之規，以營其門戶幹飽之私者，願遠燭艱難，慎持于權輿之際，簡而賅，樸而不飾，介而易通，閣公之治楚北，致有可采也。又致文忠書云：兵事應益艱，南北兩岸，除多鮑二軍以外，唯水師及萃軍可用，他皆丹鉛文士，或又器局褊狹，不能與人共功名，一旦得志，必有尾大不掉之虞，餉源日蹙，言利者不深維民不可下之義，騷擾掊克，以朘其生，誠恐敎匪扇之，憂生肘腋，得不償失，可爲寒心，張仲遠觀察、李香雪都轉，通知時變，若延之左右，商度事宜，而丹初、星槎交相贊助，多拔偏裨勇敢之士，廣募椎埋亡命、暴虎馮河之徒，以資爪牙，楚其猶有豸乎。又云：楚軍今日之勢，在無戰將，非無統領，若推赤心于韋志俊、陳大福以爲統帶，合之多都護、李成謀，可得四將，邀楊彭同列並進，以神速行之，以奇軍參之，庶其有濟，不然，恐蹈江南之覆轍也。閻丹初精明洞察，吳木翁質樸忠厚，李香雪通曉時變，李午山清恪溫恭，羅仙舸篤敬和平，終必不負吾師。處士若丁果臣、胡東谷、張廉卿、洪琴西、皆忠信明辨，足資詢訪，他人則如地師羅盤，內層所差不過一線，而引而伸之，遂至秦越，緣其本心，亦豈欲大負吾師，而其性所親近者，忍于負伊，伊遂不得已而負吾師，甚或外慇內黠，巧趨涼熱，漫無見解，有同和鼓，雖有機線之才，斗筲之用，豈足與贊襄大猷哉。又云：犬馬留戀之意，則願進瞽言曰，

# 編輯閒話

△編者沒有寫這一段小記好幾期了，沒有時間執筆是一個小小的原因，大原因却是雜務太多，心情不能安定下來，提起筆簡直不能集中精神去搜索要寫些什麼。現在稍爲安定，不妨在這裏和一班相識或不相識的讀者談談。大華在過去一年都是賠錢的，並且賠得很厲害，決不是像我這個窮編者的[illegible]。[illegible]月賣文所入有限，[illegible]，要我每月拿一千三百元來[illegible]，偶然三兩次還無[illegible]，這樣下去，我就非要[illegible]？[illegible]，有一位讀者替我解決這個問題了，他認爲大華雜誌還不錯，不應[illegible]，他願意負擔大華[illegible]，即使再賠多一些，[illegible]大華能繼續出版，[illegible]收支平衡。這位[illegible]心的[illegible]爲大華的[illegible]，[illegible]合股經營的一個[illegible]。[illegible]我負責，[illegible]方面，[illegible]負責，這位朋友是[illegible]個，他一口氣可以[illegible]，氣魄之大，[illegible]。[illegible]本刊從今年下[illegible]銷路，並可以[illegible]先對愛護本刊的[illegible]個好消息。至於本刊的[illegible]，並沒有改變。以前本刊[illegible]二三十年前所發生的，[illegible]一九四九年[illegible]的，我們就不[illegible]，因爲[illegible]認爲近二十年的事情，[illegible]是掌故呢？

其實掌故是什麼，各主一說，此時此地的人，認爲掌故是談故事，凡是以前發生過的事情，或稍爲陳舊一些的事物人物，他們一律稱之爲「掌故」，於是太史公爲之失色，[illegible]爲之迷惑。但大華的[illegible]此時此地之[illegible]、[illegible]「[illegible]果一也」所以[illegible]、現在[illegible]要求、就是目前發生的事情，我們[illegible]了。

[illegible]

原書原樣

廣告價目

[illegible]

原書原樣

# 大 [illegible]

[illegible]

便讀 [illegible]。此二十冊[illegible]

便檢 [illegible]茲將各期要目列[illegible]





本刊合訂本 [illegible]

未能如期出版，[illegible]

[illegible]世，請讀者原諒。

CATHAY REVIEW JUNE

# 大華

半月刊

第三十二期

一九六七年六月三十日

# 大華

## 第三十二期



封面揷圖：盧溝橋

大華 半月刊 第卅二期
一九六七年六月三十日出版
（每月十五 三十日出版）
Cathay Review No. 32
出版者：大華出版社
地址：香港銅鑼灣希雲街36號6樓
電話：七六三七八六轉
Ta Wah Press.
36, Haven St., 5th fl.
HONG KONG.
督印人：龍繩勳
主編：林熙
印刷者：朗文印務公司
地址：香港北角渣華街一一〇號
電話：七〇七九二八
總代理：胡敏生記
地址：香港灣仔船街卅二號
電話：七二三四三七

# 「七七事變」三十周年

陸仲文

七七盧溝橋事變，到今三十周年了。這三十年中，中國的變動眞大，由被侵畧以至反侵畧，所有侵畧者都被驅出國土之外，現在已成爲東亞一個巨人，侵畧者再不敢輕易向中國動手了。

三十年前日本帝國主義者要吞下中國，就處心積慮，利用其「條約」上的種種「特權」，在中國境內搞風搞雨，遠的不說，單以七七事變前四年日本鬼子在華北搞的一套，就有侵畧我長城沿線的古北口、喜峯口、冷口各要隘，我軍英勇抵抗，打了差不多三個月。當時的南京國民政府一味容忍退讓，派黃郛北上，與日閥折衝尊俎，遂於一九三三年五月卅一日簽訂所謂「塘沽協定」，雙方停戰。從此華北門戶洞開，平、津、察、綏、晉、冀、魯各省市都岌岌可危。南京雖然派黃郛爲行政院駐平政務整理委員會委員長，進行應付日本，安定人心，但人心惶惶，不可終日，有錢有勢的人都「未雨綢繆」，向津、滬租界當其三窟了。

自此以後，日閥在華北就不斷製造事變，以爲侵畧的藉口，他們利用漢奸白堅武出面，宣傳組織「華北國」，於一九三五年六月廿八日在豐臺暴動（失敗後，白堅武於七月四日逃大連，受日本庇護）。是年十一月，又唆使河北省灤榆區行政督察專員殷汝耕叛國降敵，以冀東戰區二十二縣成立「冀東防共自治委員會」。日閥在華北所製造的事件，罄竹難書，以上不過舉其犖犖大者而言。

南京政府爲了表示不刺激日本，將北平軍事委員會撤銷，調何應欽回南京，并任命宋哲元爲冀察政務委員會委員長，兼北平綏靖主任。這一時期，華北局面特殊，各省市行政長官，多由軍事首長兼任，以備萬一，例如河北省政府主席由第卅七師師長馮治安兼任；察哈爾省政府主席由一四三師師長劉汝明兼任，天津市長由卅八師師長張自忠兼任。

民國廿六年（一九三七年）七月七日，日本帝國主義者在華北的軍隊，製造事變，八日淸晨五時左右，突向盧溝橋附近的宛平進攻，八年的抗日戰爭就展開了。

事變的發生是這樣的：七月七日晚上十一點多鐘，日本特務機關長松井，向冀察政務委員會外交委員會主任委員魏宗瀚（魏爲軍人出身）交涉，說本日有日軍一聯隊在盧溝橋附近演習，但在收隊時，忽有駐盧溝橋的第廿九軍部隊，向日軍射擊，因此走失了一名軍士，并見該軍士被刧持入宛平縣城，現在日本軍要求入城搜查。我國地方當局加以拒絕，但給日本一點面子，答應等到天亮後，可以命該地軍警代爲尋覓，如果查有日軍，就馬上送回。

日軍方面認爲這樣答覆不滿意，硬要派兵入城檢查，否則卽包圍宛平。我方爲了自衞，也下令守軍準備應變。日閥就抓緊時機，先行動手，由駐北平的牟田口聯隊隊長牟田口下令，砲轟宛平縣城，我駐軍吉星文團長卽英勇起而抵抗。戰爭二十日，日寇調集大軍，以陸空軍的優勢，向南苑進攻，我守軍迎敵，予以巨創，激戰至七月廿八日下午四時許，副軍長佟麟閣、師長趙登禹均壯烈殉國。

抗戰在華北英勇進行，而南京的主和派仍不想事態擴大，希望好像一二八淞滬事變那樣，雙方簽訂協約息兵。但日寇早有計畫，要一舉而殲滅國民政府的軍隊實力，迫其投降，絕沒有眞意要和平，偶然同意和平，也不過是緩兵之計，用以打擊中國士氣而已。

八年抗戰，中國幸而獲得勝利，但勝利之後，當局處理各事，盡失民心，因此人們叫這個勝利爲「慘勝」，一九四六至四八年間，從前有些爲日僞所控制的地方的人民，甚至發出「人心思漢」之聲，可見國民政府是怎樣爲人民所憎惡。

抗日戰爭首當其衝的是河北省宛平縣，宛平早與大興縣畫入北平市，縣治移盧溝橋。七七事變時，任河北省第三行政督察專員兼宛平縣縣長的是王冷齋。日寇投降後，王冷齋於一九四六年五月，出席東京遠東軍事法庭作證，一九四九年中國大陸改革，王冷齋任中央文史研究館館員，一九六〇年六月廿一日在北京逝世，享年六十九歲。

一九五七年七月七日爲七七事變二十周年，友人某君於七月六日曾訪問王冷齋，請他略說一下七七事變當時的情形。他說，抗日戰爭爆發後，蔣介石厚顏無恥地宣稱在北平和日本發生的軍事衝突，應當作爲地方事件處理，希望以所謂「和平的外交方法」求得盧溝橋事變的解決。二十九軍抵抗以後，日寇假意與當時的冀察政務委員會製訂雙方停戰條欵，實際上他們是利用這個時間調動軍隊飛機和坦克，爲大規模進攻準備。趙登禹等人在南苑壯烈殉職後，正值軍民不惜生命英勇抵抗的時候，蔣介石又下令撤兵退出戰場，使北平、天津先後淪陷，人民遭受日寇的殘暴蹂躪。

王冷齋又說，當時的蔣介石確實沒有抗日的決心，時時刻刻都想和平解決，和日寇商談條件停戰。日寇就利用他這一弱點節節進軍，要消滅蔣的實力後，再和他講和平。蔣介石被迫，到了沒有轉圜餘地，才作出抗戰的決定。王冷齋這樣說，我是十分相信的。蔣介石頗有滿清那個慈禧太后的作風，他寧願中國亡在異族手上，也不願他的政權被異黨奪去。所以自抗戰之日起，他的嫡系「中央軍」深藏後方，打日寇的却是裝備簡陋的地方部隊。其居心可見。

## ——「七七事變」的元凶——牟田口

七七事變日本侵畧軍向宛平城開第一炮的一個戰犯，名叫牟田口廉也，此人當時是日本駐北平的一個聯隊隊長，這個隊就叫做牟田口聯隊。

牟田口廉也的臭名幷不如東條、土肥原等戰犯那樣大，知道他的人也不太多，如果單看他這個名字，會令人想起「未見經傳」不知何許人之感。但是，提到盧溝橋事變，就很不難聯系到此公了。不特此也，新加坡的被侵佔與仰光的被攻陷，都與此人有直接關係。

一九三七年七月七日，牟田口聯隊在盧溝橋演習後，聲稱短少了一名兵士，幷硬說是被中國二十九軍劫走，於是牟田口就下令砲轟宛平。因爲牟田口侵畧中國「有功」，五年之間，由一個聯隊隊長升到將官。太平洋戰爭發生，日寇偷襲珍珠港得手後，牟田口率領日軍攻佔了新加坡，接着又當起緬甸戰區日本司令官。

這個殺人不眨眼的牟田口，已於一九六六年八月二日在日本死去了，死時的銜頭是「陸軍中將」。他這個銜頭之得來，完全是拿中國人、馬來亞人，新加坡人，緬甸人的鮮血換來的。可惜的是尚差一年就是七七事變的三十周年，而這個侵畧者却早一年死去。如果他不死，我倒很想向他建議，請他再到盧溝橋上看看三十年前的中國是怎個樣子，今日的中國又是怎個樣子。這二十年來，中國起了很大的變化，所有一切侵畧者，以後不敢學牟田口那樣在中國開第一砲了。

・[illegible]之・

# 七億人之未來

川田侃著
孫貝譯

**本文作者川田侃，是日本東京大學教授，今年四月曾游歷中國，寫成此文，登載在五月十六、十八日的東京「讀賣新聞」。作者在抗日戰爭時，曾是「皇軍」的一名兵士，駐紮山東，現在他知道今日的中國人已不是二十年前那樣的中國人了，這些話出於一個曾經侵略過中國的日本知識分子之口，在七七事變三十周年的今日讀之倍覺有意義。——編者**

從廣州經上海，蘇州至北京，然後經洛陽，鄭州到廣州，換言之，就是從四月二十二日到五月九日約二十天間遍遊中國各地。

面對着鬧報的國際情勢和稱爲文化大革命所引起的複雜的內政問題，現時中國的人們都在紅潮中作自我批判，或批判他人，向着由於思想改造及社會主義建設，全身全靈灌注全神於其間，或者可以說，廣大的中國大陸，現在是表現在被包圍於震耳欲聾的混聲大合唱中。那種百家爭唱固屬洋洋壯觀，但在這裏面，使我內心感動的，是他們民族力之强，「民族的呼吸」這句話，在今日世界上，除了中國之外，也許不能再有其他國度能感受更强烈了吧，無論是對毛主席狂熱的個人崇拜，或對美帝國主義的憤怒，和對蘇聯修正主義的憎恨。總而言之，今日的中國，作爲擁有七億人民的巨大而新的民族國家，是充滿熱意，意氣軒昂是必然的。

自然，今日中國到處存在着矛盾，經濟上地域差異或農工差異容或未有，但文化大革命的歸趨還沒有定着，現時中國泛濫着的，不是黃河而是壁報和大字報，幾乎可以說，到處都是，我從廣州出發，經過十幾天再回到廣州，發覺壁報已增加數倍，連公園及鐵閘都變成紙牆，由於那種情況是流動性的，所以未可預言。但當我問及「文化大革命到底何時終止」時，有一個中國人就憤然這般答道：「我們就算花一百年一萬年也要搞」。有時問及「耕地面積在解放後增加了多少」時，另外一個中國人則答道：「比起過去數十年來，增加了兩倍半」。

更使我驚奇的是在中國科學院毛澤東思想哲學社會科學部的座談會上的對話，我引用了毛澤東的話：「胸中有數，這是說，對情況和問題，一定要注意到它們的數量方面，要有基本的數量分析」（註：見一九四九年三月「黨委會及工作方法」一節，毛澤東選集第四卷）從而問及中國國民所得。即每人計算國民收得若干的時候，有個年輕的經濟學者竟然高聲答道：「那是連報紙都沒有發表過的，我沒有理由知道」。中國人是認爲矛盾不一定需要即刻解決的，所以我在這次旅行中，常因這種答非所問，有茫然若失之感，而質問的意慾也難免受到若干挫折。

想起距今二十多年前，我作爲一個陸軍二等兵，駐紮於青島市郊外大麥島四個月時的往事，那個時候，我很記得中國人有一句話掛在口邊，就是：「有什麽辦法呀？算了。」但是現在中國人則以爲「即使不能馬上辦得到，只要想到要辦，便總有一天要辦到」。正是人心一新，國隨之變，依然故我的，只是那廣大的土地，巍峨的大山，和洋洋的大河吧了。中國人也這麽說，「人變，土地變，生産也變，只要人的思想變，就可以戰勝天，戰勝地，和改造自然」。那是眞的，黃河是一個例子，我站在多層而堅强的圓形堤防上，看到了從前常常泛濫的濕地地帶變成了綠田和菜園。

在今次的旅行中，我坐火車，飛機，公共汽車，和在街頭漫步，到處遇到紅衛兵或造反隊的實演，合唱，行進，也訪問了幾個人民公社，幾個工廠，勞働者及住宅，幾間大學，研究所，幾間戲院，電影院，這些地方，無論怎麼說，都是爲了思想改造，對不持武器的敵人（資產階級殘存份子）的階級鬥爭，一貫相同的底流而存在，但我所到之處，不祇因地域不同而單在氣候，食物，言語上各異，且在政治、經濟、文化方面各有特色，在這次遍歷中，要詳細地總括了中國的狀況並展望它的將來，也許是難上加難的事吧。

毛澤東也對農村調查一事這麼寫過：「有許多人，下車伊始就哇喇哇喇地發議論，提意見，這也批評，那也指責，其實這種人十個有十個要失敗」。（註：見「農村調查的序言和跋」，一九四一年三月、四月，毛澤東選集第三卷）所以我也許是失敗的，但既然作過視察旅行就不能不說，我且提起勇氣，把農村的狀況試作一概括及其展望吧，因爲中國農村是中國經濟的基礎。

向來落後諸國的經濟開發問題最大的焦點是農業生產及停滯和飢餓狀態如何克服的問題，從這一點，我注視了中國農業的現況，並且本人從印度及菲律濱現地所得調查及見聞加以比較。我不是農業專家，但我作一結論，判斷中國農業是在着實地向上發展的路上。從耕作技術的改良，排水灌溉，除草農藥，施肥役畜飼育，品種的多樣化和改良，農具的改善和機械化，包含了小規模工業的多角經營，勞働力的組織化，以單位面積計算的生產量及農家所得的上昇等等看來，中國的農業現在是通過了一個基礎的階段，這一點比起印度和菲律濱的農業，毫無疑問地有超越的事實。

我在這次旅行中訪問的人民公社，有上海七一人民公社，蘇州人民公社，北京中朝友好人民公社，鄭州十八里河人民公社，齊里關蔬菜大隊等四處。其中我對貧窮的齊里關蔬菜大隊最感興趣，訪問翌日，我和生產大隊長閻萬年和婦人大隊長朱谷蓮女士再次會晤了差不多三小時，聽取了較詳細的情形和加以調查，結論是除了人的問題之外，看不出有什麼悲觀的材料，而前途明確而切實的生產計劃大可順利進行，現在有許多人指出中國目前每年要輸入六百萬噸糧食，關於這事我可以在這裏說，中國有此數以上的糧食儲蓄，中國各戶口夠「吃」的階段不祇已過去，而且每個家裏都有餘糧了。中國農民們的表情是明快的，我想中國農業的將來也能緩慢地展開一條大路。

現時中國人們大抵手持毛澤東認爲重要的三篇論文「老三篇」，那是小冊子的紅色封面小書，其中有「愚公移山」。這是古代中國寓言教訓的引用，據傳某居住華北的老人決心移去阻擋他家出路的兩座大山，上帝有感眞誠，乃命兩神下凡，把兩座山移走的故事。

毛澤東在一九四五年六月，於中國共產黨第七屆大會閉會時，引述了這一寓言，他說：「現在也有兩座壓在中國人民頭上的大山，一座叫做帝國主義，一座叫做封建主義。中國共產黨早就下了決心，要挖掉這兩座山。我們一定要堅持下去，一定要不斷地工作，我們也會感動上帝的。這個上帝不是別人，就是全中國的人民大衆。全中國人民大衆一齊起來和我們一道挖這兩座山，有什麼挖不平呢？」（見毛澤東選集第三卷）

現在中國的經濟建設忍耐而強勁地一步步前進，也可以說是「愚公移山」精神，中國自古以來，自然災害很多，旱災，風災，水災，使許多田畝荒廢，許多人命被奪走，現在中國的自然災害也多，某中國要人會對我說，我們明白中國現有耕地約十六億餘畝，每年有一億畝以上受到自然災害。

「但是我們並不對此默然置之，在解放後這十七年間，我們從事改造自然，開山，闢河，每年動土幾十億平方米，在農閑時期，動足了農村的餘剩勞働力（二成至三成）。十年來我們作了幾萬個小壩，耕地年增二成。

「現時中國有一句叫做『農業向大寨學習』之說，那是指山西省山地開闢的梯田所獲致的成果。五六年大寨每畝糧食生產是七十公斤，六五年都增到四百公斤，六六年雖然遭受了暴風雨，也收穫了一百八十五公斤。山東省的下丁家大隊的例子也一樣，上海的嘉定縣，全縣平均計算五六年的粮食生産每畝是一四六公斤，六六年達到六百四十公斤，原綿生産本來是二十公斤多一點，却增到六十公斤，中國的水稻地帶，六六年平均每畝約五百公斤。

「我們是主張農業最優先的，從五三年到五七年，我們曾錯誤地重視工業，五八年起，除了西藏之外，全土成立了人民公社以來，我們以農業最優先的集團化爲總方針年，作了機械化，電氣化，水利化，化學化四項推進。人民公社的公積金，有些地方只收入的百分之五或百分之八，較多的地方可達百分之十五，那是因爲我們用於右列四項投資，比起成立高級農業生産合作社的五六年以前，排水面積增了四十八倍，除草機，農藥散佈機增了十七倍，化學肥料投入量增了十八倍，農藥投入量增了十三倍，拖拉機增了十九倍，我們對此是未滿足的，但我可以告訴閣下，中國的農業是有實成果的。」

這個中國要人對我談及以上數字，可信程度如何，我不知道，但在今次旅行中我們訪問的人民公社裏，六六年的每畝粮食生産，根據我所取的調查，是上海市七一人民公社的五八八公斤（稻，麥，小米等），蘇州市虎丘人民公社是四四一公斤（稻），北京市中鮮友好紅星人民公社是五百公斤（稻，麥），鄭州市十八里河人民公社齊里閭蔬菜生産大隊是三百五十公斤（稻），如果急於總括一下，則在確保粮食方面，已過了「夠吃」的階段，在耕地開拓及水利化已獲成果的中國農業，今後的課題，照我看，與其着重機械化的進步，倒不如注重化學肥料投入量的增減，關於這一點，對今天中國現有的化學肥料市場，其潛在的影响力是很大的。

今日中國的經濟政策是農業第一，重化學工業第二，輕工業第三，這已是衆所周知的，問題是中國的工業現況及將來如何？當然，這十七年來，他們已從裝配及修理爲主的輕工業中心進展到確立包含了重化學工業各部門的近代化生産體系的階段，並且技術水平也決不低落，我訪問的鋼板壓延工場（上海中型機械工廠）底一萬二千噸水壓機（六一年頭）及鞍山製鋼廠的一五〇〇立方米大型高爐（五八年頭）等國産自主開發建設，都是其中代表性的表現。

今日中國的工業，有大型鋼鐵集團，除此之外還有煤炭，士敏土（水泥）煤油（包括採測，採掘，提鍊），煤油化學，化學肥料，拖拉機，汽車，機關車，造船，精密儀器，原子能等，又有廣泛的範圍的重化學工業紛在發展，更存在着發達的纖維工業，雖則重化工業尚見穩厚，但不能意味中國的工業還在搖籃期。比起解放前，則毫無疑問是已發展到另一階段了。

在這樣情形下發展的中國工業，其背景如何？關於這一點，中國的人們向我力陳以下三點：第一是重視比機械更重要的人的要素試自力更生精神，尊重羣衆的創造性，和澈底勤勉節約。第二是走羣衆路線，打破迷信，爲了技術革新，實行工廠幹部（組織力）技術者（理論）勞働者（勞働力）三結合。第三是消除農工，地域，頭腦勞働和肉體勞働的差別，平均化地努力。當然，這三項目始就包含着很困難的要因，尤其是第三項的差別是正反平均化兩點，一向成果都不大妙，這是中國人未認中。但是同時，他們又强調防止既成工業都市的膨脹，建設散在農村的工業地帶，而在勞働力分配上，他們又舉起「到山上去，進入農村」的標語，作爲建設社會主義農村的前提，他們也不忘向我强調正着着進行着向人民公社導入小規模的工業的工作。

眞的，我們訪問的中國古都蘇州，洛陽，鄭州，郊外新工廠林立，尤其洛陽有七百以上，鄭州有一百五十六間工廠正在「稼動」中，與其說他們是古都，不如稱之爲新興工業都市更爲適當吧。不過農業和工業同時的發展，從今以後怎樣具體進展，那就是左右中國經濟歸趨的重大問題了吧。

實際上，正如毛澤東所說，「中國雖是大國，但現在還是很窮，要中國富起來，還要幾十年時間」。

中國人的意念是「生産雖然伸一尺，生活向上只能伸一寸」，今後中國經濟怎樣發展，我們還要放長眼光看下去呢！

# 鄭孝胥的丁巳復辟日記

鄭孝胥遺作

鄭孝胥是一個賣國大漢奸，早在一九一七年，他就和一小撮宗社黨、遺老搞復辟，要捧他的「宣統皇帝」重坐龍廷了。一九一七年丁巳復辟被粉碎後十五年，鄭孝胥居然憑日本帝國主義者的力量，輔助溥儀在東北搞「滿洲國」，這個小丑也粉墨登場做起「滿洲國」的總理來了。丁巳復辟，到今恰是五十周年，編者找到鄭孝胥丁巳年的日記鈔本一份，現在摘鈔他在這一時期內的種種賣國活動，可見這個賣國賊當年的面目一斑。鄭的日記是近十五年在中國發見的，現藏某文化機構。

## 丁巳（一九一七年）

### 正月

十七日　姚賦秋來書，升吉甫（按：升允字吉甫）到東京，十日未見寺內，而日人以專車迎陸宗輿，恐升之謀將敗。

二十日　姚賦秋來，示宗方、吉甫信，消息甚好。佃信夫電云，升數日內仍來滬。

廿一日　過姚賦秋，觀升吉甫第二書及佃信夫電。升吉甫廿三日可到滬。

廿六日　升吉甫、姚賦秋來，約夜至登賢里。升致張勳書，使張念慈之弟親送至徐州。

廿八日　王叔庸宴升吉甫於姚宅，坐中有王聘三、汪甘卿及余；李梅庵、王旭莊皆未至。

馮國璋主張收買存土，歸官專賣，以禁烟期限至四月一日爲止故也。唐紹儀、溫宗堯等商之於馮，餂以巨利，馮立允，且簽約。聞土商入京運動之費，已逾千萬。國民黨可得一千萬，爲第四次革命之用。自政府以下皆得賄，反對者甚尠。日來西報頗譏斥之。

三十日　過登賢里晤劉幼雲、張念慈、李季高，見張勳覆升吉甫書。吉甫定於初二日趁神戶丸赴青島。張勳使劉幼雲爲代表，與其友商雲汀、張念慈同來，以政府之人多在徐，阻升之行。

### 二月

初二　與大七同至神戶丸送升吉甫。

十七日　過姚賦秋，欲覆升制軍書，以船未開，須待禮拜五。

廿一日　得稚辛書，言羅開軒與陸榮廷俱入京。

### 閏二月

初四　賦秋來，言佃信夫已到，明日赴徐州，催張勳起義。初，張勳使張念慈來迎佃信夫，佃久不至，張問課於王喬松。王曰：日人已行復折回，初四可到滬。姚以告宗方，宗方不信。初三日忽得電曰，佃已附春日丸明日可到埠。佃至，果云：至神戶以汪大燮到，復歸東京探之。

初十　姚賦秋來，言徐州將起義，商雲汀有書來約章一山。又言，借款事已可成，俟明日電至即決，不必抵押。

十一日　過姚賦秋，云事已諧，擬即過章一山，請其赴青島與吉甫同來滬。

十二日　至印書館（按：即商務印書館）董事會，道遇姚賦秋，云一山持公函今夕赴徐州、青島。

十七日　賦秋來函，言吉甫之世兄叔柄持吉甫函來見，到滬已三日，住振華旅館，計吉甫、一山明日當到。

十八　吉甫未到。

十九日　姚賦秋來簡，云叔柄已以早車回島，素久未來，事恐中變。

廿三日　鑑泉自徐州來，言於徐州遇升吉甫、章一山、劉幼雲等。吉甫攜尉禮賢（按尉禮賢通譯作衛禮賢（Richard Wilhelm）德國人）書與一山同至徐州，夜見張勳，將來滬。

劉幼雲告之曰：日人已聞借德款事，將出干涉，恐姚洩之於日人，子宜勿行。升吉甫懼，即返青島。

但信夫在張勳處，吉甫未見之。蓋幼雲之譖，頗忽於謠。囑鑑泉來滬，面告余以歸島之狀。余度升吉甫不至此，歸青島見其子，必悟劉之譖己，或於禮拜六（即今日）附船來滬，則廿五日可到。與鑑泉過姚賦秋，發一電與升吉甫曰：鑑到。勿聽訛言，携信速來。嬰、龕。用明電，中國電局發至陽村（去青島八十里，專差由火車送往，本日必到）。

廿四日　賦秋來，示青島來電云：腹疾，不日登程，信昨發。

廿五日　賦秋來，示吉甫信云：一山來，即擬偕行，而尉禮賢執拗不肯作信。先生成之，而尉敗之，此乃運氣無可如何等語。而與余信則曰：借款已爲諜者所覺，此中深可駭詫。鑑泉、一山到滬可知其詳，乞秘之，亦勿告培老等語。此乃吉甫信劉幼雲之言，謂賦秋洩其事於日本也。彼意借款爲日所忌，故爲劉言所中，而不知其不然也。劉似欲賣吉甫，而令張勳自與德人商借故耳。其傾險之習，眞小人矣。

賦秋又得升電云：信到否？即覆電曰：有片即可速來。蓋鑑泉言尉禮賢雖無信，而有一名刺，背面有洋文數行。姚謂：得此已足介紹，不必信也。升之二電曰：信昨發，前信到否？似悔發此信者。豈見到去電有「鑑到，勿聽訛言」一語，而頓悟爲劉所給耶！

廿六日　賦秋及王叔用來。叔用明日赴青島。賦秋就案頭作一書與恭邸，求勸升吉甫速來。叔用言：沈、鄭皆無信，彼必生疑。余乃寫一紙致吉甫。但言此事幷無干涉者，何以謠言至此，殊不可解；能趁禮拜六船來，猶可及事也。

廿九日　顧虔兕、羅開軒及陸幹卿隨員陳君俱來訪。陸幹卿來談久之，言即赴杭州。陸前餽余四千元，余不受。入都後陸餽萬元於皇室，且云四千元爲餘託獻者，皇帝召見，慰勞甚渥，賜彩緞十端及福壽字。（按：「神州日報」言陸榮廷獻皇帝十萬元，中四萬元以鄭孝胥等名義。即此事之誇大者）至虹橋路，遂過姚賦秋，以升吉甫致沈、鄭、姚書與之。

## 三月

初三　過賦秋。王叔用自青島返，携來升吉甫手書，云：此物棄之誠可惜，服之必致病，寧坐以待時，毋自蹶跌也。此次吉甫、一山同行至徐，爲他人恫喝，遂懼而歸。乃徐州沮之，使不得起事耳。旁觀者清，吉甫終不悟，或亦內慚而護己短耶！

初六　姚賦秋來，云宗方作書與升吉甫，深咎其闇於事理，且曰借德款可自主，云無害於日本，日人何爲干涉乎？章一山已歸，姚於子培處見之。

十八日　姚賦秋，示吉甫及錄吉甫覆宗方信。

廿二日　政府召張勳入京。夜丁衡甫來，謂北京或有異舉。西人皆言張勳入京，必議復辟。余曰：彼等以爭權樹黨之計，借復辟爲擋箭牌耳，適成爲加入宣戰之舉。復辟則皇室甚危，此曹甚堪千斬萬段也。

廿七日　至會賓樓，李審言、王叔用皆來入會。朱古微、王聘三、楊子勤、唐元素、何擎一、章一山皆至。鑑泉又來，言今夜即回南京，取所存銀二百兩，即遣大七往印書館取之。

## 四月

初一　升吉甫自青島來。沈子培來。

初二　大七同升往訪顧錫恩（顧錫恩德領事館辦事人員）。宗方、沈子培、章一山、王叔用、姚賦秋來。司裕禮來。

初三　大七復與升公同出，過宗方。羅叔蘊、章一山來，約在會賓樓晚飯。姚賦秋來。與吉甫同至新世界，遂往會賓樓，已十點。

初四　與吉甫、叔用、賦秋同飯於小有天。吉甫頗知味，以閩菜爲美，皆海味也。

是日黎元洪解段祺瑞職，使伍廷芳代理內閣總理。段祺瑞赴天津，聲言此令未經內閣副署，不能承認。黎恃陳光遠、張紹曾、江朝宗鎭定京城，各省督軍多赴徐州與張勳會商，徐樹錚亦偕往。段之謀未定，故黎走險自救，明日必有異議。（上）

# 明代北京風貌的寫照

## ——明人「皇都積勝圖」介紹

王宏鈞

明代北京的風貌如何？當時社會生活的情景如何？這也許是讀者感興趣的問題。這裏，且讓我們展開一卷三百多年前的古畫，做一番畫中游吧！

圖卷名曰「皇都積勝」，長六米左右，絹底着色，畫家是誰，已不可考，因卷後有萬歷己酉，翁正春（曾任禮部侍郎）的跋，可以斷定是嘉靖晚年到萬歷初年時期的作品，現陳列在中國歷史博物館。

畫卷展開首先出現一條綠蔭大道，三二行人和一輛獨輪車相伴北去。前面不遠，兩個官人押解着一輛八騾大車，緩緩前進。兩匹快馬從車旁掠過。

穿過一片綠蔭是座集鎮，臨街的茅屋瓦舍有三兩處酒店，高大的樹蓋下，三五客商在打尖吃飯。出了鎮，但見兩面銅鑼開道，隨後抬過來四副插着黃旗的大箱籠，五個騎馬跨刀的在後面督運，人馬過處，行人都朝這邊張望，只有茅屋裏的漢子不停地搖他的紡車。兩個赶猪的老漢也聚精會神地一面揚鞭，一面吆喝。遠處莊稼地農夫們正在烈日下拉鋤，這時，家人已把午飯送到樹蔭之下了。

畫面繼續展開，雄偉瑰麗的盧溝橋已遙遙在望。欄板的雕花、柱頭的獅子歷歷可見。橋上迎面走來一伙人馬，遠看勢派不小！「頂馬」前導，傘蓋隨後，接着一羣隨員、護衛擁簇着一頂大轎。還有一伙人馬相向而過。前頭，一個穿號坎的揚鞭喝道。傘蓋下，一人衣冠華貴，手搖摺扇，騎在馬上。隨後也是十來名帶刀校衛，雜踏的馬蹄聲好像從畫面上傳了出來，行人們紛紛閃避，不知這又是哪家王公勛戚？

過了橋，長街一條，店鋪不少。其中還有旅店和「塌房」（貨棧）。脚夫們緊張地裝卸貨物。有家店鋪裏正在爐前鑄銀錠子。這裏離京師已近，氣象已非一般村鎮可比了。寬敞的大道中間，有伙「跑馬賣解的」大樹下鑼鼓齊鳴，一個女演員正要「鐙裏藏身」，一個男演員在馬上「拿大頂」。四圍觀者如堵，連鋪子裏的小伙計也伸長了脖子，朝這邊張望。

走過賣解場，不遠有座寺院，長長的經幡隨風飄蕩。寺旁是處煤棧，高高的煤堆前，伙計們給顧主稱煤。長街盡頭是座衙署，粉牆瓦舍掩映在柳蔭之中。衙前停着一頂轎子，一堂儀仗斜倚在墻上。一羣皂隸、轎夫赤膊跣足，席地而坐。柳樹下還拴着幾匹駿馬。

出了街，行人漸多。挽車的、担担的和一串串驢馱子運着各種貨物。赶羊的牧鵝的中間還有一羣梅花鹿，想是內府豢養的吧？路旁不時出現幾處竹籬茅舍，鷄羣覓食，婦女捶衣。全是一片升平景象。突然，兩匹快馬飛奔而過，凭空添了一縷緊張氣氛。看樣子，那是投送緊急公文的驛卒了。

再往前，已到京城關廂。大路上四只大象邁着穩健的步子，背上都馱着一個衣服藍縷的「象奴」，幾名校尉跟在後面。行人之中，還出現了一個懷抱弦子的女藝人和要飯的小乞丐。這時，迎面城樓高聳，墻垣儼然，赫赫皇都已近在咫尺了。

進得城來，立刻出現了不同的氣象，但見房屋櫛比，街巷縱橫，行人車馬，熙來攘往。店鋪前，一處處立着冲天招牌，綢布、靴帽、鞍韂、草藥、顏料……，不一而足。有些鋪面同時又是作坊，幾處酒樓茶肆點綴其間。描影的畫師、看病的郎中也設立了門面，只有望氣觀星的在店檐下擺着攤子。小巷裏，四五個官員騎馬轉了出來，「雙導」在前，「黑扇」在後，全是一片京官的氣派。街心裏一隊駱駝過處，不遠又來了一行「進寶」的「番臣」。抬夫們抬着兩只牢固的大籠，一只長鬣獅子和一只斑爛猛虎關在裏面。裝束奇異的外國使臣正策馬前進。

猛抬頭，正陽橋前的五牌樓已經到了。寬大的白石橋枕着護城河，雄偉的箭樓高聳在「月墻」之上。橋上橋下，賣水果的，賣湯餅的，兌換銀錢的，算命卜卦的，星羅棋布。進了「月城」是壯麗的正陽門，穿過棋盤街就到「大明門」、「中華門」了。兩門之間，但見一處處高張布棚，縱橫夾道。冠巾靴襪，衣裳、布匹、綢緞、皮毛，一處挨着一處。摺扇、雨傘，木梳、蒲席，刀剪、鍾頭，陶磁器皿，一攤連着一攤。還有燈台、銅鎖、馬鐙、馬鞍、書籍、字畫、紙墨、筆硯，彝鼎、佛像，古磁、雕漆，珠寶、象牙，以及草藥、線香、紙花、玩物……。中間還有彈琵琶的，唱小唱的和數板的，全都圍着不少聽衆。布衣、青衫，三三兩兩，邊走邊看。眞是數不盡的貨色，望不斷的游人，好一番熱鬧景象。這就是明代大明門前的「朝前市」。

正陽門兩側還有兩座小廟，東面的是觀音菴，有位婦人正手持香束去拈香；西邊的就是有名的關帝廟。

穿過鬧市，一進大明門，那片喧囂嘈雜漸漸低沉下去，雄麗的承天門，（天安門）巍然肅立，重檐金頂，高聳入雲。高大的盤龍華表矗立兩邊，中間是雕欄玉砌的金水橋，清波粼粼從橋下流過。「天街」之上，幾位外國使臣牽着獅子、捧着象牙珊瑚，由五六個執拂塵的內侍陪伴着，觀賞皇都的勝況。

畫面繼續延伸，就是紫禁城內的皇宮了。高大的宮墻之內，但見金碧輝，層連不斷。五鳳樓（午門）奉天殿（太和殿）半現半隱，樓閣台榭，高下相間。內庭的階陛上還可以看出幾個捧盒、執扇的宮女。紫禁城的角樓也清晰地呈現在眼前。可惜一片靄靄的瑞雲遮住了視線。這裏，畫家的苦衷是可以理解的，大內的情景怎敢隨便畫在紙上？

出了紫禁城，便是綠陰沉鬱的「萬歲山」（景山），過了北安門（地安門）的石橋，畫面便漸漸的疏淡下來。這裏已是京城的北郊了。接着崗巒起伏，出現了長城。隱隱約約地還可以看見一些刁斗和旌旗。這就是古稱「北門鎖鑰」的居庸關。關內衙署一座，烽燧上已燃起了一縷烽火。衙前刀槍耀眼，士卒們擊鼓鳴金。一匹快馬也飛奔而來。前面關門緊閉，將士們列隊於女墻之上。關前，有一簇人馬，衣冠、旌旗不同於中原，每人腦後全垂着兩條短辮，這大概是北方兄弟民族瓦剌，或韃靼。爲首一人留着短髯，立馬凝眸，注視着南面的雄關。他們是觀察敵情呢？還是要到關內去通好？這裏畫家眞實而巧妙地描繪了當時中央政權和邊疆民族之間，時戰時和的復雜歷史。

到此，畫卷已終。然而，那「天蒼蒼，野茫茫」的萬里關山，好像仍留在畫上沒有展開。

這件圖卷以表現明代皇都的盛況爲中心，描繪了明代北京各個階層的人物和形形色色的社會景象。其中有農夫工匠，行商座賈，士子藝人，醫卜星相，官宦隸卒，少數民族和各國使臣；有平疇曠野，村莊雜鎮，城廓街市，廟宇橋梁宮殿衙廨，山川關隘。而這一切又無不各具其形，各盡其態；並且巧妙自然地組成了一個個生動的情節，表現了人們之間應有的複雜關係，最後形成了一部巨大、生動而又豐富多彩的「明代北京交响樂」，也可以說是一部形象化的「帝京景物畧」。

這樣一件作品，在「吳門」「院體」互相消長，董氏流派繼起成風的明代畫壇中，應該說是一座突起的奇峯。雖然畫家技巧上的功力還嫌不十分湛深，但其古典現實主義的光輝，却使明代北京社會生活的情景和時代的精神面貌，在人間留下了永久的回憶。同時，它上承宋人張擇端的「清明上河圖」，下啓清人徐揚的「盛世滋生圖」（俗稱「姑蘇繁華圖」），在我國繪畫史上描繪廣濶社會生活的現實主義傳統中，也應佔有重要的地位。

# 談台灣的「中華『特』典」

吳戇居

台灣出版的「北平風土志」著作者爲中國文化學院風俗研究所所長兼史學教授李景武博士，主編者爲中國文化學院主辦人及院長張其昀博士。書中正文二十節，附錄碎玉集十六篇，約二十五萬言，由中華大典編印會發行，列爲「中華大典」中的一種。據其封底內頁的介紹，這本書「不獨爲研究中國風俗學者所必備，亦爲史學家所必讀。」

長夏無聊，看掌故書，消磨永晝，一編在手，神隨文遠，確是人生一樂，所以我在展閱這本書時，心情是極度愉快的。打開扉頁，翻過序文目錄，擺在我眼前的第一節，首談「教育」，次談「北平的私立大學」，再次談北平的「城門」和「牌樓」，如此排比，已屬不凡，一開始便顯見其爲三色拼盤，燻魚、火腿、白切鷄，各沾一味。在北京大學項下，他指出北大「只有文科，並無理工各科」(實則北大不僅有理學院，且有醫學院)；在「城門」項下，他指出崇文、宣武、正陽三門，而將其餘六門，以「記載甚多，不必贅述」爲詞，一筆帶過。論體例，他創造了風土志的另一風格；論事迹，他繼承了五柳先生的不求甚解；論寫作態度，他以大刀濶斧的手筆，絕不爲一般繩墨所拘牽。初嘗一臠，已足使我拍案驚奇，大開眼界，故雖有時倦眼朦朧，仍自堅持地翻閱下去。

李博士是不孤負我的好奇心的，遊目所及，果然妙趣環生。在原書第六頁「北平的牌樓」下，他的筆鋒，隨意一轉，便由「公理戰勝碑」和歷史搭上鈎來。他說：慈禧太后「招來義和團之禍，如今一變而爲媚外，特派光緒七弟載濤親至德國賠禮謝罪」，載濤回國後，「就向他哥哥光緒皇帝建議……於是六弟載洵被任爲海軍大臣，漢人薩鎮冰副之，七弟載濤爲陸軍大臣，良弼(滿人)副之，又任蔭昌爲副，蔭昌亦滿人，另一堂弟載振爲郵傳部尙書，載灃(公爺)也爲軍諮府大臣，慶王早已是軍機大臣了(等於宰輔)。」

關於這段史實，按一般記載，慈禧派往德國謝罪的爲醇親王載灃而非載濤。光緒死後，攝政王載灃把兵權總攬在皇室的手裏，成立禁衛軍，設立貴胄學堂以培養滿族的高級軍事人材。宣統元年(一九〇九年)，派滿族大臣毓朗、善耆、載澤、載濤、載洵等主持建軍事務，派載洵赴歐美各國考察海軍，載濤赴德國考察陸軍。宣統二年(一九一〇)，以蔭昌爲陸軍大臣，接統北洋各鎮；成立海軍部，以載洵爲海軍大臣。宣統三年(一九一一年)，軍諮處擴大爲軍諮府，以載濤、毓朗爲軍諮大臣。凡此施爲，統出攝政王之手，和光緒截然不干。著者全予推翻，獨成「一家之言」，其作風可謂大胆，爲了尊重他的博士頭銜，教授淸貴，只能認爲景武先生有其獨得之秘。

原書二六頁「北平看花」一節下有云：「據史載，牡丹不受武氏(則天)命，雖擊鼓仍不開花。其後李氏復國，此花重開。陶淵明說，自李唐來，世人盛愛牡丹，唐代是以牡丹爲國花，稱爲富貴花。」

按陶淵明爲晉代人，李博士所引的「自李唐以來，世人盛愛牡丹」，則見於宋人周敦頤的「愛蓮說」。一陶一周，均非生僻的古人，「愛蓮說」亦非生僻的文章，中學生稍習國故的，多數都能道出，李博士豈有不知之理？他的標奇立異，必有所據而云然。隔代同名同姓，「中國人名大辭典」中是常見的。文章天成，妙手自得，誰也不能確認陶淵明生前從未說過這樣的話，我只能自愧所見之不廣，決不敢於李博士的淵博有所懷疑。

原書四六頁「北平新年中五花八門編

人的把戲」一節中，寫的是牛金星的故事。他說，安徽省會安慶城內，有一位飽學之士，一天，有客過訪，匆忙接待間誤將磁枕打碎，發現裏面藏有紙條，上書「此枕因客至而破」七個字，不禁大奇，從此出門訪道，果然得到「皇極神數」一書，歸而苦讀三年，豁然貫通，才以占卦爲業，出而問世，時在明成祖遷都北京後的若干年。這位占卦佬究竟是誰呢？他以鄭重的語氣指出，後來這位占卦老飛黃騰達，「貴爲軍師，隨李闖王殺到明朝首都燕京，兩人並馬入承天門，原來這軍師就是牛金星。」

按牛金星爲河南盧氏人，嘉靖舉人，磨勘被斥，私入李自成軍爲主謀，甚見信用。自成敗，遁亡。又按安徽省在古爲皖國；延至元代，分屬河南、江浙行中書省；明屬南京；清初屬江南省，康熙間始有安徽省的析置。

李博士將牛金星從河南佬派爲安徽佬一奇；明代並無安徽省，李博士却爲它另定行政區畫，並指出省會安慶是二奇；牛金星是榮登乙榜的中式舉人，李博士却將他貶爲搖鈴賣卦的術士是三奇；這些還不算什麽，在李博士的筆底下，牛金星從明成祖永樂年間起，直活到崇禎帝弔死煤山以後，享壽二百餘年之久，則其奇中之奇，更有語不驚人死不休之概。據李博士說：「上海中華書局有一套『皇極神數』，共計一百三十二本，另有目錄、索隱、字典、各一本，書中字體，非篆非隸，十有七八是平常讀書人不認識的。」據此說來，李博士是看過這部書的，雖無道骨，必有仙風，其所云云，或從這部書的啓悟而來，亦未可知，我輩井蛙籬鷃，固不便指爲荒誕也。原書一六四頁說曾國藩不取清朝天下，因自知做皇帝後，兒子年幼，恐被其弟國荃效宋太宗故事。此種說法，亦「史學家」李博士的新發見，治清史的蕭一山當爲之失色。（其實國藩死時，長子紀澤已三十多歲）又第一七一頁，同治染花柳病，慈禧不敢叫御醫醫治，恐內務府登記在案，乃召當時之儒醫薛福成入京，以薛乃道台，是朝廷官員，當然不致洩漏。文中薛福成之名三見，必非筆誤可知。福成曾爲同治醫病，今乃知之。（按：應作薛福辰纔是）

以上所舉的例子，在全書中僅屬一斑，得此已足噴飯，已足解頤，其餘種種，不待臚列。又奇文是由妙句組合而成的，既談奇文，妙句亦當畧加徵引，其中如「北平南遷前仍稱北京」，「藥材易生病」，「每年某地有法定之降雨量」，「有風則沙土滿天飛，居民惑之」，「北平未南遷以前」，「二十歲左右就死在熱河行在」（指同治），「光緒看見自他的高祖嘉慶以後」等等，均屬奇峯疊起，戛戛獨造，滿幅璣珠，未遑備錄。至於書中的風土部分，我是南蠻，北游時淺，不便冒充大頭鬼，謬加讚賞，有無異於常人見聞之處，則有待於行家的盥誦一過矣。

張其昀博士爲這本書所寫的序文中有云：「中國文化學院創立的宗旨，欲以文藝復興奠立民族復興的基礎，又以文化復興奠立民族復興的基礎……基於這種觀點，本校爰有風俗研究所的籌設，並經敦聘本校史學教授李景武再廬先生爲所長。」又云：「民間風俗之專題研究……積極進行，例如國立歷史博物館王宇清先生所著之「中國服裝史綱」……將與本書同列入中華大典。我們……要融貫古今，溝通中外，取精用弘，美善爲樂，以爲唱造新風俗、新社會的起點。」觀此兩節，張博士於李博士的其人其書，推重可知。惟念博士頭銜，非同羊頭羊胃，李博士的學位，是屬「土産」，抑屬「洋貨」，無從稽考，人所不明。但在抗日戰爭時期，他以「紅員」身分活躍於南北兩京，則爲淪陷區的老百姓所共知。如今他和張博士，設帳華岡，一吹一唱，兩賢相得，預卜台灣文運必極興隆，即就「北平風土志」而言，已是創造新的歷史，並爲古人配製新的生命，其「美善相樂」，已不止於使「本校風俗研究所，成爲放一異彩之研究機構。」如果孔二先生今尚健存，身在台灣，必將喜極若狂，登報聲明，撤回「天喪斯文」之歎。

漪歟盛哉，鄙人謹以至誠向張博士提出建議，爲使此類著作價値提高，有別於古老的、腐朽的「永樂大典」和「四庫全書」起見，張博士應將「中華大典」改稱「中華特典」，俾在台灣文化復興運動中發揮鼓吹促進的作用。

# 的透視

榮欣

## 一

印尼排華的慘烈，決非外人所能想像。全國數千間華僑中小學，不分左右，完全被封閉，沒收了。（按：近日已准數百家僑校重開，但要先讓印尼人入學。）三百萬華僑的各種社團、公會，一律被解散了。各島各城沒有一份中文報，一份中文雜誌。只有一份印尼政府辦的「印度尼西日報」，是中文的。該報電訊編輯之反動，自是不在話下，甚至它的譯文，也比此間天星小輪上香港中文的公告還要難懂。有時，你必須從譯文猜想電訊的英文造句，然後再從英文造句研究其意義，庶幾可以勉强懂它三成。至於排版美惡尚在其次，最討厭是往往神龍見首不見尾。後事如何？永無分解！至於國外出版的中文書報，現在已無人敢正式經營。存有中文書刊，遇到那些肆無忌憚，膽大妄為的「卡比」、「卡比」（大中學生行動陣線）檢查，可能引起嚴重後果，不僅血本無歸而已。於是，一份香港報，不論三天，五天以前的，在椰加達售到二十盾以上。

在身體自由與商業方面，華僑所受壓迫與痛苦，更是迫切。華僑本來遍佈在印尼所有大小城市，鄉村中，數百年來，中印人民和平相處，唇齒相依，毫無隔閡。但，現在的右派政府無理地禁止華僑居留在縣以下的地區。即使在大城市，華僑也并無安全保障，無論住宅或商店、工廠，隨時會有印尼學生與流氓，軍人與警察闖入，勒索或破壞。眞是無事家中坐，禍從天上來。在馬路行走，同樣提心吊胆，明竊暗偷，防不勝防。遇到這種倒霉事，華僑只能忍氣吞聲，申訴無門。雖然印尼多的是軍警；但軍警與這些流氓地痞根本是一丘之貉，決不可能來保護你的。反之，政府隨時可以下令進一步壓迫華僑，例如凍結資產，禁止行動，淸查帳目等。我們毋寧說，印尼政府是華僑更大的頭痛。

總而言之，華僑現在印尼，一天廿四小時都處於沒有法律保障的不安定情況下，精神痛苦，更在物質以上。

## 二

這種排華行為，絕非印尼的民族情緒。我們甚至可以說，是違反大多數印尼人民的意願與利益的。主持排華的只是一小撮右派反動的陸軍軍閥，和他們指使下的卡米與卡比，以及當地流氓惡棍。

進一步說，這批軍閥的排華，也并不眞正出於自己的意願，或者為了維護印尼民族的利益。這些東西才不會為他們的國家與人民打算呢！實際上，他們在貪污與納賄中——這一小撮東西，正如紅樓夢中的榮國府，沒有一個是清白的——處處勾結華僑。因為華僑有錢，有辦法。所以，在私生活中，他們倒往往是對華僑最合作的人。但是，為了權勢與美金，他們接受了美國中央情報局的收買，不能不色厲內荏地激烈排華。隨便舉個例：今年初，新任的東爪哇軍區司令在泗水郊區的特列坦斯避暑山區，與美駐椰加達大使鬼鬼祟祟密談了一宵，凌晨回到泗水司令部，就發出了印尼最嚴厲的排華命令，所謂「兩項辦法」，禁止華僑從事一切工商業，登記華僑資產。據說，他到手的是五十萬美元！當今右派政府的頭子們很多已在兩年之中，從一個家無隔宿糧的窮軍官，搖身一變而為腰纏百萬美金的新富翁了。既升官，又發財。排華也者，只是他們升官發財的終南捷徑！

那麼，美國何以這樣有興趣來破財排華呢？尤其要不分左右地，一網打盡地排斥印尼全體華僑呢？原因是華僑在印尼工商業中，勢力太優厚了。這個富於石油、橡膠、錫、咖啡、木材……天然資源，人口又居世界第五位的千島之國，正是美國原料供應與工業產品傾銷的理想市場。以往，美國與印尼的貿易，大都須經過華僑作橋梁，分沾了很多利潤。何況進出口掌握在華僑手中，美國對購銷兩項，均不能加以壟斷。這是美國壟斷資本家無法忍受的。他們必須盡逐在印尼根深柢固的華僑勢力，才能控制整個印尼的資源與市場，鞏固其殖民剝削。

美國這種狼子野心，自非始於今日。只是過去蘇加諾總統執政，堅持中立政策，靈活縱橫東西兩集團之間，美國屢次威脅利誘，蘇氏屹然不動。二十年來，華僑在獨立後的印尼，能夠安定與發展，實拜蘇氏之賜。自從一九六五年九月卅日的法西斯政變以來，蘇氏優柔寡斷，坐視中央情報局收買陸軍野心軍閥，篡奪政權，我華僑遂無一日可以安枕矣！

## 三

華僑愛國，愛家鄉，勇於扶助同胞，勤勉節儉……有說不盡的優點。但，無可諱言，有些華僑在意識與組織方面，比較保守與封建。在印尼不乏財産億萬的華僑，事業也做得很大。可是，似乎鮮見有現代化的企業組織。工業與商業大都限於家庭或宗族成員，充其量與三五個知己朋友合作而已，這也只以私人友誼所及為範圍。偌大印尼，三百萬華僑，沒有一個英、美公衆公司式的組織。這種家族式的經營，當然也可能發財，却很難發展為勢力雄偉的財團。各人孜孜於自己的利益，個別的力量的總和縱然巨大，却易為人個別擊破，不能抵抗外來的壓力。

現代資本主義國家的政治，無例外地都是資本家的工具，受資本家的操縱；在印尼，華僑有了龐大經濟力，政治上不但不能主動，連最起碼的人身自由都沒有保障，財産隨時有喪失的威脅！華僑在印尼，具有猶太金融資本家在美國華爾街的財力，但華爾街可以控制白宮，華僑却連發言的資格與工具都沒有！這不能不說是華僑缺乏現代組織，短視、不懂政治的後果。

# 印尼排華

美國資本家以中央情報局的顛覆輔路，現已控制了印尼中央政府，眼看跟着來的，將是數以億萬計的壟斷性投資與現代化的，嚴密，高效率，無人性的企業機構。長此下去，如無革命性變化，窃恐十年之內，不勞印尼反動政府的排斥，華僑除了俯首帖耳，做美國企業的雇員與工人外，再無立足之地了。

寫到這裏，我們不但為華僑的前途憂，也深深為善良的印尼民族担心。幾百年來，華僑雖在印尼賺了很多錢，也作出了無限貢獻。華僑所求，只是安居樂業，一無野心。所以，從荷蘭殖民時代，到獨立後的前年止，大體上，一直與居停和平相處。華僑衷心祈祝一個獨立、强盛、安定的印尼。

可是，今日已開始侵入印尼的美國資本家，本質上與三百五十年中剝削印尼的荷蘭殖民主義者，幷無二致。他們目的在經濟，手段却是壟斷、政治、武力。華僑的封建工商業力量雖大，是温情的，共存共榮的，純經濟的；美國的現代企業則是冷酷的，不顧他人死活的，以蹂躪對方政治主權以保障其經濟獨占的。華僑在經濟上的被排斥，正是印尼民族獨立受威脅的徵兆。今日印尼右派軍閥的排華，不是簡單的納賄，而是出賣他們的祖國。

在表面上，排華是華僑的厄運；實質上，這是印尼民族的危機！排華徹底成功之日，也將是印尼淪為美國僕從之時！印尼華僑的命運，是與印尼民族結合在一起的。

## 四

眞正解救印尼華僑與印尼民族，有賴印尼人民與華僑自己的醒悟團結，共同努力，推翻現在的反動政府，建立一個廉潔，有能的愛國政權。外人是很難為力的。革命永遠是不能輸出的；能輸出的只是野心家的顛覆。按照印尼目前這種不合理情勢——民窮財盡，官富敵國——發展下去，印尼人民雖然懦弱，也勢將逼得走上造反的道路。

其實，印尼現存力量中，也不乏明智、愛國，對華僑公正的人士。教育水準較高，擁護蘇加諾總統的印尼海軍，就是一個例。在泗水，常見那些受嚴格訓練，紀律與裝配均優於陸軍的海軍陸戰隊，為被軍警欺侮的華僑打抱不平。前面所說那個接受中央情報局收買，排華最烈的軍區司令，後來就給陸戰隊勒令廿四小時內離開東爪哇，只得夾了尾巴逃回椰京去。

如果華僑能團結一致，集中財力，協助印尼進步力量與人民，為共同利益努力，恢復蘇加諾總統的政治路線，應該不會十分困難的。問題是華僑中誰有此遠見，有此革命精神，有此聲望，來領導與組織華僑？

# 事變回憶

## 日本侵華戰爭中的誘和工作

日本 今井武夫著
張如冰譯

### 日蔣「和談」又一回合

第二次會談的場所，完全是由中國方面安排的，爲了保持秘密，選擇了離澳門街市較遠的僻靜地方一所臨時租借的房屋。

由六月四日起，在這所屋子裏一連舉行了三日會談，每晚由九時談到深夜，張漢年照例在周圍警戒着。

第一晚會談之前，雙方互相出示委任狀，證明了身分。日本方面臼中，鈴木和我持的是參謀總長閑院宮的委任狀；中國方面代表是軍事委員長蔣中正的委任狀，格式如左：

> 茲派陳超霖宋子傑章友三代表研究解決中日兩國事宜此令
> 中華民國二十九年六月三日
> 蔣中正口

「備考」：

一、信紙上印有「軍事委員會用箋」字樣；

二、委任狀上蓋有「國民政府軍事委員會印」大印；

三、蔣中正下蓋有「中正印」小印。

自稱宋子良解釋了稱宋子傑的理由，因此我們調查宋子良身分的工作也就告一段落，認爲毋須再深究了。

章友三走起路來有點跛，據說是在重慶日軍轟炸時，沒有來得及避入防空壕，左脚爲爆彈的破片所傷，說罷對我們作了一個苦笑。

會談一開始，陳超霖搶先站起來講話，把他預備好的講稿照念了一遍。

劈頭表明：「蔣介石委員長最初對會談本來很懷疑的，爲了想知道日方的眞意，才許陳、章來參加上次香港會談的，後來看到會談的結果，認爲和平有可能性，因而有了實現和平的決心。」

接着他說，上一次香港會談雖然爲了中國承認「滿洲國」問題和日本要求在中國駐兵問題，中日雙方意見未能一致，沒有獲得實際的效果，但對重慶政府內部却發生了很好的影響，主要是大家認爲無法打開的中日僵局有了轉機，特別是蔣委員長知道是板垣總參謀長一肩承担了解決事變的重責，表示信賴。其次是預想到和平成立後，國民黨可以專心對付共產黨云云。

我申述了日本方面內部情形和香港會談當時一樣，條件也無變化，希望這次會談仍以香港會談的備忘錄爲基礎，彼此交換意見。

章友三聲稱：「中國絕對不能承認備忘錄第一第三條的承認「滿洲國」和日本駐兵問題，這是日本方面所深知的，所以今天最好是討論汪兆銘問題。」

章堅決表示，有汪則無蔣，亦無和平，要求日本方面設法使汪亡命或隱退，日本方面反對。

當夜會談後，宋赴香港，說是去會剛由重慶來的要人，隨即回澳。我們推測所謂某要人或許就是宋美齡。

第二日（五日）晚八時半開會，章友三繼續談汪兆銘問題，主張最好是使汪隱退出國，如果日方爲難的話，可由蔣派一適當人物與汪直接商談。

關於第一次會談備忘錄第三條的訂立日華防共協定問題，章表示原則上同意，

[illegible]會談時不能觸及駐兵條件，應俟和平恢復後訂立防共協定時，另訂軍事秘密協定。在這個問題上，日方是主張在停戰前必須有明確的規定，而中國方面只能做到默契的程度，因而沒有達成協議。同時，「滿洲國」問題也談不出一個結果來。

第三日（六日）午後二時，宋偕張治平來訪，訴說他對會談所作的努力，如果這次會談得不到一個結果，對他的打擊實在太大了，意思是希望日方讓步，他說，看來這次會談，對「滿洲國」問題和駐兵問題，雙方意見很難一致，不如等蔣介石的代表（預定是張羣）同汪兆銘會談，解決了汪的出處問題後，由蔣、板垣在重慶直接去談。

日方主張先舉行蔣、板垣會談的折衷案。

晚八時半開會時，關於蔣、汪、板垣會談的地點，日方提出上海、香港、澳門，中國方面希望在重慶或長沙。

日方並稱，如果中國方面對本案實施有所懷疑和不放心時，日方代表三人願赴重慶去作人質。

最後，雙方交換了第二次會談的意見書，三日間的會談就這樣結束了。

## 「桐工作」草草收場

當板垣（總參謀長）聽到蔣、汪、板坂三人會談案的時候，很痛快地就同意了。宋回重慶時，本約定六月十六日有回答通知香港的鈴木，一再延期，遲至二十二日回答才來，說是三人會談案原則上同意，但堅持會談地點在長沙。

二十二日，我和影佐把工作的情形告訴了周佛海，請他報告汪。二十三日，周回答說，汪可以赴長沙，但希望在這以前同張羣在上海見面。

二十四日，板垣特爲此去訪汪，詳細說明了香港和澳門兩次會談的經過，問汪對參加三人會談的意見；我從旁也解釋了汪的質疑，汪謂這正是他對和平的宿願，欣然表示接受這個提議。

第二日，我被邀到汪公館去單獨同汪談話，他說：「我想蔣是不願意和我在一起會談的，如果是這樣，可由蔣、板垣二人會談來決定一切，我不出席是無所謂的。」於此可見，蔣汪之間成見之深。

鈴木在香港曾經根據總司令部的指示，向宋要求重慶方面用書面確實保障日本方面和南京方面出席會談代表的安全，重慶當即予以拒絕，理由是爲了絕對保守會談的秘密，在會談之前不能有任何表示。

爲此，日方爲顧慮汪的安全，主張仍由蔣派代表在上海同汪會談之後，蔣、板垣再在長沙會談。重慶對這個提議將近一個月沒有答覆，一直到七月二十五日，回答是來了，但內容是所答非所問。

重慶的回答，除了反覆說明爲了保持秘密，不便於用書面保障日方代表的安全和接受日方人質外，並要求日本用書面保證取消近衛第一次聲明，嚴行保守會談秘密和不談汪、蔣合作問題。

在這期間，東京一再發生政變，阿部內閣垮台之後，來了個米內短命內閣，結果是第二次近衛內閣登場，東條英機代替了畑俊六出任陸相。我七月底回京把對重慶和談的情形詳細報告了新陸相，當時東條的神氣很難看，說什麼日華直接和平交涉是「支那派遣軍」的越權行爲，我說明這是大本營交給我們的任務。

反之，近衛首相熱心地聽了我的兩小時報告之後，勉勵有加，希望交涉成功。

同時，陸軍中央部（按係指日本參謀本部）和總司令部仍然主張把交涉進行下去，強烈地希望蔣、板垣會談實現，只要重慶答應以書面保障代表的安全，日方可以容納重慶的要求，由近衛和板垣具函證明，特地把鈴木召回東京，要他攜帶這兩封信回香港去準備和重慶交涉。

一、近衛致蔣函稿：「過去半年來，閣下所派代表和板垣中將代表不斷在香港交換日華兩國問題的意見，近聞閣下與板垣中將將有會見之舉，深信此一會見必能確立兩國國交調整的基礎。

此致

蔣介石閣下

二、板垣保證函稿：「關於蔣汪合作問題，只能是一種善意的建議，俾有助於圓滿達致兩國間特別是中國內部的和平，但基於不干涉內政的原則，自不能作為停戰條件之一，特此保證。

月　日　板垣征四郎」

但是，宋在香港看到這兩封信的時候，認為近衛的信並沒有正式否定不以國民政府為對手的近衛第一次聲明，同時對板垣出席長沙會談也沒有全面支持，採取一種旁觀的態度，表示不滿。

九月十九日，鈴木來電報告，宋由重慶回港稱，十三日至十五日重慶重要幹部會議決定，在滿洲問題和日本駐兵問題日華雙方未經達致協議以前，長沙會談暫難舉行等語，交涉恐無進展希望。

另方面，日德意同盟條約成立，這對日華和平交涉來說，是一股逆流，因此，「支那派遣軍」決定暫行中止「桐工作」進行，觀望變化。

十月一日，我到東京報告「桐工作」的經過，東條陸相當面嚴令「支那派遣軍」立即停止和平工作。

同時，新任參謀總長杉山元（大將）對「支那派遣軍」也有同樣的命令。

在我個人同重慶方面交涉的經驗來說，覺察到日本如果不放棄承認「滿洲國」和日本軍一部駐兵的要求，和平交涉當無成功的希望，我也曾經把這個意見向當局陳述過。

對重慶和平交涉沒有成果，我曾引責向西尾請求辭職，西尾不僅懇切慰留，並拒絕陸軍省將我內調。但是，不久畑俊六（大將）代替了西總司令官，隨着後宮淳（中將）代替了板垣總參謀長，香港的鈴木，以及我和崛場參謀這些奔走和平工作的人也陸續調回東京，「桐工作」就這樣草草收場。

## 「原來他就是自稱宋子良的那個人」

事隔五年，也就是昭和二十年（一九四五年）的六月上旬，上海日本憲兵隊逮捕的中國人中，有一個自稱為藍衣社社員曾廣的漢子。

有一天，犯人在作戶外運動時，曾經在香港第一次會談担任通譯的坂田誠盛見到曾廣，面孔很熟，仔細一看，原來他就是那時自稱宋子良的那個人。

他是藍衣社頭子戴笠的得力幹部，在浙江地下活動時被日本憲兵隊逮捕，送到上海獄中來的。

他在獄中揚言，日軍今年九月必敗，中國軍隊目前正在準備日軍敗退時接收上海，第三戰區已經集合了藍衣社幹部在待機中云云。

我剛剛有事在上海，坂田告訴這件事，我把他請到旅館來同他說，既往不咎，彼此都是日華和平的同志，為了東亞和平，還有不鼓起勇氣來担任日華兩軍間的聯絡工作，他答應去擬一個計畫，後來還見過幾次面。

日本投降後，他恢復了自由，我拘留在南京，承他特地由上海來看過我一次。

昭和三十年（一九五五年）春天，我在東京接到他從香港來的一封信，日文雖然寫得蹩腳，但意思很誠懇，還提到當年冒充宋子良大不應該，可是對和談本身則真實不假。

張治平後來也在東京碰見了，這是昭和二十八年（一九五三年）的事，他告訴我當年和談是由蔣介石和戴笠直接領導的，儘管極端秘密，但消息還是洩漏了，行政院副院長和駐美大使都來質問，其勢不能不停頓下來；對近衛和板垣來信的內容，蔣也不許公開，說是由他自己答覆近衛，後來也沒有下文。

## 孔祥熙大拉日本關係

從事變發生到太平洋戰爭開戰止，除了我直接關聯的和平工作之外，還有幾條和平路線也不少和我有直接間接的關係，首先是孔祥熙路線。

昭和十一年（一九三六年）我在上海孔宅認識孔祥熙以來，知道他是非常熱心解決日華問題的。盧溝橋事件發生的時候，他曾經派過一個秘書到北京，後來事件擴大到「支那事變」，國民政府內遷，他的私人代表始終留在上海香港，暗中對日聯絡，可是這些私人代表活動能力有限，一點小事也要向孔請示，一往來就是幾個月，不能適應情勢變化，因而發生不了什麽作用。

昭和十三年（一九三八年）五月，第一次近衛內閣改組，宇垣一成（大將）繼廣田弘毅出任外相，當時國民政府外交部長張羣曾電賀宇垣，期望宇垣在對華政策上有所作爲，同時，宇垣則希望孔祥熙代表中國方面同日本聯絡，因爲孔一向和日本關係淺薄，不爲人所注意。

六月間，孔的秘書喬輔三同香港的日本總領事中村豐一拉上了關係。我那時正奉參謀本部之命在港搞汪工作，所以也預聞其事。

宇垣是懷着實現日華和平的抱負入閣的，因而對喬和中村的聯絡寄以希望。只是當時日本軍人在徐州會戰之後，瘋狂地叫囂「暴支膺懲論」，所以閣內很少人支持宇垣的意見。加之，設立興亞院問題，宇垣認爲這是侵越外務省的權限，極力反對，終於辭職下台。宇垣這條日華和平的孔祥熙路線也就告吹。

盧溝橋事件發生的時候，喬輔三正隨孔祥熙在倫敦，喬經由美國返國，趕到北京來參加和平解決事件的活動。我那時在北京日本大使館武官室服務，同喬接觸頗多，了解到他歷來就是主張中日親善的。

但是，喬只能代表孔的政策的一面，因爲孔同蔣介石一樣，他手下的人有親日的也有抗日的，需要那一派人的時候，就由那一派人登場。

當喬輔三在香港活動的時候，孔祥熙另一心腹樊光住在上海租界，也在極力和日本方面拉關係。

樊是日本中央大學畢業的，孔任外交部長時，他是次長。我是昭和十三年（一九三八年）十一月十日在樊的家裏，和褚民誼、盛沛東、崔士傑（暨南大學校長）幾個人討論日華和平問題時才認識他的。樊當時力言日本要求蔣介石下野的政策是錯誤的，因爲，中國的現狀要蔣下野實際上是不可能的。

後來我發覺樊是孔祥熙派駐上海的「特使」，任務是和日本拉關係，特請「報知新聞」記者百武末義介紹，以後卽和樊不斷晤談。

五月十一日，也就是汪兆銘由河內到上海的第三天，在樊的家裏出現了一個陌生人，據介紹是中央銀行秘書姚瑛，新由重慶來，携有孔祥熙的特別指示，這就是：實現中日和平，必須依據左列三原則作爲會談的基礎。

一、交涉必須以國民政府爲對手；

二、尊重中國的領土主權；

三、美國任調停人。

這次晤談後，樊赴重慶，九月四日又回到上海，繼續聯系，到了十一月，樊稱將赴重慶出席六中全會，擬十二月中再來上海。

但是，樊去後杳如黃鶴，從此這條和平路線也就脫了線。

—未完—

# 樊光‧磯谷廉介

一九四一年十二月廿五日，香港英軍向日本投降後，整個香港就處在日本人勢力之下。日本尚未派總督來香港統治時，是軍政時期，一切皆由軍人主政。這時候，有小部分留日出身的中國人可大肆活動了，這些中國人裏面，各有各的辦法，總說一句，無非拉日本人的關係。文化界中，有幾個人不知怎的搭上了日本報道部的關係，組織一個什麽「東亞文化協會」，會址就設在畢打行六樓全層。會是組成了，可是日本人撥不出經費，會的主持者是一個福建人江某，一日走幾次報道部都拿不到一文。過了一個多月，東京方面發表磯谷廉介「閣下」爲香港佔領地總督部的總督（此公於一九六七年六月初旬死去，年八十），前報道部所搞的什麽會，他一概不承認。但江某探出樊光和磯谷有交情，就有意捧樊光出來做「會長」，請樊向磯谷講情，准許他的會存在。樊光是否答應了去作說客，不得而知，但這個「會」到一九四二年六月就烟消雲散了。有人說，磯谷到任後，知道老翰林江孔殷在香港，江與「閣下」很要好，將派江爲該會會長，但江目的在專利營鴉片，薄「文化」而不爲云。樊光字震初，浙江縉雲縣人，一九〇九年日本中央大學畢業，做過國民政府外交部的秘書長、總務司長、參事等職。（月階）

# 世載堂雜憶續篇

劉禺生遺著
雋君注釋

道光九年春末，子庸在北京時，城南花之寺海棠盛開，遊人頗盛。鄭夢生鐵生，醵諸同好，讌之花下。日斜賓散，儀克中墨農，與子庸聯榻僧廬，話幾達旦。翌日林我池來，追者歡飲，復抵暮，亦可謂文人放蕩也。克中有瑤台聚八仙一首，紀其事。子庸歷攝朝城、朐、濰等縣，後以收納逋逃，被讒落職。返鄉後，以道光廿六年丙午十二月十六日，卒於家。

粵有摸魚盲詞（按：即木魚）。皆婦女所喜唱，其調長者謂之解心，即摸魚之變調，珠娘（珠江婦女）尤喜歌之以道意。番禺馮詢、子良，以進士歸知縣班，回籍候次，好流連珠江畫舫，與順德丘夢熊、魚仲及子庸輩六七人，劇蹤於花埭珠江間，唱月呼風，競爲豪舉。詢以摸魚詞，語多鄙俚，變其調爲謳使歌，其慧者隨口授即能合拍。子庸所著粵謳，全書四集爲一冊，凡九十九題，得詞一百二十一首，刊於道光八年，出版於廣州西關澄天閣。其內容多寫男女之情，尤偏於妓女生活，寫淪落青樓者之哀音。其「弔秋喜」一闋，尤情至文至，悽惻動人。酒闌燈灺，跂脚胡床，一再哦之，輒覺古之傷心人，誰不如我。

秋喜，珠江歌妓，與子庸昵，而服用甚奢，負債纍纍，鴇母必令其償所負，始得遣行。秋喜憤甚，不忍告子庸。債主逼之，急無可爲計，遂投江死。子庸驚悼，不知所措，遂援筆而成「弔秋喜」，沉痛獨絕，非他人所能强及。粵謳爲地地方性文學，用廣府屬方言，以抒發情感之歌曲也。黃伯思謂屈（原）宋（玉）之文，皆書楚語，作楚聲，記楚地名，故謂之楚辭。粵謳其流亞矣。

粵東方言別字，亦藉此多所考證，不苦詰屈敖牙。粵謳多用興體，如：桃花扇、船頭浪、花心蝶、瀟湘雁、孤飛雁等，皆言他物以引起所詠之詞。而桄榔樹、垂楊柳等，則爲比體。謳歌雖小道，然筆法之妙，非窺透文章三昧者，不易企及。

子庸精音律，善琵琶，尋常邪許聲，入於耳即會於心，蹋地能知其節拍。故所寫粵謳，雖巴人下里之曲，而饒有情韻。自子庸撰粵謳，一時文人，爭相祖述，寫此類文字之人甚夥（黃魯逸，尤爲著名）。粵謳遂成一種曲名。繆艮、蓮仙，其卓著者也。自道光末年，喜弋陽腔，謂之班本，其言稍俗，而嗜痂者，無處無之。求能唱粵謳者，邈如星漢。永嘉之末，不復聞正始之音矣。

雋君注：冼玉淸，南海人。少年時肄業澳門陳子褒灌根學塾，旋到香港習英文，升學嶺南大學，畢業後，留校任教。喜著作，以有關廣東鄉邦史事者爲多。一九六五年十月三日，病歿廣州。陳璞，字子瑜，號古樵，番禺人。咸豐辛亥舉人，官江西安福縣。工詩書畫。廖亮祖，字伯雪，道光己亥舉人，授徒廣州，從遊者數百人。錢林，字叔雅，浙江錢塘人。張維屏，字子樹，號南山，番禺人，道光癸未進士，歷官湖北、江西。與林伯桐、黃喬松、段佩蘭、黃培芳、譚敬昭、孔繼勳等，築雲泉仙館於廣州白雲山脚，伊秉綬題爲七子詩壇。晚年築聽松園於花埭，即培英中學原址。著作頗多。

（八）

# 釧影樓回憶錄

天笑

但是這個翻譯日文的風氣，已是大開，上海已經有幾家譯書處，有的兼譯日文書，有的專譯日文書，因爲譯日文書報較爲容易，而留日學生導其先河，如洪流的氾濫到中國來了。最普及者莫如日本名詞，自我們初譯日文開始，以迄於今，五十年來，寫一篇文字，那種日本名詞，搖筆即來。而且它的力量，還能改變其固有之名詞。譬如「經濟」兩字，中國亦有此名詞，現在由日文中引來，已作別解；「社會」兩字，中國亦有此名詞，現在這個釋義，也是從日文而來，諸如此類甚多。還有一個笑話，張之洞有個屬員，也是什麽日本留學生，教他擬一個稿，滿紙都日文名詞。張之洞罵他道：「我最討厭那種日本名詞，你們都是胡亂引用。」那個屬員倒是强項令，他說：「回大帥！名詞兩字，也是日本名詞呀。」張之洞竟無詞以答。

這個木刻雜誌，不僅是「勵學譯編」呢，過了一二年，我又辦起了「蘇州白話報」來了。這個動機，乃由於杭州有人出一種「杭州白話報」而觸發的。蘇杭一向是並稱的，俗語說：「上有天堂，下有蘇杭」，蘇州是應與杭州看齊的。其時創辦杭白話報者，有陳叔通、林琴南等諸君。寫至此，我有一插話：後來林在北大，爲了他的反對白話文而與人爭論，實在成爲意氣之爭，有人詬他頑固派，這位老先生大爲憤激，遂起而反唇也。至於反對白話文，章太炎比他，却還激烈。再說：提倡白話文，在清季光緒年間，頗已盛行，比了胡適之等那時還早數十年呢。

這個蘇州白話報，並不是蘇州的土話，只是一種普通話而已。其實即就古代而言，如許多小說、語錄，也都是用語體文的，民間歌謠等，更是通俗。當時我們蘇州，有一位陳頌文先生，他在清末時代的學部（革命以後，改爲教育部），就是極力提倡白話文的，可是當時的朝野，誰也不關心這些事。那時已在戊戌政變以後吧，新機阻遏，有許多雜誌，由政府禁止，不許再出了，勵學譯編本是蝕本生涯，蝕光大吉，再辦「蘇州白話報」，大家也沒有這個興致了。

但我却躍躍欲試，還想過一過這個白話報之癮。只是還不能與杭州白話報比，因爲杭州已有印刷所，而蘇州實到如今還沒有呢。偶與毛上珍刻字店老闆談一談，他極力贊成，自然，他爲了生意之道，怎麽不贊成呢？我又與我的表兄尤子青哥一說，他滿口答應說：「你去辦好了，資金無多，我可幫助你。」而且他還答應，幫助我編輯上的事。我有了他這個後台老板，便放大膽子與毛上珍老板訂約了。

蘇州白話報是旬刊性質，每十天出一冊，每冊只有八頁。內容是首先一篇短短的白話論說，由子青哥與我輪流担任，此外是世界新聞，中國新聞，本地新聞都演成白話。眞是「麻雀雖小，五臟俱全。」關於社會的事，特別注重，如戒烟、放脚、破除迷信，講求衞生等等，有時還編一點有趣而使人猛省的故事，或編幾只山歌，令婦女孩童們都喜歡看。

我們這個白話報，要做到深入淺出，簡要明白，我和子青哥是一樣的意思。我們不願意銷到大都市裏去，我們向鄉村城鎮間進攻。曾派人到鄉村間去貼了招紙。第一期出版，居然也銷到七、八百份，都是各鄉鎮的小航船上帶去的，定價每冊制錢二十文（其時每一銀圓兌制錢一千文），批銷打七折，有許多市鎮的小雜貨店裏，也可以寄售，爲了成績很好，我們更高興起來了。

子青哥創議：「我們辦這個白話報，本來不想賺錢，我們只是想開開風氣而已。我們可以像人家送善書一般，送給人家看，也所費無多呀。」蘇州有些大戶人家，常常送善書給人家的，或爲道德家的格言，或以神道說教，他們算是「做好事。」有些耶穌教堂在蘇傳教，也是如此的。而且他們印書的成本，比我們的白話報也貴得多呢。但我則期期以爲不可，我說：「送給人家看，人家也像善書一般，擱在那裏不看。出錢買來看，他們到底是存心要看看的呀。況且我們的資本有限，藉此周轉，也不夠一送呢。」子青哥被我說服了，我還自詡子青哥學問比我高，經驗却不及我呢。

但是我可忙透了，編輯也是我，校對也是我，發行也是我，子青哥是難得出門的，稍遠就得坐轎子，偶然步行到觀前街，一個月也難得一二次，他也幫不了我什麽忙。不過這種木刻雜誌，只能暫濟一時，豈能行諸久遠。文化工具，日漸進化，蘇州的所以沒有新式印刷所者，却是爲的離上海太近，人家印書印報，都到上海去了，因此也無人來開印刷所。我們也不能儘量開倒車，最慘者，不及三年，所有「勵學譯編」和「蘇州白話報」的木版，堆滿了東來書莊樓上一個房間了。及至東來書莊關店，這些木版又無送處，有人說：「劈了當柴燒，」有人還覺得可惜，結果，暫時寄存在毛上珍那裏，後來不知所終。

## 譯小說的開始

外國小說的輸入中國，以我所見，則在前清同治年間，其時上海的申報初開設，最初出版的申報上，時常見一二有譯載似小說的紀事。如「巴沙官故事」等，乃紀載一艘帆船失事，有一船員匿在酒桶中，飄流海面，卒乃遇救事。其它亦常有數短篇，不復能記憶了。我幼時，在朱靜瀾先生家中，曾見有最初出版之申報，訂成兩冊，中乃有此。後來梁啓超的時務報，遂有「福爾摩斯偵探案」的附載，這可以算得中國翻譯外國偵探小說的鼻祖了。

自從林琴南的「茶花女遺事」問世以後，鬨動一時。有人謂外國人亦有用情之專如此的嗎？以爲外國人都是薄情的，於是乃有人稱之爲「外國紅樓夢。」也有人評之爲茶花女只不過一妓女耳，也值得如此用情，究竟小說家言，不登大雅之堂。說雖如此說，但以琴南翁文筆之佳，仍傳誦於士林中。這個時候，號稱所謂新學界的人，都提倡新小說。梁啓超發行的一種小說雜誌，名字就叫「新小說」。那個雜誌，不但有許多創作小說，翻譯小說，而且還有許多關於小說的理論。梁啓超自己就寫了一個長篇的理想小說：「新中國未來記」，這時把文學上的小說地位，便突然地提高了。

我的寫小說，可稱爲偶然的事。其時我的一位譜兄弟楊紫驎，他在上海虹口中西書院讀書，爲的要學習英文。我到上海去，常常去訪他。因爲他住在乍浦路，那邊有一個中國公家花園（簡稱中國公園），我們常常到那裏去坐地。說起這個公園，很令人生氣。原來上海租界中，當時有好幾個公園，都不許中國人入內游玩。黃浦灘一個公園，門前掛出一個牌子來，寫着：「華人與狗，不得入內，」這個牌子，不是直到如今，還傳爲侮辱我華人一個史實嗎？當時我們住居租界中人吵起來了，爲什麽華人不得入公園呢？造公園的錢，也是華人納稅所出的。工部局不得已，便在沿蘇州河一帶、圓明園路口，另造了一個較小的公園，專供華人游玩。可憐的住居租界的華人，算得了一些小面子，就此不響了。

紫驎爲了讀英文以供研究起見，常常到北京路那些舊貨店，買那些舊的外文書看。因爲那時候，上海可以購買外國書的地方很少，僅有黃浦灘的別發洋行一家，書既不多，價又很貴。他在舊貨店買到一冊外國小說，讀了很有興味，他說：「這有點像『茶花女遺事』，不過茶花女是法國小說，這是英國小說，並且只有下半部，要搜集上半部，却無處搜集，也曾到別發洋行去問過。」

在這個中國公園中（因爲這個公園，專爲中國人造的，習慣稱爲中國公園），紫驥常帶着這本殘舊的英文小說，隨讀隨講給我聽。我說：「你不如把它譯出來呢。雖然缺少上半部，有這下半部，也思過半矣。」他說：「我的國文不行，除非我們兩人合譯，我把英文翻出來，你把中文記下去，如何？」我說：「那倒可以，我們且來試試看。」於是兩人就在公園中，一枝鉛筆，一張紙，他講我寫，我們當時便譯了一千多字。兩人覺得很有興趣，因此約定了明天再來。

明天是個星期六，下午，我們再到公園裏，就譯有二千字光景。再下一天星期日，又在公園譯有二千多字，這三天工夫，便有五千多字了。雖然這不過是極草率的稿子，還須加以修飾，但是我們覺得很滿意。可是我不能常住上海，至多來四五天便即回蘇州了，但我們却立意要把這小說譯完。後來紫驥說：「你先回去，以後我隨便寫出來，寄給你，不管通不通，請你從新做過就是了。」

因此他在課餘時間，常把他譯出來的寄給我，我便加以潤飾。回到蘇州後，給勵學社同人看過，他們都很稱讚，而「勵學譯編」正籌辦出版，他們便要求加入勵學譯編去了。這一篇小說即取名爲「迦因小傳，」這是我從事於小說的第一部書。因爲那時候，譯外國小說的人很少，倒也頗爲人所愛讀。後來林琴南覓得了這書的全部，在商務印書館出版，取名爲「迦茵小傳」，只於我們所譯的書名上的「迦因」二字，改爲「迦茵」，並特地寫信給我們致意，好像是來打一招呼，爲的是我們的迦因小傳，已在上海文明書局，出了單行本了。當時我們還不知原書著者是誰，承林先生告知：原著者爲英人哈葛得，曾印有全集行世。

除了「迦因小傳」外，我又從日本文中，譯了兩部小說。這兩部小說，一名「三千里尋親記」，一名「鐵世界」。日本自從明治維新以後，文化發達，出版的書籍中，對於歐美的文學書，譯得不少。他們國內的新舊書店很多，讀書的人，把已讀過的一部八分新的書，看過以後，往往即送到舊書店。爲的他們的讀書界，抱推陳出新主義，賣去了舊書，立刻便掉換讀新的了。一到舊書店，價錢便減了不少，而又可以嘉惠後學。我所譯的兩部日文書，都是我的留學日本的朋友，從舊書攤拾來，他們回國時送我的。

我知道日本當時翻譯西文書籍，差不多以漢文爲主的，以之再譯中文，較爲容易。我就託了他們，搜求舊小說，但有兩個條件：一是要譯自歐美的，一是要書中漢文多而和文少的。我譯的兩種日文小說，就是合乎這兩個條件的。那一種「三千里尋親記，」是教育兒童的倫理小說，總共不過一萬字左右，譯自義大利文的，在原文還有插圖，以引動兒童興趣，就是一個兒童，冒着艱危，在三千里外去尋他母親的。另一種「鐵世界，」可以說是科學小說，是法國文的，那大概有三、四萬字。雖說是科學小說，也淺顯而不大深奧的，那時法德世仇，便是寫小說也互相譏訕，那裏面德國人如何酷烈，法國人如何和平，德人欲害法人，而法人如何逃避的情形，都寫在書中。

這兩部小說，後來我都售給於上海文明書局，由他們出版。因我自己無力出版，而收取版稅之法，那時也不通行。文明書局是一班無錫人所開設的，如廉南湖、丁福保等都有份，而裏面職員的俞仲還（前淸舉人），丁芸軒等，我都是認識的。大概這兩部小說的版權是一百元（當時雖也按字數計，約畧估量，不似後來的頂眞），我也隨便他們打發，因想這不過一時高興，譯着玩的，誰知竟可以換錢。而且我還有一種發表慾，任何青年文人都是有的，即使不給我稿費，但能出版，我也就高興呀！

後來迦因小傳的單行本，也由文明書局出版，所得版權費，我與楊紫驥分潤之。從此以後，我便提起了譯小說的興趣來，而且這是自由而不受束縛的工作，我於是把考書院博取膏火的觀念，改爲投稿譯書的觀念了。譬如說：文明書局所得的一百餘元，我當時的生活程度，除了到上海的旅費以外，我可以供幾個月的家用，我又何樂而不爲呢？

（卅一）

# 洪憲紀事詩本事簿注

劉成禺遺著

偶句潘驢未足多，名言典雅到章羅。時文儘有籌安藝，不及轟鈔長恨歌。

當時有以宋小說王婆語之「潘驢鄧小閑」對人名「顧鼇薛大可」者，稱爲妙絕。章太炎一見陳宧，曰：「第一人物，亡民國者，必此人也。黎元洪、袁世凱，必收拾於此人之手。」後元洪去鄂，世凱稱帝，咸宧策畫之；時稱太炎爲水鏡先生。元洪入京，太炎改唐詩譏之曰：「袁四猶疑畏簡書，芝泉長爲護儲輸。徒令上將揮神腹，終見降王走火車。饒夏有才原不忝（饒漢祥、夏壽康兩鄂民政長），蔣張無命欲何如（蔣翊武、張振武兩將軍）。至今偷過劉家廟，汽笛一聲恨有餘」。「蓬萊宮闕對西山，車站車頭京漢間。西朝瑤池見太后，（黎入京謁隆裕），南來晦氣滿民關。雲移鶯尾開軍帽，日繞猴頭識聖顏。一臥瀛台經歲暮，幾回請客勸西餐」。某恨太炎，持猴頭句說袁，陰使鄂人鄭胡等借主持共和黨名義，迎章入京，遂安置龍泉寺。粵詩人羅惇曧書張滄海袁氏世系冊子曰：「袁氏四世三公，振葉關中，奄有河北，南移海隅，止於三水，東莞滿代北轉。項城今日正位燕京，食舊德也。名德之後，必有達人」云云。世凱爲崇煥之後，遠祖本初，移家項城，三水張滄海著爲書，順德羅癭公張其說，故有祀崇煥爲肇原皇帝之議。流寓青島遺老聞籌安議起，有爲籌安會八股體制藝者；北京傳鈔之。其文曰：

## 八股命題（籌安會）

會有以籌安名者，以其欲改君主也。夫安未始不可籌也，乃以黨會名籌安焉，非欲鼓吹君主立憲乎？且夫升官發財者流，汲汲然欲將民主改君主也非一日矣。曾於去年十一月間有提倡立帝者，如宋育仁等之上復辟書是。經於本年八月見有變更國體者，如楊度等之開籌安會是。噫，天下事本無獨而有偶，何有幸有不幸耶。今北京新組織一會矣，會曰同盟，官廳曾下嚴拿之令。而今日之結會，何以不准法律干涉也。民國初年，青紅幫大開共進會矣。會曰共進，政府亦有解散之文。而今日之開會反令警察保護也。噫，吾知其故矣。蓋因其研究學理耳。然有幸人血未涼也。方斯會之發起也。李誨之告發，汪鳳瀛之辨駁，賀振雄之上書，皆絕對不贊成也。人神之所同嫉，天地之所不容，此黎副總統之所由託病也。不亦宜乎。及斯會之成立也，任公之論說，湯總長之辭職，肅政史之密呈，皆表示反對意也。公道自在人心，是非自有公論。此徐國務卿之不願簽名也。豈無謂乎。嗚呼中國之不安也久矣。有良策以籌之，誰曰不宜。强鄰威逼，外患之不安也。籌之誠不容緩耳。今之所謂籌安會者，其果能籌此等之安乎。拍馬吹牛之下，亦惟籌辦鴉片專賣，籌備烟酒專賣而已矣。大水狂風，天災之不安也。調查偵探，人禍之不安也。籌之固不可忽耳。今之所云籌安會者，其可以籌各種之安乎。攀龍附鳳之餘，不過籌畫田畝加稅，籌算貨物加稅而已矣。吾初聞籌安會之名義，因不禁欣然色喜曰，運籌帷幄可望久安長治矣。既有籌安之名，必副籌安之實。是籌安當保太平也。夫豈書推翻共和之議哉。吾繼知籌安會之內容，又不覺喟然長嘆曰，一籌莫展，從此民無安枕矣。未享籌安之福，先遭籌安之殃。是籌安適以擾亂也。何竟有恢復帝制之舉哉。籌安會諸君乎，非今之所謂民賊而何。

試帖詩命題賦得「籌安會」（得安字五言八韻）

斯會胡爲設。無非想做官。一籌嗟莫展。百姓恐難安。申令文猶在。宣言墨未乾。庸人偏擾亂。肅政快糾彈。北望新朝露。東悲海國瀾。封侯紅運氣。奪利黑心肝。附鳳攀龍黨。吹牛拍馬團。皇恩今寵眷。奴膝跪金鑾。

當時有贛人某君者，奔走甚力。贛人綜其生平，書「長恨歌」一曲，都下傳鈔，不脛而走，其詞曰：

大清革命爲民國。人才多年求不得。
梅家二疙初長成。候補江南人盡識。
天生道台難自棄。一朝選在議院側。
當場一票獨推袁。六大政黨無顏色。
丫頭生在斷馬池。探花趕府賣胭脂。
夫人反對嬌無力。此是新收姨太時。
政黨徽章步步搖。西廂房裏度春宵。
春宵一兩龜齡集。從此門生不早朝。
睡餘拜客無閑暇。兩個護兵忙到夜。
公民政客三千人。三千欵項在一身。
燕老有時談到晚。×公相見面生春。
貢王福晋出蒙古。結交光彩生門戶。
遂令天下兒子心。都羨阿娘收義女。
戲台高搭入青雲。壽樂風飄處處聞。
泥金壽屏十六幅。張葉領銜猶不足。
黃陂拜撰少軒書。酒闌更唱陽關曲。
後門公府灰生塵。一家大小上海行。
火車搖搖行復止。濟南進城四五里。
一見志賡嘆奈何。我被他們竟打死。
敝車羸馬無人收。可憐陳四太寃頭。
有車忽然坐不得。回看死馬雙淚流。
國會解散氣蕭索。恨看人才都組閣。
魚坊橋畔少人行。五族無光旗色薄。
中海水碧西山青。總統爲人太寡情。
狗烹兎死傷心話。葉落歸根腸斷聲。
（按：以下三十六句中脫）
四輪馬車奔如電。四等嘉禾印名徧。
東海相國錢右丞。兩處忙忙皆稟見。
爲清官產返家山。山在南潯鐵路間。
官產纍纍數百起。其中五百萬銀子。
中有投標記不眞。老大買來便宜是。
（按：以下四句中脫）
潯陽江上好徘徊。牛航沙河專車開。
帽子半偏新睡覺。勳章不整下床來。
風吹祭服飄飄舉。猶是花翎錦雞舞。
一夜裁縫五十番。擠上班來汗如雨。
當年覲見事君王。遠在江西×渺茫。
承光殿裏恩寵絕。鐵社宮中滋味長。
大典新成籌備處。臣在鄱陽隔江霧。
束裝忽忽奉聖明。輪船火車向北去，
皇帝溥呼啓宮扇。覲謁綠牌繪花鈿。
果能道尹明令宣。喀什喀爾會相見。
跪拜威風召對詞。天顏有喜小臣知。
此行不負上書願。正是賡颺帝制時。
在京願作肅政使。在外願爲鹽運司。
歐戰久長有時盡。此願終身無償期。

小說九百，本自虞初，名賢雋語，里巷俚詞，國風所採，五行所志，下必甚焉。其北京好之十種曲，抑江南苦之百竹枝乎？覘國者，可以知當代之風尚矣。（枝江張繼煦評注）

（三十）

# 柳西草堂日記

張謇 遺著

五日。辰正開行，申正抵蘆涇港，戌初至廠。

六日。惲次遠丈自常州來廠。

七日。與內子訊，屬就醫上海。得叔兄訊，教案已定。

八日。删潤少石代作高懿臣母壽文。

九日。與莘丈，次丈附輪船至江寧。

十日。至院。

十一日。詣小山，聚卿諸人。與翔林訊。與莘丈考辨諸說，定見怪不怪之計。

十二日。詣新寧、定興諸人，與鼎庵說廠。感冒，聚卿來夜談。

十三日。復詣送新寧，有奉送新寧尚書入朝詩：「戊己堂堂兩奏傳（戊戌八月廿七日，公奏有：「伏乞皇太后皇上慈孝相孚，以慰天下臣民尊親共戴之忱」語。己亥十二月公奏有：「以君臣之禮來，以進退之義止」語，朝野傳誦。）勛名況自中興年。主恩新賜黃銀美；士論終歸赤舄賢。豈有夔皋容老退；應無牛李到公前。鋒車江上來還日，堯日暉暉定滿天。」晤張君立（權），君立，南皮子也，言徐相疵南皮「勸學篇」盡康說，南皮此書本旨，專持新舊之平，論者誚爲騎牆，猶爲近似（何沃生啓有「勸學篇書後」，專訐此意），若責爲全是康說，眞並此書隻字未見者矣。披索株連，至今未已，手滑之後，何所不至，讀書識字之子皆自危矣，禍至眞無日哉！

十四日。莘丈回常州。與叔衡（說院事）、鼎庵（薦徐館）、蓬仙、滌香訊，廠訊。避風謝客。寫菘耘丈、蔚生、小山、蘭孫訊，內子上海訊。寫磐石訊（次日寄郵局，有保險）。新寧答詩。感冒甚劇。

十五日。新寧以是日北上啓行。雪。作通廠木末後序。有詩。

十六日。大雪。有詩。二月十五日雪：「百蟄已萌動，天地胡積陰，夾鐘應葭管，橫被大呂侵。同雲昏六合，盡日飄旋霙，頗亦華草木，覆沒松杉青。飢鳥啅簷瓦，萬雀僵空林，老農測分寸，懼與牛目平，云防麥根腐，濈濈發首森（海上老農言：臘雪味苦，春雪味甘，田虫遇臘雪則頭俛，遇春雪則頭仰。又云：臘雪長麥根，春雪爛麥根），茲晨艷陽節，晛晷須臾臨，默坐待消化，助我春江深。」次日仍雪：「三月雨雪書失時，傳有其說人知之，二月方半豈足異，我心突突再憂危。昨夜沒屋瓦，今晨掩階墀，朽竹亦已折，偃竹亦已披，連晝徹夜苟不止，得毋春百物皆殘孃。漢儒陰陽秋有家法，盛陰剝陽誰之爲。吾皇好仁協青帝，志合五洲萬國咸登春臺熙。以閑養病亦大孝，眷佑定荷皇天慈。去冬仲季跨月雨，且陰且雪連春淒，臘月有詔建儲貳，正旦復詔慶榜開秋闈。吾皇福祉眞藏蕤，春大雪兮卿雲哉！」得叔兄訊，補宜春已確。宜春簡缺也，候補之補官，猶士子之成進士，叔兄到省十四載，於此可小休矣。宿負梢清，行便歸耳。

十七日。與磐碩訊（說叔兄補官）。感冒小愈。作張蕃台壽序。

十八日。與磐碩訊（說茅蘊卿換照）。復敬夫訊（本日來訊，有謝某訊）。

十九日。得滬訊、梅生訊，內子寓梅生處就醫。得磐碩訊二件。

二十日。開課。（「子曰君子和而不同」四章。「弭私梟以何法爲知本議」，「賦得花朝見雪」，用白居易春夜喜雪詩韻。）

二十一日。與梅生、曉珊、磐碩（有名片、聯紙、茶葉）、肯堂訊。寫字。

二十二日。寫字，詣石公，託謹齋寄滬訊。

二十三日。雨。寄叔兄訊。

二十四日。校閱課卷。

二十五日。校閱課卷。得敬夫訊，與叔兄訊（次日寄九江），說仁祖就婚事。

二十六日。校閱課卷竟。禮卿招飲（有日僧長谷川，岩奇西村，有歙縣汪生，長洲戴生），曉山來訊。

二十七日。爲薩瑪希爾兵備（明徵）寫先碑二通。答曉山訊，寄後序。

二十八日。寄磐碩訊（爲東勖儼、陳琪等保案）。寫字，候東修。

二十九日。府送修二百五十金，從聚卿借五十金，足三百之數而行。償前借聚卿百金。與仿青訊。

三十日。啓行旋里。與林稚眉同舟。半夜抵鎮江。

三月

一日。天明自鎮江開輪，申抵至蘆涇港，戌刻抵廠。

二日。專人至長樂。

五日。內子挈吳姬、怡兒至廠

六日。逆風。祭小虹橋王字河墓。戌刻至西亭。

七日。祭三總橋蠷園墓，酉刻抵二甲。得彥升訊，述鄂謠甘陵之禍見及，以意度之，妄也。

八日。子刻正抵家，治祭饌。翔林來，亦以鄂謠之故。

九日。祭家廟。與蘭孫訊，梅生、叔蘊訊。祭外曾祖、仲兄墓。晚答立卿訊，與敬夫訊。

十日。雨。寫字。

十四日。宗裕自江西回，得叔兄訊。

十五日。得叔兄訊。寄課題於監院張廣文。

十六日。得磐碩訊。梅生、曉山來訊屬去滬。

十七日。選文正書院丙申課藝，寄上元孫紹筠孝廉啓椿。

十八日。答梅生訊，引李元禮，范孟博，巴恭祖事爲說。

十九日。雨。寄丁酉課藝選。

二十日。小雨。寫明觀察，袁太守訊。

二十一日。微晴。作文正書院丙庚課藝錄序。

二十二日。小雨。寫松中丞，張方伯訊。

二十三日。晴。寫寄張方伯壽文（託子純送），叔兄訊。

二十四日。督理書籍。

二十五日。內子與金表嫂就醫上海。

二十六日。有鄉人送蜜蜂自無錫來，自稱陸濯西同年所遣。

二十七日。作挽意園祭酒聯：「辱公知十五載，自分平生，何者當余右丞與戴九靈故事；著離騷數千言，遂以憂死，悲哉繼宋大夫爲楚三閭招魂。」（庚寅，意園與書云：「僕與君交，大似余廷心之與戴九靈，時人比之秦不華之於虞石山農者，妄也。」按：意園爲盛昱之號，清宗室也，光緒三年編修，官至祭酒，著有「鬱華閣集」。）與寶世兄（善）訊，爲位祭之而後發訊。

二十八日。與華丈訊。

二十九日。有春晚詩：「花事未全非，林陰綠漸肥。風簾忽飄絮，春是幾時歸。」

（三十）

# 梅蘭芳的戲劇生活

周志輔

這齣戲的故事來源，是路三寶聽來說給梅蘭芳聽的，至於排成新戲，是他們內行大家自己動手的，所以在他所演的新戲裏邊，惟有這齣「鄧霞姑」的脚本，是純粹由他們自編自導自演的。這戲裏角色的分配，是諸茹香扮雲姑，路三寶扮雪姑，梅蘭芳扮霞姑。在霞姑掩護雪姑逃走的時候，因爲要延宕鄭琦，免得他趕上雪姑，好讓雪姑從容逃跑，所以加上裝瘋的情節，身段唱腔，都採用了一點宇宙鋒的精華。唱一段反二簧是不成問題的，惟有做工，因爲是時裝，好些小動作，不適於用上去，他仍能運用匠心，揀出一些可用的身段，加以新的姿態，以求配合這新的舞台環境。還有演到開棺以後，霞姑挺身而出，說了一大段道白，來責備鄭琦，也是他自己編的，主張婚姻自由，來求男女雙方終身幸福，這也是當時極受台下歡迎的一場。到了最後一場，霞姑和周士晉舉行新式結婚，霞姑穿了禮服，行三鞠躬禮，在舊日舞台上，是破天荒的創舉，加以全戲唱到此處，已覺苦盡甘來，觀衆也鬆了一口氣，於是滿場鼓掌聲、叫好聲，表示由衷心發出來的熱烈情緒。這齣戲最早的演出，是在民國四年（公元一九一五年）五月十六日，由程繼仙扮丁潤璧，另由姚玉英反串小生扮的周士晉。

## 丁　一縷麻

梅蘭芳的時裝新戲，連前面的「孽海波瀾」算起來，一縷麻要算是第四齣，而且也算是最末一齣，因爲從此以後，他專門致力在古裝新戲方面，就不再多排時裝戲了。不過這齣劇本是由他的外行朋友們與他合編的，所以又算是他們內外行集體編排新戲最早一齣，後來他所演的新戲，都是這樣産生出來的。

一縷麻的故事，是這樣的：林如智的女兒林紉芳，從小就指腹爲婚，許配錢家的兒子。等他們長大成年，錢子是一個子。林紉芳那時在學堂讀書，得到這個消息，心中鬱鬱不歡。她有個表兄方居正，學問不錯，他們時常互相研討，十分投契。有一天方居正將要出國留學，來到林家辭行，看見表妹愁悶的樣子，就很誠懇的勸她，反而勾起了她的心事，痛哭一場，還被她的父親看見，諷刺了她幾句，林紉芳的母親死了，照禮她的未婚夫婿，應該來祭奠一番，可是這位錢公子，就在靈堂行禮的時候，鬧出了許多笑話。過了一個時期，錢家迎娶，林紉芳不肯上轎，跑到母親靈前哭訴，經不起她父親的苦苦相勸，終於犧牲了自己的幸福，嫁到錢家去了。婚禮完畢，新娘得了白喉症，新郎是個傻子，也不懂得傳染病的危險，祇是一往情深，服侍他這位剛過門的妻子，慢慢地她病勢好轉，可是新郎因被傳染而死。等到林紉芳病癒後，看見頭上有一縷麻繩，才知道新郎已經爲她身亡，她在抱恨絕望之下，無意生存，也跟着就用剪刀刺破喉管，一死了之。梅蘭芳當然扮的是林紉芳，頭裏跟方居正研究學問的時候，是用一種活潑少女姿態表演的，還踏着風琴唱歌，在當時是極新鮮而時髦的場面。後面對母的遺像，在丈夫的靈前，都有唱工，尤其是在上轎以前，聽着父親苦苦相勸，用種種的表情，把當事人的內心痛苦，表現出來，這是他細心揣摩的成就，在他個人也認為是得意之作，所以他自己曾說過，所演的時裝戲，要算「一縷麻」為最好，這齣戲是在民國五年（公元一九一六年）四月十九日開始上演，分為頭二本，兩天演完，足見全部戲唱做的繁重。

### 戊　嫦娥奔月

在民國四年（一九一五年）九月二十三日，梅蘭芳上演古裝新戲，「嫦娥奔月」，這可算是京劇圈裏的一聲晴天霹靂。他排演這齣戲的動機，當時只不過是為的在八月中秋唱一次應節的戲，誰知道戲的穿插結構，非常受人歡迎，尤其是在裝扮方面，使觀衆耳目一新，都給以極端好評，於是增加了他的信心，從此走向古裝新戲的路子上去。凡是可以穿着古裝的戲情，他無不盡量採用這種古裝，發明了許多載歌載舞的身段，來利用新的裝束，而美化了舊的舞台氣氛，這是他個人創造的成功，同時也是京戲進步的開始。

「嫦娥奔月」是這種古裝新戲的第一齣戲，可算是這一類的代表作。關於服裝方面，純粹是從古畫中仕女的裝束，模仿出來的。從前京戲的服裝，都是衣服長，裙子短，可是畫裏仕女的打扮，相反的是衣服短，裙子長，而且京戲的服裝，總是短裙繫在襖子裏邊，他現在改為裙子繫在襖子外面，這一點尤其是顯著的不同。同時研究袖子的做法，從肥大的袖口，一路往上窄窄到招肩部份，愈收愈小，做成一個斜角形，祇不過水袖仍舊比畫裏的長。此外腰裏圍着絲縧，中間垂着絲帶，兩旁掛着些玉佩。這個設計，在當時是並無前例的，就憑心目中理想，用畫圖來做藍本，居然成為事實，不能不說是一個奇蹟。說到扮相方面，當然更要依據畫圖模樣，頭上正面梳兩個髻，上下疊成「呂」字形，右邊用一根長長的玉釵，斜插入上面的那個髻裏，釵頭還掛有珠總，左邊再帶一朵翠花，這是按照畫上的樣子，加以改革和變化的。後面的樣子，是把頭髮散披着，分成兩條，每一條在靠近頸子的部位，加上一個絲線做的「髮箍」，又在「髮箍」下面，有時還用假髮打兩個如意結，這是舞台上從來沒有看到過的「畫中美人」。

這齣「嫦娥奔月」的內容情節是說：古時后羿赴瑤池大會，吃得大醉而歸，帶回仙丹靈藥，交給其妻嫦娥，但是嫦娥偷食下去，頓成仙體。后羿次日酒醒，向嫦娥索取丹藥，知道她偷服了，生氣要打她，嫦娥逃跑，身輕如葉，直奔月宮，后羿追趕不着。那時月宮諸仙子，預奉王母旨意，已知嫦娥將入月宮為主，相待迎接，等到后羿進來，反被吳剛等守月宮的天將所戰退。後面嫦娥還有二個歌舞的場子，係在台上用花草畫的片子，佈置了野景，另外打着電光，照耀在嫦娥的身上。這種把電光搬上京戲舞台，也是他第一次的嘗試，當時觀衆認為新奇，全劇自始至終，獲得無數的彩聲，他自身知道這個嘗試，已經接近成功，在改良藝術上，算得是開闢出來一條康莊大道了。

### 巳　黛玉葬花

梅蘭芳的第二齣古裝新戲，是在民國五年一月十四日初演的「黛玉葬花」，那時他對於古裝新戲，感覺濃厚的興趣，而又因為「嫦娥奔月」演出的成功，更增加了甚深的信心，所以在搜尋古裝戲的題材上，就連想到仕女畫中所常見的十二金釵「紅樓夢」小說上去，經過考慮一番的結果，選定了原書中第二十三回的情節，作為此戲的資料。「紅樓夢」的二十三回是「西廂記妙詞通戲語，牡丹亭艷曲警芳心」內中有在梨香院門外聽崑曲的情節，他也收入了戲的中間，而且作為最吃重的一幕。在聽曲的時候，是用人在簾內唱四節崑曲，雖然每節不過兩句，但是在後台唱這麼長的詞句，還是從來無此先例的，他完全以創造的精神，來處理他的舞台實踐。

（十一）

# 英使謁見乾隆記實

馬戛爾尼 原著
秦仲龢 譯寫

據一位傳教師傳說，在熱河御花園中屬於女眷那部分內，有一模仿首都的小模型城，裏面把首都街道的生活活動具體而微地體現出來。這位傳教師以一個建築師的身份參加設計此事。這個傳說雖然未足深信，但頗有可能性，可惜特使等沒有機會進去一觀究竟。皇宮內眷與世外隔離，她們自然非常需要通過這種玩意使自己和外界接觸，而皇帝也是會滿足她們，甚至他自己的這種好奇心的。特使過去曾出使俄羅斯，在彼得堡皇宮內就曾參觀過這樣一個假的鎮市，裏面有模仿外面街道上的工廠、倉庫、商店和宮內人士假裝的各色人等。俄皇女眷可以隨便走出宮外，她們對宮內這種設置的需要當然遠不如中國皇宮女眷需要的那樣廹切。

特使等一行人在御花園中游玩了幾個小時之久，和中堂自始至終殷勤地盡到招待責任，體現出一位有經驗的廷臣的禮貌和上等教養。陪同客人游覽的所有主人都很親切客氣，惟獨那位進軍西藏的將軍始終表示傲慢不遜的態度。他絲毫不掩飾他的憎恨英國人的情緒。他曾任兩廣總督，在廣東領教過英國人的勇敢冒險精神，體會到英國人的富强甚至可以同中國較量，這可能是使他惱怒的原因。特使極力贊揚他的武功，藉以討他的好感，但並不發生效果。……後來走到一處陳列自動彈簧機器（按：即上文所指的那些有彈簧和輪盤的玩具。——原譯者注）的地方，這些機器是在倫敦製造的，也在倫敦展覽過，英國稱之為「考克斯博物館」，英國人也隨着大家交聲贊揚。這位將軍非常高興地問英國是否也有這種機器，當他被回答說這些東西就是從英國運到中國的，他臉上立刻露出敗興神情。……

由於陪同特使游園過於勞累，和中堂回家之後暴發了舊病，他遣人來，請使節團的醫生過去為其診斷一下病症。吉蘭大夫立即隨來人前往。吉蘭大夫到達和中堂寓所的時候，幾位御醫正在那裏會診。根據吉蘭大夫的記述：「和中堂自稱四肢關節及肚腹下部感到巨痛，右腹下有一塊腫脹。這些都是舊病，但過去從來沒有一齊並發過。關節痛多在春秋二季犯，肚腹腫痛常犯，但很快就恢復。腫脹突然就犯，突然就好，但一般是身體過分疲勞之後發作得最厲害。這些情況都是吉蘭大夫問，中堂回答的。他非常奇怪吉蘭大夫為什麼問得這樣仔細，而在座的其他醫生則認為沒有必要問。中國大夫的診病方法是只按脈而不必問病情，他們自吹對於按脈有最高的技術。他們認為身體各部位情況俱在脈搏中表現出來，因此一按病者脈搏，就能判斷那裏有病，病狀如何，不必再向病人詢問情況，他們診斷和中堂身體內有一股惡風到處移動，走到那裏，那裏就痛。診治方法是在患處打通出路，把風驅逐出去。具體辦法是，用金針或銀針（只能用這兩種金屬）扎患處使病人感到劇烈疼痛。和中堂經常進行這種療法，但病況始終不減。據御醫解釋，這是因為體內邪風太頑强不能除根，或者新生邪風，扎到這裏，竄到那裏。總而言之，醫生們用盡了氣力而仍然無濟於事。舊病仍然發作，而且較前加劇。至於和中堂肚腹下部腫痛，御醫們診斷同關節痛是一種病，治療方法還是要扎針。和中堂怕在肚腹扎針傷及內部，不敢聽他們的話。幸而如此。

「和中堂係在以上情況下請英國醫生來會診的。吉蘭大夫到達之後，首先還是有那麼一套客氣，獻茶，獻水果和糖果，以後即開始診斷。和中堂把手伸出放在一個枕頭上，始是右手，繼而左手，為的是使脈搏易於按出。為了不使他們太感奇怪，吉蘭大夫也故意在和中堂左右手脈上按來按去搞了很久。但他同時對在座的人說，歐洲人診斷病症用不着按這麼多時間的脈，因爲身體各處的脈搏都是通過血液流通表達心臟的跳動，因此到處都是一致的，用不着按了一處再按一處。和中堂及御醫們聽到吉蘭大夫這些話，認爲簡直是奇談，而他們對於試驗的結果感到失措和困惑。吉蘭大夫叫和中堂用自己的右手食指按左手脈搏，同時用左手食指按右足踝部脈搏。和中堂非常驚異地察覺出兩處脈搏同時跳動完全一致，他這才信服了吉蘭大夫所講的關於脈搏跳動的常識。吉蘭大夫對和中堂說，除去脈搏之外，還須了解病者的其他內外現象才能對病症做正確判斷。按據吉蘭大夫的診斷，和中堂的第一個症候是風濕病，係出於長期感受韃靼山區的寒冷天氣而得的；第二個症候，診查了患處之後，判斷是小腸疝氣。假如按照御醫們的辦法用金針扎小腸疝氣，後果是嚴重的。

「和中堂請吉蘭大夫把病源及診治方法書面寫下來。他送了吉蘭大夫一匹絲綢，他說吉蘭大夫的說法很清楚合理，但和中國的通行概念大不相同，新鮮奇怪好似從另一個星球上來的。」

和中堂的病痛很快解除，但他仍然沒有時間同特使會面。特使決定給他寫一封信，請求允許馬金托什船長去舟山，並請允許在舟山出售船上私人物件及就地購進一船土產。在熱河沒有像在北京那樣，有一個友好的傳教士能找到一個能把這封信譯成中文的人，但使節團翻譯終於找到一個中國人，口述大意之後，代寫成合乎格式的中國文件。仍然按照以前寫信方法，原稿由見習童子抄寫簽名作爲正式信件送出。信件雖然寫好，但如何送達和中堂仍然是一個麻煩問題。那位欽差現在仍然担負着招待使節團的總責。假如把信交給他轉遞，他一定表面上答應，還按照那次作法，把信壓在他手裏，不叫和中堂知道。他雖然由於使節團的原因已經受到處分，但仇視英國人的心情並不稍減。根據傳到使節團的消息，原來皇帝聽說特使携來一幅畫着皇帝陛下的御像掛在「獅子」號船官艙。皇帝叫他到大沽歡迎特使的時候，上船上去看看畫得像不像。但這位欽差不敢上船，根本沒有看到這幅畫像。後來皇帝在熱河問到他這件事，他茫然不知所對。皇帝大怒，立刻把他的亮藍頂降爲暗白頂子，把孔雀羽毛花翎降爲老鴰翎（係鶡鳥翎，又稱藍翎，俗稱老鴰翎。——原編者注）。中國皇帝經常使用他具有的摘掉人的光榮頂戴的權力。他雖然被降級了，但由於他同和中堂的關係，還保留了原來的職務。使節團的中國僕人中沒有一個人敢不得他的允許私自帶信出去，沒有一個歐洲人能單獨走進和中堂寓所，闖進去同他見面。最後還是由這位中國翻譯，穿上英國服裝，担任了這項任務。他雖然走在路上受到喧鬧的中國下等羣衆的阻碍和侮辱，但終於到達和中堂寓所，通過適當途徑把信件交給和中堂。（按：「掌故叢編」英使馬戛爾尼來聘案，有乾隆五十八年六月三十日軍機處給徵瑞箚一件，內開：「箚者。本日面奉諭旨，昨接徵瑞奏：『英吉利貢船倉內正中，供奉聖容，外邊裝金鑲嵌珠石，外罩大玻璃一塊。該貢使十分敬肅，不敢在此起坐』一節。英吉利從未遣人入貢，何由瞻仰朕容？該貢使所供奉者，或係如各省萬壽牌相仿。徵瑞差往之道將等看視不眞，誤認爲朕容，亦未可定。否則必係從前西洋人如郎世寧、艾啓蒙曾恭繪朕容，傳至該國。若云該國將金珠裝嵌，欲以入貢，而貢單內並未載入，且亦無以御容進貢之理。徵瑞是否亦曾目睹？若未經看見，或於無意中作爲閒談，向彼詢問船中供御容，從何而得，如果伊國誠心供奉，亦足以見其敬事之忱，不妨令其據實登答，遇便復奏。又閱譯出貢單內，有『欽差』字樣，業經降旨諭知，現又令軍機大臣，將原譯單內，將『欽差』二字，改爲『貢差』、『敬差』等字，恐徵瑞等有抄出底稿，亦著一律更改。

（廿四）

# 花隨人聖盦摭憶 補篇（三十）

黃秋岳遺著

曰召椎埋亡命之徒，而不重用文人也。曰收召淮北及秦甘邊境湖南苗疆之勇，而不專用長沙岳州寶慶也。曰推赤心以待韋志俊等降人，以爲將率也。曰召降以術散其黨羽也。曰用人不拘一格而貪詐使爲吾用也。曰兵以奇變制勝，不必專于堂堂正正也。曰所召俫賢才，當使進賢以輔大政，不必徒豢之如豕羊也。曰理財宜勿過朘削脂膏，恐腹內教匪滋事，藉爲口實也。曰選士宜以膽力，非來投者，皆錄用也。曰保舉不宜過濫，使豪傑慕功名也。而其大要則有二：曰機密，曰神速，今欲舉一事，前數日民間皆知之，而賊益爲備，非密也。用兵以靜待動，賊知吾此謀，而任以數千人羈絆我軍，而專力四掠，我不能救，因以重困，綿延歲月，財殫民瘠，必有土崩之勢，教匪乘之，以通于賊，禍遂不瘳，可爲寒心。張觀察仲遠，李都轉香雪，閻農部丹初，皆瞻智宏才，願下愚論俾各抒所見，吾師斷之以施之政，則士鐸雖面侍誨言，亦不是過矣。（今悔翁文集中有上胡宮保書，詞意與此畧同，而言尤切直）。若悔翁者，丁寧款密，能見其大 可謂忠告善道者矣。又與文忠書自狀云：士鐸自度其才不足毗益時事，素性剛躁，不能委蛇曲折，體于人情，故矢不與事權，苟竊薪米以自存活。又云：士鐸自涉世故，即痛惜人滿之患，知天地山川之力，必不能供取給，又貧富相煽，其忮耆欲攻取，動足致亂，而在官者，方日以習氣自矜，文酒相尚，崇虛浮而忘實致，盡蹈西晉于寶之論，此皆盧扁不救之症也。故矯枉過直，好老莊之談，以謂才不足以濟變，力不足以撥亂，又志剛而褊，易嬰人怒，區區之志，唯欲苟全性命于末世，然無附郭之田，祭祀饔飧，不得不藉筆墨以自贍，又以爲徵收朱墨諸侯下客，古人所謂抱關擊柝者，與之相近，其職易稱，受償雖微，而每食無餘，差足自了。（以上致曾胡函稿，有悔翁手批，概從刪削）悔翁之言如此，足覘其所志，故文忠之薨，文正招之入幕，以編文忠遺書辭，甲子以後始歸金陵，然遜謝始終居忠義局而已，殆即文忠所謂孤潔不可逼視，亦即悔翁之所以能盡言，而曾胡之所以能受盡言者歟？大功成于曾胡，乃由自命迂拘拙滯之一書生發其端緒，書生之有益于人國也，豈不重哉！」此爲文如序之中段，所錄悔翁致曾胡書，皆外間不易觀者。予案金息侯「四朝佚聞」云：「汪梅村、士鐸，江寧舉人，爲胡文忠林翼所取士，文忠轉事之如師，撫鄂，招入幕，論兵議事實爲之謀主，並爲曾文正所重，文正稱其學行耿介，可敬可畏；文忠稱其曠代醇儒，孤介不可逼視，尤精史地之學，讀史兵畧，即由代編，嘗從包愼伯游，爲魏默深輯「海國圖志」，具經世之志，而喜黃老家言，常遠富貴，自謂無宦情，有脾氣，難爲人下，故矢不與事權，苟竊薪米以自存。其論學謂必通史地而兼詞章；論政在尊主權綜名實，峻刑戮；論兵主機密神速，破格用人。生平深惡理學，亦不篤信孔孟，有十不可說，並稱洪楊刪論語，去鬼神祭卜等類，謂功不在聖人下，而洪軍聘爲軍師，則惡其無遇，卻不就，遂依鄂幕，及文忠歿，文正招之，亦以編文忠遺書辭，後歸江寧，僅居忠義局以終，年八十有八，所著有「水經注補圖補注」，「通鑑地理考」，「遼金元史地理氏族考」，「倉頡篇」，「急就章補」等數十種，或成或未成，又修上元、江寧縣志，及梅村集，余曾見日記雜稿數冊，以書估索直昂未能留，近見鄧文如輯刻「乙丙日記」，爲之欣然，如釋重負，惟原稿似尚未盡，憶夾縫中往往有細字，詈其繼妻，斥爲潑婦惡母，蓋痛二女之亡，又日受交謫，不屑還唇，故記中有爾以口我以筆，其奈我何云云之語。梅村晚境至艱，又苦目眚，其厄甚矣，論者乃稱爲儒生老壽之榮，可傷哉。」息侯此節，大致即采鄧序，所云日記中夾縫細字詈其繼妻云云，予聞吳董卿言，亦曾見之。董卿又云：梅翁日記，晚清已有印行者，或是「國粹學報」鄧秋枚等之力，但不完全，其言儒生老壽之榮云云，是指文如小註。原註云：「湘綺日記，同治辛未九月二十三日訪梅村，喜其健在也，問餐霧枯之說，云俱見「呂氏春秋」，又告予以諸子校本。蓋梅翁體弱憂生，故有健在之說。梅翁卒於光緒十五年，年八十八矣，一生遭逢不偶，天以大年報之，先于十一年以經明行修，薦授國子監助教銜，雖不足爲梅翁重，且非其本懷，然亦可見儒生老壽之榮矣。」息侯以國子監助教爲不足榮，此蓋深憫梅翁晚年家庭之酷遇。予嘗與柳翼謀論梅翁事實，翼謀告予，乙丙日記爲張孟劬痛斥，文見「學術世界」中，張文予未獲見，但聞梅翁生平受病之處，已暴露無餘。又梅翁晚年無子，而夫人虐之，極人所不堪，同時諸公憤不能平，乃匿梅翁於涂朗軒江寧府署中，汪夫人偵知之，則取梅翁生平撰著，及所愛書籍於庭，宣言翁果不歸，則焚其書。翁聞而大恐，哀籲諸公釋之歸家，寧受老妻凌虐，不忍稿草付炬。諸公相顧太息，謂翁之苦境，無可拯拔，蓋其夫人之智，能窺梅翁所溺而挾持之，翁不能割捨一切，宜其畢生受制也。同時溫明叔（葆深），亦極懼內，溫以侍郎視學閩中，夫人忽逼其稱病罷官，溫即佯狂索試規，大吏奏其有心疾，遂歸里。左文襄督兩江，以溫當年分校禮闈，知其爲天下奇才，雖薦卷未售，極德溫，朔望必詣溫宅謁師，溫夫人對文襄恒斥其師無狀，溫左相對踧踖，惟命是聽，溫與夫人皆老壽，同日無疾而逝，此視梅翁爲稍有福澤矣。龍蟠里國學圖書館近購得梅翁手批孫芝房芻論，孫子鹽法主就場徵稅，汪批痛詆鹽商，視孫論尤激昂云。「乙丙日記」中，錯字頗多，凡言湘者多訛作浙，不可解。梅翁遭際雖似馮敬通、劉孝標，而千秋之下，莫不稱梅翁之名，而咎其婦之悍，則以筆罵者，終勝以口罵，此又梅翁之終過於溫明叔者歟？

石遺先生以七月八夕捐館舍，予中夜聞耗，悲不自勝。先生僑居蘇州，歲歸里銷夏以爲常，今年買舟作申，予詣送，出寄趙堯老一律詩敂質，才十日事，未料忽然一瞑。予有三詩哭師，所謂：「歸里歲銷夏，北飄秋爲期。今年獨詣送，逆旅還說詩。回思凍梨色，神彩猶縕緒。」所謂：「老爲過江人，還敂鶴市屋。每要車中談，輒恨驛路促。壞牆見西山，此景謂不復。豈知造化妒，萎哲嗟更速。」皆雜述近事，壞牆能見翠微山，余重過小秀野草堂句，先生所屢稱者。然終慙不及衆異輓先生第二詩中之「死生眞細事，吾恐書種盡，國危兵又起，一去宜不返」二十字括舉而沈痛也。先生學窮天人，生平治說文，治古文辭，皆至精，而世但傳其說詩。然先先詩話，及爲朋輩詩序，其至者，海內才人皆斂衽無閒言，寢饋至深，而筆妙亦無兩。予北面請業逾三十年，所藏北大文科時，論說文論文數札，筌輿出新，與先生文集中諸解經治小學文字相表裏。先生著撰，世所知十五六種者外，尚有「尚書舉要」，爲力闢僞古文之作，見解甚博而瓴。「鍾嶸詩品評議」，則七十後論詩之菁華，「音韵學」，「羣書舉要」，「史漢研究法」，各若干卷，皆累年講席鏗鏗說經所得。衆異挽詩中，所謂「竝世不數人，我里見尤罕。誰能治樸學，着眼到文苑。公兼暢園長，每細左海短」者，事實，亦公論也。先生小名尹昌，故字曰叔伊，其以石遺室稱者，弱冠夢至一處，重樓叠閣，闃其無人，有書數百櫥，隨手抽數冊，閱之，書邊印石遺某某書，中似是自己著作，時方閱元遺山集，因遂自號石遺，後細思此二字與叔伊頗相合，遺伊國語同音，石拾同音，叔又訓拾，乃號所居爲石遺室。先生著述，十之五六皆已刋，生平持論，謂書必須木板，板不須精，而必須身及見之，故所槧各集，皆如所言。詩集至四五續，限於工力，字尤漫漶，唯文集有佳紙初印本，亦不多見。先生長君公荊（名聲暨），先先生十餘年下世，文筆能傳其家學，在北都常過從，「石遺年譜」者，公荊刺取先生日記及過庭所聞者纂之，至五十三歲止，北行未暇續。及公荊歿，及門王眞又續成至七十五歲止，後此七年，尚闕如。世人妄疑謂先生自作，予諦觀筆法，皆出公荊，蓋合先生詩文集，及蕭夫人「戴花平安室筆記」而成，其中紀事自必請命覈得其實，傳可傳之人，以子述父德，良法美意，固猶近代有聞者之自述也。且譜中所叙，皆有根據，無溢詞，當時政局軼聞，儒林風尚，隨地可見，而戊戌年譜中所叙，尤有關係。蓋戊戌爲前清新政與名流消長之一大關鍵，而是歲適先生入南皮幕府，又適與沈子培相遇，在先生個人學術環境上，亦一大關鍵，今節錄是年所紀者。石遺先生年譜：「戊戌，四十三歲，正月五日，携一僕赴鄂，九日至，主梁節庵丈寓，廣雅約次日遲明見，節庵爲備飯，備輿，至節署，則儀門以內，庭燎光徹大堂，主人已衣冠候於花廳門內，廣雅長不及中人，而廣顙偉鼻，目三稜有光，鬚及腹，行坐揖讓，儀觀秩然。自黎明坐至日午，勺水不入口，談不絕聲。首詢何以名衍，答以先君年五十得衍故，又問，何以字叔伊，答以小名尹昌故，又問攷工記元詩紀事外，尚有何著作，答以周禮禮記說文各辨證，說文舉例，尚書舉要，皆未梓。又問在上海館穀外，更有何歲入，答以授徒賣文。又問在上海久，所識海內有學問之人必多，鄙人所未知者，能分類舉其最優者否。答以：散體文有直隸新城王樹枏，義寧陳三立，駢文有武進屠寄，泰州朱銘盤，攷據之學，可信者有瑞安孫詒讓，善化皮錫瑞，皆當老師所已知（老師者，當時僉以此稱廣雅也）。此外尚有浙江章炳麟。廣雅聞至此，卽大不謂然，曰：梁啓超文字宗旨頗謬，然尚文從字順，章某則並文字亦怪異矣，足下何數及此人？答云，章某能讀書，實過於梁，老師似未見其左傳著作。（後家君入都，聞廣雅召章君至，月薪百餘金，而梁節庵與其徒朱强甫，方以忠君宗旨取悅廣雅，章君識强甫，乃與昌言革命，强甫詰其先代有仕者，何得出此言，章君言此爲强暴所汚耳，子孫當幹蠱，强甫以告節庵，節庵以告廣雅，脅廣雅當逐此人，否則上聞，廣雅辭章君，贈以五百金，購其左傳撰稿，節庵復扣留其欵，章君狼狽歸至滬，至杭覓家君皆不遇，留書而去，故知之詳）

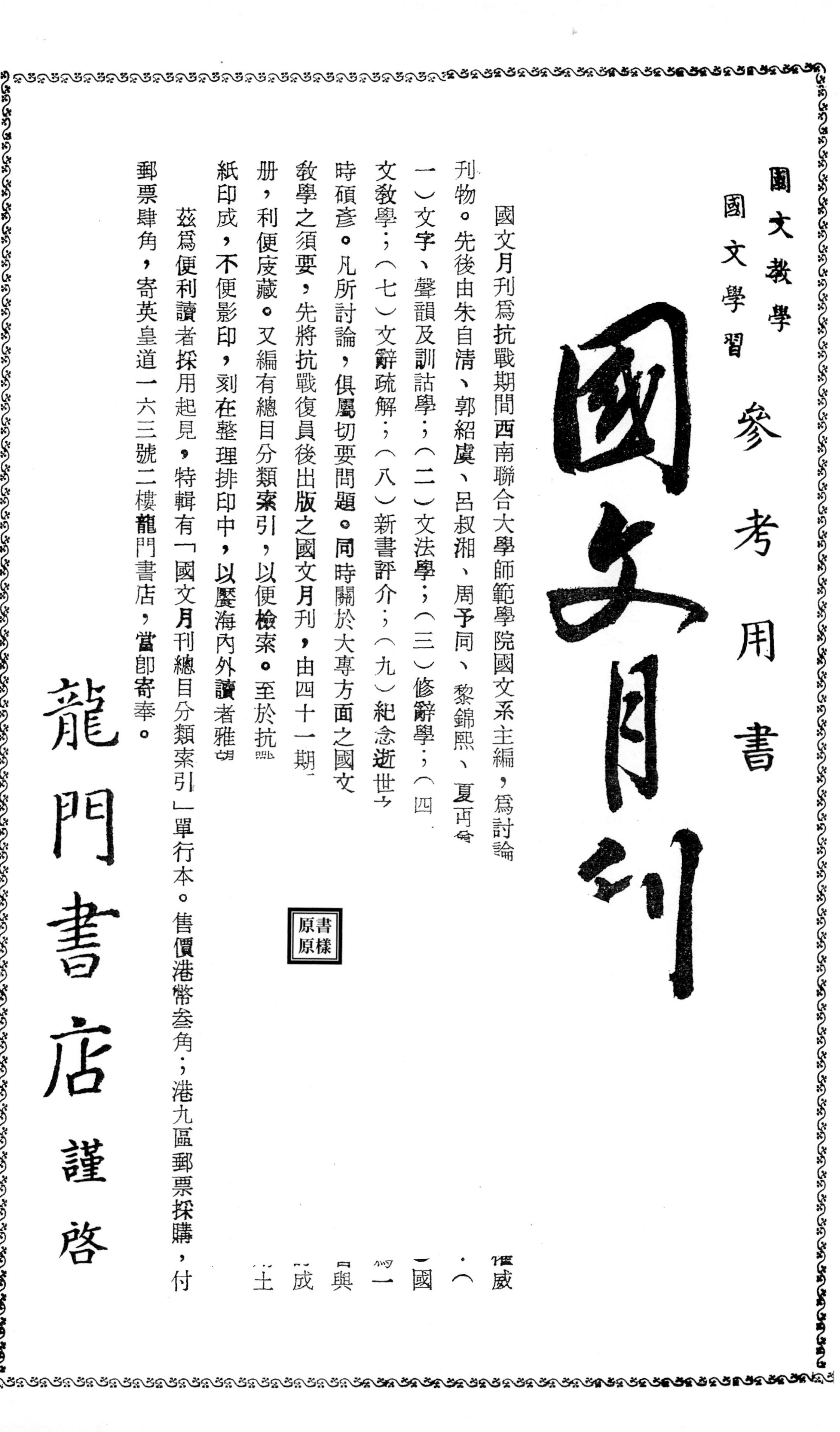
國文教學
國文學習
參考用書
國文月刊
國文月刊爲抗戰期間西南聯合大學師範學院國文系主編，爲討論
刊物。先後由朱自清、郭紹虞、呂叔湘、周予同、黎錦熙、夏丏尊
一）文字、聲韻及訓詁學；（二）文法學；（三）修辭學；（四
文教學；（七）文辭疏解；（八）新書評介；（九）紀念逝世之
時碩彥。凡所討論，俱屬切要問題。同時關於大專方面之國文
教學之須要，先將抗戰復員後出版之國文月刊，由四十一期
册，利便庋藏。又編有總目分類索引，以便檢索。至於抗戰
紙印成，不便影印，刻在整理排印中，以饜海內外讀者雅望
茲爲便利讀者採用起見，特輯有「國文月刊總目分類索引」單行本。售價港幣叁角；港九區郵票採購，付
郵票肆角，寄英皇道一六三號二樓龍門書店，當卽寄奉。
權威
（
國
一
與
成
土
書樣
原原
龍門書店謹啓

# 大華（三）

數位重製・印刷　秀威資訊科技股份有限公司
https://www.showwe.com.tw
114 台北市內湖區瑞光路 76 巷 65 號 1 樓
電話：+886-2-2796-3638
傳真：+886-2-2796-1377
劃 撥 帳 號　19563868　戶名：秀威資訊科技股份有限公司
讀者服務信箱：service@showwe.com.tw
網 路 訂 購　秀威網路書店：http://store.showwe.tw
國家網路書店：http://www.govbooks.com.tw

2020 年 5 月
全套精裝印製工本費：新台幣 20,000 元（全套五冊不分售）

Printed in Taiwan　ISBN:9789863267959 CIP:820.5

*本期刊僅收精裝印製工本費，僅供學術研究參考使用*

# 讀者回函卡

感謝您購買本書，為提升服務品質，請填妥以下資料，將讀者回函卡直接寄回或傳真本公司，收到您的寶貴意見後，我們會收藏記錄及檢討，謝謝！
如您需要了解本公司最新出版書目、購書優惠或企劃活動，歡迎您上網查詢或下載相關資料：http:// www.showwe.com.tw

您購買的書名：＿＿＿＿＿＿＿＿＿＿＿＿＿＿＿＿＿＿＿＿

出生日期：＿＿＿＿年＿＿＿＿月＿＿＿＿日

學歷：□高中(含)以下　□大專　□研究所(含)以上

職業：□製造業　□金融業　□資訊業　□軍警　□傳播業　□自由業
□服務業　□公務員　□教職　□學生　□家管　□其它＿＿＿

購書地點：□網路書店　□實體書店　□書展　□郵購　□贈閱　□其他

您從何得知本書的消息？
□網路書店　□實體書店　□網路搜尋　□電子報　□書訊　□雜誌
□傳播媒體　□親友推薦　□網站推薦　□部落格　□其他＿＿＿＿＿

您對本書的評價：(請填代號　1.非常滿意　2.滿意　3.尚可　4.再改進)
封面設計＿＿　版面編排＿＿　內容＿＿　文／譯筆＿＿　價格＿＿

讀完書後您覺得：
□很有收穫　□有收穫　□收穫不多　□沒收穫

對我們的建議：＿＿＿＿＿＿＿＿＿＿＿＿＿＿＿＿＿＿＿＿

＿＿＿＿＿＿＿＿＿＿＿＿＿＿＿＿＿＿＿＿＿＿＿＿＿＿

＿＿＿＿＿＿＿＿＿＿＿＿＿＿＿＿＿＿＿＿＿＿＿＿＿＿

＿＿＿＿＿＿＿＿＿＿＿＿＿＿＿＿＿＿＿＿＿＿＿＿＿＿

請貼
郵票

11466
台北市內湖區瑞光路 76 巷 65 號 1 樓
**秀威資訊科技股份有限公司** 收
BOD 數位出版事業部

............................................................................................

（請沿線對折寄回，謝謝！）

姓　　名：________________　年齡：________　性別：□女　□男

郵遞區號：□□□□□

地　　址：________________________________________

聯絡電話：(日)________________　(夜)________________

E-mail：________________________________________